BASTEI LÜBBE

Kurt Biesalski

DER KLEINE MANN

BASTEI LÜBBE

BASTEI-LÜBBE-TASCHENBUCH
Band 10 449

Lizenzausgabe: Gustav Lübbe Verlag GmbH, Bergisch Gladbach
Printed in Western Germany 1984
Einbandgestaltung: Roland Winkler
Satz: Fotosatz Froitzheim, Bonn
Druck: Ebner Ulm
ISBN 3-404-10449-8

Der Preis dieses Bandes versteht sich einschließlich
der gesetzlichen Mehrwertsteuer

Erster Teil

Ihre Augen lagen weit auseinander, blaßgrüne Augen mit trägem Wimpernschlag. Auf dem glatten Haar trug sie eine Schwesternhaube. So stand sie am Straßenrand, mitten im Lärm der Militärfahrzeuge, die sich stauten und den Boden unter ihr vibrieren ließen, wenn sie auf den schweren Reifen vorüberrollten. Sie hatte die Hände ineinander gelegt, die weichen Handflächen nach oben, und wartete.

Sie sah Soldaten herankommen. Die kamen näher und zogen vorbei. Kein frecher Blick, kein Zuruf, kein Lachen, auch kein Lied mehr. Das Feldgrau war rotkrustig und weiß durchsetzt. Die Armee war geschlagen.

Neben den Kolonnen aber zog der Flüchtlingstreck, er drängte sich in die engen Straßen der Kleinstadt und verstopfte sie.

Die Schwester stand umgeben von Kinderbetten. Eine kleine Insel aus lackiertem Holz und weißem Bettzeug auf dem Bürgersteig. In den Betten lagen Säuglinge. Sie lagen quer, drei oder vier nebeneinander und dann mit einem Deckbett zugedeckt. Eine seltsame Insel dort im Straßenstaub. Und die Hilfsschwester im grauen Mantel stand geduldig. Ein LKW sollte kommen, doch er kam nicht.

Die Kinder schrien. Ihre Gesichter waren hochrot. Mäuler so groß wie Tennisbälle. Das Schreien war in dem Lärm der Kolonnen nicht zu hören. Gelegentlich sah die Schwester in eins der Betten hinein; dann zupfte sie ein Deckbett zurecht, ein Kissen und richtete sich wieder auf zur Straße. Ein LKW sollte kommen.

Und dann kam er. Einer aus der Fahrzeugkolonne hielt vor

ihr, und der Fahrer stieg aus. Er trug eine Matrosenuniform. Dazu auf dem Kopf einen Stahlhelm und um den Leib ein Koppel mit feldmäßigem Zubehör. Er stieg aus und trat zu den Kinderbetten, ohne ein Wort zu sagen. Er war klein, ziemlich klein. Und wie er sich so über die Betten beugte, wie er von Bett zu Bett ging und über Eck das Geländer faßte, da sah sie, daß er zu lange Arme hatte. Er stützte sich auf und sah lange hinein. Dann wandte er sich zu ihr um.

»Und die soll ich fahren?«

Seine Augen blickten sie ungläubig an, wie erschrockene kleine Sternchen. Sein Gesicht hatte starke Jochbögen. Die Schwester hob die Schultern, als wollte sie sagen, daß sie nichts dafür könne.

Hinten knatterte die Plane. Wenn sie schneller fuhren, wurde das Knattern lauter. Wenn sie langsam fuhren, blieb die Plane still, und sie hörten die Kinder schreien. Manchmal blieben sie stehen. Vor ihnen hielten die Fahrzeuge. Dann stellte der Fahrer den Motor ab.

»Ich muß Sprit sparen«, sagte er.

Anfangs horchten sie ununterbrochen nach hinten. Es fraß an den Nerven. Sie waren beide blaß und still. Später machten sie einander aufmerksam, wenn eins von den Kindern besonders schrie. Dann nickte er mit dem Kopf zurück, als ob er darauf hinweisen wollte, und die Schwester lächelte einen Atemstoß lang. Am besten aber war es, wenn sie ein paar hundert Meter schnell fahren konnten und die Plane im Fahrtwind klatschte und knatterte. Dann ging das Schreien darin unter, und sie waren von ihm befreit und fühlten sich beinahe wohl. Sie mußten ja fahren. Das wußten sie.

»Wieviel Sprit haben wir denn?« fragte die Schwester.

»Es geht«, sagte der Fahrer, »so für zweihundert, dreihundert Kilometer.«

»Reicht das bis ins Rheinland?«

»Ins Rheinland!« Der Fahrer lächelte entzückt. »Was willst du denn im Rheinland, Mädchen? Da ist doch schon der Ami!«

»Ich soll die Kinder dort hinbringen«, sagte sie. »Da warten sie auf uns.«

»Aber natürlich, mein Schatz«, sagte der kleine Mann und scheuerte wohlig seinen Rücken am Polster. »Selbstverständlich fahre ich dich ins Rheinland! Wir legen uns da ins Ufergras und lassen uns von Vater Rhein an den Fußsohlen kitzeln. Und die da hinten schicken wir zum Ami in Gefangenschaft.« Er lachte über diese Ide. Die Schwester errötete und sah geradeaus.

Sie fuhren eine Weile, dann standen sie, dann fuhren sie. Der LKW vibrierte und roch nach Öl. So verstrich die Zeit.

Und dann sang der Fahrer. Er sang laut und fröhlich und ruckte dabei mit den Schultern hin und her. Die Hände hielt er oben auf dem Lenkrad. Er sang Soldatenlieder, Heimatlieder, Seemannslieder und zuletzt ein Weihnachtslied.

Er dachte an die Lieder zu Hause. Wenn im Winter früh der Abend kam, hatten sie oft im Dunkeln gesessen. Dann kam ein Lied. Eine von seinen jüngeren Schwestern hatte es angestimmt, und viele Stimmen kamen dazu, sie hatten darauf gewartet wie Gespensterchen auf dem Zaun. Kinderstimmen, die eine Melodie halten konnten, und manche, die erst ein paar Worte mitsagen konnten. Doch im Dunkel der Stube fanden sie sich. Sogar zweite Stimmen bildeten sich heraus und dritte. Darin seine, des Ältesten, Knabenstimme. Schließlich die der Mutter, der verhärmten Frau, die er liebte. Ganz zuletzt setzte sie selbst ein, zögernd. In seiner dunklen Ecke schwieg der Vater, das Schweigen des nörglerischen Menschen tat allen gut. Die Lieder wechselten, die Stimmen wurden müde. Sieben kleine Kinderstimmen hörten nach und nach auf zu singen, und zuletzt sang er allein mit seiner Mutter. Klare Knabenstimme und dunkler Alt, wie ein Vogelpaar im Flug. Er fühlte sich hingezogen zu seiner

Mutter in solchen Momenten. Er warb um sie, versprach ihr viel, alles. Bis der nörglerische Mensch in der Ecke aufstand und es mit dem Stühleschurren zerbrach. Das waren die Lieder zu Hause gewesen. Hier war es anders.

Der LKW vibrierte, die Hände lagen auf dem Lenkrad.

»Singst du auch gern?«

Die Schwester schüttelte den Kopf. »Früher, jetzt kaum noch.«

»Ich singe gern«, sagte der Fahrer, »ich bin sogar eine Berühmtheit. Ich singe nämlich auch im Schlaf, verstehst du. Wenn andere im Traum reden, dann singe ich. Das ist etwas Besonderes. Das gibt es nur wenige Male in Europa.«

Die Schwester lachte.

»Was sind das eigentlich für Gören?« fragte er und wies mit dem Kopf nach hinten.

»Aus dem Säuglingsheim.«

»Mußt du die nicht bald füttern?«

»Noch anderthalb Stunden. Ich habe für zwei Mahlzeiten mit. Dann sind wir bei der Volkswohlfahrt in Rohnau angemeldet.«

»Ach, da warten sie auf uns!« Der kleine Fahrer wackelte entzückt mit dem Kopf. »Da stehen schon siebzehn kleine Tellerchen unter einem Apfelbaum bereit! Ach, wie ist das fein! – Soll ich dir wieder was vorsingen?« fragte er dann, »oder soll ich dir Witze erzählen?«

»Nein, keine Witze«, sagte sie.

Das ärgerte ihn.

»Tu bloß nicht so«, sagte er, »du bist doch auch nicht ohne.«

Dann mußte er wieder bremsen, die Kolonne vor ihm hielt wieder einmal. Direkt vor ihnen stand ein Militär-LKW mit Türen in der hinteren Front. Über dem abgerundeten Dach wippte peitschenartig eine Antenne.

Und hinten schrien die Kinder, wie immer, wenn der Wagen stand. Sie horchten eine Weile hin. Die Schwester bückte sich und packte aus ihrer Umhängetasche ein Paket Butterbrote aus. Sie breitete das Papier auf den Knien aus und hielt die Brote dem Fahrer hin.

»Stullen!« rief er laut, »richtige Stullen! Mein Gott, so etwas Feines habe ich schon lange nicht gegessen.« Er nahm sich ein zusammengeklapptes Butterbrot, er sah es von beiden Seiten an und biß langsam hinein. Er ließ das Lenkrad los und hielt die linke Hand vor der Brust, als wollte er Krümel auffangen.

»Hast du die selbst gemacht?« fragte er.

»Ja«, sagte die Schwester.

Er lachte verträumt. »In Bulgarien haben wir . . .« Er kaute mit großen Bewegungen. Er war im Begriff, eine Geschichte zu erzählen. Aber die Bewegungen seines Mundes wurden langsamer und hörten schließlich auf. Erschrocken blickte er nach vorn.

»Auch das noch!« sagte er leise. Er zog sich den Stahlhelm unter dem Kinn fest und legte das Brot hinter den Sitz. Am Auto vor ihnen waren Uniformierte aufgetaucht. Er sah, wie der Fahrer des Wagens neben der Kabine Meldung machte. Die Uniformierten trugen messingne Schilder vor der Brust, die kannte er. Zwei traten hinter den Wagen und rissen die Tür auf. Aus dem Wageninnern stiegen zögernd drei Soldaten. Beim Herausklettern setzten sie sich die Mützen auf, dann nahmen sie zwischen den beiden Fahrzeugen Aufstellung. Das Fahrzeug war ein Funkwagen. Die Tür stand offen, im Innern konnten sie die Geräte sehen. Die mit den Messingschildern ließen sich von den Landsern die Ausweispapiere geben und lasen sie. Sie traten sehr forsch auf. Dann wiesen sie sie wieder in den Wagen, die drei stiegen zögernd ein, die Tür wurde zugeschlagen. Der Wagen wurde aus der Kolonne herausgelotst. Der kleine Fahrer sah, wie er weiter vorn in einen Feldweg eingewiesen wurde. Dort standen schon mehrere Fahrzeuge.

Nun war der Platz vor ihnen frei. Die Reihe war an ihnen.

Durch die Windschutzscheibe sahen sie die Uniformierten auf ihr Fahrzeug zukommen.

Da sprang er hinaus. Er stand unten neben dem hohen Sitz. Langsam schlug die Tür hinter ihm zu, aber während sie sich noch bewegte, nahm er eine militärische Haltung an, seine Hand schnellte an den Stahlhelm. Dann klappte die Tür ins Schloß.

»Gefreiter Jähnig, dritte Küstenbatterie, mit siebzehn Säuglingen und einer Krankenschwester auf Evakuierungsfahrt.« Er sprach mit hoher Stimme, es klang laut und fast fröhlich, als bereitete es ihm Vergnügen, seine Meldung so schwungvoll zu machen.

»Maul halten! Fahrbefehl!« Diese andere Stimme klang unbeteiligt, müde und kalt. Als ob man mit einer Axt Eis hackte. Wie wenn einer schon hundert Schläge und mehr getan hat.

»Zu Befehl, Herr Oberfeld, Fahrbefehl!« Das war wieder die Stimme des kleinen Fahrers. »Ich soll die Kinder hundert Kilometer von der Front wegbringen und dann mit einer Ladung Granaten vom Bahnhof Ulmstedt wieder zurück zur Batterie.«

Die Schwester oben in der Fahrerkabine erschrak. Nicht ins Rheinland? Nur hundert Kilometer? Warum hatte er nichts davon gesagt? Sie war bis zu diesem Augenblick davon überzeugt gewesen, er würde sie ins Rheinland bringen.

Hinten hörte sie es poltern.

Jetzt steigen sie auf, dachte sie. Ihre ganze Aufmerksamkeit war plötzlich nach hinten gerichtet. Trotz des Schrekkens. Sie spürte, wie die Männer zwischen den Kinderbetten umhergingen, sah es vor sich, wie sie sich über die weißen Geländer beugten und hineinschauten, und sie hörte ihre polternden Stiefel. Die Kinder schrien ununterbrochen.

»Was sind das für Kinder?« fragte draußen die Stimme.

»Säuglingsheim, Herr Oberfeld«, antwortete schnell und

mit Schwung der kleine Fahrer. »Wird ins Rheinland evakuiert. Ich bringe sie bis Ulmstedt, und dann zurück mit Granaten.«

Schritte gingen nach hinten, Schritte von Stiefeln auf Kies. Auf dem Laderaum sagte jemand: »Das nenn' ich mir eine Urlaubsfahrt!« Worauf eine zweite Stimme antwortete: »Und seine Nutte hat er vorne drin. Müssen wir uns noch ansehen.« Die Schwester hielt die Ellenbogen auf den Schoß gedrückt. Sie duckte sich ganz klein zusammen. Ihr Körper war angespannt bis zum Zittern.

»Runter mit den Bälgern!« sagte unbeteiligt die Stimme. Sie befahl es nicht, sie sagte es einfach.

Als ob eine Wunde aufrisse, so zuckte die Schwester zusammen. Der hintere Verschlag klappte polternd runter, sie hörte es, hörte es schieben und schurren. Von unsäglicher Angst gepackt, sprang sie aus dem Wagen. Als sie hinten ankam, wurde das erste Bett bereits abgeladen. Der kleine Fahrer stand neben dem Oberfeldwebel, fast einen Kopf kleiner als der. Er hob hilfslos die Schultern.

Auf dem Sommerweg stockte indessen der Flüchtlingstreck. Neben dem LKW hielt ein Pferdewagen ohne Plane. Von oben sahen Frauen zu. Auch ein paar Kinder. Sie saßen auf dem Hausrat. Ihre Gesichter waren ohne Ausdruck. Vorn auf dem Wagen saß ein alter Bauer. Er trug eine grüne Schirmmütze und hatte weiße Bartstoppeln im Gesicht. Seine großen Altmännerhände hielten locker die Leine. Er guckte immerfort den Pferden auf die Rücken. Die Pferde standen still.

Vom LKW wurde bereits das zweite Kinderbett abgeladen.

»Halt!« schrie die Schwester, »nicht abladen!« Sie drängte sich den Uniformierten zwischen die Arme, als sie das nächste Bett herunterheben wollten. Sie versuchte, es zurückzuschieben, doch die kümmerten sich nicht um sie.

Der Fahrer stand hilflos da. »Muß es denn sein, Kameraden?« sagte er, »das sind doch kleine Menschen.«

Doch die hörten es nicht. Die stellten das Bett unten ab, als ob es nichts weiter wär.

Sie kamen leidlich vorwärts. Wenn sie auf die Motorhaube blickten, sahen sie, wie die Hitze über ihr aufstieg. Der Fahrer mußte oft schalten. Manchmal wurde die Entfernung zum vorderen Fahrzeug größer, dann fuhr er schneller, und sie rückten auf, und schließlich mußten sie wieder halten. Einmal sahen sie neben sich über längere Zeit einen Chausseebaum mit frischen Narben in der Borke, gerissenes Holz leuchtete gelb. Und sie sahen ausgebrannte Fahrzeuge im Straßengraben, schwarz verkohlt das Innere. Panzer standen still, mit langen Rohren, die Ketten von den Rädern gerissen. Sie sahen Pferdewagen mit gebrochenen Achsen, manche auch unbeschädigt, Kleidungsstücke lagen auf den Feldern verstreut, aufgebrochene Koffer und Kisten. Dazwischen streunten Hunde. Einmal lag zwischen verstreutem Hausrat ein toter Mensch. Tote Pferde sahen sie oft. Manche sahen so frisch aus, als würden sie gleich aufstehen und wieder laufen und wiehern. Weiter hinten auf den Feldern war der Ackerboden an einigen Stellen kraterförmig aufgebrochen. Dort leuchtete die Erde dunkel im Feldgrün, die Krumen glänzten fett, wie ein frisch gepflügter Acker.

»Was war das?« fragte die Schwester.

»Tiefflieger«, sagte der Fahrer kurz.

»Schlimm.«

»Ganz schlimm. Wenn die kommen, dann nichts wie weg!«

»Und wohin am besten?«

Der Fahrer zuckte die Achseln.

Wenn sie standen, sahen sie, daß auch der Treck auf dem Sommerweg immer öfter anhielt. Doch es kam auch vor, daß sie mit der Kolonne standen und der Treck weiterzog. Später überholten sie die Wagen. Dann standen sie wieder, und die Wagen fuhren an ihnen vorbei.

»Was war das für einer?«

»Wer?«

»Der im Auto?«

Der Fahrer sah nach vorn. »Er hat sie zusammengebrüllt, weil sie sich mit Säuglingen befaßten.«

Sie schwiegen eine Weile.

»Keiner von den Guten.«

»Nein! Aber für uns war er gut.«

»Und die Leute auf dem Wagen haben nichts gesagt.«

»Nein«, sagte er, »sie haben nichts gesagt.«

»Sie hätten uns wenigstens nachher beim Aufladen helfen können.«

»Laß die Leute!« Er winkte ab. »Solange wir beide da sind, laden wir die Betten rauf und runter, sooft es uns gefällt.«

Manchmal mußten sie einem Bombenkrater in der Straße ausweichen. Dann fuhren sie über das Feld. Aber auch dort kam es zu Stauungen. Die Flüchtlingswagen mischten sich zwischen die Motorfahrzeuge, und es dauerte seine Zeit, bis sie sich hinter dem Krater wieder nebeneinander geordnet hatten.

»Damals in Bulgarien«, sagte der Fahrer und lachte wieder, »das war eine Zeit! Vielleicht die schönste, die ich im Krieg mitgemacht habe.«

Er hatte sein Butterbrot wieder vorgeholt und aß es weiter. »Tomaten hatten wir und Pfirsiche! Die Bauern kamen mit ihren Eseln direkt bis zu uns: fünf Liter Benzin – eine Kiepe Pfirsiche. Und als die Pfirsichzeit vorbei war«, er lachte und sah auf das Brot, bevor er wieder hineinbiß, »du wirst es nicht glauben: da kommen die und wollen die ganze Radarstation. – Hörst du mir überhaupt zu, Rotkopf?«

»Ja, ich höre«, sagte das Mädchen.

»Oder gefällt es dir nicht, wenn ich erzähle?«

»Doch, aber ich wundere mich, daß Sie so fröhlich sein können.«

»Herrje!« sagte er trocken, »warum soll man denn nicht

fröhlich sein! Ich habe viele Traurige gekannt. Die sind nun fast alle tot, aber ich lebe noch.« Eine Weile schwieg er. Dann packte ihn wieder die Erinnerung, und er schlug vor Vergnügen die Hand auf das Lenkrad. »Nein«, sagte er, »da wollen die tatsächlich die ganze Radarstation! – Umsonst? sage ich, Boschko? – Boschko war mein Handelspartner, mußt du wissen, der immer Benzin weggeschleppt hat. – Boschko aber schiebt sich die Pelzmütze in die Stirn. Ihr müßt nämlich raus, sagt er, in achtundvierzig Stunden müßt ihr das Land verlassen haben. Sonst schießen wir. – Wer wir? sage ich. – Wir sind nämlich Partisanen! sagt er. Da mußte ich durch die Zähne pfeifen. Jedenfalls trat er mächtig auf, der Boschko mit seinen Bauern. Sie standen hinter ihm. Manche hatten tatsächlich Karabiner, manche hatten Pistolen, zwei oder drei hatten nur Knüppel in den Händen. Unser Leutnant war kurz davor, die ganze Scheiße zu verderben. Laß uns verhandeln, Boschko, sage ich, du weißt, man kann so was nicht übers Knie brechen. – Er war bereit. – Schau mal. Ich bin hier verlobt, sage ich, du weißt es. Ich kann nicht einfach über Nacht verschwinden. Das gehört sich nicht. Wenigstens diese Nacht möchte ich schon noch hier bleiben. – Das sah er ein. – Und die Station, sage ich, wir übergeben sie euch sauber und komplett, ganz wie es sich gehört. Nur möchten wir, bitte sehr, den LKW dafür haben. Dazu Benzin und Zivilklamotten. – Nun, Boschko war ein Mann von Art. Das Geschäft kam zustande . . . Hörst du mir auch tatsächlich zu, Rotkopf?« unterbrach er sich, »oder interessiert es dich nicht?«

»Doch, doch«, sagte sie, »erzählen Sie ruhig weiter!«

Er räusperte sich. »Na, die Kameraden hauten jedenfalls gleich ab, den Leutnant nahmen sie mit. Brot, Tomaten, Benzin, alles wie vereinbart. Aber nicht ich. Ich machte mit Boschko noch ein kleines Sondergeschäft. Ich tauschte das Stromaggregat gegen ein Motorrad ein. Mein Kumpel blieb auch da. Tauschen ist nicht das richtige Wort, verstehst du, er hatte es ja sowieso, der Boschko. Aber er hatte Spaß an der Sache, und ich auch. Ich gab ihm noch die Schlüssel und ein paar Ersatzteile und zeigte ihm, wie das Aggregat anspringt und worauf man so achten muß. Und abends haben wir dann das Geschäft begossen. Wir sangen und tranken eine Menge Pliska und ließen uns dann fotografieren: umarmt vor der Radarstation, mit Mädchen, ohne Mädchen, mit getauschten Uniformen, mein Kamerad und ich in Weste und Pelzmütze und Boschko und noch ein anderer in unseren Uniformen. Am nächsten Morgen packten die Leute uns den Beiwagen voll, und wir verabschiedeten uns von Boschkos Partisanen. Dann ging's ab durch die Berge.«

Er hörte auf zu erzählen. Dann lachte er und schüttelte den Kopf, als ob er sich darüber wunderte, daß er das wirklich alles erlebt hatte. Die Schwester schwieg.

»Wie gefällt dir das, Mädchen?« fragte er.

»Ich weiß nicht«, sagte sie, »so etwas soll nicht sein. Man kann dafür bestraft werden.«

»Ja«, sagte er, »man kann dafür erschossen werden.«

»Haben Sie davor keine Angst?«

Er hob die Schultern. »Man kann doch nicht immer Angst haben«, sagte er. »Und außerdem waren die weg.« Dann lächelte er und fügte hinzu: »Das waren doch alles ganz einfache Leute.«

Sie schwiegen eine Weile.

»Und sie waren dort wirklich verlobt?« fragte das Mädchen.

Er konnte es im Motorenlärm nicht verstehen, und sie mußte es wiederholen. »Ob Sie nachher noch bei Ihrer Verlobten waren?«

»Nein, nein«, sagte er und lachte, »von Weibern habe ich mich nie festhalten lassen. Nein, nein, das habe ich nur so gesagt.«

Er hatte sich zurückgelehnt und lenkte mit gestreckten Armen. Die Erinnerung machte ihn vergnügt. Draußen zog das Land vorbei. Sie kamen gut voran. Die Schwester hatte ihren Kopf in die Ecke der harten Kabine gelehnt.

»Und Ihr Kamerad?« fragte sie.

»Aus«, sagte er, »der lebt nicht mehr. Ein paar siebzig Kilometer weiter, wir fuhren gerade durch die Berge, da knallt es von links und von rechts, ich muß Gas geben, und da merke ich, wie er sich schwer auf meinen Rücken legt. Dann rutscht er zur Seite und fällt auf die Straße. Ich konnte nicht einmal anhalten. – Wir müssen die Kinder füttern«, sagte er dann.

»Ja«, sagte sie.

»Wenn ich einen Feldweg finde, biege ich von der Straße ab.«

»Ist gut«, sagte die Schwester.

Er fand einen Feldweg. Sie trugen Reisig und Holz zusammen, und er baute ein Gerüst aus Pfählen, an das sie den Kessel mit der Säuglingsnahrung hängten. Er zündete das Reisig an. Es faßte schnell Feuer. Die Flamme fraß sich hoch durch das Reisig und löste sich in beißenden Rauch auf. Der kleine Fahrer sprang um das Feuer herum und schlug mit einem Tuch den Rauch zur Seite, damit der sich nicht in den Kessel wälzte und die Nahrung verdarb. Er sprang herum in geschäftigem Eifer und war in sich glücklich im Augenblick, glücklich im Angesicht des Feuers und darüber, daß er für die kleinen Wesen dort unter der Plane etwas Wichtiges tat.

Die Kinder waren von der Fahrt geschwächt. Sie schluchzten und weinten kläglich. Die Schwester legte sie trocken. Sie hatten ein breites Brett gefunden, auf dem sie sie wusch und wickelte. Er sprang auf den Wagen, beugte sich über die Brut, und weil er annahm, daß sie froren, zog er noch seinen Mantel aus und breitete die Schöße weit auseinander über dem strampelnden, faltigen Stückchen Mensch, ihm so ein wenig Wärme gebend mit seinem Körper und dem dicken Tuch seines Marinemantels, und er wäre gern größer gewesen, breiter, um die Aprilluft abzuhalten von dem Wesen vor ihm auf dem Brett.

Es hatte einer am Feuer Platz genommen, ein Mensch in grünem Lodenmantel und mit weißem Haar.

»Ich suche meine Familie«, hatte er gesagt. Er stand da, und seine Augen waren so blau, als wären sie blind. »Meine Tochter und meine kleine Enkelin. Das Mädchen trägt eine rote Mütze. Haben Sie sie vielleicht gesehen?«

»Nein«, sagte der Fahrer und hörte auf, um das Feuer herum nach dem Rauch zu springen.

»Ich dachte, vielleicht hätten Sie sie gesehen, weil Sie schneller sind mit dem Auto. Und eine rote Mütze fällt auf.«

»Nein«, sagte der Fahrer, »ich habe keine rote Mütze gesehen.«

Der Mann hatte sich dann ans Feuer gesetzt und die Milch umgerührt. Er hatte das Tuch genommen und den Rauch, der noch dünn aufwallte, zur Seite gewedelt.

Der LKW stand am Rande eines Kiefernwäldchens. Nur fünfzig Meter weiter weg zogen auf der Straße die Fahrzeuge vorüber. Es rasselte ohne Unterlaß, ratterte mal lauter, mal leiser, es hupte, jaulte, wieherte, schrie dazwischen. Aus fünfzig Metern Entfernung nahm er diese sich dahinwälzende Kette des Lärms wahr. Und dennoch konnte er das dumpfe Dröhnen am Horizont hören. Er war schon mehrere Stunden unterwegs, aber er hatte es nicht hinter sich lassen können.

»Ich würde Sie gern mitnehmen«, sagte er zu dem Alten am Feuer, als er wieder anfuhr, »aber es geht leider nicht, ich bin ein Militärfahrzeug.«

»Mir ist es egal«, sagte der Alte, »ob mit dem Fahrzeug oder zu Fuß. Die Dinge nehmen ihren Lauf. Aber wenn Sie ein Mädchen mit einer roten Mütze sehen und eine Frau dazu, dann sagen Sie, daß ich langsam hinterher komme.«

»Ich sage es«, versprach der Fahrer.

Auf der Kreuzung ein Kradfahrer. Der lenkte den ganzen

Troß um. Sein Beiwagenmotorrad stand quer auf der Straße. Daneben lehnte ein Offizier in verstaubtem Overall. Doch der kleine Mann wollte sich nicht umlenken lassen. Er fuhr bis an den Posten heran und drehte die Scheibe herunter.

»Ich muß nach Ulmstedt!« rief er ihm zu.

Der Kradfahrer pendelte mit dem Stab und achtete nicht auf ihn.

»Ich muß nach Ulmstedt, Kamerad! Bahnhof Ulmstedt! Granaten holen für die Front!«

Der Posten sah ihn nicht an. Er blickte abwechselnd auf die Fahrzeuge vor und hinter dem LKW, von ihm nahm er keine Notiz.

»Panzerdurchbruch«, sagte der Offizier ruhig vom Krad her. Er rieb sich die Stirn, als ob er müde wäre.

»Hau ab und halt hier nichts auf!« Der Kradfahrer pendelte weiter mit dem Stab.

»Aha«, sagte der kleine Fahrer leise, »aha!« Er kurbelte das Fenster wieder hoch. Eine Sekunde saß er noch, als ob er überlegte. Dann gab er Gas, der Wagen beschleunigte scharf, er fuhr zum vorausfahrenden LKW auf.

Aber dann? Es gab keine Möglichkeit vorbeizukommen. Der Fahrer blickte links und rechts am vorderen Fahrzeug vorbei. Die Straße war nicht sehr breit, und auf dem Sommerweg war der Flüchtlingstreck. Die Fahrzeuge fuhren mitten auf der Straße, um nicht mit dem Treck zu kollidieren. Manchmal kam ihnen eine Kolonne entgegen. Ein paar LKWs, ab und zu zwei, drei schwere Lafettenfahrzeuge mit langrohrigen Geschützen. Und Panzer. Dann schob sich die Kolonne nach rechts hinüber. Sie bedrängte Gespanne und drückte Wagen zur Seite, gleichgültig ob Räder brachen oder nicht, wenn die Ackerwagen nicht schnell genug zur Seite kamen. Sobald die Kolonne vorüber war, zogen die Fahrzeuge gleich wieder auf die Straßenmitte. Es blieb kein Platz zum Überholen. Es war unmöglich, schneller vorwärts zu kommen als die anderen Fahrzeuge auch. Man mußte sich in den Troß einreihen und das langsame Tempo mitfahren.

»Sie drängen uns nach Norden ab«, sagte der Fahrer. »Wenn es so weitergeht, sind wir bald an der See.« Er hoffte, daß die Schwester nicht verstanden hatte, was der Offizier gesagt hatte. Er bemühte sich sogar, einen sorglosen Eindruck zu machen. Doch er fühlte, wie über seinem Gesicht die Haut steif und kalt wurde. Panzerdurchbruch – mein Gott, da wollte er lieber weit weg sein! Fliegen vielleicht; einen guten Satz von hundert Kilometern machen und dann auf freier Landstraße weich aufsetzen und schnell weiterfahren! Aber nicht in dieser Mausefalle sitzen! – Er drückte das Gaspedal durch, daß der Motor aufheulte, er schaute am Kasten des vor ihm fahrenden LKW vorbei, ob da nicht doch eine Lücke zum Überholen wäre, aber da nahm er von vorn schon wieder eine Stockung wahr: ein beschädigtes Fahrzeug oder ein Bombentrichter oder totgefahrene Pferde von einem Flüchtlingswagen oder eine zu leichte Brücke über einen Panzergraben oder ein LKW, der einfach stehengeblieben war, weil er kein Benzin mehr hatte, und es fanden sich keine zehn Männer, die ihn in den Graben schoben. Wieder gab es dieses Ausweichen des Fahrzeugstroms über die Straßengräben hinweg und über die Felder, und wieder die zusammengebrochenen Wagen in den Gräben, Menschen, die herumstanden und aufgeregt gestikulierten und nicht glauben wollten, daß sie nun hilflos waren. Es gab wieder das unentwegte langsame Vorwärtskriechen der grauen Militärfahrzeuge, und für den kleinen Fahrer gab es zum wie oft wohl wiederholten Male das Stück Abenteuer, das ihn immer von neuem aufregte: du mußt fahren, fahren, fahren! Schräg durch den Graben, nicht zu steil, damit du drüben wieder hochkommst, und nicht zu schräg, damit der Wagen nicht kippt! Du mußt fahren, fahren, ohne Rücksicht auf die anderen! Du darfst nicht stehenbleiben! Denn wenn du erst einmal stehst, kommst du nicht mehr weiter!

Der Motor heulte schwer, die Räder rutschten und wühlten sich durch Löcher. Langsam kroch das Fahrzeug über die Ackererde.

»Geschafft!« sagte er dann, als der Wagen sich drüben auf der Straße wieder in die Kolonne eingeordnet hatte. Er hatte auch den Graben zurück durchquert. Der Wagen hatte sich dabei schwer geneigt. Die Schwester nahm den Schal vom Hals und atmete erleichtert durch.

Sie hat einen dicken Hals, dachte der Fahrer, als er schnell einmal hinüberblickte; dick und weich wie Marzipan. Er dachte an Mädchen, bei denen er solchen Hals gesehen hatte. Er suchte in seiner Erinnerung nach einem bestimmten Mädchen, bei dem so ein Hals ihm etwas gesagt hatte.

»Mir tun immer die leid, die da liegenbleiben«, sagte er und schaute noch einmal hinüber. Und leise dachte er: Ihr Haar ist kastanienrot und dazu dieser Hals ... Sie ist träge! fiel es ihm plötzlich ein. Faul und träge! Jawohl! – Und das gefiel ihm. Denn sie war von jener Trägheit, die ihn das Gesicht an ihren Hals lehnen und sich ausruhen lassen möchte. Nun hatte er endlich gefunden, was sie ihm zu etwas Besonderem machte; daran wollte er sich halten.

Zu überholen hatte keinen Zweck. Das hatte er eingesehen. So sah er resigniert vor sich auf die Straße und fuhr langsam in der Kolonne weiter. Die Panzer waren viel schneller, das wußte er.

Er bemühte sich, den Schlaglöchern auszuweichen. Sein Gefühl für die Säuglinge auf der Ladefläche ließ ihn auf das ganze Fahrzeug achten. Jede Erschütterung nahm er wahr, als reichten seine Nerven bis nach vorn zu den Vorderrädern und nach hinten bis zu den harten Blattfedern unter der Ladefläche. Jeder Stoß traf ihn selbst, denn er fühlte, wie die Betten hinter ihm hin- und hergeworfen wurden. Die Schwester lehnte den Kopf in die Kabinenecke.

Panzerdurchbruch! Er wischte sich mit der Hand über die Stirn, sah in die Hand hinein, legte sie wieder aufs Lenkrad.

Draußen zog das Land vorbei. Frühling zum Aprilende.

Genarbter Frühling. Ein Wäldchen mit dünnen Stämmen. Er konnte weit hineinsehen, sah, wie die Bäume sich voreinander vorbeischoben. Die Zweige noch leer, doch die Knospen dick, der Boden mit einem weißen Teppich bedeckt. Ein lang sich hinziehender Teppich von Buschwindröschen, grün, saftig grün mit weißen Glöckchen darin. Der Frühling kommt unaufhaltsam, dachte er und sah das Gesprenkel, wie Schneeflocken auf Grün. Ich erlebe ihn wieder, jetzt im Augenblick. Der kümmert sich nicht um den Krieg. Auch nicht um meine Angst.

Am Waldrand ein Panzergraben. Tief und keilförmig zog er sich ins Land, brauner Sand auf den Wällen. Hinten schaufelten hastig ein paar Männchen. Die Kolonne schleppte sich über eine Holzbrücke, stockte, hupte, lärmte. Die wird dann gesprengt, dachte der Fahrer. Umsonst. Alles Irrsinn. Die Panzer sind schon längst durch. Längst durch weiter im Süden.

Dann die Felder. Hügeliges Grün. Entlaufene Kühe darauf. Er kann weit ins Land sehen. Sieht hinten zwei Bauernhäuser mit Bäumen. Falscher Friede, die weißen Häuser. Doch davor die gewaltige Fläche Grün. Das Licht darüber ist matt und der Himmel blau, richtig blau, er stößt an den Horizont der Felder und Häuser. Ein paar runde Wolkenballen ziehen.

Er kennt den allerersten Frühling. Durch vibrierende LKW-Scheiben, im Dunst von Benzin und warmem Motorenöl hat er ihn aus seiner Kabine jedes Jahr am ersten Tage entdeckt. Plötzlich war er da. In der Normandie, in den russischen Steppen, am Kuban, zuletzt am Fluß Ropotamo in Bulgarien. Überall zeigte er sich auf die gleiche Weise: mit diesem plötzlich grün gewordenen Filz von Gras. Er hätte sich dann hineinschmeißen und weinen können. Denn er war nur ein kleiner Mann, und es war für ihn nicht alles da. Doch der Frühling war auch für ihn. Und jeder Frühling war vielleicht schon der letzte. – Im Süden sind Panzer durchgebrochen.

Er horchte auf seine Angst. Er stellte fest: Sie war kleiner geworden, viel kleiner. Schon fast unbedeutend. Er merkte es nach einer Weile. Wie war das möglich? Eine Angst kann man vergessen, dachte er. Die Panzer sind immer noch durchgebrochen, und ich fahre immer noch hier, es hat sich noch nichts geändert; nur es dauert schon eine Weile, und meine Angst ist nicht mehr ganz so groß. Man kann sich an sie gewöhnen. – So kam es, daß er sich nach einiger Zeit schon wieder ganz gut fühlte. Nur die Schlaglöcher störten ihn und die Kinder, die nicht aufhören wollten, zu schreien. Meist hörte er jetzt gar nicht hin. Nur wenn er dachte: Mein Gott, denen muß es da hinten aber schlecht gehen!, dann hörte er sie. Dann wurde ihm klar, daß sie ununterbrochen schrien.

»Links sind russische Panzer durchgebrochen«, sagte er plötzlich. Es war wie eine Laune über ihn gekommen. Er wollte die Schwester erschrecken, ihr einfach die Gefahr sagen, in der sie schwebten, damit sie aufhörte, den Kopf in die Ecke zu lehnen. Wenigstens für einen Augenblick.

»Sind durchgebrochen, sie sind schräg vor uns«, sagte er und blickte scharf über das Lenkrad hinaus. »Und wenn sie weit genug vor sind, dann schwenkten sie um und riegeln uns ab.« Er zeigte mit dem Arm, wie das ungefähr sein würde. »Und dann machen sie alles weg, auch unseren klapprigen LKW!« Er blickte wieder scharf nach vorn übers Lenkrad weg. Die Schwester hob den Kopf und sah ihn einen Augenblick lang an.

»Sie können doch auch in die andere Richtung umschwenken«, sagte sie.

»Ja«, sagte er, »nach Süden. Das können sie auch. Richtig. Dann kommen wir durch.«

Die Schwester lehnte den Kopf wieder zurück. Da lächelte der Fahrer. Er schüttelte sogar den Kopf. Er hatte sie herausgefordert, einmal so zu sein, wie er es vermutete. Nun wußte er es. Und ihm war richtig wohl, denn nun wußte er, wer neben ihm saß und wie man sich auf ihn einzurichten hatte. Mehr nicht, aber das war für eine Fahrt unter solchen Umständen schon eine ganze Menge. Er hatte die Erfahrung von ein paar hunderttausend Kriegskilometern auf den stoßenden Polstern verschiedener LKWs hinter sich. Er wußte, es kam immer darauf an, wer auf der anderen Seite der Polsterbank saß.

Da pfiff er ein Lied. Panzer von links – er hatte es fast vergessen. Das Mädchen schlummerte, es strömte Ruhe aus, und die nahm er an. Er sah auf das Fahrzeug, das vor ihnen fuhr, und zog das Lenkrad hinüber und herüber und pfiff seine Lieder. Er fühlte sich wohl für längere Zeit. Der Himmel war blau, die Sonne schien, was wollte er im Augenblick mehr! Sie schien über Straßen und Felder, sie warf ihr Licht auf die Bäume, die kilometerlang die Straße säumten...

... die dort unten die Straße säumten, unter deren kahlem Geäst mausgrau die Kolonne zog. Spielzeugkolonnen auf Spielzeugstraßen, winzige Fahrzeuge, Menschen überall in kriechendem Tempo, wo Strauchwerk einen Weg markierte, wo dünne Telegraphenmasten einen Pfad begleiteten; Menschlein, Wäglein, aufgezogen zu dünnen Fäden, wo immer nur solche Fäden kriechen konnten: gerade voraus, seitab am Rande der Felder, verschwindend hinter dunklen Tannen, quer voraus und dennoch alle in einer Richtung. Und über allem, was dort unten lag, über den Straßen und den dünnen Strauchreihen, über den aprilgrünen Feldern und den dunklen Tannen, über allem lag das Licht der Sonne und machte es gelb und still. Geheiligt der Zug der Vögel. Und dann kamen von oben herab die Flugzeuge.

»Hast du ausgeschlafen, Rotkopf?« der Fahrer lachte. Panzer kamen ihnen entgegen. Das Klirren hatte die Schwester geweckt. Sie rieb sich die Augen und lächelte verschämt, denn sie hatte nicht einschlafen wollen. Breite Ketten rasselten ihnen entgegen, schlanke Rohre nach vorn gerichtet, schräg an ihnen vorbei. Der Lärm wuchs an, wurde unerträglich. Oben aus der Luke blickte ein Mann in dunklem Overall. Drei Panzer, vier Panzer, fünf Panzer.

»Wir müssen bald wieder füttern«, schrie der Fahrer zur Schwester hinüber.

Sie konnte ihn nicht verstehen.

Er zeigte auf seine Uhr, dann nach hinten, und dann machte er die Geste des Essens.

Sie nickte.

Da schoß das Flugzeug schon auf die Straße zu. Die Baumwipfel, aufgereiht in gerader Reihe, kamen näher. Ihre Rundungen wurden zusehends größer, boten sich an mit nacktem Gezweig wie für eine Ladung zwischen den weichen Wipfeln. Der Horizont versank in der Nähe. Dann konnte der Pilot durch das Geäst hindurch die Panzer sehen. Sieben hintereinander in Formation, die Rohre in Fahrtrichtung gereckt. Von oben sahen sie flach aus. Auf den ersten zu hielt der Pilot die Maschine abwärts in schräger Schußfahrt. Die Bäume kamen bedrohlich nahe, der Panzer wurde aus einem Spielzeug zu einem wirklichen Panzer. Da reckte er auch schon sein Rohr hoch. Dann kam die Sekunde, wo der Pilot die Maschine abfangen mußte, damit der schräge Sturz beendet wurde und sie flach über die Bäume glitt. Doch vorher fühlte er mit Genugtuung das ratternde Rückschlagrucken durch den Rumpf der Maschine gehen, und er sah den heißen Strahl, der ihm vorauseilte und die Maschine für eine Sekunde mit der Straße verband, mit der erdaufspritzenden, brechenden, berstenden Straße unter sich. Dann riß er die Maschine hoch und raste flach über die Bäume weg, trockenes Geäst unter sich in rasendem Vorüberjagen, Chaos hinter sich lassend und kleine Menschen, die unter den Bäumen hervor links und rechts von der Straße über die sonnenüberfluteten Felder liefen. Winzige bunte Menschen in panischer Eile, Pferdewagen dazwischen mit durchgehenden Gespannen, graue Militärfahrzeuge, die schräg über die Felder rasten. Das alles sah der Pilot auf der großen eilenden Fläche unter sich, und er blickte fast erschrocken hinunter, obgleich er's nicht wußte in diesem Augenblick, daß das Bild sich ihm einprägen würde für alle Zeiten und unauslöschlich da sein würde bis in sein spätes Alter.

Er wäre fast auf das vordere Fahrzeug aufgefahren, der kleine Fahrer, so plötzlich stand es vor ihm. Und er hatte nicht Zeit zu bremsen, den Gang herauszunehmen, zu warten, bis das Fahrzeug stand, um es mit der Handbremse zu arretieren, denn ein allererster Instinkt sagte ihm, daß Tieflieger über ihnen waren. Darum machte er alles zugleich, und das Fahrzeug stand mit einem Ruck. Und da schrie er auch schon etwas Ungeformtes, etwas ohne Sinn, es war nur ein Aufschrei, hinter dem die Weisung war, so schnell wie nur möglich den LKW zu verlassen und so weit wie möglich zu laufen. Und da war er auch schon draußen, stand neben der offenen Tür und sah im selben Moment den Panzer vor sich das Rohr in die Höhe recken und oben das schmale Profil einer Jak und hinter dickem Glas das Gesicht des Piloten.

»Die Kinder!« schrie die Schwester.

»Raus!« brüllte er. Schon barst die Erde ringsum. Er fand sich unter dem Fahrzeug wieder. In den Armen etwas Großes, Menschliches – die Schwester, wie er halb bewußt fühlte, an die er sich klammerte in panischer Angst. Er krallte sich in den Stoff und preßte sein Gesicht an ihren Hals. Nichts als das nackte Chassis, durch das scharfe Splitter schlugen, wußte er über sich, und die Bohlen der Ladefläche mit den Betten darauf. Doch der Rücken war so frei! Angst, Angst, panischste aller Empfindungen! Erde warf sich auf ringsum, regnete neben dem Kasten herab, Eisen krachte getroffen, schrie, als es riß, Panzerrohre röhrten auf, und oben jaulte es ohrenbetäubend heran, Feuer speiend, Tod streuend, der ringsum einschlug. »Nein!« schrie der Soldat, »nein!« Und dann brach er in das Mädchen ein. Zum Ursprung allen Seins trieb es ihn zurück, zurück in die Wärme der Mütterlichkeit, in den Schoß, der ihn zurücknehmen sollte von der Welt. Er krallte sich fest und schrie am Gesicht des Mädchens vorbei gegen den Stein irrsinnige Laute, denn sein Rücken war außen von ihm, und er fühlte ihn frei für den scharfen Splitter, der ihn durchschlagen würde. Er stieß hinein, und das Mädchen krallte sich an ihn...

Als das letzte Flugzeug davonflog, verströmte er. Er blickte ungläubig auf, weil es so still war. Unter dem Chassis hervor kroch der Fahrer und erhob sich. Er sah das Chaos von rauchender Erde, von verstreutem großem Eisen und von Menschen, die still lagen oder sich erhoben wie er.

Und die Sonne schien wie zuvor.

Sie hatten bei dem Angriff drei Kinder verloren. Die anderen waren unverletzt. Splitter hatten die Plane durchlöchert und das Holz von den Bettstellen zerfetzt. Sie hatten drei kleine Körper aufgerissen. Der Fahrer ging zu einem Buschwerk, das in der Nähe war und schlug eine Birke nieder. Daraus nagelte er drei kleine Kreuzchen. Vorn auf jedes Kreuz schlug er ein Stück Brett. Darauf schrieb er mit dem Kopierstift, den er mit der Zunge anfeuchtete: »Hier ruht Siegfried Ammer«, »Hier ruht Alfons Selig«, »Hier ruht Cornelia Klemm«. Die Schwester sagte ihm die Namen. Als sie die drei begruben, sprachen sie zusammen ein Gebet. Danach fuhren sie weiter. Von der Straße aus konnten sie die Kreuze noch sehen. Überall waren Menschen, die ihre Toten begruben. Hinten auf der Ladefläche hatten sie noch vierzehn Kinder.

Sie saßen steif, als wären ihre Körper aus Wachs. Sie sprachen nicht, sie sahen nur geradeaus. Die Kolonne kam langsam vorwärts. Wenn der Fahrer bremste, beugten sie sich ein wenig vor, wenn er wieder anfuhr, wurden sie an das Rückenpolster gedrückt. So fuhren sie eine geraume Zeit. Aus dem Gebiet, wo der Angriff stattgefunden hatte, waren sie bald herausgekommen. Nun hatte sich wieder alles normalisiert, alles, was in den Straßengräben lag und ein Stück dahinter. Es war so, wie sie es vor dem Angriff gesehen hatten, ein paar Kilometer weiter zurück. Vor der Schwester war die Scheibe spinnennetzartig gerissen, ein Splitter hatte sie durchschlagen. Die Schwester blickte hindurch, als sähe sie es nicht. Das Fahrzeug hatte mehrere Einschläge abbekommen. Doch es fuhr. So kamen sie langsam vorwärts. Wenn sie hielten und den Motor abstellten, hörten sie das Dröhnen von der Front. Der Fahrer öffnete dann die Tür und horchte hinaus, und ihm schien, als ob der Lärm lauter geworden und näher aufgerückt wäre; vor allem im Süden, wo er nun aus gleicher Höhe zu kommen schien. Dann schlug er die Tür wieder zu und schwieg. Das Fenster ließ sich nach dem Angriff nicht mehr herunterkurbeln.

Da fing die Schwester an zu weinen. Er sah nicht hin, aber er spürte es. Diese stillen Tränen, die er nicht mochte.

»Hör auf!« schrie er.

Die Schwester blickte halb zu ihm hin und war still.

»Weißt du, wie das ist?« fragte er scharf. »Nein, du weißt es nicht!« Er war aufgeregt. Er zuckte vor und zurück, während er sprach. »Du möchtest nicht sterben, bevor du nicht ein Mädchen gehabt hast«, sagte er. »Du weißt, das ist dazu da, aber du bist noch jung und mußt warten. Aber du kannst davor sterben! Und dann hast du es nicht erlebt! Ja, wenn du es erlebt hast, ist es etwas anderes, dann kannst du leichter sterben.«

»Du Vieh«, sagte sie.

Er lachte. Er lachte laut und dreist, wie einer, der einen anderen gerade betrogen hat. Er lachte sich frei.

»Nun kannst du also sterben.«

»Ja«, sagte er, »leichter jedenfalls.«

»Du bist aber nicht jung«, sagte sie.

»Nein, aber klein. Das ist noch schlimmer.« Er wurde böse. Seine Finger trommelten auf dem Lenkrad, er stierte nach vorn. So schwieg er und trommelte nur.

»Hast du nur daran gedacht?«

»Immer«, sagte er.

»Du hättest es besser haben können. Und nicht vor Angst reinkriechen.«

»Du hättest es mir nicht gegeben.«

In der Kabinenecke hing an einem Haken eine Feldflasche. Er knüpfte sie hastig los und nahm, während er weiterfuhr, einen Schluck Kaffee daraus. Dann schraubte er die Flasche zu und schraubte sie wieder auf und reichte sie der Schwester hinüber. Er sah dabei nicht hin. Es dauerte ein paar Sekunden, bis sie die Flasche aus seiner Hand nahm.

»Tamtarraram!« klopfte er auf sein Lenkrad, »tamtarraram!« Er nahm dabei die Zähne nicht auseinander. Die Schwester nahm ein paar kleine Schlucke und setzte die Flasche zwischen ihre Knie.

»Herrje«, sagte sie, »was es nicht alles gibt!«

»Tamtarraram!«

Sie trank dann noch einmal und gab die Flasche zurück. Dabei achteten beide darauf, daß ihre Finger sich nicht berührten.

»Tamtarraram!« Er pfiff jetzt. Die Finger gingen weicher. Der Wagen ratterte vorwärts.

Sie näherten sich einer Stadt.

»Das müßte Koslig sein«, sagte er und überlegte plötzlich. Die Schwester horchte auf. Jetzt sah er, sie hatte ihre Haube verloren. Sie sah nicht mehr aus wie eine Schwester. Wie eine Frau eher, vielleicht noch wie ein Mädchen.

»Wenn das Koslig ist«, fuhr er fort, »dann müßte da schrägab, ein Dutzend Kilometer weiter, Ulmstedt liegen. Jawohl. – Weißt du«, fuhr er fort, »ich kann euch nicht mehr viel weiter fahren. Wenn sie mich erwischen, stellen sie mich an die Wand.«

Die Schwester schwieg. Sie war blaß geworden. Ihm war, als ob sie etwas kleiner geworden wäre auf ihrem Sitz. Was soll's! dachte er. Hier fing sein Soldatendasein wieder an. Der Anblick der Kleinstadt zwang ihn einfach dazu.

»Ich muß zurück zur Batterie, auch wenn ich nicht nach Ulmstedt komme. Ein paar Dörfer vielleicht noch, aber dann ist es aus. Ich kann einfach nicht mehr. Das mit dem Rheinland war sowieso alles Quatsch.«

Er stellte sich schnell vor, wie es gewesen wäre, wenn er mit ihr ins Rheinland führe. Eine lange, lange Reise! Mit einem goldenen Becherlein würde er loslaufen und kristallklares Wasser holen, sobald es sie dürstete. Sie würde es dankend entgegennehmen. Nachts würden sie unter dem Wagen liegen, Wärme zu Wärme, und jene Bewegungen, die er so überrascht vorgenommen hatte, sie würden ihm Erfüllung bringen. Nun kann ich wirklich sterben. Dann seine Hand in ihrem Nacken: Rotkopf, du hast träge Augen. Sieh mal da oben die Sterne. Sechs Sterne geben einen Wagen. Der große Wagen, siehst du? Unser Wagen hier unten, siehst du auch den? Das Chassis ist unser Dach.

»Mein Wagen ist ein Militärfahrzeug«, sagte er. »Da kannst du glotzen, wie du willst, als Mensch kann ich da nichts machen. – Glotz mich nicht so an!« schrie er, »ich bin nicht dein kleines Brüderchen! Krieg ist Krieg!«

Unmißverständlich fing er an, die Schwester auf den Umstand aufmerksam zu machen, daß er zum Fahrzeug gehörte und sie und die Kinder nur Ladung waren. Er sprach stockend, aber ungerührt: Ladung, die er zu einem bestimmten Ort zu bringen hatte oder, wenn er den nicht mehr erreichte, doch bis zu einem Punkt in etwa der gleichen Höhe ... Aber das auch schon auf eigene Kappe ... Dann ging sie ihn nichts mehr an, basta! Er war an Befehle gebunden, alles andere blieb ihre Sache.

Die Schwester schwieg.

Er dachte daran, wie sie sich die Röcke glattgestrichen und ihn dabei mit einem unerklärlichen Blick angesehen hatte, als sie unter dem Auto hervorgekrochen war. Er hatte sich abgewandt und gesagt: »Nun hab dich mal nicht so!« Und sagen wollte er noch: »Es war ja nicht das erste Mal.« Aber seltsamerweise wollte es nicht aus ihm heraus. Die Kehle schnürte sich ihm zu. Es blieb ihm auch keine Zeit, denn auf dem Wagen verlangten die Kinder nach ihnen. Die Schwester hatte dann getan, was zu tun war. Und nun saß sie neben ihm auf dem Polster und blickte durch das zerrissene Glas.

»Vielleicht ist es besser«, sagte er, »wenn wir jetzt nicht den Brei aus den Kübeln füttern. Nachher stehst du allein da und hast nichts mehr für die Gören.« Als sie weiter schwieg, schlug er vor: »Wir fahren am besten da vorn in die Stadt und sehen zu, ob wir eine Mahlzeit auftreiben können. Vielleicht finden wir ein Krankenhaus oder einen Sammelplatz für Verwundete, irgend so etwas muß es ja geben.«

Als sie an die Stadt kamen, konnten sie nicht hineinfahren. Vor der alten Stadtmauer war ein Flüßchen. Die Brücke war gesprengt. Eine Holzbrücke führte über den Fluß, helle Bretter, frisch zusammengenagelt, die Geländer so eng beieinander, daß nur eine Person hinübergehen konnte. Vor der Brücke drängten sich Hunderte Menschen vom Treck. Sie schrien und wollten in die Stadt. Zwei Posten mit Maschinenpistolen hielten sie zurück. Sie ließen sich Ausweise zeigen und wiesen die meisten ab. Nur wenige kamen über die Brücke.

»Versuch's mal!« sagte der Fahrer. Sie hatten vor der Brücke einen Platz gefunden, wo sie halten konnten. Die Schwester blickte ihn an, ohne ein Wort zu sagen, dann öffnete sie die Tür und rutschte vom Sitz hinunter. Als sie draußen stand, nahm sie ihre Tasche und hängte sie sich um. Sie sah ihn nur kurz an und schlug die Tür zu. Dann verfolgte er durch die Windschutzscheibe, wie sie auf die Traube von Menschen zuging. Auf halbem Wege blieb sie noch einmal stehen und sah sich um. Die Tasche hatte sie hinter die Hüfte geschoben. So behielt er sie in Erinnerung. Er wußte auch später nicht, was ihr Blick zu bedeuten hatte, ihr, wie ihm schien, langer Blick. Später, wenn er darüber nachdachte, deutete er ihn als verstört oder als läge ein Vorwurf in ihm, was ihn kränkte; manchmal meinte er, in ihm einen leisen Spott gesehen zu haben, das kränkte ihn noch mehr. Doch so sehr er überzeugt war, daß es das eine oder das andere gewesen sein mußte, eine richtige Antwort erhielt er auch später nicht.

Das Mädchen drehte sich auch schon wieder um und ging auf das Gedränge zu. Dann sah er sie lange nicht. Sie hatte sich in die Traube hineingeschoben, andere Menschen verdeckten sie. Er wartete lange und geduldig, dann sah er sie plötzlich über die Brücke gehen. Er sah die schmalen Waden unter dem Geländer, während sie ruhig ans andere Ufer schritt. Sie sah sich nicht noch einmal um. Die Umhängetasche trug sie hinter der Hüfte. So schritt sie durch das Tor der alten Stadtmauer. Er war froh, daß es ihr gelungen war, in die Stadt zu kommen.

»Du kannst hier nicht stehen!« Ein Landser hatte den Schlag aufgerissen. Er trug einen Stahlhelm auf dem Kopf und quer über dem Rücken einen Karabiner. »Gleich kommt der Russe, dann fliegen hier die Fetzen. Wir haben unsere Artillerie da drüben aufgebaut. Du stehst genau in der Schußlinie.«

»Nur zehn Minuten!« sagte der Fahrer.

»Scheiß auf deine zehn Minuten! Mach, daß du hier wegkommst! Sonst ballern wir dich in Klump!« Der Landser schlug die Tür zu.

Der Fahrer sah die Geschütze. Ihre Rohre waren auf ihn gerichtet. Er stieg aus und ging um den Wagen herum. Als er hinten angelangt war, stand er still und hörte, wie die Kinder weinten. Ihm schien, daß sie jetzt, wo der Wagen stand, nicht mehr so laut schrien. Sie taten ihm leid, aber es half nichts. Gleich würden sie etwas zu essen bekommen. Die Schwester würde etwas finden, dann würde es schon besser sein, dachte er. Für Säuglinge mußte einfach etwas gefunden werden, die gingen doch vor! Dann dachte er, daß er sie bald los sein würde. Dann gingen sie ihn nichts mehr an. Nicht einmal in der Erinnerung. Was aus ihnen wohl würde? Er hatte viel erlebt. Solche Fragen konnte man sich im Krieg einfach nicht stellen. So setzte er sich wieder in den Wagen und beobachtete den Treck, der an ihm vorbeizog, auch das Gedränge auf der Brücke. Die zehn Minuten waren längst vorüber, aber er wußte, daß es länger dauern würde als zehn Minuten. Er hatte das nur so zu dem Artilleristen gesagt. Vielleicht eine halbe Stunde; vielleicht auch eine ganze.

Da wurde plötzlich der Schlag auf der anderen Seite geöffnet, und ein unrasierter Landser grinste ihn an. Er stützte sich auf Krücken, die ihm bis unter die Achseln reichten. Der Schirm seiner Mütze war sehr verbeult, der Militärmantel stand lappig offen.

»Ist der Platz noch frei, Kamerad?«

»Nein«, sagte der Fahrer, »der ist besetzt.«

Doch der Kerl stieg behende den Tritt herauf und setzte sich schnell auf den Platz des Mädchens. Die Krücken hatte er mit artistischer Geschicklichkeit mit hinaufgenommen. Der Fahrer sah, daß ihm ein Bein bis zur Wade fehlte; die Hose war mit einer Sicherheitsnadel hochgeheftet. Der Kerl verschränkte die Arme vor der Brust und lachte. In seinem Gesicht leuchtete feucht das obere Zahnfleisch.

»Ich habe dir doch gesagt, der Platz ist besetzt!« schrie der Fahrer ihn an.

»Fahr los!« sagte der und grinste weiter.

Den Fahrer überkam Zorn. Er sprang aus dem Wagen und lief um den Kühler herum zur anderen Seite. Als er den Schlag aufriß, saß der andere aber auf seinem Sitz. Er war schnell hinübergewechselt und grinste wieder. Da ergriff der

Fahrer die Krücken und schleuderte sie aus der Kabine.

»Nimm mich mit, Kamerad!« sagte der andere jetzt kläglich. Sein Gesicht war plötzlich grau. Er drückte sich in die Ecke zurück und legte die Hände gegeneinander wie ein Kind, das um etwas bittet. Doch der Fahrer ergriff einen Schoß seines Mantels und zog den leichten Mann auf der Polsterbank quer durch die Kabine. Der kippte hintenüber und stemmte sich gegen und schrie: »Nicht doch! Nicht doch, Kamerad! Ich bin doch auch Kraftfahrer!« Aber da zog ihn der Fahrer schon aus der Kabine, und er rutschte runter und fiel vor dem Tritt auf die Erde. Da war er für Augenblicke nur ein armes Häufchen aus Militärmantel und Mütze. Er erhob sich nach einer Weile. Er blickte den Fahrer nicht an. Aber der sah, wie sein Gesicht naß war und wie er mit dem Mantelärmel darüberwischte. Er hüpfte auf einem Bein zu seinen Krücken und stemmte sie sich unter die Achseln. Dann ging er los. Der Fahrer stieg indessen ins Auto. Als er wieder auf seinem Platz saß, sah er den Mann schon einige Meter vor seinem Wagen. Dort drehte er sich noch einmal um und blickte zurück. Jetzt wird er die Faust heben und ›Du Scheißkerl‹ brüllen, dachte der Fahrer. Aber der Mann tat nichts dergleichen. Er stand nur einen Augenblick so da, dann drehte er sich um und ging weiter. Leicht und dünn und lappig machte er große Schritte mit den Krücken. Weiter vorn reihte er sich in den Treck ein.

Der Fahrer wurde ungeduldig. Die Schwester mußte nun aber kommen! Er beobachtete die Brücke, aber es kam niemand aus der Stadt zurück. Manchmal gingen Leute rüber in Richtung Stadt. Nur noch ganz vereinzelt.

Während der Fahrer so die Brücke beobachtete, kam ihm plötzlich der Gedanke, daß die Schwester nicht zurückkommen könnte. Einfach nicht zurückkommen. Vor Schreck zog er die Brauen hoch. Er sah auf die Uhr. Es waren fast vierzig Minuten vergangen, seit sie losgegangen war. Nein, dachte er, sie läuft da herum, sie kennt sich in der Stadt nicht aus und kriegt nirgendwo etwas. Er stellte sich vor, wie sie einen fragte, ob sie wohl Kindernahrung bekommen könnte, und so weiter. Der schickte sie ein paar Straßen weiter. Als sie dort ankam, war da überhaupt nichts, die Leute wußten nichts und zuckten mit den Schultern. Sie waren alle fremd. Oder sie kam auf einen Verbandsplatz, dort lagen Verwundete, sie war Schwester, sie wurde nicht wieder weggelassen, sie mußte helfen.

Während er sich das vorstellte, beobachtete er unentwegt die Brücke. Aber die aus der Stadt herauskamen, waren Uniformierte, nicht sie. Aber warum sollten sie sie als Schwester erkannt haben, sie hatte doch die Haube nicht mehr, dachte er, die hatte sie doch verloren! Er sah auf ihren Platz hinüber, dorthin, wo sie ihre Füße gehabt hatte. Aber es war nichts da. Gar nichts. Sie hatte die Tasche mitgenommen. Kein Zettel, nichts.

Da sprang er aus dem Wagen und lief zur Brücke hinüber. Er stemmte sich mit den Ellenbogen durch das Gedränge und kam mühsam vorwärts. Als er endlich einem der beiden Posten gegenüberstand, sagte er keuchend: »Kamerad! He, Kamerad! Die Frau, die hier rüberging, vor einer Stunde etwa, das Mädchen, wie hieß die?«

»Was für ein Mädchen?« fragte der Posten.

»So eine Rote, dunkelrotes Haar; sie ging hier rüber, ich hab' sie gesehen. Wie hieß sie? Du guckst doch in die Ausweise! Vielleicht weißt du es noch?«

Indessen hielt er mit den Ellenbogen die Leute zurück. Der Posten sah ihn mit stoischer Ruhe an. Er hatte ein dickes Gesicht mit fleischigen Lippen. Dann rollte er den Kopf zum anderen Posten hinüber und fragte: »Sag mal, Franz, hast du vor einer Stunde etwas gelesen? Vielleicht einen Namen bei einem Mädchen im Ausweis?« Der andere kam zwei Schritte heran und stellte sich vor den Fahrer. Er blickte ihm ernst ins Gesicht, schüttelte langsam den Kopf und sagte: »Du spinnst wohl, Kamerad.«

»Wenn du noch kannst, dann sieh zu, daß du hier wegkommst«, sagte der mit dem fleischigen Gesicht. »Hier wird gleich gekämpft. Den guten Rat geb' ich dir. Peng, Blitz, alles weg!«

Die Leute drängten sich nicht mehr so wie vorher. Als wüßten sie, daß hier nun gekämpft werden sollte. Manche drehten sich um und drängten zurück, viele aber hielten immer noch ihre Ausweise hoch und wollten in die Stadt.

»Langsam, langsam!« rief der Posten. »Hier kommen nur Militärangehörige rein, sowie Ärzte und Schwestern! Alles übrige geht weiter!«

»Schwestern! Ha, Schwestern!« schrie der Fahrer und stieß die Leute zurück. »Scheiß auf die verdammten Schwestern!«

Als er wieder in der Kabine saß, war ihm endgültig klar, daß das Mädchen nicht zurückkommen würde. Zum erstenmal erinnerte er sich an den Blick, mit dem sie sich umgewandt hatte. Er war verraten. Ausgelacht und verraten.

»Du Hure!« schrie er, »du Hure!«

Er legte das Gesicht in die Hände und stöhnte. So saß er, auf das Lenkrad gebeugt. Er hörte nicht das Dröhnen und nicht den Treck. Eine lange Zeit verstrich. Dann stieg er langsam aus. Hinten kletterte er über die Planke. »Schschscht«, sagte er, »schschscht! Schlaft man, schlaft man!« Er hielt die Hände beschwichtigend über die Betten. In jedes Bett schaute er lange hinein, als ob er sich die Kinder einzeln einprägen wollte. Dann zählte er sie. Es waren vierzehn.

Als er wieder in der Kabine saß, legte er den Kopf zurück bis an die Kabinenwand. Er schloß die Augen und öffnete sie langsam wieder. Noch einmal sah er zur Brücke hinüber. Dann startete er den Motor und legte die Hand auf den Ganghebel. Er fuhr langsam an. Solange er konnte, beobachtete er im Vorbeifahren die Brücke. Als es nicht mehr möglich war, schob er das Fahrzeug vorsichtig durch den Treck hindurch und in die Kolonne hinein. Dort fuhr er weiter.

Die Zeit war längst überschritten. Er mußte die Kinder füttern. Doch er war allein. Während er fuhr, sah er sich um, wer ihm vielleicht helfen könnte. Manchmal hielt er und sprach Frauen an. Aber der Treck war in Aufruhr geraten. Es hatte sich über die Fahrzeuge hinweg die Nachricht verbreitet, daß die Front herangerückt sei. Niemand wußte, ob damit die durchgebrochenen Panzerverbände gemeint waren, die plötzlich irgendwo auftauchen konnten, oder ob es die eigentliche Front war, die sich schnell herangeschoben hatte und sie nun überrollen würde. Das Dröhnen am Horizont, das bisher die Feuerlinie noch in der Ferne markiert hatte, war nicht mehr da. Statt dessen hörte der Fahrer Detonationen in größerer Nähe, manchmal wandte er den Kopf nach ihnen. Doch er sah noch keine Einschläge, auch keine Panzer auf den Feldern oder Soldaten. Nichts, was zu sehen gewesen wäre. Doch es beunruhigte ihn, daß das Dröhnen nicht mehr aus jener Richtung zu hören war, auf die er sich während der Fahrt eingestellt hatte. Es krachte sowohl links vor ihm als auch schräg hinter ihm und auch gar nicht so weit rechts hinter den Wäldern. Wenn er mit dem Spürsinn seiner Fronterfahrung nicht so genau die Richtungen wahrgenommen und dabei festgestellt hätte, daß in dem Winkel, in dem die Straße vor ihm lag, noch nichts war, dann hätte er annehmen müssen, daß ringsum schon gekämpft wurde. Ein Kreis, in dem er sich, verdammt noch mal, nicht gerade wohl fühlte.

Vielleicht aber war die Gegend schon weiträumig überrollt. Er wußte es nicht. Doch die Situation war mies, so viel war sicher.

Er streckte eine Hand vor. Wenn größere Fahrzeuge kamen, hielt er sie hoch. Doch niemand hielt. Er sah Frauen kommen, die dafür gemacht schienen, Mütter zu sein. Er brauchte sie. Da war eine, die zog einen Handwagen. Sie war jung und kräftig. Zwei Kinder und eine ältere Frau schoben das überladene Gefährt. Die Frau zog so heftig, daß sie fast laufen mußten. Ihre Brust schwankte dabei. Als sie dichter heran waren, trat er einen Schritt vor. Stand bittend, sagte etwas. Doch sie sah ihn nicht, sie hastete vorbei, die Stirn in Falten, die Augen fremd, entstellt. Er sah dem Gefährt nach. Der Alten hinter dem Wagen schlappte der Mantel an den Waden hoch. Der nächste Wagen schob sich vor, der übernächste ...

»Hilfe!« stöhnte er, »ich brauche Hilfe.«

Doch die Abstände zwischen den Wagen waren größer geworden. Pferde wurden angetrieben. Über ihren Rücken züngelten Peitschen. Manche Kutscher standen auf den Wagen. Auf den Schenkeln der Pferde zogen sich vor Anstrengung scharfe Falten. Die Leute auf den Gefährten blickten über den Fahrer hinweg, wie er da auf der Straße stand. Sie suchten den Horizont ab. Manche saßen aufgerichtet, manche zusammengekauert. Unruhe hatte den Treck ergriffen. Man wollte hier wegkommen. Er zog seine Hand zurück und stieg in seinen Wagen.

Er fürchtete für die Kinder. Sie schrien längst nicht mehr so laut wie am Anfang der Fahrt. Es war mehr ein Wimmern. Das beunruhigte ihn. Aber er wußte nicht, was er tun sollte. So legte er den Gang ein und fuhr weiter. Dann aber hielt er doch wieder an. Er hatte keine Ruhe. Was, wenn dort etwas geschieht, dachte er, und du weißt es nicht? Kümmerst dich nicht darum? – Er kletterte auf die Plattform und beugte sich über die Betten. Er wollte sehen, ob alles seine Ordnung hatte. Ob keins schwächer war als die anderen. Im vorletzten Bett fiel ihm ein Kind auf. Es verzog nicht das Gesicht wie die anderen, es lag einfach da, das Gesicht zur Seite gewandt. Na na, dachte er, geht es schon los? – Er legte vorsichtig seine Hand auf die kleine Stirn. Aber die war so klein, daß er nicht fühlen konnte, ob sie heiß war oder nicht. Da nahm er das Kind aus dem Bett und ging ein paar Schritte auf dem Wagen hin und her. Dabei drückte er es an seine Brust und machte, als wollte er es ermuntern, ein paar Hoppe-hoppe-Reiter-

Bewegungen. »Na, Kleiner, guck mich mal an«, sagte er. Aber das Kind hatte nicht die Kraft dazu. Der Kopf fiel zur Seite. Die Lider waren geschwollen, die Augen schwammen ohne Kraft hinter schmalen Spalten. Vergeblich versuchte er, den Blick der Pupille zu fassen. Der rutschte immer weg, ohne an ihm haften zu wollen.

»Na, na«, sagte er, »mach keinen Unsinn, Kleiner. Du wirst uns doch nicht im Stich lassen?« Er klopfte dem Kleinen leicht auf den Rücken, trug ihn noch ein wenig umher. Dann legte er ihn an seinen Platz.

»Schlaf«, sagte er, »schlaf gut!«

Dreimal hielt er noch und kletterte unter die Plane. Nach dem dritten Mal sah er sich nach einer Birke um. Er zimmerte ein kleines Kreuz. Dann betrachtete er den Rest der Birke und drehte ihn abwägend in den Händen. Er zimmerte noch drei Kreuzchen dazu. Er schlug auch frische Brettchen darauf. Doch als er den Kopierstift in der Hand hielt, merkte er, daß er den Namen des Kleinen nicht kannte. – »Weg!« sagte er, »alles weg!« und dachte an die Schwester. So überlegte er, was er schreiben könnte. Schließlich befeuchtete er den Stift und schrieb auf das Brett: »unbek. Junge«. Darunter machte er vier deutliche Striche. Es war das vierte Kind, das er verloren hatte. Nun waren es noch dreizehn.

»Es hilft nichts«, sagte er, »ich muß es allein machen.« Er fuhr wieder. Sein Blick war starr geworden. Die Hände lenkten das Fahrzeug. »Wenigstens füttern«, sagte er laut vor sich hin, »vielleicht auch trockenlegen. Aber wunde Ärsche sind nicht so schlimm, als wenn sie mir verhungern.«

Zunächst hatte er sich vorgenommen, die nächste Stadt zu erreichen. Eine Stadt! Er hatte gehofft, daß er Hilfe bekommen und die Kinder beim Roten Kreuz oder bei irgendeiner Auffangstelle abgeben könnte. So etwas gab es doch. Dann wäre er seiner Sorgen ledig gewesen. Als er aber auf einem Straßenschild, das nicht übermalt war, las: Lippen, 34 km, da hatte er seinen Entschluß geändert. Ihm war klar, daß er selbst etwas unternehmen müßte. Auf diesen Straßen konnte es noch mehrere Stunden dauern, bis er die Stadt erreichte. Und sicher brauchte er dann noch einmal viel Zeit, bis er eine entsprechende Stelle fand. Er wußte, daß das schwierig war. So entschloß er sich, im nächsten Dorf auf einen Hof zu fahren und es selbst zu versuchen. Die Dörfer waren so gut wie leer, die Einwohner geflüchtet. Keine Umstände also! Er brauchte einen abgelegenen Hof, wo es windgeschützt war und wo er auch Wasser haben würde, wenn er die Kinder reinigte. So fuhr er nun und hielt nach einem Dorf Ausschau.

Er kam an eine Kreuzung. Die Straße teilte sich. Sie lief in spitzem Winkel auseinander, die rechte Strecke in nordwestlicher Richtung, die andere weiter nach Westen. Der Wegweiser war grün übermalt, ein paar Zahlen standen darauf, er wußte nicht, wohin die Straßen führten. Links oder rechts. Er hätte sich nicht zu entscheiden brauchen, denn der Treck zog auf der westlichen Strecke weiter. Er aber hoffte, schneller vorwärts zu kommen und dadurch eher ein Dorf zu finden, wenn er die andere Straße einschlug.

Er kam gut voran. Einen knappen Kilometer ungefähr. Da kam ihm ein Treck entgegen. Als er ihn in der Ferne sah, wollte er es zunächst nicht glauben und schob das Gesicht bis dicht an die Scheibe heran. Doch der graue Zug kam näher, ein Irrtum war ausgeschlossen. Er sah Pferde und Planwagen, er sah Menschen und Staub. Langsam rollte sein Wagen darauf zu. Er war nicht in der Lage, sich zu etwas zu entschließen.

Als er heran war, hielt er. Er öffnete die Tür und rief zu den Leuten hinüber, woher sie kämen. Ein Junge gab ihm Antwort. Er schob ein Fahrrad auf nackten Felgen, es war vollbeladen. Der Junge rief einen Ortsnamen zurück, der ihm nichts sagte. Er schaute zurück und sah, daß ihm mehrere Motorfahrzeuge gefolgt waren. Sie standen hinter ihm, die Fahrer ratlos wie er. Da sah er eine Möglichkeit, noch schnell das Stück freie Straße vor diesem Treck zu erreichen, indem er schnell wendete und zur Kreuzung zurückfuhr. Sein Irrtum war wieder gutzumachen. Aber es mußte augenblicklich geschehen. – Er gab Gas und schlug das Lenkrad scharf nach links herum. Vorn stieß er in den Treck hinein, daß die Leute auseinandersprangen, er fuhr scharf ein Stück zurück, riß das Lenkrad wieder herum, und als er dann vorwärts fuhr, wendete neben ihm auch schon das nächste Fahrzeug. Da mußte er noch einmal ein Stück zurückstoßen, und dabei war ihm, als wäre sein Hinterrad auf etwas draufgefahren. Aber im selben Moment war die Lücke vor ihm frei, und er gab Gas und jagte davon.

Die Leute sahen den LKW mit der Plane davonrasen, er riß Splitt und Staub hoch. Über der hinteren Klappe schimmerte etwas weiß aus dem Dunkel des Laderaumes. Es sah aus wie Geländer von Kinderbetten, sie hatten das schon gesehen.

Der Junge stand neben seinem Fahrrad. Es lag zerquetscht am Boden. Ein paar Leute standen ringsum. Sie sahen auf das Fahrrad und auf das Auto, das klein in der Ferne verschwand.

Der Fahrer raste die Straße entlang.

»Herrje!« dachte er. »Nicht auszudenken! Ich wäre dem Russen geradewegs in die Arme gefahren!«

Er hatte die Kinder vergessen. Als er wieder an sie dachte, fuhr er sogleich langsamer. Er kam dann an die Kreuzung und hatte Mühe, wieder in den Treck hineinzukommen. Er schob sich schließlich einfach dazwischen, bis er wieder drin war. Gott sei Dank! Er atmete auf.

Endlich sah er ein Gehöft neben der Straße. Er sah es schon von weitem, aber es dauerte noch, bis er die Einfahrt erreicht hatte. Vorsichtig zwängte er sich aus dem Treck hinaus. Er fuhr durch das Tor auf einen Hof, nein, es war eher ein Park, er fuhr langsam unter zwei mächtigen Bäumen hindurch und weiter auf ein weißes Haus zu. Es hatte eine breite Freitreppe und Fenster mit runden Bögen. So ein Haus hatte er eigentlich nicht gesucht, eher hatte er an einen Bauernhof gedacht. Aber man konnte es sich nicht einfach aussuchen, er hatte auch keine Zeit mehr. Der Rasen war gleichmäßig frühlingsgrün, doch sehr zertreten, die Kieswege ebenfalls. Er hielt hinter der Einfahrt unter einem der großen Bäume. Er hatte eine Pumpe entdeckt. Dort standen Leute herum.

Er stieg aus und ging quer über den Rasen zur Pumpe. Er wollte sich vergewissern, bevor er anfing. Doch da war ihm, als ob die Leute ihm entgegensahen. Er schaute sie kurz an, er war in Eile, er sah, daß sie verschiedenerlei Töpfe und Milchkannen in den Händen hielten, aber erst später, als er sich wieder an den Augenblick erinnerte, entsann er sich, daß sie die Gefäße so gehalten hatten, als ob sie leer wären. Noch aber sah er es nicht. Er ging schnell auf sie zu, die Leute erschienen ihm gar nicht so wie Menschen sonst, wenn sie an einer Pumpe stehen. Einige gingen gerade zögernd weg, jemand fluchte laut, manche sahen zum Haus hinüber. Die meisten aber standen ratlos herum, und als der Fahrer an die Pumpe trat und nach dem Schwengel griff, merkte er, daß hier etwas nicht in Ordnung war.

Der Schwengel war angekettet. Das war es. Angekettet und mit einem stabilen Vorhängeschloß versehen. Mein Gott, das auch noch! Er bückte sich und sah das Schloß an. Er konnte es nicht fassen.

»Was ist das?« sagte er.

Die daneben standen, schwiegen.

»Das sehen Sie doch«, sagte ein dünner, buckliger Mensch, und ein Halbwüchsiger lachte auf.

Er betrachtete noch immer das Schloß. »Ist das zugeschlossen?« fragte er.

Niemand antwortete ihm.

»Das ist die größte Gemeinheit, die man Menschen antun kann«, sagte eine Frau mit ruhiger Stimme. Sie war städtisch gekleidet. Er blickte auf.

Ein paar Leute beobachteten ihn. Er sah in ihre Gesichter, sah den Buckligen, die Frau, den Halbwüchsigen. Es konnten zwölf oder auch zwanzig sein, vielleicht noch mehr. Sie waren hilflos. Wie man eben so um eine Pumpe steht, wenn sie kein Wasser gibt. Sie blickten ihn jetzt an, aber nicht so, als ob sie von ihm etwas erwarteten. Einfach, weil er neu dazukam.

»Kann mir«, sagte er, »vielleicht jemand helfen? Ich habe dreizehn Säuglinge da auf dem Wagen. Sie müßten gefüttert werden.«

Da wurden die Blicke mit einemmal anders. So, als ob sie eine Distanz zwischen sich und den Mann dort am Pumpenschwengel legten.

»Wir auch«, sagte jemand. Der Halbwüchsige lachte wieder auf.

»Wir haben alle unsere Not«, sagte eine Frau mit wollenem Kopftuch, und eine andere sagte: »Wenn wir wenigstens Wasser hätten!« Sie wies mit der Kanne zur Pumpe. »Mein Vater liegt mit Fieber auf dem Wagen. Ich kann ihm nicht einmal etwas zu trinken geben.«

»He!« brüllte der Fahrer plötzlich zum Haus hinüber, »ihr dort! Schließt die Pumpe auf!« Er hatte einfach keine Zeit für Scherze. Er mußte handeln. Den Kindern ging es schlecht, und hier geschah so ein Unsinn.

Doch die Fenster blieben blind. In den Scheiben brach sich stumpf das Licht.

Da ging er zum Haus hinüber. Sein Schritt war fest, fast stampfend, als er den Rasen überquerte. So ging er die Freitreppe hinauf bis vor die Tür. Er ergriff die große Klinke, aber die Tür war verschlossen. Da ging er um den Giebel herum zur Seitentür, doch auch die war verschlossen. Er fühlte es und horchte. Schließlich tapste er ein paar Schritte rückwärts, stellte sich breit vor das Haus hin und schrie zu den Fenstern hinauf: »He, ihr da! Schließt die Pumpe auf!«

Er blickte eine Weile hoch, wartete. Doch als sich hinter

den Fenstern nichts bewegte, da ging es plötzlich wie ein Ruck durch ihn. Eine unbändige Wut überfiel ihn. Er war seiner selbst nicht mehr Herr. Er kreiste zwischen den Beeten umher, suchte Steine, fand sie, faustgroße gekalkte Steine, die als Rand um ein Blumenrondell drapiert waren. Er riß sie hoch, und ohne eine Sekunde zu zögern, warf er sie gegen die Fenster. Er schrie in mörderischer Wut: »Ihr Schweine! Ihr gottverfluchten Schweine!« Immer neue Steine schleuderte er gegen die Fenster hoch. Die Scheiben zersplitterten, fielen klirrend herab und gaben dunkle Öffnungen frei. Neben ihm sprangen ein paar Jungen herum und tat es ihm gleich. Von der Pumpe aus sahen die Leute zu. Sie sahen den entfesselten Mann, wie er alle Scheiben am Haus zerwarf, wie er tobte und schrie. Und wie er plötzlich innehielt und sich mit den Ärmeln über die Augen wischte. Wie er dann zum Auto lief und reinsprang und wie das Auto plötzlich angefahren kam, bremste, und er hatte schnell ein Stahlseil zur Hand, das hakte er hinter die Kette und an sein Auto. Und wie das Auto plötzlich anzog und die Kette riß.

Er fuhr einfach weiter. Er richtete sein Gefährt auf das Blumenrondell, auf die sauberen Beete im Garten. Im ersten Gang fuhr er langsam auf sie zu, sah sie unter dem Wagen verschwinden, gab scharf Gas und fühlte, wie die Hinterräder die Erde aufwarfen. So fuhr er um das Haus herum, eine mächtige zerstörerische Spur hinter sich lassend. Er stieß einen Zaun um und walzte eine Hundehütte nieder, er zerriß Sträucher und knickte junge Obstbäume um, er zog seine Furche durch jungen Rasen, daß schwarz die Erde hinter ihm aufglänzte, und als er endlich vom Hof fahren wollte und den grünen Staketenzaun mit den weißen Spitzen vor sich sah, da riß er das Lenkrad herum und richtete den Kühler genau auf den Zaun und fuhr so lang, seine achtzehn, zwanzig Meter, die brechenden Staketen immer genau zwischen den Rädern, und er biß die Zähne zusammen in wilder Genugtuung vom brechenden Holz, seine Augen waren verschmiert, so fuhr er am Ende einfach weiter und machte neben der Straße halt.

Dort stand er seine zehn Minuten. Niemand sah in den Wagen hinein, sah wie der kleine Mann weinte. Keine Tür klappte, der Wind spielte mit der Plane. Ein LKW am Straßenrand, wo der Treck zog. Die Zeit verstrich.

Dann kam er heraus. Er stieg auf die Ladefläche, tastete sich ins Dunkle. »Die Schweine!« sagte er zu den Kindern, »denen hab' ich's aber gegeben!« Er verstaute die Trosse an der Planke. Dann machte er schscht und schscht, um die Kinder zu beruhigen. Er legte die Finger an die gespitzten Lippen. »Ihr bekommt ja gleich euer Essen«, sagte er, »Onkel Jähnig sucht nur noch einen Platz, wo wir's machen können.«

Da hatte er Onkel Jähnig gesagt. Es war das erstemal, daß es ausgesprochen war. Vier Silben oder zwei Wörter, die einen neuen Namen gaben. Einen Namen für den, der dort beschwichtigte, der in groben Schuhen auf Zehenspitzen umherging und die Hände hob, wie um Ruhe zu verbreiten.

Etwas Neues war plötzlich unter der Plane. Er horchte dem erschrocken nach, denn es war ausgesprochen. Unabsichtlich von ihm selbst. »Schscht!« sagte er dann noch mal und ging leise zurück nach hinten, wo er über die Planke kletterte.

Hinter einem Bahnwärterhäuschen sah er ein Tal. Es war begrenzt vom Bahndamm und von der Straße und von ein paar Tannen auf der anderen Seite. Darin standen Flüchtlingswagen. Dort fuhr er hinein.

Sein Vater war ein nörglerischer Mensch, der früh aufstand und früh zur Arbeit ging. Der in den dunklen Abendstunden im Hause wie ein Schatten umherschlich, gebeugt und unzufrieden. Die Mutter eine knochige Frau, gehetzt von der Plackerei mit den Kindern. Manchmal stemmte sie verzweifelt die Hände in die Hüften und blies eine Haarsträhne weg.

Eine Frau, die nicht aufgeben wollte. Aber sie hatte keine Kraft mehr und keinen Anlaß zu einer Sekunde der Herzlichkeit.

Und er war ihr Ältester. Sie konnte manchmal eine Hand auf ihn legen, dann fühlte er eine Bindung zu ihr hin, zu ihr, die ihn nicht ansah, und er hätte alles für sie tun können. In diesem Augenblick und immer. So nahm er aus dem Wochenbett aus ihren Händen ein neues nacktes Stück Mensch entgegen. Ein ums andere Mal. Sie sahen sich kaum an, denn sie wußten beide, wie das Stück Hoffnung, an dem sie ständig bauten, wieder um ein gut Teil zurückgerastet war. Und so legte er Windeln im Dreieck, hielt Beinchen fest mit seiner Knabenhand, griff zu Lappen und Wasser, zu Puder und Creme und reichte ihr das Neugeborene hinüber zur großen müden blaugeäderten Brust. Sah zu mit ernsten Augen.

»Könnte mir vielleicht jemand helfen?« sagte er. Die Leute, die im Kreis saßen, blickten auf. »Ich habe da ein paar Säuglinge auf dem Wagen, dreizehn. Sie müßten gefüttert werden...«

Da stand er, der Matrose, fragend. Hinter ihm ein paar zwanzig Meter weiter der LKW. Die Leute sahen ihn an. Und er stand da, seine Hand hob sich ein wenig.

»Na ja«, sagte er dann und wandte sich um, »es war nur eine Frage.« Er ging. Ging zurück zum Wagen, die Schultern hängend, der Stahlhelm auf seinem Hinterkopf rund und matt. Die Leute saßen da und sahen ihm nach. Manche aßen etwas.

Sie sahen ihn dann zum Bach gehen, einen Eimer in der Hand, dann kam er mit Wasser wieder. Er traf Vorkehrungen oben auf dem LKW, auf einem Brett, das er quer über die Planken legte. Er breitete Decken aus, Windelzeug. Und dann trug er vor der Brust aus dem Innern des Wagens ein Bündel Menschlein heran, legte es behutsam nieder und wickelte es aus, oben auf dem LKW.

Eine Frau erhob sich.

»Du bleibst!« sagte eine Alte hart. »Wer weiß, was die alles mit sich herumschleppen! Ruhr und Typhus und sonst noch was! Und im Nu hast du die eigenen verseucht!«

Die Frau ließ sich wieder auf das Gras nieder. Ein paar Kinder schauten hinüber. Auch die Alte blickte weiter zu ihm hin, streng das Gesicht, die Röcke bis an die Knöchel – Leitperson ihrer Sippe. So saßen sie in der Pause auf der Flucht. Man fühlte sich befreit von der Pflicht der Fürsorge und konnte sich angenehm der eigenen Müdigkeit hingeben. Doch von einem anderen Wagen gingen zwei Frauen hinüber. Und eine andere noch. Quer über das Wiesengras zum LKW. Da erhob sich die junge Frau wieder und ein Mädchen dazu. Wortlos entfernten sie sich. Die Alte sah vor sich nieder und schwieg.

Da zündete der kleine Fahrer ein Feuer an. Sprang runter und rauf, schleppte Äste herbei, zerbrach sie mit seinem Fuß und wedelte den Rauch vom Kessel. Oben auf dem Wagen reichten sich indessen sechs, sieben Frauen die Kinder zu. Sie reinigten sie mit gewärmtem Wasser, legten die dünnen Gliedchen zum Wickeln zurecht, nahmen sie auf den Arm. Unten, hinterm Wagen und um das Feuer herum, sammelten sich mehrere Kinder. Mädchen mit großen Augen und Jungen, die ihre Hände in den Hosentaschen behielten. Der Fahrer aber stellte zwölf Flaschen in eine Reihe und goß durch einen Trichter warmen Brei hinein. Er achtete sehr auf die Striche an den Flaschenwänden und leckte sich die Finger, wenn vom Brei etwas herablief. Er goß dann noch etwas mehr in jede Flasche, dann war der Kessel leer.

»Wo wollen Sie mit den Kindern hin?« wurde er gefragt. Die Frauen hockten auf der Ladefläche an den Wänden und hielten den Kindern die Flaschen. Manche gingen umher und schlugen ihnen sanft mit den Händen auf die kleinen Rücken, damit die Luft aus den Mägen besser entwich.

»Ich weiß nicht«, sagte der Fahrer, »sie sollten ins Rheinland. Hier war noch eine Schwester. Aber die ist mir abhanden gekommen. Vielleicht werde ich sie irgendwo los, denn ich muß zurück zur Front. Man kann sie ja nicht einfach auf die Straße stellen.«

»Aber wer soll sie Ihnen denn abnehmen?«

Er zuckte die Schultern. »Ich weiß nicht.«

Die Frauen legten die Kinder in die Betten und standen noch einen Augenblick davor. Als sie dann gingen, verabschiedete er sich von jeder mit einem Handkuß. So hatte er es in Polen gesehen.

Mit einem Kind vor der Brust und einem Kreuz in der Hand ging er dann davon. Die Leute sahen es. Er ging hinter die Tannen. Ein paar Kinder folgten ihm. Dort war es grün. Ein Bach floß, und Vögel zwitscherten. Die Kinder berichteten dann, daß er am Grab ein Kindergebet gesprochen hätte.

Als er wiederkam, sah er auf halber Höhe des Bahndamms auf einem ausgetretenen Pfad eine Abteilung Soldaten kommen. Ihm stockte der Herzschlag. Denn er wußte sofort, was das zu bedeuten hatte. Sie gingen in längerer Kette, dreißig oder vierzig Mann. Voran ein Feldwebel. Der trug eine MPi vor der Brust, seine Hand lag am Abzug. Um die Stirn trug er eine Binde. Der Fahrer sah die Soldaten vorübergehen, einen hinter dem anderen. Manche waren mit Karabinern bewaffnet, manche trugen Panzerfäuste, zwei schleppten ein Maschinengewehr. Bei einigen war der Mantel offen, und manche hatten keinen Stahlhelm auf dem Kopf. Er wußte, das waren Frontsoldaten. Die ersten, die letzten, vielleicht auch die einzigen in dieser Gegend. Die Menschen an den Treckwagen im Tal waren aufgestanden und blickten zum Bahndamm hinauf.

So weit ist es also, dachte der Fahrer, so weit! Er blickte den Männern nach, bis sie hinter dem Bahnwärterhäuschen verschwunden waren. Oben auf der Straße hatte der Treck sich gelichtet. Vereinzelte Fahrzeuge jagten vorüber, manchmal galoppierte ein Pferdewagen vorbei. Fußgänger sah er fast gar nicht mehr. Er stand hinten an der Ecke des LKW und hielt sich die Hand über die Augen. Die Sonne ging unter. Dann hob er die hintere Klappe hoch und verriegelte sie. Als er damit fertig war, stieg er auf den Wagen. Er setzte sich. Die Kinder lagen ruhig, einige versuchten zu greinen.

Da fing er zu singen an. »Schlaf, Kindlein, schlaf. Dein Vater hüt't die Schaf«, sang er, »deine Mutter schüttelt's Bäumelein, da fällt herab ein Träumelein. Schlaf, Kindlein, schlaf.« Er sang zuerst leise, so, als sänge er für sich. Als aber einige von den Kindern stärker quengelten, sang er lauter. Er sang, als wollte er ihren Widerstand niedersingen, sie zur Ruhe bringen. Er stand auf und ging umher, von Bett zu Bett. Dabei sang er die Melodie von Schaf und Bäumelein wieder und wieder. Er sang sie beschwörend über die Betten hin, wie der Zauberer, der über das Tal den großen Schlaf breitet, daß Vögel sich müde auf Wipfel niederlassen, daß Pferdewagen auf Wegen halten und Pferde die Köpfe zum Schlaf senken, daß Lokomotiven aufhören zu pfeifen und im Sägewerk die Kreissäge verstummt. Schlaf, Kindlein, schlaf. Schlaf, daß Träume kommen vom Sattsein und vom guten Sonnenstrahl, von der Wärme der Sonne auf der ganzen Welt.

Seine Augen wurden schmal und glänzend. Und er flüsterte die Melodie, sagte ihnen, daß sie einen Traumvater hätten, einen Mann in weitem Umhang mit Hut und langem Stock, abends wird er die Herde nach Hause zurückführen, wird sich beugen über die Schüssel, in der er sich die Hände wäscht, ihnen indessen gütig zuzwinkern, der Vatermann mit dem langen Bart, und dann wird er verwundert schauen, wie viele runde Äpfelchen die Mutter indessen vom Baum geschüttelt hat, Äpfelchen mit roten Wangen vom kleinen Baum, und jeder ist ein Traum. »Schlaf, Kindlein, schlaf. Dein Vater hüt't die Schaf, deine Mutter schüttelt's Bäumelein. Da fällt herab ein Träumelein. Schlaf, Kindlein, schlaf.«

Er hatte aufgehört, die Melodie zu flüstern. Er stand und

wartete, was kommen würde. Es blieb still. Draußen, nicht sehr weit, detonierten vereinzelte Geschosse, aber Spatzen tschilpten in den Bäumen. Auf der Straße fuhr kein Fahrzeug. Die Kinder atmeten tief. Da ließ er die Hände fallen. Auf Zehenspitzen wandte er sich um und ging behende zur Klappe zurück. Er erreichte sie – und schmiß sich polternd auf den Bohlenboden, direkt hinter die Klappe. Seine Augen waren auf etwas getroffen, das in Sekundenschnelle jeden Landser zu Boden riß, ohne daß da auch nur ein einziges Fünkchen von Überlegung nötig gewesen wäre.

Eine Draisine war es, oben auf der Bahnlinie, ein paar Männer darauf in fremdländischen Uniformen. Die Stahlhelme flach und die Mäntel grau und die Koppel höher über der Hüfte. Zwei von ihnen pumpten hastig den Schwengel, daß ihre Rücken auf und nieder gingen, zwei andere lagen vorn hinter einem Maschinengewehr, und noch ein paar lagen ringsum und hielten ihre Waffen in die Gegend. Der kleine Fahrer hatte sie gesehen, den Spuk dort oben, wie er eilig und leise auf Schienen dahinglitt. Er blieb eine Weile still liegen, hielt den Atem an, lag, den Kopf an die Bohlen gepreßt. Dann erhob er sich zentimeterweise, schob die Augen über die Kante der Planke. Die Draisine war fort. War dort verschwunden, wo vor wenigen Minuten erst die Abteilung der Frontsoldaten verschwunden war, hinter dem Bahnwärterhäuschen, und weiter hinter der Böschung, die sich dort vor den Schienen erhob.

Der Fahrer sprang vom Wagen. Geduckt lief er auf die andere Seite des Fahrzeuges. Er sprang in die Kabine hinein, schlug hinter sich die Tür zu. Schnell rutschte er auf seinen Platz hinüber und startete. Das Auto fuhr scharf zurück. Dann heulte es auf und jagte den Weg hoch zur Straße. Es sprang über Steine und Rinnen, und oben angekommen, jagte es auf der Straße davon. Es war in der eingetretenen Stille das einzige Fahrzeug, das sein Summen scharf und hornissengleich in der Landschaft davontrug. Das letzte

Fahrzeug hier. Dann war nur Stille. Und manchmal ein Granateneinschlag.

Die Nacht war furchtbar. Er hatte den Anschluß an den Treck wiedergewonnen, doch die Flucht war chaotisch. Es galt keine Ordnung mehr. Jeder war auf sein eigenes Fortkommen auf dieser Straße bedacht. Wagen wurden, wenn sie nicht schnell genug waren, einfach zur Seite gedrückt oder niedergefahren. Eisen war stärker als Holz. Die Verstopfungen nahmen kein Ende. Solange noch ein wenig Tageslicht die Straße erhellte, konnte er das Auto um alle Hemmnisse herumführen. Als es dann dunkler wurde, war ein Vorwärtskommen nicht mehr möglich. Aus Angst vor Tieffliegern zündete niemand ein Licht an. Die Furcht vor dem Entdecktwerden war allgegenwärtig. Solange völlige Dunkelheit herrschte, fühlte der Treck sich sicher. Doch auf der Straße selbst ging es chaotisch zu.

Zweimal war er auf andere Fahrzeuge aufgefahren. Es hatte ihn jedesmal viel Mühe gekostet, wieder freizukommen. Die Stoßstange vorn und die Motorverkleidung waren verbeult, der Kühler verlor sein Wasser. Er mußte alle halbe Stunde mit dem Eimer losgehen und irgendwo im Dunkeln Wasser finden. Zwei Landser saßen bei ihm in der Kabine. Sie hatten sich einfach reingeschoben, ohne zu fragen, und er hatte nichts gesagt, weil er sich vor ihnen fürchtete. Seine Augen schmerzten ihn sehr. Er riß sie auf, um besser sehen zu können, und tastete sich nach den wenigen Einzelheiten vor, die sich vorn aus der Dunkelheit schoben. Der Kopf rauschte ihm von tiefer Schwärze. Er mußte mehrmals halten. Einmal hatte er lange Zeit hinter einem Fahrzeug gewartet. Erst spät merkte er, daß es verlassen war. In anderen Fällen stieg er aus und ging nach vorn, um zu sehen, wodurch die Stauung verursacht wurde. Doch wenn er vorn herumsuchte, überkam ihn plötzlich die Angst, daß die beiden Landser sich inzwischen mit dem Fahrzeug davonmachen könnten. Dann lief er schnell zurück und war froh, wenn er den Wagen wiederfand. Er stieg hastig ein und dachte dabei, wie schlimm es wäre, wenn die beiden mit den Kindern davongefahren wären. So quälte er sich zehnmeterweise vorwärts. Mitten in der Nacht gab es eine Stauung, und von vorn waren barsche Stimmen zu hören. Da zupfte der eine der beiden Landser den anderen am Rock. Sie verschwanden so schnell, wie sie gekommen waren. Der kleine Fahrer fühlte sich danach erleichtert. Er fand eine Stelle, wo er die Straße verlassen konnte. Er war zu müde, um weiterzufahren, und die Augen brannten ihm. Die Abzweigung ging in einen Sandweg über. Der Weg war heller als die Nacht, er konnte einigermaßen auf ihm fahren. Dann gabelte sich der Weg, er nahm die linke Seite. Dort ging es eine kurze Strecke bergauf, und dann war kein Weg mehr. Er hielt an und legte sich auf die Polsterbank. Seinen Marinemantel zog er über sich. So, mit angezogenen Beinen, schlief er ein.

Er wurde wach, als die Kälte ihm unter den Mantel kroch. Draußen war es schon hell. Er glitt aus dem Auto und mußte achtgeben, daß er nicht in die Tiefe stürzte. Der LKW stand direkt am Abgrund einer Kiesgrube. Er ging um den Wagen herum. Auf der anderen Seite standen drei Birken, solche Birken, wie sie oft auf einem Hügel neben einer Kiesgrube stehen. Der Himmel war grau. Unten auf der Straße fuhren ein paar Fahrzeuge vorüber. In der Luft brummte es.

Scheißtiefflieger! dachte er. Von mir aus können sie jetzt kommen! Er setzte sich auf einen Stein ein paar Meter vor dem LKW und starrte den Wagen an. Die Kinder waren still.

Sie schlafen noch, dachte er. Vielleicht ist wieder eins gestorben. Aber er blieb sitzen und starrte einfach den Wagen an. Der sah übel aus. Die Scheibe war gerissen, die Motorhaube und die Stoßstange waren verbogen und verbeult, die Plane war zerfetzt und das Blech der Kabine an mehreren Stellen von Splittern durchlöchert.

Gleich werde ich nachsehen, dachte er. Wenn wieder welche gestorben sind, ist es ganz leicht, dachte er weiter. Er scharrte mit dem Absatz im Sand. Hier gräbt es sich gut. Die Stelle ist überhaupt gut. Schon wegen der Birken so schön auf dem Berg. Aber er blieb sitzen.

Jetzt geht die Jagd wieder los, dachte er weiter. Wird ein schwerer Tag werden. Bisher hatte ich noch etwas im Kübel für sie. Jetzt nicht mehr. Jetzt wird es noch viel schlimmer. Ich muß ihnen etwas besorgen, bald. Sonst gehen sie ein.

Er saß auf dem Stein und wollte nicht aufstehen. Die Kinder schliefen noch.

Aber dann stand er auf. Er strich sich den Hosenboden glatt und ging nach hinten. Dort kletterte er auf die Ladefläche. Er fürchtete sich, jene klaren Puppenaugen zu sehen, die offenstanden und aussahen, als wären sie aus Glas. Er hatte sie nun schon ein paarmal gesehen. Leise ging er an die Betten heran und schaute hinein. Die Kinder schliefen. Sie hatten geschwollene Lider. Eins hatte die Augen offen. Als er sich hinüberbeugte, sah er, daß der Blick seinem Gesicht folgte. Das Kind hatte dunkles Haar und stille, dunkle Augen; ein Mädchen, wie er vermutete. Er legte den Finger an die Lippen und sagte: Pst!« Das Mädchen sah ihn weiter an. Da nahm er es heraus und setzte es sich auf den Arm. Das Köpfchen rollte schwächlich zur Seite. Er fing es mit der Schulter auf. Dann merkte er, daß es zuckte, es zuckte in Abständen seitlich aus dem Halse heraus. Armes Ding! dachte er und hielt den Hinterkopf in seiner Hand.

Er ging nach hinten und schob die seitliche Plane ein wenig zurück. Dann stellte er sich so, daß das Mädchen den Kopf an seiner Brust liegen hatte, der Blick aber seinem Arm folgen konnte.

Großspurig stellte er sich auf.

»Schau mal!« sagte er, »das ist ein Tal. Und das da ist ein Wald.« Er zeigte mit weiter Geste. »Und das hier sind Birken. Eins, zwei, drei Birken. Im Sommer zittern die kleinen

Blättchen, und im Winter hängen die Zweige wie braune Fäden. Das wirst du alles noch sehen. Wenn du größer bist, bekommst du ein Körbchen aus Birkenzweigen. Mit dem gehst du über die Wiesen und pflückst Blumen, bis es voll ist. So schön wird es sein. Und das mit dem Köpfchen, das geht vorbei. Und wenn es doch bleibt, weißt du, so schlimm ist es auch nicht. Wer dich liebt, sieht darüber hinweg.« Er schaute mit dem Kind über die Felder und über die Kiefernschonung im Tal. Dabei war ihm, als gehörte ihm das alles. Er drehte sich, so wie er schaute, und hielt das Kind auf dem Arm.

Dann trug er es zurück und legte es vorsichtig nieder und deckte es zu. Eine Weile noch beobachtete er besorgt das Kopfzucken, dann sah er nach den anderen. Jetzt, wo die Plane mehr Licht durchließ, fiel ihm auf, wie unterschiedlich sie aussahen. Es waren dunkle dabei und blonde, einige hatten gar keine Haare, und manche hatten größere Ohren und manche einen spitzen Hinterkopf. Er sah auch die kleinen Fingerchen, die sich im Schlaf krümmten. Er nickte ihnen zu und wandte sich schließlich ab. Der Tag begann.

Mit einem Eimer stieg er dann in die Kiesgrube hinunter, um Wasser für den Kühler zu holen. Er rutschte mehr, als daß er ging, der Kies lief unter seinen Füßen mit. Unten ging er zwischen verrostetem Blech und Eisenteilen umher zu den Pfützen. Er schöpfte abgestandenes Wasser. Der Aufstieg war schwer. Er rutschte im Sand zurück und verschwappte eine Menge Wasser. Endlich stellte er den Eimer oben auf den Rand und stieg selbst hinauf.

So sahen sie ihn kommen. Sie warteten. Sie warteten, bis er das Knie auf die Grasnarbe gebracht hatte und dann heraufkletterte. Er wollte gerade nach dem Eimer greifen und bückte sich schon, da riefen sie: »Ruki werch!«

Das war, als ob ein Schuß peitschte.

Er zuckte hoch in halbe Höhe und zeigte die Handflächen, dann richtete er sich in kleinen Phasen auf.

Er hob den Blick, aber er sah nichts. Erst als er einen

Augenblick so stand und suchte, sah er den Lauf einer Maschinenpistole neben dem Reifen des Vorderrades auf sich gerichtet. Im selben Moment sprang einer hinter dem Kasten hervor. Er sprang mit einem Satz ins Freie und hielt die Maschinenpistole auf ihn gerichtet. So kam er langsam heran, braunes Mongolengesicht unter dem Helm, Waffe unter dem Arm, ging um ihn herum, bis er hinter ihm war – und trat ihm gewaltig ins Gesäß. Der Fahrer stürzte fast hin. Er rieb sich den Sand von den Händen und fühlte sogleich den Lauf der Maschinenpistole zwischen den Schulterblättern, der ihn vorwärtsstieß. Er ging bis an den Wagen heran. Dort legte er die Handflächen an die Kabinentür. Jemand klopfte ihm die Beine und die Taille ab. Er stand und blickte schräg vor sich auf die Tür. Hinter sich hörte er mehrere Stimmen. Er wandte den Kopf, als ihn jemand ansprach.

»*Allo, tü! Faschiest!*«

»Ja?« sagte er.

»*Awto rabotajet?*«

»*Awto* gut«, sagte er, »nur der Kühler leckt.«

»*A kakoi bagasch?*«

»Ja, ja«, sagte er, »die ganze Bagage! Die sind alle noch ziemlich klein. Und kurz vor dem Verhungern. Es geht ihnen ziemlich schlecht.« Er sprach es schräg gegen die Blechtür. »Sie müssen *kuschatch*«, sagte er, »verstehen Sie: *kuschatch*!«

Indessen hatte er eine unbezähmbare Angst. In seinem Rücken spürte er den Lauf der Waffe auf sich gerichtet, und er wußte, wie klein die Fingerbewegung war, mit der der Schuß ausgelöst werden konnte. Zwischen den Schulterblättern spürte er die Stelle, wo der einschlagen würde. Wie viele sind schon so ums Leben gekommen! Er wollte alles tun, nur daß er hier lebend wegkam.

»*Kakoi bagasch?*« wiederholte der hinter ihm die Frage scharf.

Wozu fragt er, dachte er. Sie sehen es doch, sie poltern doch schon auf dem Wagen!

»Ich habe Kinder geladen«, sagte er, *»Djeti.«*

Fluchend sprang einer vom Wagen herunter.

Er wandte sich ein wenig um, die Hände hielt er in halber Höhe. Nun sah er sie endlich. Da standen sie nun, vor denen er gezittert hatte vorn an der Front, er und seinesgleichen, wenn sie in Schützengräben hockten, schossen oder liefen. Es waren mehrere, sechs oder sieben. Was ihn nun aber verwunderte: Sie waren ratlos. Da hatten sie auf dem Wagen etwas gefunden, was sie nicht erwartet hatten. Sie sprachen aufgeregt miteinander. Einer kam auf ihn zu und zischte ihm im Vorbeigehen einen fremden Fluch ins Gesicht.

»A awto rabotaet?« fragte wieder einer.

»*Awto* gut«, sagte der Fahrer, »man muß nur immer Wasser nachgießen. *Woda.* Der Kühler leckt.« Er hatte sich nun schon ganz umgewandt und zeigte mit der erhobenen Rechten auf das Gehäuse. Einer öffnete die Haube und beugte sich über die Maschine, seine Hose war blankgesessen. Inzwischen stiegen mehrere auf die Ladefläche. Es war ein ständiges Auf- und Absteigen. Der Fahrer nahm die Gelegenheit wahr und bemühte sich, unbefangen zu erscheinen. Er schlenderte die vier Schritte vor und zeigte die Stelle, wo das Wasser aus dem Kühler tropfte. Die Soldaten nickten fachmännisch. Sie hatten es schon gesehen. Einer kletterte in die Kabine und wollte den Motor starten. Der Fahrer winkte aufgeregt ab. Er hielt noch immer die Hände oben. Doch der Soldat versuchte es noch einmal. Der Motor sprang aber nicht an. Der Fahrer befürchtete, daß der Mann gleich losfahren könnte.

Inzwischen hatte er sich einigermaßen von dem Schreck erholt. Wenn es so ist, überlegte er eilig, wenn es so ist, ist es auch gut. Eigentlich ganz gut. Ans Leben geht es mir anscheinend nicht mehr. Ich gehe ab in Gefangenschaft, Sibirien oder so, und die müssen sich um die Kinder kümmern. Eigentlich ganz gut so. Ich kann ihnen doch nicht helfen. Und kommen mußte es ja einmal. Besser so als anders. Ich bin also Kriegsgefangener. Mal sehen, wie's weitergeht. Jedenfalls, es geht erst einmal weiter. Und die Kinder bin ich los, Gott sei Dank. – Währenddessen hatte er gesehen, was er im Morgengrauen nicht entdeckt hatte: Die Kiefernschonung hinter dem Hügel war voll von Panzern. Er sah die fremden Soldaten zwischen dem Wäldchen und dem Hügel hin- und herlaufen. Vom Hügel hatten sie eine gute Sicht auf die Straße. Hinter dem Gebüsch lagen zwei Mann mit Feldstechern. Sie sprachen ihre Beobachtungen in ein Telefon. Das Kabel führte in den Wald.

Es mußten sehr viele Panzer sein, die dort im Wald standen, und es liefen viele Soldaten umher. Er war ziemlich unwichtig, niemand nahm weiter Notiz von ihm und seinem Gefährt als die paar Mann, die bei ihm standen. Dann kam ein Bürschchen gelaufen und übermittelte in strammer Haltung etwas dem Blonden, der die Fragen gestellt hatte. Der nickte, und der Fahrer vermutete in ihm einen Vorgesetzten. Der Vorgesetzte nickte noch einmal, und das Bürschchen machte korrekt kehrt. Der Mann sah darauf dem Fahrer für Augenblicke ins Gesicht, bevor er sprach.

»Du *djeti* ab *w gorod*«, sagte er dann, »weiter mit *awto* nach chaus.« Er blickte dem Fahrer immer noch ins Gesicht.

Der Fahrer horchte, er hielt den Kopf schräg, ganz langsam begriff er. »Ich ab?« fragte er erstaunt. »Nix ab, nix!« Er erfaßte schnell die Lage und wußte, daß er nun lächeln mußte, um darüber hinwegzukommen, und so lächelte er frech und hielt dem Blonden die Hände hin, wie um gefesselt zu werden: »Ich Sibir, versteh? Ich gefangen nach Sibir!«

Da sprang ihn plötzlich einer an. Er stieß ihm gewaltig vor die Brust, daß er mit dem Hinterkopf an den Wagen schlug. Die Sinne wollten ihm schwinden. Langsam rutschte er am Wagen nieder, aber da war der andere schon über ihm und schlug ihm mit den Fäusten ins Gesicht. Zornig schrie er ihm fremdeWorte ins Gesicht, und der Fahrer sah seine fürchterlich gebleckten Zähne zwischen den einzelnen Faustschlägen, wenn er die Augen öffnete. Dann las er das eine heiße Wort von ihnen, das er schon gehört hatte: Faschiest!

Der Fahrer wollte sich wehren, wenigstens die Arme heben und sagen, daß es ein Irrtum sei. In diesem Augenblick fielen aber die anderen schon über ihren Kameraden her und zerrten ihn weg. Sie schleppten ihn ein Stück auf der Erde weiter, doch sein Gesicht blieb dem Fahrer zugewandt, und der sah den heißen Haß darin. Dann standen die anderen um den Soldaten herum und redeten auf ihn ein. Nach einer Weile stand er auf. Er nahm den Helm ab, seine junge Glatze schimmerte dunkel, er strich sich über den Kopf, setzte den Helm wieder auf. Dann zog er sich die Kleidung unterm Koppel zurecht und ging Richtung Wäldchen. Er ging wie ein Junge, wenn er von seinen Kameraden geschlagen wurde. Der Fahrer fühlte eine Wunde am Hinterkopf, auch aus seiner Nase lief Blut, er wischte es mit der Hand weg.

»Nix Sibir«, sagte nach dieser Unterbrechung der Blonde. Er wies auf den Kasten: *»Djeti w gorod! Tam kuschatj. Ponimai? Djeti w gorod.* – Oh, *djeti, djeti*«, fügte er dann hinzu und schüttelte den Kopf; sie taten ihm anscheinend sehr leid.

Der Mongole, der ihn gefangengenommen hatte, goß Wasser in den Kühler. Es war der Eimer, den er heraufgeholt hatte. Einiges lief daneben. Es rieselte über die Kühlrippen hinunter auf die Erde. »Das habt ihr euch aber fein ausgedacht«, sagte der Fahrer. Doch er war an Befehle gewöhnt.

Da war noch ein gewaltiger Mensch mit dicken Augenbrauen. Der sah sich den Fahrer an, wobei er aus Zeitungspapier eine Zigarette drehte. Er holte mit den Fingerspitzen krümeligen Tabak aus der Hosentasche, kaute am Papierrand und blickte den Fahrer an. »Chitler kaput«, sagte er dann. Mit einer Drehung zwischen Daumen und Zeigefinger rollte er die Zigarette rund. Er betupfte die Enden und klemmte sie sich hinters Ohr. Der Fahrer betastete sich behutsam den Hinterkopf und sah zu, wie der Mann die nächste Zigarette drehte. »Chitler kaput«, sagte der Mann noch einmal und nickte.

Dann stiegen sie noch einmal auf den Wagen, auch der Fahrer. Sie gingen zwischen den Betten umher und schüttelten die Köpfe. Leise machten sie ihre Bemerkungen. Manchmal zog einer ein Deckbett zurecht, manchmal fragten sie den Fahrer etwas, was er nicht verstand. Und immer wieder schüttelten sie die Köpfe, der mit den dicken Brauen, der Mongole und der Blonde, der ihr Vorgesetzter war.

Ihr habt gut den Kopf schütteln, dachte der Fahrer, aber ich?

Dann sprangen sie herunter. Der Mongole setzte sich auf den Stein, auf dem der Fahrer am Morgen gesessen hatte. Die beiden anderen setzten sich daneben. Der Fahrer stand. Sie zündeten sich Zigaretten an. Sie gaben auch dem Fahrer eine. Erst schwiegen sie und zogen laut den Rauch in sich hinein, dann sagte der Mongole etwas.

»*Potschemu djeti?* Kinder warum«, dolmetschte der Blonde.

»Ab, Krieg, pupu. Weg mit Auto.« Der Fahrer winkte weit in die Richtung, in die er fuhr.

Der Mongole war unzufrieden. Er schüttelte den Kopf. »Ich kann auch nichts dafür«, sagte der Fahrer entrüstet. Doch sie verstanden ihn nicht. Der Große mit den starken Augenbrauen hielt dem Fahrer die zehn gewaltigen Finger seiner beiden Hände vors Gesicht. »*Deßjatj djen,* zehn Tag, alles aus«, sagte er. Er holte mit seinen Armen noch einmal aus, als striche er über das gesamte Land. »*Woina konjez.* Alles aus.« Er nickte.

»Ja«, sagte der Fahrer, »dann ist es aus.« Er zog den süßen Rauch in die Lungen. Das Zeitungspapier verglühte heiß, und die Hitze kam scharf in seinen Mund. Er war ein schlechter Raucher, ihm wurde ein bißchen schwindlig, und er drückte die Zigarette im Sand aus. »Ja«, sagte er, »dann alle nach Hause, *fßjo domoi.*« Die Soldaten lachten. Das hatten sie verstanden.

»*Skolko djeti?*« fragte der Blonde. »Wieviel?« Er zeigte auf die Plane.

»Siebzehn«, sagte der Fahrer, aber der Mann verstand nicht. Der Fahrer malte mit einem Stöckchen eine 17 in den Sand.

»*Sjemnadzatj*«, sagte der Blonde, und alle sahen auf die Zahl. Der Fahrer malte dann eine Drei und strich sie kreuzweise durch, eine Eins und strich sie durch und noch eine Eins, die er ebenfalls durchkreuzte. Sie sahen währenddessen auf das Stöckchen in seiner Hand.

»Jetzt zwölf«, sagte er und malte eine Zwölf in den Sand. Er wies auf das Auto. »Fünf kaputt«, er schrieb die Zahl fünf hin und kreuzte sie durch. Die Männer schüttelten die Köpfe. »*Pjatj* kaput.« Sie sagten etwas untereinander. »*Umjerschi?*« fragten sie ihn. »Ja. Umjerschi. Tot. Tiefflieger und Hunger und so.«

»*Pojechali!*« sagte der Blonde und erhob sich plötzlich. »*W gorod!* Dawai!«

Sie standen alle auf. In den Birken spielte ein leichter Wind mit den kleinen hängenden Blütenkordeln. Der Himmel war bedeckt und grau. Es war kühl am Morgen.

Der Mongole goß noch einmal Wasser in den Kühler, denn es war schon wieder etwas ausgelaufen. Sie sahen dann dem Fahrer zu, wie er startete. Er fuhr ein paar Meter rückwärts, und sie folgten ihm dann noch ein Stück und wiesen ihn ein.

Auf der Straße fuhr er unter den Visieren der Panzer vorbei. Ihm war dabei nicht gut, und er gab Gas, damit er da schneller vorbeikam.

»Also weiter«, sagte er und seufzte bitter, während er den nächsten Gang einlegte.

Das waren sie also, dachte er. Nun hatte er ihnen von Angesicht zu Angesicht gegenübergestanden. Sein Körper schüttelte sich plötzlich aus einer inneren Anspannung heraus. Dabei war es so ein Irrsinn, daß sie ihn weitergeschickt hatten! Er verstand es einfach nicht. Nein, das hatte es noch nicht gegeben. Besser, sie hätten ihm die Hände gebunden und ihn zurückgeführt. Aber nun fuhr er weiter. Sie hatten es so befohlen. Nun saß er wieder da, allein mit den Kindern!

Das waren sie also. Er hatte vor diesem Augenblick gebangt. Nun hatte er ihn erlebt. Er schüttelte sich noch einmal, denn die Anspannung hatte ihn innerlich ganz steif gemacht.

Und der Wagen rollte. Er kam aber nur langsam vorwärts, denn er hatte den Treck wieder erreicht, und hinter ihm hatten sich weitere Fahrzeuge angesammelt. Er stand mehr, als er fuhr. Und wenn er fuhr, dann ging es sehr langsam. Über der vibrierenden Kühlerhaube stieg in Schwaden die Hitze auf. Dann fürchtete er, daß das Wasser ausgelaufen sein könnte, und suchte welches und goß nach. So waren schon wieder ein paar Stunden vergangen. Er verzweifelte langsam, denn bei dem ruckweisen Fahren kam er der Stadt kaum näher.

»Halt!« schrie der Fahrer plötzlich. Er hatte etwas gesehen, und er schrie es sich selbst zu. Er trat auf die Bremse, daß der Wagen stand. Er rutschte auf den Beifahrersitz hinüber und sah hinaus: wirklich, dort waren Kühe auf dem Feld, nur zweihundert Meter von der Straße entfernt. Vier, fünf, ja sieben Kühe, eine kleine Herde. Er wollte es nicht fassen. Große, schwere Rinder mit gewaltigen Eutern, und niemand kümmerte sich um sie! Sicher hatte ein Bauer sie einfach aus dem Stall getrieben, als er auf die Flucht ging. Das war vernünftig. Besser so, als daß sie im Stall verhungerten. Es war Ende April, und die Felder waren grün genug, daß sie sich selbst versorgten. Und das taten sie, wie er sah. Sie gingen langsam auf einem Kornfeld vorwärts und fraßen ab und zu von der saftigen Wintersaat. Milch! dachte er, ich kriege Milch für die Gören! Er sah die schweren schwarzweiß gefleckten Leiber der Tiere. Unter dem Bauch ging das

Weiß in zartes Rosa über, und an den Schenkeln klebte dunkler Mist. Vor allem aber hatten sie mächtige Euter, so prall, daß sie breitbeinig gingen. Die Kühe schoben die Köpfe vor und brüllten schwer und lange, wenn sie nicht gerade von der Saat zupften.

»Heissassa«, sagte er und rutschte auf seinen Platz zurück, »was für ein Segen! Was für ein Segen!« Er drängte das Fahrzeug rechts heran. Er brachte Pferde aus dem Trott, daß sie erschrocken ihre Köpfe hochwarfen und einen Planwagen zurückhielten. Er drängte sich rücksichtslos hindurch. Ein Kutscher drohte ihm mit der Faust. Aber er fuhr rechts ran bis hart an den Straßenrand und hielt unter den kleinen Bäumen.

Womit? dachte er, womit fang' ich die Milch auf? Keine Frage, er würde die Kühe melken. Da fiel ihm der Eimer ein, mit dem er das Wasser für den Kühler heranschleppte. Der ist zwar mächtig verbeult, dachte er, aber was soll's! Er schnallte sich das Koppel fest, auch den Stahlhelm unterm Kinn, und ging los, den Eimer in der Hand. So ging er auf die Kühe zu, ein kleiner Matrose auf dem Feld. Die Kühe kamen nur langsam vorwärts, und er hatte keine Mühe, sich ihnen zu nähern.

»Lore, Lore, Lore!« rief er lockend, und die Kühe brüllten. Sie antworten! dachte er. Sie waren stehengeblieben und blickten ihm entgegen, und er dachte, ich muß sehr aufpassen, daß nicht eine anfängt sich abzuwenden und wegzulaufen, denn dann gehen sie alle hinterher und lassen sich nicht aufhalten. Er kannte das noch von jener Zeit, als er als Junge im Sommer Kühe gehütet hatte. Keinen Augenblick durfte er sie mißtrauisch machen, das wußte er. Darum hörte er nicht auf, sie zu locken. Er hielt die Hand vor und rief sein »Lore, Lore, Lore«.

Die Kühe kamen auf ihn zu. Ihre Knie waren wuchtig. Und sie brüllten. Das hat nicht viel zu bedeuten, dachte er, wenn sie nur kommen. Im letzten Moment wenden sie sich dann ab und traben davon. Aber besser, sie kommen erst einmal.

Das andere ist dann meine Sache. Da blieben die Tiere stehen. »Lore, Lore, Lore!« rief er. Vielleicht ist eine Alte darunter, überlegte er, so eine, die schon lange Jahre jedesmal vom Melker getätschelt wurde, die kommt am nächsten und wendet sich dann zuletzt ab. Dann muß ich springen und sie am Hals fassen. Wenn ich sie erst einmal habe, dann kriege ich sie auch zum Stehen!

Als er so mit vorgestreckter Hand langsam vorwärtsging, wandte sich eine von den Kühen wirklich um. Da sah er das gewaltige Euter. Es war rosarot und an der Seite geplatzt. Im selben Augenblick wandten sich auch die anderen Kühe um. Nun wußte er, warum sie so brüllten. Er sah die eitrigen Risse, und von den prallen Zitzen tropfte blutige Milch. Die Kühe waren viele Tage nicht gemolken worden.

»Na so etwas«, sagte er, »na so etwas«, und blieb stehen. Er hielt den Eimer in der Hand. Das hatte er noch nie gesehen, ungemolkene Kühe. Die Halunken! dachte er. Warum haben sie sie nicht gemolken? Die da auf der Straße! Die hätten sie doch melken können!

Die Kühe brüllten, aber sie entfernten sich nicht weit. Wenn sie gingen, kurvten sie mit den gespreizten Hinterbeinen um das Euter herum. Dann standen sie wieder, sahen sich um, schlugen mit den Schwänzen.

Vielleicht ist eine dabei . . ., dachte er mit ein wenig Hoffnung und sah sich die Tiere genauer an. Und wirklich, es war eine jüngere darunter, ihr Euter war prall, aber nicht so groß wie bei den anderen Tieren, nicht geplatzt, und es tropfte auch nicht von den Zitzen. Vielleicht wird's noch gehen, dachte er. Ich muß es versuchen! So ging er auf das Tier zu, die anderen wichen zur Seite, und die junge Kuh auch. Sie war mehr weiß als schwarz, hatte große Flecken auf beiden Seiten. Er schätzte sie auf drei Jahre. »Lore, Lore, Lore!« Doch sie war auch die, die sich zuerst abwandte, wenn er sich den Tieren näherte. Ich muß dich kriegen! dachte er, ich muß dich unbedingt kriegen!

Er rupfte von der Saat eine Handvoll ab und hielt sie ihr lockend hin. »Lore, Lore, Lore!« Die Kuh blieb länger stehen als vorher, doch dann wandte sie sich wieder ab. »Bleib stehen!« sagte er bittend. »Ich habe da ein paar kleine Wergel auf dem Wagen, die brauchen Milch.« Er versuchte es wieder, aber nun wandte die Kuh sich noch früher ab. Und dann merkte sie, daß sie verfolgt wurde, und wich ihm gänzlich aus. »Lore, Lore, Lore!« Er geriet in Verzweiflung. Sie konnte noch ganz gut stehen und lief sogar ein bißchen. Dann stand sie und wandte ihm das Hinterteil zu und ließ ihn nicht heran. Er ging im Bogen um sie herum und versuchte es aufs neue. Doch sie war sehr wachsam und ging schon wieder los, wenn sie ihn nur kommen sah.

»Warte, du Aas!« sagte er, »warte, ich erwische dich schon noch!« Ihm war etwas eingefallen. Er sah einen Strohschober hinten am Rande des Feldes. »Da kriege ich dich!« sagte er. »Ich dränge dich ganz dicht an das Stroh, daß du dich nicht mehr wegdrehen kannst, und dann habe ich dich!«

Er ging auf sie zu und trieb sie in Richtung Schober. Die anderen blieben zurück. Sie ging vor ihm her, anfangs lief sie ein bißchen, aber das hörte bald auf, denn auch sie hatte Mühe mit dem Euter. So ging sie breitbeinig vor ihm her und schlug nur mit dem Schwanz. »Das wäre doch gelacht«, sagte er, »wenn ich den Würmchen da auf dem Wagen keine Milch beschaffen könnte! Warte, du Aas, du hilfst mir dabei!« Mit der Faust drohte er der Kuh, als er hinter ihr herging. Er mußte so ein paar hundert Meter über das Feld gehen, bis er mit der Kuh an den Schober gelangte. Hinter sich hörte er die anderen Tiere brüllen. Manchmal antwortete die Kuh vor ihm. Dann blieb sie stehen, blickte sich um und brüllte, und wenn er sich ihr näherte, ging sie gleich weiter.

So sahen sie ihn kommen. Klein auf dem Feld, die Kuh vor ihm. Sie standen in der Wandung des Schobers aneinandergedrückt, eine dünne Schicht Stroh vor sich aufgeschichtet, durch die sie wie durch einen Schlitz das Feld vor sich und die Straße weiter hinten überblicken konnten. Sie sahen, wie die Kuh Anstalten machte, am Schober vorbeizugehen, und wie der Mann ihr den Weg abschnitt. Wie sie dann wendete und an der anderen Seite vorbeiwollte und wie er auch das verhinderte. So kamen sie immer näher heran. Schon waren sie von der Saat herunter und hatten das schüttere Stroh erreicht, das breitgetreten rings um den Schober lag. Die Kuh wurde immer unruhiger, aber der kleine Soldat hielt die Arme breit. In der einen Hand hielt er dabei einen verbeulten Eimer und sprach beruhigend auf sie ein. »Lore, Lore, Lore...« Er engte ihren Bewegungsradius immer mehr ein.

Dann mußte sie auch schon am Schober sein, nicht weit von ihnen entfernt. Sie sahen sie nicht mehr, nur ihn mit seinen ausgebreiteten Armen. Und da hörten sie auch schon, wie die Kuh bei der nächsten Wendung mit der Brust in die Schoberwand einbrach, gleich dicht neben ihnen. Doch glücklicherweise drehte sie sich nach der anderen Seite. Die Männer drückten sich aneinander, sie fühlten ihre Handrükken, die waren schweißnaß. Sie spürten den Strohstaub im Schweiß auf dem Körper kleben. Doch die Kuh entfernte sich, sie hörten es an den Geräuschen. Sie hörten das Hinundherstampfen nun weiter seitlich, auch das schwere Rascheln, wenn sie sich mit der Brust am Schober herumwarf. »Lore, Lore, Lore...«

Sie faßten ein wenig neuen Mut, denn sie hörten, wie die Kuh auf das Feld lief. Der kleine Kerl fluchte. Durch den Schlitz sahen sie aber, wie er die Kuh wieder einfing und herantrieb. Die Kuh kam näher, und wieder begann links von ihnen das Hin und Her. Und dann kam das Stampfen plötzlich ganz nah heran, sie spürten den warmen Atem des Tieres. Für einen Moment wurde es dunkel vor ihren Augen, danach sahen sie wieder den Kerl vor sich, die Arme ausgebreitet, und in seinem Gesicht sahen sie, wie er plötzlich wütend wurde, weil er es mit der Kuh nicht schaffte. Er holte aus und schleuderte den Eimer nach dem Tier. Sie hörten, wie er traf. Da wurde es noch einmal dunkel, heiß spürten sie den schweren Körper der Kuh direkt vor sich und über sich. Es schmerzte gewaltig an der Brust und an den Knien.

Und dann sah der kleine Fahrer zwei männliche Gestalten vor sich in der Schoberwand stehen, direkt vor sich. Er merkte noch, daß die Kuh zur Seite lief, aber er folgte ihr nicht mehr, denn da standen die beiden vor ihm, bis zu den Knien von Stroh bedeckt, standen und drückten ihre Handrücken aneinander. Er prallte zurück, seine Augen waren voll Schrecken. »Soso«, sagte er, »soso.« Er ging langsam rückwärts, Schritt für Schritt, hielt an, stand, nichts auf seinem Gesicht regte sich – und sprang dann unvermutet vor, tauchte seitlich irgendwo nieder. Sie krampften sich entsetzt zusammen und hörten den Eimer aus dem Stroh scheppern. Und dann sahen sie, wie der kleine Kerl mit dem Eimer über das Feld lief. Er blickte sich nicht um.

Er lief, solange er konnte. Er hatte die Kuh vergessen und die anderen Kühe auch. Sie standen nicht weit von ihm auf dem Feld und brüllten. Erst als er sich der Straße näherte, wo er sich in der Nähe des Trecks ein wenig sicherer fühlte, blickte er sich um. Doch da war nichts, niemand. Der Fleck am Strohschober war leer. Er konnte genau die Stelle sehen, wo die beiden gestanden hatten. Das Stroh war dort heller. Ganz deutlich sah er den frischen Strohfleck in der Schoberwand. Doch er war leer. Der Fahrer ging nun langsam. Er atmete schwer. Er sah sich mehrmals um. Zuletzt stülpte er den Eimer auf die Erde und setzte sich darauf. Ich komme ohne Milch zurück, dachte er.

Da sah er, daß der Wagen fort war.

Der Wagen war wirklich fort. Er sah die eingebrochenen Flüchtlingswagen und die defekten Militärfahrzeuge an der Straßenseite, manche standen auf dem Feld. Er sah aufgebrochene Wäschekörbe und rote Federbetten, er sah Zinkwannen und umgekippte Kinderwagen und all das verstreute

Zeug wie überall unterwegs, doch er nahm es nicht wahr, denn er wußte, daß er nicht erst zu suchen brauchte. Die Stelle, an der der LKW gestanden hatte, war ihm direkt gegenüber. Er hatte sich mehrmals umgeguckt, als er zu den Kühen ging, er wußte es genau. Und die Stelle war leer, völlig leer.

Zwischen zwei kleinen Bäumen war nichts. Nur der Rasen und die Straße mit dem Treck.

»Das ist doch nicht wahr«, sagte er und erhob sich halb, »das kann doch nicht wahr sein!« Was nützte es, daß er sich die Hosentaschen abfühlte, ob der Schlüssel darin war! Natürlich war er nicht darin. Oft genug war er deswegen ermahnt worden. Es schoß ihm durch den Kopf. Aber selbst wenn er den Schlüssel bei sich gehabt hätte, wie leicht ist es, ein Auto zu stehlen, auch ohne Schlüssel! Er wußte das so gut wie jeder Kraftfahrer. Und manch anderer auch. Der Wagen jedenfalls war nicht da. War weg.

Er kann nicht weit sein, dachte er schnell. Er kann noch nicht weit sein. Er kann nur so weit sein, wie der ganze Treck auch ist. Nein, dachte er, der ist noch nicht weit. Der kann nicht schneller fahren als die anderen Fahrzeuge, und zurück kann er auch nicht. Der schwimmt mit. Der kann nur mit dem ganzen Treck mitfahren, mitten drin. Irgendwo steht er, wenn alle stehen. Kann sein, er steht zum zweitenmal oder zum drittenmal. Aber den hole ich ein! Den kriege ich!

Er lief auf der Straße entlang. Er überholte Wagen um Wagen. Neben den Rädern lief er einher, links die schweren Reifen der Motorfahrzeuge, er war etwas schneller als sie, rechts die hohen mahlenden Räder der Ackerwagen. Die waren noch langsamer. »Haben Sie einen LKW gesehen? Mit Kinderbetten drauf?« Es hatte keinen Zweck, das zu erklären. Er mußte weiter. Die Sonne biß ihm in den Nacken, der Staub legte sich auf seine Lippen, im Mund war trockener Schleim. Er nahm den Stahlhelm ab, ließ ihn einfach fallen, der schepperte unter einen LKW. Die Militärschuhe waren schwer an seinen Füßen, und er hatte überhaupt zu kurze Beine zum Laufen. Doch er lief, den Eimer in der Hand.

Die Kolonne stand einmal, da kam er gut voran, und sie stand noch einmal. Und als sie wieder anfuhr, sah er seinen LKW vor sich. Er mußte noch zwei andere überholen, aber dann sah er die Rückwand und die Plane und die Hängerkupplung und auch die Reifen von seinem LKW und alles, was er an ihm kannte. Und ein ganz klein wenig von dem weißen Holz im Wageninnern über der Klappe. Eine Geländeroberkante nur, die er im Laufen sah.

Er lief nicht schneller. Er lief im gleichen Tempo bis an den Wagen heran und griff mit der freien Hand an die Oberkante der Rückwand. Doch mit dem Eimer in der Hand konnte er so nicht laufen. Darum ließ er noch einmal los. Er kam etwas ab und lief wieder heran und warf im Laufen den Eimer über die Rückwand. Dann faßte er mit beiden Händen die obere Kante und wollte sich hinaufziehen. Er ruckte einmal und noch einmal. Doch er blieb hängen. Seine Arme hatten nicht mehr die Kraft dazu. Er blieb so hängen, seine Füße liefen manchmal ein paar große Schritte mit, und wenn er sich hochzog, schlugen die Knie gegen die Anhängerkupplung.

Ich muß hier rauf, dachte er verbissen. Ich muß hier unbedingt rauf! Wenn ich erst oben bin, warte ich, bis er hält. Dann gehe ich vor! – Langsam stemmte er ein Knie auf die Anhängerkupplung. Er rutschte noch einmal ab, aber dann schaffte er es. Sein Knie stand sicher drauf. Dann stemmte er sich hoch. Seine Arme hatten es nun leichter. Es dauerte seine Zeit, aber dann stützte er sich oben auf die Kante und drückte sich mit den Füßen ab. So fiel er über die Kante ins Wageninnere.

Dort blieb er liegen. Er blieb so eine ganze Zeit liegen. Der Wagen polterte. Über den Bodenbrettern wirbelte der Staub. Er war halb ohnmächtig vor Schwäche. Ich werde nachher vorgehen und ihn erschlagen, dachte er. Neben ihm sprang der Eimer auf dem Boden, etwas weiter standen die Kinderbetten. Ich werde ihn erschlagen, dachte er, ich werde nachher vorgehen und ihn aus der Kabine ziehen und ihm den Eimer an den Kopf hauen! Und noch bevor er die Flugzeuge hörte, dachte er, daß er sich dazu noch ein wenig ausruhen müßte. Er legte sich auf den Rücken, und mit Behagen spürte er die allererste Stufe der Ohnmacht.

Als die Flugzeuge kamen, blieb er einfach auf dem Wagen liegen. Der Wagen stand, kein Holpern, kein Motorenlärm, nur das Heulen der Jaks über ihm. Er sah zur Plane hinauf, hörte Schreie, hörte harte MG-Garben, Pferde schrien auf in der Nähe. Er wartete auf das Geräusch von aufsteigender Erde, von getroffenen Bäumen, von Eisen, wenn es reißt. Auf alle Geräusche, die es in einem einzigen Augenblick nur geben kann, und dazu das von Splittern im Chassis. Der Wagen stand, und er dachte an ein Mädchen mit warmem Hals und warmen Lenden und wunderte sich, daß er hier einfach auf dem Wagen lag. Ich habe keine Angst, dachte er, ich habe gar keine Angst! Er schaute zur Plane hinauf und lachte und faßte mit beiden Händen in den Matrosenkragen und zog ihn langsam über der Brust auseinander. So lag er, der kleine Mann, und zählte die Maschinen über sich.

Doch die Erde barst nicht, die Bäume starben nicht, das Eisen ringsum schwieg. Schwieg noch, als die letzte Maschine fort war. Da erhob er sich erstaunt, blickte über die Kante der Rückwand. Nichts weiter draußen. Das gewohnte Bild.

Er sprang vom Wagen, ging nach vorn und öffnete den Schlag. Die Kabine war leer. Er stieg hinauf und setzte sich. Das Lenkrad war noch warm von den Händen des anderen, der Sitz unter ihm auch. Da sah er Blut ringsum. Frisches Blut. Das Polster war beschmiert und der Ganghebel und das Armaturenbrett auch. Er sah sich alles genau an, die frischen Tropfen auf dem Boden, das geronnene Geschmiere am Lenkrad. Armer Kerl, dachte er, der wollte mit dem Wagen ein Stück weiter und irgendwo etwas finden, wo er vielleicht überleben könnte, ein Lazarett oder einen Arzt. Oder auch nur eine Unterkunft, wo er in Ruhe sterben konnte. Armer Kerl. – Er kann nicht weit sein, überlegte er, er liegt sicher irgendwo hier in der Nähe. Weit kann er nicht gelaufen sein. Er blutet sicher und ist schwach.

Der Fahrer beugte sich aus dem Fenster und sah sich um. Vielleicht hinter dem Strauch, dachte er. Man müßte nachsehen. Oder hinter dem Panzer? Oder, da ist ein Graben, vielleicht liegt er da im Graben. – Er öffnete die Tür und wollte zum Graben gehen. Er stand schon draußen, aber da fuhr das Fahrzeug vor ihm an, er sah, daß die Kolonne fuhr, und sprang in den Wagen und startete und fuhr langsam an. Beim Schalten sah er aus dem Fenster.

Warum muß ich hier fahren, denkt er. Warum muß ich hier fahren! Er beißt sich in den Daumenballen vor Verzweiflung. Sein Gesicht ist so welk und so bleich wie die da hinten unter der Plane. Wie Regenwürmer, denkt er. Wenn er hält, und er hält jetzt oft, horcht er nach hinten, aber es ist still. Es ist erschreckend still. Er horcht angestrengt und wünscht sich ein Quengeln, nur leise vernehmbar, ein einziges wenigstens. Aber er hört nichts. Der Lärm, der verdammte Lärm da draußen! denkt er und gibt dem Treck die Schuld, daß er von den Kindern nichts hört. Er weiß, was er da tut, aber dann muß er weiter, vier Meter oder zwanzig Meter, manchmal auch zweihundert. Und dann steht er wieder und horcht nach hinten und hört nichts. Der verdammte Lärm da draußen!

Er war jetzt oft oben. Alle zehn Minuten, wenn der Fahrzeugstrom für einen Augenblick stand, schwang er sich über die hintere Planke. Er bückte sich, ging gehetzt umher, wütend, schrie die Kinder an. Doch die lagen still. Lagen auf der Seite oder auf dem Rücken, die Augen halb geöffnet, ohne ihn zu sehen, und nur die dünnen Fingerchen bewegten sich manchmal leise. Dann packte er das Bett und schüttelte sie. »Wie Regenwürmer!« schrie er, »wie Regenwürmer!« Doch wenn er dann eine Reaktion erwartete, war es nur der Ansatz zu einem Greinen auf einem der durchsichtigen Säuglingsgesichtchen. Doch das hörte gleich wieder auf. Dann wandte er sich um und lief nach hinten, sprang über die Klappe zurück, denn draußen hupten sie. Er zeigte ihnen einen Vogel oder die Faust und lief nach vorn und startete, denn der Treck vor ihm zog schon weiter. »Der verdammte Iwan!« schrie er, »dieser Scheißrusse! Warum hat er mir das bloß angetan! Warum bloß!«

Dann gab es vor ihm einen Unfall. Das Fahrzeug vor ihm zog plötzlich nach rechts und zermalmte mit den Hinterrädern einen Handwagen. Die Leute sprangen zur Seite, das Fahrzeug fuhr einfach weiter. Er sah Kofferinneres überfahren auf der Straße, zersplitterte Handwagenräder dazwischen und dabei ein paar Menschen, wie sie vor Schreck die Hände vor den Mund hielten. Da hielt er an. Er fuhr bis an die Stelle heran und hielt. Flink sprang er aus dem Auto und schlug die hintere Klappe herunter.

»Rauf!« sagte er. »Schiebt die Betten nach vorn und rauf!«

Da geschah etwas, was er nicht erwartet hatte. Es waren plötzlich so viele Handwagen da und Leute mit Rucksäcken, mit Wäschekörben und bepackten Fahrrädern, mit beladenen Sportkarren, Kinder mit Koffern, Taschen. Sie kletterten alle hinauf. Wie Ratten. Wie Ratten! dachte er. Die Kinder hatten Rücken wie Ratten und waren auch so flink. Gepäckstücke wurden eilig hochgereicht, Erwachsene kletterten hoch, stießen einander zur Seite und zurück, manche hielten sich gegenseitig. Oben türmten sich die Koffer, Rucksäcke, Kisten; Fahrräder standen da. Er sah, wie die Kinderbetten ganz nach vorn geschoben wurden.

»Aus!« schrie er, »aus! Genug!« Der Wagen war voll, die Leute saßen oben auf den Gepäckstücken. Er wollte die Klappe einfach hochdrücken, aber da stand ein hünenhafter Mensch vor ihm und drückte ihm das Handgelenk zusammen.

»Au!« schrie er, und der Glatzköpfige ließ langsam los.

»Wage dich's!« sagte er drohend, während weiter Menschen auf den Wagen kletterten. Da lief der kleine Fahrer einfach nach vorn und fuhr los. Im Anfahren erkannte er die Frau und die Kinder, die vorher ihre Hände vor den Mund gehalten hatten. Sie sammelten vor der Motorhaube ihr Zeug von der Straße. Die Frau war blond. Er hielt sofort wieder an.

»Rein!« schrie er. Er war auf der Polsterbank hinübergerutscht und hatte den Schlag geöffnet. Sofort kletterten die beiden Kinder herein, die Frau reichte ihnen ein paar Sachen nach, und dann stieg sie selbst ein. Das Fahrerhaus war mit einemmal überfüllt. Doch er hatte noch Platz genug und fuhr gleich wieder an. Er fürchtete sich vor dem, was hinten geschah.

Etwas weiter hielt er wieder an. Er lief nach hinten und klappte die Klappe hoch. Die Menschen sahen ihn an. Ihm fiel etwas ein. Er kletterte hinauf, stand oben.

»Ist hier jemand, der vielleicht etwas Milch bei sich hat oder Obstsaft«, sagte er. »Da hinten sind Kinder, die sterben mir unter der Hand weg.«

Die Leute sahen ihn an. Niemand sagte etwas.

»Na, dann nicht!« schrie er und sprang vom Wagen.

Er konnte sich kaum bewegen. In der Kabine war es eng. Eins von den Kindern, ein sechsjähriger Junge, stand dicht neben seinem Bein. Doch er fuhr weiter, weiter. Er fühlte sich gut mit der Frau und den Kindern in der Kabine. Ein wenig besser jedenfalls.

»Wie heißt die Stadt da vorn, Onkel?« fragte der Junge.

Er nannte den Namen. Der Junge nannte ihn als Frage noch einmal zurück, und er bestätigte es.

»Haben Sie vielleicht etwas Milch oder Obstsaft bei sich oder irgend etwas für Säuglinge?« fragte er die Frau, die drüben in der Ecke saß. »Ich habe zwölf Kinder hinten drauf, Säuglinge. Ich glaube, ich kriege sie nicht durch.«

»Zwölf Säuglinge?« Die Frau war überrascht. Er konnte sich ihr gut anvertrauen, das merkte er. Sie war mindestens einen Kopf größer als er. Er sah das, wie sie da in der Ecke auf der Bank saß.

»Ja«, sagte er, »sie gehen mir ein.«

»Wir haben doch das Glas Bienenhonig!« sagte der Junge.

»Nein«, sagte die Frau, »nicht mehr. Das liegt da auf der Straße.« Sie überlegte und sah sich zwischen den Gepäckstücken um.

»Mein Gott«, sagte sie erschrocken, »ich habe die Provianttasche dort stehen lassen.«

Hinten indessen, das konnte der Fahrer nicht ahnen, kletterten während der Fahrt ein paar Leute zu den Kinderbetten. Sie hatten keine Milch und keine Kindernahrung bei sich, aber sie suchten in ihren Taschen. Und die Frauen wußten, wie man das eine und das andere durch ein Tuch drücken kann und Säuglingen an den Mund halten.

Den Leuten blieb nichts, als geradeaus in die Stadt zu fahren. Sie hatten keine Kraft mehr und nicht mehr die Energie, sich aus dem Treck zu lösen und allein einen anderen Weg zu fahren. Nicht mit dem LKW und nicht mit dem Pferdewagen, und schon gar nicht mit den kleineren Gefährten. Das war zu schwer. Und die Stadt rückte näher, die Stadt, sie sahen es ihr an, die sie nicht mehr aus ihren Mauern lassen würde. Sie war auch nicht zu umgehen, im Süden nicht und nicht im Norden. Denn im Norden war das Meer. Nun war alles zu spät. Bis dorthin noch und dann nicht weiter. Dort war es, ihr Ende. Sie hatten nicht den Willen aufgebracht, die Pferde aus dem Strom hinauszulenken, vorher, als gelegentlich noch Straßen niederer Ordnung abzweigten oder dann und wann ein Weg. Da hatten sie es versäumt. Nun lag die Stadt vor ihnen. Hinter diesen Mauern würden sie den Zorn des großen Volkes empfangen. Wovor sie aufgebrochen und geflohen waren, hier sollte es sie ereilen, mit ganzer Wucht jeden einzelnen treffend. Sie schleppten Wagenladungen voller Gerüchte mit, wie es sich vollzog. Die Gerüchte hatten den Treck überholt, waren von irgendwoher gekommen, von weit hinten, wo den fremden Kriegern schon Städte in die Hände gefallen waren, sie liefen die Wagen entlang, ließen Neuigkeiten zurück, widersprachen dem, was andere Gerüchte zurückgelassen hatten, die schon in die Stadt vorangeeilt waren. So drängten die Menschen auf den verstopften Straßen voran. Ankommen und sich dort verbergen! Nicht mehr, nur das noch. Das war die kleine Hoffnung, die ihnen das Heranrücken der Front noch ließ. Auch wenn sie wußten, daß die Stadt dafür nicht geeignet und nicht der rechte Ort war. Besonders die Leute vom Lande wußten es: Der Zorn des großen Volkes war in einem Dorf leichter zu ertragen. Doch dafür war es jetzt zu spät. Vor ihnen lag die Stadt.

Während draußen noch Trecks auf den Straßen heranzogen, war die Stadt schon voll von Menschen. Sie konnte nicht mehr aufnehmen. Doch die Flüchtlingswagen drängten unaufhaltsam nach. Das Ende des Stromes war nicht abzusehen.

In den Häusern kümmerte sich niemand um das, was sich zwanzig oder auch nur fünf Kilometer vor der Stadt abspielte. Es gab Wichtigeres zu tun. Denn es dauerte bestenfalls noch zwei Tage, bis er da wäre, der große Zorn. Zwei Tage oder nur einen Tag, vielleicht war es auch eine Sache von Stunden. Keiner konnte das sagen, alle Meldungen widersprachen einander. Das Großdeutsche Reich hörte auf zu bestehen, das war sicher. Aber auf den Straßen liefen Uniformierte herum, Armbinden kennzeichneten ihre Absicht, immer noch Macht auszuüben. Sie brachen in Wohnungen ein, führten Menschen ab und erschossen sie an der nächsten Mauer. Und im Hafen schrien Sirenen, Heeresabteilungen trieben chaotisch durcheinander, Menschenmassen stießen einander, MPi-Salven knallten über ihren

Köpfen, durch die verstopften Straßen schoben sich Panzer und Selbstfahrlafetten. Sie walzten nieder, was ihnen nicht Platz machte.

Es ist ein schweres Ende. Die Front wird alle Rohre auf die Stadt richten. Die Vernichtung wird aus der Luft kommen, wie so oft schon in den letzten Tagen, nur verheerender noch. Straßenzüge werden bersten, und Mörtelstaub wird aufsteigen. Der Asphalt wird brennen, die Glocken werden läuten, bis die Türme stürzen, und unter mörderischem Getöse werden Straßendämme aufbrechen wie am Jüngsten Tag. Dann, im Moment der Stille, werden sie kommen. So wird es sein: Stille – Poltern im Treppenhaus – Karabinerkolben an der Tür – sie kommen herein, sind da, wild um sich blickend, die Waffe an der Hüfte. Und dann Schüsse hier und da und kurze Salven.

Die Leute in der Stadt wissen, daß es so kommen muß.

Es war also das Letzte zu tun. In Hast überdachten sie, in welcher Weise sie dienlich gewesen waren. Zeugnisse mußten vernichtet werden, Öfen verstopften in Papier und Qualm, verräterische Embleme fanden sich unendlich: kleine Adler, gedruckt auf Papier, Fähnchen zum Winken, die große Fahne, das Bild an der Wand, und immer wieder Papier. Und Selbstmord: Blausäure, Aufhängen am Fensterkreuz. Und die Türen dreifach verschlossen. Noch nichts in den Treppenhäusern ...

Oberstudienrat Albrecht Seemann war ein Mann von achtundsechzig. Im Gymnasium der Stadt hatte er Geschichte gelehrt. Drei Phasen deutscher Geschichte hatte er selbst durchlebt. Als junger Dorfschullehrer lehrte er die Kinder die Biographien des Hauses Hohenzollern, die Feldzüge Friedrichs II., den Gang nach Canossa und Bismarcks Rolle bei der Reichsgründung. Er war ein Mann mit korrektem Scheitel und gepflegtem Schnurrbart, als er den Rohrstock zur Seite legte und andere Schüler den Hauch der achtundvierziger

Revolution ahnen ließ. Weißhaarig hatte er schließlich die Züge der Germanen erläutert, den Weg des Deutschritterordens auf der Karte markiert, die Grenzen deutscher Reiche. Nun ging er durch die Wohnung, ein großer Mann, doch vom Alter gebeugt, hielt Bücher in seinen Händen, verhielt mit sinnendem Blick: das vierte Reich? Nun wird ein viertes kommen. Wie wird es sein? Was wird von ihm zu registrieren sein für später? Dem sann er nach. Albrecht Seemann hockte sich vor dem Ofen nieder. Er tat ein Buch hinein, langsam.

Im selben Hause wohnte Johanna Spriegel, zweiunddreißigjährig, der Mann nicht vermißt und nicht gefallen, doch sie war ohne Nachricht von ihm seit einem halben Jahr. Drei Kinder überließ sie in der Wohnung sich allein, denn sie arbeitete auf dem Güterbahnhof. Dort lud sie Kisten in Waggons und räumte nach Fliegerangriffen die Hindernisse von den verbogenen Gleisen. Am Abend vor zwei Tagen, es dämmerte schon, saß sie am Tisch, die Arme waren ihr schwer wie Blei, da war ein Mensch in ihre Wohnung getreten. Sie hatte vergessen, die Tür zuzuschließen. Er war eilig hereingetreten und hatte sich flach an die Wand gedrückt. Ein Soldat. Den Rücken drückte er an die Wand und die Hände. Gleich neben der Tür. Ein großer, junger Mensch, erschreckend dünn und mit fiebrig glänzenden Augen. So stand er im Dämmerlicht, als ob er horchte.

»Sind Sie allein?«

»Ja«, sagte Hanna. Sie sah seine große Hilflosigkeit.

Er hielt Hände und Rücken an die Wand gepreßt. »Der Schrank da«, sagte er, »ich verstecke mich im Schrank.«

»Das geht nicht«, sagte Johanna. »Um Gottes willen, das geht nicht. Ich habe drei Kinder, die werden Sie finden!«

Doch während sie noch sprach, schritt der große Mensch eilig durch den Raum und setzte sich in den Kleiderschrank. Alles in einem Zuge. Er zog die Tür von innen zu, bis sie anschlug. Und Johanna stand schließlich auf und schloß die Tür von außen. Sie sprach den ganzen Abend nicht. Ging hin und her und horchte. Hörte die Dielen unter ihren Füßen knarren.

Seit zwei Tagen hatte sie nun diesen Mann im Schrank. Auf dem Güterbahnhof litt sie tausend Ängste, wenn sie die schweren Kisten hob. Mit den Frauen lachte sie aber mit und ließ sich nichts anmerken.

Das war in der Wohnung darunter.

Man sah es den Häusern nicht von außen an, was sich hinter ihren Mauern vollzog. Es waren Häuser in einem Altstadtviertel, nicht weit vom Hafen entfernt. Während die umliegenden Straßen von den Bombenangriffen zum Teil stark beschädigt worden waren, der Klütenweg, die Diebstraße und auch der breitere Hanfseilerdamm, war hier in der Wasserstraße eine Häuserinsel im Ruinenmeer zurückgeblieben. Das Pflaster und die kleinen Vorgärten waren von Mörtelstaub und herabgefallenen Bruchziegeln bedeckt, doch die Häuser standen. Im Mauerwerk, wo der Putz von den Wänden gefallen war, standen ziegelrote Flecke, die schmalen Fenster waren mit Pappe oder Brettern vernagelt. Sie reihten sich zweistöckig, dreistöckig aneinander, ihre Steintreppen reichten bis auf den Bürgersteig hinunter. Die Wände gewährten keinen Einblick in das, was hinter ihnen war. Und nun stand das Jüngste Gericht bevor.

Hier, in dieser Straße, sollte der kleine Fahrer sein Gefährt anhalten. Hier war der Endpunkt seiner Reise. Noch war er unterwegs, er näherte sich erst der Stadt. Er sah die Dächer und die Häuser und die Türme. Er fuhr mitten im Flüchtlingsstrom, die Straße vor ihm und neben ihm war voll von Fahrzeugen. Die Menschen, die für ihn eine besondere Bedeutung bekommen sollten, kannte er noch nicht.

In der Parterrewohnung Wasserstraße sieben wohnte seit einigen Tagen die Flüchtlingsfamilie Golumbiewski. Die Wohnung hatte leergestanden, da hatte die große Familie auf der Flucht angehalten und hier ihren Handwagen entladen. Sie zogen ein, voran die fast sechzigjährige kleine Gottliebe

Golumbiewski. Sie kamen aus Masuren. Die Sippe der dünnhaarigen Frau bestand aus fünfzehn Personen. Das waren zwei ihrer verheirateten Töchter mit drei und vier Kindern, sie hatten sich, als es auf die Flucht ging, zu den Eltern geschlagen. Das waren ihre beiden jüngsten Söhne, zwei Straßenstrolche von elf und vierzehn Jahren, und das waren weiter die beiden Kinder einer Nachbarin, die auf der Flucht verstorben war, und schließlich ihr Mann, Hermann Golumbiewski, ein ehemaliger Eisenbahner, der einen winzigen Bombensplitter im Kopf hatte und davon schwer hörte. Ihnen allen stand die kleine Frau mit dem dünnen Haarknoten vor. Morgens um fünf eilte sie behende in eins der umliegenden Dörfer, horchte auf die Geräusche von der Front und brachte mit, was sie eingetauscht oder gestohlen hatte. Sie kam schon zurück, wenn die anderen gerade erst aufstanden. Sie tat alles schnell und flink. Sie zankte schnell und bespuckte Furunkel und las zwischendurch, mit dem Finger die Zeilen entlangfahrend, ein paar Seiten in einem Buch. Das hatte man gefunden, als sie in diese Wohnung einzogen. Es hieß »Tarzan«. In ihrem Leben hatte die Frau noch nicht die Zeit gehabt, in Ruhe ein Buch zu lesen. Nun aber, als ringsum alles im Durcheinander war, nahm sie sich die Ruhe und las. Der Haushalt war dürftig geworden, sie konnte ihn den Töchtern überlassen. Gottliebe Golumbiewski lebte indessen mit ihrer Phantasie unter den gewaltigen Urwaldbäumen Afrikas, wo Tarzan inmitten von Gorillas seine Abenteuer bestand.

»Oma, man kann die Front ganz deutlich hören. Die Russen sind bald hier.«

»Laß mal Kleiner, wir müssen das abwarten.«

»Oma, wenn die Russen hier sind, können Opa und Siegmund dann vom Boden runterkommen?«

»Ja, dann können sie runterkommen. – Was war das auf der Straße?«

»Das waren Panzer, Oma.«

»Aha, Panzer waren das.« Und die Frau las weiter.

So war es dort im Parterre.

Im Nachbarhaus, Nummer neun, eine Treppe hoch, ging es stiller zu. Dort pflegte der beinamputierte Ostpreuße Fritz Abromeit seine Frau. Sie bewohnten ein Zimmer bei einer Seemannswitwe. Das Zimmer war voll von Ölgemälden und alten Möbeln, es gab nicht viel Platz, sich darin zu bewegen. Im Bett, unter schweren Federn, lag seine Frau. Die Seemannswitwe fegte mit einem Gänseflügel den Staub von den Bilderrahmen.

»Und Sie waren wirklich Bürgermeister, Herr Abromeit?«

»Ja. Aber unser Dorf war nicht groß. – Ginge es wohl ein bißchen leiser, Frau Riemschneider? Meine Frau liegt im Fieber.«

»Man hört, daß die Russen auf Bürgermeister nicht gut zu sprechen sind. Meist sind sie in der Partei gewesen.«

»Nicht unbedingt, Frau Riemschneider.« Er wischte der kranken Frau die Stirn trocken. »In solchen kleinen Dörfern in Ostpreußen, wissen Sie, da war das nicht immer der Fall.«

Seine Frau hüstelte. Sie sagte etwas Unverständliches. Er nickte ihr zu.

»Es ist gar nicht mal wegen der Lungenentzündung«, sagte er, »es ist wegen der Kinder. Sie waren gerade vorn, als das Schiff auf die Mine lief. Sie wollten sich die Bugwelle ansehen.«

»Vielleicht sind sie gar nicht tot«, sagte die Seemannswitwe.

»Doch, gewiß«, sagte er, »man darf sich da nichts vormachen. Sie konnten auch nicht schwimmen. Wenn sie nicht von der Mine getötet wurden, dann sind sie ertrunken.«

»Mein Seliger«, sagte die Matrone und fuhr mit dem Federwisch über die Ornamente, »bevor er dahinfuhr, das war aber noch vor dem Kriege, er war Seemann, das sagte ich schon, er erzählte mir, wie Schiffbrüchige in einem Boot manchmal erst viele Wochen später gefunden wurden...«

»Es ist besser, Sie trösten mich nicht«, sagte der Mann, »und, bitte, auch meine Frau nicht. Ich war oft genug am Hafen. Man kann das Wrack mit bloßem Auge sehen. Es sind nur die drei Rettungsboote angekommen, mehr nicht.«

»Wissen Sie, man will einem ja nicht zu nahetreten. Aber vielleicht sollten Sie noch einmal Ihr Gepäck durchsehen, ob sich da etwas findet, was vielleicht weg sein sollte. Schon die Fotografie von Ihrem Ältesten, ich will Ihnen ja nicht nahetreten, aber er hat Uniform an...«

»Lassen Sie die Fotografie stehen!« sagte der Mann bestimmt. »Es ist ein schwarzes Band darum. Jeder Mensch hat Achtung vor einem Trauerband. Das hat nichts damit zu tun, daß ich Bürgermeister war.«

Die Frau hustete wieder. Er trocknete ihr die Stirn. Sie nannte im Fieber Namen, und er saß neben ihr und nickte.

Manchmal ging Fritz Abromeit zum Fenster. Dort schichtete er dann die Pappe im Rahmen neu, er wollte vermeiden, daß seine Frau im Durchzug lag. Doch es kam auch vor, daß sie nach frischer Luft verlangte und nach Licht, dann kam er ihrem Wunsch entgegen, indem er kurze Zeit einen Fensterflügel öffnete. Er blickte auf die klirrenden Militärfahrzeuge hinab, empfing den Lärm von unten und sah auf den schmalen Bürgersteigen Lebewesen sich in menschlicher Gangart eilig bewegen. Doch er vernahm den Lärm gar nicht, er dachte denen da nicht nach, sein Gesicht blieb reglos in dem Licht, das ihn vom geöffneten Fenster, wie er dort stand, und vom Raum her umgab. Er hing seinen Erinnerungen nach, hörte nichts, sah nichts, auch nicht die Mädchengestalt gegenüber. Er schloß das Fenster nach angemessener Zeit, wandte sich seiner Frau zu und horchte auf ihr schweres Atmen.

So Fritz Abromeit in der Wohnung der Seemannswitwe Riemschneider, Wasserstraße neun.

Das Mädchen hinter dem Fenster gegenüber stand schon lange dort und blickte auf die Straße hinunter. Ihre kräftige Hand spielte mit der Gardine.

»Noch immer nichts?«

»Nein«, sagte das Mädchen. Sie hielt den Kopf ein wenig vorgereckt, um besser die Straße beobachten zu können. Ihr Haar glänzte golden, es war am Hinterkopf locker zu einer Rolle aufgenommen. Sie trug eine weiße Bluse und einen blauen Rock. Sie war einundzwanzig.

»Aber er hätte doch längst hier sein müssen!«

»Und wenn er gar nicht kommt?« sagte sie.

»Ich sage, der kommt! Hast du alles zusammengepackt?«

»Ja, alles.«

»In spätestens zwei Stunden bin ich wieder da, hat er gesagt, mit irgendeinem Wagen. Und wenn er das sagt, dann kann man sich darauf verlassen. Olaf ist immer obenauf. Ich habe noch nicht gesehen, daß er etwas mal nicht geschafft hätte. Oder du, Lene?«

»Du vergißt, was draußen los ist«, sagte sie.

Sie hörten den Lärm auf der Straße und in der Stadt. Das Aufheulen der starken Motoren war furchterregend, das Dröhnen der Fahrzeuge teilte sich dem Haus durch das Straßenfundament mit, die Fußböden und Türen vibrierten, und im Schrank klirrte das Glas. Weiter weg summte es ständig, bedrohlich, und dazwischen wummerte es schwer.

Obgleich die Einschläge noch fern waren, ging jedesmal ein Luftdruck, der die Türen in den Schlössern schlackern ließ, durch die Räume. Beängstigender aber waren einzelne Schüsse aus kleineren Waffen, die sich deutlich von dem Lärm abhoben. Sie kamen von irgendwo aus der Stadt. Was war hier zu schießen? Manchmal pochte etwas weiter weg eine dumpf ratternde Serie dazwischen.

»Hörst du es oder soll ich das Fenster öffnen?«

»Laß es zu!« Und dann: »Du hast etwas gegen Olaf. Hast du mit ihm geschlafen?«

Das Mädchen schwieg.

»Du Schlampe! Hat er gewußt, daß du es bist?«

»Ich habe es ihm gesagt.«

»Und?«

»Daraufhin hat er mich mit Gewalt genommen.« Und dann fügte sie hinzu: »Und wenn auch!«

Einen Augenblick lang war es still im Zimmer.

»Das gefällt ihm mit uns, das kann ich mir vorstellen. Dieses Schwein!«

»Eigentlich ist es jetzt die beste Gelegenheit, daß wir auseinander gehen, Erika«, sagte das Mädchen. »Meinst du nicht?« Sie sah vor sich hin, die Hand noch an der Gardine. Sie wendete sich zur Seite, um die Antwort zu hören.

»Trennen?«

»Ja, ich dachte mir das so. Du fährst mit Olaf, und ich bleibe hier. Es geht ganz einfach. Du kannst dich ja von Husum wieder melden. Die Adresse von Onkel Richard ist in deiner Handtasche.«

Im Zimmer blieb es still.

»Wenn wir es jetzt nicht schaffen, dann bleiben wir wieder zusammen. Meinst du nicht auch?«

Die Antwort kam nicht gleich. »Von mir aus können wir uns ihn teilen.«

»Nein!« schrie das Mädchen. »Teilen, teilen! Alles teilen! Immer teilen! Nichts hat man allein. Kein Kleid, kein Paar Schuhe, keinen Freund, keinen Gang auf der Straße. Nein! Nein! Nein!« Sie preßte ihr Gesicht in die Gardine.

»Hör auf zu heulen, du dumme Gans!« kam es scharf aus dem Zimmer. »Was soll das schon wieder! Kannst du nicht begreifen, daß du nicht hierbleiben kannst? Hast du vergessen, was wir waren? Wir müssen zusammen hier verschwinden, da bleibt uns keine Wahl! Alle verschwinden!«

»Was waren wir denn schon! Was haben wir denn schon Schlimmes getan! Das Telefon durchgestellt und Getränke reingetragen und manchmal bei den Offizieren auf den Knien gesessen. Das kann doch nicht so schlimm sein!«

Aus dem Innern des Raumes kam die andere an das

Fenster. Sie stellte sich neben sie. Ihr Haar glänzte golden. Es war am Hinterkopf locker zu einer Rolle aufgenommen. Sie war einundzwanzig. Sie trug eine weiße Bluse und einen blauen Rock. Nichts unterschied sie von der anderen.

»Was ist mit dir los?« schrie sie das Mädchen an.

Das Mädchen weinte bitterlich. Doch nach einer Weile ließ sie die Gardine los, die Hand glitt hinunter, widerstrebend, glitt nach hinten, suchte mit den Fingern und fand die Hand der anderen. Die Hände preßten sich ineinander, als ob sie sich lange nicht berührt hätten.

»Hast du Angst?«

»Ja.«

»Sie sind bald hier.«

Hinter dem Tageslichtspiegeln des Fensters stand schemenhaft ein Mädchen. Es wartete auf ein Auto. Das andere Mädchen war nicht zu sehen. Es stand neben der Mauer, wo die Gardine war.

Das war im Haus Nummer zwölf.

Zwei Häuser weiter in der Drogerie Ecke Wasserstraße/Schifferdamm lebte Regine Bünzel. Es war mehr als ein Jahr vergangen, seit Feldwebel Richard Bünzel, der Besitzer des kleinen Geschäfts, zum letztenmal den Waffenrock über die Stuhllehne gehängt und sein spärliches Vorderhaar im häuslichen Spiegel gekämmt hatte. Er war durch die Straßen gegangen, hatte fröhlich ein Lied gepfiffen, hatte sich von Landsern grüßen lassen und zu den Fenstern hinaufgeschaut, wo er Kundinnen wohnen wußte, die er kannte aus seiner Zeit hinterm Ladentisch. Als er wieder fort war, hatte Regine wieder einmal den leeren Nachgeschmack gehabt, der ähnlich ist jenem Gefühl, das man hat, wenn man an einem Kornfeld eine Ähre abgerupft hat und merkt, daß sie taub ist. Sie hatte ihn zum Bahnhof gebracht und dem Zug nachgewinkt, wie es sich gehörte, doch schon als sie nach Hause ging, hatte sie an sein spärliches Vorderhaar denken müssen und das Gefühl von der leeren Ähre gehabt.

Regine Bünzel ließ den Hammer sinken und betrachtete ihr Werk. Sie hatte über die Risse der Schaufensterscheibe Bretter genagelt. Ihr Leib, während sie so stand, wölbte sich vor. Sie ließ den Hammer sinken, achtete dabei nicht auf das, was auf der Straße vor sich ging, und wies Flüchtlinge ab, die sie um Unterkunft baten. Drinnen dann sagte sie zu dem pommerschen Mädchen, das sie bei sich aufgenommen hatte, sie solle niemanden in den Korridor lassen. Sie stellte sich im Wohnzimmer gewohnheitsgemäß vor den Kalender, aber nur kurz, nicht so lange wie früher. Zwischen zwei bestimmten Daten dehnte sich jetzt schon ein halbes Jahr. Sie zuckte unwillig mit dem Mundwinkel.

»Resi!«, rief sie mit ihrer resoluten Stimme, und als das Mädchen in der Tür erschien: »Bring mir den Atlas!« Sie steckte sich inzwischen eine Zigarette an.

Der Atlas klappte dort auseinander, wo ein Brief lag. Das Mädchen sah ihr über die Schulter.

»Was meinst du, wird er kommen?«

»Sicher kommt er«, sagte das Mädchen bereitwillig.

»Aber es ist sehr weit von Korinth bis hierher.«

»Ja, es ist sehr weit.«

»Eine Menge Gebirge.«

»Ja, eine Menge Gebirge. Und Flüsse, hoffentlich ertrinkt er nicht. Um Gottes willen, hoffentlich ertrinkt er nicht!«

»Dumme Gans!« Die Frau maß in Gedanken die Strecke aus. Sie rechnete die Kilometer in Wege um, in Wälder und Gebirgsketten.

»Züge fahren jetzt sicher nicht.«

»Nein«, sagte das Mädchen, »er wird zu Fuß gehen müssen.«

Die Frau legte ihre Hand viermal auf die Strecke, jede Handbreit ein halbes tausend Kilometer. Sie vergaß das Mädchen hinter sich. Rauchend dachte sie an die Hindernisse auf dem langen Weg. In Gedanken sah sie das Meer, die breiten Ströme, deren Namen in dem Atlas standen, sie sah die reißenden Bergflüsse, die steilen Felsen und Schlangen auf dem Weg, Skorpione, hörte mörderische Banden aus dem Wald brechen, sie dachte an Hunger und Durst, an Malaria, Typhus und Ruhr und sah Menschen daran hinsiechen. Sie stellte sich ein Gefangenenlager im fernen Sibirien vor, sah deutlich einen Mann mit spärlichem Vorderhaar, der mit der Axt einen letzten Schlag in einen Baumstamm tat und dann zusammenbrach. Sie legte ihre Hand auf den Atlas und fühlte das feste Papier, das sich vom Einband her wölbte. Der Atlas und das Wummern vor der Stadt.

»Vielleicht schafft er es nicht«, sagte sie zweifelnd, und das Mädchen echote bereitwillig: »Nein, vielleicht schafft er es nicht. Es ist ja so weit.«

Es ist nicht einmal wegen des Kindes, dachte die Frau. Herrgott, das würde ich notfalls schon in Ordnung bringen. Nein, deswegen nicht. Es ist, weil dann alles wieder wäre wie vorher; weil ich, wenn er neben mir im Laden stände, immer das Gefühl von dieser blöden tauben Ähre hätte. Ich bin nicht dazu geboren.

Nein, es wäre schon ganz gut so, wenn das Schicksal seinen Lauf nähme.

Regine Bünzel klappte den Atlas zu, daß es knallte.

»Gott stehe ihm bei!«

»Ja, Gott möge ihm gnädig sein«, echote das Mädchen.

Die Drogerie Richard Bünzel Söhne befand sich in der Wasserstraße, Ecke Schifferdamm. Der Eingang zum Geschäft war vernagelt, das hatte Regine schon vor längerer Zeit besorgt. Ins Haus kam man durch den Eckeingang. Die Wohnungen in den drei Etagen waren voll von Mietern und Flüchtlingen. Im Parterre hinter der dunkelgebeizten Tür wohnte Regine, Inhaberin der Richard-Bünzel-Drogerie, und sie wußte, was sie tun mußte, um keinen Quadratmeter von ihrer Wohnung herzugeben.

Wenn nur die Bomben sie nicht zerschlugen.

Und zwei Treppen höher, im selben Flur, wohnte Herta

Behn. Sie war neunundzwanzig, und sie sah aus wie ein Mann. In ihrem filzigen Lockenhaar glänzten immer ein paar Fischschuppen. Die Hände hielt sie offen, weil die Finger vom Arbeiten geschwollen waren und die Kerben tief in den Handflächen saßen. Herta wohnte allein. Lange Zeit hatte sie bei einem Fischer gearbeitet, bei Ramus Gau auf der ROG 21. Sie hielt das Ruder und zog die Netze an Bord, sie schaufelte den Fisch in Kisten, und zwischendurch schlief sie mit ihm. Vor ein paar Tagen hatte er ihr den Vorschlag gemacht, mit dem Kutter nach Schweden abzutuckern, »bevor uns der Russe packt«. Dabei hatte er unbestimmt auf den Horizont geschaut. Herta, in dicker Steppjacke, hatte nach seiner Frau gefragt, aber er hatte abgewinkt und über Bord gespuckt. Sie solle sich ein paar Klamotten mitbringen und dann und dann auf dem Kutter sein. So war das, kein Wort mehr dazu.

Herta war im Hafen gewesen. Sie hatte sich durch die Menschenmassen gekämpft, hatte die beiden Koffer abgesetzt und gesehen: der Platz, wo der Kutter gewöhnlich lag, war leer. Mit den Koffern war sie dann zu seiner Wohnung gegangen. Doch niemand hatte geöffnet. Er nicht und die Frau nicht. Und nun saß sie in ihrer Wohnung am Tisch und hatte den Kopf auf die Arme gelegt. Ihre Hände rochen nach Fisch. So saß sie und beschloß, sich aufzuhängen.

So sah es hinter den Wänden der Häuser in der Wasserstraße aus, oder ähnlich, oder in mancherlei Weise anders. Und wie in der Wasserstraße, so war es auch in den anderen Straßen des Viertels, so war es in der ganzen Stadt.

In dem einen Hause wohnten Leute, die nicht mehr in den Keller gingen, wenn die Sirenen heulten. Sie blieben oben, sie saßen mit gefalteten Händen da, wenn die anderen eilig im Treppenhaus hinunterpolterten. Und die wußten das. Sie standen zusammengepfercht unter dem Beton des Kellers, stießen heißen Atem aus und blickten nach oben. Sie wußten das und hießen es gut. Die dort oben auf alten Holzstühlen saßen, im zweiten Stock unter den Fliegern ganz allein im

Haus, hatten drei Söhne gehabt, lustige Jungen, Straßenfußballer. Der eine war gleich am Anfang des Krieges gefallen, die beiden anderen vor drei Wochen. Sie waren zusammen auf demselben U-Boot gefahren, zur Freude und Furcht der Eltern. Freude, weil sie zusammen waren, und Furcht, weil ihnen da etwas zustoßen konnte. Das U-Boot war eines Tages nicht wieder aufgetaucht. Nun saßen die beiden Alten dort unter den Fliegern, und die im Keller verstanden das.

Die Straße mit dem Kopfsteinpflaster. So oder so war sie für das bereit, was da unaufhaltsam heranrückte. Das große Heer jedenfalls. Das Gehör der Leute war auf das Treppenhaus gerichtet, sie hatten einen Sinn dafür entwickelt. Sie wußten, daß sie wehrlos waren. Angstvoll sahen sie dem Zeitpunkt entgegen, wo historische Bewegungen ihr kleines Leben schmerzhaft trafen. Darauf warteten sie. Niemand dachte hier an einen kleinen Fahrer in Matrosenuniform. Aber hier würde er sein seltsames Gefährt anhalten und hilflos zu den Fenstern aufblicken. Unmittelbar vor jenem großen Augenblick.

Langsam fuhr er auf die Brücke zu. Er öffnete die Tür und schrie die Leute an, die links neben ihm fuhren. Er war in dem Flichtlingsstrom eingekeilt. Hinter dem Brückenhäuschen auf der Uferböschung sah er uniformierte Halbwüchsige brusttiefe Verteidigungslöcher ausheben. Sie hatten Panzerfäuste vor sich auf den Sand gelegt. Kein Zweifel, daß sie die Brücke sprengen würden. »Die werden doch vorher wenigstens noch absperren!« sagte er zu der großen Frau neben sich. Sie blickte zu den Jungen hinüber. Meterweise näherte er sich inzwischen der Brücke. Er fluchte hilflos und unflätig, denn er sah, wie sich der Strom von Fahrzeugen vor der Brücke verengte. Da mußte er hindurch! Ganz langsam fuhr er hinter dem vorderen Fahrzeug her. Links und rechts knirschte es, schrie es. Pferde rissen die Köpfe hoch. Schaum flog von den Lefzen. Endlich rollten die Vorderräder auf das Eisen der Brücke, er merkte es, dann die Hinterräder, und dann fuhr er zwischen den Pfeilern, über das Geländer weg sah er auf beiden Seiten den Fluß.

Er warf einen Blick über das Wasser schräg unter sich, zu den grünen Ufern hin, und er sah, woher der Fluß kam und wohin er floß. Oberhalb war der Wasserlauf schmal und kam hinter Schilf und alten Bootsschuppen aus einer Krümmung hervor, unterhalb wurde er breit und glitzerte im Licht.

Da erinnerte er sich, wie er als Junge an so einem Fluß geangelt hatte. Wie er sich an Weiden festgehalten hatte, halb überm Wasser stehend, in der Hand die Rute. Wie sich am Ufer der Leinenbeutel mit den gefangenen Fischen bewegte und wie manchmal die Pose über das Wasser lief und nach unten gezupft wurde. An das Gefühl in den Armen erinnerte er sich noch, wenn er die Angel anschlug und dabei das Gewicht des Fisches spürte, ob er klein war oder groß, und an die Fische in seiner Hand, an ihre roten Flossen am Bauch und an die platten runden Augen, die sich bewegten, wenn er den Haken aus dem Maul drehte. Dann war die Erinnerung fort. Sie war nur für einen winzigen Moment dagewesen. In Wirklichkeit fürchtete er sich. Ihm war übel vor Angst, daß die Brücke unter ihm wegsacken könnte. Nur zu gut begriff er, was die Jungen am Ufer vorhatten.

Was, wenn der Wagen plötzlich rückwärts wegrutschte? Erst hob er sich in die Luft, dann ging er ab. Und die Leute? Er hörte auf das glatte Reifenrollen unter sich, und solange es da war, fühlte er die Übelkeit in seinem Magen.

So kam er hinüber. Er spürte den festen Damm unter den Reifen und atmete auf. »Diese verfluchten Brücken unterwegs!« zischte er böse zwischen den Zähnen.

Vor ihm lag nun die Stadt im Sonnenlicht, zertrümmertes Panorama einer schönen Stadt, aufgerissenes Ziegelrot unterm Himmel, gebrochene Mauern. Er näherte sich dem Fuß der Stadt, das Panorama zerfloß, er fuhr hinein zwischen die Häuser. Zwei Kirchen überragten sie, die Türme ohne Dächer, ihre kantigen Stümpfe ragten in den Himmel. Er sah versengte Bäume und weiter immer die nächsten Straßenzeilen, wie sie zwischen den Ruinen erschienen mit einzelnen unbeschädigten Häusern. Er sah eine umgekippte Trambahn an der Seite liegen, die Fenster waren eingebrochen, gerade vor sich aber hatte er den ungeheuren, breiten Flüchtlingsstrom, wie er sich in die Stadt ergoß. »Das ist es«, sagte er, »das ist es.« Ihn traf der Anblick nicht mehr. Er hatte viele solche Städte gesehen. Er fühlte sich sogar auf eine seltsame Art erleichtert, denn das hier war das Ende seiner Fahrt.

Im selben Moment fielen ihm die Kinder ein. Er hatte sie vergessen gehabt. Die Brücke, der Fluß, der Anblick der Stadt hatten bewirkt, daß er nicht mehr an sie gedacht hatte. Er fühlte sich schuldig, schuldig, jawohl, denn er hatte sie vergessen, und vorher hatte es keinen Augenblick gegeben, an dem er nicht an sie dachte. Und dabei hatte er getan, was nur immer möglich war. Ich muß aufpassen, dachte er, ich muß ungeheuer aufpassen! Es ist so schlimm, weil ich gar nichts anderes tun kann, als in diesem zähflüssigen Brei mitzufahren. Inzwischen gehen sie mir kaputt. Vielleicht sind sie schon kaputt, allesamt. Als ich zuletzt oben war, sahen sie aus wie welke Würmer. Ich habe sie angeschrien. Aber das ist schon eine ganze Weile her. Und nun sind die Leute da oben! Vielleicht haben sie ihre Gepäckstücke auf sie geschmissen! Das kann ich mir durchaus vorstellen. – Ach, wenn ich doch fliegen könnte, dachte er, wenn ich mich doch von der Straße erheben könnte und schnell über diesen verdammten breiigen Strom hinwegfliegen zu einem Krankenhaus und dort landen, und Schwestern und Ärzte stehen bereit, um wieder Leben in die kleinen Körper einzublasen! Wenn ich doch fliegen könnte mit dieser Kiste!

Doch er steckte inmitten des straßenfüllenden Trecks, sein Auto brummte, stotterte, ächzte und fuhr schrittweise vorwärts. Und jedesmal, wenn es stand, stand es auf seinem Herzen. Er stöhnte vor Verzweiflung.

Neben ihm saß die große Frau. Sie hielt auf dem Schoß

einen Jungen von etwa drei Jahren. Ihre Hände waren vor seiner Brust verschränkt, der Kleine lehnte sich rückwärts mit hochgerutschtem Pullover an sie. Er hatte so geschlafen. Nun wurde er wach, er rieb sich die Augen und lächelte. Das ärgerte den Fahrer. Der andere Junge stand nach wie vor an seinem Bein und behinderte ihn beim Fahren.

»Tempo! Tempo! Tempo!« schrie er durch die Scheibe nach vorn und fuchtelte mit den Fäusten. »Ihr mordet sie! Ihr verfluchten Schweine ermordet sie!« Am liebsten wäre er aus dem Wagen gesprungen und hätte sich mit den Leuten dort geprügelt. Er schlug resignierend die Hände aufs Lenkrad.

Einmal sprang er hinaus und lief nach hinten. »Leben sie noch?« rief er hinauf. Aber die Leute saßen da und gaben ihm keine Antwort. Da ruckte der Zug wieder an, und er lief nach vorn, um weiterzufahren.

»Ich kann Ihnen nicht helfen«, sagte die Frau. »Es tut mir so leid, aber ich kann Ihnen überhaupt nicht helfen.«

»Helfen, helfen, helfen!« äffte er die Frau nach. »Keiner kann mir helfen, keiner will mir helfen! Mir ist es auch egal. Bloß die da«, er wies mit dem Daumen über die Schulter, »die krepieren dabei!« Er hockte böse hinter seinem Lenkrad; es tat ihm leid, daß er die Frau angschrien hatte, doch er sagte nichts.

Sie schwiegen eine Weile, und dann sagte die Frau, sie sprach es sehr gefaßt: »Mag sein, daß wir uns später irgendwann einmal begegnen. Dann seien Sie mir nicht so böse. Ich weiß, Sie sind ein guter Mensch.«

»Haha«, lachte er, »ein guter Mensch! Ein guter Mensch! Sagen Sie Scheißkerl zu mir«, schrie er, »und geben Sie mir ein Kochgeschirr voll Milch, das ist mir lieber!«

»So meinte ich das nicht«, sagte die Frau.

»Ist egal, wie Sie das meinen«, sagte er gefaßt. »Aber ein Wiedersehen gibt es nicht. Wenn ich die nicht durchbringe, dann gibt es auch keinen Kraftfahrer Ludwig Jähnig mehr. Siebzehn Kinder – das hält keiner durch.«

Als er wieder einmal halten mußte, stieg die Frau aus. Sie stand unten und zog schnell die Taschen aus der Kabine und auch die Kinder, und er sah ihr dabei zu, blickte auf sie hinab und wollte murmeln, daß sie doch noch nicht richtig in der Stadt wären, oder irgend etwas Belangloses in der Art, und sagte nichts.

Und sie sagte schnell: »Auf Wiedersehen!«

Da sagte er: »Auf Wiedersehen!«

Und dann wollte sie die Tür schon zuschlagen, holte sie aber noch einmal zurück und sagte: »Alles Gute.«

Darauf sagte er wieder nichts.

Die Kolonne ruckte an, sie schlug die Tür zu, und er sah sie nicht mehr.

Die Kabine neben ihm war jetzt leer. Sie hatten nichts vergessen, er hatte es mit einem Blick erfaßt. Gar nichts mehr war da. Na gut, dachte er. Ein Stück weiter fuhr er noch, und dann dachte er: Jetzt muß ich handeln! Jetzt wird es ernst. – Bis direkt an die ersten Häuser fuhr er heran, dort drängte er sich rechts zur Straßenseite hinüber, erreichte sie schließlich und hielt. Hielt vor den ersten Häusern der Stadt.

Er stieg nicht gleich aus. Er zog sich erst das Koppel straff, steckte die Pistole hinein, die er unter dem Armaturenbrett liegen hatte. Dann stieg er langsam aus und ging nach hinten.

Dort klappte er ohne Umstände die Klappe herunter, stellte sich auf den Bürgersteig und sagte: »Runter alle! Alle runter!«

Die Leute saßen auf den Gepäckstücken und bewegten sich nicht.

»Ich bin ein Militärfahrzeug«, sagte er, »alle runter!« Er stand so da, nicht befehlend, nicht fordernd, nur daß er es sagte. Die Daumen hielt er dabei hinter das Koppel gelegt.

Die Leute saßen immer noch still, doch da schob sich zwischen den Gepäckstücken ein Gesicht hervor, das Gesicht eines gewaltigen Menschen. »Mach doch keinen

Unsinn, Kleiner, du kannst uns noch ein Stück fahren. Durch die Stadt durch und in irgend so ein Nest. Na?«

»Runter!« schrie der kleine Fahrer da plötzlich. »Runter hier, alle! Allesamt!« Er klopfte mit der rechten Hand an den Schaft der Waffe.

Ein Mädchen fing an zu weinen, jemand beruhigte es, und dann krochen die ersten rückwärts vom Wagen herunter, zogen ihr Gepäck nach. Und dann krochen mehrere herunter, alle rückwärts, immer mehr. Sie sagten nichts, reichten sich Fahrräder, Rucksäcke herunter und vermieden es, ihn anzusehen. Die Kinder duckten sich. Zwischen ihnen kroch der glatzköpfige Mensch herunter, er hatte ein breites Gesäß. Er nahm einen Seesack auf den Rücken, ruckte ihn zurecht, ging an ihm vorbei und ging weg.

Der Fahrer half den Leuten, reichte ihnen die Sachen zu, doch die Leute vermieden es, sich zu bedanken. Dann ging der letzte, und er klappte die Klappe hoch. Nein, dachte er, nur nicht hinaufsteigen, nur jetzt nicht noch einmal hinaufsteigen! Rein in die Kabine und ab! Ab, so schnell es geht, und irgendwo Hilfe suchen! Nachsehen hilft hier jetzt nichts mehr, es macht es nur noch schlimmer! – Er sprang in den Wagen. Doch bevor er startete, horchte er noch für eine Sekunde nach hinten. Er hörte nichts. Da war alles still, vollkommen still. Nein, dachte er, ich will nicht wissen, wie es da aussieht.

Zwei Stunden noch schob er sich mit seinem Fahrzeug durch die Stadt. Die Straßen waren verstopft, manchmal geriet er in Gefahr, sich völlig festzufahren. Er schimpfte und schrie aus der Tür heraus, er öffnete sie und fuhr einen halben Meter zurück und dann wieder vorwärts. Mehrmals wurde er von Panzern und Lafettenfahrzeugen zur Seite gedrückt, einmal schob er einen kleinen Personenwagen vor sich her, als der auf der Straße vor ihm stehenblieb. Kleinere Fahrzeuge drückte er an Kreuzungen einfach zur Seite. Indessen suchte er fieberhaft nach einem Krankenhaus oder

Kinderheim oder was sonst immer! Nach irgendeinem Haus, das ihm durch äußere Zeichen verriet: Hier ist es, hier gibt es Hilfe! Doch er fand nichts dergleichen. Er schrie die Leute an, ob sie wüßten, wo ein Lazarett sei. Doch er schrie es so böse, daß die Menschen erschraken. Sie zuckten mit den Schultern, ohne erst nachzudenken, oder sie gaben ihm gar keine Antwort, manche waren beleidigt und schrien zurück, manche gingen einfach weiter. Schlimm war es für ihn, wenn er von einer Straße in eine andere abbog und von dieser wieder in eine andere und dabei die Orientierung verlor und am Ende feststellte, daß er durch eine Straße fuhr, die er schon einmal durchfahren hatte. Als ihm das nun zum zweitenmal passierte, hielt er an und legte die Hände vor das Gesicht, bis er sich beruhigt hatte.

Nach einer endlosen Irrfahrt entdeckte er an einem Platz schließlich eine lange Menschenschlange. Zivilisten und Uniformierte, Kinder und Frauen mit Kochgeschirren und Schüsseln in den Händen hatten sich dort aufgestellt und drängten langsam vorwärts. Ganz vorn am Kopf der Schlange sah er Frauen mit weißen Hauben neben Feldküchen hantieren. Er hätte aufjubeln können. Sein Fuß trat aufs Gaspedal, und das Fahrzeug schoß mit einem gewaltigen Satz an der Schlange entlang und hielt direkt vorn an ihrem Anfang.

Er hupte, hupte, hupte. Die Leute sahen ihn unwillig an. Er ließ nicht nach, mit dem Faustballen auf den Hupknopf zu drücken, und bleckte vor Anstrengung die Zähne. Das sollte heißen: Hier bin ich, helft, helft, helft! – Doch was er erreichte, war nur, daß die Frau an der Feldküche den Menschen zeigte, daß er wohl einen Vogel habe. Da sprang er aus dem Wagen und kämpfte und ruderte sich durch die Menschenmassen, die um die Feldküche standen, hindurch, bis er an die Frau herankam.

»He, Sie!« schrie er sie an, »da, die da, die verhungern!« Und wies mit ausgestrecktem Arm auf den LKW.

Die Frau schöpfte weiter Eintopf in hingehaltene Gefäße. Er faßte ihren Arm und zerrte an ihm. Doch sie war ein stabiles Weib und ließ sich in der Arbeit nicht stören. Sie schob ihn mit dem Ellenbogen weg, ohne ihn auch nur anzusehen.

»Helfen Sie!« schrie er, »die verhungern!«

Die Frau gab ihm schließlich einen Stoß, daß er zurücktaumelte und den Menschen vor die Füße fiel.

Er saß auf der Erde, wischte sich mit der Hand übers Gesicht, stützte sich dann auf die Hände. So saß er und blickte hoch. – Was war das? Er begriff das nicht. Da war er nun angekommen, aber die Leute sahen gleichgültig auf ihn herunter. Vor ihren Füßen saß er, und in ihren Augen war kein Fünkchen Mitgefühl. Er war ihnen im Wege, und er war auch nicht der erste, der hier mit Gewalt zurückgedrängt worden war: einer von denen, die die Beherrschung verloren hatten. Doch das verstand er nicht.

»Na, steh schon auf, Kleiner«, sagte ein Landser mit einem Kochgeschirr in den Händen und grinste. Dabei wollte er ihnen doch gar nichts wegnehmen! Von dem dünnflüssigen Eintopf nichts, wie sie vielleicht meinten, überhaupt nicht, er bat nicht für sich, nein, hört doch, Leute! – Er hatte endlich die Stelle gefunden, die er so dringend gesucht hatte! Die dicke Person da im weißen Kittel, nur sie war es, zu der er gefahren war. Versteht doch, Leute! Nur sie und keine andere!

Vor ihm an einem kleinen Tisch saß eine zweite Frau im Kittel. Er bemerkte sie erst jetzt. Sie hatte Listen auf dem Tisch und trug jeden, der eine Kelle Eintopf bekam, in die Spalten ein. Nun aber schrieb sie nicht mehr. Sie sah ihn an, ernst, uninteressiert, als ob sie durch ihn hindurchblickte.

Aha, dachte der Fahrer und begriff, daß nicht die mit der Kelle es war, die hier das Kommando führte. An diese hier mußte er sich wenden, an diese hier.

Die Frau blickte ihn eine Weile an. Er vergaß sein Mißgeschick.

»Na?« sagte sie.

»Kinder«, sagte er und erhob sich. Er rieb sich den Schmutz vom Hosenboden. »Ich hab' da Säuglinge auf dem Wagen, die sind am Verhungern. Die Schwester ist mir abhanden gekommen.«

»Woher?«

Er nannte die Kleinstadt.

»Und wie lange?«

»Mein Gott, wie lange! Gestern«, sagte er, »gestern habe ich ihnen das letzte gegeben.«

Sie hob den Arm und schnipste mit den Fingern über die Schulter. »Volksgenossin Ruppert soll mal kommen!«

Die dicke Köchin wandte sich um und rief nach einer Marta. Die erschien dann, ein dürres, aufmerksames Frauchen mit vielen Falten im Gesicht. Sie trug ebenfalls einen Kittel.

»Sehen Sie doch mal nach, was der will«, sagte die Frau am Tischchen.

»Ja«, sagte er und ergriff den Arm der dünnen Frau. »Kommen Sie, kommen Sie ganz schnell mit!« Er zog sie durch die Menge zum LKW. Dort half er ihr auf den Wagen. Oben gingen sie im Halbdunkel von Bett zu Bett.

»Mein Gott!« sagte die Frau. Sie hatte die Hand vor den Mund gelegt. Etwas später fragte sie, wie viele es wären.

»Zwölf«, sagte er, »es müßten noch zwölf sein.«

Die Frauen schafften es irgendwie. Neben dem Kochen und Austeilen von Eintopf, das indessen weiterging, nahmen sich einige der Kinder an. Es war, er staunte, eine große Zinkkanne voll Milch da, es war Grieß da und Zucker, und die Frauen wußten, wie man Kindernahrung bereitete. Er war glücklich in diesem Augenblick. Er lief vom Wagen zur Feldküche, wo im Kessel die weiße Nahrung eine wunderbare kreisrunde Fläche bildete, er schaute hinein und lief wieder zum Wagen. Und als die Frauen ihm sagten, er solle rückwärts soweit wie möglich heranfahren, tat er es sogleich. Er hupte und schrie, die Leute gingen unwillig zur Seite, und dann sprang er auf die Ladefläche und schlug die Plane ein Stück zurück. Die Frauen nahmen die Kinder vorsichtig aus den Betten und hielten jedes einen Augenblick vor sich im Arm. Die Kinder waren wie welke Blumen. Einmal sagte die kleine Frau Ruppert: »Du hast es überstanden, mein Schatz.« Sie hielt einen Säugling im Arm, der Kopf war zur Seite gerollt, die Augen blieben offen. Sie reichte ihn vom Wagen herab. Unten nahm ihn ein Mädchen entgegen, das legte sich das Kind in den Arm und beugte das Gesicht darüber, als ob es eine Puppe wäre. So ging es nach hinten auf eine Baracke zu. Der Fahrer sah ihnen nach.

Die Nahrung war fertig. Oben auf dem Wagen ging es geschäftig zu. Die Frauen fütterten die Kinder schnell, sie trugen sie nicht lange umher, um auf das Aufstoßen zu warten, dazu hatten sie jetzt nicht die Zeit, das machte der Fahrer. Sie nahmen die nächsten Säuglinge aus dem Bett, um alle so schnell wie möglich zu versorgen. Doch einige wollten die Nahrung nicht annehmen, der Brei lief ihnen aus den Mundwinkeln auf den Hals, andere wiederum zitterten vor Erwartung und schluckten ihn und erbrachen ihn wieder. Die Frauen gaben sich Mühe. Sie sprachen nur das Notwendigste, wenn sie sich etwas zureichten. Sie waren verzweifelt, doch sie handelten rasch und gefaßt. Frauen können am besten helfen, dachte der kleine Fahrer, und war froh darüber.

Dann wuschen sie die Kinder und wechselten die Windeln. Sie erledigten das gleich oben auf dem Wagen, auf dem Brett, das der Fahrer nun schon seit längerer Zeit mitführte. Sie hoben die welken Beinchen, die krumm und bläulich waren, und wuschen die wundroten Gesäßchen. Der Fahrer legte überall Hand mit an. Er war aufgeregt, sprang umher in dem Raum unter der Plane und war überall, wo er gebraucht wurde.

Schließlich setzte sich eine jüngere Frau auf den Wagen. Er hatte solche Frauen in Büros gesehen. Sie setzte sich auf die Planke und schlug die Knie übereinander. Darauf breitete sie ein Schreibbrett mit Listen aus.

»Was für Namen?« Der Fahrer fühlte ein großes Unheil auf sich zukommen.

Er stand mitten auf dem Wagen und hob die Schultern ein wenig.

»Die Namen der Kinder. Wir sind darin sehr akkurat, Herr Gefreiter. Sie müssen dann an Stelle der Kinder für die Hilfeleistung quittieren. Sie sind doch für sie verantwortlich, nehme ich an.« Die Frau sprach freundlich, aber spitz.

»Ja, das bin ich«, sagte er.

Er stand da und überlegte: Die Namen! Ich weiß doch ihre Namen nicht! Wo sind sie? Weg! Sie sind weg! Sind weg von dem Augenblick an, als die Schwester ihre Umhängetasche aus dem Auto zog und ging. Seitdem sind die Kinder ohne Namen.

»Ja, die Namen ...« Er überlegte eine Weile, hielt sich die Hand an die Stirn, sollte sogleich Namen hörbar aussprechen, die er nicht kannte, wußte indessen aber, daß es die Rechnung war, die er nun begleichen sollte. – Man kann ja lügen! dachte er plötzlich. – Der Schreibstift wartete ungeduldig. – Es ist ja nur für Papier! – Und schnell, ehe es zu spät war, sprach er die erste der Lügen aus, sagte er einen Namen, der ihm gerade durch den Sinn ging, während sein Finger auf ein nacktes Menschlein wies, das da gerade gewaschen wurde.

»Philipp«, hörte er sich sagen, »ja, das ist der kleine Philipp.«

»Und weiter!« sagte die ungeduldige Sekretärin.

»Was weiter?«

»Der Nachname!«

»Ach, der Familienname ...« Noch während er sprach,

überlegte er angestrengt, und es dauerte nicht zu lange, da sagte er: »... der Familienname ist Jähnig. Philipp Jähnig. Ja, so ist das.«

Die Frau notierte das.

»Geboren?« sagte sie.

Er überlegte fieberhaft und sagte dann ein Datum, das ihm gerade durch den Kopf ging.

»Neunzehnter März fünfundvierzig«, wiederholte sie langsam, während sie es aufschrieb.

»Der hier ist aber doch schon älter als fünf Wochen!« sagte die kleine Frau Ruppert, während sie den Jungen vor sich betrachtete.

»Januar«, sagte der Fahrer schnell. Er tat, als ob er vorher etwas unüberlegt gesagt hätte. »Was sagte ich, März? Nein, nein, Januar. Sie müssen schon entschuldigen. Januar ist natürlich richtig.«

Die Frau korrigierte mit hochgezogenen Augenbrauen. »Also neunzehnter Januar fünfundvierzig.«

»Ja, so ist es richtig«, sagte er.

»Weiter, der nächste Name!« forderte die Frau. Doch er antwortete nicht. Er stand da und schwieg. Dachte, daß die Kinder auch in Zukunft Namen haben müßten, daß es doch keine Sache nur für das Papier war und daß sie ihre Namen auch nicht wieder verlieren dürften. Er dachte darüber nach, und er ließ sich darin von den verwundert dreinschauenden Frauen nicht stören. Der Augenblick, empfand er, hatte seine Einmaligkeit und war bedeutsam fortan für alle diese Kinder.

So vollzog Ludwig Jähnig, Kraftfahrer der Kriegsmarine, mit ausgestreckter Hand mitten auf dem Wagen stehend, den heiligen Akt der Taufe an elf namenlosen Kindern.

Da tat er plötzlich etwas, was die Frauen überraschte. Er ging hinüber zu dem Jungen, den er als ersten benannt hatte und der zur Hälfte eingewickelt auf dem Brett lag, er nestelte ihm das Hemdchen über der Brust frei, die kleine Frau

Ruppert zog verständnislos ihre Hände zurück, er befeuchtete indessen die weiße Kinderbrust mit ein paar Fingertropfen Wasser aus dem Eimer, und dann schrieb er mit seinem Kopierstift, jeden Buchstaben einzeln malend, darauf: »Philipp Jähnig«, und darunter: »19. 1. 45.« Als die Feuchtigkeit nicht ausreichen wollte, befeuchtete er zwischendurch den Kopierstift mit seinem Speichel. Er machte das alles langsam und sehr ordentlich, wie es ihm für den Akt angemessen schien, und die Schrift war tiefviolett und deutlich lesbar. Er begutachtete sie noch einen Moment, als er fertig war. Dabei hatte er das Gefühl, daß er etwas Gutes getan habe, weil der Name auf der Brust des Kindes die kommenden Tage hindurch für jeden erkennbar sein würde, der es wo auch immer auswickelte. Das war, so meinte er, das letzte, was er für die Kinder tun konnte. Alles weitere blieb dann anderen überlassen. Da zupfte er das Hemdchen auf der Brust des kleinen Philipp wieder herunter.

»So«, sagte er, »weiter!«

Er hatte sich dazu ermächtigt, Namen zu vergeben. Mitten unter der Plane stand er bei seinem Amt, achtete nicht, was draußen geschah, sondern streckte den Finger aus und benannte die Kinder nach Willkür: Gertrud und Herbert und Christoph und Gisela und allen gab er der Einfachheit halber denselben Nachnamen, seinen nämlich, Jähnig, wozu die Frauen schwiegen, und wegen der Eile gab er ihnen auch dasselbe Geburtsdatum, den 19. Januar 1945, denn er hatte keine Zeit, sich elf verschiedene Geburtsdaten auszudenken. Draußen nämlich, während er sprach oder mit dem Kopierstift Buchstaben auf Kinderbrüstchen malte, war die Front zu hören. Hart knallten schwere Einschläge vom Stadtrand her, der Wagen bebte von den Erschütterungen. Vor der Feldküche hatte sich die ordentliche Schlange aufgelöst, unzählige Menschen liefen durcheinander, die Stadt ging in Panik über. Die akkurate Sekretärin, als sie zwei- oder dreimal denselben Namen und dasselbe Geburtsdatum schreiben sollte, hatte gestutzt, aber dann hatte sich ihr Rücken wieder gebeugt, und schließlich schrieb sie alles nieder, wie der Fahrer es sagte, und blickte nicht mehr auf. Nur als er einmal »Samuel« sagte, fragte sie unbeteiligt zurück, ob das nicht ein jüdischer Name sei.

»Was hilft's«, sagte er, »mein Onkel hat auch so geheißen.« Und Frau Ruppert warf dazwischen, daß Salomon ein jüdischer Name sei, von Samuel wisse sie es nicht.

Die Frauen arbeiteten fieberhaft weiter. Der herannahende Frontlärm beschleunigte ihre Handlungen. Sie mochten an ihre Familien zu Hause denken, wo sie dringend gebraucht wurden.

Und er selbst, der Fahrer, arbeitete ebenfalls doppelt schnell. Er hatte sich einen Militärkalender aus der Gesäßtasche gezogen und schrieb die Namen, die er den Kindern auf die Brust kopierte, auch in das Büchlein. Als LKW-Fahrer hatte er es gelernt, Nachweis zu führen über alles, was sich ständig oder vorübergehend in seiner Obhut befand. Er war da vorsichtig. Und in diesem besonderen Falle, da er die Kinder nun übergeben würde, dachte er, daß das sicher gut sei. Falls er sich noch einmal darauf berufen müßte.

»Ulrike«, schrieb er in den Kalender.

Die Sekretärin notierte den Namen, und er beugte sich über das Kind und malte ihn mit dem feuchten Stift auf die kleine Brust. Dabei erkannte er das Mädchen mit dem Kopfzucken wieder. »Na, du«, sagte er leise. Er strich ihm schnell über das dunkle Haar und nestelte das Leibchen wieder unter die Windel.

»Sie haben Bändchen an den Armen«, sagte Frau Ruppert da, »mit Nummern darauf. Ob die etwas zu bedeuten haben? 423 lese ich hier und der da hat 409.«

Da fühlte er sich ertappt. Er stand für eine Sekunde und zog den Nacken ein, denn auch die anderen Frauen bestätigten die Sache mit den Bändchen.

»Nein, nein«, sagte er schnell, »die haben nichts zu

bedeuten. Das weiß ich ganz genau. Das ist ganz etwas anderes, zu bedeuten hat das nichts.« Doch er sagte auch nicht, welchen Zweck die Nummern hätten, denn ihm fiel im Augenblick nichts ein. Und um schnell über die Peinlichkeit hinwegzukommen, wandte er sich dem Fortgang der Dinge zu und taufte die restlichen Kinder.

Horst nannte er sie und Bärbel und Annemarie und Dieter.

Als er bei Annemarie war, sagte die kleine Frau Ruppert: »Sie braucht den Namen nicht mehr.«

Sie sahen, daß das Kind sich nicht mehr bewegte. Einen Moment schwiegen alle betroffen, dann trug das Mädchen mit dem großen Kittel auch dieses Kind fort.

Der Fahrer schluckte. Na ja, dachte er, nicht alle. Immerhin nicht alle! Es sind noch welche geblieben! – Und dann sah er sich unter den Frauen um und überlegte, wie er es anstellen könnte, daß sie ihm die Kinder abnähmen. Es handelte sich doch um eine Hilfsstelle hier!

Doch die Frauen hatten es eilig. Sie schienen nicht ansprechbar zu sein, und sie huschelten bei ihren letzten Verrichtungen wie Hühner auf dem Wagen umher. Nur die Sekretärin schien unverändert ihrer Pflicht nachzugehen. Zum Ende der Prozedur hatte sie sich wieder erholt. Sie saß mit steifem Rücken da.

»Wie viele waren es denn?« fragte sie und zählte die Namen auf der Liste.

»Mit zwölf bin ich angekommen«, sagte der Fahrer. »Sie müssen sie mir abnehmen.«

»Zehn«, sagte sie abschließend, »hier unterschreiben Sie hier im Auftrage!« Sie zeigte ihm die Stelle auf der Liste. »Das wär's dann.«

Er nahm den Stift und unterschrieb mit ungelenker Hand.

»Sie nehmen mir die Kinder nicht ab?« fragte er ängstlich.

»Nein«, sagte sie und falzte die Liste zusammen. »Dafür sind wir nicht zuständig.«

»Na ja«, sagte er leise und wandte sich ab.

»Ich würde Ihnen raten, sie irgendwo bei Leuten unterzubringen. Sonst leben die keine drei Stunden mehr«, sagte die kleine Frau Ruppert leise.

Er setzte sich auf das Brett und nickte. Seine Füße mit den schweren Militärschuhen hingen herab. Draußen hatten die Menschen in der allgemeinen Panik das Feldküchengelände gestürmt. Ein brodelndes Meer von Menschen mit erhobenen Kochgeschirren. Sie drängten auf die paar Kessel zu, die Menge hatte sich vervielfacht. Er sah die Köpfe und Gesichter, die erhobenen Arme mit den Gefäßen, hörte das Geschrei, die Flüche, und mittendrin sah er die Köchin stürzen und in der Menge verschwinden. Sie treten sie tot, dachte er, doch er empfand dabei keine Regung, denn er sah das alles nur mit halbem Bewußtsein. Er sah auch nicht, wie die Frauen neben ihm vom Wagen stiegen, auch nicht, daß Frau Ruppert noch einmal zu ihm hochblickte. Maschinenpistolen peitschten, Menschen schrien, eine Feldküche kippte um. Er beschloß, das Fahrzeug zu verlassen.

Nein wirklich, er wollte den Wagen verlassen. Zunächst erschrak er zwar bei den Gedanken und wies ihn von sich, doch der kam wieder und verführte ihn dazu, die Sache einmal zu durchdenken. So reifte langsam der Entschluß. Kein Mensch, überlegte er, hatte auch nur ein bißchen mehr getan als das Allernotwendigste. Diese Frauen zum Beispiel. Sie wußten, in welcher Klemme er war – sie hatten die Kinder gefüttert und trockengelegt, dieses eine Mal; mehr nicht. Sie hätten viel leichter als er eine Möglichkeit finden können, sie unterzubringen. Und die Front kam heran. Nein, er wollte nicht mehr! Aus, vorbei! Er dachte an die russischen Panzersoldaten. In Gedanken erhob er sich, nahm Haltung an und meldete: Befehl ausgeführt! Die *djeti* sind fürs erste gesättigt! In Wirklichkeit blieb er auf seinem Brett sitzen und ließ die Füße hängen. Nein, er wollte nicht mehr. Warum er? Warum immer er? Er war Soldat, überlegte er, was ging ihn diese

Chose mit den Kindern überhaupt an! Hatte er nicht klare Befehle? Mußte er nicht dringend zu seinem Truppenteil zurück? Der, überlegte er, mußte inzwischen irgendwo in der Nähe sein. Überhaupt war es ein Wunder, daß er mit dieser Fuhre ungeschoren bis hierher gekommen war. Die Straßen wimmelten von Militärkontrollen, aber nun war es höchste Zeit, daß er sich zu seiner Truppe auf den Weg machte, auch ohne das Auto. Ausreden gab es genug, wenn er ohne den LKW zurückkäme: Achsbruch oder Zerstörung bei Tieffliegerangriff oder sonst was! Nein, genug, dachte er. Ich bin Soldat, und die machen doch sonst was mit mir, wenn sie mich hier so erwischen!

Ihm war richtig gut, als er diese Argumente gefunden hatte, alles wurde ihm leichter. Die Kinder – nun ja. Jemand würde sie schon auf dem verlassenen Wagen finden. Und weil dann kein anderer da wäre, müßte der dann die Verantwortung tragen. Und wenn der sich drückte, dann eben der nächste. Irgendeinen würde es schon geben, der die Courage hätte, dachte er.

Er überlegte, ob er das Fahrzeug gleich hier auf dem Platz verlassen oder ob er es besser in einem Stadtviertel unterstellen sollte, wo noch genügend Häuser standen und eher die Möglichkeit gegeben war, daß die Kinder gefunden wurden. Er entschloß sich zum letzteren.

Da sprang er plötzlich hoch.

Die Sache mit den Bändchen war ihm in den Sinn gekommen. Das konnte ihn teuer zu stehen kommen! Er hatte den Kindern Namen auf die Brust geschrieben – und nun diese Nummern! Natürlich bedeuteten die etwas, das war ihm klar. Sicher gab es irgendwo Listen, wo diese Nummern standen und dahinter Namen und Adressen, ganz wie es sich gehörte.

Er mußte sich schnell entscheiden. Das Schießen in der Stadt ließ ihm keine Zeit mehr. Aber er fühlte eine ungute Schuld auf sich, daß er einen Eingriff in amtlich wichtige

Dinge gemacht hatte. So stand er einen Augenblick. Denn als Soldat hatte er Respekt vor amtlichen Dingen.

Da zog er sein großes Taschenmesser aus der Tasche. Er öffnete die Klinge und schnitt den Kindern die Bänder von den Ärmchen, allen zehn, und steckte sie in ein Etui, das er immer bei sich trug. Es war das zwiebelfömige leere Etui einer Taschenuhr. Darin trug er die kleinen Dinge, die für einen Landser manchmal wichtig waren: Sicherheitsnadeln und ein bißchen Garn, um Papier gewickelt, Militärknöpfe und eine französische Münze, ein Laufbahnabzeichen für Funker, die Adresse von einem Kameraden, klein geschrieben auf ein Stück Zigarettenschachtel, und ein paar Sicherungen für seinen LKW. Dort hinein quetschte er hastig die zehn Bändchen und drückte das Etui zu. Durch das gelbliche Zelluloidglas konnte er sie sehen. Auf jeden Fall wollte er sie zunächst behalten, weiter wußte er noch nicht.

»So«, sagte er, »das wär's.« Dann sprang er vom Wagen.

Die Straßen waren merklich leerer geworden. Militärfahrzeuge jagten nur noch vereinzelt und mit großer Geschwindigkeit vorüber, Panzer und Artillerie sah er gar nicht mehr. Die Flüchtlingswagen hatten sich auf den Höfen und Hinterhöfen verborgen, manchmal sah er durch Torwege ihre runden Dächer. Auf den Bürgersteigen liefen die Menschen in großer Eile. Er fuhr langsam die Straßen entlang und näherte sich der Altstadt.

Dort suchte er nach einer Straße, die für sein Vorhaben zweckmäßig war. Es war nicht leicht, denn viele Häuser waren durch Bomben zerstört. Noch lag die Stadt in einiger Ruhe. Schüsse krachten zwar hier und dort in kurzen Feuerstößen. Manche schienen in der nächsten Straße abgefeuert worden zu sein. Der Frontlärm hatte sich deutlich genähert, er hörte schon das Brummen von Panzermotoren.

Plötzlich gingen nacheinander drei gewaltige Detonationswellen durch die Stadt. Türen sprangen auf, Fenster klirrten, Dächer bebten. Ein paar Ruinenwände brachen in sich zusammen. Hunde zogen die Schwänze ein und verkrochen sich. Möwen jagten in die Höhe, bildeten oben einen Pulk. Dann war es still. Die Detonationen mußten unmittelbar am Stadtrand gewesen sein. Vielleicht im Hafen. Sie waren so gewaltig, daß niemand genau die Richtung hätte sagen können. Als ob der Himmel über der Stadt geborsten wäre. Für Sekunden standen die Menschen still. Die Leute sahen an den Häusern hoch. Die letzte Stunde war angebrochen.

Dann begann die Panik. Er war mit dem Wagen in Gassen geraten, die von Ruinen versperrt waren. In einer dieser Straßen wußte er nicht, ob er hinter der nächsten Ecke noch weiterkam. So blieb ihm nichts übrig, als auszusteigen und sich die Straße anzusehen. Denn zu wenden war nicht möglich.

Vor ihm an der Ecke stand ein alter Zigarrenladen. Er näherte sich ihm laufend, sah flüchtig in die offene Tür hinein und betrachtete dann den weiteren Verlauf der Straße. Gut, dachte er, hier komme ich weiter. – Das war jener Moment, als die drei Detonationen die Luft über der Stadt auseinanderrissen. Dreimal zuckte er wie getroffen zusammen. Gebückt stand er auf der Straßenkreuzung. So explodierten Öltanks oder Gas. Er wußte es in derselben Sekunde, obgleich er es noch nie erlebt hatte. Er richtete sich langsam auf, horchte der letzten Druckwelle nach und wartete auf die nächste. Doch die kam nicht. Es waren drei, mehr nicht. Doch weil es drei waren, sah er darin eine Bedeutung. Er lief erst noch auf den Wagen zu, weil er sich so schnell nicht entschließen konnte, doch als er ihn fast erreicht hatte, hatte er sich wieder in der Gewalt.

Er blieb stehen, sah sich um. Niemand beachtete ihn. Ein paar Menschen liefen Hals über Kopf an ihm vorbei. – Jetzt mach' ich es, dachte er, jetzt ist es soweit!

Er ging langsam ein paar Schritte rückwärts, wie zur Probe. Und blieb dann stehen. Das Auto stand still. Er ging noch vier Schritte rückwärts, sehr langsam jetzt. Das Auto stand immer noch unbewegt.

Ist ja Quatsch! dachte er. Die sehen mich doch nicht! Die liegen auf der Ladefläche in ihren Betten und haben überhaupt keine Ahnung, daß ich sie gefahren habe! Ich kann gehen, wie ich will!

Doch das Umdrehen fiel ihm schwer.

Erst ging er noch seitlich, fast auf Zehenspitzen, und sah immerfort zurück.

»Macht's gut«, sagte er leise.

Und dann drehte er sich vollends um und ging los. Er ging mit schnellen Schritten mitten auf der Straße, strebte auf die Ecke zu. Dann drehte er sich plötzlich wieder um und ging rückwärts weiter. Das Auto stand. Und ebenso plötzlich drehte er sich wieder um und ging vorwärts weiter. Seine Schritte wurden immer schneller, als ob er fliehen wollte. Dann ging er noch einmal seitlich, und als er fast die Ecke erreicht hatte, sah er, wie ein Uniformierter in die Kabine des Wagens sprang und die Tür hinter sich zuschlug. Der Motor fauchte gleich an, er sah es am Vibrieren und an den Auspuffgasen. Er sah sich das an, dann sprang er in langen Sätzen den Weg zurück auf das Auto zu.

So ein Schwein! dachte er. So ein hundsgemeines Schwein!

Er hatte es glernt, auf Trittbretter von fahrenden Autos zu springen. Lachend, und den Kameraden dann zugewinkt. Und so stand er, gebeugt, und wartete auf den richtigen Augenblick. Er federte auf, leicht, hielt sich fest, öffnete die Tür. Über den oberen Spalt hinweg sah er den anderen.

Er sah nicht viel. Doch im Augenblick wußte er: Das war einer, den man nicht gleich angreifen sollte. Nie. Denen sollte man dienlich sein in allem, was sie wünschten. Aber um Gottes willen nicht angreifen, nie! – Das Gesicht, nach der Drehung ihm zugewandt: ein gutes frisches Gesicht, so etwas hatte er lange nicht gesehen. Die hellen Augen schon entschlossen, während die Hände noch mit dem Auto zu tun hatte. Und darunter die gefürchteten Kragenspiegel. Nie, Gefreiter Jähnig, lehnte man sich gegen so einen auf! Eher laß ihn fahren mit dem klapprigen Gefährt! Spring ab und laß ihn fahren!

Aber da waren die Kinder unter der Plane.

Er griff durch den Spalt dem anderen an den Kragen. Hatte festen Stoff in der Hand, fühlte die fremde Haut auf dem Handrücken. Die Augen da drin wurden noch enger. Da zog der andere die Tür zu. Und der Wagen fuhr. Er schlug sie einmal, zweimal kräftig von innen gegen den Oberarm des kleinen Fahrers, daß der vor Schmerz aufschrie. Sein Griff lockerte sich, er hätte runterfallen mögen vom Trittbrett. Da aber, zu seiner Überraschung, schob der andere die Tür auf, langsam, aber sehr kräftig. Sie drückte den Fahrer zur Straße hinaus. Die Unterkante des Blechs schnitt ihm in die Schienbeine, er konnte sich nur noch mühsam halten. Mit einer schnellen Drehung trat er nach vorn in die Ecke, wo sich das Scharnier befand und wo ihm noch ein wenig Platz blieb. Durch die Scheibe sah er, wie der andere da drinnen grinste. Da faßte der Fahrer einen Entschluß. Er ergriff die Dachkante der Kabine, wo er sich einigermaßen festhalten konnte und kroch auf die Haube, mit den Händen zuerst und dann mit den Knien. Dort legte er sich vor die Windschutzscheibe. Gekrümmt kniete er da und ließ dem anderen keine Sicht. Der Wagen fuhr langsam ein paar Meter weiter, dann stand er.

Die Tür knallte, der andere stieg aus. Federnd sprang er auf das Pflaster, stand drei Schritte hinter dem Fahrer und hatte den Revolver schon in der Hand und auf ihn gerichtet. Er sagte nicht etwa: »He, komm runter, du Ratte!« Er sagte nichts. – Der Fahrer auf der Motorbaube lag gekrümmt vor der Scheibe. Nun ist es überflüssig, dachte er ganz schnell nebenbei, denn der Wagen stand. Doch bewegen konnte er sich nicht. Den Kopf gesenkt, blickte er unter dem Arm hindurch. Und obgleich er wußte, daß der andere nicht auf dem Kopf stand, sondern daß er selbst den Schädel unten hielt und, zwischen Arm und Körper hindurchblickend, den anderen auf der Straße sah, empfand er es als traurig, die letzten Sekunden des Lebens in so verdrehter Haltung verbringen zu müssen. Doch er konnte sich nicht bewegen, denn fasziniert sah er auf das kleine Rohr, aus dem jeden Augenblick der heiße Strahl gegen seine Stirn peitschen würde. Es war rund, und es war das einzige ohne falsches Oben und Unten. Er sah das Auge, das sich zu einem Schlitz verengte. Er sah den Finger, wie er sich krümmte – und schloß die Augen. Und wartete eine unendliche lange Zeit. Und hörte es klicken.

Immer noch hasteten auf den Bürgersteigen Menschen vorüber; sie wollten nicht sehen, was dort geschah. Sie liefen nicht langsamer, sondern wendeten den Blick ab, liefen vielleicht noch ein wenig schneller, wenn sie hier für einen Moment gezögert hatten. Der Uniformierte hob ein zweites Mal den Revolver. Die Trommel hatte sich weitergedreht. Er hob den Lauf langsam über das Gesäß des Fahrers hinweg und schwenkte ihn nach rechts hinüber, wo der verkrampfte Arm des Mannes ruhte, die Stirn nach unten, die Augen geschlossen. Zwischen diesen Augen suchte er den Punkt und fand ihn, der Finger krümmte sich, der Mann dort öffnete leicht die Augen und schloß sie wieder, er zog den Finger langsam durch, und dann klickte es ein zweitesmal. Der Uniformierte ließ den Arm sinken.

»Komm runter, du Ratte!« sagte er.

Der kleine Fahrer öffnete die Augen, die Welt war wieder da. Er lag noch eine Weile so, und dann rappelte er sich zusammen und bewegte sich schnell, denn der dort unten hatte ihm befohlen, runterzukommen. Und das bedeutete für ihn, daß das Erschießen beendet war. Mit dem Rücken glitt er vorsichtig am Fahrzeug herunter, bis er, so angelehnt, dem anderen gegenüberstand.

»Hau ab!« sagte der, »verschwinde!« und gab ihm mit der Waffe einen Wink, in welcher Richtung er zu verschwinden hätte. Doch der Fahrer blieb stehen.

Da geschah die vierte Detonation und gleich darauf die fünfte.

Sie hatten beide hochgeguckt. Dabei bemerkte der kleine Fahrer zuerst, wie günstig für ihn der Umstand war. Er vergewisserte sich noch, daß der andere hochhorchte, und im selben Moment bewegte er sich flink zur Kabine hin. Doch die Knie wurden ihm unten weggerissen. Er schlug hart auf das Pflaster. Neben ihn fiel etwas Metallenes, und über ihn hinweg sprang der andere in die Kabine und schlug die Tür zu, startete, aber der Motor sprang nicht an.

Als der Fahrer sich erhob, hatte er den Revolver in der Hand. Er sah das Gesicht des Mannes durch die Scheibe, fast schien es, als zwinkerte es ihm zu. Beim zweitenmal sprang der Motor an. Da hob der Fahrer die Waffe auf das Gesicht, das nun wirklich lachte, und drückte ab.

In der Scheibe war ein Loch und spinnennetzartige Risse. Dahinter sah er den Mann langsam nach unten gleiten. Erschrocken ließ er den Revolver fallen und riß die Tür auf. Der Uniformierte fiel ihm schwer entgegen. Er fing ihn auf und ließ ihn langsam fallen. Schnell schaute er sich um. Doch er sah nur, wie zwei Frauen gerade wegblickten. Niemand sonst von den Leuten hatte etwas gesehen. Kniend legte er den Kopf des Toten auf das Pflaster, mehr nicht. Dann sprang er in den Wagen. Der Motor heulte auf, der Wagen setzte sich in Bewegung. Scharf fuhr er auf den Zigarrenladen zu. Die Kurve war eng, und der Fahrer konnte durch die Seitenscheibe nichts sehen. Da drückte er mit dem Ellenbogen die Splitter hinaus. Ringsum blieb ein Kranz von ihnen, die Mitte aber war frei. So konnte er gut sehen.

Er hielt ein paar Straßen weiter. Sein Blick glitt an den Wänden hoch, er nahm die vernagelten Fenster und die beschädigten Fassaden wahr. Gut, dachte er, es ist das Beste, was ich tun kann. Ich habe nicht mehr viel Zeit. – Einmal lief er um den Wagen herum, dann noch einmal. – Nein, sie können gleich hier sein. Können jeden Moment hinter der

Ecke auftauchen! – Dann klappte er schnell die hintere Klappe herunter. Noch einmal blickte er zu den Fenstern hoch, dann kletterte er auf den Wagen.

Hanna Spriegel, den Schal als Turban um den Kopf gebunden, arbeitete an diesem Tage nicht auf dem Güterbahnhof. Morgens noch war sie dort gewesen. Außer ihr kamen nur noch wenige. »Er steht schon vor der Stadt«, wurde geflüstert. Sie sahen sich scheu um und gingen auseinander. Hanna Spiregel ging über die Schienen, immer weiter hinter Güterwagen entlang, und floh dann nach Hause. Nun saß sie am Tisch, fühlte sich verloren. Die Knie hielt sie gegeneinander gedrückt. Nebenan im Zimmer waren die Kinder.

Da pochte es leise an die Schranktür.

»Was ist?« flüsterte sie.

»Machen Sie auf!«

Sie tastete nach dem Schlüssel in der Schürzentasche.

»Ich mache nicht auf!« Die Kinder hatten ihr aufgeregt erzählt, daß es im Kleiderschrank spuke. Daß es manchmal scharre, ein Kleiderbügel sei heruntergefallen, und manchmal hörten sie es atmen. »Horch, Mama, hörst du nichts?« – »Nein.«

»Seien Sie still bis zum Abend!« flüsterte sie scharf. Es raschelte im Schrank, sie hörte die Riegel unten und oben an den Anschlag stoßen, dann schob sich die Tür in der Mitte auf und der lange Mensch trat heraus.

»Ich muß aufs Klosett«, sagte er leise. Der Bart wuchs ihm bläulich in dem kleinen Gesicht, doch seine Augen waren voller Angst und die großen Hände ganz bleich.

»Es tut mir leid«, sagte er.

Hanna Spriegel ging schnell zur Zimmertür, hinter der die Kinder lärmten. Sie drehte den Schlüssel herum.

Die Toilette war im Treppenhaus. Drei andere Familien benutzten sie außer ihr.

Am Abend vorher war er aus dem Schrank gekommen und

im Zimmer ein paar Schritte auf und ab gegangen. Vom eingeengten Sitzen waren ihm die Glieder steif geworden. Sie hatte ihm schnell was zu essen gemacht, hatte Pellkartoffeln abgegossen und ihm Salz dazugestellt, und er hatte hastig die heißen Kartoffeln gegessen und Malzkaffee getrunken.

»Wie heißen Sie?« hatte er flüsternd gefragt.

»Johanna.«

»Und ihr Mann?«

Sie drehte den Kopf in einer leichten Verneinung.

»Lebt er?«

Sie nickte. Dann hob sie die Schultern, als ob sie es nicht wüßte.

»Front?«

Sie hielt die Hände auf dem Tisch, nahm sie auseinander und dann wieder zusammen. »Strafbataillon«, sagte sie dann leise.

»Aha«, flüsterte er. »Ich bin viel jünger als Sie.«

Sie nickte.

»Dreiundzwanzig. Wollen Sie gar nicht wissen, wie ich heiße?«

Sie schüttelte den Kopf. –

Und nun stand er vor ihr.

Sie sahen sich noch einen Augenblick an, dann horchte er lange an der Tür in den Hausflur hinaus, und als es still war, ging er schnell hinaus.

Ich schließe ab! dachte Hanna Spriegel. Ich schließe einfach hinter ihm ab. Dann wird er leise an die Tür pochen, aber ich schließe nicht wieder auf. Mehr kann er nicht. Er kann keinen Lärm machen. Ich öffne nicht wieder, und er muß gehen. Dann ist er weg. – Eine Welle von Furcht überfiel sie, denn sie wußte, was mit ihr geschehen würde, wenn ihn jemand hier sah. Doch als sie zur Tür gehen wollte, konnte sie die vier Schritte nicht tun. – Er hat keine Schuhe an, dachte sie, ohne Schuhe kann er nicht auf die Straße gehen. –

Er tat ihr leid, er war noch so jung.

Da hörte sie es die Treppe heraufpoltern. Großer Gott! Nun war es soweit! Sie kamen! Sie kamen herauf, wie sie es sich vorgestellt hatte, laut, rücksichtslos, fordernd. Da klopfte es auch schon derb an die Tür nebenan; doch die war verschlossen. Sie hörte die Schritte schnell näherkommen. Wie versteinert stand sie hinter der Tür. Für zwei Sekunden war es draußen still, dann klopfte es hart gegen ihre Tür, und ihr fiel ein, daß sie nicht zugeschlossen hatte. – Hoffentlich drückt er nicht auf die Klinke! Dachte sie und lief leise vor, um schnell noch den Schlüssel herumzudrehen. Da wurde die Tür auch schon aufgestoßen, mit dem Fuß, registrierte sie schnell – und vor ihr stand ein Matrose mit verklebtem Haar und kleinen Sternchenaugen. Er war etwas kleiner als sie. Beschwörend sah er sie an.

»Hier ist ein Kind«, sagte er und drückte ihr hastig ein Bündel in die Arme. »Ich gehe nur schnell in Gefangenschaft. In vierzehn Tagen bin ich wieder da. Dann nehme ich es Ihnen wieder ab...« Sagte es und eilte auch schon die Treppe hinunter. Sie hörte seine Absätze von Etage zu Etage die Stufen hinunterknallen, immer weiter runter, bis unten die Tür zuschlug. –

In der Stadt wurde gekämpft. Er hörte das Bellen von Maschinengewehren und dazwischen die schweren Einschläge größerer Geschosse. Die Straße war wie leergefegt. Kein Fahrzeug war mehr zu sehen, nur seins. Dort stand es, verbeult, zerschossen, verdreckt, kaum noch einem Militärfahrzeug ähnlich. Mit größtem Tempo lief gerade ein Sanitäter auf dem Bürgersteig vorüber. Als er den Fahrer erblickte, drehte er sich un und rief: »Hau ab, Kamerad, die Russen kommen!«

Dann floh plötzlich ein Panzer quer über die Straße. Er war aus einem Torweg herausgekommen, wippte das Rohr nieder und wieder hoch und verschwand auf der anderen Seite in den Gärten. Schließlich war es still.

Ich muß mich beeilen, dachte er, ich habe keine Zeit! Um Gottes willen, ich habe keine Zeit! – Mit einem neuen Bündel Mensch stieg er hastig vom Wagen und lief in die nächste Haustür hinein. Erst als er die Türen im Parterre nacheinander durchprobiert hatte und die Treppe vor sich sah, erkannte er, daß er in demselben Haus war wie zuerst. Dennoch lief er die Treppe hinauf, schlug mit dem Fuß an Türen, krachte mit dem Ellenbogen gegen das Holz. Doch ohne Erfolg. Er lief noch eine Treppe höher, polterte auf den Stiegen, riß an Klinken, knallte den Schuh gegen das Holz. Und plötzlich ging eine Tür auf, sie war nicht verschlossen.

Da stand er und japste, und vor ihm stand ein großer, gebeugter Mann, das Haar weiß, das hohe Kinn rasiert, zwei Narben auf der Wange. Stand und sah ihn an. Einen Stapel Bücher hielt er dabei auf dem Arm und war auf Altmännerart langsam erschrocken angesichts der überraschend geöffneten Tür.

»Hier ist ein Kind«, stieß der kleine Fahrer hervor, »ich gehe in Gefangenschaft, in vierzehn Tagen bin ich wieder da.«

Der alte Mann sah sich um, um etwas zu finden, wo er seine Bücher ablegen könnte. Doch der Fahrer hatte keine Zeit. Schnell reichte er ihm das Bündel zu, so daß der Alte die Bücher fallen lassen mußte, um das Kind zu halten. Da lief der kleine Fahrer auch schon hinaus, er sah sich nicht mehr um, rannte einfach die Treppe hinunter.

In einem anderen Haus legte er sein Bündel einer Frau in den Arm, die war dick und häßlich. Sie hob langsam das Gesicht aus den Armen vom Tisch, als er die Tür aufriß, und er drang zu ihr vor und legte schnell, wie sie so saß, das Bündel in ihre Arme, und sie ließ es geschehen, und da lief er schon fort und behielt in Erinnerung, daß sie im filzigen Haar Fischschuppen hatte.

Im selben Haus im Parterre wurde ihm eine verschlossene Tür geöffnet. Dunkelgebeizt war sie, und eine junge Person trat ruhig heraus, grinste dammlig und nahm ihm das Bündel bereitwillig ab. Sie machte dabei einen Knicks, als ob sie darauf gewartet hätte. Als er wieder hinaus auf die Straße lief, bemerkte er mit einem flüchtigen Blick, daß das Haus eine Drogerie war.

Hin und zurück raste der Fahrer die Straße entlang, zum Auto mit leeren Händen, vom Auto zurück mit einem Bündel Mensch, das er an die Brust gedrückt hielt. – Manche standen in ihren Zimmern zwei Schritt im Dunkeln und beobachteten ihn.

Es beobachtete ihn die kleine, flinke Frau Gottliebe Golumbiewksi nebst ihren Töchtern und Enkelkindern. Hinter der Scheibe aus Fensterglas und Pappe standen sie in vorsichtigem Abstand und blickten bekümmert hinaus. Denn es fehlte einer von ihrer Sippe, jetzt, wo alle beisammen sein sollten. Winfried, Gottliebes jüngster Sohn. In großer Unruhe warteten sie auf ihn, allen voran die kleine Frau. Links oder rechts der Straße, so weit sie sie einsehen konnten, hofften sie, das Kerlchen auftauchen zu sehen: laufend, die Hände in den Taschen der großen Männerjacke, heranfliegend wie eine Fledermaus. Und heiß von neuen Nachrichten. Allein war er gegangen, wie es seine Art war, allein, seit sein älterer Bruder auf dem Dachboden hockte. Es war seine ureigene Sache, das Ausschwärmen und Wiederkommen. Doch nun hatten die drei Detonationen das Haus durchgeschüttelt, auf der Straße schrien Menschen in Panik. Dann waren zwei ebenso gewaltige Schläge gefolgt, und von da an war die Straße leer. Winfried, der Straßenstrolch, kam nicht. Nur den kleinen Matrosen sahen sie vorbeilaufen, immer und immer wieder. In die eine Richtung mit Bündeln, und dann in die andere ohne.

»Was er darin wohl haben mag?« fragte Jutta, die zweite von den verheirateten Töchtern.

Sie dachten, daß es aussah, als ob er Wickelkinder trüge. Doch weil es ein Matrose war, konnten sie es nicht glauben.

Sie achteten dann nicht mehr auf ihn, denn sie warteten auf Winfried, der am Ende der Straße in fliegendem Galopp auftauchen mußte.

Da pochte es an die Tür. Sie wußten alle sofort, daß es Winfried nicht war. Und da brach er auch schon in die Stube ein, der kleine Mensch, lief direkt auf den Tisch zu und legte das kleine Bündel ab. Sprach, während er rückwärts wieder hinausging, etwas von Gefangenschaft und daß er bald wiederkomme. Sprach's und war verschwunden.

Das Ganze war wie ein Spuk. Niemand hatte Zeit gehabt, sich zu bewegen, nur mit den Augen waren sie ihm gefolgt. Als ob sich ein Wunder vor ihrem Angesicht vollzogen hätte, eine Schicksalsfügung. Auf dem Tisch lag ein Bündel, es bewegte sich.

Lisa trat heran, die ältere der verheirateten Töchter. Sie schlug das Bündel auf.

»Mein Gott!« sagte sie.

Da standen alle herum und schauten das matte Etwas an.

»Der kommt doch nie wieder!« sagte jemand im Zimmer. Und Gottliebe Golumbiewski, die kleine Frau, seufzte kurz und sagte: »Ein Mensch mehr in der Familie.« Dann wandte sie sich wieder dem Fenster zu.

Als er zum Wagen lief, waren die Jaks plötzlich über ihm. Im Laufen drehte er sich um und blickte hoch. Doch was er sah, ließ ihn den Arm über den Kopf heben, als wollte er sich vor einem Schlag mit dem Knüppel schützen. Es kamen drei und drei und nochmal drei. Sie flogen wenig höher, als die Häuser waren. Und dann kamen neun, und dann konnte er sie nicht mehr zählen. Er sah deutlich die Piloten in den Kanzeln. Der Lärm war ungeheuerlich, so gewaltig, daß er sich wie eine Laus vorkam, die vom Lärm an der Ecke zerdrückt wurde.

»Zwei!« schrie er hinauf, »noch zwei!« Und er hielt zwei Finger hoch; er hörte keinen Laut aus seinem Munde.

Da stolperte er und stürzte. Er stand sofort wieder auf und

lief weiter zum Wagen. Vor ihm, über der Straße, zogen in ungeheurer Langsamkeit die Flugzeuge weiter, drei und drei und nochmals drei und dann so viele, daß sie auf beiden Seiten weit über die Häuser reichten, immer in Dreierpulks. Sie überholten ihn wie schwere eiserne Insekten.

Und wieder eilte er mit einem Bündel im Arm auf eine Haustür zu. Die beiden noch! dachte er. Mit den beiden letzten würde es leichter gehen, und dann war er frei! Im Hausflur stand er, die Tür schlug hinter ihm zu. Leute kamen die Treppe heruntergelaufen, ein paar Kinder voran. Sie schwenkten an ihm vorbei und liefen weiter in den Keller hinab. Er sah zu, wie sie sich vor den Flugzeugen retteten.

Einer jungen Frau trat er entgegen. »Bitte, nehmen Sie es! Ich gehe in Gefangenschaft. In vierzehn Tagen hole ich es wieder ab . . .« Die letzten Worte rief er schon hinter ihr her. Sie hatte ihn mit dem Koffer zur Seite geschoben. Er sah ihr Blondhaar, die wippende Haarrolle, als sie in den Keller lief.

Dann kamen ein paar andere Leute die Treppe herunter, und er sagte nichts. Doch dann kam dieselbe blonde Person ein zweitesmal von oben, und er wunderte sich, wie so etwas möglich war.

»Das Kind«, sagte er und trat dicht vor sie, »Sie müssen es nehmen!« Sie stand etwas verwirrt und hielt noch ihre Taschen. Aber er reichte ihr das Bündel zu, und sie mußte das Gepäck absetzen, um es zu halten. »In vierzehn Tagen hole ich es wieder ab.« Er ging schon rückwärts zur Tür. »Jähnig«, sagte er noch, »der Name steht auf der Brust!« Die Frau blickte auf das Bündel, das sah er noch, dann knallte die Tür zu, und er lief zum Wagen.

Noch einmal lief er über die Straße. »Das letzte!« keuchte er. Ganz in der Nähe hörte er Schüsse. Er drehte sich schnell um, denn ihm war, als ob sie ihm galten. Da sah er Holz splittern, Blech knallte. Ein lauter Feuerstoß traf den LKW. Der zitterte getroffen. Von der Plane wehte ein Fetzen herunter.

Der Fahrer trat die Haustür auf. »Hallo!« rief er. Die Wohnungstüren standen offen. Das verwirrte ihn. Er lief in eine Wohnung hinein, rief mehrmals, doch niemand antwortete ihm. Er lief in eine andere Wohnung, sah sich um, kam wieder heraus. »Hallo!« rief er, »hallo!« Es schallte im Treppenhaus.

Im ersten Stock fand er eine Tür verschlossen. Er klopfte, horchte. Er klopfte noch einmal lauter. »Hallo!« – Dielenknarren hinter der Tür, ungleichmäßige Schritte näherten sich, wie wenn jemand mit einer Prothese ging. Das Schloß klickte einmal und noch einmal. Ein Mann mit kurzem Grauhaar öffnete. Er stand vor ihm und schwieg.

»Ich gehe in Gefangenschaft«, murmelte der Fahrer sein Sprüchlein. »Nehmen Sie das Kind, sonst kommt es um.«

Der Mann stand unbewegt.

»Nur für vierzehn Tage«, sagte der Fahrer schnell, »nur diese vierzehn Tage. Ich komme wieder und hole es ab.«

Der Mann blickte unentschlossen, doch er hob nicht die Arme. Sie standen so eine Weile, der ablehnende Ausdruck im Gesicht des Mannes wurde immer entschlossener. Er schüttelte schließlich den Kopf.

»Nein, das geht nicht«, sagte er, »meine Frau ist sehr krank.«

Ganz leise sagte der Fahrer: »Ich kann nichts mehr für das Kind tun, ich weiß nicht, was mit mir wird. Wenn Sie es nicht nehmen, geht es kaputt.«

Dann stürzte er aus der Tür. Er rannte zum LKW und warf sich in die Kabine. Die Tür knallte er hinter sich zu. Geschafft! dachte er, geschafft! Er lehnte den Kopf an die Rückwand der Kabine. Geschafft! Ein Schwindelgefühl überkam ihn plötzlich, die Glieder wurden ihm schwer, sein Gesicht löste sich. Er ließ die Finger über die Stirn und Wangen hinabgleiten. Geschafft! Er hätte jubeln können, aber seiner Brust entrang sich nur ein unartikulierter Laut.

Da zuckte er plötzlich zusammen. Die Farbe! Vor einem

der Häuser hatte er neben Aschentonnen eine Büchse mit gelber Farbe gesehen. Eine Dose gelb war übergeschwappt, und darin ein langer Stock. Unbewußt hatte er sie wahrgenommen, als er mit einem der Bündel ins Haus eilte.

Er sprang aus dem Wagen und fand die Aschentonnen mit der Büchse. Der Stock war am unteren Ende wie ein Pinsel zerfranst. Von Eingang zu Eingang eilte der kleine Mann und malte neben den Haustüren gelbe Kreuze an die Wände. Ein gelbes Kreuz oder zwei, je nachdem, wie viele Kinder er dortgelassen hatte. Am Ende zählte er die Kreuze, es waren zehn. Dann ging er zu seinem Fahrzeug zurück. Zu dem klapprigen, zerschossenen LKW, der nicht mehr ansprang.

Der kleine Mann stieg wieder aus. Er drückte die Tür zu. Er ging die menschenleere Straße bis zu ihrem Ende hinunter. dort schob er sich um die Ecke.

Zweiter Teil

Nicht vierzehn Tage waren vergangen, sondern vier Jahre. Vier ganze Jahre. Dann war er wieder da.

Er saß auf einem Stapel Eisenbahnschwellen und blickte nicht auf. Das Kinn hielt er in die Hände gestützt. Über seinen Augenbrauen hatten sich düstere Wülste gebildet; er war alt geworden in diesen vier Jahren. Auf dem Kopf trug er eine Landsermütze mit geknifftem Schirm, um den schmalen Oberkörper eine alte Soldatenjacke und um den Hals einen langen Schal, dessen Enden ihm vorn herabhingen.

War also heimgekehrt der Odysseus Ludwig Jähnig, der kleine Mann vom LKW. Er saß wie am Endpunkt einer langen Reise. Was vorher gewesen war? Es gab niemanden, dem er es hätte erzählen wollen. Wozu? Das ging in Vergangenheit über, in Vergessen. Daß er Ströme überquert hatte, um heimzukehren, sieben waren es wohl; daß er den schaurigen Gesang von Frost in Telegrafendrähten gehört hatte und das blaue Land der Unendlichkeit gesehen, Sibirien ... Ein Stück Sibirien jedenfalls, ein ziemlich kleines sogar; kaum mehr, als ein alter Kahn auf einem unendlich breiten Fluß brauchte, um unter Wasser Betonmauern für einen künftigen Hafen aufzuschichten. Daß er die erdentief lästerlichen Flüche seiner Kameraden gehört hatte, wenn sie in Taucheranzügen aus dem betonverdreckten Wasser stiegen, aber auch die ungeheure Stille eines gigantischen Kontinents von Wald, unterbrochen nur durch das Quietschen des Kompressors, mit dem er den Kameraden unten Luft zupumpte ... Das alles lag weit zurück, und niemand war da, der davon etwas wissen wollte. So ließ er es in die

Vergangenheit treiben, ein Klecks häßlichen Uferschilfs auf jenem unendlichen Fluß. Er konnte abwinken, mit leerem Herzen. So saß er in der Nische zwischen zwei Altstadthäusern und blickte nicht auf.

Nach einiger Zeit griff er in die seitliche Jackentasche und holte ein Etui heraus, ein handliches Aluminiumbehältnis. Er klappte es auf und schaute lange hinein. Darin war ein bißchen russisches Zeitungspapier, Bindfaden, verschiedenerlei Uniformknöpfe, dunkelroter Kupferdraht – er fuhr mit dem Finger dazwischen umher –, und da waren auch eine Taschenlampenbirne und Teile von einem Feuerzeug und weiter ein kleines Stück Pappe. Wenn er es mit dem Finger hinrückte und länger betrachtete, sagte es ihm, daß er allein sei, ein braunes, holzfaseriges Stück Karton mit der Adresse eines nörglerischen Menschen darauf: ferner Fluß, fremde Stadt, fremder Mann. Tinte und Pappe. Die Adresse eines Mannes, der über Ackerfurchen lief, während kaum eine Meile weiter die Betondecke eines Großbunkers niedersackte und Hoffnungen wie aufwirbelnde Lerchentriller mit Staub bedeckte.

Das alles befand sich in dem Aluminiumetui. Lange schaute der Mann hinein. Schließlich klappte er das Behältnis wieder zu und schob es zurück in die Tasche.

Später ging er von Haus zu Haus. Er stand lange vor den Türen, und manchmal ging er nahe heran und tastete mit der Hand über den Mörtel neben ihnen, suchte zwischen den verwitterten Poren und zog am Ende mit dem Finger ein Kreuz nach.

Am nächsten Tag kam er wieder. Er saß längere Zeit auf den Eisenbahnschwellen, strolchte dann in der Gegend umher und war für eine Weile gänzlich verschwunden, aber später erschien er wieder. Es war ein sonderbares Umherstrolchen. Wie von einem, der hier Ansprüche hatte, der aber zu lange fort gewesen war, um sie noch geltend zu machen, und der sich nun damit begnügte, das anzuschauen, was einmal seins gewesen war; es nur einmal für einen Tag unerkannt wiederzusehen, mehr nicht.

Die Nachricht von seiner Rückkehr aber eilte inzwischen von Haus zu Haus. Man hatte ihn gesehen. Man hatte ihn erkannt. Man trug sich die Nachricht zu. Sie elektrisierte die Leute, die lange auf ihn gewartet hatten. Hinter den Gardinen verborgen, schauten sie ihm zu. Die Straße war merkwürdig leer um ihn her.

Plötzlich stand er auf. Er strich sich den Hosenboden glatt und trat langsam in eins der Häuser.

Luden Jähnig klopfte an die Wohnungstür. Nach einer Weile hörte er Schritte kommen, ungleichmäßige Schritte, wie von einem, der eine Beinprothese trägt. Die Tür öffnete sich. Lange sahen sie einander an.

»Kommen Sie herein!« sagte Abromeit und trat einen Schritt zur Seite.

Luden Jähnig trat ein.

Sie gingen in die Küche und setzten sich dort an den Tisch.

»Ist lange her«, sagte Abromeit schließlich.

»Ja, ist lange her.«

Sie schwiegen eine Weile. Luden Jähnig sah sich um.

»Sind inzwischen groß geworden.«

»Groß geworden?«

»Nun ja. So.« Und Abromeit hielt die Hand aus, um anzuzeigen, wie groß die Kinder inzwischen geworden waren.

»Wie viele sind es?«

»Sieben. Es sind sieben.«

»Es waren zehn.«

»Zehn, ja. Aber jetzt sind es sieben.«

»Und sie sind gesund?«

»Gesund – ja. Dies und das, wie es bei Kindern so ist. Schwere Zeiten, leerer Tisch. Ein älterer Mensch trägt's. Bei Kindern wirkt es sich aus.«

»Aber gesund.«

»Soweit sind sie alle gesund, ja.«

Da holte Luden Jähnig aus seiner Seitentasche einen roten Militärkalender heraus. Seine Finger begannen darin zu blättern. Er fand die Seite, nickte zählend mit dem Kopf und sagte schließlich: »Zehn. Bei mir sind es zehn.«

»Wollen mal sehen«, sagte Abromeit.

So machte Luden Jähnig, der kleine Mann vom LKW, mit Hilfe eines guten Menschen Bestandsaufnahme. Bestandsaufnahme über kleine Menschenseelen, die so lange bei fremden Leuten gelegt hatten. Doch nun war er wieder da, er saß an Abromeits Küchentisch und sah selbst eher hinfällig und krank als couragiert aus, hielt aber seinen Nachweis in der Hand und begann.

»Dieter«, las er. »Dieter Jähnig. – Jähnig«, fügte er hinzu, »das ist mein Name.«

»So«, sagte Abromeit, »dachte ich mir's schon. – Sind Sie irgendwie mit den Kindern . . .?«

»Nein, nicht verwandt. Ich habe sie gefahren.«

Dieter, berichtete Abromeit, sei ein glücklicher Bursche in einer unglücklichen Familie, in der Familie Konrad Spriegels. Als Konrad Spriegel nach Kriegsende aus dem Strafbataillon heimkehrte, lebten seine drei Kinder nicht mehr: die zwei kleineren waren an einer Epidemie gestorben, das dritte, das älteste, an einem Unfall in den Ruinen. Johanna, die Frau, war an diesem Schicksalsschlag seelisch zerbrochen. Spriegel selbst hatte dazu noch im Kriege einen Arm verloren. Was er zu Hause vorfand, war dies Findel, das er nicht lieben konnte. Er hatte sich dann Hals über Kopf in die Tagespolitik gestürzt und sich an der Enteignung von Großbetrieben beteiligt, ein ernster Mann, der, wenn er spät abends von Versammlungen nach Hause kam, nach Zigarettenrauch stank, oft auch nach Schnaps. Er hatte damals, so wurde berichtet, kaum gesprochen, kaum geschlafen, war früh aufgestanden und gegangen, ohne das Kind anzusehen.

Johanna verkaufte Fahrkarten bei der Reichsbahn. Und so war es bei den Spriegels geblieben, bis zum heutigen Tag. Ein stilles Haus, in dem allein das Kind den nötigen Lärm machte. Denn das Kind, eben besagter Dieter, berichtete Abromeit, sei nichtsdestoweniger ein unbekümmertes, stabiles, blondes Kerlchen geworden – groß, vielleicht sogar ein bißchen dick. Tagsüber sei es bei einer alten Frau in Pflege, und zum Abend, wenn Johanna von der Arbeit komme, bringe sie es mit nach Hause.

Ein junger Mensch solle eines Tages bei der Gelegenheit auf sie zugetreten sein, hochaufgeschossen, Baskenmütze auf dem Kopf, ein Student vermutlich. Es werde erzählt, daß Johanna sich von ihm abgewandt habe. Er selbst, Abromeit, habe Achtung vor der geprüften Frau.

Auch scheine es neuerdings, als habe sich Konrad Spriegel ein wenig dem Kinde zugewandt. Er, Abromeit, habe ihn schon den Jungen von jener alten Frau abholen sehen ...

Gut. Weiter. Luden Jähnig nickte. »Philipp«, sagte er und blickte in seinen Kalender, »Philipp Jähnig.«

Fritz Abromeit hielt die Hände auf dem Tisch übereinandergelegt und dachte einen Augenblick nach. Das ist ein ernster Mann, dachte Luden Jähnig und sah ihn sich dabei an. Es ist Verlaß auf seine Worte.

So war es ein guter Anfang für ihn.

Philipp, vernahm er, Philipp und Winfried Golumbiewski, der fledermausgleiche Bengel, das sei ein Bild, an das man sich in der Straße schnell gewöhnt habe. Dieser Winfried sei auf seltsame Weise klug geworden: den langen Weg der Flucht habe er dreimal zurückgelegt, dreimal. In den Tagen des Umbruchs nämlich sei er mit heimziehenden Polen zurückgefahren: die Zügel in der Hand, zwei Pferderücken vor sich und hinter sich ein Dutzend freiheitstrunkener Menschen auf dem Wagen. So bis ins ferne Masuren. Als er nach Monaten zurückkehrte, sei er von der Weisheit gewesen, die Knaben plötzlich zu Erwachsenen machte. Er habe russisch wie polnisch gesprochen und Papyrossi geraucht und kurze Hosen und eine viel zu große Jacke getragen. Fortan, wohin ihn auch der Wind trieb, sei Philipp, auf seinen Schultern sitzend, mit von der Partie gewesen.

Die übrige Familie nämlich, fuhr Abromeit fort, so groß sie einmal auch war, sei schnell zusammengeschrumpft. Die beiden verheirateten Töchter mit ihren Kindern hätten die Familie verlassen, als ihre Männer aus Gefangenschaft heimkehrten; die Kinder der verstorbenen Nachbarin seien zu einer Verwandten gezogen; und Siegmund, kaum sechzehnjährig, sei auf und davon gegangen, in die Stadt Hamburg, wo Abenteuer ihn lockten. Als Gottliebe Golumbiewski, die kleine Frau mit dem spärlichen Haarknoten, das Buch über Tarzan schließlich zuschlug, habe sie mit Erstaunen festgestellt, daß sie nur noch zu viert waren – sie mit dem schwerhörigen Mann, mit der Fledermaus Winfried und dem Würmchen Philipp, das damals dazugekommen war. Nun habe sie sich das Würmchen genauer angesehen, sage man, und nicht die geringste Sorge um sein Wohlergehen gehabt. »Ist es hier, dann ist es unser. Wir werden das Beste tun«, soll sie gesagt haben.

Philipp, so berichtete Abromeit weiter, obgleich fortan mit Winfried überall dabei, sei ein stiller Junge geworden, klein und dünn, mit zierlichem Gesicht und ernsten Augen. Neuerdings treibe er sich auf den Spielplätzen der Gegend herum, seit Winfried zur Arbeit ging. Denn der nämlich, mit zu großer Arbeitsjacke, doch nun schon in langen Hosen, lerne Schlosser in der Schiffswerft der Stadt. Doch meinte Abromeit, daß ihn der Wind dort sicher bald wegziehen werde, denn er sei ein aufgeweckter Junge, und solchen würde es heute leichtgemacht. Philipp aber, so beendete er seinen Bericht, sei ein bißchen klein geblieben, kleiner als die anderen.

Hier war es, daß die Witwe Riemschneider, bei der Abromeit lebte, einen Kaffee vor die Männer hinsetzte, Gerstenkaffee in großen Tassen. Darin war ein Ausdruck ihrer Anerkennung für die Rückkehr des kleinen Mannes zu erkennen. Luden Jähnig sah eine Weile auf den aufsteigenden Dampf, dann trank er einen Schluck.

»Weiter!« sagte er. »Gisela!«

Fritz Abromeit überlegte eine Weile. »Gisela? – Nein, eine Gisela gibt es hier nicht«, sagte er schließlich.

»Und wieso nicht? Darf man fragen, wie so nicht? Hier steht es schwarz auf weiß!«

»Ich weiß nicht, wo Sie solange waren«, sagte Abromeit daraufhin langsam. »Hier jedenfalls gab es Hungernot und Epidemien, und es zogen Leute heute weiter, die gestern erst gekommen waren. Sie werden damit vorliebnehmen müssen.«

Es zeigte sich dann auch gleich, daß noch ein weiteres Mädchen fehlte – Gertrud. Hier aber wußte die Witwe mitzuteilen, daß es mit seinen Pflegeeltern über die Grenze gegangen sei. Nach Hannover, soweit sie sich erinnerte.

Und Luden Jähnig machte einen zweiten Strich in seinem Kalender.

»Weiter. Samuel!«

Samuel, so wurde ihm berichtet, sei der seltsame Sohn einer etwas merkwürdigen Person – Herta Behn mit Namen. Sie wohne oben im Hause der Eckdrogerie. Merkwürdig, weil sie sich von jedermann abkehre und sich allein halte, eine kleine, dicke Frau in Gummistiefeln und mit Fischschuppen im Haar. Sie arbeite in der Eishalle, wo die Fischer, rauhe Kerle, müsse man wissen, den Fisch anlandeten. Den Jungen halte sie eifersüchtig wie einen eigenen Sohn. Sie nehme ihn stets zur Arbeit mit, und er spiele mit Fischkisten und Katzen; allein, statt mit anderen Kindern. Sonst sei gegen die Frau nichts zu sagen, meinte Abromeit, alles was recht sei. Doch die Witwe wußte am Rande zu bemerken, daß von der dicken Person der Ruf umgehe, sie lasse sich von den Fischern beliebig ins Eis stoßen, zum Gaudi der rohen

Kerle, und daß es also kein Wunder sei, daß sich die Leute von ihr fernhielten.

»Weiter. Christoph!«

»Ja«, Abromeit schwieg eine Sekunde, »das ist unserer.« Und zur Witwe gewandt: »Geh, hol mal den Jungen her!« Er wartete so lange, bis sie die Frau nicht mehr auf der Treppe hörten. Dann gab er die gebotene Auskunft über die vergangenen vier Jahre des Knaben Christoph.

Er selbst, so gestand er schnell, sei damals verhaftet worden. Man habe ihn als ehemaligen Bürgermeister denunziert. Seine Frau habe auf den Tod krank gelegen, und als in der Nachbarschaft einzelne Schüsse fielen und es hieß, man habe an der Schulhofmauer einen Bürgermeister erschossen, da schloß sie für immer die Augen. Die Witwe sei es dann gewesen, die sich des Kleinen angenommen habe, angenommen – da könne er gar nichts anderes sagen – zum Besten des Jungen. »So ist sie nun mal«, fügte er hinzu. Ihm selbst sei der Junge dann mehr und mehr ans Herz gewachsen – sei er doch in der Stunde gekommen, als seine Frau schied. Und so habe er, als er nach einem halben Jahr wiederkam, über ein gewisses Verhältnis zur Witwe gefunden. »Das Leben geht manchmal seltsame Wege«, schloß er seinen Bericht.

»Und er heißt Jähnig?«

»Jähnig. Ja, natürlich, Jähnig. Wie alle hier.«

In der Küche stellte die Witwe dann ein Bürschlein Luden Jähnig gegenüber auf. Es war vom Spielen schmutzig, und er sah, es hatte eng beieinanderstehende Augen. Nichts Besonderes gab es weiter an ihm; vielleicht daß seine Nase ein wenig spitz war.

Das Bürschlein wollte dem Manne anfangs nicht die Hand geben. Als es das auf gutes Zureden hin doch tat, fiel die Berührung seitens des Mannes recht kläglich aus. Bleich stand er da und hielt für einen Moment die Kinderhand, als wäre die seine aus wächsernem Zeug. Er sah dabei recht hilflos aus, der kleine Mann, bis die Witwe schließlich sagte:

»Eins will ich Ihnen aber gleich sagen: Den Jungen geb' ich nicht wieder her!« Stand so und schluckte. Und als das Bürschlein wieder die Treppe hinuntergelaufen war, sagte Luden Jähnig: »Weiter!«

Abromeit berichtete von Ulrike. Und er begann damit, daß er nun ein recht trauriges Kapitel berühren müsse; traurig, weil es sich bei dem Mädchen um ein bemitleidenswertes kleines Geschöpf handele. Es habe nämlich einen nervlichen Defekt, einen Tick, wie man so sage; es zucke mit dem Kopf, in regelmäßigen Abständen, ohne daß es dagegen etwas tun könne. Dabei sei es ein allerliebstes, sehr hübsches Mädchen. Es sei schmerzlich, das mit ansehen zu müssen.

»Ulrike?«

»Ja. Ulrike.«

Luden Jähnig blickte in seinen Militärkalender, und als er den Namen fand, machte er ein Häkchen. Dabei aber war ihm, als erinnerte er sich. Für einen Augenblick entfernten sich seine Gedanken in die Vergangenheit, und er stand wieder auf dem Wagen. Birkenzweige sah er im Winde wehen, ein weites Tal mit einem Kiefernwäldchen darin, und auf dem Arm vor seiner Brust spürte er das Gewicht des viel zu leichten Kindes, dessen Kopf an seiner Schulter lehnte und manchmal zuckte. Ihm fiel ein, wie er mit ausgestrecktem Arm über das Tal gewiesen hatte und wie er sich gereckt hatte, als wäre er ein König und schenkte das ganze Land mit großer Geste seiner Prinzessin. Und all das tat er, nur um nicht sagen zu müssen: Morgen, mein kleiner Schatz, da lebst du wohl nicht mehr.

»Aha«, sagte er, »aha. Sie lebt also.«

Ja, sie lebte. Doch die beiden jungen Damen, bei denen sie damals untergekommen sei, Zwillingsschwestern, stünden in keinem guten Ruf, fuhr Abromeit fort; die eine jedenfalls nicht. Mit angemessener Zurückhaltung berichtete er dann, daß es dem Mädchen gutgegangen sei, solange Lene Seibold mit dem Kinde allein gewesen sei. Sie arbeitete damals als

Verkäuferin und habe es nicht leicht gehabt, eher schwer. Aber es sei alles gutgegangen. Dann aber sei die Schwester wiedergekommen, Erika, und es habe sich bald gezeigt, daß die ein Gewerbe betrieb, das in der Straße doch einigen Anstoß erregte: Die Abende wurden laut, es gab Orgien, Gesang, und oft genug auch Streit und Tränen. Und nicht selten wurde das Kind Mittelpunkt solcher Auseinandersetzungen. Erika nämlich verlangte von der Schwester, daß man das Mädchen entfernte. Es gab unbeherrschte Auftritte, und zwar meistens in Anwesenheit des Kindes. Manchmal aber hatte sie, Erika, ganz plötzlich mütterliche Anwandlungen und herzte und küßte das Mädchen, daß es vor Furcht schrie. – So sei es zugegangen, sagte Abromeit, bis ein langaufgeschossener junger Mensch aufgetaucht sei, der, wie man erzählte, Lene Hoffnungen machte, sofern sie das Kind fortgäbe. Und seitdem stehe zu befürchten, daß die schönen Stunden für die Kleine dort gänzlich rar würden. Denn ein Mann, der in dieser Zeit eine Heirat anbot, gab Abromeit zu bedenken, das sei schon ein Pfand, auf das eine junge Frau nicht so leicht verzichte.

»Schade um das Kind«, sagte die Witwe. »Es verlottert zusehends.«

»Gut«, sagte Luden Jähnig. »Weiter. Herbert.«

Doch da ergab sich erneut ein Moment Nachdenken, Betroffenheit. Auch von einem Herbert wußte der umsichtige Abromeit nichts. Es waren am Anfang zehn Kinder gewesen, das bestätigte er, nun waren es sieben. Mag sein, daß es einen Herbert gegeben hatte, möglich. Er aber konnte keine Auskunft über ihn geben. Am Ende wollte sich die Seemannswitwe vage erinnern, daß eins von den Kindern nur noch wenige Tage gelebt habe. Mehr war von einem Knäblein namens Herbert nicht in Erfahrung zu bringen.

»Weiter. Bärbel!« sagte Luden Jähnig und machte ein drittes Zeichen in sein Merkheft.

Doch nun erfuhr er von dem sonderbaren Menschenpaar,

das da täglich morgens um halb acht die Straße hinaufging und mittags wieder herunterkam: ein alter Mann, groß, gebeugt, und an seiner Hand ein adrettes Mädchen – das Bärbele.

Oberstudienrat Albrecht Seemann, so begann Fritz Abromeit, habe bei Wiederbeginn des Schulbetriebs der neuen Behörde die Bitte vorgetragen, das Amt des Lehrers wiederaufnehmen zu dürfen, obgleich er bereits in hohem Alter stand. Denn es gab keine Lehrer. Es gab Mathematiklehrer, auch Russischlehrer, Geschichtslehrer aber gab es nicht. Drei Epochen deutscher Gesichichte aber, damit habe der alte Mann damals seine Bitte begründet, habe er selbst durchlebt. Ideale habe er verkündet, die sich später als trügerisch erwiesen hätten. Doch das vierte Reich – zu der Überzeugung sei er zutiefst gelangt – müsse anders werden als alle übrigen bisher. »Freiheit, Gleichheit, Brüderlichkeit« – so soll es der beredte Mann mit glänzenden Augen verkündet haben. Und diesem neuen Reiche wolle er in der schweren Stunde seines Werdens mit ganzer Kraft zur Seite stehen. Erfüllung, bitte sehr, eines gedemütigten Geschichtslehrerherzens. Man möge Verständnis haben.

Seit diesem Tage nun, so berichtete Abromeit, schritt Oberstudienrat Albrecht Seemann allmorgendlich die Straße hinauf, ein bißchen Erfüllung und ein bißchen Lächeln im Altmännerblick. Und an der Hand, anfangs noch in einem kleinen Kinderziehwagen, das Bärbele. Es sei besser, wenn ein Schüler eine Stunde versäumte, als wenn ein Lehrer fehlte, so habe er seine merkwürdige Maßnahme begründet, denn er beauftragte stundenweise eine Schülerin mit der Obhut über das Kind. Stundenweise so über den Vormittag. Um die Mittagszeit komme das Paar dann wieder zurück: glücklicher alter Mann mit müdem Kind. Ein vertrautes Bild für die Straße.

»Gut. Weiter. Horst!«

Horst? Auch dieser Name war Abromeit und der Witwe

fremd. Horst? Einen Horst Jähnig – nein, den gab es nicht, sosehr sie auch überlegten.

»Es waren doch aber sieben!« protestierte Luden Jähnig.

»Ja, sieben.« Die beiden waren betroffen.

So überlegten sie weiter. Die Namensliste war erschöpft, Luden Jähnig ging sie noch einmal durch. Sie rechneten die Abgänge ab, sie gingen die Namen aufs neue durch, zählten mit den Fingern. Es half nicht: Es blieben nur sechs.

Doch alle Welt wußte, daß es sieben waren!

Die Seemannswitwe war es schließlich, die, als sie in Gedanken die Familien der Pflegeeltern durchging, erlöst ausrief: »Carola! Carola Jähnig in der Bünzel-Drogerie!«

Eine Carola stand nicht im Militärkalender Luden Jähnigs, zum Erstaunen der Leute. Er zeigte ihn ihnen, aber hier fehlte ein Horst.

»Horst? Horst?« Sie überlegten weiter.

»Bünzels haben noch einen eigenen Sohn – Richard oder Recky, wie sie ihn nennen. Der ist im gleichen Alter«, sagte die Witwe schließlich sehr nachdenklich. Es schien, als ob sie da einen Braten röche. Einen Horst Jähnig jedenfalls, das versicherten ihm die guten Leute mit Nachdruck, den gab es nicht.

Als Luden Jähnig die Wohnung Abromeits verließ, stieß er auf der Straße auf eine kleine Menschenansammlung, in deren Mittelpunkt eine junge blonde Frau stand. Er wußte sofort, um wen es sich handelte. Die übergab ihm unversehens und ohne daß er so recht wußte, wie ihm geschah, ein verstörtes Menschenkind in Mantel und heruntergerutschten Strümpfen, das sich verzweifelt zur Wehr setzte und das sich am Rock der Person festhielt und sich durchaus nicht zu ihm hinschieben lassen wollte. Ein scheußlicher Anblick das. Es dauerte seine Zeit, bis Luden Jähnig sich über die Sachlage im klaren war. Doch da begann er sich auch schon zu recken. Er wurde höhnisch und gebrauchte unflätige Worte gegen das Weib. Und was sollte er auch mit dem Mädchen, fragten sich die Leute, er, gerade erst zurückgekehrt aus der Gefangenschaft?

Aber er hatte sich verrechnet. Die blonde Furie wurde nur noch auffahrender. Hin und her wurde das Mädchen gestoßen, und es bestand tatsächlich Gefahr, daß das entrüstete Weib gegen ihn handgreiflich würde. Ein paar von den Leuten empörten sich. Da geschah etwas ganz überraschendes: Der kleine Mann weinte plötzlich. Stand da nach einer Kavalkade besonders höhnischer Wörter, an der er noch so recht seine Freude gehabt zu haben schien, plötzlich aber brach er ab und weinte. Ringsum trat betretene Stille ein, denn der Mensch weinte wirklich unf wischte sich mit dem Handrücken die Tränen fort. Nach einer Weile dann hat er schließlich das Kind bei der Hand genommen und ist gegangen. Und es soll schäbig ausgesehen haben, wie er so davonging, mit hängendem Hosenboden, das Mädchen an der Hand.

Als Luden Jähnig auf diese Weise die Straße verließ, fühlte er sich von allen Seiten und allem ausgestoßen. Allein fand er sich hinter jener Linie wieder, die die Menschen untereinander verbindet. Allein mit dem Mädchen. Das Mädchen weinte an seiner Seite, und er zog es mit sich. Bis er hinter der nächsten Straßenecke hielt und es anschrie. Dann hockte er nieder und wischte ihm die Tränen aus dem Gesicht.

»Wie heißt du?« fragte er.

»Ulrike«, schluchzte das Mädchen.

Schließlich gingen sie weiter.

Drei Tage lang kostete Luden Jähnig die Bitternis des Alleinseins bis zur Neige aus. Er trieb sich in Kirchen herum, brach zur Nacht in Gartenhäuschen ein und stahl auf dem Bahnhof Eßbares; er hockte längere Zeit im Hafen herum und strolchte am Rande der Stadt durch Industriegelände und unten am Fluß entlang. Auf sich allein gestellt, war er dergleichen gewöhnt; doch mit dem Mädchen war es für ihn eine bedrückende Sorge.

Er versuchte, das Mädchen loszuwerden. Sie verbrachten die Zeit im Wartesaal auf dem Bahnhof. Den Rücken an die Wand gelehnt, so saßen sie auf dem Fußboden inmitten von Gepäck und Schlafenden, vor ihnen der nicht abreißende Strom von Reisenden, von Abenteurern, Schiebern und Tagedieben, der sich unaufhörlich zwischen den beiden Eingängen ergoß. Luden Jähnig betrachtete den Strom. Plötzlich stand er auf. Er nahm die Hand des Mädchens und mischte sich mit ihm ins Gedränge. Langsam ging er in dem Strom mit, und dort, wo das Gedränge am dichtesten war, ließ er die Hand des Mädchens los. Mit den Schultern spürte er, wie das Mädchen weiter und weiter zurückblieb. Er sah sich nicht um. Am Ausgang aber wartete Luden Jähnig wieder auf das Mädchen.

Am vierten Tag stellte er sich in eine Schlange. Er kam nur langsam voran. Ab und zu bückte er sich zu dem Mädchen hinunter und sagte: »Du wirst jetzt ein schönes Zuhause bekommen; mit weißen Betten und Kasperlepuppen. Da sind noch viele andere kleine Mädchen.« In den Augen des Mädchens aber sah er keine Freude. »Kommst du mit?« fragte es ihn einmal. Er schüttelte den Kopf. Die Schlange rückte einen Schritt vor, und er kam seinem Ziel näher.

Schließlich sah er die Frau hinter dem Schalter und betrachtete sie argwöhnisch. Ein weinerlicher Mensch war an der Reihe. Die Frau hörte ihm aufmerksam zu, sie sagte wenig, sie fragte nur und schrieb. Ihr helles Gesicht war voll Offenheit. Sie hatte einen großen Mund und hohe Wangen. Eine angenehme Person, dachte er. Er war's zufrieden. Dann war er dran.

»Das Kind hier« sagte er, »es muß in ein Heim. Es hat kein Zuhause; keine Eltern, nichts.«

Die Frau blickte über den Tsich auf das Mädchen.

»Und wer hat sich bisher um das Mädchen gekümmert?« fragte sie. Da schämte er sich, denn das Mädchen sah verkommen aus, sein Gesicht war ungewaschen.

»Nun ja, ich. In den letzten Tagen ich. Es mußte sich ja jemand um das Ding kümmern.«

Die Frau nahm alles zu Protokoll, und er berichtete wahrheitsgetreu, daß er das Mädchen von der Flucht mitgebracht habe, sechs andere noch dazu. Inzwischen aber sei er in Gefangenschaft gewesen und komme dieser Tage erst zurück.

Die Frau sah ihn über den Tisch hinweg an.

»Und die anderen?« fragte sie dann. »Sind die anderen gut untergekommen?«

»Ja, die sind soweit gut untergekommen. Bis auf das Mädchen hier.«

»Und wo ist Ihre Familie?«

»Nein«, sagte er, »ich habe keine Familie, nein.«

Die Frau schaute ihn immer noch an.

»Dann behalten Sie das Mädchen!« sagte sie. »Gründen Sie eine Familie! Unsere Heime sind überfüllt. Ich kann Ihnen nicht helfen. Gehen Sie bitte! – Bitte der nächste!«

Ein neuer Mensch trat heran. Dem wandte sie sich zu.

Das verschlug ihm so sehr die Sprache, daß er zunächst kein Wort herausbekam. Er schnappte nach Luft, die Augen traten ihm hervor. Dann aber wurde er böse. Er schob den Menschen zur Seite und schlug mit der Faust auf die Balustrade.

»Sie!« schrie er, »Sie Person, Sie!« Er ließ eine Kanonade von Schimpfworten sondergleichen los. Er tobte, gestikulierte, schrie. Er wies auf das Mädchen und beschuldigte das Amt der Korruption, des Verbrechens an dem Kinde hier. Die Frau räumt indessen ruhig den Tisch vor sich frei. Sie hatte große Hände.

»Als wir uns zuletzt sahen«, sagte sie, als er am Ende war, »habe ich Sie gebeten, nicht so böse zu sein, wenn wir uns wieder einmal begegnen sollten. – Wie war doch Ihr Name?«

»Jähnig«, sagte er verblüfft, »Ludwig Jähnig.«

»Sie sind ein guter Mensch, Herr Jähnig. Bitte, kümmern

Sie sich um das Mädchen! Es ist das beste für das Kind.« Da wandte sie sich endgültig dem nächsten zu.

Luden Jähnig aber trat von der Balustrade zurück und sah sich um, als begriffe er nicht, was soeben geschehen war. In der Mitte des Raumes angekommen, ermannte er sich aber noch einmal.

»Das ist Betrug!« schrie er. »Das ist hundsgemeiner Betrug! Hier werdet ihr alle ungeheuer beschissen, Leute! Wartet ab, wie ich's euch sage...«

Das Amt, so empfand er bitter, hatte es abgelehnt, ihn von außerhalb jener Linie, die Mensch mit Menschen verband, einzulassen. Er würde außerhalb bleiben müssen, mit dem Mädchen hier. Sein Groll richtete sich gegen jene Frau. In Gedanken sah er deutlich, wie ihre großen Hände seine Angelegenheit auf dem Tisch forträumten. Fort für den nächsten. Solche Hände, schien ihm, konnten gut über der Brust eines schlafenden Jungen gefaltet sein. Da erkannte er sie wieder...

Er stand wie ein Pfahl auf der Straße. Menschen gingen vorüber, er war ihnen im Wege. Das Mädchen an seiner Hand wollte ihn weiterziehen, aber er rührte sich nicht. Langsam nahm der die Mütze vom Kopf und setzte sie wieder auf und blickte zum nächsten Dachfirst hoch. Dann zog er das Mädchen wieder ins Gebäude hinein.

Heimlich hinter der Menschenschlange entlang schlich er sich vor bis in die Nähe des Schalters. Dort trat er drei Schritte zurück und betrachtete die Frau. Sie bediente gerade zwei alte Leute – eine Frau mit spitz gebundenem Kopftuch und einen zänkischen Greis. An der Schulter des Alten vorbei beobachtete er die große Frau, während sie mit den Leuten sprach. Einmal blickte sie auf und entdeckte ihn. Sie lächelte ihm für eine Sekunde zu, und er hob erwidernd die Hand. Da ging er wieder und fühlte sich froh. Er trat hinaus ins Freie, stand noch einen Augenblick auf der Treppe und atmete mit weiten Lungen durch.

In den folgenden Wochen hatte Luden Jähnig beträchtliche Schwierigkeiten, das Mädchen tageweise unterzubringen. Er lief die Treppenhäuser rauf und runter, klopfte, fragte, bat. Doch die Türen schlossen sich meistens schon, bevor er sein Sprüchlein beendet hatte. Nur selten hatte er Glück. Später änderte sich das. Denn er war nun mit dem Schwarzmarkt vertraut geworden, und er besaß auch eine Lebensmittelkarte, mit der er zu locken wußte. Sogleich waren die Leute schneller bereit, das Mädchen tageweise oder auch wochenweise bei sich aufzunehmen. Doch wenn er manchmal, nach längerer Abwesenheit mit dem Taucherboot, wieder zurückkam – sie arbeiteten zuweilen auch vor anderen Häfen –, dann erkannte er seine Ulrike nicht wieder. Es war das schlimmste nicht, wenn er sie verschmutzt und ungekämmt vorfand, nein, da hätte er noch abwinken können. Aber sie war verängstigt. Sie weinte bei jedem lauten Wort und verbarg sich. Da fing er Streit an mit den Leuten. Aber was half's? Kleidchen und Wäsche konnte er ihr über den Sonntag waschen. Gegen das andere – da konnte er ihr nur über den Kopf streichen.

Er bekam ein Zimmer. Das war ein Lattenverschlag auf einem Dachboden. Aber es war sein Zimmer! Er nagelte Paketpappe ringsum gegen die Latten und trug ein eisernes Öfchen hinauf. Das Abzugsrohr leitete er durch das Fenster. Da wohnte er ein Jahr. Er trank Schnaps und putzte seine Schuhe, er beschnitt sich abends die Fingernägel und schmiedete große Pläne. Und das Mädchen lernte, wie man Geschirr wusch und mit Besen und Schaufel umging. Und wenn nachts der Regen aufs Dach trommelte und Wind und Sturm durch die Sparren pfiff oder wenn das hohe Gebälk im Frost knackte, dann kroch das Mädchen unter seine Decke. Dann lauschten sie auf die Geräusche über sich, und er sprach von kleinen Dachkoboldden, lieben listigen Kerlchen dort oben, und von mächtigen Firstteufeln, die heulend und johlend so manchen Dachstuhl niederritten, und von Wolkenfaunen, die auf Schindeln Kamm bliesen. Und vom großen Schutzengel flüsterte er, der immer da war, eigens für Ulrike. Einer übergroßen, schönen Frau in blauer und rosa Seide mit reinem Angesicht und braunen Löckchen auf der Stirn, dem Engel, der im Fluge kleine Mädchen begleitete, wenn sie über dunkle Böden gingen und steile Treppen stiegen. O ja, das war schon ein unvergeßliches Jahr dort oben in jenem Verschlag. Im Sommer lauschten sie den winzigen Schrittchen der Spatzen auf dem Dach, und im Winter lösten sie die Ränder der gefrorenen Decke von ihren Mündern. So ein Jahr knüpft väterliche Liebe zwischen einem Mann und einem Mädchen. Die könnte für ein Leben halten.

Sein Schiff. Er haßte es vom ersten Augenblick an; oder besser: vom zweiten. Er war von der Pier aufs Deck gesprungen, ein Heimkehrer, dem eine neue Arbeit zugewiesen war. Und er fühlte sich gut, als er das genoppte Eisen des Decks unter den Füßen spürte. Denn in seinem Leben hatte es immer zwei Dinge gegeben, ohne die er nicht auskam: das waren Motoren – Motoren verschiedener Art, meist aber größere, solche, die von Diesel getrieben wurden, klickend und sauber, mit dem strengen Geruch von Öl. Und das war die Küste, nicht das Meer. Mit der Seefahrt wollte er nichts zu tun haben. Nein, nicht das Meer, die Küste war es, was ihn faszinierte. Die kleinen Arbeitsschiffe in den Häfen, die Schlepper, Lotsenfahrzeuge, das ganze Drumherum. Buhnen interessierten ihn, Dalben, oder einfach der Strand, auf den die Wellen aufliefen und wo er kilometerweit entlanglaufen konnte, den Blick auf den Horizont gerichtet.

Als er sich wenige Tage nach seiner Ankunft auf der zuständigen Behörde einstellte und nach einer Arbeit fragte und ihm gesagt wurde, er solle sich auf dem Taucherschiff melden, dort würden noch Leute gebraucht, da empfand er für einen Augenblick eine Winzigkeit von Freude. Auf entsprechende Rückfragen hatte er nämlich geantwortet, daß er in der Gefangenschaft auf einem Taucherboot gearbeitet habe. Das verhalf ihm zu der Stelle. Als er dann aufs Deck sprang und das Poltern unter den Schuhen bemerkte, als er die Winden und Trossen sah, das viele Eisen ringsum, da fühlte er sich beinahe gut. Bis ihm, als er auf den Niedergang zuschritt, um sich ordnungsgemäß beim Kapitän zu melden, jener Mensch in die Augen fiel. Der kam gerade herauf, wollte wohl an Deck, blieb aber sofort stehen, und Luden Jähnig sah ihn hinter der eisernen Schwelle bis zur Brust, wie einen, der sich aus dem Innern eines LKW zur hinteren Brüstung wendet. Der hier aber schaute herauf: ein riesenhafter Mensch mit einer Glatze, die aussah, als wäre sie sein Helm. Josef Tenner.

Sie arbeiteten an Wracks. Das war ihre Aufgabe. Im vorgelagerten Seeraum und besonders vor den Häfen lagen die Wracks von gesunkenen Schiffen. Handelsschiffe, Passagierschiffe, Zerstörer, U-Boote. Sie lagen unter den Wellen der grauen See, unsichtbar für den Blick zum Horizont, gewaltige Rümpfe aus Eisen und Stahl; sie lagen im Flachen oder im Tiefen und waren ein Hindernis für die friedliche Schiffahrt. Ihr rostiges Eisen wurde für die Beschickung von Hochöfen verwendet. Und so wurde aus den Wracks gesunkener Kriegsschiffe neuer Stahl für Druckmaschinen, Drehbänke und Traktoren. Luden Jähnig begriff die Metamorphose des rostigen Stahls durch gelegentliche Bemerkungen Fritz Lauberbachs, des Kapitäns, und der anderen Männer an Deck. Da hatte er das Gefühl, etwas Nützliches zu tun. Solche Wracks zu untersuchen, zu zerschneiden und schließlich in Teile zu sprengen, das war ihre Aufgabe. Und seine dabei war die, den Tauchern unten die Luft zuzupumpen.

Diese Arbeit war ihm nicht neu. Er setzte sich eine graue Pudelmütze auf den Kopf und half, wo er helfen konnte. Er schleppte schwere Akkumulatoren, stapelte die langen Kunststoffschläuche mit den Sprengpatronen, die sie für

Unterwassersprengungen brauchten, er drehte an Winden, wuchtete Kisten hoch, schleppte Eimer voll Kohlen und hatte nur selten Zeit für einen Blick aufs Meer. Vor allem aber pflegte er Tenners Taucheranzug, denn damit hatte ihn der beauftragt; und er nahm den Auftrag ernst.

Ansonsten aber stand er am Kompressor und pumpte. Die Arme wurden ihm so schwer und lang wie eiserne Hebel. Die Gelenke schmerzten, auch die Schultern. Wenn er aber ein wenig nachlassen wollte, unmerklich, nur um sich für zwei Sekunden zu entspannen, dann zerrte es zweimal hart an der Leine. Dann erschrak er vor der Wut da unten und pumpte nun eine ganze Weile viel schneller, als jener es gebraucht hätte. Er sah es an der überflüssigen Luft, die in Blasen aufstieg. Eine halbe Stunde, eine Stunde, eine und eine Viertelstunde...

Dabei dachte er an die Kinder. Der Reihe nach widmete er sich jedem einzelnen von ihnen, er hatte ja Zeit. Bei manchem verhielt er nicht lange, bei manchem aber blieben seine Gedanken.

Zwischen den Leuten in der Wasserstraße und ihm hatten sich gewisse Verhältnisse herausgebildet. Es hatte sich bald gezeigt, daß mit den meisten ein gutes Auskommen war. Er war bald nach seinem ersten Besuch in jener Straße reihum zu den Familien gegangen, hatte sich vorgestellt und seinen Dank ausgesprochen, ganz wie es sich gehörte. Und er war bald wiedergekommen, und so immer öfter, er lief sich schließlich die Hacken ab, um dies und jenes in Angelegenheit der Kinder zu erfragen und Kleinigkeiten zu bringen. Die Leute duldeten ihn und nahmen ihn auf, einen Freund, einen Onkel für die Kinder. Praktische Leute waren das, frei von Illusionen. Das Leben hatte sie gelehrt, allen Gegebenheiten nüchtern zu begegnen. Sie hatten sich aber auch Feingefühl bewahrt, sie zeigten Verständnis dafür, daß es ihn so zu den Kindern zog.

Während Luden Jähnigs Gedanken auf diese Weise fortwährend enteilten, zwang er sich hin und wieder zu einem Blick auf das Manometer. Doch die Nadel stand gut, keine Sorge also. Er hatte den Rhythmus gefunden: Hoch die Schultern! Druck! Hoch die Schultern! Druck! – So konnte er es lange aushalten.

Die Kinder waren in die Familien aufgenommen worden, sie waren zu Hause. Bis auf den anfänglichen Skandal mit Erika Seibold hatte es keine Schwierigkeiten gegeben. Gut, Regine Bünzel hielt sich aus allem strikt heraus, aber das galt nicht. Der Junge hatte es jedenfalls gut bei ihr. Über die Jahre hinweg, so registrierte er sinnend, hatten die Kinder nichts weiter getan, als daß sie Tag um Tag und Monat um Monat älter geworden waren. So waren sie in die Familien hineingewachsen, als wären es ihre eigenen. Und nun, da sie vier, im fünften Jahr waren, dachte niemand mehr so recht daran, sie wieder herzugeben. Er war's zufrieden.

Aber da war auch noch er. Ja, da war er! Was war mit ihm? Er wurde unruhig, wenn er sich darüber Gedanken machte. Im Grunde war er ein freier Mann. Er konnte gehen, wohin und wann er wollte. – Doch wollte er? Sosehr er auch an einer Antwort herumdruckste, nein, letztendlich kam er zu dem Ergebnis: Er wollte nicht. Denn er spürte die ganze Bitternis, die ihn ankommen würde, wenn er weggehen und ohne die Kinder sein sollte. Warum eigentlich? fragte er sich. Was band ihn an sie? – Nichts. Eigentlich doch gar nichts. Sie waren nicht seine Kinder, nicht einmal seine Neffen und Nichten. Er hatte sie nur im LKW gefahren, weiter nichts. Aber da hörte er auch schon auf, solche Fragen zu stellen. Denn schon beim ersten Gedanken kroch ihm eine Angst von hinten über den Schädel. Dann stellte er sich vor, wie es wohl wäre, wenn er nicht den Geruch ihres Haares riechen und sie nicht beim Weinen trösten konnte oder ihre Dreistigkeit mildern; wenn er nicht mehr die kleinen Arme um seinen Hals und nicht die Gesäßchen beim Hoppereiter auf seinen Knien spüren sollte. – Nein, er kam ohne sie nicht mehr aus.

An Ulrike dachte er, sein Hausfrauchen; an die Stunde abends daheim. Noch nie in seinem Leben hatte er die sympathische Nähe eines anderen Körpers so verspürt wie nun, wenn er sich nach dem gemeinsamen Abendbrot, um seine Arme zu entspannen, für ein Viertelstündchen auf sein Bett legte und das Mädchen indessen den Tisch abräumte und Liedchen summend das Zimmer fegte. Mit seinem ganzen Körper nahm er die schöne Ruhe dieses Kindes in sich auf. Dann konnte er schließlich aufspringen, sich auf die Brust trommeln und ausrufen: »Wo ist der Bär?« Und das Mädchen stieg auf den Stuhl und auf den Tisch, pochte sich ebenfalls an die Brust und sagte mit tiefer Stimme: »Hier ist der Bär!«

Und sie fauchten und brummten sich an und fletschten die Zähne.

Nein, er wollte und konnte ohne die Kinder nicht mehr sein.

Hoch die Schultern! Druck! Hoch die Schultern! Druck. – Der muß die Luft da unten ja wohl fressen! dachte er zwischendurch einmal.

Und sie trugen seinen Namen! Das machte ihn stolz. Jähnig, das war kein großer Name. Das war einer, wie ihn jeder beliebige Mensch tragen konnte; ein Name ohne Klang und ohne Besonderes. Ein Name ohne Anspruch, gut. Aber nun mit einemal, wo sieben Menschlein ihn trugen, da hatte er Klang. Ho, was war das für ein großartiger Name! Die »Jähnig-Kinder« hieß es in der Wasserstraße. So nannte man die Clique der gleichaltrigen, wie von merkwürdiger Nestwärme zusammenklebenden Gören: mit Verdruß, mit Ärger, mit Zorn, doch oft auch, wie er bemerkt hatte, mit leiser Achtung. Wie auch immer! Ihm klang es wie Musik in den Ohren: Die »Jähnig-Kinder«! Haha! Er, der Stammvater eines Straßengörengeschlechts!

Bei solchen Gedanken riß ihn manchmal die kräftig ruppende Leine in die Gegenwart zurück. Er pumpte dann schnell, wie ertappt, er pumpte und wünschte dem da unten, daß er platzen möge an so viel Luft. Der aber ließ sie in Blasen aufsteigen, wie überflüssigen Tand. Luden Jähnig sah sie an der Wasseroberfläche. Doch er pumpte, pumpte, um dem da unten keinen Anlaß zu geben, früher herauszusteigen als notwendig, damit er selbst noch Zeit und Muße hätte für seine Gedanken...

Albrecht Seemann war ein guter Mann, der Weise unter den Pflegeeltern. Mehrmals schon hatte er sie bei sich zusammengerufen. Dann hatten sie in seinem Zimmer auf Stühlen gesessen, Bücherstapel ringsum. »Wir gehören ja irgendwie zusammen...« Oh, waren das Augenblicke. Luden Jähnig auf seinem Stuhl reckte sich dann in die Höhe. Denn wenn sie dort zusammengehörten, war es durch ihn. Und natürlich mit ihm. Er war dort nicht der Mittelpunkt, das mochte der alte Oberstudienrat sein, aber wenn die Welt sich wieder zu drehen begann, rotierte sie doch um ihn. Er wußte die guten Leute durch seine Kinder verbunden. Hoiho! waren die ein stabiles Hinterland! Aus allem spürte man das heraus, wenn die Männer und Frauen zusammensaßen und beratschlagten, wie sie in Sachen Waisengeld, Unterbringung für Samuel im Winter, bevorstehende Einschulung und so weiter vorgehen sollten. Und er saß dazwischen auf steilem Stuhl, die Knie übereinander, so notierte er alles. Denn er nahm alles auf sich, was an Wegen zu laufen, an Wartezeiten abzusitzen war. Als ob es kein Taucherschiff mit einem Josef Tenner gäbe.

Auch Spriegel war ein guter Mann. Er hatte inzwischen aufgehört, Betriebe zu vervolkseignen. Danach war er, wie Luden Jähnig hörte, in einem wichtigen Haus der Stadt an bedeutender Stelle tätig. Nur war er still, sehr still. In den praktischen Dingen wußte er aber guten Rat. Dahingehend sagte er einiges und tat manches. Doch ohne Freude am Tun. Wenn Luden Jähnig an seine Tür klopfte und Konrad Spriegel ihm öffnete, sah er, wie der Mann den Blick erst zu Boden schlug, bevor er ihn wieder hob. Luden Jähnig aber mochte den stillen Mann, der nicht haben konnte, was er in so reichem Maße besaß.

Zu Abromeit konnte er immer kommen. Fritz Abromeit wies ihm dann korrekt einen Stuhl an, setzte sich zu ihm, besprach mit ihm das Notwendige und noch einiges mehr. Abromeit war der einzige, der ihm, so hatte er den Eindruck, vorrangige Vaterschaft zuerkannte. Ohne große Worte. Und die Seemannswitwe hatte immer eine Kleinigkeit für ihn aufzuwarten, was er zu schätzen wußte. Zu Golumbiewskis konnte er auch jederzeit kommen, das Haus stand ihm immer offen. Dort war er dann kein Besuch, er war einfach da. Man nickte ihm zu und ließ sich durch ihn nicht weiter ablenken. Das tat ihm gut. Dann machte er seine Beine lang und hatte für einen Augenblick Pause. Manchmal ging er, ohne daß er gewußt hätte, warum er überhaupt gekommen war. Aber er ging erleichtert. Bei Golumbiewskis gab es auch keine wesentlichen Probleme zu erläutern. Winfried war ohnehin sein Begleiter in Sachen Jähnig-Kinder geworden, sein Stellvertreter gewissermaßen. Und auf Winfrieds Schulter saß der kleine Philipp und war mit erstaunten Augen Mitorganisator verschiedentlicher Dinge.

Manchmal ging er sogar zu den Seibold-Schwestern...

Hier unterbrach Luden Jähnig seine Gedanken, denn aus dem Wasser stieg Josef Tenner. Zuerst sah er unzählige Blasen neben dem Schiff aufsteigen, Augenblicke später dann die Rundung des Helms und den aufgeblasenen Rükken des Taucheranzugs an der Wasseroberfläche. Und schließlich, nach einer ersten Schwimmdrehung, nahm er einen glotzenden Blick Josef Tenners aus der runden Seitenscheibe des Helms wahr, erster Blick an der Wasseroberfläche, träge, seelenlos, die Augenlider verquollen. Ein Blick, als wenn ein Fabeltier aus der Tiefe aufgestiegen wäre, um ein einziges Mal nur auf die Menschlein dort oben zu schauen und dann für immer wieder hinabzusinken.

Immer diese Angst!

Vor einiger Zeit, sie trafen sich im Niedergang, stellte Josef Tenner ihm die entscheidende Frage: »Sag mal, Kleiner, damals, du weißt, was ich meine, hättest du da abgedrückt?« – Luden Jähnig spürte die Bereitschaft des glatzköpfigen Riesen, ihm über die Zeit hinweg die Hand zu reichen. So schaute er hinauf in das große Gesicht, schluckte, schwieg, schluckte noch einmal, sagte schließlich: »Ja, ich hätte abgedrückt.« Da hatte der große Mensch seine mächtige Schulter hochgenommen und sich seufzend abgewandt. Da wußte Luden Jähnig, sie würden Feinde bleiben.

Josef Tenner stieg aus dem Wasser und schwieg. Er ließ sich ausziehen, vier Mann an vier Ecken, setzte sich auf eine Kiste und streckte die Beine lang. Schließlich sagte er: Ich schätze, da unten sind mal wieder eine Menge Leichen im Kahn.«

Er hatte keine Adressen. Die sechs in der Wasserstraße und die siebente, Ulrike, wer sie eigentlich waren, wo ihre Eltern lebten, er wußte es nicht. Abromeit, Albrecht Seemann, Herta Behn, ja all die guten Leute in der Wasserstraße, bei denen er die Kinder untergebracht hatte, damals hatten sie die ganze Zeit auf seine Rückkehr gewartet, zunächst vierzehn Tage, wie er's vorgebracht hatte, schließlich vier Wochen, vier Monate, er aber kam nicht. Sooft sie sich dann trafen, und das war häufig der Fall, denn sie suchten sich in ihrer Ratlosigkeit untereinander auf, fragten sie sich, ob sie es nicht versuchen sollten, die Eltern der Kinder über den Suchdienst des Deutschen Roten Kreuzes ausfindig zu machen; oder wenigstens ihn, der fortblieb. Doch sie hatten keine Anhaltspunkte. Keine Namen, keine Herkunftsorte, die sie benennen konnten, nichts. Auch von ihm, der sie in diese mißliche Lage gebracht hatte, wußten sie nichts. Wie ein Spuk war er gekommen, hatte sein Bündel Mensch abgegeben und war wieder verschwunden. Was ihnen allein

Auskunft zu geben schien, waren zunächst die merkwürdigen Kopierstift-Schriftzüge auf den Brüsten der Kinder. Doch wie groß war ihr Erstaunen, als sie feststellten, daß alle Kinder denselben Namen trugen! Auch damit stimmte es also nicht. Später waren sie dann nach und nach von dem Vorhaben abgerückt.

Mit Luden Jähnigs Wiederkehr aber tauchte die Idee von der Inanspruchnahme des Suchdienstes von neuem auf, wenn auch nicht bei den Leuten in der Wasserstraße. Nein, da arbeitete er bereits auf dem Taucherboot...

Über das Bordrundfunkgerät hörten sie bei Gelegenheiten die sich stereotyp wiederholenden Meldungen. Namen wurden verlesen, letzte Adressen von Gesuchten, wo sie sich auf der Flucht befanden oder wo sie in einen Bombenangriff gerieten. Endlose Kolonnen von Namen. Und da legte ihm Josef Tenner, der gewaltige Mensch mit der Glatze, seine Prankenhand auf die Schulter und sagte: »Das wäre doch etwas für dich, Kleiner.«

Wirklich, das war etwas für ihn! Er kam da gar nicht drum herum, wenn er es recht bedachte. Denn er war noch keine zehn Tage auf dem Schiff, fühlte sich noch gar nicht so recht angekommen in der Stadt, doch die Stirn war ihm schon umwölkt von Sorgen. Denn Sorgen, ja, die hatte er. Und wie viele plötzlich! Und was für welche! Zunächst einmal das schier unlösbare Problem mit Ulrikes täglicher Unterbringung. Aber auch andere Sorgen. Da war eins von den sieben an einem schlimmen Husten erkrankt. Das ließ ihn nicht zur Ruhe kommen. Er war unkonzentriert, stand den Vormittag über am Kompressor und pumpte, suchte indessen aber nach Möglichkeiten, zu helfen. Mein Gott! dachte er, wenn das nun Keuchhusten ist! Der Taucher zerrte an der Leine, man brüllte ihn an: »Mehr Luft!« Ein paar Augenblicke pumpte er schneller. Als das Boot dann aber für kurze Zeit an der Versorgungsbasis anlegt, verließ er es unbemerkt und lief einen halben Tag durch sämtliche Apotheken der

Stadt, um ein Fläschchen Hustensaft aufzutreiben. – »Sie sind ein guter Mensch«, sagte der alte Oberstudienrat, der seinem Bärbele einen Löffel von der klebrigen Tinktur einflößte. Er aber stand an der Tür, drehte die Mütze in Händen und freute sich, daß er dem Mädchen auf seine Weise hatte helfen können. So hastete er zurück zum Taucherboot. Das wartete noch auf ihn, einen halben Tag schon. Da packte ihn Josef Tenner und drückte ihm mit nur einer Riesenpranke den Hals an die eiserne Schiffswand. »Du Dreckskerl!« sagte er. »Noch einmal so'n Ding, und ich drücke durch!«

O ja, Sorgen hatte er. Verschiedenerlei Sorgen. Beispielsweise Sorgen mit Schuhen. – So organisierte er einen weitverzweigten Tauschhandel, in dem er aus Zigaretten, billigem Schnaps und anderen Zulagen, die sie auf dem Taucherboot erhielten, am Ende sieben Paar Kinderschuhe herausschlug. Hoho! Und er ließ sich dabei nicht übers Ohr hauen! Er war unter den Schwarzhändlern am Bahnhof zu Hause, tauchte hier unter, dort auf, legte seine Hand auf Schultern, sprach die Schieber mit Vornamen an; wurde bei Razzien gefaßt und wieder entlassen. Am Ende aber sprangen sieben Paar kleine Kinderschuhe dabei heraus. Oder Hosen. Oder Stoffpuppen für die Mädchen. »Sie sind ein guter Mensch ...« Er hörte schon gar nicht mehr darauf. Er sah zu, wie eine Stoffpuppe an ein Kinderherz gedrückt wurde, und war glücklich. War hundertfach entschädigt für Ängste, für Beleidigungen, für Brot, das er nicht gegessen, für Zigaretten, die er gestohlen hatte.

»Das wäre doch was für dich, Kleiner!«

Das war so leicht dahingesagt von einem korpulenten Menschen mit dem nötigen Ruhm – doch die Idee tropfte in ihn hinein und ließ ihm keine Ruhe mehr. Und das Boot hatte kaum für einen kurzen Aufenthalt festgemacht, da verließ er auch schon schnell das Gelände.

So begab sich Luden Jähnig zum Büro des Suchdienstes, um mit seinen wenigen Angaben über die Herkunft der

Kinder nachzuholen, was seinen Freunden aus der Wasserstraße bislang versagt geblieben war.

Als er dann wieder auf der Straße stand, hatte er das dumme Gefühl, sich dort drinnen geschämt zu haben. Für den großen Aufwand, den er benötigt hatte. Für den Umstand, daß es bei ihm nicht so glatt gegangen war wie bei den Leuten in der Reihe vor ihm: ein Name, eine Adresse, wo zuletzt gesehen – basta. Bei ihm waren es siebzehn. Siebzehn Kinder, mit denen er damals losfuhr. Und statt der Namen hatte er nur die Erlebnisse von der Flucht vorzutragen. Jedenfalls war das nun erledigt, und er knüpfte große Hoffnungen daran.

Über den Bordrundfunk hörten sie dann die Meldung – sehr kurz, sehr präzise. Sie fiel in der Reihe der Vermißtenmeldungen tatsächlich nur dadurch auf, daß es sich um die stattliche Anzahl von siebzehn handelte. Die Männer an Bord jedenfalls hörten gespannt zu und freuten sich dann mit ihm. Sie waren gerade beim Frühstück. Am meisten aber freute sich Luden Jähnig. Er stand für einen halben Vormittag sogar im Mittelpunkt des Interesses, was ihn veranlaßte, den Hals zu recken und laute Reden zu führen. Und Josef Tenner legte ihm die Hand auf die Schulter und sagte: »Siehst du, Kleiner, hab' ich dir doch gleich gesagt!«

In der Wasserstraße aber war die Aufregung groß. Seit die Suchmeldung durchs Radio gekommen war, ging der alte Oberstudienrat mit dem Bärbele durch die Straße. Er schien um eine Handbreit mehr gebeugt zu sein und hatte es eilig. Auch Fritz Abromeit schien überaus beschäftigt zu sein. Winfried Golumbiewski, die Fledermaus nun im Schlosseranzug, trug, wenn er abends von der Werft kam, den kleinen Philipp wie seit je auf den Schultern; doch die Sprünge blieben aus. Und bei Bünzels, so wurde erzählt, sollte es heftige Auseinandersetzungen gegeben haben.

Luden Jähnig aber war von diesem Tage an voller Erwartung. Denn nun würde er bald die kleine Ulrike ihren rechtmäßigen Eltern übergeben können. Sie käme aus den provisorischen Verhältnissen heraus, die allein er ihr bieten konnte. Und er stellte sich den Vorgang gern vor: Er würde das Mädchen ein wenig feierlich seinen Eltern übergeben, jungen freundlichen Leuten, würde deren Dank mit leichter Geste ausschlagen und sich aufrichtigen Herzens darüber freuen, daß sein Herzblatt endlich ein ordentliches Zuhause bekäme. Mit solcherlei zuversichtlichen Erwartungen sah Luden Jähnig den Geschehnissen entgegen, die nun unweigerlich eintreten mußten.

Eines Tages aber war es soweit...

Draußen war schwere See. Das kleine Schiffchen wurde so sehr hin- und hergeworfen, daß sie nicht mehr arbeiten konnten. Sie mußten besseres Wetter abwarten. Josef Tenner spuckte verärgert über die Reling. Luden Jähnig aber, kaum daß sie festgemacht hatten, verließ das Schiff, um dringlichen Geschäften nachzugehen.

Von Herta Behn kam er gerade herunter. Trug einen Eimer Heringe in der Hand, den sie ihm besorgt hatte. Er wollte den Eimer gegen Buntstifte eintauschen. Oben hatte er mit ihr das Nötige besprochen, was sie brauchte, wie er helfen könnte, hatte dabei mit dem kleinen Samuel Hoppereiter gespielt, sich dann die Mütze aufgesetzt und den Eimer ergriffen, war schließlich federleicht die Treppen hinuntergeeilt und ging nun auf der Straße. Da kam ihm Winfried Golumbiewski entgegen. Der kam ohne den kleinen Philipp und war gar nicht so fröhlich wie gewohnt. Denn hinter ihm gingen zwei ältere Leute, beide in Mänteln, der Mann mit Hut, ganz so, als ob sie von weither angereist gekommen wären. Sie gingen dicht hinter Winfried her, und der war ein wenig blaß infolge seiner momentanen Wichtigkeit. Die Aufregung ließ ihn stottern.

»Ist gut, daß ich Sie treffe, Herr Jähnig. Die Leute hier wollen etwas wegen einem Kind.«

Der Mann, ein biederer Kerl, lüftete den Hut; und die Frau,

eine etwas breit geratene Fünfzigerin, hielt ihre Handtasche still an der Seite. Beide standen sie eine Sekunde und schauten auf Luden Jähnig. Der setzte den Eimer ab.

»Ja, wir suchen unser Enkelchen«, sagte der Mann schließlich. »Raimund. Wir haben Ihre Meldung gehört, und da sind wir gleich gekommen.«

»Da sind Sie also gekommen wegen dem Raimund.«

»Ja.«

»So. Hm. Sind wohl gerade angekommen?«

»Ja. Wie gesagt: Raimund heißt unser Enkel.«

»Das habe ich schon gehört. – Nur, ich hab' keinen Raimund.«

»Sie haben keinen Raimund?«

»Nein. – Ist es denn erlaubt zu fragen, warum Sie meinen, daß er hier sein könnte?« Wurde mit einemmal zäh, Luden Jähnig. Hatte ein trockenes Gesicht, fast abweisend. Spielte dabei mit nervösen Fingern in der Jackentasche. Die Wülste über seinen Augen traten hervor.

Doch er überwand sich. Er hörte die Erklärungen der biederen Leute an, und die klangen vernünftig. Er erkannte den Ortsnamen jener Stadt darin wieder, von einem Kinderheim war die Rede, von einer Tochter, die verstorben sei. Alles hörte sich recht glaubhaft an. – Es ist ja nur so gekommen, wie ich es gewollt habe, sagte er sich indessen und spielte weiter mit den Fingern in der Jackentasche. Ist also ganz in Ordnung so. Es kommen sicher noch mehrere Leute, das hier ist nur der Anfang. Nein, die Kinder gehören in ihre Familien, und ich helfe ihnen! Soweit ist also alles schön und richtig.

»Ich hab' keinen Raimund«, sagte er noch einmal trocken. »Einen Samuel habe ich, einen Dieter, einen Christoph – ein Junge soll es sein?« unterbrach er seine Aufzählung.

»Ein Junge, ja, ein Jüngelchen«, sagte die Frau. »Und wir haben es nie gesehen. Wir wohnten in der Mark. Unsere Tochter, wissen Sie, die war versetzt dorthin. Von Dienst wegen. Sie ist dort gestorben.«

»Und wie, muß ich fragen, wollen Sie das Jüngelchen erkennen?«
Menschen gingen auf dem Bürgersteig vorüber. Manche gingen um sie herum. Sie aber standen dort und sahen sich vor die Tatsache gestellt, darüber nachdenken zu müssen, in welcher Weise sie Schicksal spielen sollten. Schicksal für einen von denen, die da noch unbekümmert in Häusernischen Sand schaufelten. Die beiden Alten waren verwirrt. Sie konnten nicht glauben, daß es keinen Ausweg geben sollte. Waren sie doch einfach gekommen, um ihren Enkel abzuholen. Die einfachste Sache von der Welt!

Doch alle Ansprüche, die sie geltend machten, zerschlugen sich im Ansatz. Der kleine Mensch ihnen gegenüber machte sie schnell zunichte. Er kannte sich darin anscheinend aus.

»Vielleicht die Stimme des Blutes«, sagte die Frau am Ende leise.

»Welche Stimme!« schrie da der Mensch böse auf. »Welches Blut! Vielleicht Ihr's? Oder sein's?« Er wies dem Manne auf die Brust. »Oder mein's etwa? Warum nicht mein's? Mein Blut könnte ja auch schreien!«

»Meine Frau meint, daß eine Familienähnlichkeit vorliegen könnte. Daß man den Jungen daran erkennt«, sagte der Mann, »so etwas gibt es ja.«

»Und daran soll ich glauben? Aber los, los, los!« forderte der kleine Mensch die Leute mit falscher Munterkeit auf, mit dem Suchen solcher Ähnlichkeit doch gleich beginnen zu wollen.

Windried Golumbiewski, der erregt der Auseinandersetzung gefolgt war, war eilends bereit, Treppen zu weisen, Türen zu öffnen, dem Fortgang der Dinge mit geblähten Nüstern voranzueilen.

Zunächst ging es zum Spielplatz. Doch es waren nicht alle Kinder da, und mehrere fremde waren darunter. Die beiden Alten standen unschlüssig herum, sie konnten sich nicht entscheiden. Neben ihnen Luden Jähnig. Sie zögerten lange und wandten sich schließlich den Häusern zu.

Doch die meisten Pflegeeltern waren zur Arbeit, ein paar von den Kindern tagsüber in fremder Obhut. So dauerte es bis zum Abend, bis sie die Runde herum waren. Und jedesmal gab es dasselbe peinliche Gegenüberstehen: Da wand sich ein Bürschlein verschüchtert zwischen den Knien der Herta Behn, versteckte sich hinter der Prothese des Fritz Abromeit, hielt Hand und Rock der Johanna Spriegel oder die Trittleiter in Regine Bünzels Drogerie. Und davor standen die breite Frau mit der Handtasche und der Mann, der den Hut in der Hand hielt. Standen und schauten sich wieder das Kind an, bis Luden Jähnig eindeutig die Frage stellte: »Na?«

So gingen sie herum. Und es war, wie um Winfried Golumbiewski für seine neugierige Hilfsbereitschaft zuletzt tragisch zu bestrafen, daß die Frau glaubte, beim kleinen Philipp die Stimme des Blutes zu erkennen. »Es sind die Augen«, sagte sie, »dunkle Träumeraugen. Als ob unsere Gudrun mich ansieht. Ist dir nicht auch so?« Und der Mann, nachdem er lange auf das Jüngelchen geblickt hatte, sagte schließlich: »Ja.«

Damit hatte sich's entschieden.

»Wenn Sie meinen? Wenn Ihnen so ist, dann müssen Sie ihn mitnehmen! Da kann man nichts machen«, sagte Luden Jähnig höhnisch. »Schlimmstenfalls«, wandte er sich beruhigend an die kleine Gottliebe Golumbiewski, »schlimmstenfalls lebt er wieder unter fremden Leuten, wie bisher auch. Und hat er es hier nicht gut gehabt, warum soll er es nicht auch dort gut haben? Aber vielleicht ist es wirklich der Enkel.«

»Ach, wissen Sie, Herr Jähnig, mir ist es schon recht«, sagte die kleine Frau Golumbiewski, die müde auf dem Stuhl saß. »Wir sind alte Leute. Mein Mann ist nörglerisch durch seine Schwerhörigkeit. Und dem Jungen kann man so etwas nicht fürs Leben anhängen. Es ist schon gut, daß es so gekommen ist. – Ich habe für den Philipp getan, was ich tun konnte«, sagte sie dann, an die Frau gewandt. Die dünnen Unterarme hielt sie dabei im Schoß nebeneinandergelegt. »Mehr ging nicht.« – Alle glaubten, was sie da sagte. »Ich wußte nicht, daß er Raimund heißt«, sagte sie. »Für mich war er Philipp. Vom ersten Augenblick an.«

Es war eine Prozession bis zum Bahnhof. Winfried, die Arme erhoben, trug auf den Schultern den Kleinen voran. Dahinter der halb fröhliche Pulk. Hermann Golumbiewski ging mit; schwerhörig lächelte er zu allem, was ringsum geschah, hielt manchmal die Hand hinters Ohr. Gottliebe ging selbstverständlich auch mit, sie trug einen schmalen, dunklen Mantel und sah darin fremd aus. Und die Weinbrechts, so hießen die alten Leute, hielten sich an den Fingern, was wohl Freude und Verwirrung zugleich bedeutete. Und ein paar andere aus der Straße waren ebenfalls noch mit im Zug, auch Abromeit und Lene Seibold und selbst Richard Bünzel von der Drogerie. Und ein paar Jungen und Kinder natürlich. Mitten im kleinen Gefolge aber ging Luden Jähnig, der sich reckte und auf seltsame Weise stolz war, der fortwährend sprach mit dem und jenem, sich durch den Pulk schob, mal nach vorn, mal nach hinten – wichtigtuerisch, als gälte die Prozession ihm.

Doch am Zug standen sie dann herum, ein trauriges Abschiednehmerkommando. Die Weinbrechts drängten sich in den Wagen, wurden vielmehr von den Menschenmassen zur Tür hineingepfercht; und erst eine Weile später sahen die Zurückgebliebenen vom Bahnsteig aus die Hand der Frau Weinbrecht am Fenster winken und endlich auch das Gesichtchen des kleinen Philipp, den Menschen bereitwillig hochhielten, damit er Abschied nehmen konnte von denen da auf dem Bahnsteig. Da aber fuhr der Zug auch schon an. Seltsamerweise konnten sie nicht winken. Die Kinder nicht und keiner. Sie blickten dem kleinen Gesichtchen nach, sahen die dunklen, verständnislosen Augen hinter der Scheibe, bis der grüne Wagen es fortgetragen hatte. – Ein trauriges Kommando dort auf dem Bahnsteig.

So gingen sie zurück. Und es war Luden Jähnig, der schnell seine Fröhlichkeit wiederfand und verkündete, daß Philipp nur der erste sei. Es habe schon seine Ordnung so. Daß andere Großeltern kommen würden und sogar Eltern und daß es für die Kinder so das beste sei, »denn Familie bleibt Familie«.

Acht Wochen später aber kam ein Brief von den Weinbrechts, und Winfried Golumbiewski schwang sich auf das Trittbrett eines anfahrenden Zuges. Und nach vier Tagen war der kleine Philipp wieder da. Sie waren die lange Fahrt zurück per Anhalter gefahren, ganz wie es Winfrieds Art war: auf staubigen LKWs unter Planen und sowjetischen Soldatenmänteln. So kehrten sie zurück in die Wasserstraße, zur Freude der Gottliebe Golumbiewski und ihres schwerhörigen Mannes, und zur ganz besonderen Freude eines kleinen Mannes mit langen Armen. So hatte alles doch wieder seine Richtigkeit. Philipp war wieder daheim. Und auf alle weiteren schriftlichen und persönlichen Anfragen auf jene Suchmeldung hin, es kamen tatsächlich noch ein paar Leute, stellte Luden Jähnig sich bissig, als hätte er eine Herde zu verteidigen. »Und wenn sie mit der Polizei kommen!« sagte er. »Ohne akkuraten Namen und Beweis gibt's hier nichts! Gar nichts!« Und er schüttelte nachdrücklich und unmißverständlich den Kopf.

»Wir sind doch keine Seelenverkäufer!« fügte er für Winfried Golumbiewski hinzu. – Den akkuraten Beweis aber konnte natürlich niemand bringen. Und so blieben die Kinder dort, wo sie waren: in der Wasserstraße. Sechs an der Zahl, das siebte oben in seiner Kammer.

Am Tage nach Philipps Rückkehr aber war es soweit, daß Luden Jähnig, angefangen mit einem Eimer Heringe, über Schnaps und Butter, über Bettfedern und eine alte Lederjacke, über ein Pferdegeschirr, ein halbes Dutzend Silberlöffel, über Fahrraddecken, Petroleum und Jagdpatronen, am Ende zu sieben Pappschächtelchen mit schönen, bunten Farbstiften gelangte. Alle neu und alle spitz. Die legte er reihum auf sieben Betten. Und sein Schiff war ausgelaufen. Ohne ihn.

Als eines Tages das Schiff wieder anlegte, mit ihm, erkannte er unter den Frauen, die an der Pier warteten, Johanna Spriegel. Er warf die Leine und half bei den Manövern wie üblich, doch als das Schiff festgemacht hatte, sprang er auf die Pier hinüber und ging auf Johanna zu. Er nahm an, sie wolle sich an Schwarzmarktgeschäften beteiligen, wie die meisten Frauen hier. Es warteten immer welche, wenn ein Schiff anlegte.

»Läuse«, sagte Johanna, »der Junge hat Läuse. Ich weiß nicht mehr, was ich tun soll. Golumbiewskis Junge auch, auch der Samuel bei Herta Behn.«

Hilflos blickte Luden Jähnig über die Leute hinweg und überhörte die gemurmelten Angebote der Frauen. – Läuse, nun ja. Er war viele Male durch Entlausungsanstalten gegangen. Er kannte sich damit aus, und ihm war klar, daß man da ziemlich hilflos einer Übermacht ausgesetzt war.

»Kopf oder Kleidung?« fragte er.

»Kopf«, sagte Johanna.

Er überlegte und schürzte die Lippen.

Hans Pullmann, der Maschinist, gab ihm einen Kanister Dieseltreibstoff. »Vielleicht hilft das«, sagte er, »ich glaube aber nicht.« Sein zerknautschtes Säufergesicht blickte Luden Jähnig besorgt an.

»Kriegst 'ne halbe Flasche«, sagte Luden Jähnig darauf.

»Nicht der Rede wert«, antwortete Pullmann und winkte ab. Und Luden Jähnig sah, daß der wirklich keinen Schnaps dafür haben wollte.

»Läuse!« Albrecht Seemann hob fassungslos die Arme.

»Ich habe mein Lebtag noch keine Läuse in der Wohnung gehabt.«

»Kein Problem!« sagte Luden Jähnig. »Läuse – das ist nur äußerlich. Nichts Besonderes. Das reicht nicht bis in die Seele von so 'nem Menschenkind.«

Die Jähnig-Kinder und viele andere Kinder des Viertels liefen in diesen Tagen mit umwickelten Köpfen oder mit Mützen umher, die sie auch in den Zimmern nicht abnahmen. Sie stanken nach verschiedenerlei Essenzen. Manchmal halfen die und manchmal nicht. Die Jähnig-Kinder stanken nach Dieseltreibstoff. Erst meinten die besorgten Pflegeeltern, es helfe. Aber dann stellte sich heraus, daß Diesel nicht half, und Luden Jähnig machte sich auf die Suche nach neuen Essenzen. Und nach Läusekämmen, den sehr feinzinkigen, doppelseitigen schwarzen Kämmen, die die Frauen den Kindern durchs Haar zogen, wenn sie es nach Läusen und Nissen absuchten. Die Suche nahm kein Ende.

Eines Tages nahm Luden Jähnig alle seine kleinen Zwerge mit, bis auf Horst, den blonden Schmalkopf von der Bünzel-Drogerie, und führte sie in die Entlausungsanstalt, sechs an der Zahl, und er voran. Er sprach ihnen gut zu, gab sich fröhlich und guter Dinge, denn die Kinder waren voll Furcht. Er ließ die Köpfe scheren, spiegelblank, auch seinen eigenen, er hieß sie sich ausziehen, zog sich selbst aus und ging mit ihnen in die Entlausungskammer. Als sie wieder herauskamen, wurde ihnen ihre Sachen gereicht. Die waren inzwischen desinfiziert worden und rochen scharf. Aber er machte weiter eine lustige Prozedur aus alledem, er strengte lächerlich seinen Humor an, denn der wollte ihm unter der Hand verebben, und die Kinder, sah er, waren seinen Späßen schon entglitten. Sie ließen sich nicht mehr fangen, sie fingen im Gegenteil an zu weinen und jämmerlich zu heulen. Denn sie sahen allesamt aus wie nackte kleine Vögelchen, die aus dem Nest gefallen waren: kahl und dünn mit ihren wackligen, nackten Köpfen. Sie betrachteten sich untereinander und heulten. Als sie sich angezogen hatten, gingen sie nach Hause, Hand in Hand, und er, Luden Jähnig, wieder voran. Die Leute in der Stadt, die der traurigen Schar begegneten, wunderten sich. Denn die sang das Lied vom schlechten Müller, sang es unlustig und erbärmlich und nur deshalb, weil der Vorsänger an ihrer Spitze es von ihnen weinerlichen Mäulern forderte.

Zu Hause die Frauen und Väter waren entsetzt. – »Was macht's!« sagte Luden Jähnig und war selber kaum wiederzuerkennen, »bis zur Hochzeit ist alles wieder gut!« Aber die Leute waren undankbar und nannten ihn Lausedoktor. Und er trug diesen Namen, bis das Haar auf seinem Kopf zu häßlichen Igelborsten herangewachsen war, und sogar noch länger, bis es sich später wieder in Strähnen über seinen kleinen Schädel legte. Doch das Schimpfwort hinderte ihn nicht daran, in die Wasserstraße zu kommen. Auch unter Gespött war er ständig dort. Die Läuse jedenfalls, die hatte er mit diesem Handstreich besiegt.

Nein, Regine Bünzel machte bei alledem nicht mit. Nicht allein daß ihr Horst keine Läuse hatte, sie machte auch sonst nicht mit; dabei nicht und überhaupt nicht. Vor ihrer Tür endete alle Kumpanei, basta! Eine unsichtbare Barriere umgab die kleine Eckdrogerie für alles, was ihr Bübchen mit den feuchten Himbeerlippen betraf; was insbesondere von jenem Firlefanz ausging, der ihr Haus belagerte. Denn er hatte ihr großes Leid zugefügt.

Damals, sie hatte gerade dem Findeljungen mit Seife und Lappen die Kopierschrift von der kleinen Kinderbrust gewaschen, steif gebeugt stand sie darüber Tag für Tag mit dem hohen Leib der Schwangeren, die verräterische Schrift war gerade vollends getilgt, da legte sie sich nieder und gebar ein Mädchen. Sie nannte es Carola. Gebar es in aller Stille, allein das pommersche Mädchen ging ihr dabei zur Hand. Regine lag dann grüblerisch im Wochenbett und blickte lange zur

Decke. Und als sie nach Tagen aufstand, war ihr Plan gefaßt. Sie entließ kurzerhand das pommersche Mädchen und kam schlecht und recht mit den zwei Kindern durch die Zeit. Eine Frau wie Regine Bünzel beugte sich nicht, niemals. Und sie hielt auf strenge Abgeschiedenheit. Ihr Laden war ohnehin geschlossen, das Schaufenster vernagelt; Regine lebte von ihren Reserven.

Und als es eines Tages klingelte, anderthalb Jahre mochten seit dem Kriege vergangen sein, und Richard vor der Tür stand, Richard Bünzel, Herr und Besitzer der Drogerie »Richard Bünzel Söhne«, da sagte sie einfach: »Komm rein!« Sie glaubte nicht an Wunder, nicht an solche, die kommen, noch an solche, die ausbleiben. »Komm rein«, sagte sie und deckte ihrem Manne den Tisch. Die krabbelnde Brut, die Richard mit großen Augen betrachtete, identifizierte sie ihm als seinen Sohn Richard, genannt Ricky, Nachlaß aus dem letzten Urlaub, und Carola Jähnig, ein Flüchtlingskind oder Findel. Ein Soldat habe es bei ihr abgegeben. – Ihr Geschäftssinn hatte ordentliche Arbeit geleistet.

Richard Bünzel strich sich über das spärliche Vorderhaar; doch Handelsmann, der er war, rechnete er schnell einmal zurück, indes ihn die Freude übermannen wollte. Und siehe da, es stimmte! Stimmte fein und wunderbar. Bedächtig nahm er den Sohn vom Fußboden auf und drückte ihn ans Vaterherz, eitlen Stolz in seiner Brust, den drei Richard-Generationen der kleinen Bünzel-Drogerie die vierte endlich doch hinzugefügt zu haben. Im weiteren lobte er seine Frau Regine, was Gutes sie an dem Flüchtlingskind getan habe, und strich der Kleinen übers Köpfchen. Am Abend schließlich saßen Regine und Richard im trauten Beieinander über den Atlas gebeugt, und Regine schluckte nur einmal, als sie halbtausendkilometerweise die Hände zwischen Griechenland und ihre Stadt legte. Noch einmal schluckte sie, als Richard nämlich schlau den Finger hob und sie belehrte: Nicht Felsen, nicht Flüsse hätten seinen Weg gekreuzt, nicht

Schlangen und Banditenkugeln, nein, er habe im rechten Augenblick die Hände hochgehoben und sei per Schiff von Griechenland bis Liverpool gefahren. Ganz einfach. Und ohne einen Schritt zu tun. Und habe dann in einem walisischen Dorf den Damen die Haare onduliert. – Regine schaute in sein gesundes Gesicht und konnte nicht anders als sich wundern. »Hast dir also den Arsch warmgehalten«, stellte sie nüchtern fest. Schon anderntags aber ging Richard Bünzel mit beiden Kindern, um ein Versäumnis Regines nachzuholen. Er ließ sie registrieren mit Namen und Geburt, und die Beamten waren froh, daß Ordnung in die Welt kam.

Es brach dann eine glückliche Zeit für Richard und Regine an. Richard riß die Bretter vom Schaufenster und eröffnete den kleinen Laden neu. In weißen Kitteln standen sie dann hinter dem Ladentisch, ein ansehnliches Drogistenpaar. Für kleines Geld schoben sie kleine Waren über den Tisch, und das Türgeläute ging pausenlos. So vergingen zwei Jahre und noch etwas mehr, und die tobende Brut im benachbarten Zimmer wuchs allmählich heran.

Da erschien eines Tages ein kleiner Kerl im Laden. Er trug eine alte Soldatenmütze und einen langen Wollschal um den Hals. Regine beachtete ihn nicht – ein Kunde wohl, was weiter sonst! Es waren gerade mehrere Kunden im Raum. Er stellte sich in die Reihe und wartete geduldig, bis er dran war.

»Was wünschen Sie?« fragte Regine und schickte sich an, den Platz auf dem Ladentisch freizumachen für seinen Bedarf.

»Kann ich Sie einmal sprechen?« fragte der Mann. Mit ernsten Augen blickte er sie von unten herauf an. Doch Regine beachtete es nicht.

»Ja, bitte, was wünschen Sie?« wiederholte sie routinemäßig.

»Kann ich Sie einen Augenblick sprechen?«

Da blickte Regine auf, sie sah seine Augen und wußte im selben Moment, wen sie vor sich hatte. Doch niemand merkte ihr das geringste an. Sie wandte sich einfach zur Stubentür um, als ob jemand für eine größere Bestellung gekommen sei. »Ja, bitte. Kommen Sie!« sagte sie.

Im Zimmer nebenan schob sie zunächst die Brut hinaus, und er schloß hinter seinem Rücken die Tür zum Laden.

Dann saßen sie sich gegenüber.

»Ich komme wegen dem Jungen«, sagte er.

»Ja«, sagte sie nur. Mehr nicht.

»War er das?«

»Ja.«

»Er heißt nicht Jähnig?«

»Nein, er heißt Bünzel.«

»Horst?«

»Richard.«

»Aber das Mädchen heißt Jähnig?«

»Ja«, sagte sie, »Carola.«

Sie sahen sich wachsam an und schwiegen eine Weile.

»Ich heiße Jähnig«, sagte er.

»Dachte ich mir.« Und nach einer Weile: »Sind Sie der Vater?«

»Nein, nicht der Vater. Ich habe sie gefahren.« Umständlich knöpfte er die Seitentasche der Militärjacke auf und holte den Militärkalender heraus. Er schlug ihn auf, blätterte, fand die Seite, schaute eine Weile darauf.

»Ich habe soweit alle gefunden«, sagte er, ohne aufzublikken. »Da ist alles in Ordnung. Nur hier steht ein Horst Jähnig, und der fehlt. Und hier steht keine Carola Jähnig, aber die ist da.« Er blickte sie fragend an.

»Ein Richard Bünzel ist hier«, sagte sie. »Muß er unbedingt Horst Jähnig heißen?«

Er verstand, was die Frau meinte. Er sah ihr in die Augen. Dort müßte eine Frage stehen, dachte er, eine Bitte, vielleicht sogar Unterwerfung oder Scham, doch nichts davon war erkenntlich. Nur gerader, unbeugsamer Stolz; und kein Fünkchen davon, das sah er, würde sie hergeben.

»Ja«, sagte er, »er muß Jähnig heißen, Horst Jähnig. Unbedingt.«

»Und warum?«

Was sollte er ihr darauf antworten? Was sollte er da sagen? Sollte er ihr sagen, daß es so einfach nicht ginge? Ein kleiner, hübscher Betrug, und alles stimmte? Sollte er das sagen? Oder sollte er ihr besser sagen, daß er niemals große Heldentaten vollbracht hatte, diese eine aber doch? Daß er diese paar Menschlein über ihr damaliges kleines Schicksal hinaus am Leben erhalten hatte? Und daß es ihm ein wenig die Brust hob, weil sie da waren; weil sie nun seinen Namen trugen? Sollte er ihr so antworten? Oder einfach ohne alle Begründung: daß Recht bleiben müsse, was Recht sei, wie er es von Kindesbeinen an nicht anders kannte? – Was sollte er da sagen? Doch nichts von alledem, wußte er, würde er ihr antworten; denn sobald er in Worte setzen wollte, was ihm durch die Brust ging, würde es falsch klingen, klein und minderwertig.

Und so sagte er einfach: »Ja. Anders wird's nichts.«

Da wußte die Frau, daß es sein endgültiges Urteil war. Sie stand auf, ging sehr aufrecht in den Laden, sagte: »Richard, komm doch einmal her!« und zu den Leuten gewandt sagte sie: »Wir schließen jetzt. Bitte, verlassen Sie den Verkaufsraum!« Sie stellte sich an die Tür, bis auch der letzte den Laden verlassen hatte, und schloß dann ab. Sie setzte sich wieder auf den Stuhl, sah den kleinen Mann an und sagte ruhig zu ihrem Ehegenossen, der verwundert neben der Tür stehengeblieben war: »Hör dir das mal an, was der Mann hier vorzutragen hat.«

Und der trug vor. Die Füße hatte er um die Stuhlbeine gelegt, wie kleine Menschen es manchmal tun, er blätterte in seinem Militärkalender und trug vor bis zum Ende, unerbittlich. Er sah, wie Richard Bünzel sich auf die Sofaecke niederließ, wie er aufgeregt seinen Kittel aufknöpfte, wie er stufenweise bleich und bleicher wurde. Da mochte er den

Mann. Er hätte ihm gern etwas Angenehmeres gesagt, aber seine Worte fielen währenddessen in derselben Tonlage weiter, eins nach dem anderen, ohne Erbarmen; bis er am Ende war. Dann entstand eine Pause.

»Stimmt das?« fragte Richard Bünzel in die Stille hinein und blickte zu seiner Frau.

Und die sagte einfach: »Ja.«

Da sagte er, gegen ihren Rücken gewandt: »Du Hure, du Biest, du Betrügerin!« Aber alles mit leiser Stimme, als ob er im Augenblick keine Kraft zum Schreien hätte. Und er war im Begriff, so fortzufahren, doch da fiel ihm Regine ins Wort.

»Schluß jetzt!« sagte sie kurzerhand. »Aus!« Und danach war es tatsächlich still. Luden Jähnig sah, wie der Mann die Augen niedergeschlagen hielt und wie er langsam, langsam nachzudenken begann.

Nach geraumer Weile blickte er auf. Er wandte sich an Luden Jähnig. »Läßt sich daran nichts ändern?« fragte er. »Ich meine, wir sind nur zu dritt hier im Raum, und niemand sonst weiß etwas davon – oder weiß es noch einer?« fragte er ängstlich. »Nicht?« – So, dann könnte doch alles so bleiben, wie es ist. Ich meine, wir wissen es jetzt, und es brauchte sich doch nichts daran zu ändern ...«

Niemand sagte etwas.

»Sind Sie bestechlich?« fragte er.

»Wie meinen Sie das?«

»Na, es gibt doch verschiedene Möglichkeiten ...«

Da mochte er den Mann wieder. Das ist einer, dachte er, der gibt vieles her, nur damit die Dinge um ihn so bleiben, wie sie sind. Damit er seinen Jungen behält, auch wenn er jeden Tag die bittere Wahrheit schlucken muß: Das ist ja gar nicht deiner! Damit seine Frau unverändert um ihn bleibt, selbst wenn er sich bei ihrem Anblick immer aufs neue sagen muß: Du Biest, du hast mich so betrogen! Der alles in seiner Ordnung halten will, damit er, der schwach ist, leben kann.

So einer ist das, dachte Luden Jähnig. Da mochte er den Mann wieder.

»Ja«, sagte er, »ich bin bestechlich. Aber hier bei dem Jungen nicht.«

Drei Tage später ging Richard Bünzel zum Amt und korrigierte das Versehen, das ihm bei der Behörde unterlaufen war. Es brachte ihm eine beträchtliche Geldstrafe ein.

In der Drogerie jedoch ging alles unverändert weiter. Richard und Regine reichten kleine Waren über den Ladentisch, und Regine blieb in ihrem Verhalten zu jedermann unverändert freundlich, als ginge die ganze Sache sie nichts an. Und die Brut nebenan tobte weiter und wuchs heran, die hieß mit Namen nun Carola Bünzel und Horst Jähnig. Nur daß es fortan eine deutliche Mauer für Luden Jähnig auf seinen Routinebesuchen gab, die er aber oft genug durchstieß; und daß Horst, der Schmalkopf mit den Himbeerlippen, sich nicht so recht in die Jähnig-Sippe einfügen wollte. Mal tat er sich vor den anderen hervor, meist aber hielt er sich erhaben zurück. Und die anderen mochten ihn nicht sehr. – So ist es über viele Jahre geblieben, auch wenn Luden Jähnig so manches daran glätten wollte.

Das Leben normalisierte sich ringsum, auch das Leben in der Wasserstraße. Was Luden Jähnig in seinem unruhvollen Schaffensdrang vollbrachte, es wurde immer weniger abenteuerlich, je leichter es ihm fiel, das Nötige zu beschaffen. Der Schwarzmarkt, sein so ureigenes Gefilde, in das er immer wieder eingetaucht war, wie in eine große Sippenverwandtschaft, und aus dem er reich beladen immer wieder auftauchte, jenes weitverzweigte Gauklergefilde war mürbe und gestaltlos geworden, es löste sich schließlich vollends auf. Er traf seine alten Bekannten, ausgezeichnete Ganoven und Schieber, hier und da als brave junge Männer wieder; manche in Schlosseranzügen, manche in Schlips und Sakko, einen sogar in Polizeiuniform. Sie waren alle sehr ordentlich geworden. Seit es Butter wieder in den Läden gab, Zigaretten, Schnaps, sogar komplette Fahrräder, hatte der Schwarzmarkt seine Grundlage verloren.

Luden Jähnig sah es mit Bedauern. Denn was da zusammenbrach, war seine Welt gewesen. Zwar war das Zeug in den Läden miserabel genug, Kunststoffschuhe, haha!, und man mußte sich lange dafür anstellen, das meiste gab es sogar auf Lebensmittelkarten und Bezugsscheinen, aber es war eben da. Schlecht genug für ihn. Denn er hatte nur eine Karte, nämlich seine eigene. Das war alles. Und obgleich es sich um eine bevorzugte Karte handelte, die er seiner Arbeit auf dem Taucherboot wegen erhielt, reichte sie gerade mal so fürs tägliche Leben. Aber weiter?

Die Ware galt nichts mehr, merkte er; jetzt galt wieder das Geld. Aber auch davon hatte er nicht viel. So gut wie nichts eigentlich. Er bekam seinen Lohn. Der war nicht vergleichbar mit dem Lohn Josef Tenners, gut. Er bekam seinen Lohn fürs Pumpen, nicht fürs Tauchen. Das war kein schlechter Lohn, allein wäre er mit ihm gut durch den Alltag gekommen, aber da hingen sieben Mäuler an seiner Jackentasche, und er konnte sich's nicht vorstellen, einmal in die Wasserstraße zu kommen, ohne Bonbons in den Taschen, ohne Lakritze in der Mütze, ohne ein paar Haarschleifen oder Gummitiere in einer Tüte. Oder einfach ohne Roggenbrötchen. Und in die Straße kam er jeden Tag, wenn er nicht gerade mit dem Taucherboot unterwegs war. So hatte er schließlich nie Geld. Er mußte sich seinen Lohn einteilen, da half alle Findigkeit nichts.

Oft gab es jetzt abends Fisch zu Hause. Die vier, fünf Heringe gaben ihm die Fischer in Zeitungspapier eingewickelt. Sie lehnten lachend ab, wenn er bezahlen wollte. Dann briet er in seiner Dachkammer die Heringe und pries sie Ulrike als eine Delikatesse besonderer Art an, hoho! Das Mädchen stand daneben und lernte das Fischbraten und meinte, daß sie vor zwei Tagen schon einmal Heringe gegessen hätten und vor fünf Tagen auch. – Hallo, da wußte er aber klug zu antworten! Und er legte die braunen Strunken auf die Teller, als ob er besagte vier Fischlein eigens großgefüttert hätte, in einem hauseigenen Behälter. In Wirklichkeit aber dachte er: Es ist mies mit dir geworden...! Keine Räucherwurst mehr, kein Schinken, kein Schnäpschen zum Essen. Und das Mädchen macht lange Zähne. Doch: »Iß, mein Schatz!« mahnte er sie, »Seejungfrauen sind die schönsten Mädchen der Welt. Und wovon leben sie? – Von Fisch, haha!«

»Ich mag aber keinen Fisch«, sagte das Mädchen und räkelte sich müde am Tisch. Und er dachte: Tatsächlich, wir zwei sind eine Familie geworden. Wie auch immer es um uns steht. Eine richtige Familie, wir zwei.

Die große Frau aber sah er zunächst nicht wieder. Und obgleich er das Amt, in dem er sie gefunden hatte, seither auf Umwegen umging, wußte er dennoch: Es gab einen Menschen in der Stadt, der ihm zugelächelt hatte; zugelächelt, ohne Vorleistungen von ihm zu erwarten: So genügte es ihm, daß sie da war.

Ihre nächste Begegnung vollzog sich zufällig.

Es war ein Sonntag im Mai. Außerhalb der Stadt gingen sie eine schöne Landstraße entlang, er wie immer vorneweg und die Kinder hinterdrein. Es war ein wunderbares Gehen so, jeder Schritt hatte neuen Schwung. Die Ferne flirrte im Glast der Sonnenwärme, er ließ die Kinder das schauen, und die kniffen die Augen zusammen und staunten. Und weiter ging es. Birkenstämme leuchteten frühlingshaft weiß. Er trat an eine Birke heran, schnitt eine Kerbe in den Stamm und steckte ein Stöckchen hinein: sofort tropfte Birkensaft herab. Er ließ die Kinder ihn probierten. Und weiter ging es. Er wies ihnen erstes Frühlingsgrün, eine Hummel auf ihrem purzelnden Flug, auch fleißige dicke Käfer auf dem Sand. Und weiter ging es, immer weiter. Luden Jähnig hatte sich die Hosen bis unter die Knie hochgekrempelt, und die Kinder hinter ihm taten ein gleiches. Sie hatten Stöcke in den Händen, verschiedenerlei Knüppel, und er trug einen derben Wanderstock. So gingen sie, und manchmal blieben sie stehen, und manchmal marschierten sie flott voran und sangen dazu ein Wanderlied.

Da kam ein Auto von hinten die Straße daher. Sie sahen es kommen und traten zur Seite. Es war ein alter Personenwagen mit geschwungenen Kotflügeln und langem Kühler. Das Auto überholte sie, fuhr dann langsamer und hielt schließlich. Da stieg die große Frau aus. Sie klappte die Tür zu und wartete. Sie trug ein weißes Kleid mit blauem Gürtel.

O je, war es ihm peinlich, als er ihr so unvermutet gegenüberstand. Mit aufgekrempelten Hosen und derben Schuhen und Hosenträgern über dem geöffneten Baumwollhemd! Er hätte in den Erdboden versinken mögen. So schaute er zu der Frau hinauf und fühlte sich in diesem Augenblick um mindestens zwei Köpfe kleiner als sie. Er hatte Mühe, tapfer zu sein. Neben ihm hatten sich die Kinder gesammelt, und aus dem Fond des Wagens stiegen langsam zwei Jungen mit geschorenen Köpfen. Sie waren gut angezogen, wie Knaben auf einem Sonntagsbesuch. Doch sie hatten die ernsten Augen von Erwachsenen und auf den Wangen blaue Schatten.

»Das sind sie?« fragte die Frau und meinte die Kinder.

Luden Jähnig hob den Wanderstock und strich ihn bestätigend durch die Luft über die Köpfe der Kinder hinweg. »Ja, das sind sie«, sagte er dann.

»Sieben?«

»Ja, sieben.« Und dann fügte er hinzu: »Damals waren es noch ein paar mehr.«

»Immerhin sieben!« sagte sie.

Da wußte er nicht, wie er die Unterhaltung fortsetzen sollte.

»Und Sie fahren mit dem Auto spazieren?« fragte er schließlich.

»Ich bringe die beiden Jungen ins Heim.«
»Ach so.«
»Sie haben keine Eltern mehr. Es ist keiner, der sich um sie kümmert.«
Die Jungen standen da mit ihren Altmännergesichtern und sahen sich die Kinder an. Denn die waren so bunt wie die Blumen auf einer Wiese.
»Aber sie werden es gut haben«, sagte Luden Jähnig.
»Ja, sie werden es gut haben.«
»Es ist ein schöner Tag heute.« Luden Jähnig dehnte vor Verlegenheit die Brust, reckte sich ein wenig und blickte zu den Birkenkronen in die Runde. »Es lockt einen so richtig raus aus der Stadt.«
»Ich würde gern mit Ihnen wandern. Die Mädchen, sehe ich, sind bei Ihnen in der Minderzahl.«
»Ja«, sagte er, »die sind in der Minderzahl. Wir sind sozusagen fast eine Herrenpartie!« Er lachte laut, und sogleich stimmten auch die Kinder fröhlich ein, und sie gackerten und alberten ausgelassen. Auch die Frau lachte. Nur die beiden Jungen standen unbeweglich ernst.
Samuel hielt etwas in seiner Kinderfaust. Er wollte es einem von den Jungen geben. Als er seine Faust über der Hand des Jungen öffnete und sie dann zurückzog, fürsorglich, als habe er soeben ein kostbares Geschenk übergeben, sahen sie alle einen Käfer auf der ausgestreckten Hand des Jungen zappeln. Es war ein großer, schwarzblauer glänzender Käfer, doch er lag auf dem Rücken und erreichte mit seinen Beinen die Handfläche des Jungen nicht. Der Junge stand unbewegten Gesichts und hielt die Hand flach vor sich ausgestreckt. Auf seinem Gesicht war kein Hauch von Freude und auch kein Ekel, einfach nichts.
Die Kinder hatten ihre Freude an dem strampelnden Insekt und schauten seinen Bemühungen zu. Aber dann wurden sie still und stiller. Der Käfer ruckte mit dem Körper hin und her, manchmal drehte er sich halb. Schließlich geriet

er mit dem Rücken zwischen die Finger des Jungen. Da gelang es ihm mit großer Anstrengung, sich auf den Bauch zu drehen. Er stand einen Augenblick und lief dann über die Hand des Jungen zum Handgelenk hinauf und dort weiter an der Seite abwärts, bis er keinen Halt mehr fand und abfiel. Der Junge hielt die Hand noch eine ganze Weile so, als ob der Käfer immer noch darauf herumkröche. Die Kinder blickten lange auf die Hand, dann auf das Gesicht des Jungen. Sie waren ganz still.

»Komm, Heinrich«, sagte die Frau leise und legte dem glatzköpfigen Jungen ruhig die Hand auf die Schulter. »Wir müssen weiterfahren.«

»Wir können«, Luden Jähnig hatte da plötzlich eine Idee, und sein Gesicht erstrahlte sofort, »wir können den beiden Jungen zum Abschied ja etwas vorsingen!« Und sogleich stimmte er an, und die sieben Kinder, während er lebhaft dirigierte, fielen fröhlich ein. »Zwischen Berg und tiefem, tiefem Tal saßen einst zwei Hasen...« Sie sangen das Lied von den beiden Mümmelmännern, die beim Grasfressen vom Jäger erschossen wurden, sich danach aber wieder aufrappelten und von dannen liefen. Die Kinder liebten dieses Lied, und Luden Jähnig ebenfalls. War es doch eine Art kleiner Hymne für die Wehrlosen und Schwachen, denen ganz unerklärlich einmal großes Glück zuteil wurde gegen den Starken, Selbstsicheren, den Jäger. Und wenn auch keine Vernunft darin lag, daß die Hasen, nachdem sie niedergeschossen worden waren, sich einfach wieder aufrappelten, so schien ihm aber, war die Vorsehung, die es gut mit ihnen meinte, doch um so mächtiger. Es gab da noch ein paar Verse mehr, aber die kannte er nur brockenweise. Und die wollte er auch nicht kennen. Denn für ihn war das Liedchen dort beendet, wo die Hasen von dannen liefen. Und so kannten es auch die Kinder nur bis dorthin und sangen es nun fröhlich und zufrieden bis zum glücklichen Ausgang.

Die Frau wartete das Liedchen ab, dann machte sie schnell

einen Knicks gegen die Kinder hin und schob eilig die beiden Jungen ins Auto. Aus dem anfahrenden Wagen winkte sie dann aus dem Fenster. Da hielten es die Kinder nicht mehr aus und liefen alle hinterdrein. Luden Jähnig voran. Er erreichte das Fenster der Frau, und sie lachten sich freudig an. Da hielt der Wagen noch einmal, und die Frau kurbelte die Scheibe herunter.

»Sie sollten mich einmal besuchen kommen«, sagte sie. Sie nannte ihm ihre Adresse.

Da war er glücklich, stand noch lange und schaute dem Auto nach.

Es war das letztemal, daß Luden Jähnig die große Frau sah. Er ist niemals hingegangen. Später hat er auch die Adresse vergessen.

Manchmal ging er zu den Seibold-Schwestern. Er war nicht nachtragend, in keiner Weise. Ulrike war bei ihm, es hatte sich alles eingespielt. Nichts für ungut also. Er zeigte Verständnis und fand eine Menge guter Argumente für die Zwillingsschwestern, wenn er an sie dachte. Es ist schon alles in Ordnung so, sagte er sich.

Aber das war alles Lüge.

In Wirklichkeit ging er zu den Seibold-Schwestern, weil ihn ihre Fraulichkeit entzückte.

Und das wußte er sehr gut.

Sie standen in ihrer Blüte. Sie waren sechsundzwanzig. Schönere Frauen konnte sich Luden kaum vorstellen. Lene mochte er. Erika mochte er nicht. Aber die faszinierte ihn mit ihrem blonden Fleisch und mit der aufreizenden Art, wie sie es vor ihm trug. Und wenn er sich zwischen den Schwestern hätte entscheiden müssen – er hätte sich vielleicht für Erika entschieden ...

Bei seinen anfänglichen Besuchen nannte er gleich an der Tür den Grund seines Kommens. Dann bot er Zeug vom Schwarzmarkt an. Die Mütze hielt er in der Hand. Später klopfte er nur, trat ein, hängte die Mütze an den Haken und setzte sich abseits auf einen Stuhl.

Dort konnte er stundenlang sitzen. Die Füße hatte er um die Stuhlbeine gelegt, die Hände hinter der Lehne verschränkt. Saß so da und schaute den Schwestern zu.

Es störte sie offenbar nicht, daß er da war. Sie gingen durchs Zimmer, trugen Geschirr, manchmal bügelte eine von ihnen, oder sie wirtschafteten hinter der offenen Küchentür und benahmen sich ganz so, als ob sie allein wären. Und manchmal schminkte sich Erika vor einem runden Spiegel. Dann konnte er ihr zuschauen, ohne genug davon zu kriegen.

Damals war er wiedergekommen. Er hatte es mit dem Spektakel auf der Straße nicht auf sich beruhen lassen wollen. Das Mädchen hatte er für den Vormittag untergebracht, er aber trat ein, erhobenen Gesichts, um Rechenschaft zu fordern: So nicht!

Sie war allein, das spürte er gleich, er hatte ein Gefühl dafür, wenn ein Mensch allein ist. Das ist gut so, dachte er. Es machte ihn augenblicklich sicher. Denn schließlich war er im Recht; er war im Zorn, und er war ein Mann! Trat also ein und hatte das Gefühl, ein kleiner Gewalttäter zu sein für sein Recht. – Und sie? Alles wurde ihm klar, als er sie vom Sessel aus aufblicken sah: Sie fühlte sich im Unrecht. Sie war durch sein plötzliches Erscheinen überrumpelt. Und schließlich war sie nur eine Frau. Ho! der würde er's aber geben! So nicht! – Sein Auftreten war höchst entschlossen.

»So kannst du mit mir nicht umgehen!« begann er energisch. »So nicht!«

Sie sagte gar nichts, blickte ihm nur entgegen und erhob sich langsam. Sie hatte Angst, das sah er.

»Das Gör bring ich dir wieder her!« sagte er bestimmt. »So nicht!«

»Ich weiß nicht, was Sie meinen«, sagte sie endlich. »Ich kenne Sie wirklich nicht.« Sie streckte die Hände aus, war dann vor ihm angelangt, begann an seiner Jacke zu knöpfen.

»Du kennst mich schon!« sagte er überzeugt. »Und wie du mich kennst! Du weißt ganz genau, was ich meine! – Was soll das?« Er schlug ihr auf die Hände. Sie aber knöpfte ihm weiter die Jacke auf. Sie war einen halben Kopf größer als er. Der Duft gesunder Fraulichkeit stieg ihm in die Nase.

Und nie vergißt er das Gefühl der Erfüllung. Er war verströmt, noch bevor sich Wesentliches vollzogen hatte – zu ihrer kleinen Freude. Er aber lag in der Weichheit ihrer Arme und nahm überraschend wahr, wie es so etwas für ihn geben konnte.

»Nein, nein«, sagte er, »das ist alles nicht so schlimm. Ich komme schon klar mit dem Mädchen.«

»Du mußt verstehen«, sagte sie, »hier kommt einer, der wird Lene heiraten. Aber ohne das Gör! sagte er. Ich oder das Gör! Beides geht nicht! – Du mußt das einfach verstehen!«

Ja, er verstand. Er lag auf dem Rücken, strich ihr über das kühle Fleisch und suchte Wärme mit der Hand, wo er Wärme wußte.

»Ja«, sagte er, »ich verstehe. Mach dir keine Sorgen. Ich komme schon klar mit dem Mädchen. Ist alles viel leichter, als ich dachte.«

Wie ein junger Vogel, so flog er damals davon, so wunderbar beschwingt die Treppen hinunter und hinein in die Welt! Und er kam wieder, kaum daß drei Viertelstunden vergangen waren, beladen mit Rausch und Geschenken. Doch Erika, da war auch Lene schon da, tat überrascht.

Solche Stunde, nein, die wiederholte sich nicht.

Luden Jähnig lernte auch jenen Menschen bald kennen, dessen Freundschaft zu den Schwestern ihm auf unredliche Weise Ulrike zugeführt hatte. Der war lang und dünn, hatte große Hände und ein kleines Gesicht. Er nannte sich Student, und er war faul und hungrig. Luden Jähnig konnte ihn am Vormittag bei den Schwestern antreffen, am Abend und auch an manchem Morgen. Wenn er kam, war der immer gerade dabei, sich irgendwelche Knöpfe zuzuknöpfen.

»Da kommt ja unser kleiner Schieber!« sagte der dann gewöhnlich, wenn Luden Jähnig frisch ins Zimmer trat. Und er belehrte ihn über die Schädlichkeit seines Tuns, ignorierte die kleinen Geschenke, die Luden auf den Tisch legte, und zitierte Worte aus den Kolumnen der Tagespresse, die allesamt übergroß gedruckt schienen, um eigens Luden Jähnig zu einem Ungeziefer der Öffentlichkeit herabzuwürdigen. Der Mensch stand dabei nicht auf, wenn er sich so knöpfte, und Luden Jähnig war froh darüber; denn er war annähernd zwei Köpfe größer als er.

»Ich – eine Ratte?«

»Eine Ratte an der Volkswirtschaft. Man sollte euch alle vergiften, ihr unterhöhlt die Gesellschaft. Laß mich erst einmal mit dem Studium fertig sein, ich werde es tun.«

»Was? Vergiften?«

»Wart's ab, Kleiner! Wart's nur ab, bis ich dran bin!«

»Du spinnst, Langer«, sagte Luden Jähnig dann und packte weiter aus. Doch ihm war dabei nicht mehr wohl. Dummerweise hatte er wirklich das Gefühl, der andere könnte ihn eines Tages eiskalt vergiften. Er haßte den Menschen. Er betrank sich mit ihm, sang mit ihm schweinische Lieder, schlug, ermuntert durch dessen Anwesenheit, auch mal kräftig auf ein Frauengesäß – aber er haßte ihn.

»Wie heißt du eigentlich?« hatte Luden Jähnig ihn am ersten Tage ihrer Bekanntschaft gefragt.

»Das fragt man nicht so einfach, Kleiner. Aber wenn du's wissen willst: Löhns, Udo Löhns. Und merk dir den Namen gut. Der hat noch einmal Klang.«

»Ich heiße Jähnig. Ludwig Jähnig.«

»Jähnig? Jähnig? – Ist das nicht der Gottvater von all den kleinen Negerlein hier unten auf der Straße?« Er wandte sich den Frauen zu und prustete vor Vergnügen. Mit ausgestrecktem Finger zeigte er auf Luden Jähnig und rief immer wieder: »Ein herrlicher Gottvater!«

Nein, Luden Jähnig haßte ihn. Aber er konnte es nicht zeigen, denn das hätte das Gaudi des anderen noch größer gemacht. So blieben sie also auf ihre Art Freunde, wenn sie sich bei den Schwestern oben trafen. Und das geschah ziemlich oft.

Lene arbeitete damals in einem Schuhgeschäft. Sie war ein bißchen fremd in dieser Welt, die eher Erika und Udo Löhns und vielleicht auch ihm zustand. Doch sie galt als die Verlobte Udos. Andererseits aber war es schlimm genug zu sehen, wie der sich gleichzeitig mit Erika verständigte. Blindes und billigendes Verstehen bei all den kleinen Schludrigkeiten und manchmal auch Gemeinheiten. Als wären sie gemeinsam aufgewachsen. Als wären sie die Geschwister und Lene eine Fremde. Doch sie wachten über Lenes Sauberkeit. Sie brauchten sie. Als gäbe die ihnen die Gewißheit, daß sie auch so sein könnten, wenn sie es nur wollten. Lene hatte einige Versuche unternommen, sich von ihnen zu trennen. Das wußte Luden. Einmal hatte sie ihn heimlich darum gebeten, er möge ihr Ulrike wiedergeben. Sie wollte allein mit ihr leben. Er hatte es abgelehnt. Luden Jähnig, wenn er mit Lene allein war, fühlte sich schlecht vor ihr.

So also gehörten zu seinem Alltag für einige Zeit auch die beiden Frauen. Er saß eine Weile in ihrem Zimmer herum, und während er ihnen zuschaute, vergaß er die Brut in den Häusern ringsum. Bis ihm die Zeit dann wieder dringlich wurde. Dann ging er. Oder er besoff sich mit Udo Löhns.

Nach einiger Zeit nahm auch Erika eine Arbeit auf; sie hatte eine Stelle als Sekretärin gefunden. Da wurde sie im Wesen ihrer Schwester immer ähnlicher – adrett und angenehm. Zur Verwunderung Luden Jähnigs aber redete sie dann mehr und mehr in den tönenden Worten von Udo Löhns. Doch er war willens, darüber hinwegzuhören, denn es gefiel ihm auch wieder, daß Erika zu einer Persönlichkeit wurde.

Eines Abends wurde er zu einem Fest eingeladen, einem

Abschiedsfest, wie sich herausstellte. Er ging hin und trank übermäßig viel. Von einem Jens war oft die Rede. Und Luden Jähnig verstand, daß das Wort Jens nun anstelle vorher gebräuchlicher Benennungen stand, die sich im Lauf der Wochen mit Erikas Tonfall gleichlaufend gewandelt hatten: »der Chef«, »mein Chef«, »Genosse Moll«, »Jens Moll«, »Molli« und schließlich »Jens«. Sie tranken viel und waren so angestrengt fröhlich, als müßten sie's an diesem Abend für ein ganzes Quartal sein. Und manchmal schluchzte eine der beiden Schwestern auf, dann umarmten sie sich und weinten, und Luden tröstete sie dann, bis sie ihre Fassung wiedergefunden hatte. Morgen würde Erika zusammen mit eben diesem Jens nach Berlin fahren und nicht wiederkommen. Die Adresse eines Husumer Onkels wurde beiderseits noch einmal geprüft und eingeprägt, denn es empfahl sich nicht, Adressen schriftlich mitzunehmen. Sie waren dann kolossal betrunken, als Luden Jähnig Erika von ganzem Herzen gute Reise wünschte. Er wollte ihr nur die Hand geben, aber Erika umschlang und küßte ihn.

»Alles Gute, Kleiner.«

»Ja. Dir auch. Und schreib mal«, stotterte er.

»Du wirst für immer mein Freund sein.«

»Ja. Das werde ich. Und wenn du mal in Not bist – wende dich sofort an mich!«

»Das werde ich, Kleiner.«

Und noch einmal umarmten sie sich, betrunken wie sie waren. »Nun können Lene und Udo heiraten. Ich bin ihnen nicht mehr im Wege.« Erika weinte vor Rührung.

»Nein, ich auch nicht«, sagte er.

»Aber du kümmerst dich doch um Lene?«

»Ewige Freundschaft!« schwor er mit erhobenen Fingern. Er ging zu Lene und Udo und gab beiden die Hand und sagte noch einmal »Ewige Freundschaft!« zu ihnen. Dann torkelte er nach Hause und weinte unterwegs bitterlich, denn er hatte Erika sehr geliebt.

Zu Hause weckte er Ulrike. »Wir sind jetzt allein«, schluchzte er, »ganz allein. Wir haben unsere Freunde verloren.«

Das Mädchen saß im Bett und rieb sich die Augen. »Ah, du stinkst wieder!« sagte es schließlich. Dann legte es sich wieder hin und schlief sofort ein.

Wie er hörte, heirateten Udo Löhns und Lene nicht so bald. Auch nach Udos Studium verging noch eine gewisse Zeit, bis er von ihrer Heirat vernahm. Später sah Luden Jähnig sie nur noch selten. Es stand dann ein schöner Wagen vor der Tür. Doch merkwürdig: Lenes Hand, wenn er die beiden vor dem Einsteigen in den großen Wagen zufällig traf und sie mit alter Jovialität begrüßte, Lenes Hand wurde immer steifer. Erst die Hand, später schon der ganze Arm. Aber das lag sicher daran, daß er derselbe geblieben war. Alle veränderten sich, nur er, verdammt nochmal!, blieb immer derselbe. Doch nichts für ungut: ein prächtiges Paar, wie sie dort einstiegen und davonfuhren. Er freute sich besonders für Lene. Doch dann drehte er sich um und ging seines Wegs.

Denn er hatte vernommen, es sollte einen Kindertag geben: den 1. Juni. Kaum vernommen, da war ihm auch schon klar, daß er etwas unternehmen mußte. Es ließ ihm keine Ruhe. Eine Überraschung sollte es werden, und es mußte etwas sein, das alle Überraschungen eines laufenden Jahres überragte. Aber was? Als sie eines Abends mit dem Taucherboot einliefen, er stand vorn auf dem Bug und blickte versonnen über den breiten Fluß, da blitzten seine Augen plötzlich auf. Da hatte er's.

Es war ein stiller Abend. Der Fluß lag hell, glatt und hell, eine wunderbare, lange Fläche. Nichts weiter darauf, nur zwei Fischerboote, die ihnen entgegengetuckert kamen und langsam vorbeifuhren – zwei lange, teerschwarze Boote mit je zwei Fischern darauf, von denen er die Rücken sah: dunkle, unbewegliche Glocken aus Mänteln und Gummizeug. Kamen ihnen entgegen und tuckerten vorbei. – Drüben die Häuser am Ufer waren vom Rot der untergehenden Sonne übergossen. Fensterscheiben flammten tief auf, selbst die Bäume hatten eine Farbe zwischen dunklem Grün und dunklem Rot. So stand Luden Jähnig und schaute, und in seinem Herzen war Friede.

Da schoß es ihm plötzlich in den Sinn.

Zu Pullmann rannte er. Stieg hastig die eiserne Leiter zum Maschinenraum hinunter, blickte in das verquollene Gesicht.

»Du, Puli, ich brauche Sprit. Zehn Liter.«

»Was für'n Sprit?« Pullmann schnipste sich gegen den Hals und sah ihn fragend an.

»Benzin«, sagte er.

»Benzin, ja Benzin...« Pullmann wischte sich mit einem Lappen die Hände sauber. »Wenn's Diesel wär... Ein paar Liter ließen sich schon mal abzweigen, aber Benzin? Woher soll ich das nehmen? Das saufen meine Pferdchen nicht.«

»Egal«, sagte Luden, »ich brauche Benzin.«

Am selben Abend kehrte er mit einem Kanister Benzin in seine Wohnung zurück.

Und dann kam der Tag, besagter erster Juni, und er ging nicht zur Arbeit. Er wachte früh auf, er war es gewohnt, früh aufzuwachen, aber er blieb noch eine Weile im Bett liegen und horchte dem Spatzentschilpen oben auf dem Dach zu. Dann stand er auf und zog sich leise an. Dann weckte er Ulrike. Er legt ihr sanft die Finger an die Wange, davon wurde sie wach, sie sprachen dann immer im Flüsterton miteinander, und schließlich schloß er ab, und sie gingen auf Zehenspitzen von ihrer Dachkammer die Treppe hinunter, wie zwei Diebe. Luden Jähnig trug den Kanister und einen Korb, den er mit einer Zeitung zugedeckt hatte. Unten faßte auch Ulrike mit an den Bügel.

In der Wasserstraße wartete er dann auf Abromeits Steintreppe. Er saß da, sprach nichts, neben ihm saß Ulrike. Die

Kinder kamen eins nach dem anderen mit roten Morgengesichtern aus den verschiedenen Türen angetrabt und versammelten sich um ihn. Selbst Horst aus der Bünzel-Drogerie erschien mit feucht gezogenem Scheitel. Luden Jähnig aber saß ungerührt auf den Steinstufen und sprach nichts. Schließlich stand er auf wie ein Verschwörer und führte die kleine Horde zum Hafen. Dort hieß er die Kinder an der Pier warten. Er selbst indes zog mit Kanister und Korb davon.

Die Boote waren angeschlossen, das hatte er sich gedacht, Aber er nahm Hammer und Meißel aus dem Korb, legte ein Kettenglied gegen den Pfahl und schlug es mit ein paar kräftigen Hammerschlägen durch. Haha! doch nicht ihm!

Die Kinder warteten ungeduldig auf der Pier. Sie saßen auf Pollern und schubsten sich vor Aufregung. Sie malten mit den Zehen im Sand und ließen sich für Augenblicke die Sonne auf die Schienbeine scheinen. Der Fluß war lieblich, leicht gekräuselt von einem winzigen Lüftchen. – Ein Tag, wie für Kinder geschaffen.

Da hörten sie plötzlich Schreie über dem Wasser. Aus der Bucht, um das befestigte Ufer herum, kam ein Boot gefahren, ein seltsames Boot. Rote, gelbe, grüne Fetzchen zierten seinen Bord und alle Haken und Enden, bunt das ganze lange, schwarze Fischerboot! Und darin ein Kerl, der umhersprang und mit den Armen winkte, der die Mütze in die Luft warf und schrie: »Hoihooo! Hoihooo!« Und die Kinder sprangen auf und schrien ebenfalls: »Hoihooo! Hoihooo! – Hierher! Hierher, Onkel Jähnig!«

Und er kam heran. Fing sie einen nach dem anderen unten im Boot auf, als sie wie Federbälle von der Pier sprangen.

Es wurde eine Fahrt, wie sie nicht schöner sein konnte. Die Kinder saßen am Bord ringsum, machten das bunte Boot noch bunter. Und er saß am Ruder, die Pinne in der Hand, und lachte. Er lachte laut, mal leise, aber er lachte immer. Und manchmal stand er auf und rief »Hoihooo!« Woraufhin die Kinder auch alle »Hoihooo!« schrien und dazu mit den

Armen winkten. Der Motor tuckerte ruhig – alter Boxer-Motor, kein Problem für ihn, der in jeden Motor hineinhorchte, wie in ein Herz. Aufwärts ging die Fahrt, flußaufwärts, wo die Fläche schmaler wurde, wo Schilf die Ufer säumte, und wo hinter jeder Biegung Bleßhühner zum gelben Ried flohen und Enten aufschwirrten. »Hoihooo . . .!«

Dann wendete er und fuhr flußabwärts.

»Fahren wir schon zurück?« fragten die Kinder.

»Zurück? Was denkt denn ihr! Für den ganzen Tag hab' ich das Boot gemietet!«

»Hoihoo!« schrien da wieder die Kinder.

So fuhr er an der Stadt vorbei, am morgendlichen Panorama aus Backsteinhäuschen, aus deren Mitte Silos und Kirchtürme wie Glucken aus der Schar ihrer Küchlein hervortraten, Türme mit abgebrochenen Spitzen, zerbombt. Und er erinnerte sich, daß manches davon an jenem Tage geschah, als er unter einer LKW-Plane den Kindern ihre Namen gab. – Sieben sind es! dachte er erfreut, während er am Ruder saß. »Hoihooo!«

Und er sah sich unter ihnen um, wie sie da der Stadt zuwinkten. Das sind sie also! dachte er. Das ist aus ihnen geworden!

Philipp war da, der kleine, dunkelhaarige Philipp mit den großen Augen. Ganz vorn im Boot saß er, oben in der Spitze. Vermutlich hatte er dort seinen Platz gefunden, weil er es gewohnt war, auf Winfrieds Schultern zu reiten. Saß da und winkte aus dem Handgelenk. Und er tat Luden Jähnig leid, denn sie hatten vor vier Wochen Gottliebe Golumbiewski zu Grabe getragen. Die flinke Frau war immer kleiner geworden, immer grauer. Und eines Tages legte sie sich hin und starb, schnell und still, so wie ihr Leben gewesen war. Die ganze Straße war ihrem Sarg gefolgt. – Nun war also kaum noch etwas übrig von der einst so großen Familie: Hermann Golumbiewski, der schwerhörige Alte; Winfried, kein Junge mehr, lang und schulterbreit im Blauhemd, kaum noch

Fledermaus, schon mehr Habicht; und das Jüngelchen hier, das da aus dem Handgelenk winkte. »Soll ich ihn dir abnehmen?« hatte Luden Jähnig nach dem Begräbnis gefragt, und Winfried hatte geantwortet: »Und was wird dann aus mir?« Seitdem kochte Winfried dem Kleinen ein Süppchen, bevor er zur Arbeit ging. Und der schwerhörige Golumbiewski sang ihm tagsüber auf falsche Weise Lieder vor. Eine traurige Männergesellschaft.

Bärbele war dort. Wie immer trug sie kecke Rattenschwänzchen mit großen roten Schleifen. Das Luder war verwöhnt. Albrecht Seemann hatte ihr alles zukommen lassen, was sie brauchte, und noch einiges mehr. Und die Schüler, die sie stundenweise beaufsichtigten, hatten ihr Süßigkeiten und verschiedenes anderes Zeug zugesteckt. In Albrecht Seemanns Wohnung aber sorgte die kleine Person für Ordnung. Und sie konnte lesen und schreiben, lange bevor sie zur Schule ging. Und so war sie, wie sie dort stand und zur Stadt hinüberwinkte, mit ihren wenigen Jährchen schon eine kleine Persönlichkeit.

Samuel stand dort, größer als die anderen. Samuel winkte nicht. Er hielt die Hand in der Tasche. Seine Nase war etwas lang von der Stirn herunter, und er war hager und dünn. Nur seine Augen schauten. Er hatte seine Kindheit am Anlandungssteg der Fischerei verbracht und mit Katzen und Fischkisten gespielt. Er hatte Besoffene gesehen und ihre unflätigen Worte gehört. Und wenn ein Schiff vorüberfuhr, hatte er nie gewinkt. Gewinkt hatte er nur Herta Behn, der kleinen, dicken Frau in Gummistiefeln, wenn sie in die Eishalle ging und das große Tor zuschob. Samuel war einer, der sich das Leben lange ansah.

Und da war Dieter. Der stand nicht, der winkte nicht, der spielte Motor. Dieter war sicher ebenso groß wie Samuel, aber man konnte die beiden nicht miteinander vergleichen. Er hatte die Lippen vorgestülpt und lief brummend und zischend um den alten Boxer-Motor herum, der mitten im

Boot dampfte und rüttelte. Dieter hielt die Arme vor sich und lief, die Fäuste vibrierend in Höhe des Gesichts, die Ellenbogen nach außen gedreht, unbekümmert und selbstvergessen seine Runden. Er war eine Walze, ein Traktor, ein Boot, irgend etwas, das Lärm machte und vorwärtsfuhr. Dieter, der Dicke unter den Kindern, blond und wohlgenährt; und ihm machten nicht einmal die Schubse etwas aus, die die anderen ihm gaben, wenn er sie anrempelte. – Doch in Spriegels Familie hatte sich nicht viel verändert durch ihn. Konrad und Johanna lebten halb miteinander und halb aneinander vorbei. Es war still bei ihnen, schon so lange still. Der einzige, der laut war, war Dieter. Auch das gab es also.

Und Christoph stand da. Der winkte. Aber er sah während des Winkens mit seinen engstehenden Augen immerfort zu ihm, Luden Jähnig, als wollte er fragen: Hast du das gesehen, Onkel Jähnig? Und manchmal hielt er seine Ärmchen raus und zeigte ihm etwas. Dann nickte der ihm zu, daß er es auch gesehen habe, und Christoph war glücklich. Christoph liebte den alten Abromeit so sehr, daß er beim Spielen dessen Prothesengang nachahmte. Die Seemannswitwe aber beschwerte sich oft, daß der Bengel ihr nicht folge. »Steht und glotzt mich an und macht einfach nicht, was er tun soll!« Christoph war immer der letzte, der, wenn sie alle etwas beobachtet hatten, noch stehen blieb und weiter schaute, wenn alle Fragen beantwortet waren. Der hat einen Wahrheitsfimmel, dachte Luden Jähnig; und er wußte nicht, ob das gut war fürs Leben oder nicht.

Ulrike, die blaue, samtene Blume, war ihm von allen die liebste. Sie war klein, wenn er sie mit den anderen verglich, sie war die kleinste. Aber sie war schön, wundersam schön. Ihr Haar, das er ihr zu einem dicken Zopf gebunden hatte, glänzte tiefschwarz in der Sonne, fast blau. Und ihre Augen waren dunkel und tief, wenn sie ihn anlächelte, dunkel wie kleine Brunnen. Solche Brunnen, aus denen man Zaubertränke schöpfte, Verliebte und alte Weiblein. Braun waren ihre Ärmchen und braun ihr Gesicht. So lächelte sie ihm beim Winken zu. – Doch die Krankheit war ihr geblieben. Er hätte schon längst einen Arzt aufsuchen sollen, ja, aber er war nicht dazu gekommen. Seine Tage verlebte er im Wettlauf mit irgendwelchen Notwendigkeiten. Manchmal machte er sich ernsthafte Vorwürfe. Dann nahm er es sich dringend für den nächsten Tag vor. Doch dieser ... Er wußte auch, daß es sich nicht um eine Krankheit handelte, die ein Arztbesuch einfach beseitigte, wie etwa Masern oder Zahnweh. Ein Arzt, der würde sich das nur ansehen und würde Ratschläge erteilen und dann die Hände heben. So stand es mit Ulrike. – Doch um ehrlich zu sein: Er sah ihr Leiden gar nicht mehr. Er hatte sich daran gewöhnt. Nur die Kinder auf der Straße hänselten sie und äfften sie nach; sogar die eigenen Geschwister, außer Philipp, der unbedenklich zu ihr hielt. Ulrike hatte früher oft darüber geweint. Jetzt weinte sie nicht mehr. Jetzt war sie nur traurig, viel zu oft traurig für ein Kind. Luden Jähnig aber traf es tief, wenn die Kinder sie hänselten; er hatte Dieter deswegen einmal übers Knie gelegt. – Mein samtenes Blümchen, dachte er, während er am Ruder saß.

Horst schrie. Horst war auf die Ruderbank gestiegen, öffnete seinen Himbeermund und winkte mit beiden Händen. Und er schrie. Er wippte dabei in den Knien auf und ab. Luden Jähnig fürchtete, der Junge könnte herunterfallen und ins Wasser stürzen. Horst war so blond wie Dieter, etwas gelber vielleicht, aber er war schmaler. Besonders sein Kopf war schmal. – Luden Jähnig war um den Jungen bekümmert. Der brauchte einfach nichts. Dem mußte er nie etwas besorgen, bei keinem Amt für ihn eintreten, in keinem Wartezimmer mit ihm sitzen, keinen zum Aufpassen für ihn erlaufen, nichts. Und kleine Geschenke, die er ihm brachte, wurden an der Haustür oder im Laden unfreundlich entgegengenommen. Dennoch, er brachte sie. Horst bekam keinen Bauklotz und keine Rolle Drops weniger als die anderen. Doch merkte Luden Jähnig, wie er seiner nicht habhaft werden konnte.

Vielleicht bemühte er sich deshalb so besonders um den Jungen. Denn er hatte ihn gebracht, wie die anderen auch. Und es war nur ein Zufall, daß er ihn bei Regine Bünzel abgegeben hatte. Es hätte ja auch ein anderer sein können. Und war Regine Bünzel ihm, dem unbekümmert fröhlichen Besucher ihres Ladens, nicht gerade gut gesinnt, warum sollte der Junge darunter leiden! Andererseits war ihm wieder wohl, wenn er an Sonntagvormittagen Richard Bünzel mit dem Jungen an der Hand auf der Straße traf. Bünzel zog dann den Hut, und sie vertieften sich in ein kleines Gespräch. Das strömte Sicherheit aus, gute Sicherheit, die der Mann dem Jungen gab. Und was wollte er mehr für alle diese sieben . . !

So fuhren sie an der Stadt vorbei. Manchmal sprang Luden Jähnig ebenfalls auf und rief »Hoihooo!« zur Stadt hinüber. Ein lustiges Boot waren sie schon. Vielleicht ist nie ein lustigeres hier vorübergefahren.

Da war weiter nichts auf dem Fluß, kein Boot, kein Schlepper, kein Schiff. Und auch keine Menschen am Ufer, denen sie zuwinkten. Einfach so ein Hoihooo! der Stadt und dem schönen Tag.

»Fragen wir mal so«, er räusperte sich und stand auf, als sie sich in Höhe der Pier befanden, »was sollen wir denn nun noch unternehmen?«

»Ba-den, ba-den!« kam es im Chor aus dem Boot zurück. Einer hatte damit angefangen, und alle anderen stimmten ein.

»Gut«, sagte er, »fahren wir alle baden. Wir suchen uns eine schöne Stelle dazu aus. – Hoihooo!« stieß er wieder hervor, und die Kinder schrien ihre Hoihooos hinterdrein.

Es war eine lange Fahrt den Fluß hinunter, bis sie endlich einen günstigen Strand zum Baden fanden. Sie hielten unterhalb eines gelben Steilufers, über dem ein hoher Kiefernwald in den Himmel ragte. Hier lagen große Steine herum, groß und rund wie Findlinge. Luden Jähnig wußte, daß es hier flach war und daß die Kinder ohne Gefahr ins Wasser gehen konnten. Das Boot schob er auf den Strand. Dann stellte er den Korb auf einen Stein, worauf sich alle um ihn versammeln mußten und mit den Händen die Augen zuhalten. Dann riß er mit einemmal die Zeitung vom Korb, und die Kinder schrien wieder und sprangen übermütig herum, denn es war ein Streuselkuchen im Korb, ein ganzer Plattenkuchen, schon zerschnitten in viele kleine Stücke. Sieben Flaschen waren darin mit grüner Limonade. Und die Kinder stürzten sich über den Korb.

Dann zogen sie sich zum Baden aus, splitternackt. Ach Gott! was waren das für Gestalten! Kaum einer, bei dem er die Rippen nicht allsamt sehen konnte. Die Füße groß, und die Arme und Knie an den Gelenken am dicksten. Aber sie waren fröhlich. – Nein, das muß ein richtig guter Tag für sie werden! dachte er.

Ihre Körperchen glänzten weiß und braun. Dieters Haut leuchtete am hellsten, als hätte sie noch keine Sonne gesehen. Dieter, sah er, spielte Trecker, immer an der Wasserkante entlang, daß es nur so spritzte. Und Samuel und Philipp warfen Steine in den Fluß. Es war schon ein fröhliches Treiben hier, so recht nach Luden Jähnigs Herzen.

Dann gingen die Kinder ins Wasser. Sie bespritzten sich gegenseitig, die Mädchen schrien und liefen wieder heraus, die Jungen aber stürzten weiter ins Wasser hinein. Luden Jähnig beobachtete Horst, der als einziger Badehosen trug und hinter den anderen zurückblieb.

Der Tag verging. Sie machten noch einen Ausflug in den Kiefernwald überm Steilufer, sie ahmten den Ruf der Vögel nach und schlugen mit trockenen Knüppeln gegen die Stämme. Die Mädchen suchten Blumen, und die Jungen stocherten in einem Fuchsbau herum. Eichhörnchen sahen sie und Wildtauben und sogar eine Blindschleiche. Und als sie wieder am Fluß waren, flogen zwei Schwäne mit pfeifendem Flügelschlag über sie hinweg. Dann badeten sie noch einmal, und dann rüsteten sie zur Heimfahrt. – Nein, es war wirklich ein schöner Tag.

Aber der Motor wollte nicht anspringen.

»Haha!« lachte Luden Jähnig, »das haben wir gleich!« Ein Motor, der ihm nicht gehorchte, allein schon aus Entgegenkommen für seine Liebe zum Geruch, zum fühlsamen Eisen, für die Bewegung darin, so etwas gab es ja gar nicht! Seine Hände tasteten über das ölverschmierte alte Stück, das wie ein eisernes Wurzelweiblein in der Mitte des Bootes hockte. Er prüfte hier, schraubte dort, schaute hinein und drehte dann, den Kindern zuversichtlich zuzwinkernd, an der Kurbel. Der alte Boxer fauchte, aber er sprang nicht an.

»Nanu, wo gibt's denn so etwas!«

Als Luden Jähnig sich noch einmal aufrichtete, sah er, daß sie vom Ufer schon einiges fort waren und in der Strömung trieben.

»Macht nichts«, sagte er, »das haben wir gleich.« Die Badestelle lag schon ein Stück stromaufwärts. »Kann sein, wir müssen zurück rudern!« Er lachte über seinen Witz. Noch mal drehte er an der Kurbel und noch einmal. Die Kinder sahen ängstlich zum Badestrand zurück, der sich mehr und mehr entfernte.

Da drehte er den Tankdeckel auf, jawohl, den Spaß gönnte er sich auch noch!, und blickte in den Tank. Er schaute gründlich hin und her, verdutzt, und als er wieder aufsah, war er ganz bleich.

»Leer«, sagte er, »der Tank ist ganz leer.«

Er dachte an die lange Strecke zurück, an die sieben, acht Kilometer gegen die Strömung, und er wußte, was nun vor ihm lag. »Dann werden wir wohl wirklich rudern müssen«, sagte er. Das Boot trieb indessen weiter.

Aber als er sich umsah, waren keine Riemen da. Die Fischer hatten sie in ihren Schuppen eingeschlossen. Und auch den Anker und verschiedenes sonst, was man bei einem Boot, wenn es nachts draußen bleibt, einschließt. Nur ein kurzes Stück Kette war im Bug, die zwei Meter, die er morgens mit dem Meißel vom Pfahl getrennt hatte.

Und so wurden sie flußabwärts getrieben, weiter und immer weiter, dort, wo der Fluß breit war, wo schiefe Weidenstämme und ansteigende Wiesen ihn säumten, langsamer, und dort, wo er schmaler war, wo ein paar Häuser standen und wo die Kinder mächtig schrien, schneller. Aber niemand hörte sie. Es war ein fröhliches Boot, und es trieb vorbei in die See.

Die Nacht über hat der Mann versucht, die Kinder vor dem Frieren zu bewahren. Er hat sie singen lassen, auch als sie müde waren. Angebrüllt hat er sie, damit sie weitersangen. Denn vielleicht, so überlegte er, kam ein Boot vorüber und hörte den Gesang. Es war nämlich inzwischen dunstig geworden; bald konnten sie das Ufer nicht mehr sehen. Und dann kamen Nebelschwaden, die über das Wasser zogen wie kleine Wolken. Die umgaben das Boot; und dann wurde es neblig dicht um sie herum. So nah der milchig weiße Brodem, daß die Kinder ihn mit der Hand greifen konnten. Der Mann befahl den Kindern, mit den Händen zu rudern, und er richtete das Boot aufs Ufer. Aber die Kinder hielten nicht lange aus und weinten und wurden müde. Er aber schrie sie an, und ihm kam zu Hilfe, daß das Nebelhorn am Ufer anfing zu tuten. Das machte den Kindern neuen Mut, und er richtete das Boot auf das Nebelhorn. Ihm war aber klar, daß er die Zeit so nur viertelstundenweise verplemperte. Bis zum Morgen war es noch weit. Da ließ er die Kinder einzeln aufstehen und sich die Arme unter die Achseln schlagen. Er machte es ihnen vor. Immer reihum. Anfangs half das. Aber dann fingen sie an, auch beim Schlagen zu zittern. Denn sie hatten nackte Ärmchen und Beinchen, und darauf zeigten sich die Pünktchen von Gänsehaut. Besonders aber zitterten ihre kleinen Kinne in den Gesichtern. Und ob sie standen oder saßen, sie sahen ihn alle an.

Das war der völlige Zusammenbruch seiner Möglichkeiten. Schließlich ließ er sie sich alle auf einen Haufen legen. So krabbelten sie alle zu einem Berg zusammen, und die meisten wollten nach unten. Er aber zog sich aus bis auf die Unterhosen und deckte Jacke, Hosen und Hemd über den Haufen. Dann setzte er sich ans Ruder und richtete das Boot auf das Nebelhorn. Manchmal langte er mit der Hand ins Wasser und rieb sich Brust und Arme ein, und manchmal ging er zu dem lebenden Haufen und deckte ihn neu zu und rieb einem Kind den Rücken warm und einem anderen die Beine. Denn der Haufen bewegte sich ständig. Die zuunterst lagen, wollten bald nach oben, und die, die oben lagen, nach unten. Dabei zankten und weinten die Kinder ununterbrochen, und manche schlugen um sich, und er mußte begütigend auf sie einreden.

So verging die Nacht, diese lange Nacht. Am Morgen stieg endlich die Sonne irgendwo flach hinterm Nebel auf und färbte ihn rot. Dann löste sie ihn mehr und mehr auf und wärmte die Kinder ein wenig. Und die See war still und weit, und ganz hinten zwischen Nebelbänken lag der Strich des Ufers. Doch als Luden Jähnig das Ufer sah, sah er auch schon das Schiff auf sich zukommen.

Er hatte noch niemals sein Taucherboot vom Wasser aus gesehen. Daher erkannte er es nicht gleich. Er sah es mit dem Bug durch den Nebel pflügen, einer Fata Morgana eher ähnlich als einem Schiff. Es kam schräg auf ihn zu, wäre wohl aber vorbeigefahren. Die Männer waren auf der Fahrt zur Arbeit. Und er war wieder einmal nicht dabei.

Da sah er jemanden auf dem Vorschiff. Der arbeitete dort, schoß wohl ein Stropp auf.

An seinen pendelnden Oberkörperbewegungen erkannte er ihn. Herrgott, so sehr hatte er Lalmann noch nie gemocht, wie in diesem Augenblick!

»Lalle!« schrie er, »Laaale, he, Laaale!« Er bildete mit den Händen einen Trichter vor dem Mund. Aber der dort reagierte nicht, der bückte und bewegte sich weiter.

»Lalle! Hoihooo . . .!« –

Auf dem Schiff kam Horst Rohmorser vom Achterdeck ins Ruderhaus. »Du, stopp mal ein wenig! Mir scheint, hier hat einer gerufen.«

Am Ruder stand Fritz Lauterbach, der Kapitän. Der verlangsamte die Fahrt, leckte sich über das falsche Gebiß und blickte reihum durch die Scheiben. Da sahen sie abseits das Boot.

»Da!« sagte Rohmorser, und Fritz Lauberbach kurbelte schon das Ruder und lenkte das kleine Taucherschiff auf das Boot zu. Langsam fuhr er heran.

Seemänner spüren es, wenn draußen irgend etwas nicht stimmt. Sie kommen dann an Deck und schauen zu. Meist ist es etwas Belangloses. Doch sie haben die Minute Zeit, bis es nahe genug heran ist. Und so standen sie denn alle da, die Hände in den Taschen, und sahen sich, während das Schiff langsam heranfuhr, das buntbefähnelte Boot mit den Kindern und dem Mann in Unterhosen an.

»Das ist doch Luden!« sagte Robb, und alle sahen: Der dort am Ruder stand und schon kameradschaftlich mit dem Arm winkte, war wirklich Luden Jähnig.

Sie aber schwiegen auf das Winken, und Josef Tenner kaute.

Man warf dem Mann ein Seil zu, man holte das Boot heran. Der Mann reichte die Kinder herauf, eins nach dem anderen, und Robb nahm sie ihm ab. Und zuletzt kam der Mensch in Unterhosen selbst herauf.

Josef Tenner nahm Schwung. Er biß die Zähne zusammen, daß sich auf seinen starken Wangen schräge Stränge zogen, und schlug, gleichsam aus der Tasche heraus, mit der Faust hart zu. Luden Jähnig wankte. Josef Tenner holte mit der linken Faust aus und schlug mit ihr ebenfalls hart zu. Die Kinder waren entsetzt. Dann ging Josef Tenner die drei Schritt auf sein Opfer zu, faßte es bei den Haaren und bei den Unterhosen und warf es fünf Meter über das Deck, wo es gegen Trossen und Eisen schlug und zu Boden fiel. Der kleine Mann rappelte sich auf. Josef Tenner ging gemächlich hin und stieß ihm mit dem Fuß zweimal in die Seite. Der kleine Mann krümmte sich zusammen. Die Kinder waren stumm vor Entsetzen. Josef Tenner faßte den Kleinen wieder bei den Haaren und zog ihn hoch, und als der mit weichen Knien vor ihm stand, schlug er ihm mit lockerer Hand rechts und links ins Gesicht. Dann ergriff er ihn noch einmal ruhig bei den Unterhosen und bei den Haaren und stieß ihn über zwei Meter gegen die Reling. Der kleine Mann glitt daran herunter, knickte ein, rutschte unten langsam weiter und rutschte über Bord. Josef Tenner wendete sich ab und ging zum Niedergang. Er kaute.

Die Kinder schrien auf und liefen zur Reling. Robb und Lalmann sprangen ins Boot, Horst Rohmorser warf ihnen, da keine Riemen im Boot waren, Bretter zu und gab ihnen Leine, Fritz Lauterbach lief zwischen Reling und Ruderhaus hin und her und ließ das Schiff dümpeln.

Das Wasser war grau, hellgrau. Auf der leichten Dünung krieselten winzige Wellen von aufkommendem Wind. Neben dem Schiffsbord war eine Fläche von kleinen Blasen. Die Dünung hob und senkte sich.

Dann sahen sie an die acht bis zehn Meter vom Schiff entfernt einen Arm aus dem Wasser kommen und einen schmalen Oberkörper. Der tauchte schräg auf, als ob das Wasser ihn aus der Tiefe herausgepreßt hätte. Bis zum Brustkasten tauchte der Mensch auf, den Arm hochgereckt, erreichte so den Kulminationspunkt und ging auf die gleiche Weise wieder unter.

Robb riß sich die Jacke vom Leibe und sprang vom Boot ins Wasser. Einmal tauchte er allein wieder auf, noch einmal, und beim dritten Mal schleppte er Luden Jähnig an die Oberfläche. Lalmann zog den kleinen Körper ins Boot, und noch im Boot drückten sie ihm das Wasser aus den Lungen.

Es wäre alles nicht so schlimm gewesen, wenn die Kinder

nicht auf dem Schiff gewesen wären. Sie liefen umher, konnten nicht helfen und schrien aufgebracht und verzweifelt, Gesicht und Mund voller Tränen.

Und es war das erste, als Luden Jähnig dann auf Deck lag, Kopf und Oberkörper angelehnt, als er dann ein Auge öffnete, das andere war arg verschwollen, daß er den Kindern wieder zublinzelte. Es war ein klägliches Blinzeln, und die Kinder heulten daraufhin noch einmal los...

Das Boot wendete und fuhr die ganze Strecke flußauf zurück bis zur Stadt. Dort setzten sie die Kinder an Land. Als auch Luden Jähnig gehen wollte, als er bereits auf der Gangway und fast an Land war, sagte Fritz Lauterbach hinter ihm her: »Du wirst nicht weit kommen, Luden. Und es wird schlimme Folgen haben. Ich meine, für uns.«

Luden Jähnig drehte um und kam auf das Schiff zurück.

Beim Mittagessen noch am selben Tag saßen sie alle um den Tisch herum. Sie aßen sehr laut, und niemand sagte etwas. Bis dann Robb den Löffel hart auf den Tellerrand legte und sagte: »Ich weiß nicht, wo du das gelernt hast. Hier gibt es so etwas jedenfalls nicht! Merk dir das! Hier nicht!«

Er stand auf und ging den Niedergang hoch aufs Deck. Die anderen aßen schweigend weiter. Auch Josef Tenner, dem das galt, der sich weit über den Teller beugte und sehr laut aß.

Der Fischer, dem das Boot gehörte, verklagte dann Luden Jähnig. Es gab eine Verhandlung.

»Was ist!« verteidigte der sich aggressiv. »Ich denke, wir sind ein Volksstaat! Aber gehen Sie mal am Fluß entlang, Herr Richter, wenn Kindertag ist, und Sie wollen mit den Bälgern was unternehmen: Das Boot gehört dem Krauter und das dem anderen. Und alle sind sie fein angeschlossen. Und das Volk? Das einfache Volk? Bohrt sich in der Nase und spuckt ins Wasser wie bisher, was?«

Der Richter wies ihn zurecht und belehrte ihn, daß es

Sportgemeinschaften gebe, die Boote hätten, und daß der Aufbau des Passagierverkehrs auf Flußschiffen bereits im Gange sei.

»Wärst du zu mir gekommen und hättest mich gefragt, ich hätte dir das Boot gegeben«, sagte der Fischer.

»Der Boxer«, Luden Jähnig zog sich einen Schnalzer von den Lippen, »das ist schon ein feines Motorchen. Läuft wie eine Libelle. Aber wie kannst du so eine Schweinerei zulassen, daß einem der ganze Sprit rausläuft! So etwas darf doch nicht passieren!«

Sie sprachen dann noch über eine Dichtung und ein Sieb, über einen bestimmten Flansch und wie die Pleuel ruhig von der Welle liefen. Darin verstanden sie sich sehr gut. Am Ende reichten sie sich die Hand, und der Fischer zog seine Klage zurück.

Wenn es damit mit der Bootsfahrt, alles in allem, auch ein gutes Ende genommen hatte, Luden Jähnigs Sorgen nahmen zu. Sie nahmen in dem Maße zu, wie er sich mehr und mehr für die Angelegenheiten der Kinder einsetzte und dabei seine Arbeit vernachlässigt. Und oft standen sie ihm bis zum Halse, so daß er das Gefühl hatte, in einem Wust von Sorgen untergehen zu müssen. So stand es um ihn, so und nicht anders.

Zunächst einmal aber hatte er eine Freude.

Sie waren auf der Überfahrt. Fritz Lauterbach hatte ihm das Ruder übergeben und sich für eine Weile hingelegt. Die Mannschaft spielte unten in der Messe Skat. Er blickte auf den Kompaß und glich am Ruder die leichten Schiffsbewegungen aus. Das Wetter war angenehm, die See kabbelte leicht, eine einfache Sache für ihn. Rechterhand hatte er den Streifen der Küste, das Dunkel der Wälder, den hellen Streifen Strand darunter, Dünen, und manchmal blinkte ein Dach oder ein Fenster zwischen dem dunklen Waldstrich hervor. Dann registrierte er: ein Dorf hinterm Strand. Und er wußte auch, welches es war. Denn er kannte die Küste hier.

Nein, keine schwierige Sache für ihn. Er machte sie sogar gern. Hier konnte er stehen und die Zeit spüren, ihr angenehmes Gleichmaß. Sie hatte an ihn keine Anforderungen über das hinaus, was er hier tat: einen Blick zum Kompaß, einen zum Bug, die Hände drehten das Rad wie von selbst, manchmal einen Blick zum Ufer und von Zeit zu Zeit einen zu zwei kleinen Schiffchen, einer Tuckpartie der Fischergenossenschaft vermutlich. Alles in allem zwei, drei angenehme Stunden. Er war nicht von Beschaffungsrennereien gehetzt, und Josef Tenner ließ ihn in Ruhe, der spielte unten Skat. Luden konnte hier angenehm durchatmen. Bisweilen drehte er am Bordfunkgerät, um Gespräche zwischen anderen Schiffen mitzuhören; das machte ihm Spaß. Einmal kam Hans Pullmann herauf, steckte sein Trinkergesicht ins Ruderhaus und fragte: »Willst'n Kaff?« Er brachte ihm einen Kaffee in einer steilen Tasse, dick und süß, mit braunem Schaum obendrauf.

So stand er und schaute, die Hand drehte am Ruder, das Schiff vibrierte ruhig unter seinen Füßen. Er langweilte sich auf eine gute Weise und empfand das als angenehm. Schließlich drehte er wieder am Bordfunkgerät. Als er auf die Fischereiwelle der Genossenschaft kam, vernahm er eine neue Stimme. Eine Frauenstimme. Er horchte hin: Ihm schien, er kannte sie. Er hörte eine Weile angestrengt den Gesprächen zu, aber er konnte nicht herausfinden, wer das war.

»Zentrale an ROG 23 – Zentrale an ROG 23 – du, Willi, mach mal Zwischenmeldung! Wieviel Hering hast du an Bord?« fragte die Stimme.

Darauf die blecherne Antwort von einem Kutter: »Einen Dreck habe ich! Drei Hols gemacht und lauter Quallen drin. Reicht man gerade so zum Katzenfüttern.«

»Zentrale an ROG 23 – du, Willi: Heinz ist drüben zwischen den Steinen. Hat einen guten Fang, sagt er. Vielleicht fährst du auch in die Gegend.«

»Scheiß auf die Steine! Da zerreißt man sich nur das Netz.«

Darauf schaltete sich eine Stimme von einem anderen Kutter ein: »Ich weiß ein paar schöne Steine an Land, Darling, da kann man dich drüberlegen, hahahaha.«

»Hahahaha«, blecherte auch Willis Stimme aus dem Lautsprecher.

Darauf die Frauenstimme: »Halt gefälligst dein dreckiges Maul, Otto! Du bist nicht gefragt. – Willi, von dir erwarte ich jedenfalls dein Plansoll heute abend!« Es knackte im Lautsprecher, die Stimme hatte sich ausgeschaltet.

»Na, na«, sagte Willis Stimme enttäuscht. Dann knackte auch sein Sender, und es war still. – Luden Jähnig jedenfalls freute sich über die Abreibung, die dieser Otto und dieser Willi erhalten hatten.

Er blickte aufs Wasser. Wer kann das gewesen sein? fragte er sich. Eine neue Stimme, und doch schien ihm, als kannte er sie. Achteraus sah er zwei Kutter am Horizont. Möglicherweise waren sie es, mit denen die Stimme gesprochen hatte. Sie schleppten dort ihr Netz. Haben also noch nichts zum Anlanden, dachte er. Quallen, sagte dieser Willi. Es war gerade Quallenzeit, aber die wollten Hering. Möglichst viel Hering, klar. – Da schoß es ihm plötzlich durch den Kopf: Herta war das! Herta Behn!

Herta Behn hatte vor einem halben Jahr die große Tür der Fischhalle zum letztenmal zugeschoben. Von außen. Sie hatte Gummistiefel und Wattejacke abgegeben, hatte sich die Fischschuppen aus dem Haar gewaschen und dann ihre neue Arbeit in der Verwaltung angetreten. Mit ungelenken Fingern schrieb sie seitdem die täglichen Fangquoten der einzelnen Tuckpartien in Listen und ließ sich dabei von den Fischern nichts vormachen. Denn aus den Gesprächen am Entladekai kannte sie die See und die Fischgründe. Und sie wußte, wer von ihnen immer ein paar Dezitonnen mehr und welche Tuckpartie ein paar Dezitonnen weniger hatte als die anderen. Sie kannte die Kutter und jeden einzelnen Mann darauf. Und manchen von ihnen nicht von der besten Seite.

Es war allgemein ein Murren unter den Fischern, als Herta so plötzlich in die Verwaltung aufrückte. Aber sie beugte sich über die Listen, als hätte sie einen Berg Eis umzuschaufeln. Nicht lange, und man sah sie in bunten Kleidern und halbhohen Schuhen auf der Straße gehen. Luden Jähnig hatte sich damals sehr darüber gefreut. Einmal waren sie mit Samuel durch die Stadt gegangen, um ihm einen neuen Anzug zu kaufen; wie eine Familie. – Nun hatte er Hertas Stimme über den Bordfunk gehört. Das war eine Freude, die ihm für den ganzen Tag reichen würde und noch darüber hinaus. Er drehte am Ruder, schaute aufs Meer und sang ein Lied, was er schon lange nicht mehr getan hatte.

Ja, so hatte er seine Freuden. Aber auch seine Sorgen, wie gesagt...

Ein paar Tage später geschah es. Das Schiff lag an der Pier. Egon Robb und Luden Jähnig hatten gerade einen Kompressor repariert. Da kam Fritz Lauterbach an Bord. Er trug ein Bild und verschiedenerlei Wimpel und Fahnen unterm Arm.

»Da«, sagte er und drückte alles Luden Jähnig in die Hände, »verteil mal den Schiet schön in der Messe! Mach alles hübsch bunt! Wir haben heute Versammlung.«

»Versammlung?« fragte Egon Robb erstaunt. »Laufen wir nicht aus?«

»Es kommen zwei von der Verwaltung«, sagte Fritz Lauterbach und leckte sich grinsend übers Gebiß. »Die wollen was von uns.«

Luden Jähnig verteilte in der Messe die Wimpel auf den Tischen und zog Fähnchengirlanden an den Wänden entlang. Er machte es mit viel Liebe, so eine Arbeit gefiel ihm. Er zog noch mit dem Taschenmesser Reißzwecken aus der Wand und entfernte ein paar Illustriertenfotos mit nackten Frauen. Dann hängte er das Bild auf, schön, in der Mitte der Wand, das Bildnis des Landesvaters, und Luden Jähnig, als er sich umschaute, war mit allem so recht zufrieden. Er sah sich das Bild noch einmal an, es hing ordentlich in Höhe und

Seite, alles tipptopp, nichts daran auszusetzen. Dabei stellte er fest, daß der Landesvater ihn nicht ansah. Der blickte an ihm vorbei. Luden Jähnig, den Hammer in der Hand, trat etwas zur Seite, aber der blickte immer noch an ihm vorbei. Er ging weiter und noch weiter und so bis fast an die Wand heran, aber der Mann dort fand immer noch Raum genug, um an ihm vorbei und über ihn hinweg zu schauen.

Das ist nicht recht, dachte Luden Jähnig und stellte sich wieder in die Mitte des Raumes. Du bist der Landesvater, aber ich habe auch mein Völkchen, und manchmal möchte man schon ein Wort miteinander reden, so von Mann zu Mann. Man hat schließlich seine Sorgen. Du doch auch. Aber du siehst mich nicht an. – Warum eigentlich nicht? Sieh mich doch an! Ich habe nichts zu verbergen. Sieh her, hier steht Luden Jähnig, kein sehr glücklicher Mensch, er hat sieben Gören am Hals und Arbeit vom Morgen bis in die Nacht; aber genaugenommen geht's ihm trotzdem ganz gut, und er ist ein zufriedener Mensch! Vielleicht sollte man dir das sagen. Und man möchte dich auch fragen können, wie es dir geht...

So schaute Luden Jähnig hinauf, aber der Mann da gönnte ihm keinen Blick, und das bedrückte ihn nun ein bißchen.

Später kamen die beiden Kollegen von der Verwaltung, Außer Fritz Lauterbach kannte sie niemand hier an Bord, denn die Männer vom Schiff kamen nur selten in die Verwaltung. Der eine war ein älterer Mann mit kurzem Grauhaar und fester Stirn, der andere hatte eine Beinprothese. Ein schlanker Mann, der einen gepflegten Eindruck machte. Er faßte überall hin und nickte freundlich zu allem. Und wenn er lächelte, sah Luden Jähnig, wie sich sein oberes Zahnfleisch entblößte. Die beiden benahmen sich an Deck unbeholfen, wie alle Fremden, wenn sie aufs Schiff kamen; sie lächelten viel und machten kleine Witzchen.

Dann begann die Versammlung. Die Männer vom Taucherschiff rekelten sich auf ihren Plätzen und hörten nicht zu oder taten jedenfalls so. Meistens schauten sie zur Decke und schienen sich unendlich zu langweilen. Allein Luden Jähnig setzte sich ordentlich hin.

Der Schmale eröffnete die Versammlung. Er tat es sehr geschickt, und Luden Jähnig hörte interessiert zu. Während der Mann zur Einleitung über die internationale Lage sprach, beobachtete Luden Jähnig ihn unaufhörlich. Ihm schien, als hätte es was Besonderes mit dem Manne auf sich. Es war das Lächeln, das ihn interessierte. Der Mann lächelte auf eine sympathische Weise an Stellen seiner Rede, wo Siegeszuversicht zum Ausdruck kommen sollte. Dabei bezog er alle Anwesenden mit ein, was einen angenehmen Eindruck machte. Allein es war das Zahnfleisch, das Luden Jähnig stutzig machte, als hätte er dieses Lächeln schon einmal gesehen. Angestrengt dachte er nach, und er erinnerte sich, wie der Schmale an Bord gekommen war – er hatte eine Beinprothese, und während er so ging, faßte er mit feingliedrigen Händen überall hin, an die Reling, an Winden, an die Tür des Niedergangs, immer lächelnd . . .

Und plötzlich hatte er es! Da schälte sich's aus der Erinnerung heraus: eine Tür! Eine Tür, an die sich ein Mann mit diesem Lächeln preßte! – Zweimal schluckte Luden Jähnig bitter und machte für sich die Feststellung, daß er manche Menschen nicht nur einmal traf. Irgendwann, wenn das Leben so seinen Weg nahm, begegnete er ihnen an unerwarteter Stelle noch einmal. – Er schluckte und hörte weiter zu; nun aber anders als zuvor, denn nun hatte er seine Achtung vor dem Manne dort. Am Ende seiner Rede wollte er ihm Beifall klatschen. Doch rechtzeitig sah er noch, daß niemand applaudieren würde, und so ließ er es.

Dann begann der andere zu reden. Er rückte sofort mit dem heraus, was sie hier auf dem Schiff eigentlich wollten. Das war ein fester Mann, da gab's kein Drumherum.

Es gebe eine umfassende Aktivistenbewegung im ganzen Lande, begann er. Adolf Hennecke habe sie ausgelöst, und nun eiferten ihm unzählige Werktätige nach und wollten ihn noch überbieten. Auch vor ihrem Betrieb stehe die Frage, ob auch sie sich daran beteiligen wollten. Sicher, das wollten sie, denn das Land brauche Stahl. Und ob sie es könnten? – Auch das! Denn der Betrieb habe Taucher, die an der ganzen Küste berühmt seien. Doch ein Taucher allein richte nichts aus, fuhr er fort, gar nichts, wenn nicht auch der Signalgast, der Kollege an der Pumpe, die ganze Besatzung Aktivistenleistungen vollbrächten. Kurz und gut, man habe sich in der Leitung diesbezüglich Gedanken gemacht, und da sei man auf sie gekommen, auf sie, weil es sich in ihrem Falle um eine Bootsbesatzung handele, die beste Voraussetzungen für so ein Unternehmen habe. Soweit also sein Vorschlag, und man möge sich dazu äußern, denn am Ende müsse eine handfeste Verpflichtung zustande kommen.

Niemand rührte sich. Die Männer sahen sich nicht an. An Luden Jähnig, der allein nach vorn schaute, blickten die beiden Genossen erwartungsvoll vorbei. Der Schmale grinste auffordernd, doch niemand regte sich.

Das wäre ein ausgezeichneter Gedanke, sagte Luden Jähnig, der seinen Eifer schließlich nicht mehr zurückhalten konnte. Er finde den Vorschlag sehr gut. Jawohl, so müsse es sein: Mehr Schrott – mehr Stahl! So und nicht anders. Und er erklärte sich sofort bereit, mitzumachen. Freiwillig, jawohl, ganz wie die Genossen es in Vorschlag gebracht hätten. Nur – und hier machte er eine kleine Pause – müsse er zu bedenken geben: sie seien auch jetzt schon vom Sonnenaufgang bis Sonnenuntergang beim Räumen. Ihm täten die Knochen vom vielen Pumpen schon so weh, daß der Schmerz noch morgens da sei, wenn er erwache. Der verlasse ihn gar nicht mehr. »Ich glaube, ich pumpe auch im Schlaf, hahaha ...« Er sah sich um, mußte aber feststellen, daß niemand ihn ansah. Und schließlich habe man ja auch noch seine Gören, fuhr er fort, da müsse er also ganz einfach zurückfragen, wann – ja, bitte sehr, wann sie denn noch mehr tun sollten. Man könne doch den Tag nicht einfach verlängern, hahaha... Er setzte sich.

Ja, so war es. Es stimmte, was Luden Jähnig da gesagt hatte, auch wenn er es ein wenig überzog. Er pumpte natürlich niemals den ganzen Tag über. Dennoch, es stimmte schon. Das und nichts anderes dachten auch die Männer, während sie zur Decke schauten. – Im ersten Morgengrauen krochen sie aus den Betten; sie gingen zum Hafen oder kamen gefahren, torkelten wie im Schlaf das Stück zur Pier hinunter. Sie stiegen aufs Schiff, lösten die Leinen und legten ab. Wenn die Fahrt weiterging, warfen sie sich noch ein Weilchen auf die Kojen. Meist aber hatten sie im unmittelbaren Küstengebiet zu arbeiten. Dann gab es kein Ausruhen mehr. Wortkarg und brummig schleppten sie auf Deck Sauerstofflaschen und Hölzer umher, wechselten schwere Batterien aus, legten armdicke Spülschläuche bereit und schossen widerspenstige Stropps auf. Das alles hatte sein Gewicht, das hatte auch sein Tempo – und vor allem verlangte es Genauigkeit, denn da hingen nachher ein paar Leute unten im Wasser daran. Den ganzen Tag waren sie in Eile. Sie schleppten, liefen, stiegen hastig über Trossen, schrien einander an – und pumpten, pumpten. Und horchten angestrengt nach unten, wenn die beiden Taucher bei der Arbeit waren. Nein, da gab es keine Zeit zum Ausruhen mehr und keine Reserven. – Oder aber wenn sie aus sicherem Abstand, nur das kleine Sprengboot dort vorn, das Aufsteigen der Fontäne erwarteten, Augenblicke, die an ihnen zerrten. Und oft genug hatten sie selbst im kleinen Sprengboot dort vorn als Ruderer gesessen. Ja, auch er, der kleine Kerl, der dort sprach, Luden Jähnig. Woher kommt der Wind? hieß es dann. Die Wellen? Alles klar? Minuten, in denen sich bestürzend alles auf den einen Augenblick konzentrierte. Der Sprengmeister zündete die Ladung. Und ab ruderten sie um ihr Leben! Und wehe, sie irrten sich in der Richtung! Oder sie kamen in den Wellen mal aus dem Takt oder fanden einfach den Rhythmus nicht! Sie ruderten, als säße ihnen der Tod im Nacken. Und wenn dann die Fontäne aufstieg, dann war's ihnen immer, als wären ein paar Bretter unten aus dem Boot herausgefetzt. Das Boot bäumte sich auf, daß sie alle kopfüber unter die Ducht purzelten. Auf ging's heidi!, daß sie dachten, nun hätte wirklich ihr letztes Stündlein geschlagen. Dann sahen sie sich um, man befühlte sich, man besah das Boot, nichts passiert? Nein? Alles klar? – Alles klar! Der Kran kann kommen! – Und dann der Anblick von Erfüllung. Die Taucher hatten unten alles angeschlagen. Raus aus dem Wasser! Alles zurück! Der eiserne Goliath winkelt seinen Riesenarm, hebt ihn halbmeterweise. Und aus dem Wasser hebt sich's, bis er schwebt und hängt: Ein ungeheurer Brocken rostigen Schiffsrumpfs schwebt dort, braun, naß, kompakt, an den Enden eisern ausgefranst, der Schrott, dem sie nachjagen. Anblick der Erfüllung jedesmal für sie auf dem kleinen Schiff, wenn dort endlich der ungeheure Batzen hing.

Nein, es war schon kein Kunststück für die beiden dort vorn, einfach so dazusitzen und mehr zu verlangen.

Was denn dabei so rausspringe, wollte Jochen Lalmann wissen und machte dazu die Bewegung mit Daumen und Zeigefinger.

Nun, so könne man die Frage doch nicht stellen, sagte der Graue. Sie würden ausgezeichnet werden, man werde in der Zeitung über sie berichten, der eine oder andere von ihnen werde vielleicht etwas über den Rundfunk sagen... Aber natürlich springe auch – so etwas dabei heraus.

»Wieviel? wollte Lalmann wissen.

Nun, das könne er nicht sagen, aber sie würden schon zufrieden sein.

Lalmann schwieg dann endlich, und der Mann blickte sich weiter in der Runde um, doch niemand wollte sich dazu äußern.

Was ihn betreffe, sagte Josef Tenner endlich und setzte

sich umständlich aufrecht, so verpflichte er sich, in einer Schicht fünfhundert Prozent zu machen. Fünfhundert Prozent! Das könnten sie gleich aufschreiben. Sie sollten gleich einen von der Zeitung mitbringen und noch 'nen Haufen Volk dazu. Seinetwegen könne es gleich morgen losgehen. Er bliebe den ganzen Tag unten und rackerte wie der Teufel; er komme nur mal zum Luftschnappen hoch und gehe dann gleich wieder runter. Sie könnten es gleich zu Protokoll nehmen. Was er, Josef Tenner, sage, sei so sicher wie ein Gesetz.

Alle waren sprachlos. Der Schmale vorn schrieb etwas auf, der Graue lächelte verlegen. Die Männer sahen sich nicht an.

Doch da geschah das Ungeheuerliche. »Nein, der nicht!« sagte Luden Jähnig plötzlich in die Stille hinein. »Der nicht! Der ist ein Faschist!» Und er zeigte mit ausgestrecktem Arm auf Josef Tenner. »Das geht nicht. Der nicht!«

Die Männer hielten den Atem an. Es wurde ungeheuer still in dem niedrigen Raum. Der Schmale dort vorn schrieb unentwegt weiter und sah nicht auf, und der Graue drehte seinen Stift zwischen den Fingern und schlug zwischendurch damit hart auf den Tisch. Die Männer hatten sich aufgerichtet. Nichts sonst, nur leises Knistern von Holz, man konnte die kleinen Wellen draußen an der Bordwand plätschern hören.

»Das mußt du uns schon ein wenig genauer erklären«, sagte der Graue schließlich und sah Luden Jähnig an. Er spielte weiter mit dem Stift.

»Er hat einen Totenkopf aus dem Wrack hochgeholt«, sagte Luden Jähnig schließlich.

»Hm.«

In der Tat, so war es. Josef Tenner war eines Tages aufgetaucht, aufgetaucht zunächst wie immer; die Männer sahen die Blasen aufsteigen und schließlich seinen Helm. Dann schwamm er an der Bordwand entlang zur Eisenleiter und hatte dabei etwas in der Hand. Sie sahen es vom Schiff aus, konnten zunächst aber nicht erkennen, um was es sich handelte. Dann stieg Josef Tenner die Eisenleiter herauf, und als er in Höhe des Decks war, legte er das Ding vorsichtig ab und stieg weiter herauf. Da sahen sie, daß es ein Totenkopf war.

Es war der Kopf einer Frau. Am Knochengefüge klebte noch Gallert, besonders in den Höhlen. Vom Schädel hingen ein paar strähnige schwarze Haare. So lag der Kopf auf dem Eisen des Decks, das Kinn unten, und es floß Wasser von ihm auf die Planken.

Die Männer verzogen die Gesichter und drehten sich um. Der junge Lalmann lief zur Reling und übergab sich. Luden Jähnig war mit aufgerissenen Augen rückwärts bis ans Ruderhaus gegangen und stand dort flach an der Wand, bleich bis über den Schädel.

Josef Tenner aber kam die Leiter herauf und stand im nassen Taucheranzug auf Deck, bereit, sich ausziehen zu lassen. Doch niemand wollte ihm die Scheibe vor dem Gesicht öffnen. Keiner bewegte sich. Da trat endlich Fritz Lauterbach an ihn heran und drehte mit kräftigen Bewegungen die Scheibe auf.

»Was soll das?« fragte er barsch, als Tenners Gesicht durch die Rundung blickte.

»Was das soll? Geht dich das was an? Is'n Totenkopf, siehst du doch!«

»Geht mich schon etwas an«, sagte Lauterbach. »Was das soll, habe ich dich gefragt!«

»Auskochen will ich den. Und wenn's dir nicht paßt, brauchst du bloß mal selbst zu tauchen. Da schwimmst du zwischen solchen Dingen rum.«

»Bring das wieder runter!« sagte Fritz Lauterbach und wies auf das Wasser hinab.

»Quatsch, runter! Zieht mich aus!«

Da trat Fritz Lauterbach zurück und setzte sich auf eine Kiste. Er lehnte den Oberkörper zurück und blickte Josef Tenner ernst an.

Und der stand da und begriff langsam: Niemand würde kommen und ihn ausziehen. Allein aber kam er nicht aus dem Taucheranzug heraus. Die Zentnerlast der Ausrüstung hing an seinem Körper.

»Soll ich hier drin etwa verhungern?« brüllte er. Doch niemand bewegte sich.

Da ging Horst Rohmorser langsam zum Kompressor und begann, ihm wieder Luft zuzupumpen. Allen war klar, was das zu bedeuten hatte. Fritz Lauterbach erhob sich und drehte ohne ein weiteres Wort die Scheibe vor Tenners Gesicht wieder zu.

Der stand dann noch einen Moment, blickte durch die Scheibe die Reihe der Kollegen ab, dann polterte er zur Eisenleiter zurück und stieg hinab. Er nahm behutsam den Kopf vom Deck auf und tauchte mit ihm in die Tiefe. Minuten später kam er wieder herauf. Die Männer halfen ihm aus dem Anzug. Niemand sprach ein Wort mit ihm. Auch Josef Tenner sprach nicht. Er ging dann in Wollpullover und Wollhosen zum Niedergang, seine Glatze leuchtete. Luden Jähnig aber sah ihm nach und hatte in diesem Augenblick die klare Vorstellung von dem, was ein Faschist ist.

»Sie können mir glauben, er ist einer«, sagte er noch einmal. Er stand immer noch da.

Schließlich setzte er sich.

»Nun«, der Graue räusperte sich und spielte immer noch mit dem Bleistift, »wir haben die Vergangenheit des Kollegen Tenner geprüft.« Er hatte ein Blatt Papier vor sich. »Kollege Tenner war schwerer Taucher bei der Kriegsmarine«, las er, »vorher, im zivilen Leben, hatte er den Taucherberuf erlernt. Er war nicht Mitglied einer Partei oder einer faschistischen Organisation. Kollege Tenner ist bekannt als ein arbeitseifriger und einsatzbereiter Taucher. Er hat, und das wird wohl niemand bestreiten, durch seine Arbeit der Volkswirtschaft schon zu Tausenden Tonnen Stahl verholfen.« Der Graue blickte auf. »Wir sind der Meinung, daß Kollege Tenner der richtige Mann für diese Sache ist. – Was war das mit dem Totenkopf?« wandte er sich streng an Tenner.

»Nichts, nichts Besonderes, rein medizinisches Interesse...«, gab der zur Antwort.

Ob es denn unbedingt der Tenner sein müsse, wollte Lalmann wissen und wand sich aus seiner halb liegenden Haltung hoch. Sie hätten noch einen zweiten Taucher an Bord, Egon Robb, der sei in nichts schlechter.

Der Graue überhörte diese Frage. Sie seien aber auch informiert, sagte er schließlich, daß es auf dem Schiff ernsthafte Zeichen von Arbeitsbummelei gebe. »Kollege Jähnig – wer ist das?«

Luden Jähnig blickte auf, als hätte jemand auf ihn geschossen. »Ich«, sagte er, »das bin ich.«

Mit einem Bremsklotz in der Truppe, sagte der Graue, an die anderen gewandt, könne man natürlich keine Spitzenleistungen erreichen. Das sei ausgeschlossen. Wenn der Mann an der Pumpe fehle, könne der Taucher nicht in die Tiefe; das wüßten sie selbst am besten. »Hier muß Ordnung rein, Kapitän!« Er hieb plötzlich mit der Faust auf den Tisch. »Also Schluß mit der Bummelei jetzt! Ein für allemal! Das können wir uns nicht leisten! Oder radikale Trennung von solchen Elementen!« Und nach einer Weile mit ganz ruhiger Stimme: »Ich erwarte deine Selbstkritik, Kollege Jähnig.« Dabei sah er Luden Jähnig nicht an.

Der stand auf, etwas zaghaft, stand dann einen Moment, schluckte.

»Das ist wegen der Kinder...«, sagte er schließlich.

»Welche Kinder?« fragte der Graue barsch zurück. »Aus deiner Akte geht hervor, daß du gar keine Kinder hast. Welcher Kinder also?« –

»Nein? Habe ich nicht?« Luden Jähnig war verwirrt. »Aber ich habe doch... Ich habe doch das Mädchen. Ich habe doch die sieben...«

»Merk dir das ein für allemal, Kollege Jähnig«, der Graue

hob den Stift als verlängerten Zeigefinger, »das sind nicht deine Kinder! Ein für allemal, sage ich! Diese Kinder haben alle ordentliche Pflegeeltern und werden gut erzogen. Und ohne dich! Was deine Sache ist, das ist die Arbeit hier auf dem Schiff! Jeder Werktätige in unserem Land arbeitet mit ganzer Kraft am Aufbau unserer Volkswirtschaft. Nur du machst eine Ausnahme. Aber merk dir, ab heute gilt das auch für dich! Oder du gehst! – Also?«

»Was also?«

»Deine Selbstkritik!«

Luden Jähnig stand eine Weile und merkte, wie ihn Wut überkam. Sie schlich ihm gleichsam von hinten über den Schädel. Er wurde ihrer nicht mehr Herr. »Haha!« lachte er böse auf.

»Selbstkritik. Das ist es also! Nicht meine Kinder! Das also! Und ich soll es noch sagen! Weil sie mich also nicht brauchen! – Mich, jawohl!« schrie er plötzlich auf und schlug sich mit der Faust an die Brust. Und leise fuhr er fort: »Einen Dreck werde ich euch! Von wegen, nicht meine Kinder! Gar nichts werde ich, überhaupt nichts!« Er setzte sich, blickte böse nach vorn. »Deine sind's auch nicht!« schrie er dem Grauen entgegen. »Deine werden es niemals sein! Jawohl! Aber meine! Und ich bin stolz darauf! Hast du gehört? Ja, ich bin stolz darauf! Ich habe sie nicht mit dem Wagen gefahren, damit du sie mir wegschwatzt! Ohne mich wären sie nicht mehr da. Sie existierten gar nicht mehr. Aber du, du bist so einer...«, er hielt die Hände vor den Mund, die Handflächen nach oben, tat gerührt und sprach auch gerührt und blies sanft über die Hände, »so einer, der siebzehn Kinder – sieben Kinder – einfach wegbläst. Wie Staub!« schloß er haßerfüllt.

Der Schmale lächelte. Er malte Striche, blickte dann langsam hoch. Sein Zahnfleisch leuchtete frisch.

»Nicht du allein«, sagte er leise zu Luden Jähnig. »Nichts macht ein Mensch allein. Was du an den Kindern tust – ist gut. Sehr gut. Aber da sind auch noch andere. Hier ist Fritz Lauterbach – ein guter Mann. Und deine Kollegen. Und da sind die Pflegeeltern: viele Menschen, die dir helfen würden. Auch ich bin da. Simmel – du findest mich, du brauchst nur zu fragen. Nicht du allein, Kollege Jähnig, merk dir das! Und noch eins mußt du dir merken: Jeder das Beste! Das brauchen wir jetzt. Die Sache mit dem Totenkopf – häßlich, sehr häßlich. Aber Josef Tenner ist ein Arbeiter mit Dampf in den Fäusten. Da geht's vorwärts. Da haut's hin. Das ist bei ihm das Beste. Soll er es jetzt uns also geben! Das bedeutet Schrott – Stahl. Das bedeutet Maschinen, Schiffe. Ja, auch damit es deinen Kindern besser geht. Deshalb Josef Tenner, verstehst du?« Er lächelte zu Luden Jähnig hinüber.

Aber der antwortete: »Nein! Wie man aus einem Menschen zwei machen kann, so wie man ihn gerade braucht, das verstehe ich nicht.« Das sagte er noch mit fester Stimme und sah sich nach Zustimmung um.

Da sah er seine Kollegen, die es vermieden, ihn anzusehen, und ihre Köpfe wegdrehten, und da begriff er langsam, daß diese Versammlung gleich vorbei sein würde, zu Ende, aus. Alle würden hier hinausgehen, der Schmale und der Graue würden von Bord steigen. Und er, Luden Jähnig, wußte, was dann geschehen würde.

»Der schlägt mich doch tot!« sagte er mit weinerlicher Stimme, und seine Lippen zitterten.

In der niedrigen Messe war es still. Die Männer vom Schiff, sonst gute Kollegen, die er mochte, Fritz Lauterbach, Jochen Lalmann, ja auch Horst Rohmorser und Egon Robb – sie waren mit sich selbst beschäftigt. Allein Hans Pullmann sah ihm mit blödem Unverständnis ins Gesicht. Und die beiden dort vorn hatten den Blick nur noch flüchtig auf ihm, als wollten sie ihn gleich wieder wegnehmen.

»Ich werde mich bessern!« stammelte er. »An mir soll's nicht liegen. Nein, an mir wirklich nicht!« Er lachte ein falsches Lachen und blickte sich in der Runde um. Doch niemand regte sich. »Hab' sowieso schon die Schnauze voll von den Gören«, sagte er, »nein, an mir soll's nicht liegen. Ich werde pumpen von morgens bis in die Nacht, ganz wie ihr's braucht. An mir soll es wirklich nicht liegen!«

Als die Versammlung vorüber war und Luden Jähnig als letzter aufs Deck ging, stand Winfried Golumbiewski auf der Pier und wartete ungeduldig.

»Sie müssen schnell kommen, Luden«, rief er, »Ulrike hat Diphterie!«

So war seines Bleibens nicht länger. Eigentlich lief es gegen seinen Willen, denn im Grunde mochte er das Schiff und die Männer darauf, Josef Tenner ausgenommen. Und er war auch nicht der Mann, der leichthin wechselte. Im Gegenteil, er war ein Mann des Bleibens. Doch die Weichen waren nun einmal gestellt, er merkte es deutlich; ihm blieb also nicht mehr viel übrig. Eine Weile noch gab er sich Mühe, seinem Versprechen getreu immer zur Stelle zu sein, wenn das Schiff auslief. Und es klappte auch leidlich. Schließlich war er auch dabei, als Josef Tenner seine große Schicht fuhr – fünfhundert Prozent auf das Quentchen und die Sekunde genau, alles wie vorausgesagt.

Dennoch, das war ein merkwürdig verklemmtes Unternehmen. Es begann damit, daß niemand weiter erschien, weder die Genossen von der Betriebsleitung noch die Presse. Der ganze große Schwarm, den Tenner sich gewünscht hatte, blieb aus. Und so fuhr er seine große Schicht mehr, »um es ihnen zu zeigen«, als um seinem Ruhm als ungekröntem König der schweren Taucher nun auch noch den des offiziell gekrönten Aktivisten hinzuzufügen. Die Sache war verpatzt. Er tauchte wirklich den ganzen Tag über, und niemand wußte so recht, was er da unten tat. Die Männer zuckten mit den Schultern. Man hatte sich nun mal auf das große Ereignis eingestellt, sollte es also laufen. Josef Tenner in seinem Ehrgeiz kam nur für Augenblicke hoch, um sich vor der totalen Erschöpfung zu bewahren. Die anderen machten nichts, sie gammelten an Deck herum. Egon Robb stieg nicht ins Wasser; alle waren nur dazu da, um Josef Tenner bei seinem großen Rekord dienlich zu sein.

Fritz Lauterbach meldete das Ergebnis anderntags der Betriebsleitung, und Tage später stand in der Zeitung eine kleine Notiz über hervorragende Arbeitsleistungen der Werktätigen bei der Bergung von Schiffswrack. Nicht der Name Josef Tenners, nicht einmal der ihres Schiffleins war darin vermerkt. Und Josef Tenner schlich übers Deck, als wäre er magenkrank – fahl und grau, kaum wiederzuerkennen. Und Luden Jähnig übersah er völlig.

Wenn Konrad Spriegel damals nicht gewesen wäre, wäre Luden Jähnig nahe daran gewesen, zu verzweifeln. Sie trafen sich bisweilen vor dem großen Schaufenster der Kinder-Infektionsbaracke. Denn nicht nur Ulrike hatte die Diphterie, ein Großteil der Kinder des Viertels war erkrankt, darunter mehrere Jähnig-Kinder. Vor der großen Scheibe machte Luden seine Faxen für Ulrike und Dieter, für Philipp und Samuel und für so manche Kinder noch, wenn sie in den Betten standen und vor Heimweh schrien. Manchmal brach er dann unvermittelt ab. Und wenn Konrad Spriegel dabei war, dann tat es ihm sogar wohl, einzuhalten. Und Konrad Spriegel stand oft dabei. Danach gingen sie gemeinsam fort und tranken in der nächsten Kneipe ein Bier. Sie sprachen wenig; es war mehr Konrad Spriegels Blick, was ihn aufmunterte. Ein kleines Zwinkern, wenn sie die Gläser gegeneinanderschoben, das ihm dann sagte: Kopf hoch, kleiner Mann! So leicht geben wir doch nicht auf!

Die Einschulung hatten die Kinder da bereits hinter sich. Ach, was war das wieder für ein Tag! Ein kompletter Festtag für die Wasserstraße. So recht nach seinem Geschmack. Er hatte den Kindern Schultüten besorgt, natürlich, das ließ er sich nicht nehmen! Die bunten Tüten und noch was dazu, er liebte es ja so sehr, ihnen Überraschungen zu bereiten! Durch die Straßen zog die ganze Karawane dann mit Pflegeeltern, Freunden und Bekannten, mit Albrecht Seemann, Abromeit und Herta Behn, mit Winfried Golumbiewski und vielen anderen. In ihrer Mitte gingen sieben bunt geschmückte kleine Ranzenträger. Ihnen voran und um sie herum aber tänzelte aufgeregt er, der sich kaum lassen konnte von Freude, er, ihr Freund und Harlekin, Luden Jähnig.

Die Kinder wurden eingeschult, feierlich, ganz wie es sich gehörte. Da mußte er vor Rührung weinen. Und dann erwies es sich, daß sie alle in ein und dieselbe Klasse kamen. War das eine Überraschung! Sie wohnten in derselben Straße, das gab den Ausschlag. Auf seine Bitte hin wurde auch noch Ulrike in die Klasse aufgenommen. Man war entgegenkommend. Sie wohnte ja nur wenige Straßen weiter um die Ecke.

Spätestens zu diesem Zeitpunkt hatte die Klassenlehrerin auch schon sein Interesse für schulische Angelegenheiten registriert, und sofort wurde er ins Elternaktiv gewählt. Und schon auf der ersten Sitzung begann er, vor den Elternvertretern das große Wort zu führen. Von »Perlen der Zukunft« sprach er und von »Setzlingen für das kommende Zeitalter, den Kommunismus«. Nein, Luden Jähnig kam aus alledem nicht heraus. Sonntags malte er die Klasse neu, er setzte den Hobel an Bänke, wo schadhafte Stellen waren, und strich die Tafel mit Teer. Letzteres wollte der stutzig gewordenen Lehrerin nicht so recht gefallen, doch er belehrte sie: »Auf Fischerbooten, wissen Sie, da läßt es sich wunderbar mit Kreide malen!« Und als der erste Wandertag kam, meldete er sich zur Betreuung.

Doch die Dinge nahmen nichtsdestoweniger ihren Lauf: Von der Betriebsleitung bekam er eines Tages die schriftliche Aufforderung, einmal vorzusprechen.

»Schade«, lächelte der Schmale und entblößte sein Zahnfleisch. »Wir zwei fahren wohl nie miteinander.«

»Es sieht so aus.«

»Was hilft's! Du bist ein guter Mensch«, fuhr der Schmale fort, »aber es ist schwer, dich zu begreifen. Und vor allem ist natürlich die Arbeit da, unerbittlich. Nun geht's nicht mehr anders.«

»Man nimmt's, wie's kommt.«

»Es gibt drei Möglichkeiten für dich: Aufhebungsvertrag – du kündigst – wir kündigen.«

»Drei also.«

»Ja. Ich denke, wir nehmen den Aufhebungsvertrag. Ist das beste für dich. Ohne Nachrede.«

»Das ist freundlich. Ich dachte, ich komme umhin...«

Luden Jähnig hatte tatsächlich angenommen, daß es mit seinem Ansehen ein bißchen besser geworden wäre. Fritz Lauterbach hatte ihn nach jener Versammlung aus der Feuerlinie gezogen. Er pumpte fortan nicht mehr für Josef Tenner, sondern für Egon Robb. Und das war ein angenehmes Pumpen. Fritz Lauterbach hatte ihn dann auch in die Regeln der kleinen Schiffsführung eingewiesen, und es war zu einem alltäglichen Bild geworden, daß Luden Jähnig am Ruder stand. Er gab sogar schon Kommandos zum Anlegen! Und so weiter... Nein, er hatte wirklich den Eindruck gehabt, daß es mit ihm nun bergauf ging. Fünf Jahre LKW-Fahrer im Krieg, dann das Pumpen auf dem sibirischen Strom, dann, ein freier Mann zwar, aber auch nur hier das Pumpen... Und nun das jetzt!

»Ja«, sagte der Schmale, »wir dachten auch, es ginge mit dir bergauf. Aber so ist es nun mal. Ich kann da nichts für dich tun, versteh. – Hast du schon etwas Neues?«

»Nein.«

»Also Aufhebung. Ist die beste Lösung für dich.«

Sie standen auf, gaben sich die Hand.

»Hast mir gefallen damals mit dem Tenner. Mach weiter so!«

»Wieso?«

»Es gibt nur selten Kerle mit so viel Courage. Mach weiter

so! Alles Gute für dich und die sieben.« Der Händedruck, spürte er, war herzlich.

Merkwürdig – als Luden Jähnig diesen Mann verließ, fühlte er sich unsagbar froh. Wie von Flügeln getragen, ging er die Straßen entlang. Er hätte vor innerer Freude singen können. Erst als er in der Wasserstraße war, stutzte er. Da wurde ihm klar, daß er soeben gefeuert worden war.

Jahre waren vergangen. Luden Jähnig lebte nicht mehr in der Stadt. Er hatte eine Arbeit beim Küstenamt gefunden. Seither wohnte er in einem jener Dörfer hinter Strand und Deich, die im Sommer von Urlaubern übervölkert sind, im Winter aber trist die Zeit überdauern. Mehrere solcher Winter und Sommer hatte er dort bereits verbracht. Er wohnte in einem alten, niedrigen Haus, schilfgedeckt, mit weißen Giebeln und Wänden. Vor dem Haus stand ein mächtiger Walnußbaum. Der warf seinen Schatten über Hof und Dach und machte die Stuben dunkel. Dort also wohnte Luden Jähnig.

Er kam nun seltener in die Wasserstraße; immerhin lag sein Dörflein an die drei Kilometer von der Stadt entfernt. Dort aber waren die Kinder inzwischen beträchtlich herangewachsen. Sie trugen weiße Blusen mit blauen Halstüchern zur Schule und gehörten Zirkeln und Sportgemeinschaften an, spielten Fußball und Tennis. Sie gingen nun ihren eigenen Interessen nach und kaum mehr den seinen. An seinen Anforderungen vorbei träumten sie von Sommerlagern und Sternwanderungen, von Fußballturnieren und Ferienexkursionen. Ihre Wirbelköpfe, sah er, waren ihm bis zur Nasenhöhe gewachsen und ihre Blicke hatten etwas Eigenständiges bekommen. Nein, er mußte sich's eingestehen, er hatte viel von seinem Einfluß auf sie verloren, ohne daran etwas ändern zu können; auch wenn es ihm nicht recht war. Doch er sah, sie lebten nach wie vor gut bei ihren Pflegeeltern, und insgesamt ging es mit der Wasserstraße bergauf. Gut also, gut. Er winkte zufrieden ab.

Ulrike war bei ihm geblieben. Mit Pappköfferchen und Karton war sie ihm damals ins Dorf hinterm Deich gefolgt. Die Zeit verging, und sie wuchs allmählich heran. Und als sie eines Tages unterm Walnußbaum hervortrat, war sie ein ansehnliches Mädchen geworden. Sie hütete Luden Jähnigs Haus und Stuben, und er warf mit Steinen auf dreiste Bengel, die gellend über den Gartenzaun pfiffen.

So gingen die Jahre dahin, und schließlich lag auch schon der Zeitpunkt um einiges zurück, wo Samuel und Phillipp, und wie sie alle hießen, zum erstenmal mit krächzenden Männerstimmen von größerer Höhe als der seinen auf ihn herabsprachen. Da schaute er sich unter ihnen um und sah, er war der kleinste geblieben. Die Zeit, merkte er damals, ist grausam. Doch sie ging in ebenem Gleichmaß weiter, und sie brachte ihm neue Winter und neue Nebel und neue Male, wo er im Herbst den kleinen Hausgarten umgrub. Und als er einmal den Spaten aus der schwarzen Erde zog, sagte ihm der aufsteigende Duft der Erde, daß nun wohl der Augenblick gekommen sei, wo seine sieben erwachsen waren. »Ulrike!« rief er da erschrocken, »Ulrike!« Und als das Mädchen überstürzt das Fenster öffnete und fragte: »Was ist?«, da sah er ihm nur ins Gesicht und sagte schließlich: »Nichts, nichts weiter.« – So waren sie also erwachsen.

Er war jetzt der zweite Mann in diesem Küstenabschnitt. Doch Jens Larsen, der alte Dünenmeister, ging kaum noch vom Schreibtisch weg. Das Rheuma hatte ihn befallen. Wenn er mal aufstand, stützte er seine Hände hinter die Hüften und bog sich mühevoll gerade. Er rasierte sich nicht mehr. Jens Larsen hatte die Hoffnung aufgegeben, noch einmal strandauf, strandab zu laufen. Schreibtisch und Telefon waren ihm die einzigen Instrumente für seine Arbeit geworden. Und so war es Luden Jähnig zugefallen, den Küstenabschnitt beiderseits des Ortes über achtundzwanzig Kilometer zu inspizieren, zu beobachten, Dünenwanderungen festzustellen, Strandhaferbepflanzungen zu kontrollieren, den

Wuchs des Küstenschutzwaldes, und vor allem bei Hochwasser und Sturm die gefährdeten Stellen im Auge zu behalten und nicht zuletzt in der ausgelassenen Saison auch Urlauber zu mahnen oder sie gar mit einem Ordnungsgeld zu bestrafen, wenn sie den Hinweisschildern zum Schutz von Dünen und Sicherungsanlagen zuwiderhandelten. So war er ausgefüllt vom Morgen bis zum Abend und manchmal auch bis in die Nacht. Denn Luden Jähnig nahm seine Aufgabe ernst.

Heute nun sollte der Tag für ihn gleich in mehrfacher Hinsicht ein besonderer werden. Für Helden und Heerführer aus alten Büchern schoben sich an solchen Tagen die Sterne in bemerkenswerte Konstellationen. Nicht so für ihn. Er war nur ein kleiner Mann und darauf angewiesen, mit der Gewitztheit des eigenen Urteils die Fixpunkte des bevorstehenden Tages auf ihre Möglichkeiten hin abzuklopfen.

Da war, stellte er fest, zunächst eine durch und durch erfreuliche Angelegenheit. Denn heute begann die Saison. Heute begann die andere Hälfte des Jahres, die, die er immer meinte, wenn er allein in Wind und Regen unterwegs war, wenn die Wellen im Eis stöhnten und tote Vögel am Ufer lagen; diese andere Hälfte, an die er dann immer dachte, die fröhliche. Von diesem Vormittag an würden Hunderte Menschen den Ort überschwemmen. Entdeckungsfreudig würden sie umherlaufen, hinter allen Dünen und Schuppenekken anzutreffen sein und in südlichen Dialekten fragen, ob der Wind schon Stärke acht habe und ob man Schweden drüben sehen könne. Eine große Zeit für ihn, jawohl! Er liebte es, diesen Leuten Erklärungen zu geben, fröhlich und gestenreich. Denn er war ein geselliger Mensch und hatte den langen Winder auf einsamen Küstengängen verbracht, allein zwischen Dünen und Meer. O ja, ein großer Tag schon für ihn. Die sommerliche Turbulenz würde nun ihren Anfang nehmen.

Zum anderen aber fühlte er sich nicht wenig betrübt. Denn

mit den Urlaubern würde auch jener eine kommen, wie jedes Jahr am ersten Tag. Der würde an die Tür klopfen und warten, bis man ihm öffnete, draußen neben Koffer und Campingbeutel stehen, ein junger Mann, einsneunzig groß, blonder Bart, zwinkerndes Auge; grinsend würde der dann sagen: »Da bin ich wieder, Alter!« Er aber würde nicht grinsen können, ihm nicht einmal die Hand geben können, denn darin trug er schon den Schlüssel zur Kammer neben der Waschküche. Nur sagen würde er: »Da ist der Schlüssel. Das Bett ist schon bezogen. Meine Tochter hat alles vorbereitet.« Und dabei sich unwillkürlich vor dieser schlaksigen Höhe von einsneunzig ducken. Wenn er an diesen Augenblick dachte, dann wußte er: sein guter Tag würde nicht unerheblich getrübt werden.

Ruhig lag Luden Jähnig im Bett und nahm den beginnenden Tag in seinen einzelnen Phasen in sich auf. Und wie jeden Morgen so horchte er vor allem zuerst auf das Meer; auf die Brandung unten am Strand, auf das Zischeln oder Rauschen des Walnußbaums, je nachdem, auf das Knistern des Schilfs im Dach. Aus diesen Anzeichen erriet er, wie stark draußen der Wind ging und woher er kam. Denn danach richtete sich vieles für ihn. Und so nahm er als eine wesentliche Phase des bevorstehenden Tagesablaufs wahr, daß der Wind wohl noch zunehmen würde. Und das war ausgesprochen schlecht für ihn. Ja, er würde zunehmen. Er roch es, er schmeckte es dem Wind da draußen an.

Gestern abend schon war er steif von Nordost gekommen, so steif, daß Luden Jähnig sich, oben auf dem Deich stehend, in ihn gestemmt hatte. Fest hatte er ihn an seinem Leib gespürt. »Na, du willst wohl nicht nachlassen, alter Haudegen, du?« hatte er in den Wind hineingesprochen, als er auf dem Heimweg war, »nein, siehst nicht so aus!« Indessen aber wußte er: Wenn der Wind am nächsten Morgen noch weiter so wehte, dann müßte er sich auf ihn einrichten. Dann gab's zu tun! Und so horchte er gleich, als er wach wurde, zuallererst nach draußen und stellte fest, der war noch da. Der hatte die ganze Nacht über frisch geweht, war vielleicht noch ein wenig stärker geworden. Und das bei Sonnenschein! Luden Jähnig sah Sonnenflecken von frühmorgendlichem Gelb gegenüber auf der Wand spielen. Die Zweige des Walnußbaums rührten das Sonnenlicht. Kein gutes Zeichen das.

Dieser Wind war vorher mehrere Tage aus Südwest gekommen – Frühjahrssturm. Er wollte nicht aufhören, war ruppig und jagte niedrige Wolken über das Meer. Das Wasser am Strand ging zusehends weiter zurück. Prüfend trat Luden Jähnig auf immer neuen Grund, auf Steine und Muscheln, die sonst im Meer lagen. »Wenn das nicht bald aufhört, dann kriegen wir's bitter zu spüren«, hatte Jens Larsen gesagt und besorgt zum Fenster hinausgeblickt. Jens Larsen, der wie keiner hier mit allen Wettern auf du und du stand. Sie wußten beide, daß so ein Wind zu dieser Jahreszeit manchmal umsprang. Dann setzte ein steifer Nordost ein und trieb die gestauten Wassermassen von Finnland zurück an ihren Strand, und dann war hier etwas los! Dann stieg der Pegel um anderthalb Meter über normal. Und die Wellen schlugen höher und höher die Dünen herauf, daß es einem heiß und kalt wurde. Die Alten im Dorf beteten die Jahreszahlen berühmter Überschwemmungen her wie das Vaterunser.

Das muß aber nicht gleich sein, dachte Luden Jähnig. Dachte so, weil er an diesem Tage noch einiges mehr zu erledigen hatte. Es könnte beispielsweise unverändert so bleiben, dann wäre schon alles gut; und günstiger noch könnte der Fall eintreten, daß der Wind zum Nachmittag hin wieder abflaute. Es muß ja nicht gleich das Schlimmste sein...

So lag Luden Jähnig frühmorgens im Bett und zog seine Schlüsse aus dem Rauschen des großen Walnußbaumes. Denn er hatte wirklich etwas ganz anderes vor, als auf dem Deich dem Wind nachzulaufen. Es gab da nämlich noch etwas Wichtiges für diesen Tag: Das Abitur. – Drei von den sieben machten das Abitur. Und heute war die Abschlußprüfung!

Es hatte sich damals recht bald gezeigt, daß die Begabung der sieben recht unterschiedlich war. Er selbst hatte sich davon überzeugt. Oft hatte er in der hintersten Reihe gesessen und dem Unterricht beigewohnt. Bärbel, sah er, Albrecht Seemanns kleines Windspiel, hatte den Kopf immer oben und den Finger auch. Das machte ihm Freude. Seinen Stolz hatte er, wenn Christoph gefragt wurde. Christoph meldete sich nicht. Doch er kam oft dran. Dann stand er auf, zögernd, die Augen eng beieinanderstehend, so blickte er ernst nach vorn und sagte oft etwas ganz anderes, als die Lehrerin erwartet hatte. Doch es war immer rundum durchdacht und hatte den aufregenden Atem von naheliegender Wahrheit. Das spürten die Lehrerin und die Kinder und auch er in der hintersten Bank. Horst mit den Himbeerlippen meldete sich oft, doch er kam selten dran; denn was er sagte, war meist falsch. Nicht so oft meldeten sich die anderen, zu seinem Leidwesen. Dieter, wohl der Größte und Stärkste in der Klasse, spielte unter der Bank mit Autos. Luden Jähnig merkte es, weil er die Lippen aufstülpte. Ulrike lächelte lieb zu allem, doch im Denken war sie zaghaft. Er führte es auf ihre Krankheit zurück, die sie ein wenig scheu gemacht hatte. Und Samuel, wenn er gefragt wurde, stand auf und wußte nichts. Er war ein ernster Junge, hager und groß, doch wenn er drankam, stand er lange da und mühte sich, und jede Sekunde Schweigen tat Luden Jähnig weh. Philipp schien ein Phänomen besonderer Art zu sein, Philipp, der Kleine. Er träumte mit offenen Augen, als wäre die Welt, wenn er von Winfrieds Schultern herunterstieg, für ihn fremd; eine Märchenwelt. Doch wenn es ans Rechnen ging, konnte er auf wunderbare Weise Ergebnisse hersagen, Zahlenkolonnen wiederholen und die vorsichtige Lehrerin in Erstaunen versetzen. Und er kniff nicht einmal beim gewagtesten Rechnen die Augen zusammen, es war, als holte er die

Zahlenkolonnen aus seinen Märchenträumen her. »Das ist ein Naturtalent«, sagte die Lehrerin zu Luden Jähnig, »eine Begabung.« Doch die blieb zu seinem Kummer aufs Rechnen beschränkt. Auf anderen Gebieten gab sie nichts her.

So war es, und so blieb es. Schulhofschlägereien kamen hinzu. Er hatte über die Jahre seinen Ärger mit verschiedenen Lehrern, denn die Kinder hielten zusammen. Sie bildeten eine verklettete Bande, der Nimbus der Unbesiegbarkeit umgab sie. Sie schlugen an der Mauer schnell und unauffällig tatendurstige Schulhofrüpel zusammen, Dieter immer voran, sie wurden selbst zu Rüpeln. Ja, auch Philipp. Die Lehrerin kam auf die Idee, die Jähnig-Kinder zum positiven Kern der Klasse umzufunktionieren. Das gelang. Da erwies sich Bärbel mehr und mehr als die führende Person – und wieder Dieter. Horst, der sich darum bemühte, galt bei den anderen nicht viel.

Das waren die Jahre, entsann er sich, wo es für ihn nach und nach in der Wasserstraße immer weniger zu erledigen gab. Zu seinem Leidwesen. Die weite Fahrt über drei Dutzend Kilometer, sie lohnte kaum noch. Schulaufgaben mit Samuel, ja. Doch es war das rechte nicht. Denn er brachte dem Jungen ein Russisch bei, wie er es in der Kriegsgefangenschaft gelernt hatte. Andere halfen da besser. Debatten mit Lehrern über Versäumnisse – an ihrem gemeinsamen Geburtstag hatten alle sieben einmal komplett die Schule geschwänzt –, denn man sprach ihm das Recht ab, Entschuldigungszettel zu schreiben. Aussprachen über Versetzungsgefährdungen, ja, auch die! Und manchmal Angenehmeres über ein Lob für Bärbel oder Christoph zum Beispiel und manchmal auch für Ulrike. Faschingsvorbereitungen, Wandertage, die ersten Liebesbezeugungen – »Dieter hat der kleinen Karen an die Brust gefaßt, Herr Jähnig!« –, und ab und zu verschwand Samuel für zwei, drei Tage und mußte wiedergefunden werden. Bei Licht besehen nahm aber alles seinen guten Lauf. Luden Jähnig achtete die Lehrer, und die

Lehrer achteten ihn. So gingen die Jahre dahin, und seine sieben machten sich, alles in allem. Bald reckten sie ihre Schultern in Blauhemden und fuhren zu großen Jugendtreffen. Horst und Bärbel, sah er, konnten auf ein Podest steigen und andere begeistern. Das gefiel ihm. Er war's zufrieden.

Dann kam die Zeit der Berufswahl. Da gab es noch einmal für ihn zu rennen: Besprechungen in der Wasserstraße, Rückfragen bei der Lehrerin, er besuchte Werkstätten und bestach die Meister, hatte Regelungen beim Rat der Stadt zu treffen und holte Rückversicherungen von Betrieben ein. Am unkompliziertesten, entsann er sich, ging es bei Samuel. Er hatte sich mit Herta Behn geeinigt, Samuel solle Maurer werden. Da lief die Sache fast von allein. Denn Maurer, bitte sehr, da hätte er auch hundert Samuels bringen können! Trotzdem war er aufgeregt. Am Tage des Lehrbeginns brachte er den Jungen persönlich zur Arbeitsstelle. War schon um halb sechs morgens in der Wasserstraße, ging neben dem großen, stockigen Bengel einher, Tage später dann neben Dieter, schließlich neben Philipp. Ging mit großem Ernst. Fragte, ob sie alles bei sich hätten, redete mal heftig einen halben Straßenzug lang und schwieg dann ebensolange mit großer Würde. So überantwortete er seine Sprößlinge einem Maurerpolier, einem Kfz-Meister, einem Konsum-Gaststättenleiter mit mannhaftem Handschlag und feierlichem Angesicht, als handelte es sich um eine Grundsteinlegung. Er war gerührt bis zu den Augen, umarmte gefühlvoll seine Jungen und schlug ihnen wohlwollende Klapse auf die Rücken. Und hätten sich die Burschen nicht schnell genug verdrückt, er hätte stehenden Fußes vor Meister und Sprößlingen noch eine zündende Rede gehalten – dahingehend, was der Beruf einem Menschenleben bedeute und so weiter. Doch die, wie gesagt, verschwanden schnell genug in ihr neues Terrain, und so trollte er sich zufrieden und glücklich.

Er hatte sie also überantwortet. Andere nahmen sich der

Kinder an. Philipp lernte den Beruf eines Kellners, Dieter wurde Kraftfahrzeugschlosser und Samuel Maurer, Bärbel, Christoph und Horst gingen weiter zur Oberschule und waren ihm ebenfalls entwachsen. Ein Heer von Lehrern und Lehrausbildern stand ihnen zur Verfügung. Gut so; er fand sich damit ab. – Allein für Ulrike fiel ihm die Berufswahl schwer. Sie hatte, schien's ihm, keine besondere Neigung, wie sehr er sie auch befragte. Nur in seiner Nähe wollte sie bleiben. Darum bat sie ihn. Er aber wollte ihr einen Beruf finden, wie sie ihn besser auf der Welt nicht haben konnte. »Ich hab's!« schrie er da eines Tages und kam aus der Kaufhalle nach Hause gestürzt, »ich hab's!« Und nachdem er durchgeatmet hatte, fügte er hinzu: »Du wirst Verkäuferin!« – Schon am nächsten Tage vereinbarte er das Nötigste. Ulrike war es recht. Nie aber würde er ihr sagen, weshalb er gerade diesen Beruf für sie gewählt hatte.

Für sich hatte er keine weiteren Ansprüche mehr. Er war mit dem Lauf der Welt zufrieden. Unzählige Kilometer war er den Strand hinauf- und hinabgelaufen, war glücklich, war traurig – war einsam, war still. Manchmal sang er ein Lied im Wind. Das hörte dann niemand, nur er. Und der Wind nahm es ihm fort und zerriß es überm Strandhafer auf der Düne. Recht so! dachte er dann und sang um so lauter. Denn sein Gesang war für keinen bestimmt als nur für ihn und die paar Meter Wind überm Strand. Und mit diesem Wind war ein gutes Auskommen. – Manchmal zürnte er auch, hoho! Dann blieb er stehen, hob die Fäuste und ging auf jemand Unsichtbaren zu. Er stieß heftige Worte aus und fuchtelte herum und obsiegte schließlich mit Erhabenheit über einen Nichtsnutz. Das tat ihm gut. Neben ihm liefen indessen die Wellen auf den Sand.

Oft aber fühlte er sich einsam, bedrückend einsam. Der lange Strand, das Steilufer, die Steine – und auf der anderen Seite der stinkende Tang, das Meer mit dann und wann einem Schiff am dunstigen Horizont, mit seinen ewigen

Wellen, ihrem Gleichmaß ... Er liebte das alles. Doch manchmal fühlte er sich so unendlich einsam, daß er sich in den Sand werfen konnte, um selbst nicht mehr zu sein als ein Stein. Und wenn er dann jemanden daherkommen sah, einen einsamen Spaziergänger auf der schmalen Naht zwischen Wasser und Strand, dann schien ihm, die Welt gab ihm ein Zeichen. Nichts konnte ihn dann so vorantreiben wie die Aussicht auf ein kleines Gespräch. – Nein, weitere Ansprüche hatte er für sich nicht.

Luden Jähnig rekelte sich im Bett und war unstimmig mit sich, was den kommenden Tag anbetraf. Er hatte dem Wind zugehört, nun war es Zeit zum Aufstehen.

Er rasierte sich ordentlich, beim Waschen prustete er laut. Das Wasser schleuderte er auf den Hof hinaus. Dann frühstückte er, und dann zog er sich die graue Uniform des Küstenamtes an und setzte sich die Mütze auf. Es war noch sehr früh.

Heute kommt er ... Nun ja, da kann man nichts machen.

Er lehnte an der Kommode, hatte die Beine übereinandergeschlagen. An den Füßen trug er schwarze Arbeitsschuhe. Längere Zeit blickte er zur Zimmerdecke hinauf.

Da kam ihm eine ganz überraschende Idee.

Ob sie es wohl auch im Schlaf hatte? Darauf hatte er noch nie geachtet! Er erschrak richtig.

Ulrike war jetzt achtzehn, und er ging seltener in ihr Zimmer, denn sie verbreitete eine Atmosphäre dort oben in ihrem Zimmer, die er als älterer Mann nicht gern störte. Da standen Cremetöpfchen, Flakons und zierliche Fläschchen, da lag saubere Wäsche auf einem Stapel, bereit, in ein Fach gelegt zu werden, und irgendwo lag ganz gewiß ein Handspiegelchen und woanders ein Täschchen. Dazu der frische Duft von alledem im Raum, der ihm von Träumen sagte, die ihn nichts angingen ... Nein, er steckte nur manchmal den Kopf hinein, sagte das Notwendigste, machte ein Scherzchen hinterher, lachte. Ansonsten mied er das Zimmer.

Noch einmal schaute er zur Decke hinauf, dann stieß er sich mit den Händen von der Kommode ab. Die alte Holztreppe stöhnte, als er hinaufging. Er setzte die Schuhe leiser auf. Dann drückte er die Klinke, schob den Kopf ins Zimmer, trat ein und schloß lautlos die Tür hinter sich.

Sie schlief. Er stand vor ihrem Bett, nahm verlegen die Mütze vom Kopf und drehte sie vor der Brust. Er stand da, wie ein Zwerg im Märchen, und schaute. Denn sie war schön, schön wie der Duft von Apfeltraurigkeit, sie war so weiß wie Schnee, so rot wie Blut, so schwarz wie Ebenholz... Ich werde den Sarg auf meinen Rücken nehmen, dachte er, und über eine Wurzel stolpern. Ich werde den gläsernen Deckel öffnen, und sie wird die Augen aufschlagen und verwundert um sich schauen; denn sie weiß dann von keiner Krankheit mehr. Sie ist befreit! Befreit für immer!

So stand er und drehte die Mütze in den Händen und wartete auf das Zeichen ihrer Krankheit. – Alle meine Schätze gäbe ich her, dachte er, wenn sie aufwachte und wäre gesund! Alle. – Seine Schätze aber, wußte er, die waren gering. Er hatte lediglich eine Schuhkarton voller Bernstein unten auf dem Wohnzimmerschrank. Das war sein größter Schatz. Den stülpte er manchmal um, wenn Besucher kamen, und die durften sich dann ein Stück aussuchen. Sie nahmen sich meist eins von den größten. Er hatte Stücke darunter, die waren so groß wie eine Walnuß und manche so groß wie eine Streichholzschachtel, und viele mittlere und sehr viele kleine. Der ganze Tisch lag dann voll davon, und die Besucher hatten fliegende Hände. Dieser Schuhkarton voll Bernstein, das war sein einziger Schatz. Er hatte ihn sich selbst zusammengetragen bei seinen Gängen am Strand. Nach Stürmen fand er manchmal eine halbe Hosentasche voll. – Ach, wie gern würde er diesen Schatz hergeben, wenn das Mädchen sich aufsetzte und sagte: »Da bin ich, Vater!« Und sie lächelt ihn lange an, und er weiß: Sie kann ihn so ansehen, lange, lange Zeit, solange er will, und sie wird nie wieder das Zeichen ihrer Krankheit von sich geben, denn sie ist davon befreit. Alles würde er dafür hergeben! Alles!

Er beugte sich über das Mädchen und legte ihm zwei Finger aufs Haar. Dann drehte er sich um und ging auf Zehenspitzen aus dem Zimmer.

Haha! da war er! Da wehte der steife Nordost. Luden Jähnig drückte sich die Mütze fester auf den Kopf, als er aus der Haustür trat. Über ihm rauschte der alte Walnußbaum; der rührte seine starken Äste, daß es bedrohlich knackte.

Luden Jähnig aber ging zum Deich hinüber und schaute aufs Meer. Dort stand er schräg im Wind und stellte fest: Die See war höher gekommen. Kein gutes Zeichen das. Sie hatte eine tiefdunkle Farbe angenommen, schwarzblau die ganze Fläche bis hin zum klaren Horizont. Und darauf allüberall Kämme von Schaum. Am schlimmsten aber sah es unmittelbar vor dem Strand aus: Das ganze Ufer bis hinten zur vorspringenden Landzunge, so weit er nur schauen konnte, zog sich ein breiter Streifen weißen, gleißenden Gischts entlang. Und die Brandung unten war ein beträchtliches Stück den Strand heraufgekommen.

Soll er kommen! dachte er dann. Soll er doch kommen! Ich werde mich fest hinstellen und werde ihm ins Gesicht hinauf sagen: Es ist wohl an der Zeit. Sie zerfrißt sich das Herz nach dir. – An der Zeit vielleicht, wird der dann sagen; und sie ist auch gut und sehr schön. Aber sie hat diese Krankheit ... – Darauf wartet er ja nur, haha, er, Luden Jähnig. In die Visage könnte er diesem miesen Kerl schlagen, aber er tut es nicht; er nimmt sich zusammen, denn er weiß, sie zerfrißt sich das Herz nach diesem windigen, zwinkernden Schlaks.

So schluckt er also, nimmt sich zusammen und spielt dann den größten Trumpf aus, den er überhaupt jemals hatte: Jawohl, am Tage! wird er sagen, haha! Aber du mußt sie mal sehen, wenn sie schläft! Jawohl, wenn sie schläft! Da schaust du und schaust und kannst dich gar nicht satt sehen, und sie schläft wie ein Regentropfen auf einem Möwenflügel! Du kannst gar nicht ablassen vor lauter Freude! – Das wird er ihm dann hinaufsagen, haha . . .!

Der Wind zerrte ihm an Hose und Jacke. Der kleine Mann mußte sich die Mütze festhalten. So, schräg gegen den Wind geneigt, ging er oben auf dem Deich entlang, wurde klein und kleiner. Das Stationshäuschen des Küstenamtes lag hinten am Ende des Dorfes, gleich unterhalb des Deiches. –

Jens Larsen saß bereits am Schreibtisch. So früh Luden Jähnig auch kommen mochte, er konnte sich nicht entsinnen, einmal vor Jens Larsen hiergewesen zu sein. Gleichsam zeitlos saß der Dünenmeister hinter seinem alten Schreibtisch, zeitlos wie der Wind, dem er aus dem Fenster zusah.

»Einszehn über normal«, sagte Jens Larsen mit übernächtiger, rauher Stimme. »Sieht nicht gut aus.« Er wies auf das Telefon.

Luden Jähnig hängte die Mütze an den Haken.

»Kommt lang von oben runter. Kann bös werden.«

»Ja«, sagte Luden Jähnig, »sieht so aus. Kann aber auch wieder nachlassen.«

»Kann auch nachlassen, ja.« Jens Larsen blickte über den Rand seiner Brille hinweg zu Luden Jähnig, der sich einen gummierten Mantel überzog. »Hast jedenfalls zu tun heute.«

»Ich werde am besten gleich mal zum Bach fahren.«

»Zum Bach, ja. Sieh auch mal nach, wie es mit den Neuanpflanzungen aussieht. Kann sein, er hat sie alle wieder rausgerissen.«

Der Bach kam vier Kilometer westlich des Dorfes aus dem Moor und schlängelte sich zwischen den Dünen hindurch in die See. Er führte braunes, brackiges Wasser, das in einem Rinnsal durch den Sand lief. Strandspaziergänger machten einen größeren Schritt und waren hinüber, ohne weiter auf das Wässerchen zu achten. Weiter oben, hinter den Dünen, führte eine Holzbrücke über den Bach.

Diese Stelle war, wie die Männer wußten, ein gefährdeter Punkt im hiesigen Küstenabschnitt. Hochwasser konnte sich im Bachbett hinaufdrücken, die Brandung konnte sich zwischen den Dünen einen Durchbruch ins Moor fressen, denn das Moorgebiet lag kaum höher als das Meer. So war es bei größeren Sturmfluten hier wiederholt zu Überschwemmungen im Hinterland gekommen. Die Alten aus dem Dorf kamen auf ihren Spaziergängen her, um die Sicherheit des Bachbettes in Augenschein zu nehmen, denn drei oder vier solcher Überschwemmungen hatten sie selbst miterlebt, und sie kannten auch die Geschichten von berühmten Sturmfluten aus ihrer Väter und Vorväter Zeit. Und alle waren sie mit diesem Bach verknüpft. Das alles wußten die Männer vom Küstenschutz. In den letzten Jahren nun war das Moor mit Deichen gesichert worden. Dennoch – die Stelle blieb gefährdet.

Luden Jähnig holte sein Dienstmoped aus dem Schuppen. Das war ein recht altertümliches Gefährt, das er immer erst wie ein Fahrrad treten mußte, bevor es ansprang. Er stieg auf, trat die Pedalen, der Motor sprang an, und ab ging die Fahrt.

Fast täglich war er mit dem Moped unterwegs. Vor allem draußen hinter dem Deich, so weit sein Revier nur reichte. Dort gab es schmale Wege in Krüppelwäldern und auf den Wiesen, manche kaum eine Hand breit. Die meisten hatte er selbst eingefahren. Auf ihnen fuhr er zu jedem Moorgraben, zu jeder wackligen Schleuse, sah er sich Maulwurfsverwüstungen und Drainageschäden an, wo Kühe auf den Wiesen standen. Und manchmal lehnte er sein Moped an einen Baum und stapfte durch den knöcheltiefen Sand hinunter bis an den Strand und warf dort einen Blick das Ufer hinauf und hinab. Und es kam auch vor, hol's der Teufel!, daß er ein Stück den Strand entlang fuhr, unmittelbar am Wasser, wo der Sand glatt und fest war. Wenn er so in einen Schwarm Möwen hineinfuhr, flogen die auf, und er hupte und rief ihnen fröhlich etwas zu. Schwäne, die in Ufernähe gründelten, zogen dann weiter hinaus, und vereinzelte

Strandwanderer traten zur Seite und sahen sich nach dem närrischen Manne um.

Heute kam ihm das Wetter gar nicht zupaß. Der Wind strich flach über den Deich, er schlug ihm scharf ins Gesicht und machte ihm während der Fahrt das Atmen schwer. Zu seiner Linken bogen sich Gräser auf den Wiesen in hellen Wellen, und die zerrupften Kronen vereinzelter Windflüchter bogen sich landeinwärts. Große Silbermöwen segelten steil gegen den Wind hinauf, manchmal kamen sie heruntergepurzelt und schossen ein Stück flach hinter dem Deich entlang. Wenn er sein Moped abstellte und über den Deich schaute, dann sah er weit und breit das dunkle Meer mit seinen Schaumkämmen. Und am Ufer rauschte die Brandung. Die Wellen kamen weiter herauf als gewöhnlich. Nein, das Wetter war alles andere als günstig für ihn.

Doch während er so fuhr, war ihm, als ließe der Wind etwas nach. Er schnupperte aufmerksam winzigen Veränderungen nach. Das scharfe Schneiden in seinem Gesicht schien etwas nachgelassen zu haben. Am Ortsausgang, wenn er sich recht erinnerte, war es heftiger gewesen. Auch das Gras schien nicht mehr in gar so wilden Wellen zu wehen, und wenn er auf den Deich trat, war's ihm, als wären die Schaumkronen auf dem Meer weniger geworden... Doch nein, darauf durfte er nichts geben! Wie leicht konnte man sich da täuschen! Und dann waren die Folgen nicht abzusehen. – Aber schön wär's doch! dachte er so bei sich und freute sich auf einen glücklichen Ausgang. Jedenfalls nahm er sich vor, bis zum Moor hin das Wetter eingehend darauf hin zu prüfen.

Wie oft war er nämlich hinter jenem Moorgraben gleich weitergefahren! Weiter in die Stadt. Ohne erst abzusitzen. War die fünfunddreißig Kilometer hingefahren, hatte eine halbe Stunde oder wenig mehr dort zu tun, und dann dieselbe Strecke wieder zurück. Keine drei Stunden, und er war wieder da. Alles so mit dem Moped. Brachte Tomaten aus seinem Hausgarten in die Wasserstraße, Sonnenblumen für Vogelhäuschen, die die Kinder gebastelt hatten, und wenn der Nußbaum auf seinem Hof reif war, einen ganzen Rucksack voll Walnüsse. Oder es fand ein Appell auf dem Schulhof statt, dann war er dort. Schnell ein Gespräch mit der Lehrerin mit nachfolgender Fahrt um drei Ecken zu Abromeit und um sieben weitere Ecken zu Herta Behn. Denn einiges war schon noch dort zu tun. Ohne ihn ging's nun mal schlecht, hoho! Und er konnte nicht mehr zusammenzählen, wie oft er sein Moped mit Vollgas über die Landstraße gejagt hatte. In drei, bestenfalls vier Stunden war er aber wieder da. Niemand hatte es weiter gemerkt. Und wenn doch – Jens Larsen war eine Seele von Mensch.

Heute jedenfalls machten die drei Abitur. Schon seit langem hatte er sich's vorgenommen, dabeizusein. Er wollte dazwischentreten und Aufregungen glätten, wollte als reifer Mann die nötige Vernunft zur Hand haben. Das war seine Absicht. Nun aber das!

Und es war schließlich auch ein Ereignis, hoho: Drei von den Jähnig-Kindern machten Abitur! Ein Ereignis von ganz besonderer Güte! Das gab es so leicht nicht wieder!

Aber da war dieser Wind. Der ließ sich von guten Wünschen nicht glätten. Es sei denn, daß er nicht zunahm! So ein Wind, der nicht stärker wurde, das gab es, er erinnerte sich. Manchmal blies so ein Stürmchen, fing an zu fauchen, zu peitschen, riß schon Dachpappe von den Dächern, jagte den Strandsand in scharfen Wolken auf und machte den Eindruck, als ob es so recht erst beginnen wollte, aber das war's auch schon gewesen. Das war's schon! Mehr kam nicht. Es verpuffte langsam, und man ärgerte sich, daß man sich von ihm hatte in Aufregung versetzen lassen. – Dennoch, mit dem Nordost ließ sich nicht spaßen.

Viermal schaute Luden Jähnig über den Deich. Und jedesmal schien ihm, als wären es weniger Schaumkämme geworden. Eingehend prüfte er daraufhin das Meer. Beim viertenmal, er mußte sich die Hand über die Augen halten, so scharf biß der Wind, beim viertenmal war er endlich sicher, daß sich die See, verglich er sie mit dem Anblick vom frühen Morgen, um einiges beruhigt hatte. »Na, da haben wir's mal wieder!« lachte er und schwang sich auf sein Moped.

Er kam genau richtig. Er trat in den Korridor und schaute sich um: Vor der Tür standen ein paar von diesen hochaufgeschossenen, schlaksigen Burschen, auch Mädchen waren dort. Alle schienen ungeheuer aufgeregt. Vereinzelt gingen welche, leise vor sich hinmurmelnd, im langen Korridor hin und her, andere standen in Gruppen beisammen, sprachen leise und blätterten schnell noch in einem Buch. Einer stöhnte laut auf, rollte mit den Augen und blickte verzweifelt zur Decke. Dann wieder ein hastiges Gespräch, einer lachte heiser auf mit einem verbissenen Scherz, und ein anderer schlug sich die flache Hand vor die Stirn. Die Mädchen fast alle zusammen in einer Gruppe.

Und mitten darin waren welche, die lachten; die glühten fiebrig vor Glück, hatten rote Wangen und einen umflorten Blick, denn sie hatten schon alles überstanden. Die redeten viel und winkten ab, daß es ja gar nicht so schlimm sei. Die anderen hörten hohlwangig zu und glaubten es nicht.

Luden Jähnig war eilig die Treppe heraufgekommen, gespreizt schlenkerte er die Arme und sah sich forsch um. Er war kleiner als alle hier.

«Luden! Luden!« Aus der Mädchengruppe kam ein schmales Ding herangeflogen – Bärbel. Sie breitete die Arme aus, umarmte und drückte ihn, daß ihm die Mütze vom Kopf rutschen wollte.

»Hast du es geschafft?« konnte er noch freudig fragen.

»Ju, ju!« Sie heulte und lachte an seinem Hals, und schließlich weinte sie wirklich, und er mußte sie trösten.

Jemand öffnete leise die Tür um einen Spalt und legte die Finger an die Lippen: »Pssst!«

»Wer ist denn jetzt drin?« fragte er leise und aufgeregt.

»Christoph«, sagte Bärbel, »Jetzt ist J dran. A bis G sind schon alle durch.«

»Christoph? Und das sagst du erst jetzt?« Seine Augen duckten sich zusammen. »Weiß er Bescheid?«

»Um Christoph brauchen Sie sich keine Sorgen zu machen, Herr Jähnig«, gab ihm jemand zur Antwort.

Er sah auf. Da standen ein paar von den Jungen und Mädchen um ihn herum. Er kannte sie alle. Hatte mit ihnen Ferienwanderungen und Geländespiele gemacht und abends mit den Jungen ein Glas Bier getrunken. Jetzt mußte er sich Mühe geben, sie wiederzuerkennen, denn sie hatten dunkle Anzüge an und die Mädchen angemessene Kleider.

Da sah er Horst. Horst lehnte in einer Ecke des Korridors und blickte ihn melancholisch an. Aber nicht auf sein Gesicht schaute er, sein Blick war weiter nach unten gerichtet, vielleicht auf seine Knie. In diesem Augenblick wußte er, wie es um den Jungen stand.

Aber er hatte keine Zeit mehr, sich ihm zu nähern, denn die Tür wurde geöffnet, und heraus kam Christoph. Der schloß die Tür wieder hinter sich und lehnte sich mit dem Rücken dagegen. Er blickte langsam in die Runde, und seine eng beieinanderstehenden Augen hatten einen glücklichen Glanz.

»Was ist?« zischelten die anderen.

»Zwei«, sagte Christoph. Dann sah er Horst an und winkte ihm mit dem Kopf, hineinzugehen. Der ging sofort.

Christoph blickte immer noch wie im Traum, und die anderen redeten und redeten. Luden Jähnig aber schüttelte dem Jungen die Hand und schlug ihm vor Stolz auf den Rücken.

»Sag mal«, fragte er dann beunruhigt, »was weiß denn der nicht?« Und wies mit dem Kopf zur Tür.

»Oh, das ist 'ne ganze Menge«, sagte Christoph. Und dann gingen sie den Korridor auf und ab, und Christoph rekapitulierte aus der Erinnerung, wo überall er Lücken bei Horst wußte. Luden Jähnig winkte schließlich ab und ging allein den langen Gang entlang, er trug dabei die Hände auf dem Rücken. Manchmal fielen ihm Fremdworte ein, die Christoph genannt hatte, und wie um sich zu vergewissern, murmelte er sie vor sich hin. Zu wiederholten Malen blickte er auf die Uhr. Die Minuten schleppten sich hin, als wären die Zeiger aus Blei.

»Werden Sie heute auch noch geprüft, Herr Jähnig?« fragte ihn einer der Bengel und grinste.

Er konnte darauf bloß säuerlich lächeln.

Da wurde die Tür geöffnet, und heraus trat Horst. Er riß die Fäuste so hoch, wie er nur konnte. Stand so da und streckte sich siegesbewußt nach oben und sagte endlich: »Bestanden!«

Die anderen stürmten mit Fragen auf ihn ein, er aber hörte nichts.

»Bestanden!« Horst reckte sich immer noch in die Höhe.

Da hielt Luden Jähnig es nicht mehr aus. Er schob den Jungen zur Seite, trat unvermittelt zur Prüfungstür, öffnete sie forsch und trat ein.

Die Mitglieder der Prüfungskommission waren bereit, den nächsten Prüfling zu empfangen. Zu ihrer Überraschung aber trat dieser merkwürdige Mensch ein. Der trug eine Uniform, die sie nicht kannten. Er stellte sich vorn hin, nahm die Mütze ab, und seine kleinen Augen hatten einen wäßrigen Glanz.

»Hohe Kommission«, sprach der. Und noch einmal: »Hohe Kommission! Sie werden – Sie werden das Glück eines einfachen Menschen vielleicht verstehen – wenn ich Ihnen sage – Sie haben mich soeben sehr glücklich gemacht. Sehr glücklich, ja. Es gibt so Punkte im Leben, wissen Sie, da kommt's darauf an oder nicht ... Das ist nicht viel, so vier oder sechs Punkte im Leben, da schaut man zurück ... Ich möchte mich jedenfalls bei Ihnen bedanken. Ja, bedanken möchte ich mich.« Und er machte eine sehr tiefe Verbeugung.

Die Damen und Herren der Kommission verfolgten den überraschenden Auftritt mit einiger Verwunderung. Was sollten sie davon halten? Sollten sie lachen? Sollten sie sich aufregen? Hatte sich da ein Verrückter Einlaß verschafft?

Sie blieben ernst, denn als dieser Mensch da aus seiner tiefen Verbeugung wieder hochkam, zog er die Augenbrauen in die Höhe, und an seinem wetterfaltigen Gesicht liefen Tränen hinab. Die Mütze drehte er vor der Brust in den Händen. Die Damen und Herren waren dann doch ein wenig erschrocken, denn der Mensch trat plötzlich auf sie zu und gab jedem die Hand. Reihum, jedem einzelnen. Und er erkannte dabei nicht die Klassenlehrerin und nicht den Direktor der Schule. An der Tür wandte er sich dann noch einmal um und sagte: »Ich wünsche Ihnen Gesundheit.« Er machte noch eine leichte Verbeugung und setzte sich dann die Mütze fest auf.

Als er das Zimmer verlassen hatte, fragten die Herren und Damen schließlich erregt, was denn das Ganze zu bedeuten gehabt hätte. »War das ein Spaß? Wollte man uns hier veralbern?«

»Nichts weiter. Es ist schon alles in Ordnung«, sagte die Klassenlehrerin. »Das war der Herr Jähnig, ein guter Mensch. Ohne ihn würde es sieben Menschen nicht geben. Und drei von ihnen haben wir soeben geprüft.«

Draußen aber ging es fröhlich zu. Auch Dieter war inzwischen erschienen. »Ich habe mir vom Meister freigeben lassen«, erklärte er Luden Jähnig.

»Kommt!« sagte der große Kerl und schob die ganze Schar dem Ausgang zu, »jetzt gehen wir in Philipps Kneipe und nehmen darauf einen!«

»Nein!« wehrte Luden Jähnig entrüstet ab. »Das geht nicht! Um Gottes willen, wir haben Sturmwarnung! Ich muß sofort zurück zu meinem Abschnitt!«

»Sturmwarnung?« Draußen standen sie auf der Straße und schauten zu den Schornsteinen hinauf.

»Ich merke nichts«, sagte Bärbel.

»Ich merke auch nichts«, sagte Horst.

Und wirklich, wie sie auch hinaufschauten, wie sie auch den Wind auf der Haut fühlen wollten, sie merkten nichts.

»Hat wohl wirklich nachgelassen«, sagte Luden Jähnig zweifelnd.

»Aber wenn er doch seine Order hat?« gab Christoph zu bedenken.

Doch Dieter breitete die Arme aus und schob sie alle mit großer Geste vorwärts. »Na, einen wirst du doch nehmen können, Alter! Ist doch nicht alle Tage Abitur!«

An diesem Tage betrank Luden Jähnig sich total. Er hielt große Reden, stand am Tisch und reckte wichtigtuerisch seine Rechte.

Er war lauter als alle dort, und die Jähnig-Burschen grölten ihm zu. Den übrigen Gästen aber war es unangenehm. Er fuhr so fort, großspurig zu reden, bis er schließlich wankte und am Ende klein und vergessen vom Stuhle rutschte. Christoph und der Wirt der kleinen Eckkneipe trugen ihn ins Büro und legten ihn aufs Sofa. Und niemand schämte sich mehr als Philipp, der die muntere Schar bedient hatte.

Als Luden Jähnig am nächsten Tag über den Deich schaute, sah er, das Wasser war nicht zurückgegangen. Eher schien es ihm, als wäre es noch gestiegen. Auch der Wind hatte nicht nachgelassen. Er war zwar nicht zum Sturm geworden, aber der Mann auf dem Deich, als er mit schwerem Kopf hinüberschaute, merkte, daß er um keinen Deut geringer geworden war als am Tage zuvor.

Da fuhr Luden Jähnig hinter dem Deich entlang zum Dorfe. Auf Umwegen umfuhr er das Stationshäuschen, in dem er Jens Larsen ungeduldig an seinem alten Schreibtisch sitzen wußte. Vor seinem Gehöft angekommen, schaute Luden Jähnig hinauf: Der große Walnußbaum rauschte wild, und auf dem Hof lagen trockene Zweige umher. Er blickte eine Weile hinauf und horchte, wie sich die Äste heftig rührten, dann trat er zur Tür. Die Tür war verschlossen.

Alles in Ordnung, aha. Ulrike war also zur Arbeit.

Er fuhr zur Kaufhalle. Als er eintrat, sah er Ulrike an der Kasse sitzen. Er schlich sich hinter ihrem Rücken vorbei und schob einen Korb vor sich her.

Zunächst hielt er es für angemessen, eine Taschenflasche zu kaufen. Die konnte er, je nachdem wie die Dinge lagen, vor Jens Larsen stellen und sagen: Nimm eine Daumenbreite! Sie haben alle drei bestanden! Lagen die Dinge anders, konnte er sie in der Tasche lassen.

Dann nahm er Rasierklingen, Sicherungen für sein Haus, ein Glas Erdbeermarmelade und einen neuen Stiel fürs Beil. Damit reihte er sich schließlich in die Schlange vor der Kasse ein.

Wie er so stand, stellte er mit Befriedigung fest, daß Ulrike sehr beschäftigt war. Sie hatte ihn noch nicht entdeckt. Er verbarg sich hinter einem vierschrötigen Traktoristen, der eine halbe Flasche Verschnitt im Korb hatte. Hinter dessen Rücken stand er, und nur ab und zu, wenn der Traktorist sich schwerfällig bewegte, sah er Ulrike.

Sie sah blaß aus. Sie schaute nicht auf, sie blickte zwischen Tastatur und Korb hin und her, ohne weiter auf die Kunden zu achten. Und obgleich ihm im Augenblick alles andere als wohl zumute war, war er insgeheim wieder einmal froh darüber, daß er diese Arbeit für Ulrike gefunden hatte. Jedesmal wenn er hier stand, überfiel ihn dieses Gefühl der Freude. Unter dem Armwinkel seines Vordermannes hindurch beobachtete er sie. Er wußte ihre Blässe zu deuten und kam dabei wieder auf »ihn«, Es mußte etwas vorgefallen sein. Mißmut erfaßte ihn. Da wird sich doch einer finden, der sich in sie verliebt! dachte er – ein ordentlicher Kerl, handfest und herzensgut, und nicht solch dahergelaufenes Kraut! Er wurde wütend bei dem Gedanken an den zwinkernden Menschen...

Als Ulrike in das Alter kam, wo Mädchen abend laut auf der Straße lachen, da merkte er, daß sie allein blieb. »Täubchen«, sagte er, »geh zum Tanzen! Geh ins Kino! Geh doch mit den anderen Mädchen mit! Es ist nicht nötig, daß du allein zu Hause bleibst. Ich komme schon klar mit allem.« Aber Ulrike ging nicht aus dem Hause. Sie stellte Blumen auf den Tisch und wischte den Spiegel blank. »Geh doch!« bat er. Sie aber umarmte ihn, legte ihre Wange an seinen Kopf und war nicht aus dem Haus zu bekommen. Es ist ihr Kummer! dachte er da.

Am Strand dann, wenn er seiner Aufsichtspflicht nachkam und Badegäste von den Dünen wies, er allein uniformiert zwischen den vielen Menschen in Badezeug, wenn er dabei auf verständige Leute stieß, begann er ganz undienstlich ein kleines Gespräch mit ihnen und kam über drei Ecken auf seine Tochter zu sprechen. »Sie geht nicht aus dem Haus!« beschwerte er sich mit scheinbarer Besorgnis. Und die Leute antworteten: »Aber das ist doch gut. Wo gibt es heutzutage denn so etwas noch! Da ist der Mann doch zu beneiden, der sie einmal bekommt!« – »Meinen Sie? Wirklich? Und ich mache mir Sorgen, ob sie überhaupt einen bekommt!« – »Aber wo denken Sie hin, Herr Strandwart! Natürlich kriegt sie einen! Wenn sie so schön ist, wie Sie sagen . . .« – »O ja, sie ist schön. Solche Mädchen, wissen Sie, die gibt es nur im Märchen«, sagte er dann und schwärmte peinlich. Und die Leute standen ein wenig betreten vor ihm und erinnerten sich für einen Moment der Märchen von einst, dachten an Rapunzel, an Pechmarie und an Schneewittchen . . . »Ja, nichts für ungut«, sagte er da auch schon. »Und immer zwei Meter Abstand von den Dünen! Sonst muß ich kassieren!« Ging dann weiter zur nächsten Gruppe, und bei der übernächsten, wenn es verständige Leute waren, suchte er das Gespräch schon wieder über drei Ecken auf seine Tochter zu bringen. Und die Leute waren bereit, ihm Gutes zu sagen. So über den Tag.

Doch wenn er abends nach Hause ging, dann spürte er den alten Gram bitter in seiner Brust. Denn niemandem hatte er das eine gesagt. Das eine, das ständig an seinem Herzen fraß, sooft er an Ulrike dachte. Es ließ sich zwar für ein paar Stunden am Strand wegreden, nicht aber ließ es sich verschweigen, wenn er allein war, allein auf dem Weg nach Haus. Solche Bitterkeit aber machte dann immer einem tiefen Gefühl für sein Kleinod daheim Platz. Dann wäre er am liebsten das letzte Stück Wegs zu seinem Gehöft gelaufen. Zu Hause angekommen, zog er sich im Korridor eilig die Schuhe aus. Auf Strümpfen ging er dann hinein, und drinnen legte er dem Mädchen seine Fingerrücken an die Wange. »Da bin ich, Täubchen ...«

Die Schlange rückte vor. Endlich bezahlte der vierschrötige Mensch vor ihm. Dann stand er frei und ungedeckt da und grinste Ulrike fröhlich an.

»Da bin ich«, sagte er. »Haben alle bestanden. Hast du dir Sorgen gemacht?«

»Er ist nicht gekommen«, sagte Ulrike leise. Sie schaute zweimal zwischen Korb und Tastatur hin und her und begann plötzlich zu weinen.

»Ach so, ja, er!« Luden Jähnig tat, als hätte er ihn im Moment vergessen gehabt. Nun mußte er um so mehr ein trauriges Gesicht dazu machen – Hol's der Teufel!

»Sei nicht traurig, Täubchen«, sagte er, »dann kommt er vielleicht heute noch.«

»Nein«, Ulrike schüttelte schnell den Kopf, sie tippte die Addition seiner Beträge in die Kasse und hielt ein verknülltes Taschentuch vor die Nase. »Nein«, sagte sie, »ein anderer ist für ihn gekommen ...«

Aha! Er verstand. So also! Jawohl, er verstand. Gemeiner Lump! dachte er aus tiefster Seele. Genau das hatte er befürchtet. Nun war es also eingetreten.

»Sei nicht traurig«, sagte er mit fröhlicher Munterkeit und versuchte Ulrike zu trösten, als wäre sie noch ein Kind. Da aber begann Ulrike erst so richtig zu weinen, und ihm schien, sie wandte sich von ihm ab. Er spürte die Blicke der anderen Kunden in seinem Nacken und hatte Mühe, schnell aus der Kaufhalle zu kommen. Hol's der Teufel, war er da glücklich, daß der Kerl nicht gekommen war! Discjockey, haha! Ein Mensch, der sich unter seiner Tür bücken mußte und Hände hatte wie Schaufeln, und nannte sich Discjockey! Haha!

»Muß denn das gerade so einer sein?« hatte er damals verzweifelt ausgerufen.

»Papa, er ist so lieb!« hatte das Mädchen geschluchzt.

Es war zum Verzweifeln! Hatte er es endlich geschafft, Ulrike mit ein paar Freundinnen zu einem kleinen abendlichen Vergnügen loszuschicken – die Hände hatte er sich gerieben vor lauter Genugtuung –, da brachte sie auch schon den an!

»König der Unterhaltung« las er auf einem Plakat, und anderenorts wieder »Lucky Rex – der König der Unterhaltung«. Abends schlich er dann um jenes Haus herum, er schämte sich noch heute, wenn er daran dachte. Schlich unter den Fenstern entlang, um »ihn« zu vernehmen. Um Kenntnis von dem Menschen zu nehmen, der nun wohl oder übel in sein Leben treten sollte. Laut genug war er ja. Stand im Garten Luden Jähnig und hörte die dröhnende Musik vom Saal, das Stampfen der Tanzenden, und hörte dazwischen den »König«, wie er kleine Witzchen in den Saal warf, solche und solche, das Publikum quittierte sie mit Gegröle. Na gut, nichts daran zu deuteln; so etwas mußte es wohl geben. Doch er horchte vor allem auf die Stimme, auf ihren inneren Klang. Frisch war sie, ja; nett war sie, ja; doch auch ein bißchen gelangweilt, schien ihm. Als machte sie solch läppisches Witzchenschmeißen alle Tage mit leichter Hand. Mit leichter Hand und leichtem Erfolg.

Er dachte damals an Ulrike und wollte, ihr zu Gefallen, ehrlichen Herzens ein paar Quentchen von besserer Art in die Stimme hineinhören. Immer wieder horchte er auf sie, doch sie machte ihm sein Vorhaben mit ihrer billigen Leichtigkeit schwer. Die Stimme im Ohr, so wandte er sich schließlich ab. Er wurde mit ihr nicht fertig. Im Garten stieß er auf Jugendliche, die sich ohne Scham abknutschten. »He! Alterchen«, sagte ein Mädchen dreist, als er es versehentlich anstieß, »hast dich wohl im Jahrhundert geirrt.« Er sah mehrere solcher Pärchen.

König der Unterhaltung! – Verächtlich spuckte er aus. Schnell ging er nach Hause. Er fürchtete zu wissen, was da auf ihn zukam.

Nun war es also eingetroffen. Gut, dachte er, bestens. Kämpft also auf anderen Schlachtfeldern, der König Lucky. Soll er. Soll er! Möglichst weit weg. Soll er siegen, soviel er Lust hat. Nur nicht hier. Hier wird nicht gesiegt! Hier steh' ich auf Wacht, ich Luden Jähnig: Mein Haus, mein Deich, meine Tochter! . . .

Als er ins Stationshäuschen trat, war er richtig froh und gutgelaunt. Jens Larsen blickte ihm mit einem kurzen Blick über den Brillenrand entgegen, dann schrieb er weiter.

»Wie sieht's aus?« fragte Luden Jähnig aufgeräumt, während er den Mantel auszog.

»Einsdreißig über normal.«

»Da«, sagte Luden Jähnig und stellte die Taschenflasche auf den Tisch. »Nimm erst mal 'nen Schluck! Ich habe Grund einen auszugeben.«

»Heute nacht habe ich Meldung gemacht.«

»Worüber?«

»Daß du nicht da warst.«

Erschrocken blickte Luden Jähnig sein Gegenüber an. Der sah endlich auf.

»Na und?«

»Du sollst Schlüssel und Dienstbuch abgeben.«

Luden Jähnig war bleich geworden. Lange blickte er vor sich hin: Da war es wieder. Sein Schicksal lief ihm hinterher. Er kam aus seinen Fängen nicht mehr heraus.

Die Augenbrauen standen ihm schräg auf der kleinen Stirn. Langsam entnahm er seiner Tasche den Schlüsselbund, den Ausweis. Legte beides auf den Tisch.

»Ja, so bist du!« schrie Jens Larsen ihn an. »So bist du!« Er war aufgestanden. stand krumm da, machte sich nicht erst die Mühe, sich den Rücken geradezubiegen. »Jetzt mitten im Sturm einfach die Schlüssel hinlegen! Das kannst du!« Er schüttelte die Faust. »Ich habe dich schon lange im Verdacht!« sagte er mit vor Wut entblößten Zähnen. »Du bist keiner, der hier hergehört! Ein ordentlicher Küstenmensch macht das nicht! Der nicht! – Du wirst doch wohl noch die drei Tage abwarten können oder nicht?«

Luden Jähnig wartete noch eine ganze Woche ab. So lange dauerte der Sturm. Dann legte er Dienstbuch und Schlüssel auf den Tisch.

»Nichts für ungut«, sagte er.

Dritter Teil

Es war noch früh am Morgen, nebelgrauer Morgen von verbissener Kälte. Es mochten zwölf oder auch zwanzig Grad sein, niemand wußte es. Einer sagte, neun, er habe aufs Thermometer gesehen. In der Stadt vielleicht, sagte ein anderer, aber hier am Fluß? Bei dreizehn fängt die Feuchtigkeit in der Nase an zu frieren. Es müßten mehr als dreizehn sein.

Der Morgen hatte gerade erst begonnen, die Kälte aber hatte die ganze Nacht über angedauert, sie war vielleicht noch schärfer gewesen, irgendwann nach Mitternacht. Und da sahen die Leute, während sie frierend auf dem Fährdeck standen, die Schwäne auf dem Eis. Einer sah sie zuerst und sagte nichts, und dann schauten sie alle hinüber und schwiegen und wunderten sich, wie die da aus der Nacht kamen: im Brodem des frostigen Nebels sitzend, daß man nicht erkennen konnte, ob es drei oder noch mehr waren, weil sich der Nebel um sie herum leicht bewegte, mal wolkig wurde, mal den Blick wieder freigab. Als er sich für Augenblicke über das Eis hob, waren es drei. Zwei weiße und ein grauer Jungschwan.

Die Fähre schob sich zitternd und Schollen stoßend im Fahrwasser vorwärts. Vereinzelt und in Gruppen standen Leute auf dem Deck. Sie duckten sich gegen den Frost in ihre Mäntel und klopften mit den Füßen auf die Planken. Die meisten waren unten im Fahrgastraum, wo es feucht war und kalt und wo es schlecht roch. Sie kamen erst heraus, wenn die Fähre anlegte und die Überfahrt beendet war.

An der Seite nahe der Reling standen die Fährleute, es

waren drei. Er sah sie hier jeden Morgen in ihren gesteppten Wattejacken. Sie schauten wie die Fahrgäste zu den Schwänen hinüber.

Allmorgendlich, wenn Christoph die Fähre betrat, sagte er sein ›Guten Morgen‹ zu ihnen, zu zweien von ihnen jedenfalls. Er kannte sie, seit er in dem Vorort wohnte. Dem einen legte er dann das Fahrgeld auf die offene Hand, von wo es gleichsam durch die Hand hindurchrutschte zu den Münzen in der Wechselgeldtasche, deren Inneres von Aluminiumstaub glänzte. Der Mann sagte sein »Moin«, wenn er einen Fahrschein von der Rolle abriß. Manchmal sagte er auch etwas Scherzhaftes über Christophs Schulter hinweg zu einem anderen, nicht zu ihm. Den mochte Christoph.

Den zweiten kannte er sowieso. Das war ein kleiner Mann mit langen Armen, der den Schlagbaum hob, wenn die Fähre festgemacht hatte. Den grüßte er zuerst. Der gab sein »Moin« fröhlich und laut zurück, wie einen morgendlichen Peitschenknall, daß es Freude machte, ihn gegrüßt zu haben. Der hob dazu noch zwei Finger an die Mütze, und Christoph sagte darauf: »Na, Alter?« Worauf der andere sagte: »Ich komme gleich.« Das wiederholte sich jeden Morgen, und manchmal kam er, und manchmal kam er nicht; denn nach Christoph betraten noch viele andere die Fähre, die der Mann am Schlagbaum auf die gleiche Weise grüßte. Den mochte er auch.

Der dritte war jünger als die beiden anderen, eigentlich viel jünger. Er lächelte ständig so, als ob er nicht lange auf der Fähre bleiben würde. Christoph sah ihn öfter die eiserne Leiter hinauf- oder hinuntersteigen. Ihn mochte er nicht so sehr.

Die Reling war vom Eis umgeben. Die Fährleute froren nicht wie die Passagiere, die gerade erst aus ihren Wohnungen gekommen waren und noch deren Wärme unter den Mänteln trugen. Sie fuhren schon seit dem frühen Morgen über den Fluß und hatten sich an die Kälte gewöhnt. Nur manchmal, während sie so hinüberschauten, schlug sich einer die Hände um die Schultern.

Die Schwäne saßen ohne Bewegung. In der Fahrt zog rauchiger Nebel vorbei und gab den Blick auf sie frei. Zwei von ihnen hatten die Köpfe unter die Flügel gelegt, der dritte hielt den Hals in schönem Bogen gewölbt, aber er stützte den Schnabel wie kraftlos auf das Eis. Als die Fähre in einigem Abstand an ihm vorbeiglitt, ängstigte ihn wohl das fremde Geräusch der krachenden und sich gegeneinander schiebenden Eisschollen, denn er hob den Kopf, wendete ihn unruhig und versuchte aufzustehen. Doch es reichte nur zu einem Ruck, das Eis ließ ihn nicht los. Da gab er auf, sein Hals bog sich langsam nach hinten zurück, und der Kopf schob sich unter den Flügel. Die Leute auf der Fähre standen still und sahen, daß nun alle drei Schwäne die Köpfe unter den Flügeln hatten und so hinter der Fähre zurückblieben.

»Das sind Höckerschwäne«, sagte ein Mädchen.

»Ja«, sagte ein Mann, »es sind Höckerschwäne.« Er sprach knapp über den hochgestellten Kragen. »Von Singschwänen sagt man, daß sie singen, bevor sie sterben.«

»Quatsch«, sagte ein anderer, »sie verhungern, das ist alles, sie können nicht gründeln. Es hört sich an, als ob sie singen. Am Morgen findet man sie dann tot auf dem Eis.«

»Aber hier gibt es keine Singschwäne«, sagte wieder ein anderer, »ich habe jedenfalls noch keine gesehen.«

»Nein«, sagte der erste, »hier gibt es nur Höckerschwäne.«

Dann schwiegen sie eine Weile. Das Mädchen hielt einen Zopf zwischen die Lippen geklemmt.

»Arme Tiere«, sagte dann einer, »die kommen nicht mehr los.«

Die Männer waren wieder still und schauten hinüber und traten mit den Füßen auf das Deck.

Mitten im Strom floß dunkles Wasser und trieb in der Fahrrinne Eisschollen zum Meer hin. Die Fahrrinne war über Nacht von Eisbrechern freigehalten worden, manchmal war ein Schiff hindurchgefahren und hatte mit seinem breiten Bug die Schollen zur Seite geschoben. Die türmten sich am Rande des Fahrwassers übereinander, das Wasser war darübergeschwappt und zu Eis erstarrt. Auf dem dunklen, fließenden Wasser kristallisierte der Frost eine hautdünne Eisschicht mit bizarren Mustern, die das Wasser mit zischelndem Geschiebe wieder zerschliß. Manchmal aber blieb an einer Stelle die Oberfläche stehen, wie von einem unsichtbaren Hindernis aufgehalten, dann war das Eis schnell fingerdick, es wurde grau und dicker, und der Schlepper schob es schließlich in Schollen auf den Rand.

Etwa acht Meter vom Fahrwasserrand saßen die Schwäne. Die Fähre entfernte sich von ihnen und näherte sich dem Ufer. Als sie dann angelegt hatte, und die Schrauben aufhörten, im Wasser zu mahlen, hörten die Passagiere in der nun eingetretenen Stille, wie der Frost in schnellen Läufen über die Eisfläche jaulte. Risse sausten quer hinüber und irgendwo weiter hinten. Wo sie vorn vorüberknallten, ließen sie eine Handbreit dunkles Wasser zurück, das auf die frischen Kanten lief und gleich wieder fror. Jaulendes Bersten, krachendes Sausen – die Passagiere, die die Fähre schon verlassen hatten, sahen sich danach um, es war ein Wintermorgen wie aus einem urzeitlichen Erdendasein.

Da sahen sie den kleinen Fährmann auf das Eis gehen.

Er ging breitbeinig und sehr vorsichtig, wie man eben über Eis geht. Er hatte Filzstiefel an, die Steppjacke hing ihm von den Schultern, und an seiner Pelzmütze waren die Ohrenklappen runtergestülpt. Er hatte die ersten Meter neben den Anlegedalben bereits hinter sich und bewegte sich nun von der Fähre fort auf den Fluß hinaus. In der Hand hielt er ein Seil. – So sah Christop ihn in dem Augenblick, als er gerade als einer der letzten die Fähre verlassen wollte und sich, vom Bersten des Eises überrascht, umdrehte. Aha, der Alte! dachte er mit plötzlich aufkommender Bitterkeit, wie könnte es auch anders sein!

»Ist der verrückt?« – Oben auf der Kommandobrücke füllte das breite Gesicht des Kapitäns eine Fensteröffnung. Er schrie noch einiges mehr herunter, was Christoph aber nicht verstand, doch es war auch nicht an ihn gerichtet, sondern an die beiden anderen Fährleute, sozusagen als erste Ankündigung von Maßnahmen in einem besonderen Falle. Aber die, obgleich das Wort Bootshaken zu vernehmen gewesen war, standen weiter herum, als wäre es nicht zu ihnen gesagt, sondern vielleicht zu jemand anderem. Christoph sah dann, wie einer von den beiden einen Blick auf den hölzernen Schaft an der Reling warf, aber der Mann sah nur hin, eher wie zufällig, und nicht als ob ihn sein Kapitän aufgefordert hätte, etwas mit dem Ding zu unternehmen. Gleich schaute er wieder dem kleinen Mann nach, der da vorwärts tapste, gebannt wie alle Leute, die da auf dem Schiff und am Ufer standen und im Augenblick nicht in der Lage waren, etwas zu tun.

Wie es dann kam, wußte später keiner zu sagen, denn es geschah ohne Ankündigung. Jedenfalls stieg da plötzlich einer von den Mantelträgern über die Reling, den Schaft mit dem Enterhaken in der Hand, ein dünner Mann war es, nichts Auffallendes an ihm, vielleicht daß seine Nase ein wenig spitz war. Die Leute sahen ihn über die Reling klettern, und wie er sich dann auf dünnen Schuhen über die glatten Unebenheiten neben der Anlegestelle tastete. Er stieg etwas umständlich über sie weg und folgte dann langsam und vorsichtig dem kleinen Mann auf den Fluß hinaus. Er trug den Bootshaken wie ein Seiltänzer seinen Balancestab. Von weitem wirkte er verkrampft, blieb aber nicht hinter dem anderen zurück.

Der Fluß war an dieser Stelle breit, und das Eis war ungleichmäßig gefroren. In der Tauperiode der vergangenen Tage waren weit vom Oberlauf herunter unzählige Eisschollen getrieben gekommen. Krachend und schmirgelnd waren sie über die ganze Flußbreite hinweg vorübergezogen, der

See zu, in der Mitte schneller und in Ufernähe langsamer. Manchmal waren ein paar Möwen mitgefahren, mitunter ein ganzer Schwarm. Sie standen da auf dünnen Beinen und fuhren mit. Oder Bleßhühner.

In der letzten Nacht nun war der Frost mit ganzer Heftigkeit eingefallen. Das Treiben war zum Stillstand gekommen, die Fugen und Rinnen zwischen den Schollen waren gefroren, dick oder weniger dick, wie es die Strömung gerade zuließ. Jetzt am Morgen lag die ganze Fläche jedenfalls da wie erstarrt. Grauer, kalter Nebel wälzte sich über sie. Doch unter dem Eis zog unsichtbar das Wasser weiter, strömte hier schneller, dort langsamer, leckte von unten an den Schollen und an dem dünneren Fugeneis, widerstrebte dem Zugriff des Frostes oder gab millimeterweise neues Eis hinzu. So lebte die Fläche von unten. Von oben aber ließ der Frost sie jaulen. Und auf diesem Eis gingen er und der kleine Fährmann zu den Schwänen.

Christoph mied die Stellen, die über Nacht frisch zugefroren waren. Er sah sie deutlich, denn sie waren dunkler. Er suchte sich für seinen Weg die größeren Schollen aus. Bei jeder prüfte er erst die Tragfähigkeit, indem er mit einem Bein vorsichtig auf den Rand trat und mit dem Körpergewicht die Probe machte. Dann ging er gleich bis zur Mitte, wo die Schollen dick und stabil waren, das sah er an den Luftbläschen im Eis. So folgte er dem kleinen Fährmann, der geradewegs und unbekümmert auf die Schwäne zuschritt. Einmal blickte der sich halb um. Aha, dachte Christoph in diesem Augenblick, jetzt weiß er, daß ich hinter ihm bin. Und daran, daß der Mann sich nicht noch einmal umsah, erkannte Christoph, daß es ihm nicht recht war. Denn er ging weiter. In der Rechten trug er das Seil. Und je weiter er sich vom Ufer entfernte, um so mehr näherte er sich der Fahrrinne und den Schwänen.

Die Schwäne wurden unruhig. Sie hoben nacheinander die Köpfe und blickten hin und her. Der große Schwan schob dem Fährmann den langen Hals entgegen und zischte ihn drohend an. In fünf Meter Abstand blieb der Fährmann stehen und legte sich das Seil in der Hand zurecht. Er holte aus und warf es als Schlinge auf den Großen zu.

Da gab es ein fürchterliches Flügelschlagen, weiße und graue Schwingen schlugen mit erstaunlicher Spannweite auf und nieder, daß es aussah, als stünde der kleine Mann vor einer Wolke aus peitschenden Federn, Brüste reckten sich auf und erhoben sich. Und dann flatterten zwei der Riesenvögel mit schwerem Flügelschlag über das Eis davon. Sie zogen flach dahin und stiegen erst in einiger Entfernung auf.

Der dritte aber war sitzen geblieben. Er hatte mit den Flügeln geschlagen wie die anderen auch, aber er hatte sich nicht erheben können. Er saß am Eis fest und blickte abwechselnd den beiden anderen nach und dem kleinen Mann entgegen. Der holte das Seil ruhig ein und warf es ein zweites Mal. Es legte sich als Schlinge um das Tier, das wie erstarrt sitzen blieb. Es drehte den Kopf und blieb auch dann sitzen, als der Fährmann an der Schlinge zog. Es zischte nur, aber eher so, als wäre es nur unentschlossen.

Christoph verfolgte jede Einzelheit. Nun sah er, wie der Mann an den Schwan heranging. Der blieb sitzen, und der kleine Mann ging heran, bückte sich und hielt ihm die Flügel fest. Er sprach dabei unablässig auf ihn ein. Mit der freien Hand griff er ihm unter die Brust, wo das Gefieder angefroren sein mußte. Er kniete sich neben ihm hin und löste ihn ruhig vom Eis. Das dauerte seine Zeit. Und schließlich sah Christoph, wie er das weiße Tier aufhob und es unter den Arm nahm, wie eine Gans, den Kopf nach vorn. Lächelnd kam er ihm dann entgegen, Unschuld aus dem Märchen, die goldene Gans, wer sie berührt, der muß mitkommen.

Auf dem Rückweg ging Christoph voran. Er wußte nicht, warum der Fährmann den Schwan mitbrachte. Sie gingen nun wieder dem Ufer zu, der Abstand war ungefähr der gleiche wie vorher. Sie waren noch nicht weit gekommen, da begann es in der Luft zu pfeifen. Klein und allein auf dem Eis standen sie und blickten hinauf. Aus einer anderen Richtung als der, in die sie aufgestiegen waren, kamen die beiden Schwäne auf sie zu. Sie flogen etwa haushoch über dem grauen Eis und behielten diese Höhe bei, vorn der weiße und schräg hinten der graue. Und jeder Schlag ihrer Schwingen gab diesen pfeifenden Laut von sich, der die Männer schaurig berührte. Die Schwäne flogen über die beiden hinweg, und der Schwan unter dem Arm des Fährmannes blickte hoch und fiepte heiser. Dann entfernten sich die beiden, das Pfeifen wurde leiser, zwei immer kleiner werdende Vogelprofile zogen am grauen Himmel davon.

Hier sahen sich die beiden Männer zum erstenmal an. Es war nur ein Blick, und die Worte blieben aus. Dann gingen sie weiter, Christoph voran. Der Schaft des Bootshakens war so lang, daß er ihn nur waagerecht tragen konnte, und so trug er ihn mit der Spitze nach vorn. Er kannte das Eis jetzt und wußte, daß die Gefahr nicht so groß war, wie er es auf dem Hinweg befürchtet hatte. Doch er trat vorsichtig auf, er schob die Füße mehr übers Eis, als daß er sie setzte. Er wollte vermeiden, daß er bei einem unvorsichtigen Schritt ausrutschte und hinschlug.

Und er trug seinen Groll im Herzen. Das hat er wieder einmal großartig gemacht! dachte er über den Mann hinter sich. Er kann es nicht lassen! – Einmal schaute er sich um, da sah er den Blick des Fährmanns auf sich ruhen. Ein mieser Märchendummling, dachte er. Einer, der sich ertappt fühlt. Mein Gott, wenn ich die ganze Chose den anderen erzähle! – So dachte er im Gehen über den Mann mit dem Schwan.

Jener aber, ein Mann schon über sechzig, sah ihn vor sich, sah ihn mit der Stange dort gehen. Sein Blick lag traurig auf dem Mantelrücken. Niemand weiter war sonst auf dem Eis, nur sie beide. So ließ sich auf der grauen Fläche nichts anderes denken als: Was willst du hier? Ich habe dich nicht gebeten, mir zu folgen. Niemand habe ich gebeten! Wenn ich das hier tue, ist das meine Sache, niemandes sonst! – Und als er eine Weile so gedacht hatte, fühlte er sich beleidigt. Da hob er den Kopf und blickte über den da weg. Ein bitterer Zug legte sich um den Mund des kleinen Mannes, er fühlte dabei das Tier sich unter seinem Arm bewegen. Abwechselnd setzte er seine Filzstiefel auf das Eis. Er ruckte sich den Schwan höher unter den Arm. Am Ufer standen die Leute.

Christoph aber fragte sich immer noch, warum er eigentlich auf den Fluß hinausgegangen war. Es war ohne Absicht geschehen, stellte er fest. Einfach in der Eile. Er war dem Manne gefolgt, als der sich vom Ufer entfernte und keiner von den Fährleuten den Bootshaken nehmen wollte – schnell und im Bewußtsein, daß er ihm irgendwie Hilfe anbieten müßte, wenn er einbrechen sollte. An die Schwäne hatte er nicht gedacht. Wegen der Schwäne hätte er den Gang nicht gewagt, gar nicht einmal erwogen. Und nun gingen sie über das Eis zurück, ein seltsames Paar, er mit der Stange voran und hinter ihm her mit dem Schwan der andere. Und am Ufer standen die Leute.

Urplötzlich raste ein Riß zwischen Christophs Füßen hindurch. Es knallte gewaltig, und der Ruck machte, daß er, als würde er von einem unsichtbaren Schlag getroffen, mit einem Satz mehr zur Seite geschleudert wurde, als daß er selbst sprang. Der Schreck war ihm in die Knie gefahren, er wunderte sich, daß er nicht gestürzt war, irgendwie hatte er sich aufgefangen. Dann stand er da auf weichen Beinen, japste kurzatmig, blickte zurück und sah ruhiges Wasser aus einem handbreiten Riß quellen. Er drehte die Stange quer und ging weiter zum Ufer.

So erreichte er die Fähre. Er balancierte vorsichtig über den Wulst aus aufgetürmten Schollen und machte dann einen großen Schritt über das offene Wasser zum Eisrand, der sich an der Schiffswand gebildet hatte. Da wurde er auch schon über die Reling gezogen, kräftige Arme packten ihn und hoben ihn hinüber. Jemand nahm ihm die Stange ab. Und da stand er auch schon mit den Füßen auf dem festen Deck, die Leute um ihn herum. In diesem Augenblick fühlte er sich wie so oft, wenn er in seinem Leben irgendwo Aufmerksamkeit erregt hatte: Er hätte sich bücken und die Hosen glattstreichen mögen und dann unbemerkt hinter den Leuten stehen, und nicht mitten in ihrer Aufmerksamkeit. So bückte er sich denn, um den Reif vom Hosensaum abzuklopfen, und hörte so den Aufschrei der Leute.

Hinter der Reling zogen sie schon den kleinen Fährmann aus dem Wasser. Er hatte, als er, den Schwan unterm Arm, über das offene Wasser stieg, sich am Schiff nicht festhalten können und war mitsamt dem Vogel ins Wasser gerutscht. Die Fährleute ergriffen ihn sofort und zogen ihn heraus. Er war triefend naß, seine Filzstiefel waren vollgesogen und hingen schwer an seinen Beinen herunter.

Doch den Schwan hielt er fest. Die Männer hievten ihn über die Reling und stellten ihn aufs Deck, alle schrien durcheinander, der breitgesichtige Kapitän am lautesten, und da nahm ihm auch schon einer das Tier weg, der junge Fährmann war es, der gewöhnlich so lächelte, aber er war jetzt ernst, er hielt den Vogel in den Händen und sah sich um und fragte laut: »Wo ist denn dieser Traumtänzer?« Er blickte sich in der Runde um und entdeckte Christoph, den er gemeint hatte.

Das geschah gerade in dem Augenblick, als Christoph dem kleinen Mann in die Augen sah. Der hatte darauf gewartet. Und es war ein ernster Moment.

Nun sag schon! bat der Blick des Alten kläglich, wie haben sie sich entschieden?

Und Christophs Blick sagte zurück: Nichts! Ich kann dir nichts weiter sagen, Alter. Wir sind so auseinandergegangen.

Da traten aber auch schon welche dazwischen, beugten sich über den nassen Mann, um sich seiner anzunehmen, und auf Christoph zu trat der junge Fährmann und drückte ihm den Schwan in die Hände. »Da! Sieh zu, daß du nach Hause kommst«, sagte er noch.

Christophs Zuhause aber war auf der anderen Seite des Flusses. So blieb ihm nichts weiter übrig, als das Tier in seinen Mantel zu nehmen und sich auf den Weg zu machen, quer durch die Stadt in Richtung auf sein warmes, kleines Redaktionszimmer, wohin er den Vogel erst einmal bringen wollte. So ging er durch die Straßen. Er hätte den Schwan absetzen und mit einem Fußtritt davonjagen mögen, wenn er mit dem Tritt auch alles andere, was in den letzten Tagen geschehen war, hätte davonjagen können. Doch das, er fühlte es deutlich, blieb.

Und wie er so ging, konnte er auch der Aufmerksamkeit der Passanten nicht entgehen. Überrascht sahen sie ihn an, wandten sich im Gehen nach ihm um, Kinder zeigten mit Fausthandschuhen auf den Kopf des Tieres, der aus dem Mantelwulst heraussah, Mütter flüsterten ihnen etwas zu, lächelten, alte Männer blieben stehen, ein paar Jungen hatten sich hinter ihm angesammelt und folgten ihm mit Gejohle durch die Straßen. Der Vogel wurde schwer und schwerer, er nickte beim Gehen rhythmisch mit dem Hals. Eine seltsame goldene Gans, dachte Christoph. Er hatte sie nicht haben wollen. Was sollte er mit dem Tier? Doch nun trug er es, einen Schweif von Spott in seinem Rücken und Unmut im Herzen und Verdruß. So erreichte er die Redaktion.

Erst eine Woche später fand er den Mut, wieder mit der Fähre über den Fluß zu fahren. Bis dahin hatte er den weit längeren Weg mit dem Bus über die Brücke genommen. Er kam gerade dazu, als der kleine Fährmann den Schlagbaum hob, und sagte leise sein »Moin, Alter«. Der legte zwei Finger an die Mütze. Sonst war nichts weiter. Später, während der Überfahrt, als Christoph sich mit dem Ellenbogen auf die Reling lehnte, trat er heran.

»Was macht denn unser Schwan«, fragte er. Etwas anderes fragte er nicht.

»Tja«, sagte Christoph und öffnete die leeren Hände, »ich weiß nicht. Ich habe ihn in die Garage gesperrt. Am ersten Tag saß er nur da, am zweiten zischte er mich an, und als ich am dritten Tag das Tor öffnete, ging er mit ausgebreiteten Flügeln an mir vorbei, nahm Anlauf und ab über den Hof und hinten hoch. Sonst nichts weiter.«

»Dann hat es ja doch sein Gutes gehabt!« rief der kleine Mann, und seine Augen leuchteten wie Sternchen.

Ein seltsamer Kerl, dachte Christoph und lächelte mit. Ein seltsamer Kerl. Doch die Geradheit des Mannes gab ihm sein gutes Gefühl zurück.

Das alles aber geschah erst Wochen später, als der Winter bereits auf dem Gipfel seiner Tage stand. Da war es um sie schlecht bestellt. Das war das Ende der Geschichte. Vorbei war ein Stein gerollt, ein Steinchen nur, aber er stieß dagegen. Damit begann es, und es hatte Folgen für sie alle, für die Jähnigs.

Hier war er also, Luden Jähnig, Decksmann auf der Flußfähre am Fuße der großen Stadt. War also wieder am alten Fluß gelandet. Er hob den Schlagbaum und verkaufte manchmal Fahrscheine von der Rolle. Er wies Personenwagen ein, wenn sie mit der Fähre übersetzen wollten. Manchmal hatte er Gummistiefel an und wusch mit Wasserschlauch und rotborstigem Kunststoffbesen das Deck. Dann stand er auf den Planken, die Stiefel schwarz vor Nässe und das Deck unter dem Wasser sauberes Holz. Die Passagiere machten einen Bogen um ihn, er aber hielt den Schlauch und ließ das Wasser in weichem Strahl aufs Deck fallen, er hatte seine Freude daran. Und wenn ihm jemand etwas zurief, dann hob er den Schlauch, wie um ihm mit dem Wasser zu drohen. Im Scherz natürlich, er hatte seine Freude daran, dann lachte er.

Hier war er also, Ludwig Jähnig, der kleine Mann.

Er war alt geworden, über sechzig. Die Haut auf seinen Wagen war die eines Mannes, der am Wasser zu tun hatte. Nicht verändert hatten sich seine Augen, klein und strahlend blickten sie über die Dinge ringsum, über Leute, groß und klein, über die Kreatur zwischen den beiden Ufern, und nahmen von allem Besitz, was sich ihrem Blick bot, schnell und in Harmonie. So lief er über das Deck, blieb stehen, machte dem Kapitän irgendwelche Zeichen zur Brücke hinauf, lief weiter, schrubbte ein wenig, stellte, weil ihm etwas anderes einfiel, den Besen an die Wand, lief hierhin, hatte etwas zu tun, lief dorthin, drohte jemandem empört oder herausfordernd oder augenzwinkernd irgendwo in der Menge der Fahrgäste, der daraufhin lachte. Hier also war er.

Drüben am anderen Ufer lag die Werft. Er hatte seinen Respekt vor ihr. Von dorther hörte er die Laute von großen Eisenblechen, das Rumoren, Pochen, Kreischen, und er sah die Funkengarben sprühen. An den Ausrüstungskais lagen träge die Schiffe in ihrer Größe und leuchteten in frischer Farbe. Dort hinüber fuhren zum Schichtwechsel die Arbeiter. Jeden Tag dreimal. Dann standen sie auf dem Deck herum, manche lehnten sich mit dem Rücken an die Reling und hielten die Aktentaschen unterm Arm, sie rauchten, schlugen mit den Fingern die Asche von den Zigaretten ab. Sie sprachen bedächtig oder laut, oder sie drehten sich um und beobachteten etwas auf dem Wasser. Oft erzählte einer etwas Lustiges, dann lachte eine ganze Gruppe auf. In solchen Augenblicken trat er dazu, kleiner als die Männer dort, und er machte noch einen Scherz darauf, daß die Männer noch einmal auflachten. Dann ging er weiter, legte hier einem die Hand auf den Rücken, grüßte einen anderen mit zwei Fingern an der Mütze, ein Krösus der Heiterkeit hier auf dem Deck und ein bißchen stolz darauf. Und er trug Uniform, etwas in der Art, wie Männer an der Küste es oft tragen als Zeichen dafür, daß sie es auf irgendeine Weise mit der See zu tun haben.

Wenn die Fähre am Stadtufer anlegte und er das dicke Tau über den Poller gelegt und den Schlagbaum gehoben hatte, dann stand er oft noch einen Augenblick neben Freiligrath, dem Mann, der die Karten verkaufte. Manchmal sah er auf dem breiten Vorplatz eine Gruppe Kinder kommen. Die wollten, wie er sah, nicht zur Fähre.

»Ich geh' mal ein bißchen rüber«, sagte er in solchen Fällen. Und Freiligrath, ohne aufzublicken, antwortete: »Meinst du, von deiner Nachkommenschaft ist einer dabei?«

»Man kann es nicht wissen«, sagte er dann, »ich habe in vielen Gruppen meine Enkel.«

Sieben Minuten hatte er Zeit, das wußte er, und so ging er. Er liebte solche Gruppen mit einer Kindergärtnerin. Sie zogen ihn magisch an. In der Pause zwischen Anlegen und Abfahrt spielte er dann den Harlekin vom Ufer für sie. So wie er war. In Uniform und mit dem Ernst eines Schelmen auf dem Gesicht. Oder er zeigte ihnen die Wunder des Flusses: wie man Möwen, wenn man ihnen Brotbrocken hinwirft, in der Luft stehen lassen kann, einen ganzen Pulk. Oder er erzählte ihnen, warum die Möwen auf einem Bein stehen. Dazu hatte er seine Märchen. Manchmal kamen solche Gruppen auch, um Schwäne zu füttern.

»Schwäne!« sagte er dann bewundernd. »Oh, das ist schön!« Und schon sprang er zum Ufer hinab, wo schwarze Steine im Wasser lagen, sprang auf den Steinen von einem zum anderen vor bis an den äußersten Rand und legte die Hände als Trichter vor den Mund. »Hollub, hollub, hollub!« rief er aufs Wasser hinaus, und die Schwäne stutzten im Schwimmen und wandten sich langsam dem Ufer zu. Halb zögernd, den Kopf aufmerksam schräg geneigt, so kamen sie von hier und dort langsam auf den kleinen Mann da auf den Ufersteinen zugeschwommen.

»Schwäne«, sagte er und sprang von Stein zu Stein wieder den Kindern entgegen, »das sind edle Tiere.« Er hob dabei den Zeigefinger. »Manche Menschen wollen so sein wie

Schwäne. Aber sie schaffen es nicht. Nein, Menschen schaffen das nicht. Schwäne sind immer edel. Auch wenn niemand sie sieht. Schaut einmal«, sagte er und wies mit der Hand auf den Fluß, »sie müssen immer mit diesem Wasser auskommen, immer. Und nicht nur, wenn die Sonne scheint, sondern auch, wenn es stürmt und regnet und kalter Nebel ist oder Eis. Auch in der Nacht sind sie hier. Immer.« Die Kinder hatten ihre Märchenaugen, und die Erzieherin hinter der Gruppe lächelte dazu. – »Hollub, hollub, hollub!« Er war inzwischen wieder auf die Steine gesprungen, rief schon wieder aufs Wasser hinaus, lief auf den Steinen weiter, rief von anderer Stelle aufs neue und kam wieder zurück. »Schwäne«, sagte er, »sind sogar treu. Sie bleiben ihr ganzes Leben zusammen. Und stirbt ein Schwan, dann fliegt der andere ganz hoch hinauf, so hoch, wie er nur kann, und läßt sich fallen, legt die Flügel an und läßt sich fallen.«

Die Kinder schwiegen dann. In Gedanken sahen sie den Schwan vom Himmel fallen.

»Ist er dann tot?« fragte dann eins der Kinder.

»Ja, dann ist er tot. Aus Treue gestorben. – Hollub, hollub, hollub!« Die Schwäne kamen langsam heran.

Dann öffneten die Kinder ihre Brottaschen und holten Brötchen heraus. Die Erzieherin, sah er, hatte Vorsorge getroffen und auf dem Weg für jedes Kind ein Brötchen gekauft. Aus allen Brottaschen holten die kleinen Finger Brötchen heraus für die Schwäne. Er aber zog sich zurück. Sieben Minuten hatte er ja nur Zeit. Dann erscholl das Zeichen von der Fähre, Freiligrath schlug den Klöppel an die Bronzeglocke, und ein paar Leute, die noch hinüber wollten, begannen zu laufen. Und auch er, Luden Jähnig, nahm Abschied von den Kleinen, indem er sich, rückwärts gehend, mit zur Seite gestreckten Armen verbeugte, bis er sich umdrehte und zur Fähre lief. Dort erwartete ihn Freiligrath lachend hinter dem schon halb gesenkten Schlagbaum.

So also war er. Gemeinsam mit Freiligrath, mit dem

Jüngeren, der so lächelte, als ob er nicht lange auf der Fähre bleiben würde, und sich mit dem Öllappen die Hände wischte, wenn er aufs Deck heraufkam, und mit dem weißbärtigen Kapitän auf der Brücke fuhr er auf dem Fährdeck zwischen den Ufern hin und her und trug Verantwortung für jeden, der da für fünfzehn Pfennige über den Fluß setzte. Und so hatte er seine glücklichen Tage hier auf dem Schiff. Er trat forsch heran an die Welt und war zufrieden mit allem, was er tat und getan hatte in seinem Leben.

Doch eines Tages änderte sich alles. Eine Wende trat ein. Es begann damit, daß er durch seine plötzliche Krankheit aus seiner täglichen Umwelt dort auf der Fähre herausgerissen wurde.

Eines Tages faßte er sich plötzlich an die Seite und hielt sich dann an der Reling fest. Freiligrath sprang hinzu und führte ihn zu einer Bank. Ein paar Fahrgäste gaben gute Ratschläge. Der kleine Mann aber winkte ab, ihm gehe es schon besser. Und von oben rief der Kapitän, was denn dort unten los sei, ob sie heute gar nicht mehr ablegen wollten.

»Ja, ist schon in Ordnung«, rief Freiligrath hinauf, und dann legte die Fähre ab. Denn Freiligrath hatte wirklich den Eindruck, daß es ihm schon besser ging.

Auch der kleine Mann meinte es. Er machte einen Gehversuch, doch dann krümmte er sich wieder zusammen und hielt sich die Seite. Der Kapitän brüllte, man solle ihn in den Mannschaftsraum legen und mit einer Decke zudecken. Das wurde dann auch getan.

Als die Fähre wieder an der Stadtseite festmachte, fuhr ihn ein PKW-Fahrer, der mit der Fähre übergesetzt hatte, in die Klinik. Luden Jähnig lächelte bleich aus dem Fenster, er hob zum Abschied die Hand.

Der Blinddarm, meinten die Leute. Oder eine Gallenkolik.

Am Ende war es ein Nierenstein. Ein Steinchen, das in den Harnleiter gerutscht war und die Niere verlegte. Das war alles. Der Arzt holte es mit der Schlinge heraus. Und am nächsten Tag hob Luden Jähnig schon wieder die Nase aus den Kissen.

Seine unermüdliche Natur, so schien es, wollte ihm nicht einmal eine ordentliche Krankheit gönnen.

Doch dann ließ er sich doch die Bequemlichkeiten einer zufälligen Krankheit und auch das Mitleid seiner Freunde und Bekannten angenehm gefallen. Er mußte zwecks diverser Nachuntersuchungen noch in der Klinik bleiben. Er tat etwas geschwächt, der kleine Mann, wie er da so in den Kissen lag, und nahm Eingewecktes dankbar an und roch den Duft frischer Blumen.

Seine Söhne kamen. Ausgewachsene Männer von über dreißig.

Samuel hatte sich vom Bau freigeben lassen, er erschien in Manchesterhosen, ein ernster Mann, den sie Yves Montand nannten. Dieter kam hereingepoltert, wie immer in der dicken Motorradmontur des Verkehrspolizisten, den Sturzhelm in der Hand, füllte mit seiner aufgeräumten Fürsorglichkeit das kleine Zimmer aus, er klappte dem Alten gleich die Rückenlehne hoch. Philipp, sein Vertrauter, kam, Kellner mit der weißen Serviette noch in derselben Eckkneipe wie früher, und seine Augen waren still, wie er da so am Bett stand; ohne die Atmosphäre von Bier und Servietten wußten die beiden jetzt nicht so recht, wie sie sich unterhalten sollten. Auch Horst kam, er saß sehr besorgt mit aufgeknöpftem Mantel und korrektem Schlips, doch der Anzug, stellte Luden Jähnig fest, war nicht der beste. Horst schlug gleich Kuren vor in anderen Ländern. »Kein Problem«, sagte er, »kein Problem mehr heutzutage.« Er wollte gleich den Arzt sprechen. Horst, der von den Söhnen wohl am ältesten aussah, auch wenn seine Lippen ihre Himbeerröte nicht verlieren wollten, war ein angesehener Mann und hatte Stuhl und Schreibtisch in einem der wichtigsten Verwaltungshäuser dieser Stadt. Und Christoph kam, der Wünschelrutengänger mit dem schmalen Blick, und lehnte sich am Fußende über den Bettrahmen, stellte den Kopf schräg, sah ihn an und sagte: »Das beste wäre, Alter, wenn du dich selber sehen könntest, wie du da in den Kissen liegst.« Und die Töchter kamen. Die fröhliche Bärbel setzte ihm adrett einen Blumenstrauß auf den Nachtschrank in die Vase und sprach dabei mit biegsamem Singsang einen Genesungsgruß daher, wie man ihn alle Vormittage von ihr über den Rundfunk hören konnte. Sie blinzelte ihm dabei zu, nahm dann aber die Fiebertabelle zur manikürten Hand und studierte sie ernst. Und Ulrike kam, seine Taube. Sie weinte ein wenig. »Der Schreck«, sagte sie, »der Schreck, Papa. Es hätte ja etwas Ernsthaftes sein können!« Da faßte er ihr Handgelenk, seine traurige blaue Taube! Als sie mit Philipp fortging, schien ihm, als drücke sie ihr Taschentuch vors Gesicht.

Sein Bettnachbar, ein älterer Mann vom Lande, fragte: »Waren das alles deine?«

»Ja, alles meine.«

»Ordentliche Kinder«, sagte der Mann.

Das stimmte ihn froh. Denn der Mann sah aus, als ob er eine ansehnliche Familie in seinem Dorf hätte und einiges davon verstünde.

So verbrachte er die Tage seiner Genesung in der Klinik. Doch es dauerte nicht lange, da hielt es ihn nicht mehr in den Kissen. Er setzte sich auf. Sein Nachbar war ein schweigsamer Mann, man konnte mit ihm nicht reden. Die Schwestern hatten nicht die Zeit, sich bei ihren Verrichtungen im Zimmer mehr als ein abgebrochenes Scherzchen anzuhören oder einen Protest. Bei der Visite mußte er still und brav liegen, vorbildlichster Patient, so recht zur Freude des weißbekittelten Schwarms. Aber wenn dann die Reinemachefrauen kamen, hielt er es nicht mehr aus, dann setzte er sich aufrecht.

Zwei waren es, manchmal drei. Ältere Frauen in grauen Kitteln. Sie wischten das Zimmer und öffneten die Fenster weit, sie wischten Staub von Nachtschränken und Bettrahmen und ordneten die Blumen in den Vasen neu. Fleißige Frauen, er kannte solche von der Fähre her, wenn sie nach Hause fuhren, und er hatte Achtung vor ihnen. Für eine Viertelstunde kehrten sie das Zimmer um und um, und er, ein gesunder Kerl, war verurteilt, im Bett zu sitzen. Er saß da und hielt es nicht länger aus ...

So nahm das Schicksal seine Wende, und es begann ganz harmlos.

Er aber spreizte sich vor ihnen, er fing Gespräche an und unterhielt sie mit irgendwelchen Geschichten. Und die Frauen kamen gern in sein Zimmer. Sie hörten ihm zu und lachten beim eiligen Staubwischen über seine Geschichten und fuhren ihm auch mal übers Maul. Und er prahlte.

»... in Bulgarien«, erzählte er großmäulig und wandte sich dabei besonders an die eine Frau um fünfzig, Käthchen nannten die anderen sie. Die hatte etwas dicke Beine und war auch sonst etwas korpulent. Doch eine angenehme Person, durchaus. »In Bulgarien ...«, sagte er, »waren Sie schon einmal in Bulgarien? Nein? Nicht? Müssen Sie mal hin! Macht keine Umstände heutzutage. Müssen Sie unbedingt einmal hin! Per Flugzeug. Ruck-zuck, und Sie sind da. Vor zwei Jahren war ich da. Wollte mal alles wiedersehen. War nämlich als junger Mensch dort, Marine, müssen Sie wissen, ein schneidiger Kerl war ich damals. – Ich also in dieselbe Stadt, spaziere da so die Straßen entlang, stecke den Kopf hierhin, dahin. Gut, denke ich und erkenne manches wieder und bin so recht zufrieden. Rede ein bißchen mit den Leuten, dies und das. Komme ins Hotel zurück, spreche da mit 'ner älteren Frau. Sagt die: Dich kenne ich doch! – Nein, nein! sage ich. Unmöglich! – Doch, sagt die, du hast vor dreißig Jahren hier eimerweise Benzin geschoben, ich erkenne dich genau wieder. Das bist du. Und meiner Freundin Zilja hast du ein Kind gemacht. – Ich? sage ich, ich, ein Kind gemacht? Ja, sagt die. Und deine Tochter ist ein hübsches Mädchen und wohnt in Sliven. – Hat die mich also wirklich erkannt, das alte Schrapnell, stellen Sie sich das einmal vor: nach dreißig Jahren. Nun war ich natürlich, müssen Sie wissen, damals eine etwas auffällige Persönlichkeit, aber immerhin, nach dreißig Jahren!«

»Und was war mit Ihrer Tochter?« fragte die Frau und wischte das Waschbecken blank.

»Oh! Meine Tochter! Da war ich natürlich stolz. Und ich kriegte es beinahe mit der Angst, denn da hätten ja noch mehr sein können, die meine Töchter waren. Aber da kam auch schon eine feine Delegation aus dem Volke, denn es hatte sich herumgesprochen, daß ich da war. Allen voran Boschko, mein alter Freund. Boschko, müssen Sie wissen, war damals Partisanengeneral, und wir hatten zwischen den Fronten so manches geregelt. Drückt mich also brüderlich ans Herz, der gute Boschko, alter Herr schon, Veteran, wie man so sagt, na und dann der ganze Schwarm ab mit mir ins Städtchen und reihum überall zu den Leuten hin, wo ich damals gewohnt habe. Jeijeijei, war das ein Wiedersehen! Der Mastika floß wie Wasser. Noch heute rauscht mir der Schädel, wenn ich daran denke.«

»Und die Zilja, die Mutter von Ihrer Tochter?« Die Frau reinigte die Konsole und stellte die Zahnputzgläser neu hin.

»Welche Zilja? Ach so, natürlich, ja! Nein, die war nicht mehr da. War verzogen, wie man mir erzählte. Soll sich lange die Augen ausgeweint und dann einen anderen Mann genommen haben. Wie es im Leben so ist. Aber es soll ihr gut gehen.«

So, in seinem Bett sitzend, sprach Luden Jähnig von seinem Ruhm. Zwischendurch gab er Anweisungen, wohin die Blumen zu stellen seien und wohin man sein Rasierzeug zu legen habe. Unbeirrbar aber steuerte er dem Höhepunkt seiner Geschichte entgegen. »Vierzehn Tage war ich dort«, sagte er, »und ein angesehener Mann. Zum Abschied dann, nein, so etwas hat es noch nicht gegeben, zum Abschied waren an die zweihundert Menschen versammelt. Wir saßen in einem Tal beim Städtchen; es war ein schöner Abend. Boschkos Partisanen waren allesamt erschienen mit Frauen, Töchtern und Söhnen, mit Kindern und Kindeskindern. Alles in allem mögen es an die dreihundert oder fünfhundert Personen gewesen sein, rechnet man die Kinder und Leute mit, die da noch herumstanden. Ein Feuer brannte in der Mitte, Hammel brieten am Spieß, die Tische bogen sich von den Speisen. Es wurde getanzt und gesungen. Und dann bat man mich, ein Lied zu singen. Allein, versteht sich, als Ehrengast. Und da bin ich nicht bange. Ich trete also vor, hebe den Arm – Stille. Und dann setze ich ein. Ich kann singen, und ob! Ich bin da nämlich so etwas wie eine Berühmtheit. Sie werden es nicht glauben, aber wenn andere im Traum nur reden – ich singe auch im Traum. Jawohl, klar und schön, hat mir mancher gesagt. Das ist etwas ganz Besonderes! Das gibt es nur wenige Male in Europa!«

»Ach, hören Sie auf«, unterbrach ihn da die Frau, die sie Käthchen nannten, Käthchen Riemers. Sie wischte gerade den Spiegel blank. »Das habe ich schon einmal gehört. Das war noch während des Krieges. Wir saßen in einem LKW und hatten den Wagen hinten voller Kinder. Der Fahrer damals, das war auch so einer«, sagte sie und putzte lächelnd weiter.

Da hatte das Schicksal nun zugeschlagen. Irgendwo weit in der Welt rückten Berge von der Stelle, brachen Meere auf, stürzten Gletscher zu Tal mit erdenbebendem Getöse. Für ihn hatte es hier zugeschlagen, in grausamer Stille, gänzlich und total.

Käthchens Riemers, die Reinemachefrau, hörte auf, den Spiegel zu wischen, und drehte sich langsam um. Sie sah einen alten Mann spitzgesichtig und bleich im Bette sitzen. Ihre Blicke trafen sich und blieben ineinander haften. Es war Schweigen im Raum. Die anderen Frauen hatten aufgehört zu arbeiten. Ein Fensterflügel schlug im Wind.

Endlich, nach langer Zeit sagte der Mann mit trockenen Lippen: »Ach – bist du das?«

Und die Frau, das Tuch in der Hand, stand da und eine Ader schlug an ihrem Hals.

»Ja«, sagte sie, »ja, das bin ich.«

Die Nachbarin bürstete ihm das Jackett. Er drehte sich steif vor ihr, doch sein Blick war abwesend. Er trug Hemd und Schlips, ganz wie es sich für einen solchen Anlaß gehörte. Er zog den Mantel über, setzte die blaue Schirmmütze auf, er ging zur Straßenbahn, fand keinen Platz und blieb hinten auf dem Perron stehen. Er hielt sich mit einer Hand fest und hing seinen Gedanken nach.

Er rief sich die Adresse in Erinnerung. Eine Straße draußen in der Vorstadt. Sicher sind wir uns schon ein paarmal über den Weg gelaufen, dachte er. Riemers, Käthe Riemers. Natürlich, sie hat Käthchen geheißen. Er lehnte in der Straßenbahn und dachte an die junge Hilfsschwester, die einmal neben ihm auf der Fahrerbank gesessen hatte. Und er dachte an den Bombenangriff damals und an seine Angst dabei.

Da befiel ihn das Gefühl großer Peinlichkeit. Egal, dachte er, was gewesen ist, ist gewesen, man kann nicht für alles einstehen, später.

Er stieg aus. Von einem Mann erbat er sich ein paar späte Winterastern aus dem Garten. Er sprach ihn über den Zaun an. »Für ein Mädchen«, sagte er, »ich habe meine Jugendliebe wiedergetroffen«, und lachte etwas gequält. Als er bezahlen wollte, wehrte der Mann ab. »Ist sie denn noch hübsch?« fragte er.

»Sie war's einmal, oho!« Er wollte mit den Fingern schnalzen, aber es gelang ihm nicht so recht.

Käthe Riemers sah wirklich gut aus. Bisher hatte er sie nur im grauen Kittel gesehen, mit Eimer, Schrubber und Staubtuch. Jetzt stand eine ältere Dame im graugeblümten Kleid vor ihm. Ihr Haar, schien ihm, war eigens zu diesem Zweck besonders frisiert, vielleicht sogar etwas getönt. So stand sie lächelnd in der weitgeöffneten Tür vor ihm und sagte: »Herzlich willkommen!«

Und er sagte: »Guten Tag, da bin ich.«

Dann, während er den Mantel auszog und sie ihm dabei behilflich war, während sie die kleine Geschäftigkeit an der Flurgarderobe zur Überbrückung ihres Schweigens nutzten, während er aus den Ärmeln stieg und sie den Mantel hielt, dachte er: So ist das also! Nach all den Jahren, nach alledem was damals geschehen ist, kommt man zusammen und sagt guten Tag, da bin ich. Mehr nicht. Als hätte es damals nur einen kleinen Gartenspaziergang gegeben. – Er sah im Spiegel sein verkniffenes Gesicht überm Schlips und fuhr sich mit den Fingern durchs Haar. Dann, während die Frau zum Zimmer wies, zog er mit einem kleinen Ruck den Saum des Jacketts glatt, räusperte sich und trat ein.

Der Mittagstisch war gedeckt. Er war eingeladen. Doch da war noch jemand! Neben dem gedeckten Tisch stand zu seinem Empfang bereit ein junger Mann, wohlerzogen, wie er sah, stand im guten Anzug, schlank, das dünne Blondhaar über der Stirn schon etwas gelichtet. Der reichte ihm die Hand. »Riemers, angenehm.«

»Mein Sohn«, sagte Käthe Riemers die schräg hinter ihnen stand und die Hände über der Brust öffnete und wieder faltete.

»Aha«, sagte Luden Jähnig, »Ihr Sohn also. Angenehm – Jähnig.«

Doch er kam vom Anblick des Jungen nicht los. Der war etwa gleichaltrig mit den seinen. Doch was ihn am meisten überraschte: Da sah ein Gesicht ihn an, das er zu kennen glaubte, ein schmales Gesicht mit ausgeprägten Jochbögen und laschen hellen Augen, die sternchenhaft hätten sein können, wenn da ein Fünkchen mehr Energie dahinter gewesen wäre. Doch diese waren brav und wohlerzogen, wie er sah. Dennoch war ihm irgendwie, als blickte ihn da einer an wie aus einem alten erblindeten Spiegel. Einer, den er bis in jedes Fältchen kannte. So hielt er die Hand des Jungen, schüttelte sie noch einmal und hatte den Kopf etwas vorgereckt, um zu gucken.

»Aha«, sagte er, »also Riemers.«

Und die Frau hinter ihm sagte schnell: »Ja, Hubert. Er ist mein einziger. Unser Vater ist verstorben.«

»So«, sagte Luden Jähnig nur und ließ die Hand des Jungen los, nachdem er sie noch einmal kräftig geschüttelt hatte.

Sie aßen schweigend, sagten dazu Nebensächlichkeiten. Luden Jähnig aß mit gesenktem Kopf.

So verging der Nachmittag. Der junge Mensch entkorkte eine Flasche Sekt, und sie stießen auf das Wiedersehen an. »Auf unser Wiedersehen!« sagte die Frau und lächelte strahlend. Käthe Riemers erzählte dann viel Artiges von ihrem Sohn. Daß er gut gelernt habe, daß er eine bevorzugte Stellung habe, bei der Versicherung, und günstige Aussichten, weiterzukommen. Und aus Frauen mache er sich nichts. Der junge Mann hörte sich das alles an und schwieg. Luden Jähnig aber wischte sich den Mund und legte die Serviette vor sich auf den Tisch.

Er fühlte sich wie im Fieber. Wie kommt das? dachte er. Er hätte gern einen Schnaps getrunken, zwei, drei Große in sich hineingekippt. Aus der Jackettasche angelte er einen Zwanzigmarkschein. Er drückte ihn dem Jungen in die Hand. »Geh«, sagte er, »hol mal 'ne Flasche Korn.« – »Nein!« rief Käthe Riemers dazwischen, »nichts Scharfes! Nach Sekt nur keinen Schnaps!« Und sie empfahl einen bestimmten Weißwein, den man an jedem Kiosk bekommen konnte. Luden Jähnig winkte ab und ließ es geschehen.

Sie hatten den Wein dann getrunken und tranken Kaffee aus kleinen Täßchen. Seine Unruhe war nicht gewichen. Aber er hatte ja schließlich sein Anliegen, mit dem er gekommen war. Sein verflucht ernstes Anliegen! Denn so leicht entwischte sie ihm nicht wieder! Nicht mit Rinderrouladen und nicht mit Kioskwein. Er hielt den Zeitpunkt für gekommen, jetzt klar zur Sache zu sprechen. So setzte er sein Täßchen hart ab und fragte: »Wo bist du damals eigentlich geblieben?«

Dieses Du war es, was die Frage so hart machte. Es wischte all die Zierlichkeiten weg, die sich hier so bei kleinem ergeben hatten. Jetzt keine Umschweife mehr! Als wären von damals bis heute höchstens vierzehn Tage vergangen. Es war das Du des Betrogenen an den Betrüger. Darin lagen Vorwurf und Ungeduld und Verlangen nach Aufklärung. Aber auch das Du des moralisch Überlegenen. So stand die Frage. Kein kleines Gerede mehr, kein Geplauder über Tischdekkenhäkelmuster und dergleichen konnten sie wegwischen.

»Ach damals«, sagte die Frau und lächelte verlegen. Sie spielte eine Weile mit den Fransen vor sich. »Ich war ja damals ein ganz dummes Ding.«

»Na, so dumm auch nicht mehr!« sagte er. »Du warst doch immerhin Schwester!«

»Hilfsschwester«, sagte sie, »eine kleine Hilfsschwester nur. Ich war erst neunzehn. Ja, wie soll ich es sagen ... Weißt du, als ich über die Brücke hinüber war, ich wußte doch, du würdest mich mit den Kindern absetzen. Das hättest du doch getan, nicht wahr?«

»Natürlich hätte ich das getan. Ich hatte meinen Fahrbefehl.«

»Siehst du, das habe ich gewußt. Du hättest mich abgesetzt, und ich hätte hilflos mit den Kindern an der Straße gestanden. Besser, sie bleiben bei dir, habe ich gedacht. Du hattest ja immerhin noch den LKW.«

»Du bist gar nicht mehr zurückgekommen?«

»Ich bin zu einem Lazarett gelaufen und habe gefragt, ob sie etwas für die Kinder zu essen hätten. Ich habe ihnen alles erzählt. Sie konnten mir nicht helfen. Aber da lagen überall Verwundete herum. Und ich dachte, wenn ich jetzt sage, daß ich Schwester bin, dann lassen sie mich nicht mehr weg. Und da habe ich es gesagt . . .« Die Frau spielte gedankenverloren mit den Fransen der Tischdecke. Eine Weile schwieg sie dann. »Man kann da nicht um Entschuldigung bitten«, sagte sie schließlich.

»Nein«, sagte er, »das kann man nicht.« Er merkte, wie es in ihm kochte.

»Was ist eigentlich aus den Kindern geworden?« fragte sie und spielte weiter mit den Fransen.

»Nun ja«, sagte er und nickte bei seiner Aufzählung mit kaum verhohlenem Zorn, »Maurer, Kellner, Verkehrspolizist, ein Fernsehmann, Verkäuferin – lauter anständige Menschen, nehme ich an.«

»Die Papiere«, sagte sie, »die habe ich noch.« Sie stand auf und ging zur Anrichte. Aus dem Schubfach holte sie eine braune Mappe heraus. Die legte sie vor ihm hin.

Da war sein Zorn plötzlich verflogen. Nichts mehr war da. Aus. Gar nichts. Vor Überraschung riß er den Mund auf und blickte sie an. Alles hätte er erwartet, nur das nicht. Die Papiere waren da!

Er schlug die Mappe auf. Langsam. Er sah Listen mit fremden Namen, Geburtsurkunden, alle schon vergilbt, mit schwarzer Federhaltertinte in Amtsschreiberhandschrift sorgfältig ausgefüllt und mit Stempeln versehen. Siebzehn zählte er. Und er sah Impfscheine, Verpflegungsmarken und anderes mehr.

»Und das alles hast du die Jahre über da in deiner Schublade gehabt?«

»Ja«, sagte sie.

»Und du hast damit nichts unternommen? Gar nichts? Hast nicht Zeter und Mordio geschrien? Bist nicht irgendwohin gerannt damit?«

»Ich habe mich nicht getraut«, sagte sie. »Hätte ich sie irgendwohin gebracht, hätte man mich doch gefragt, wie ich dazu gekommen bin.«

»Scheiße!« schrie er da plötzlich, und haute mit der Faust

auf den Tisch. »Scheiße! – Hast du nichts mehr zu trinken da?« wandte er sich dann an den Jungen.

»Doch. Ich habe noch eine Flasche Wein mehr mitgebracht.«

»Mach das Zeug auf!«

Der Junge zog den Korken heraus, und Luden Jähnig trank gleich aus der Flasche. Er setzte mehrmals ab und in Ruhe wieder an, sah währenddessen auf die Urkunden vor sich auf dem Tisch und trank weiter. Er sprach kein Wort mehr, zur Frau nicht und nicht zum Jungen.

»Weißt du denn Näheres über die Kinder?« fragte die Frau da.

»Was geht es dich an!« sagte er.

Dann nahm er sieben Geburtsurkunden auf, wahllos, wie sie vor ihm lagen, und wog sie in der Hand. Doch er sagte nichts dazu, er sah ihr nur vorwurfsvoll in die Augen und schwieg. Dann legte er die Blätter wieder auf den Tisch zu den anderen.

»Aus!« brüllte er plötzlich. »Aus!« Und er wischte mit fahrigen Bewegungen alle Scheine in die braune Mappe hinein.

Die Frau und der Junge waren tief erschrocken. Er aber klemmte sich die Mappe unter den Arm und zog sich im Korridor den Mantel an.

»Soll ich Sie hinunterbegleiten?« fragte der junge Mann. Er hatte sich auch den Mantel angezogen und die Mütze aufgesetzt.

Luden Jähnig rückte mit seinem Gesicht nahe an das des jungen Mannes heran und sah ihm noch für einen Moment in die Augen. Dann faßte er dessen Mütze und zog sie ihm über die Augen bis tief ins Gesicht.

Das letzte, was sie von ihm hörten, war das Klirren der Korridortür und dann seine Schritte im Treppenhaus. Und von ganz unten ein Fluch, der mit Echo heraufdrang, bevor die Haustür zuknallte.

Der Volkspolizist auf dem Motorrad fuhr langsam. Streifendienst an einem trüben Novemberabend, nichts Besonderes: Man fährt langsamer als der übrige Verkehr und sieht nach, ob alles seine Ordnung hat. Er saß aufrecht auf seiner Maschine, in der Art guter Reiter. Gegen die feuchte Kälte war er solide gekleidet. Er trug einen grünen Steppanzug, die Hände steckten in Handschuhen mit langen Stulpen, und auf dem Kopf trug er den hellen Sturzhelm mit dem Emblem der Volkspolizei. Über den Mund hatte er sich einen Schal gebunden. Keine Besonderheiten an diesem feuchten Abend.

Langsam rollte das Motorrad die Uferstraße entlang. Zur Rechten zog sich der hohe Zaun des Hafengeländes hin. Dahinter die Schiffe. Spärlich beleuchtet, erstreckte sich der Kai mit seinen Stapeln von Holz, Containern, Kisten und Eisenbahnwaggons, und unter jedem Kran ein Kegel Licht. Dann endete der Zaun, ein unwegsames Lagergelände breitete sich neben der Straße aus.

Kabelrollen lagen dort, Schotterhaufen, Rohre aus Eisen und Röhren aus grauem Beton, Eisenbahnschwellen. Über dem Platz lag Dunkelheit.

Da! Da war etwas! Der Volkspolizist fuhr rechts heran, hielt, bockte die Maschine auf. Er ging ein paar Meter zurück. Hinter einem Stapel von Betonröhren ragten zwei Beine hervor, die Fußspitzen nach oben. Dort lag ein Mensch.

»Guten Abend. Hauptwachmeister Jähnig. Kommen Sie heraus, Bürger!« Der Volkspolizist stellte sich bieder auf.

Die Beine blieben still.

Der Volkspolizist bückte sich, faßte oberhalb der Schuhe um die Beine und zog den Mann hinter den Röhren hervor. Es war ein kleiner, leichter Mann, und er hatte nicht viel Mühe mit ihm. Der Mann lag auf dem Rücken. Als er dann aber vorgezogen war, drehte er sich auf die Seite und zog die Beine an. Der Verkehrspolizist sah im Dunkeln näher hin. Dann erschrak er.

»Mensch, Alter!« sagte er und sah sich sogleich scheu um, als fürchtete er, jemand könnte ihn beobachten. Er kniete nieder und zog den Oberkörper des kleinen Mannes hoch, bis er annähernd saß.

»He, Alter! Was machst du hier?«

Es war völlig sinnlos, so zu fragen. Der Alte, das sah er, war stinkbesoffen. Nichts zu machen. – Er war durch die Kneipen gegangen. Hatte einen Ellbogen auf den Tresen gestützt und rasch zwei Klare in sich hineingekippt. Später hatte er an bierfeuchten Tischen gesessen und Krawall gemacht. Unter dem Hosenträger trug er eine dünne Pappmappe. Die ruckte er manchmal hoch, wenn er mit Tischnachbarn stritt. Doch von alledem wußte der Volkspolizist ja nichts.

Der Alte lallte etwas, wie er so saß, und ließ die Arme hängen. Der Kopf pendelte hin und her, der Oberkörper wollte wieder zu Boden sinken. Der Polizist legte ihn zunächst wieder vorsichtig hin. Dann erhob er sich, sah sich nach allen Seiten um und ging zu seinem Motorrad. Das schob er schnell in den Schatten hinter Kabeltrommeln. Dann bemühte er sich, den Mann auf den Rücken zu bekommen. Er ruckte ihn umständlich hoch. Schließlich gelang es.

So, etwas gebeugt, schleppte er den Alten an den Straßenrand. Dort vergewisserte er sich erst, daß im Augenblick kein Fahrzeug kam und auch gerade kein Mensch drüben auf dem Bürgersteig ging. Als er seiner Sache sicher war, lief er schnell über die Straße hinüber, den Mann auf der Schulter.

Er trug ihn so, daß er die Beine vor seiner Brust mit den Armen hielt, während der Oberkörper und die Arme des Betrunkenen von seinem Rücken hingen. Drüben angekommen, lief der Volkspolizist mit kleinen Schritten den Bürgersteig entlang, sich möglichst im Dunkeln haltend, bis zur nächsten Straßenecke, wo eine Laterne für einen Moment das seltsame Paar beleuchtete. Dort bog er in die Querstraße ein und lief im Dunkeln weiter.

So hastete Dieter Jähnig an Steintreppen vorüber, an Aschentonnen, wich, wenn Passanten kamen, auf die andere Straßenseite aus, blieb auch mal in der Dunkelheit einer Toreinfahrt stehen, bis die Leute vorüber waren, sah sich dann um, trat hervor und lief weiter. So hastete er durch mehrere Straßen, schwitzend unter seiner Last, bog um Ecken, immer spähend, und sobald der Weg frei war, lief er keuchend weiter. Bis zu einem Haus in einer schmalen Straße, dessen Steinstufen auf den Bürgersteig ragten. Dort stieg er hinauf. Er öffnete die Tür und schleppte anstoßend und polternd den Mann hindurch. In der funzligen Flurbeleuchtung stieg er die Treppe zur ersten Etage hoch. Das alte Holz knarrte unter der Last, und es polterte laut, wenn er mit den Stiefeln gegen die Stiegen stieß. Oben schaute die Nachbarin aus der Tür.

In der kleinen Wohnung legten sie ihn aufs Bett. Dieter Jähnig nahm den Sturzhelm vom Kopf und wischte sich den Schweiß von der Stirn. Dann standen sie eine Weile da und schauten. Der Alte lag auf dem Rücken, er schlief unruhig, warf den Kopf hin und her, murmelte unverständliches Zeug, drehte dann schließlich den Kopf zur Wand und schlief fest ein.

»Sauerei, gottverdammte!« fluchte Dieter Jähnig laut. »Bringt einen in die allergrößten Schwierigkeiten! Ist wohl das Neuste jetzt, was? Fängt an zu saufen!«

»Pst«, mahnte die Nachbarin, »er trinkt doch sonst nicht. Jedenfalls nicht viel, Sie wissen das doch. Er wird seinen Grund gehabt haben. Sie ziehen ihn vielleicht besser aus!«

Sie half ihm. Sie zogen ihn notdürftig aus. Sie öffneten Krawatte und Oberhemd, und da fanden sie die Mappe; ein einfacher Pappdeckel, gedrückt und gequetscht.

Dieter Jähnig wunderte sich und sah hinein. Er setzte sich an den Tisch, sah Listen, Urkunden – vergilbt alles schon.

»Was das wohl wieder soll«, sagte er, »wo er das wohl wieder her hat!«

Er las fremde Namen, ließ Geburtsurkunden durch die Hände gleiten, mit dem skeptischen Blick des Mannes, der es gewohnt war, in Ausweispapiere zu schauen. Hier aber schaute er mehr ablehnend als neugierig. Er las zögernd die fremde Schrift, ein paar von den fremden Namen, schlug schließlich die Mappe zu und legte sie zur Seite.

»Was das wohl wieder soll«, sagte er noch einmal, und ein ungutes Gefühl stellte sich ein. Da würde es wohl wieder bald etwas zu regeln geben, na ja. Er nahm sich jedenfalls vor, den Alten in den nächsten Tagen ernsthaft danach zu befragen.

Die Nachbarin hatte den kleinen Mann inzwischen notdürftig gebettet, und Luden Jähnig lag in seinem großen Bett, nur der Kopf sah unter dem Deckbett heraus. Der Kopf eines alten Mannes mit der Unschuld eines Jungen, dachte Dieter. Doch das täuschte, wie er wußte, der Mann war unberechenbar, sobald er nur den Kopf hob.

Oh, war ihm schlecht an diesem Morgen! Er trank wohl einen halben Liter Wasser. Er wusch sich Kopf und Gesicht mit kaltem Leitungswasser und betrachtete sich blaß und mit zerzaustem Haar im Spiegel. Rückte den Kopf dabei ein Stück zurück, denn er war äußerst unzufrieden mit sich selbst, die Lider verquollen, das Blau der Augen stumpf und dumm. Er drehte den Kopf ein wenig zur Seite: Ihm war, als blickte ihm dort ein fremder Trinker entgegen.

»Oh, diese Wachtel!« schimpfte er vor sich hin, denn er dachte an Käthchen Riemers. Den ganzen Morgen schon, dachte er an sie. Das Handtuch warf er auf einen Stuhl. »Was ist eigentlich aus den Kindern geworden?« äffte er sie nach. »Was ist aus ihnen geworden!« wiederholte er aufgebracht mit lauter Stimme. »Na, was! – Lauter anständige Kerle, nehme ich an!«

Siebzehn Geburtsurkunden. Er verteilte sie rings auf seinem großen runden Tisch in gleichmäßigen Abständen. In der Mitte lagen verschiedenerlei Listen. Die Tür hatte er verschlossen. Zweimal hatte er den Schlüssel herumgedreht und dabei nach draußen gehorcht. Er war keiner, der sich auf Zehenspitzen stellte, wenn er eine Tür zuschloß, nein. Er horchte hinaus und gut. Und dann verteilte er die Urkunden auf der dunklen Fläche. So. Da lagen sie. Er betrachtete sie alle zusammen aus einigem Abstand, dann setzte er sich hin, und dann las er. Die Ellenbogen hielt er dabei auf die Tischplatte gestützt, die Fäuste an den Wangen gelegt. Auf seinen Handrücken zeichneten sich Adern ab. Die Beine hatte er, wie immer, wenn er saß, unter den Stuhl geklemmt. Gegen den Kopfschmerz war er machtlos. So vertiefte er sich in den Anblick der Urkunden.

Die Nachbarin klopfte an die Tür. Sie machte ihm oft das Frühstück, wenn er zu Hause war. Es war eine ältere, gefällige Frau, und er kam gut mit ihr aus. Sie arbeitete als Telefonistin in einem Betrieb. Er hörte ihr Pochen und blickte eine Weile zur Tür. »Ich bin nicht da!« brüllte er dann, und dann hörte er, wie sich die Nachbarin einen Augenblick später wieder entfernte.

Er stand auf, ging rings um den Tisch, las noch einmal die Namen. Er beugte sich über jede Urkunde und betrachtete eingehend jeden einzelnen dieser fremden Namen. Was ihn dabei verwunderte: Dort stand nirgendwo Jähnig. In keinem einzigen Falle stand da Jähnig. Wenn auf einem dieser Zettelchen sein Name gestanden hätte – er hätte aufgeatmet und gesagt: wenigstens einer! So aber ging er herum, las fremde Namen und sprach sie ungläubig in Silben leise vor sich hin. Nie gehörte Namen. Skeptisch zog er die Mundwinkel herunter. Nie gehört jedenfalls von Menschen, die er kannte, und er dachte natürlich an die, die er meinte. Das waren seine sieben.

Jedamski, las er, Ewald Georg Heinrich. Ewald unterstrichen. Er kannte keinen Ewald Jedamski. Konnte sich nicht vorstellen, wer das war. Philipp vielleicht? Christoph? Vater Gustav Jedamski, Ziegeleiarbeiter. Mutter ohne erlernten Beruf. Gut also.

Er rückte einen Platz weiter. Bock, las er, Gerhard Bock. Vater Richard Bock, Landarbeiter; Mutter – aha, schau her! Mutter Helga Bock auch Landarbeiterin. Aha, so so. Haben sich wohl dabei kennengelernt! Er saß so da, schloß die Augen und dachte nach. Er sah das Glück der jungen Familie Bock.

... es ist Erntezeit, dachte er, schönes Spätsommerwetter. Stiegen von gelbem Weizen stehen auf einem Feld. In eine Staubwolke gehüllt, fährt der Ableger um das Feld herum, und darauf sitzt Richard Bock, ein Mensch in durchschwitztem Hemd, Landarbeiter, ein wenig jung noch. Läßt sich aber keine Zeit, dieser Richard Bock, treibt die Pferde an, denn er ist ein fleißiger Mann. Er gefiel ihm, dieser Richard Bock. Es ist nicht sein Korn, aber trotzdem treibt ihn die Hast der Ernte über Staub und Müdigkeit hinweg. Er wird so bis in die Nacht hinein fahren und früh am Morgen wieder. Doch da hält er an. Denn da hat Helga Bock im Schatten einer Stiege den Frühstückskorb geöffnet. Und darin sind Brote, die nach Feld riechen. Fertige Halbschnitten mit Butter und Wurst, an den Flächen schon ein wenig ausgetrocknet. Sie kniet seitlich auf dem Schenkel, denn sie ist eine junge Frau mit beweglichen Hüften. Sie trägt auch kein weißes Kopftuch, wie die älteren Frauen dort. Ihr Tuch ist rot, flammend rot mit gelben Blüten. Und heran kommt Richard Bock. Er hat keine Zeit, und so kommt er sofort, denn er weiß, daß Zeit vergeht, wenn man sich bitten läßt. Kommt also heran, bevor noch die anderen Frauen kommen und sich vor der Stiege zum Frühstück ausbreiten. Und während er sich setzt, legt er seiner jungen Frau die Hand auf den Leib.

»Was ist?« sagt er.

»Alles gut«, sagt sie und lächelt. Sie ist ihm in diesem

Augenblick dankbar, weil er die Hand dorthin legt, wo sie das neue Leben erst nur weiß. Nur sie und er. –

Luden Jähnig öffnete die Augen. Er sah noch das Glück des Richard Bock und seiner jungen Frau vor sich, die mochte er beide. Jenes Glück, aus dem ein Mensch geworden ist, dreiunddreißigjährig nun und Samuel heißt oder Horst oder Philipp. Oder gar nicht irgendwie heißt. Denn es waren siebzehn.

»Jeijeijeijei!« sagte Luden Jähnig laut und wiegte den Kopf hin und her. Denn er war dem Richard Bock etwas schuldig. Das Datum der Geburt jenes Bürschleins sah er sich genau an. Er dachte sich in die Zeit hinein, dachte wiederum ein dreiviertel Jahr zurück und stülpte die Unterlippe vor. Denn er merkte, daß er sich mit den Bildern vom glücklichen Leben des Richard Bock betrogen hatte.

Der war ein Schwein, dachte er böse. Kam in Urlaub, zog sich die Stiefel aus und wälzte sich ins Bett. Schlief zwei Tage und Nächte, der Gefreite Bock. Denn er war Gefreiter, das war klar, als Landarbeiter wurde der nicht mehr. Wollte aber Obergefreiter werden, vielleicht Unteroffizier. Der Sold wurde höher, die Wache angenehmer, und höher gegebenenfalls wurde auch die Witwenrente. Schlief sich also zwei Tage lang aus, schwängerte sein Weib, besoff sich, und dann, als er zurückfuhr, war die Angst wieder da. Spätestens. Die Angst vor der Front. Nein, mein lieber Richard Bock, mir machst du nichts vor! Solche wie dich, die gab es zu Tausenden!

Ernte und so, mein Lieber, das war einmal.

Wenn du überhaupt der Vater bist! dachte er hämisch. Was will schon dein Name auf dem Schein bedeuten! Hat sich vielleicht heimlich mit so 'nem gefangenen Franzosen vergnügt, dein liebes Frauchen. Wußte nicht, wohin mit der Brunst im Frühling. Hat sie irgendso einem André oder Jacques ganz zufällig in den Oberarm gedrückt, und du kamst dann sechs Wochen später und gabst deinen Namen her. Nein, mein lieber Richard Bock, mir machst du nichts vor! Mir nicht! Wir sind quitt miteinander!

Er stand auf, zufrieden, den Fall hatte er erledigt. Nein, so leicht ließ er sich keinen aus den Zähnen reißen! Keinen einzigen!

Er fühlte, wie ihm der Kopfschmerz verging bei diesem Vergnügen. Es ging ihm schon wieder ganz gut. Ganz gut, jawohl.

Schon munterer machte er sich über die nächste Urkunde her. Zog da einen gewissen Harry Lehmann dessen Vater aus den Zähnen, sieh mal einer an: einem Schornsteinfegermeister! Und es machte ihm weniger Mühe als zuvor, das Unrecht jenes Vaters bloßzustellen. Von Fall zu Fall machte es ihm immer weniger Mühe. Er rückte nur noch den Stuhl weiter, und noch während er sich setzte, dachte er schon: Haha! Lehnte die Fäuste an die Wangen und sah auch schon, wo so ein Mensch unwürdig war, Vater zu sein. Das ging immer schneller reihum. Zuletzt setzte er sich schon gar nicht mehr hin, er bückte sich nur, las, dachte schon bissig: Haha! ... und so weiter. – Das ging so schnell, daß er nur noch herumlief, mehrmals um den Tisch herum in lauter Freude und Siegesrausch. – Bis er plötzlich stutzte.

Da fehlten ja welche! dachte er. Da sind ja die unter den Kreuzchen noch dabei! Er bekam einen Schreck. Schnell schob er nacheinander zehn Geburtsurkunden vom Rand weg zur Mitte und rührte sie dort mit flachen Händen zu einem Haufen durcheinander. Sieben blieben zurück, sieben Gott sei Dank!

Gut. Also sieben! Oder zehn? Er legte anstandshalber noch drei Urkunden dazu. Wurde dann aber skeptisch. Denn von einem wußte er, daß er damals noch gestorben war. Und so schob er langsam eine Urkunde wieder zurück zur Mitte. Und die beiden anderen? Sie waren fort. Er wußte nichts von ihnen. Gar nichts. Er hatte keinen Einfluß gehabt, welcher Art Menschen sie geworden waren. Er dachte eine Weile an die beiden, er entsann sich, daß es Mädchen waren. Er hätte sie gern mit hier gehabt. Aber gut, sie waren außerhalb seiner Reichweite. Er mußte das respektieren. So schob er zwei weitere Urkunden in die Mitte zurück. Die übrigen verteilte er um den Tisch herum in gleichen Abständen. Das waren sie also. Sieben.

Er las die Namen. Nickte. Ging langsam die Runde herum, war's zufrieden. So ist das also, dachte er. So ist es recht.

Doch dann fiel ihm auf, daß da die Urkunden von vier Mädchen und nur drei Jungen lagen. Er aber hatte zwei Mädchen und fünf Jungen. Er stellte sie sich der Reihe nach vor. So schob er die Urkunden von zwei Mädchen in die Mitte zurück und suchte langsam und sorgfältig zwei andere von Jungen heraus. Und er nahm nicht jede. Er entschied sich für Namen, die ihm zusagten. Egon hieß der eine, und er entschloß sich für ihn, weil er ihn an Egon Robb vom Taucherboot erinnerte. Der zweite hieß Harry Lehmann, es war der Sohn jenes Schornsteinfegers. Den wählte er aus, weil er sich unter der Arbeit eines Schornsteinfegers etwas vorstellen konnte. – So. Nun war alles in Ordnung. Da lagen sie also, sieben vergilbte Blätter, schön reihum auf dem Tisch geordnet. Nun können sie also eintreten, dachte er, meine sieben, und sich dazusetzen...

Aber da wurde ihm plötzlich übel. Er setzte sich und hielt sich an der Lehne fest. Denn nun wurde ihm bewußt, daß er sich die ganze Zeit über betrogen hatte. Wissentlich, jawohl. Schwer saß er auf dem Stuhl, hielt die Arme um die Lehne und fühlte sich so schwach, daß er den Kopf hinlegen mußte.

»Welche gehört zu wem?« sprach er laut vor sich hin. »Welche zu wem?« Aber davon, daß er seine Stimme hörte, wurde ihm noch schlechter.

»Ich will es wissen«, sagte er dann und hob den Kopf. Und nach einer Weile: »Will ich es wissen?«

Die ganze Zeit beschäftigte er sich mit den Urkunden. Er versuchte dieses und jenes. Er tat den Leuten auch wieder

Abbitte, ließ Richard Bock wieder einen braven Kerl sein und machte den Schornsteinfeger wieder zu einem sympathischen schwarzen Mann oben auf dem Dach. So der Reihe nach herum. Was waren das für Leute?

Mittags hörte er schwere Tritte auf der Treppe. Es klopfte an seine Tür. Er schwieg. Es klopfte noch einmal. Er wußte, es war Dieter. Er schwieg noch einmal lange. »Ich bin nicht da!« schrie er dann böse.

»Mach mal auf, Alter!«

Er blieb noch eine Weile so sitzen, aber dann stand er auf und öffnete.

Dieter trat herein, schloß die Tür hinter sich. Er wies zum Tisch und sagte: »Sag mal, Alter, das Zeug da aus der Mappe – was ist das? Ich hab' das gestern abend bei dir gesehen.«

»Geht dich nichts an!« sagte Luden Jähnig.

»Woher hast du das?«

»Geht dich nichts an, hab' ich gesagt!«

»Du kannst Faxen machen, wie du willst, Alter. Aber wenn's kriminell wird, hört die Freundschaft bei mir auf.«

»Es ist nicht kriminell. Es ist alles bestens in Ordnung.«

»Gut. Ich verlaß mich drauf.«

»Kannst dich drauf verlassen. – Und noch etwas, hör mal her: Kein Wort zu den anderen! Nichts! Ist unsere Sache allein. Deine und meine. Ich sag' dir später, was damit los ist.«

»Gut, Alter! Mach's gut also.«

Später kam Ulrike und erkundigte sich, ob er seine Medizin auch regelmäßig genommen habe. Da schob er die Mappe unters Deckbett. Sie machte ihm noch etwas zu essen. Das tat sie regelmäßig, wenn er mal krank zu Hause war. Doch es dauerte ihm diesmal viel zu lange.

Und noch später kam Horst. Der berichtete ihm, daß er in Sachen Kuren schon einiges unternommen habe, wahrscheinlich mit Erfolg.

Auch Bärbel kam auf einen Sprung vorbei und erkundigte sich nach seinem Befinden. Und er sagte sich: Was habe ich doch für ordentliche Kinder! Er war richtig stolz auf sie. Insgeheim hoffte er noch, daß Philipp oder Samuel vorbeikommen möchten. Doch die kamen nicht. Samuel hatte wie immer keine Zeit; der würde bis zum späten Abend mit einer Feierabendarbeit beschäftigt sein. Samuel hatte nie Zeit.

Und so entschloß er sich, ihn aufzusuchen. Ja, ihn geradewegs aufzusuchen. Er hatte das schon öfter getan, wenn er mit sich mal nicht ins reine kam. Zwei Stunden neben Samuel, und die Welt stand wieder auf den Beinen. Da fiel kein Wort, da klatschte Kalk und Mörtel, die Körper bewegten sich in rhythmischem Gleichmaß. Ihm aber war es wie eine Erlösung. Er sprach kein Wort darüber, zu niemandem. Zuallerletzt zu Samuel selbst, denn er hatte eine ungetrübte Vorliebe für den stillen hageren Mann, den sie Yves Montand nannten, weil er dem so lächerlich ähnlich sah; nur er, Luden Jähnig, lachte darüber nicht. Samuel war ein ernster Mann, Yves Montand in Manchesterhosen mit einem Zollstock in der schmalen Biesentasche.

Sie bauten Dachwohnungen aus. Er hatte sich das schon angesehen. War dort herumgekrochen auf so einem Boden, wußte nun, wie es dort oben zuging. Das Dach war abgedeckt, das alte Holz weggerissen. Zimmerleute setzten ein Balkengerüst für das neue Dach, nagelten Sparren. Dachdekker legten die roten Ziegel. Alles mußte geschafft werden an einem einzigen Tag. Denn draußen strich kalter Wind über den First, jagte spätherbstliche Feuchte über die Rücken der Männer. Es konnte regnen. Und zum Abend kam dann früher Frost. Mit rotgefrorenen Händen legten die Männer Dachziegel neben Dachziegel, arbeiten im Lattengerüst unterm Himmel, schnell, die Knie auf dünne Sparren gestützt, jeder Griff endgültig, weiter, weiter! Von unten sah er ihnen zu.

Die Maurer kamen nach Feierabend, unter ihnen Samuel.

Vom frühen Morgen an hatten sie auf der Baustelle des Betriebes Blocks montiert, sie hatten tonnenschwere Wände aneinandergepreßt, oben im kalten Wind. Auf die Minute zum Feierabend stiegen sie dann im Arbeitszeug in einen Trabant, in einen Wagen, der eigentlich bestimmt war für Familienausflüge am Sonntag. Alltags aber wurden über die Sitze Decken geworfen, denn ein Trabant ist um die Feierabendzeit ein wunderbares Fahrzeug für drei Maurer auf ihrer kurzen Überfahrt vom Betrieb zur Feierabendarbeit. Drei kalkig weiße Eimer mit Kelle, Quast und Wasserwaage passen gut in seinen Kofferraum. Ein nicht sehr bequemes, aber schnelles Fahrzeug. Denn dort unterm frischen Dach stand einer, der hatte alles hochgeschleppt, acht Stufen zur ersten Etage, sechzehn zur zweiten, die Arme lang von den Eimern voll Kies, sechzehn zur dritten, der Tubben auf der Schulter drückte, als wollte er das Schlüsselbein brechen, und noch einmal sechzehn Stufen zum Dachgeschoß. Dann war er oben, fühlte sich zu Hause. Denn verklärt sah er hier seine künftige Wohnung unterm Dachgebälk, spürte er unter kalten Dachziegeln heimelig schon etwas von der Wärme für Kinder und Frau, die glücklich durch fertige Zimmer liefen. Denn wenn er das nicht sähe, er würde den Sack Zement von der Schulter fallen lassen. So einer, das hatte Luden Jähnig gesehen, stand dort zur Maurerzeit, alles aufgebaut um sich, wischte sich den Schweiß von der Stirn, sagte japsend ein paar gute Worte zu seiner Frau, die dort saß, ein Tuch um den Kopf; sagte etwas von später, damit es sie aufmunterte; oder von den Maurern, die jeden Moment kommen müßten.

Und dann kamen sie, keine Viertelstunde nach Arbeitsschluß. Drei Maurer, der zweite unter ihnen Samuel Yves Montand. Trugen ihre Eimer mit dem Handwerkszeug und sahen sich schon im Gehen nach dem Material um. Das alles hatte Luden Jähnig gesehen unter solchen Dächern, wenn er einmal bei Samuel sein wollte. So am Abend. Wenn er erleben wollte, was Samuel tat, wenn andere zu Hause waren. Einfach nur mal sehen. Und dann standen sie an ihrem Platz, jeder an seinem, einen Tubben vor sich mit Kalk, die Kelle in der Hand, und ein Ruck ging gleichsam durch sie hindurch, und an drei Stellen zugleich flogen die Kellen vom Tubben zum Stein, vom Tubben zum Stein, so für vier oder fünf Stunden, kaum langsamer in der letzten. Denn der dort stand und sich den Schweiß wischte, hatte nur den Kredit, mehr nicht.

»Sag mal, was bist du eigentlich für einer? Ich meine, wo arbeitest du?« Der Mann wischte sich den Schweiß von den Augen, die Frau hob den Kopf.

»Bei der Reichsbahn. Ich bin Rangierer.«

»Und kommst du mit dem Kredit aus?«

Der Mann hob die Schultern. »Muß ich ja.«

»Ich meine nur, manch einer hat noch zusätzlich etwas hinterm Kreuz.«

»Nein, nein, nur was wir verdienen, meine Frau und ich.«

»Und wieviel Kinder hast du?«

»Zwei, vielleicht bald drei.«

Man hörte das Klatschen von nassem Kalk auf Stein. Eine Kelle schurrte am Tubbenrand.

»Dann schick mal deine Frau nach Hause. Wir kommen hier schon zurecht.«

Am niedrigen Gebälk hingen Bauscheinwerfer mit starken Glühlampen. In ihren Lichtkegeln zogen sich scharf die Schatten von Mauern und Balken. Manchmal legte einer seine Wasserwaage an und kniete nieder, um besser sehen zu können. Eine unendlich müde Frau stand auf. Sie gab keinem die Hand, ging nur. Und sie ging nicht unter dem Licht hindurch, sondern außen herum, wo es dunkel war. Die Kellen klatschten, und niemand sah ihr nach.

»Eine Kälte ist das hier! Wenn man sich nicht so bewegen würde, würde sie sich einem bis auf die Knochen durchfressen.« Der Atem der Maurer bildete kleine Schwaden im Licht.

»Hoffentlich greift das nicht die Wände an«, sagte der Rangierer ängstlich.

»Mach dir mal keine Sorgen. Da kennen wir uns schon aus.« Das sagte Samuel. Er blickte für einen Moment auf. Und Luden Jähnig, der das alles gesehen hatte, liebte diesen stillen Mann in dem einen Augenblick, wie andere ein ganzes Leben.

Ja, zu Samuel würde er gehen, zu Samuel hinaufgehen und in das Licht treten. Und der blickt auf, Yves Montand, die Kelle in der Hand, und seine Augen fragen: Ist was los, Alter?

Nein, nichts ist los, würde er sagen, nichts ist weiter los! Und wenn eine Frau da ist, würde er sagen: »Gehen Sie mal besser nach Hause! Ich mache das hier schon.«

Drei Tage lang kreisten seine Gedanken um die Fragen, die ihm die Urkunden so hinterhältig aufgebürdet hatten. Selbst wenn er schlief, war's ihm, als liefe er weiter um den Tisch herum und blickte in fremde Vergangenheiten. Der Abend neben Samuel hatte ihm geholfen, aber weggenommen hatte er von alledem nichts. Er hatte noch ein paar Tage frei. Er war sein Leben lang früh aufgestanden, fast noch in der Nacht, und so wurde er auch jetzt früh wach und konnte nicht wieder einschlafen, und die Fragen quälten ihn in seinem hellwachen Hirn. Welche Urkunde gehört zu wem? Was nützte es, wenn er sich sagte: Hätte ich die Wachtel nicht wiedergetroffen, wäre alles noch in bester Ordnung. Keine Namen, keine Probleme, nichts. – Nein, die Frage blieb.

Wollte er es denn überhaupt wissen? Das war auch so eine Frage. Nein, sagte er sich dann, er wollte es gar nicht wissen. Wozu! Und er drehte sich auf die Seite. Doch die Gedanken bohrten weiter. Und er hatte noch größere Angst vor der Frage, die sich aus jener ersten, welche Urkunde zu wem gehörte, ergab: Muß ich es den Kindern sagen, daß ich im Besitz der vermaledeiten Papiere bin? Er hätte es gern verschwiegen, sicher, aber er war ein Mann, der zeitlebens eine natürliche Achtung vor Recht und Ordnung hatte und eine nicht minder natürliche Furcht davor, ein Unrecht zu begehen, eine große Furcht sogar. Ihm fiel ein, daß Dieter die Urkunden schon gesehen hatte, wenn er auch im Augenblick nichts damit anzufangen wußte. Und der Alte fragte sich weiter: Muß ich nun vor ein Amt treten und sagen, so, bitte, bestimmen Sie nach Recht und Gerechtigkeit, wer von den sieben welcher ist? – Bin ich dazu verpflichtet? Er warf den Kopf hin und her und wußte es nicht, und als er später aufstand, da war es schon hell, und er fühlte sich wie zerschlagen. Dann legte er wieder die Urkunden auf den Tisch. Doch sie gaben ja keine Antworten, sie stellten die Fragen nur neu.

Drei Tage quälte er sich so herum. Dann holte er die Nachbarin herein. So und so ist die Sache. Was soll ich tun?

»Das habe ich mir schon gedacht«, sagte die Frau.

»So, gedacht.« Das ärgerte ihn schon wieder.

»Die Kinder heißen also nicht Jähnig. Und nun suchen Sie nach ihren Namen.«

»Nein, sie heißen nicht Jähnig.« Er sagte das mit bösem breitem Maul und betonte jede Silbe einzeln. »Heißen nicht Jähnig! – Aber wie heißen sie denn?« fragte er mit normaler Stimme ratlos weiter und hielt seine Hand auf.

»Sie sollten das einfach vergessen, Herr Jähnig. Packen Sie die Papiere wieder gut zusammen in die Mappe, binden Sie einen Faden drum, und tun Sie sie weit weg, als hätte es sie nie gegeben.«

»Nie gegeben! Nie gegeben! – Aber sie sind doch da! Siebzehn Namen!«

»Sie werden sich unglücklich machen, Herr Jähnig, und die Kinder.«

»So, meinen Sie.«

»Wissen Sie, Ihre Kinder sind nicht schlecht, alles was recht ist. Der eine so, der andere so, wenn ich's mal so sagen darf. Ich kenne sie ja schließlich auch. Aber wenn es kommt, wie Sie das vorhaben, die werden die Nasen heben und nach dem Wind gehen.«

Ho, dieses alte Schrapnell! Er hätte sie nicht fragen sollen. Nein, wirklich nicht. Seine Kinder – ha, was waren das für Kinder! Mit denen konnte man durch dick und dünn gehen, jawohl! Er voran, und sie allesamt hinterdrein. Das war doch eine Mannschaft, auf die er sich verlassen konnte! Immer!

Luden Jähnig saß im Wartezimmer der Klinik, Routinebesuch nach seinem Steinchen. Er wartete seine Zeit ab. Eine Menge anderer Patienten waren vor ihm dran. Gut so, er hatte Zeit, saß bequem, wartete.

Neben ihm saß ein Marineoffizier, drei goldene Streifen am Ärmel.

»Mit dem Namen – ändert sich da auch der Charakter?« wandte Luden Jähnig sich leise an ihn.

»Ich verstehe Sie nicht.«

»Der Name«, erläuterte Luden Jähnig, er lehnte sich mit der Schulter ein wenig hinüber und hielt die Hand vor, als trüge er darauf das Problem. »Jeder Mensch hat doch seinen Namen. Sie verstehen. Und nun frage ich Sie: Wie wichtig ist der? Welche Rolle spielt der? Spielt der zum Beispiel eine Rolle, wenn ein Matrose auf Ihrem Schiff etwas Wichtiges zu tun hat, zum Beispiel eine Treibmine entschärfen oder die Kanone abfeuern?«

»Der Name?« Der Offizier wußte anscheinend nicht, worauf der komische Alte an seiner Seite hinauswollte. Er liebte keine Sophistereien von alten Grauköpfen. Doch er entschloß sich zu einer kurzen Antwort, um das aufkommende Gespräch rasch wieder zu beenden.

»Da ist zunächst die Rolle, die jeder Matrose hat«, sagte er leise und lehnte sich auch ein wenig hinüber, »die ist für den Kommandanten das Wichtigste. Wenn ich sage: Feuer!, dann hat das zu funktionieren, egal wie der Mann da heißt.

Der Mann ist austauschbar. Aber nicht die Rolle. Funktionieren muß es, verstehen Sie? Schauen Sie mal, so ein Schiff hat über hundert Mann Besatzung, das sind über hundert Rollen, damit ist es kampffähig. Wenn nur eine nicht funktioniert, ist schon Essig. Nein, Rolle bleibt Rolle. Die bleibt. Soldaten kommen immer neue, aber nicht die Rolle.«

»Sie meinen also, die Aufgabe ist es. Die macht den Menschen.«

»Ja, die Aufgabe. Die formt den Charakter.«

Sie hatten halb im Flüsterton geredet, damit die anderen Patienten ihnen nicht zuhörten. Nun rückten sie mit den Schultern wieder auseinander. Der Alte tat so, als wäre er mit der Auskunft zufrieden. Er nickte noch einmal zu dem Nachbarn hin.

Dann fragte er den Arzt: »Herr Doktor, der Name, was meinen Sie, ist der für einen Menschen sehr wichtig?« Er zog sich inzwischen wieder an, und stemmte sich die Hosenträger über die Schultern. Der Arzt hatte mit seiner Angelegenheit bereits Schluß gemacht, kein Problem mit diesem Patienten, alle Befunde normal. Er dachte schon an den nächsten. Nun aber blickte er überrascht und vielleicht sogar etwas amüsiert auf. Da war etwas, daß nicht zur stereotypen Behandlungsfolge eines Vormittags gehörte.

»Der Name? Natürlich, der ist schon wichtig! Und ob! Der steht doch in allen Ausweispapieren. Damit geht ein Mensch durchs Leben. Sogar auf seinem Grabstein steht er noch.«

Der Arzt war jung, und er lachte dazu.

»Und Sie, Herr Doktor, wie halten Sie es damit?«

»Wie? Ich? Bei den Patienten, meinen Sie?«

»Ja, beispielsweise bei den Patienten.«

»Bei den Patienten?, Ja, Herr . . .«, der Arzt blickte schnell auf die Karteikarte, die noch vor ihm auf dem Tisch lag, »ja, Herr Jähnig, beim Arzt ist das manchmal ein bißchen anders. Wenn ich da einen Motorradunfall auf den Tisch bekomme, dann schnipple ich an ihm herum, ohne großartig erst zu fragen, wer denn der Herr ist. Das ist dann der Motorradunfall, und ein anderer ist der Ulcus, und Sie sind für mich erst mal ein Ureterstein, wenn Sie mich in der Sprechstunde besuchen. Erst dann, Herr Jähnig, sehe ich nach, wie Sie heißen. Zur Unterhaltung gewissermaßen. Und die Schwester sagt bei der Visite: Hier liegen die Blasen und dort die Nieren. Das ist, verstehen Sie das recht, eine Vereinfachung, die am Ende dem einzelnen Patienten zugute kommt. Es wäre doch lächerlich, wenn die Stationsschwester sagte: Also, in Zimmer siebenunddreißig liegen Herr Willhuber, Herr Strammbüchs und meinetwegen Herr Kunz, und in Zimmer neununddreißig Herr Ledig, Herr Jahn und Herr Morgenstern. Damit kann ich bei den vielen Patienten überhaupt nichts anfangen. Dann ist es schon besser, sie sagt schlicht und einfach: Hier liegen die Nieren und da die Blasen. Verstehen Sie das?«

»Ja, das verstehe ich. Eine Rationalisierung also.«

»So kann man es sagen, Herr Jähnig.« Der Arzt lachte und gab Luden Jähnig die Hand. Ein Vormittagsspaß, ihm hatte er Abwechslung gebracht. Mit dem Händedruck schob er Luden Jähnig gleich in Richtung Tür, denn dort warteten noch ein paar Patienten auf ihn.

Am nächsten Tage ging Luden Jähnig zur Fähre hinunter. Er hielt es allein nicht mehr aus. Er fuhr ein paarmal mit hinüber und herüber.

»So ist das nun«, sagte er unten im Mannschaftsraum zu Freiligrath. Er hatte ihm in der Frühstückspause die ganze Geschichte von der Wiederauffindung der Urkunden erzählt. Freiligrath hörte zu und schaute aus dem Bulleye. »Was soll ich nun machen?« fragte Luden Jähnig am Ende. »Was meinst du? Soll ich zum Gericht gehen und eine Identifizierung einleiten? Oder was?«

Freiligrath hatte seinen Blick in die Ferne gerichtet. Langsam schraubte er an der Thermosflasche herum. »Wozu?« sagte er dann. Und Luden Jähnig dachte: Wirklich wozu!

Wozu, das ist die Frage! »Wozu?« fuhr Freiligrath fort, »sie sind jetzt alle schon über dreißig, haben meist selbst Familien. Die Kinder heißen Jähnig. Warum nicht Jähnig? Ist doch ein ordentlicher Name. Sind damit groß geworden, schlecht und recht, sind ordentliche Kerle geworden. Wozu jetzt daran rühren? Ich an deiner Stelle würde gar nichts machen. Alles beim alten lassen. Ist doch gut so. Die brauchen gar nichts zu wissen von den Papieren.« Er schaute, während er sprach, unverändert aus dem Bulleye und schraubte immer noch an der Thermosflasche.

Das ist ein Freund! dachte Luden Jähnig. Denn Freiligraths Worte gingen ihm auf die angenehmste Weise mitten ins Herz.

»Meinst du das wirklich?« sagte er leise.

»Ja«, sagte der, »wie ich es sage.«

Nicht zu Uwe Jens. Als er dem, unten gegen die Maschine gelehnt, seine Sorgen mitteilte, wischte der sich mit einem Lappen Öl von den Fingern.

»Tja«, sagte er, »was soll ich da sagen? Fakt ist ja, die laufen alle mit falschen Namen herum. Ist doch so. Oder?« Luden Jähnig hatte dem nichts entgegenzuhalten. »Und du hast sie ihnen gegeben. Gut, sicher, das mußtest du damals, weiß ich. Aber wenn du nun die Papiere hast? Von dem Augenblick an, wo du die Papiere hast, sieht die Sache ganz anders aus. Da machst du dich vor dem Gesetz strafbar, wenn du das verschweigst. Ist schon besser, du gehst hin und meldest die Sache.« Er wischte sich weiter mit dem Lappen die Finger sauber, sah dabei aber Luden Jähnig an, und Luden Jähnig dachte: Auch das ist der Rat eines Freundes, selbst wenn er mir nicht zusagt. Doch er hatte Uwe Jens gefragt im Bewußtsein, daß er nur so würde antworten können, das hatte er im voraus gewußt. Es war ja auch Vernunft in dem, was er sagte. Nur war diese Vernunft vielleicht ein bißchen zu klein. Dennoch, von dem Augenblick an hatte Luden Jähnig Angst. Denn er war, wie gesagt, ein rechtschaffener Mann, und nichts fürchtete er mehr, als mit dem Gesetz in Konflikt zu kommen. So war er von Stund an wieder zerrissen in seiner Brust.

Er stieg zu Harald Blohm, dem weißbärtigen Kapitän der Fähre, hinauf und sagte ihm, was zu sagen war, und sagte es kurz, denn eine Überfahrt dauerte keine zehn Minuten.

Harald Blohm schüttelte den Kopf, er hätte zwar gern genickt, schüttelte ihn dann aber wieder.

»Was soll ich dir dazu sagen? Nichts. Da kann ich dir gar nichts zu sagen. Da mußt du selbst schon sehen, wie du damit klarkommst. Niemand kann dir da helfen.«

Auch daß Harald Blohm ihm so antworten würde, hatte er im voraus gewußt. Wenn es nicht gerade um das Schiff ging, um die vierhundert Meter Wasserweg zwischen den Ufern, dann hatte der zu nichts eine Meinung. Von hier oben nahmen sich der Fluß und die beiden Anlegestellen mit ihren Dalben sehr konkret aus. Die Fahrt darauf zu – bitte sehr, das war seine Leistung, die mußte dezimetergenau sein, sonst traf es hart aufeinander, darauf verstand er sich. Doch was links und rechts von den Dalben geschah, ging ihn hier oben nichts mehr an. Das aber, wußte Luden Jähnig, war das meiste.

Enttäuscht stieg er die Eisentreppe wieder hinunter, ging übers Deck. Man rief ihm Scherzchen zu, aber er antwortete nicht.

Luden Jähnig ging zum Juristen. Man hatte ihm gesagt, er könne von der öffentlichen Sprechstunde unentgeltlich Gebrauch machen, eine einfache Beratung. Doch mit diesem Gang, fürchtete er, würde die ganze Sache aufhören, allein in seinen Händen zu bleiben. Bisher hatte er das Gefühl, nach eigenem Ermessen verfügen zu können, sie zurückhalten, soweit er mochte oder nicht, oder sie freigeben nach eigenem Entschluß. Er hatte Freunde um Rat gefragt, Bekannte, gut. Aber ganz obendrauf stand immer er allein. Mit diesem Gang aber würde eine öffentliche Person Kenntnis nehmen. Zwar wollte er nur um Rat fragen, dennoch, von diesem Augenblick an würde er nicht mehr nach seinem Gutdünken entscheiden können. Aber er hatte sich's nun so überlegt. Er war mit der ganzen Angelegenheit bis zu einem Punkt gekommen, über den er einfach nicht hinauskam. Diejenigen, die er bisher um Rat gefragt hatte, vernünftige Leute wie Freiligrath, hatten ihm geraten, die Sache aus der Welt zu schaffen, bevor es die sieben erfuhren. Andere, nicht weniger vernünftige Leute, hatten ihm zum Gegenteil geraten. So stand er da und wußte nicht ein noch aus. Und als er schließlich überrechnete, mit wem er alles schon über die Angelegenheit gesprochen hatte, so waren es so viele, daß die Sache nicht mehr zu verheimlichen war. Mit Sicherheit würde sie ihren Weg zu den Kindern nehmen. Wie denn anders! Bald, so war zu befürchten, wüßten es alle. Dann war ihm die Entscheidung darüber, ob er eine Identifizierung einleiten sollte oder nicht, gänzlich aus der Hand genommen. Sie würden selbst entscheiden wollen, sie waren ja erwachsene Leute. Und er, er müßte sich mit jeder Entscheidung abfinden, als wäre er ein Fremder. Der Punkt war also erreicht, sollte einer von Amts wegen an seine Stelle treten.

Er verglich noch einmal die Sprechstundenzeiten am Türschild, die Tage. Ja, es stimmte alles. Ein Blick auf die Uhr sagte ihm, daß er zur richtigen Zeit gekommen war.

Im Vorzimmer saßen mehrere Leute.

»Sind Sie angemeldet?« fragte die Sekretärin. Er verneinte, und sie notierte seinen Namen.

Er wartete. Er setzte sich auf einen Stuhl, schlug die Füße unterm Stuhl übereinander und wartete. Er besah sich die Leute, nickte ihnen zu, überlegte, in welcher Angelegenheit sie gekommen sein mochten. Manche gehörten zusammen, sah er. Dann wieder dachte er seiner eigenen Sache nach, er würde sie gleich dahersagen müssen. Dann befiel ihn Unruhe, daß er aufstand und hin und her ging. Die Sekretärin an der Schreibmaschine bat ihn, doch wieder Platz zu nehmen, er störe. So setzte er sich wieder, und die Zeit verging.

Plötzlich fiel ihm ein, daß er ja immer noch gehen konnte. Einfach gehen, und alles blieb beim alten. Die Leute gingen, wie sie von der Sekretärin aufgefordert worden waren, nach und nach durch die große dunkle Tür ins Zimmer nebenan. Andere waren neu hinzugekommen und warteten wie er. Als er sich wieder einmal entschließen wollte zu gehen, wurde sein Name aufgerufen. Er blickte erschrocken hoch, stand auf und ging gehorsam nach nebenan.

Hinter einem mächtigen Schreibtisch saß genau so, wie er ihn sich vorgestellt hatte, der Jurist und fragte ihn sachlich nach Namen und Adresse. Gut, dachte Luden Jähnig, und betrachtete ihn. Er mochte um sechzig sein, im gleichen Alter wie er, da konnte man schon Vertrauen fassen. Sein graues Haar war gescheitelt, er trug eine Brille, deren Gläser unten gesondert geschliffen waren. Während der Mann so schrieb und ihn befragte, blickte er über den Rand der Brille weg, als wäre sie überflüssig. Ein Kinderspielzeug in seinem ernsten Gesicht, das Enkel ihm beim Spielen aufgesetzt haben mochten. Das tat Luden Jähnig gut. An seinen Augen, an seinem ganzen Gesicht sah er, daß da ein einfacher und gerechter Mann saß. Ihm würde er sich anvertrauen können.

»Und was führt Sie nun zu mir?«

Luden Jähnig erzählte. Er erzählte alles, ließ nichts aus, nichts. Er begann mit den siebzehn, dem LKW, der Schwester, der Flucht. Er vergaß die Gefangenschaft nicht, nicht jene Bändchen, die ihm dort gestohlen worden waren mitsamt dem Uhrenetui, weil nämlich ein Fetzen Zeitungspapier für Zigaretten in seinem Etui war, ein großer Schatz im Lager. Von seiner Rückkehr sprach er, von den Leuten, bei denen die Kinder waren, und er lobte sie mit angemessenen Worten, und auch davon sprach er, daß er von den Kindern nicht lassen konnte. »Das war wohl, wissen Sie, weil ich sie damals in den Händen gehabt hatte, welk und blau wie

Würmchen. Da hat man dann so ein Gefühl...« Und er sprach von der kürzlichen Wiederbegegnung mit der einstigen Hilfsschwester. Vor allem aber erzählte er von den Urkunden, er nahm dazu die braune Mappe aus seiner Aktentasche und öffnete sie für den Mann. Und dann berichtete er von dem Kummer, der ihn seitdem quälte, Tag und Nacht... »Ja, und da bin ich gekommen, um zu fragen, ob ich eine Untersuchung anstellen lassen soll oder nicht: welcher Name zu wem von den sieben gehört und so weiter.«

Der Mann sah sich die Urkunden genau an. Ab und zu stellte er präzise Fragen.

Luden Jähnig kam sich erleichtert vor, er fühlte sich geradezu befreit. Wie einmal schon, als er in Gefangenschaft geriet, als er froh war, nach Sibirien zu kommen oder wohin immer, nur um mit Anstand von diesem LKW wegzukommen. Er hatte dem Mann alles gesagt, alles. Nun lag die Last bei dem. Herrgott, war ihm da leicht! Er hätte nicht gedacht, daß so etwas möglich war!

Der Mann schwieg lange. Er sah vor sich hin auf den Tisch.

»Von Rechts wegen«, sagte er schließlich und hob seinen Blick auf Luden Jähnig, »sind Sie verpflichtet, eine Identifizierung der Kinder einzuleiten. Und nicht nur der sieben, sondern aller, auch der Verstorbenen. Es gibt dafür klare gesetzliche Bestimmungen. Ich kann sie Ihnen vorlegen. Und zwar einzuleiten, wenn auch nur die geringste Aussicht auf Erfolg besteht. Das kann ich von hier aus aber nicht beurteilen. Man müßte die Sache eingehend untersuchen.

Ich vermute aber, daß es sehr schwierig sein dürfte. – Denn sehen Sie, es könnten Erbschaften vorliegen, auf die die Kinder Anspruch haben. Es bestehen Verwandtschaften, auf die sie nicht weniger Anspruch haben. Vater und Mutter leben vielleicht noch, Geschwister sind da, und so weiter und so fort. Als Jurist muß ich Ihnen eindeutig sagen:

Jawohl, Ludwig Jähnig, Sie sind verpflichtet, eine Identifizierung der Kinder einzuleiten.«

Dann nahm der Mann die Brille ab und betrachtete sie eingehend von allen Seiten. Er sah angestrengt eine Weile durch sie gegen das Licht, dann setzte er sie wieder auf.

»Wie alt sind Sie?« fragte er nebenbei und blickte vor sich auf den Tisch.

»Sechzig«, sagte Luden Jähnig, »im einundsechzigsten.«

»Wir können uns heute abend beim Bier treffen, Herr Jähnig«, sagte der Mann da und blickte ihn endlich wieder an, »irgendwo in einer Kneipe. Da werde ich Ihnen dann raten: Lassen Sie alles so, wie es ist.«

Als Luden Jähnig unten auf die Straße trat, war ihm, als wäre er gerädert worden. Wozu? dachte er. Wozu bin ich überhaupt hierhergekommen? Nix Sibirien! Fahr weiter! Die Welt ist wunderbar geschickt darin, einem seine Last nicht abzunehmen! – Er war böse. Und er war deprimiert. J-ein, das berühmte J-ein! Aber das gibt es doch gar nicht, es gibt nur ja und nein! Das wußte er sehr genau in diesem Augenblick.

Er lief nach Hause, blickte in die Mappe, klappte sie wieder zu, machte sie wieder auf und blickte verzweifelt im Zimmer umher. An sein Fenster wehte anhaltend der Novemberregen. Er nahm die Gardine zur Seite. Die Bäume in den Gärten rührten sich naß und kahl, der Wind peitschte ihre nackten Zweige. Eklig alles, scheußlich.

Er lief hinaus. Wartete an der Bushaltestelle. Ging, in seinen Mantel gehüllt, auf und ab, wartete nicht im Häuschen, sondern ging die paar Meter auf den Gehwegplatten hin und her. Als der Bus endlich kam, stieg er ein.

Beständigkeit, das war es, was er suchte. Einen Menschen, so beständig wie das Meer, der Wind, wie Wolken von Sand und die Wellen des Grases, den brauchte er. Und er war glücklich darüber, daß er ihm rechtzeitig eingefallen war. Es gab diesen einen. Zu ihm wollte er hin, sich an ihn lehnen und über die Dauer eines schlichten Gesprächs lang den Teil für sich nehmen, den er für die Zukunft brauchte.

Er saß im Bus und schaute hinaus. Draußen peitschte der Regen an die Scheiben. Wälder und Weiher waren novemberlich kahl, einsame Felder, schwarze Koppelpfähle unterm lang anhaltenden Regen zogen vorüber, der Bus indessen fuhr weiter, angenehmes Fahren auf glatter Straße, Luden Jähnig sah hinaus. Es gab ein paar Haltestellen zwischendurch, Haltestellen auf dem Lande. Nur wenige Leute stiegen ein oder aus. Der Bus fuhr jedes Mal schwer wieder an, und wenn er seine Geschwindigkeit erreicht hatte, begann die Straßennässe wieder unter den Pneus zu zischen, einziger Singsang dieser eintönigen Reise. So fuhr er die drei Dutzend Kilometer von der Stadt bis zu einem Dörfchen hinterm Deich. Luden Jähnig kannte die Straße gut, auch die Wälder.

Als der Bus dann hielt, stieg er aus und ging schnurstracks zum Stationshäuschen des Küstenamtes hinterm Deich. Man hatte sich ein bißchen vergrößert, sah er. Doch wie groß war seine Überraschung, als er hinter einem neuen Schreibtisch nicht Jens Larsen vorfand, wie er es bis zu diesem Augenblick einfach angenommen hatte. Dort saß eine Frau und an einem anderen Schreibtisch eine andere Frau. Er erkundigte sich nach Jens Larsen, da sahen die Frauen sich an, als ob sie sich erst erinnern müßten. In diesem Augenblick erst wurde ihm klar, daß ja fünfzehn Jahre seit jener Zeit und jenem Tag vergangen waren, als er hier die Schlüssel auf den Schreibtisch legte. Die Frau fragte ihn, ob er den Chef sprechen wolle. Offensichtlich hatte der noch einen anderen Raum. Nein, sagte er, er wolle nicht. Er wolle nur zu Jens Larsen. Sein eigener Name sei nämlich Jähnig, Ludwig Jähnig, vielleicht erinnerten sie sich? – Nein, sie erinnerten sich nicht. Die Frau hielt einen gelben Bleistift waagerecht zwischen den Händen, als sie über den Namen nachdachte. Eine sehr vernünftige Frau. Nein, sie erinnerte sich nicht.

Im Schatten des Deiches ging er dann den Weg, den er so

oft gegangen war, daß er ihn träumend hätte finden können. Den Weg nach Haus. Zum Haus unterm Schilfdach wollte er, zum Walnußbaum; ein wenig über den Zaun schauen, mit der Hand einmal kurz über die alte Pforte streichen – gut.

Der Wind schlug ihm die Feuchtigkeit ins Gesicht, der Kragen des gummierten Mantels klatschte an seine Wange. Er kümmerte sich darum nicht, blickte die siebzig, achtzig Meter den schmalen Weg voraus, wo das Gehöft lag.

Doch was war das? Hatte er sich verirrt? Er war immerhin fünfzehn Jahre nicht hier gewesen. War er vielleicht einen falschen Weg gegangen? Doch hier gab es nur diesen einen Weg hinterm Deich. Aber das da, das war nicht sein altes Gehöft! Es sah ihm so seltsam kahl aus! – Er begann zu laufen.

Am Zaun blieb er stehen. Er hielt sich am Gitter und sah hin. – Der Walnußbaum war fort. Das war es. Der alte große Baum, der den Himmel über dem Gehöft mit seiner düsteren Krone so bedeutend ausgefüllt hatte, war völlig weg. Nichts da. Gar nichts. Keine Wurzel, kein Stumpf, nichts. Der Hof so gründlich leer, als hätte es hier nie einen Walnußbaum gegeben. – Er war entsetzt. Erstaunt und entsetzt und ungläubig.

Und er war um so entsetzter, als er den Blick hob und zum Haus hinübersah. – War das sein altes Haus oder war es ein völlig neues? Irgendwo hatten die Mauern noch ein Zwinkern, aber da war ein nagelneues Schilfdach, so sauber gelegt und geschnitten, als hätte man jeden Halm einzeln behandelt. Und oben am First kreuzten sich zwei Pferdeköpfe, aus frischem Holz herausgesägt, lackglänzend. Und gelacktes Holz überall ringsum, frisches, wunderschönes Holz, sauber gespundet und am Giebel im Dreieck gelegt, fabelhaft anzusehen. Und die Wände so eben und weiß unter glänzendem Plastputz, daß es schien, sie wären nun für alle Regen und alle Wetter unnahbar genug. Seine alten Wände, ja. Und die Augen seines Hauses, die Fenster? Dort blinkten großflächige Scheiben mit den angenehmsten Bauerngardinen dahinter. Und seine Waschküche hatte eine helle Garagentür! Und Rasen, wo damals die trockenen Zweige und Blätter unterm Walnußbaum herumgelegen hatten? Hier hatten sie gesessen, sieben Jugendweihegefeierte nach ihrem großen Auftritt im städtischen Palais. Die Jungen mit den schlanken Hosenbeinen neuester Anzüge, die Mädchen in maienhaft farbigen Kleidern. Sie hatten hier auf Steinen gesessen, auf der kleinen Bank, und ihm zugehört, als er mit ihnen sprach. »Seid wie der Baum!« hatte er gesagt und mit dem Arm zur Krone hinaufgewiesen, »so ehrlich und so beständig wie der Baum hier!« Und sie hatten hochgeschaut, noch deutlich sah er es vor sich.

Er löste die Hände von dem schmiedeeisernen Zaun, er öffnete das Tor, ging auf den Gehwegplatten zur Tür. Er öffnete sie, trat ein, stand im selben Augenblick auch schon in einem fremden Korridor, naß wie er war. Es waren viele Leute im Haus, sah er. Eine Gesellschaft, Besuch, vielleicht eine Festlichkeit. Die Tür zur Küche stand offen, er sah mehrere Frauen dort bei Küchenarbeiten, angenehm leicht, schien es. Eine kam ihm entgegen, sah ihn fragend und lächelnd an. Ihr Blick glitt dann an seinem tropfenden Regenmantel herab. Eine angenehme Person.

»Der Baum«, sagte er, »der Walnußbaum. Wo ist er?« und wies mit der Hand über die Schulter.

Die Frau wußte es anscheinend nicht, sie war wohl fremd hier, sie verzog den Mund. Über die Schulter hinweg rief sie eine zweite Frau herbei.

»Der Baum«, sagte Luden Jähnig, »wo ist der Walnußbaum?«

»Weißt du etwas von einem Walnußbaum?« fragte die erste Frau die neu hinzugekommene mit Anteilnahme. Die überlegte. Sie war wohl die Hausfrau hier, sah jedenfalls so aus, als wüßte sie besser Bescheid, und sie schien sich auch zu erinnern.

»Ja«, sagte sie, »hier soll mal einer gestanden haben. Ein großer Walnußbaum auf dem Hof. Aber einer von unseren Vorgängern soll ihn abgeschlagen haben. Ich weiß nur nicht, wer. Da war etwas. Ich glaube, weil er kein Licht durchließ. Oder ein Blitz war eingeschlagen. Ich weiß es auch nicht mehr. Das Haus soll jedenfalls immer im Schatten gestanden haben, und die Wände waren wohl naß. So etwas war es. Vor sieben Jahren jedenfalls, kann ich mich erinnern, war der alte Stumpf noch da.« Die Frau schwieg, und beide Frauen und noch ein paar Kinder, die sich hinter ihnen aufgestellt hatten, blickten an Luden Jähnig hinab, wo sich Wasser von seinem Mantel gesammelt hatte. »Ja, mehr kann ich Ihnen auch nicht dazu sagen«, sagte die Frau dann und sah ihn wieder an.

»So«, sagte er, »hat also im Schatten gelegen, das Haus. Mußte ab, der Baum, ist klar. Nichts für ungut. Und entschuldigen Sie. Es war bloß mal 'ne Frage.« Sagte er und ging rückwärts zur Tür, und die beiden Frauen sahen ihm nach.

Als er Jens Larsen gegenüberstand, bekam er einen Schreck: Derselbe Mann, ja, nur kleiner geworden, gebeugt stand er vor ihm und legte ihm die Hand um den Oberarm und schlug mehrmals darauf. Dasselbe unrasierte Gesicht, und Züge darin, die ihm noch halb vertraut waren, nur waren die Stoppeln am Kinn und Wangen jetzt weiß und weich, wie auch das Kopfhaar. Der Nacken des Mannes war erschreckend dünn geworden, entsetzlich mager, als fehlte ihm dort ein Stück von der einstigen Kompaktheit. Das erschreckte Luden Jähnig wohl am meisten. Aber auch Larsens Augen hatten die alte Festigkeit verloren, sie lächelten zu allem wohlwollend und zustimmend, mochte da ringsum auch geschehen, was wollte. Jens Larsen war schwerhörig geworden, er verstand fast gar nichts mehr.

Doch er freute sich. Und das tat Luden Jähnig gut. Immerhin hatte er diesen Menschen einmal tief enttäuscht. Doch, es tat schon gut, sich von ihm zur Ofenbank schieben zu lassen und sich neben ihn zu setzen, doch.

»Na, hast du Sturm da bei dir?« Jens Larsen wies mit dem Daumen über die Schulter, wo der Ofen stand.

»Wieso?«

»Bist wieder ausgerissen?« Jens Larsen lachte.

Das kränkte Luden Jähnig, aber er lachte dazu.

»Und wie geht's dir denn so?« fragte er überlaut zurück.

»Was?« Der Mann hielt seine Hand hinters Ohr.

»Wie es dir so geht!«

»So, so, ja, ja.« Er nickte vielsagend.

»Ein Wetter draußen! Haben wir damals oft gehabt!«

»So, so, ja, ja.«

So lief die Unterhaltung an, und so ging sie weiter. Jens Larsen hatte von Luden Jähnig anscheinend nur das eine in der Erinnerung behalten, daß der einmal kapituliert hatte. Und das hatte er auch gleich am Anfang gesagt. Alles andere blieb dann bei diesem Greisenlächeln, der Hand hinterm Ohr und den stereotypen, unpassenden Antworten, so, so, ja, ja, mit dem vielsagenden Kopfnicken.

War das niederschmetternd für Luden Jähnig, neben diesem alten Larsen zu sitzen! Dessen Licht war ausgelöscht, sah er. Nein, er hielt es hier nicht mehr aus, keine zehn Minuten hielt es ihn länger dort auf der Bank. Die Beständigkeit, die er bei dem Manne gesucht hatte, die ihn durch Verzweiflung und einen Tag Regen hergeholt hatte, sie war einfach fort, verflogen, aus, weg, unter der Hand verlorengegangen. Und kein anderer Mensch konnte sie ihm jetzt noch geben. Wenn der nicht, dann keiner. Er mußte sie sich also selbst holen, er selbst, und von dorther, woher sie der andere einst gehabt hatte – vom Wind, vom Meer, von einer Wolke Sand, von den Wellen im Gras. Er selbst und allein...

Luden Jähnig lief auf dem Deich entlang. Er schimpfte, schüttelte die Fäuste und schrie. Der Wind schlug ihm harten Regen ins Gesicht. Das war ihm gut! Das war die alte direkte Zärtlichkeit seines unverdorbenen Freundes, der da vom

Meer kam, und nichts hatte er berührt vor ihm, nichts, nur auf der grauen, weiten Fläche die ungetrübte Frische von Wellen und Schaum. Er kam daher, stieg über den Deich und schlug ihm gegen den Körper. Kennst du mich noch? Da bin ich wieder, immer alt und immer neu.

Luden Jähnigs Schultern wurden feucht. Am Hals lief ihm Regen unter die Kleidung und biß ihm kalt in die Haut. Aber seine Beine, wie er so ausschritt, hatten Lust, weit zu gehen, hinaus aus den Bereichen, wo Menschen waren, und dorthin, wo Beständigkeit war.

Wer hat geweint, als Philipp verurteilt wurde?

Ein Jähnig, hör her, Wind, ein Jähnig steht unter fünfen in einer Reihe: verurteilt wegen Betrugs. Haben gepanscht! Großes Haus, großer Stil, großer Betrug! Und diese Augen! Diese erstaunten Philipp-Augen! Unschuldiger ist nie ein Mensch verurteilt worden, Wind. Aber das hält zusammen! Das schweißt zusammen danach, du! Ein Vaterherz, da paßt alles hinein, du! Alles!

Und Ulrike, du – die kennst du! Täubchen, mein blaues. Keiner war ihrer würdig! Keiner! – Kein Discjockey und kein Notenputz! Keiner! Nur ich, Wind! Nur ich! Denn keiner glich mir. Die Narben in meinem Herzen sind von den Tränen um sie. Denn ich schickte sie fort, Wind, fort in bedrückende Einsamkeit. Aus Vaterliebe, du! Das hält zusammen, du...

Hast du die beiden gesehen, Wind, Horst und Carola? Als sie Hand in Hand vor mir standen – Geschwisterpaar in Liebe? Nie, du, nie würde ein Vater ins Echogelächter selbst aller Berge der Welt einstimmen! Nie, du! Das war der Augenblick von schlichter Erfüllung meiner Geduld, mein Lieber! Von langjährig gedemütigter Geduld vor Drogistentüren, du. Das war etwas! Sie waren nicht Geschwister, nie! Keiner wußte es besser als ich. Nehmt euch! sagte ich. Nieder mit allen Drogistenträumen! Und viel Erfolg für den Leidensweg an kleinen Schreibtischen! Denn Horst, weißt du, der konnte auf ein Podest treten, die Faust heben und reden. Also sollte er! Nieder also mit allen Drogistenträumen – haha! War das eine Freude! Und die alte Schachtel da in der Eckdrogerie – du wirst es verstehen, Wind. Frohlocken war dabei...

Luden Jähnig sprang vom Deich hinunter. Die Freude ließ ihn laufen. Er ruderte mit den Armen wie mit Windmühlenflügeln, sprang über unwegsames Gelände dahin, lief, übersprang Bodenhöcker und kleine Wellen, ruderte mit den Armen und lachte sein schallendes Lachen! Für den Wind. An einem Windflüchter blieb er schließlich stehen. Dort schlug er sein Wasser ab.

Er überquerte den Deich, lief durch einen schmalen Streifen junger Erlen und näherte sich durch die Dünen dem Strand. Hart am Rande des Wassers stellte er sich auf. Zwei Wildenten flatterten pfeilgerade unter niedrigen Wolken dahin.

Und kennst du Nelly, Wind? Nelly, Samuels kleine, dicke Frau mit dem sonnigen Herzen? Riecht nach Bratwurst, wenn sie vom Kiosk nach Hause kommt. Das geht vom Waschen nicht weg, du. Solche Menschen sollte man auf Händen tragen, du! Solche wie Nelly. Legt mir drei Enkel nacheinander in die Arme, sagt: Das sind deine, Großvater! – Ha, meine! Hörst du? Drei! Das ist schon was, du! Die kommen zu mir, die Schwäne füttern! Drei von Samuel, zwei Mädchen von Dieter, einer von Bärbel, und einer irgendwo da von Christoph. – Das ist schon ein Hinterland, du...!

Er ging weiter am Ufer entlang, hatte die Hände auf den Rücken gelegt, schaute ein wenig besinnlich schräg vor sich auf. Die Wellen liefen neben ihm auf, er bog ihnen aus. Und er sprach etwas leiser im Wellenlärm...

Und wie, meinst du, Wind, ist einem Vater zumute, wenn da einer seinen Blick fragend in die Welt richtet? Allenthalben fragend nach Wahrheit. Du möchtest eilen und um ihn sein und dich überall aufstellen dort, wohin er grad schaut.

Und möchtest ihm Antwort geben. Denn du fürchtest, er findet sie nicht. Und nach und nach reißt es dir neue Narben, wenn du siehst: sein Blick, der wird zynisch. Oh, Wind, um solch einen bangt man! Denn so was, das geht nie wieder zurück. Und da verliert sich einer von dir. Solch einen Sohn, Wind, den liebst du vielleicht mehr als alle. Den hältst du mit allem, was dir bleibt...

Hat da eine Möwe im Sturm gelacht? Oder ist ein Bach Wasser vom Steilufer gefallen? – Luden Jähnig schaute sich um. Er war in den Bereich der Küste geraten, wo sich das Steilufer hinter dem Strand auftürmte. Der Strand war hier steinig. Er blickte in die Runde. Die Schwalbenlöcher im Steilufer schienen ihm nicht mehr scharf in den Konturen zu sein. Er kniff die Augen zusammen. Die Dämmerung kam, er mußte zurück.

Ha! rief er plötzlich aus und warf einen Stein gegen die Steilküste. Ein bißchen feuchte Erde polterte nieder. Ha! So einen Burschen wünsch ich dir, Wind! So einen Kerl! Der hat den Kopf fest auf den Schultern, du! – Er warf einen neuen Stein. Noch einen. – Steht da, spreizt einen Arm zur Seite, dreht den anderen – so, schau her! Wenn du da auf der Brücke stehst – nach Fußballspielen schleichst du hin, denn da geht's sechsspurig zu – wenn du ganz klein dort unten den einen siehst, und es geht hauteng die Straße hinauf und hinab, so weit du nur sehen kannst, und der macht das! – wenn du dort stehst, Wind: Das ist ein Jähnig! Solche Freude, die braucht ein Mensch, du.

Luden Jähnig sah sich um. Es wurde wirklich Zeit, daß er umkehrte. Die Konturen ringsum wurden zusehends unschärfer. Immer mehr Grau legte sich zwischen die Wasserfläche und ihn, zwischen ihn und die Steilküste, ein unangenehmes Grau, der Wind riß es nicht weg. Er ließ den letzten Stein fallen und ging los.

Er ging, lief, ging. Überquerte die Dünen, strich durch das Gehölz, da riß er sich in der Dunkelheit schon den Ärmel auf.

Und der Regen wollte nicht nachlassen. Als er den Deich erreichte und hinaufstieg, konnte er gerade noch den Pfad vor sich erkennen. Der Himmel aber war etwas heller als das Terrain ringsum. So ging er denn dem Dorfe zu, ein Figürchen oben auf dem Kamm, ein lächerlicher Scherenschnitt schwarz gegen das Wolkengrau, ein kleiner Mann, der emsig voranschritt, mit den Fäusten gestikulierte und manchmal sprang...

Denn das, Wind, mußt du dir auch noch anhören! Das, was alle nämlich hören, weit und breit. Spürst du sie nicht, die Stimme? Sie geht durch dich hindurch! Weit, weit geht sie hin. Ins Land, über Städte, über Dörfer, überall die liebe fröhliche Stimme, die da Rentner begrüßt und brave Leute. Ich habe mir eigens ein Koffergerät gekauft, so ein kleines Dingelchen, billig. Da kann der Mann ein Stimmchen hören, das er liebt. Das ist aus dem eigenen Nest gekommen, und er hat, bitte sehr, doch einiges dazu getan! Das ist eitle Freude, ja, aber ich brauche sie, Wind, und ich nehme sie mir.

Ja, du, die sind schon eine Mannschaft, diese sieben! Damit kann man Burgen stürmen...

Als Luden Jähnig an den Bus kam, war er völlig erschöpft und durchnäßt. Der Bus stand schon da. Ein kümmerliches kleines Männchen stieg da die Stufen hinauf. Auf seinem Platz schlief er sofort ein. Er war der einzige Fahrgast. Sein Kopf sackte herunter, und es war nicht mehr als ein Häufchen eingesackter Mantel dort in einer Bank in dem leeren Bus zu sehen. In der Stadt weckte ihn der Fahrer. Er schüttelte ihn mehrmals am Arm. Luden Jähnig hob das Gesicht und sah sich um und stieg sofort aus.

Am nächsten Morgen in aller Frühe war Luden Jähnig wieder auf der Fähre.

»Was willst du hier?« fragten ihn Freiligrath und Harald Blohm verwundert.

»Das hält man ja nicht aus«, sagte er, »bin doch kerngesund. Kann doch ein bißchen mitfahren mit euch, oder nicht?«

»Der muß ja einen Tick haben«, sagte Uwe Jens und führte den Finger zur Schläfe. »Krankgeschrieben und dann zur Arbeit kommen!« Er sagte das schon im Weggehen.

Luden Jähnig aber war irgendwie guter Dinge. Er war voller Schwung und auf eine Weise hinterhältig, als hätte er eine Überraschung parat. Paßt auf! Ich hab's nämlich! Ich hab's! Und zum richtigen Zeitpunkt lasse ich es raus! – Diesen Eindruck verbreitete er um sich.

Christoph jedenfalls, als er zur Fähre herunterkam und nach längerer Zeit den Alten dort wieder schwungvoll und guter Dinge den Schlagbaum heben sah, war ein wenig verwundert. Doch bei dem Alten kannte man sich nie so recht aus ...

Die Fähre legte an, und hinterm Schlagbaum stand, ein dickes Tau in der Hand, grinsend er – der kleine Decksmann auf dem Schiff hier zwischen den Ufern, Luden Jähnig. Lachte ob der Überraschung, daß er gesund war eigens für ihn, Christoph, einen von den sieben.

Als er hinter dem letzten Passagier dann wieder den Schlagbaum geschlossen hatte, kam er in den Fahrgastraum herunter und setzte sich Christoph gegenüber. Lachte, als hätte er eine Überraschung.

»Wie geht's dir eigentlich so?« fragte er. »Bist du zufrieden?«

»Ja. Wieso fragst du?« Es war wirklich eine seltsame Frage, die der da stellte. Als wäre er einem Fremden begegnet.

»Ich habe dich aber noch nicht im Fernsehen gesehen«, sagte der Alte.

»Nein«, sagte Christoph. »Das machen andere. Das ist ein anderer Beruf. Ich mache nur die Sendungen fertig. Vor allem das Schriftliche – das Buch, den Text und so weiter.«

Der Alte nickte.

»Dann bist du wohl kein großer Mann da bei euch.«

»Nein«, sagte Christoph, »eher ein kleiner.«

Der Alte sah ihm nachdenklich ins Gesicht. Er dachte an Christophs Eigenart, ständig auf der Suche zu sein, bis zum allerletzten Körnchen hin, und er dachte: Der Junge wird es nicht leicht haben.

»Aber so klein auch wieder nicht«, sagte Christoph. »Die kleinen Sendungen, verstehst du, die sind manchmal wichtiger als die großen.«

Der Alte hatte keinen Fernsehapparat. Seine Nachbarin hatte einen. Sie lud ihn manchmal ein. Er aber ging nur selten hinüber. Er hatte keine Geduld beim Fernsehen. Er regte sich zu schnell auf. Nur wenn die Nachbarin rief: »Der Christoph ist im Fernsehen!«, dann lief er schnell hinüber. Doch er kam immer zu spät. Der Name war schon über den Bildschirm gerollt. Aber dann war er mächtig stolz und erzählte anderntags bei Gelegenheiten auf der Fähre, Christoph wäre wieder einmal im Fernsehen gewesen.

»Hast es nicht leicht da, was?« Der Alte nickte wissend.

»Nicht so schwer, wie du meinst.«

»Na, dann geht's ja.«

Draußen schob sich ein Dalben am Bulleye vorbei, dann noch einer. Die Maschine tourte auf, daß der Fährkörper vibrierte. Die Fähre mußte wenige Meter von der Anlegestelle sein. Die Maschine bremste.

Luden Jähnig stand auf. Er mußte draußen das Anlegen besorgen. Er stand heute mit einem Schwung auf, daß auch Christoph sich sogleich miterhob und hinter dem Alten zum Ausgang ging. Die selbstsicheren Bewegungen des Alten in der Steppjacke schienen ihm ein Zeichen zu geben, daß er mit einer größeren Überraschung aufzuwarten hatte. Draußen schob er sich dann zwischen den dicht stehenden Fahrgästen nach vorn. Da hatte er auch schon für den ein freundliches Wort und für jenen. Er war nicht mehr allein für Christoph da, das spürte der, als er hinter der Peripherie der Leute stand. Dann sah er ihn die armdicke Schlinge um den

Poller legen. Er turnte auf die Anlegestelle hinüber und trat mit dem Fuß das Trittbrett nieder.

Christoph beobachtete ihn, wie er den Schlagbaum hob und den Leuten den Weg freigab. Eingekeilt zwischen anderen, ging er dann an ihm vorbei. Luden Jähnig aber nickte fröhlich hierhin und dorthin.

»Na, tschüß denn!« rief Christoph ihm zu.

Der kleine Fährmann sagte: »Mach's gut!« und nickte schon einem anderen zu.

So ist er, dachte Christoph und lächelte in sich hinein. Der ist immer für alle da, niemals nur für einen.

Abends kam Heiko, Samuels Jüngster, kleiner Vertrauter mit warmen Händen, die er, Luden Jähnig, gern in der seinen spürte, wenn sie ein Stück das Ufer entlanggingen. War fünf Jahre alt, das Bürschlein, und hatte schon die Unbeugsamkeit des Vaters und die fröhlichen Augen der Mutter und war so sein Freund geworden von oftmaligem Abholen bei Feierabenden hier am Ufer. Zusammen fütterten sie dann die Schwäne. Luden Jähnig gab dem Kleinen einen Groschen, und der holte zwei Brötchen vom Bäcker.

»Zwei Brötchen«, er hob belehrend den Finger, »mit zwei Brötchen im Leib würde manch ein Mensch nicht sterben. Und wir wollen sie an die Schwäne verfüttern...«

»Wollen wir denn heute nicht?«

»Natürlich wollen wir! Schwäne soll man immer füttern. Das ist so gut, als hätte man die Brötchen selbst gegessen!«

»Auch Möwen?«

»Auch Möwen, auch Bleßhühner und Enten, alles!«

Luden Jähnig bildete mit den Händen einen Trichter vor dem Mund. »Hollub, hollub, hollub!« rief er auf den Fluß hinaus. Die Schwäne stellten die Köpfe schräg und änderten ihre Bahnen. Von überall kamen sie dahergeschwommen, zur Freude des Jungen, langsam, sie hatten ihre Würde.

»Hollub, hollub, hollub!« An den schwarzen Ufersteinen

erwarteten sie sie. Und der Kleine neben Luden Jähnig war ungeduldig vor Freude. Auch er schrie: »Hollub, hollub, hollub!«

Dann warfen sie die Brötchenbrocken. Sie mußten es aber immer sehr geschickt tun. Denn sofort waren Möwen da, ein ganzer Pulk. Die flogen dicht vor ihnen herum und schnappten die Brocken aus der Luft weg, oder sie schossen ihnen ins Wasser nach. Auch ein paar Bleßhühner fanden sich unauffällig ein, und Enten. Sie waren immer da beim Füttern. Man sah gar nicht, woher sie kamen. Doch sie bekamen selten etwas ab. Sie waren zu dumm und zu langsam. Die Möwen waren immer vor ihnen da, auch die Schwäne. Einmal, als ein Bleßhuhn sich gerade einen Brocken schnappen wollte, griff ein Schwan ihm gelassen ins Rückengefieder, zog das Tier zurück, bekam selbst das Stück aber nicht, denn da war schon eine Möwe da.

Der Kleine hatte ihn etwas gefragt. Ob er die Schwäne voneinander unterscheiden könne.

Wie unterscheiden?

»Na so, die sehen doch alle ganz gleich aus, Opa.«

»Gleich? nein. Die sehen ganz unterschiedlich aus. Jeder anders. Schau mal, der da ist doch viel größer als der da neben ihm!«

Der Kleine schaute.

»Doch, unterscheiden kann man sie! Und wie! Fast so wie Menschen. Man muß sie nur lange genug kennen. – Das da ist ein Ganter. Er ist der Mann von«, er suchte, »der da.« Luden Jähnig zeigte auf die Gans, die im Pulk der Schwäne nicht gerade in der Nähe des Ganters war. »Doch, man kann sie unterscheiden. Dieser hier ist frech, der da hinten ist still, er hält sich immer etwas zurück, der da ist ein Angeber, und der da ist weiter nichts, der ist einfach nur da.«

»Dieser ist der Beste!« Der Junge wies entzückt auf einen schönen starken Schwan, der leicht die Flügel hob und in angriffslustiger Stellung den Hals gewölbt trug.

»Nein, das ist er nicht, der ist nur ein Protzer«, sagte Luden Jähnig, »ein Großmaul. Der gibt an und möchte zeigen, daß er der Schönste ist. Er macht schon etwas her, aber davon soll man sich nicht täuschen lassen. Der Beste ist er sicher nicht. Vielleicht ist es der da, der nur einfach da ist.«

»Kennst du sie alle?«

»Ja, alle, die hier immer an der Fähre sind.«

Später betrat er dann die Eckkneipe und hängte wie alle Tage seine Mütze an den Haken. Der Wirt hinterm Tresen sah es beim Gläserspülen, auch Philipp, der gerade Stühle zurechtrückte, merkte auf. Luden Jähnig hob forsch den Finger, was bedeutete: Das Übliche, eine Bockwurst, ein Bier! Und wie er dabei den Kopf hob, das war noch ein wenig schwungvoller als gewöhnlich. Der Wirt grüßte zurück, auch Philipp nickte ihm freundlich zu. Aber da nahm er auch schon selbstsicher Platz und rückte die Bierdeckel ordentlich auf der Tischplatte hin.

So wartete er, er klopfte mit den Fingern rhythmisch auf den Deckel und dachte an den Tag seiner Schande zurück. Seiner größten Schande. Aber seltsam, heute tat er es mit einer Unbekümmertheit, als hätte es damals nicht ihn betroffen.

Philipp stand damals vor Gericht, Philipp und noch vier andere, allesamt Kellner und Bedienstete in dem neuen großen Hotel. Sie waren des Betrugs überführt worden, des Betrugs in größerem Umfang. Ja, auch Philipp, sein Vertrauter! Wie das schmerzte. Oft genug hatte Luden Jähnig hier in der kleinen Eckkneipe gesessen, seit Philipp hier gelernt und dann auch noch später lange Jahre bedient hatte. Und wie heute bei Bockwurst und Bier hatten sie die Probleme besprochen, die anstanden: Dieter war wieder irgendwo in eine Schlägerei verwickelt gewesen, Christoph brauchte einen Anzug, hatte als Student aber kein Geld. Woher also nehmen? – Später waren es andere Sorgen geworden: Bärbel bekam ein Kind, sagte aber nicht, wer der Vater war. Samuel war vom Gerüst gefallen, Schlüsselbeinbruch, doch nicht im Betrieb, sondern bei der Feierabendarbeit. – Und dann das eine damals, das ihn besonders traf: Ulrike saß nicht mehr an der Kasse. Sie arbeitete hinten im Lager. Denn sie trank. Ja, er wußte, sie hatte angefangen zu trinken. Und wie man ihm sagte, trank sie dann auch schon während der Arbeit...

Philipp hatte ihm immer still zugehört, hatte vor ihm gestanden, eine Hand auf den Stuhl gelehnt, und mit ihm mitgedacht. Er hatte selten eine Antwort; aber allein seine Gegenwart, wenn er so neben ihm stand, machte Luden Jähnig vieles leichter. In solchen Augenblicken fühlten sie sich zusammengehörig. Wenn Gäste kamen, legte Philipp gewohnheitsmäßig die Serviette über den Unterarm und ging, um zu bedienen. Angenehm, stellte Luden Jähnig fest, wie er das machte. Und manchmal ging er, weil Gäste bezahlen wollten, Philipp, der Rechner. Luden Jähnig sah dann hinüber und schmunzelte innerlich. Ja, Philipp war schon immer eine Begabung gewesen. Halb zutraulich, halb zurückweisend sein Lächeln, wenn er so stand, und dazu die Automatik in seinem Kopf, die ohne Anstrengung sämtliche Posten in Gedankenschnelle addierte. Stand so und nannte mit schüchtern lächelndem Mund die Summe. Oh, er war als Rechenwunder bekannt. Leute hatten versucht, ihn zu verwirren. Sie hatten einige zwanzig unterschiedliche Posten am Tisch zu begleichen und stritten sich freundschaftlich darum, wer welche Speisen und wer welche Getränke bezahlen würde. Philipp stand daneben und nannte fortwährend die veränderten Teilsummen, so arg sie es auch trieben. O ja, wer einmal diese Eckkneipe besucht hatte, ging verblüfft über diesen Kellner wieder hinaus. Und Luden Jähnig selbst, wenn er es beobachtete, war sich im Grunde nie so recht darüber im klaren, ob Philipp wirklich der scheue Junge oder vielleicht doch mehr der Rechner war. Und seit dem Tag der Schande besonders. Doch wollte es sich in seinen Gedanken immer zum Guten hinwenden. Er glaubte einfach an den

Jungen. Philipp hatte damals achtzehn Monate Freiheitsentzug auf Bewährung bekommen. Die waren längst vorüber. Und er bediente wieder hier in der Eckkneipe, wo er angefangen hatte.

Damals, wie gesagt, als Philipp in der Reihe unter fünfen stand, hatte er sich in der harten Zuschauerbank vor Schmerz gekrümmt. Aber das war vorüber, heute konnte er lächeln, wie er hier so den Bierdeckel drehte.

»Wie geht's?« fragte Philipp. »Gibt's was Besonderes heute?«

»Nein. Nichts Besonderes. Alles normal.« Und er sah ihn weiter triumphierend an.

Abends klingelte er bei Dieter an der Wohnungstür.

»Ruf mal alle zusammen!« sagte er.

»Komm doch rein!« Dieter stand in Pullover und Jeans vor ihm.

»Keine Zeit«, sagte der Alte, »ruf alle zusammen! Morgen abend bei Samuel.« Sagte es und ging auch schon die Treppe hinunter.

Sie trafen sich am nächsten Abend bei Samuel. Es hatte sich so eingebürgert, Familientreffen in Samuels Wohnung durchzuführen; das lag sicher an Nelly, die sie alle mochten. Es hatten sich also alle versammelt, und wer zuletzt kam, das war er.

Sie warteten geduldig auf ihn, sprachen halblaut, ihre geschwisterlichen Späße gelangen nicht so recht, denn irgendwie schien es ihnen, als komme da etwas Besonderes auf sie zu. Schon lange nämlich hatte der Alte sie nicht mehr in dieser Form zusammengerufen, genau genommen, waren es sogar vierzehn Jahre, sah man von weniger bedeutenden Treffen ab. An dem Tage nämlich, als sie achtzehn wurden, hatte er sie in dieser Form zum letztenmal um sich versammelt und ihnen eine seiner großen Reden gehalten. Die letzte dieser Art eigentlich. Damals hatte er ihnen, wie er das nannte, sein Vermächtnis übergeben. Es war rührend und komisch zugleich gewesen, ihn so zu erleben, und die übliche Geburtstagsfreude hatte nicht so recht aufkommen wollen. Seit damals hatten sie sich zwar noch oft aus verschiedenerlei Anlässen zusammengefunden, nur waren ihre Begegnungen anders geworden. Zum einen gingen Einladungen seltener von Luden Jähnig aus, sie selbst verabredeten sich untereinander, riefen sich an, sagten sich irgendwie Bescheid, oder Dieter fuhr in altbewährter Weise die Runde ab, wenn ihm das auch nicht mehr so recht paßte. Oder sie trafen sich zufällig bei Sonntagsbesuchen. Zum anderen hatte es sich ergeben, daß fast immer einige fehlten, sie kamen nicht mehr immer alle sieben zusammen. Einige hatten dienstliche Angelegenheiten, die sie abhielten, oder andere wichtige Verabredungen; andere, Bärbel und Christoph zum Beispiel, studierten in entfernteren Städten; die Jungen waren ihre Zeit beim Militär oder hatten, wie Samuel und Philipp, öfter Schichtarbeit. Später kamen andere junge Leute dazu, Freundinnen und Freunde, Nelly zum Beispiel, auch Carola und noch andere Mädchen und Jungen, die aber nur kurzzeitig blieben. Dann waren die ersten verheiratet, und dann wurden nach und nach auch schon die ersten Kleinkinder mit zum Geburtstagstreffen gebracht. Der Kreis löste sich zwar nicht auf, verlor aber seine klaren Konturen.

Nun aber hatten Luden Jähnig sie überraschend wieder alle zusammengerufen. Ausdrücklich sie alle sieben. Niemand wußte so recht, warum. Sie waren ein bißchen erschrocken wegen der plötzlichen Aufforderung und stellten Vermutungen an. Auch Dieter, der gestern noch mit seinem Trabant die Runde abgefahren war. So kamen sie alle, und niemand brachte noch jemanden mit. Nelly ging ab und zu durchs Zimmer, stellte Aschenbecher hin, zupfte Deckchen gerade. Sie war hier die Hausfrau.

»Und er hat wirklich nichts gesagt?« fragte Horst von seinem Stuhl aus.

»Nichts. Kein Sterbenswörtchen. Ist gleich wieder gegangen«, sagte Dieter darauf, und sie sahen es Horst an, daß es ihm nicht recht war, hier herumzusitzen, ohne zu wissen, worum es ging. Denn Horst war ein geplagter Mann, den auch abends seine Aufgaben riefen. Er saß an der Breitseite des Tisches, hatte die Ellenbogen auf die Tischplatte gelegt und schloß und öffnete abwechselnd die Fäuste, eben wie einer, der ungeduldig ist. Wenn er sich über den Tisch beugte, sahen sie, daß sich sein Haar in den letzten Jahren deutlich gelichtet hatte. Das machte ihn älter als die anderen.

»Und du hast auch keinen Verdacht?« Horst sah unbefriedigt zu der Seite, wo Dieter saß.

»Keinen.«

»Und wenn du einen hättest«, meldete sich Christoph aus seinem Sessel zu Wort, »wenn du einen hättest, würdest du ihn dann sagen!« Schmal, mit gespanntem Rücken lag Christoph da und hielt die Hände in den Hosentaschen. Aus eng beieinanderstehenden Augen blickte er mit leisem Spott auf Dieter.

»Nein, würde ich nicht.«

»Und welchen Verdacht hast du?« Sein Lächeln wurde dreister.

Dieter wollte zunächst antworten. Doch er schloß wieder den Mund. Sie sahen, er war über Christophs Provokation verärgert. Vor allem darüber, daß der ihm zugetraut hätte, er fiele auf eine so plumpe List herein.

»Ach, ihr lieben Brüderchen! Nun zankt euch man nicht schon wieder!« lenkte Bärbel ein.

Erwachsene Leute saßen hier herum und harrten geduldig und ungeduldig auf das Erscheinen des kauzigen Alten, der sie, nun ja, hier versammelt hatte, als wären sie noch Kinder. Es waren schon zehn Minuten über die Zeit, und er war immer noch nicht da. Sie trommelten ungeduldig mit den Fingern auf Sessellehnen.

Doch dann kam er.

Er hatte seine blaue Dienstjacke an, darunter trug er einen Sweater. Er sah etwas blaß aus, doch wie er so ins Zimmer trat und sich unter den sieben umblickte und mit verheißungsvollen Augen eine beträchtliche Überraschung ankündigte, sahen sie, er hatte seinen guten Schwung. Ho, da war er ganz der alte. Da trat er auch schon an den Tisch und nestelte unter der Jacke einen braunen Pappdeckel hervor. Den hielt er bedeutsam hoch, nickte vielsagend und warf ihn auf die Tischplatte. Dann ging er zweimal um den Tisch herum, ging einfach so herum, ohne jemanden anzusehen, und nickte vielversprechend zu dem ominösen braunen Requisit hin.

»Na?« sagte er plötzlich und wandte sich an alle, indem er die Hände öffnete. Die Überraschung war seines Erachtens auf dem Höhepunkt angekommen. Nun waren sie dran. Er jedenfalls ging ganz hinten ins Zimmer und setzte sich auf einen Hocker.

Da war es also geschehen, unwiderruflich geschehen. Da hatte er mit seinem grinsenden Na? die guten Normen ihrer geschwisterlich familiären Zusammengehörigkeit aus den Angeln gehoben. Da hatte er mit seinen geöffneten Händen den Wind entlassen, der die Saat aus den Wurzeln reißen würde, die er einst säte. Oh, Luden Jähnig, er ahnte nicht, was er da soeben getan hatte! Doch noch geschah nichts. Gar nichts. Da war nur sein Überraschungsgrinsen und die Stille. Armbanduhren tickten an Handgelenken, von nebenan drang Fernsehsprechen durch die Wand, unten vor dem Haus heulte ein Wagen auf.

»Was ist das?« fragte Horst endlich.

Der Alte antwortete nicht, er lachte vieldeutig und wies mit dem Kinn auf die Mappe.

Bewandert im Umgang mit Akten, schlug Horst die Mappe auf. Er schaute einen Augenblick hinein, stülpte die Lippen vor, langsam legte er vergilbte Blätter von einer Seite der

Mappe auf die andere. Die anderen sahen ihm interessiert zu.

»Geburtsurkunden«, sagte er dann und zählte sie langsam. »Geburtsurkunden. Siebzehn Stück.«

Dieter erhob sich, machte einen langen Hals, trat schließlich an den Tisch heran und überzeugte sich mit einem Blick. »Alter!« sagte er dann und wandte sich um, »ich habe dir schon mal gesagt, mir kommt das nicht ganz geheuer vor! Wo hast du die her? Hast du die irgendwo im Suff geklaut?«

»Halt den Mund!« sagte Christoph. »Merkst du denn gar nichts?«

»Was soll ich merken?« Dieter wandte sich Christoph zu.

»Das sind unsere. – Deine, meine. Unsere.«

Langsam blickten alle zu Christoph hinüber, und dann zu Luden Jähnig.

»Ist das wahr, Papa?« fragte Ulrike leise.

Er erhob sich umständlich, ging zum Tisch, stand dort eine Weile, strich mit der Hand über die Mappe. »Ja«, sagte er, »das sind eure. Ich habe die Schwester wiedergefunden, die Verräterin«, fuhr er fort, »ja, das sind eure. Eure Papiere. Darauf stehen die Namen, auf die ihr mal getauft worden seid. Auch die von euren Eltern. – Ja, ihr habt wirkliche Eltern!« schrie er plötzlich hinterher, und dann nahm er den Packen in die Hand, wog ihn mehrmals auf und ab und nickte dazu, als ahnte er jetzt bereits, was nun kommen würde. Dann ließ er ihn fallen.

»Da«, sagte er. Das war die Aufforderung an alle, es sich im einzelnen anzusehen.

Zunächst einmal taten sie es nicht. Sie saßen da und sahen abwechselnd ihn und die Blätter auf dem Tisch an. Seine Aufforderung hinderte sie wohl eher, einfach ihrer Neugier nachzugehen. Sie waren da skeptisch bei ihm. Bis dann Bärbel sagte: »Na ja, ansehen können wir sie uns ja.« – Sie rückte mit dem Stuhl näher an den Tisch, zog sich die Mappe heran, schlug sie auf und sah einen Augenblick hinein. Sie las. Dann nahm sie mit spitzen Fingern eine von den Urkunden an den beiden oberen Ecken auf, hielt sie vor sich und las laut vor. »Harry Lehmann«, sagte sie, »Vater: Norbert Lehmann, Schornsteinfegermeister, Mutter: Klara Lehmann, Hausfrau.« Sie betonte die Silben einzeln und deutlich und gab auf diese Weise zu verstehen, daß sie es nicht ernst mit diesen Dokumenten meinte.

Eine Gaudi brach aus. Da saßen sie, Männer und Frauen im vierten Lebensjahrzehnt, Leute von rechtschaffener Art; und jeder von ihnen hatte, und darin fühlten sie sich wohl, auf seine Weise einen Anteil an dem geleistet, was sich im Lande so tat. Ihre Jugend war verrauscht, keine honigsüße, nein, eher sogar eine, die sie gestruwelt hatte, jeden anders; sie hatten sich stolpernd oder glatt bewährt, aber bewährt hatten sie sich, das wußten sie, wenn sie sich untereinander umsahen. Das Leben war in seine festere Phase eingetreten, sie waren Leute, die in ihm ihren Verlaß gefunden hatten und von dieser Position aus lachen konnten, wie man eben lachen kann, wenn der Großteil des Lebens immerhin noch vor einem liegt. Und nun das! Herrgott, war das eine Gaudi! Nein, sie konnten sich gar nicht fassen, vor lauter Spaß an der Sache. Sie lachten Tränen. Eine Geburtsurkunde nach der anderen nahm Bärbel auf und verlas die ulkigsten Namen. Ein Jahrhundertspaß geradezu! Und niemand konnte das so gut machen wie Bärbel. Mokant hob sie den Kopf, die gepflegten Finger zogen ein neues Stück vergilbten Papiers aus der Mappe, und mit freundlicher Rundfunkintonation, gleichsam für einen weit größeren Kreis von Hörern im weiten Lande und ungeachtet der hier prustenden, lachenden, wiehernden Geschwisterschaft, verlas sie die anstehenden, so kolossal klingenden Personalien. War das ein Spaß! Aber um ehrlich zu sein, es war eher die allgemeine Stimmung, was sie zum Lachen zwang, und nicht so sehr die Personalien. Waren es doch ganz schlichte Namen, die da verlesen wurden, freilich die Vornamen um eine Generation zu alt, und das klang manchmal komisch, und alles ganz schlichte Berufe. Landarbeiter, Maschinenschlosser, ein Chauffeur, ein Ofensetzer, ein Stellmacher, ein Reichsbahnangestellter, zwei Berufssoldaten, und bei manchem stand einfach Arbeiter. Doch schon wenn es nur um eine Winzigkeit darüber hinaus ging, gab das neue Nahrung für ihr Gelächter. So bei einem Uhrmacher zum Beispiel, und erst bei einem Feuerwehrmann. Da wollten die Späße und Zurufe gar kein Ende nehmen. Die Berufe der Mütter regten sie weniger zum Lachen an; als hätte es der Standesbeamte bei den Eintragungen an den nötigen Einfällen fehlen lassen. Die Lottes und Hedwigs und Marlenes waren Fabrikarbeiterinnen, Näherinnen, Telefonistinnen oder auch einfach ohne Beruf. Das Lachen ging bei der Verlesung ihrer Personalien meist in eine Flaute über, um aber schon beim Aufnehmen der nächsten Urkunde neu loszubrechen.

Da schlug sich Dieter auf die Knie und hatte ein hochrotes Gesicht, Christoph bäumte sich im Sessel auf und warf den Kopf nach hinten, und Ulrike wischte sich die Tränen aus den Augen. Horst saß mit aufgerichtetem Oberkörper am Tisch, er legte sich die Hände auf die Brust und lachte schallend zur Decke hinauf, und Philipp saß rittlings auf seinem Stuhl, er hielt sich an der Lehne fest und mußte so lachen, daß er richtige Reitbewegungen vollführte. Nelly stand in der Tür, die Arme übereinandergeschlagen, und über ihre Grübchenwangen liefen Tränen. Und sogar Samuel, der ernste Mann, schlug manchmal die Faust auf den Tisch und lachte, lachte.

Der lauteste war Luden Jähnig. Was hier geschah, das war so recht nach seinem Geschmack. Er war zunächst verdutzt gewesen, als die Kinder zu lachen anfingen. Dann aber war ihm, als glitte gleichsam etwas seinen Körper hinab. Das machte es, jawohl! Die ganze ungeheure seelische Last der letzten Tage fiel von ihm ab. War das eine Leichtigkeit plötzlich! Er sprang umher, schüttelte sich vor Lachen, klopfte auf Rücken und Schultern und immer wieder auf seine Schenkel, schlug auch mal mit der flachen Hand auf den Tisch und mußte sich die Tränen aus den Augenwinkeln wischen. Nein, so eine Gaudi aber auch!

Als Bärbel alle siebzehn Urkunden verlesen hatte, verebbte das Lachen. Jeder war eine Zeitlang mit sich selbst beschäftigt. Ein kleines Restlachen kam hier und da noch auf. Bis dann Horst in die eingetretene Stille sagte: »Aber wißt ihr, der Witz ist ja der, daß das wirklich unsere Urkunden sind«, worauf es wieder eine Zeitlang still war, viel zu lange eigentlich. Sie saßen da, keiner sah den anderen an, und blickten mit hochroten Köpfen vor sich nieder, lange Zeit so.

»Und welche davon ist meine?« fragte da Philipp. Er stand vom Stuhl auf, ging zur Tür, lehnte sich an den Rahmen, er lehnte auch den Kopf an den Rahmen und fragte von dort aus noch einmal: »Ja, welche davon ist denn meine?«

In dem Augenblick aber hatte das Unglück schon seinen Lauf genommen. Hier begann es nicht erst. Wie er auch die Augen aufriß und die Hände von den Knien hob – das hier, er hatte doch gewußt, daß es kommen würde. Darüber konnte man doch nicht mit Spaß und Komödie hinwegtäuschen. Menschen, Luden Jähnig, du wußtest es doch am besten, durfte man nicht betrügen! – Das Unglück war hier schon weit fortgeschritten.

»Mir ist aufgefallen, daß die Mütter alle sehr jung waren«, sagte Christoph langsam aus seinem Sessel und hielt die gespreizten Finger gegeneinandergelegt. »Achtzehn, neunzehn Jahre die meisten. – Alter, was weißt du noch? Verheimlichst du uns noch etwas?«

»Nichts weiß ich!« Luden Jähnig sprang auf. »Gar nichts weiß ich. Was wollt ihr eigentlich? Ich habe euch gerettet. Euch hier! Am Anfang wart ihr siebzehn. Einzeln habe ich die anderen begraben, hier mit meinen Händen. Hab' Kreuze genagelt und Erde gekratzt. Das hättet auch ihr sein können. Und habe andere Leute umgefahren, nur damit ich euch retten konnte. – Sagt mal«, fragte er und sah sich im Raum um, »wißt ihr überhaupt, was da los war?«

Ulrike fing an zu weinen. Laut und hemmungslos schluchzte sie auf und vergrub dann ihr Gesicht in der Armbeuge. Ein allgemeines Durcheinander begann. Bis dann Horst auf die Tischplatte schlug.

»Aus! Schluß jetzt!« schrie er. Und als sich alle etwas beruhigt hatten, sagte er zu Luden Jähnig: »Versteh uns recht, Alter. Niemand will dir hier einen Vorwurf machen. Und wie schwer es war, wissen wir, du hast es uns oft genug erzählt. Wir kennen den Faschismus und den Krieg, wir haben Bücher gelesen und Filme gesehen. Und wir haben auch Achtung vor dem, was du getan hast! Nur möchten wir in diesem Falle mal wissen, ob du uns jetzt die ganze Wahrheit gesagt hast. Ohne Tricks und Winkel. So meinte Christoph das. Ob du nicht vielleicht doch noch in irgendeiner Ecke ein paar Geheimnisse hast. Zum Beispiel den Schlüssel zu den Papieren hier: Welche Urkunde gehört zu wem?«

Luden Jähnig schwieg.

»Ich habe nur gefragt«, sagte Philipp, »weil, wenn ich irgendwo hinkomme und zum Beispiel sage: Guten Tag, ich bin der Kellner Jähnig, Philipp Jähnig, haben Sie vielleicht eine Arbeit für mich? Ich wollte mich ein wenig verbessern, weil dann so'n Chef gleich sagt: Wie war doch Ihr Name? Jähnig? Jähnig? Ach ja, Herr Jähnig, nein, es tut mir leid, aber wir sind zur Zeit voll besetzt. Versuchen Sie es vielleicht mal da und da. – Da könnte es mir schon gefallen«, sagte er ganz langsam und lehnte den Kopf wieder an den Türrahmen, »wenn ich Lehmann hieße, Vater Schornsteinfegermeister. Wenn ich sagen könnte: Guten Tag, mein Name ist Lehmann, Harry Lehmann, Vater Bezirksschornsteinfeger. Da würde so ein Chef schon ganz anders denken. Nein, wenn ihr mich fragt, es könnte mir schon gefallen, Lehmann zu heißen oder Lampendiel oder Vogt, all die Namen, die Bärbel hier verlesen hat. Für mich, möchte ich sagen, wäre jeder besser als Jähnig. Und ich frage nur deshalb, weil mir doch einer davon gehört...«

Das war er also, Philipp, sein Vertrauter. Sein liebster, wie er manchmal meinte, unter den Jungen. Stiller Freund und Berater, wenn er sorgenbeladen für die Dauer von Bockwurst und Bier bei ihm saß und der neben ihm stand, Serviette überm Unterarm, am selben Gedanken sinnend wie er. In solchen Augenblicken hatte er manchmal gedacht, daß sie völlig eins wären, einig in Gedanken und einig fast in Fleisch und Blut. Wenn ein Schicksal ihn befragt hätte, welcher von ihnen sein leibhaftiger Sohn wäre, keine Frage, er hätte auf ihn gewiesen. Hätte ihn nur, wenn er so stand, mit dem Handrücken zu berühren brauchen, und er hätte es gespürt. Philipp der Träumer. Und nun trat er vor, lehnte sich wie ein Efeu an den Türrahmen und fragte das mit seiner verblüffenden Ehrlichkeit. Und nichts schien ihm einfacher und natürlicher zu sein, als den Namen, mit dem er bisher durchs Leben gegangen war, beiseite zu tun. Seinen Namen, Jähnig, seinen kleinen Namen, der so reichlich verbreitet sein sollte. Jähnig, ein Name, den die, die ihn trugen, doch geachtet hatten, und mit dem Namen ihn, Luden Jähnig, denn er war der Gründer ihrer Sippe.

Er hatte seine Leistung gegeben, fünfzigtausend Ängste hatte er durchgestanden, wenn es reichte, jede einzeln, und siebzigtausend Freuden und mehr. Das aber sollte alles nichts mehr wert sein vor dem bloßen Stück Papier, das da Unterschrift trug und Stempel und damit unumstößlich nicht seine Mühe, sondern den Samen Fremder heilig sprach?

»Du bist ein ausgemachter Idiot«, sagte Christoph zu Philipp, »der Alte sagt doch, er hat den Schlüssel nicht. Wenn du wüßtest, welches Blatt zu wem gehört, hättest du's leicht. Wie's jetzt aber steht, ist deine ganze Spinnerei von vornherein gegenstandslos. Rechne doch mal nach, siehst du eine Möglichkeit?«

Jetzt wurde über ihn verhandelt. Sie saßen über ihn zu

Gericht. Und Christoph, wie es schien, übernahm den Vorsitz. Besser Christoph vielleicht als ein anderer, dachte er. Der würde immer bei der Wahrheit bleiben, unbestechlich. Nur, und davor fürchtete er sich, es könnte sich herausstellen, daß diese Wahrheit sich gegen ihn, Luden Jähnig, und seinen Anspruch richten würde. Zum erstenmal war er so richtig froh darüber, daß irgendein verkommener Landser ihm in dem Lager da das birnenförmige Uhrenetui gestohlen hatte. Damals war er verzweifelt gewesen. Nicht allein wegen der leinenen Bändchen mit den Nummern, aber als sie dann weg waren, dachte er abends auf seiner Pritsche wieder an jene paar Würmchen, ein paar tausend Kilometer entfernt, die man nun nicht mehr zu ihren Eltern zurückführen konnte. – Jetzt konnte er zum erstenmal froh sein, daß sie ihm gestohlen waren. Denn was hier geschah, trieb ihm die Gänsehaut über den Nacken. Doch auch das sollte sich schlagartig ändern. Christoph mit seiner Gedankenschärfe sorgte dafür, mit aller Präzision.

»Es gibt keine Möglichkeit«, sagte Horst zunächst ruhig.

Und dann sagte Christoph: »In dem Moment, als der Alte uns die Bändchen von den Armen geschnitten hat und sie durcheinanderbrachte, war schon alles aus und vorbei. Keine Identifizierung mehr möglich! Verstehst du das?« Christoph sprach direkt zu Philipp, als könnte er hier sein Problem sofort erledigen. »Das war der Fehler dabei. Alles andere, die Aufstellung in seinem Kalender und so weiter, war für die Katz. Für ihn war es vielleicht wichtig, damit er uns nachher wiederfand. Aber nicht hierfür, für die Identifizierung. Was willst du jetzt also noch?«

So war das also, das war der Fehler dabei. Es war bitter. Er hatte nie den Dingen bis auf den Grund gesehen, und er hatte einen Fehler gemacht...

»Immerhin«, sagte Bärbel, »es gibt ja die Stadt noch, in der die Urkunden ausgeschrieben worden sind. Sie liegt in Polen. Alle sind vom selben Standesamt ausgestellt und vom selben Standesbeamten unterschrieben. Hier, überzeugt euch!«

Sie blickten auf den Tisch und verglichen die Dokumente.

»Man könnte doch einfach hinfahren und den Faden wiederaufnehmen. Eine kleine Tagesfahrt, und man ist da«, sagte Bärbel, »man fragt beim Standesamt, man findet vielleicht mehr heraus als nur das, was hier auf den Urkunden steht – ob da zum Beispiel noch Geschwister in der Gegend leben, wo die Eltern sind und so weiter.«

»Gut, angenommen, das geht«, sagte Christoph, »angenommen, die Eltern leben alle und sitzen pärchenweise glücklich beieinander, siebzehn Elternpaare, wir haben ja schließlich nie einen Krieg gehabt, es ging ja alles ganz friedlich zu. Und jedes Paar lebt treu und brav dahin und wartet seit dreißig Jahren, daß da einer kommt, um nach Mama und Papa zu fragen. Bei Lichte besehen wäre das aber ganz anders. Die einen leben in Polen, andere hier bei uns und der Rest vielleicht in der Bundesrepublik. Doch nehmen wir ruhig an, du findest sie alle, hast siebzehn Elternpaare und stellst dich ihnen gegenüber, oder uns alle. Wie – das müßtest du mir jetzt schon sagen – willst du herausbekommen, wer zu wem gehört?«

Das war die entscheidende Frage. Das wußten sie nun, und sie dachten eine Weile nach und stellten sich diese Gegenüberstellung vor: wie die da standen, paarweise, und auf der anderen Seite sie, die sieben.

»Ich habe in einer Illustrierten gelesen, daß man die Vaterschaft nach der Form der Ohrmuscheln bestimmen kann«, sagte Ulrike scheu. Sie zuckte nervös mit dem Kopf.

Mein Gott, auch sie? dachte Luden Jähnig, auch sie verrät mich?

»Ich würde mir da nicht so große Sorgen machen«, sagte Dieter, »für ein ordentliches Kriminallabor wäre es eine Leichtigkeit, hier Klarheit reinzubringen. Die haben Methoden, da staunt man nur. Blutgruppenbestimmung ist das allererste, dann kommen noch ein paar feinere Sachen dazu. Ich glaube nicht, daß es so ungeheuer schwierig sein würde.«

»Gut«, Christoph nahm den Faden wieder auf, »gesetzt den Fall, das klappt alles. Wir finden also die siebzehn Mamas und Papas. Und bei sieben Paaren von ihnen und bei uns sieben stimmt alles perfekt überein, also Ulrikes Ohren und Dieters Blutgruppen, und meinetwegen sind sogar noch verblüffende Ähnlichkeiten festzustellen . . .«

»Es könnte ja sein, daß sie noch Fotos aus der Zeit haben, wo sie so alt waren wie jetzt wir«, warf Bärbel ein.

»Gut, also auch Fotos, ganz klare Sachen also. Alles ist bestens perfekt. Philipp steht seiner Mama gegenüber, und sie träumt ihn genauso an wie er sie; Ulrikes Papa hat Merkmale von einem Nervenleiden – entschuldige, Ulrike! Samuels Vater ist zu unser aller Überraschung wirklich Yves Montand; und da sind zwei, die sind semmelblond und groß und dick, haben vielleicht noch ein Motorrad mit Beiwagen – kein Zweifel: Dieter fällt ihnen gleich um den Hals; und Bärbels Eltern sind mindestens schon geschieden, weil ihre Mutter eine Xanthippe ist; und einer kommt, der ist vielleicht schon Unterstaatssekretär und hat dieselben Himbeerlippen wie Horst, nur noch etwas mehr Glatze; und dann steht da noch ein dünnes Mütterchen und ein ebenso dünnes Väterchen, und beide haben Nasen so spitz wie kleine Bonbontüten und ich stehe ihnen gegenüber und sage: Mama, Papa, da seid ihr ja endlich! – Gesetzt den Fall, das ist alles möglich. Doch nun meine Frage: Was meint ihr wohl, welcher Beamte gibt seine Unterschrift dafür her, daß laut Recht und Gesetz jeder von uns von nun an auf diese Weise seine leiblichen Eltern hat?«

Diese Frage ernüchterte sie ein wenig. Sie schwiegen eine Zeitlang und überlegten. Ganz hinten auf seinem Hocker aber saß Luden Jähnig. Er hatte die Augen weit aufgerissen, und seine Stirn stand in Falten. Seine sieben, das sah er, lauter erwachsene kluge Leute, hatten es schwer mit der

Vernunft. Sie waren wie in einem Rausch und spannen diesen Faden immer weiter und weiter und taten das, ohne auch nur einmal an ihn zu denken, als säße er nicht mit in diesem Raum.

»Brauchten wir denn den Schein überhaupt? Vielleicht geht es auch so?« sagte Philipp. »Ich könnte ja«, fuhr er von der Tür her fort, »wenn ich ihnen gegenüberstehe, und wir uns sicher sind, mich von ihnen adoptieren lassen. Geht das nicht?«

»Ich finde«, sagte Ulrike naiv, »Philipp hat ein Recht darauf, nach seinen Eltern zu fragen. Vieles würde für ihn leichter werden.«

»Du auch?« fragte Christoph gleich dagegen.

»Ja, ich auch«, sagte Ulrike.

Da dachten sie alle an Ulrike und ihr Schicksal.

Es war ihr stilles Leid, daß sie allein geblieben war. Man sprach darüber nicht. Doch jetzt sahen sie sie an und dachten: Du bist alt geworden, Mädchen. Du hast schon Falten um Wangen und Kinn, deine Schönheit ist verwelkt. Das hat der Kummer gemacht, und am Ende der Schnaps. Eifersüchtig hatte der Alte über sie gewacht, als wäre sie eine Königstochter und er eigens dazu bestellt, sie zu behüten. Als er dann seinen Fehler bemerkte, da war es zu spät. Vielleicht hätte damals ein guter Mann sie genommen. Die Freundlichkeit einer ersten Liebe hätte über Ulrikes Leiden hinwegsehen können. Nachher war es zu spät. Es kam hinzu, daß die Zeichen ihrer Krankheit sich verstärkten. Und es fehlte gar nicht so viel, daß Ulrike nach ihrer ersten aufblühenden Jugendschönheit ziemlich schnell resignierte. Sie trank, zuerst wenig, da wollte sie es selbst noch nicht so recht glauben, dann aber mehr, und mit dreißig war ihr Gesicht erschlafft. Sie war gleich nach ihrer Jugend alt geworden. – So und ähnlich gingen ihre Gedanken, während sie Ulrike ansahen. Indessen spürten sie nach ihrer vorschnellen Antwort mit peinlicher Deutlichkeit die

Absicht. Sie hatte sie wirklich zu schnell ausgeplaudert. Doch sie empfanden mit ihr, als sie sich in die Möglichkeit hineindachte, wie Philipp ein neues Stück Leben zu erwischen. Mit einem anderen Namen. Nicht mehr die Jähnig zu sein, die im Lager herumkramt, die in Abgeschiedenheit Waren schleppt und sortiert und insgesamt unzuverlässig ist, weil sie oft betrunken ist.

Meine blaue Taube! dachte Luden Jähnig erschrocken, du also auch?

»Was ist hier überhaupt los?« schrie Horst plötzlich voller Zorn auf und ließ die Faust auf den Tisch fallen. »Wo leben wir hier eigentlich? Sind wir hier in einer Märchenstunde? Oder leben wir im zwanzigsten Jahrhundert, in unserem Land? Ja, wir hier, meine ich, wir hier, und jeder mit seiner täglichen Arbeit. Jähnig – Jähnig – Jähnig, du und du und du – ist das denn ein schlechter Name? Wer hat was gegen ihn? Der soll's sagen! Oder macht ihr nicht eure Arbeit auch mit diesem Namen und seid sogar stolz darauf? Bärbel Jähnig spricht im Rundfunk, überall zu hören. Samuel Jähnig, Baufacharbeiter, schaut euch doch mal die Blocks an, die er gebaut hat! Dieter Jähnig, Hauptwachmeister, habt ihr schon mal eine Sommersaison lang auf der Straße gestanden? Ich könnte euch alle hier beim Namen nennen. Ja, auch dich, Philipp! Ja, auch dich, Ulrike! Was ist mit euch plötzlich los? Was wollt ihr eigentlich? Bis heute war alles gut, und nun liegen hier zufällig diese verdammten Urkunden auf dem Tisch, und ihr verliert den Verstand! Ja, zufällig, sage ich. Denn sie hätten genausogut auch wegbleiben können. Und habt ihr so ganz nebenbei überhaupt mal überlegt, was ihr unserm Alten hier antut? Seinen Namen einfach abzustreifen, als wäre er ein Dreck? Habt ihr denn plötzlich alles vergessen? Oder brauchen wir ihn nicht mehr, und aus also? – Äußere du dich mal dazu Alter! Sag was«, sagte er zu Luden Jähnig.

Aber Luden Jähnig sprach nicht. Der ließ den Kopf hängen

und blickte zwischen den Knien hindurch zur Erde. Zu aller Überraschung nahm Samuel das Wort. Samuel, der ewig Müde von langen Feierabendschichten. Er saß an der Stirnseite des Tisches und stützte sich auf die Ellenbogen. Seine Beine hatte er unter den Stuhl geklemmt. Er sprach ganz langsam, und er lächelte ein wenig, als schämte er sich, hier vernünftige Worte sprechen zu müssen.

»So ist das doch gar nicht, Horst! Denk ganz einfach mal ein bißchen von Mensch zu Mensch, wie man alle Tage so denkt. Vielleicht haben Philipp und Ulrike, und Christoph vielleicht auch, jetzt gerade zum erstenmal gedacht: Gleich werde ich meine Eltern sehen! – Mir ging es jedenfalls so. Ist das denn nichts? Das ist doch was! Die wirklichen Eltern! Wir können uns das doch gar nicht vorstellen. Könnte man dafür nicht vieles geben? Von mir aus sogar den Namen? Ich denke auch an meine drei Jungs dabei. Es wäre doch schön, wenn sie mich und Nelly mal so suchen würden, wenn sie in einer Lage wären wie wir jetzt. Die eigenen Kinder, das ist so was, das spürt man nur zwischen Eltern und Kindern. Du verstehst das, Dieter, wie ich das meine. Und Dankbarkeit, die wollen wir lieber aus dem Spiel lassen. Natürlich sind wir dem Alten dankbar. Na und wie doch! Ist doch klar. Aber deswegen kann man doch prüfen, ob es da vielleicht wirkliche Eltern gibt. Damit bleibt er doch unser Alter, da ändert sich gar nichts. Und es ist ja auch für die alten Leute vielleicht eine Freude, uns zu sehen. Was er so aus uns gemacht hat und überhaupt. Uns einfach zu sehen. – Ich meine, wir sollten überlegen: Unternehmen wir etwas, wollen wir sie finden, oder unternehmen wir nichts? Darüber müssen wir uns jetzt einig werden. Einig müßten wir uns schon sein, denn sonst fällt alles auseinander. Aber eins geht nur, so oder so. Vielleicht sollten wir dann auch abstimmen.«

Luden Jähnig zählte nicht die Abtrünnigen. Es waren zu viele. Nun also Samuel. Der Junge, neben dem auf dem Dachboden er sich so gut gefühlt hatte. – Nein, sagen werde ich nichts, dachte er. Sie reden so, weil sie ihre heimlichen Pläne verfolgen, jeder für sich, auch Horst, der mir beisteht. Aber die Pläne wollen sie nicht offen sagen. Nur Philipp hat's gesagt. Er ist ein Rechner, ja. Aber er lügt nicht.

Der Alte knackte mit seinen Fingern. Er hielt die Augen niedergeschlagen, blickte auf den Fußboden und dehnte indessen die Finger über die Gelenke. So dachte er über seine Kinder nach.

Die aber saßen da und fabulierten hin und her, und sie dachten bald nicht mehr ausschließlich nur an sich, nein, es schlich sich etwas ein – Schlechtigkeiten, die sie vor längerer Zeit irgendwo einmal vernommen und damals lachend als Unsinn abgetan hatten, bohrten sich aus halber Vergessenheit mit einemmal wieder unmittelbar in ihr Denken zurück. Da legte sich ein Schweigen über den Raum, ein nachdenkliches erst, doch je länger es dauerte, um so mehr wurde es zu einem Schweigen von knisternder Feindseligkeit. Und seltsam – sie nahmen Philipp und Ulrike davon aus. Die hatten sich klar zu ihrem Vorteildenken bekannt. Doch nicht so die anderen . . .

Nelly kam mit den Jungen herein und führte sie zum Gute-Nacht-Sagen herum. Die Jungen gaben brav jedem die Hand, und die Onkels und Tanten nahmen sie zerstreut an, nur Luden Jähnig drückte Heiko, den Kleinsten, ans Herz. – Nein, die Gedanken kreisten weiter . . .

Samuels Glück wurde anfechtbar. Sie hatten ihm manchmal halb im Scherz Geldrafferei vorgeworfen, denn er sparte auf einen Trabant. Nichts war ihm so verlockend wie die Aussicht, eines Tages mit einem weißen Kleinwagen vorzufahren, schwanenweiß und brandneu, und die glücklich strahlende Nelly und hinten die drei Jungen hinaus ins Grüne zu fahren. Dafür arbeitete er, und darauf sparte er. Und darauf wartete er, das eitle, wundervolle Ziel vor Augen. Viele Jahre schon lief seine Anmeldung. Und sie hatten reges Mitgefühl mit ihm. Dieter wollte ihm schon mehrmals Gebrauchtwagen vermitteln, alt, aber billig. Nein, es sollte ein neuer sein, schwanenweiß und ohne Tadel. – Jetzt aber kehrten sich ihre Gedanken um, jetzt dachten sie an wirkliche Rafferei. Und als sie ganz bösartige Spitzen erreicht hatten, meinten sie, Samuel spekuliere auf die Möglichkeit, eventuell unversehens begüterte Eltern zu haben und so über alle Sorgen hinaus zu sein.

Er habe neulich Ärger gehabt, sagte Horst, ihm sei mitgeteilt worden, daß sein Bruder, der Maurer Jähnig, sich seine Feierabendarbeit in ausländischer Währung bezahlen lasse. Was daran wahr sei, wolle er wissen.

Schweigen im Raum. Samuel räusperte sich.

Doch, sagte er dann, das sei wahr. Jemand habe ihnen das angeboten. Der wollte unbedingt schnell und blitzsauber ein Gartenhäuschen hochgezogen haben, außerhalb der Stadt. Er habe es ihnen geradezu aufgedrängt, und sie hätten nicht abgelehnt, die ganze Brigade nicht. Sie hätten sich zuerst verdutzt angesehen und dann ordentlich reingehauen. Das sei eine Woche Arbeit gewesen, saubere Arbeit. Gutes Material, alles organisiert, beste Bedingungen.

Ob er sich denn gar nicht schäme, wollte Horst wissen.

Doch, sagte Samuel, er habe sich anfangs geschämt. Es sei doch ziemlich komisch. Aber seine Kollegen hätten ihn beruhigt: ob er denn blöde wär und so weiter; alle Welt mache es heutzutage so. Und als er mit den paar harten Kröten in den Shop gegangen sei, habe er das bestätigt gefunden. Im übrigen bauten sie Dachwohnungen aus. Doch die Brigade sei jetzt mehr darauf aus, solche Geschäfte zu bekommen, sie hätten da einen Mann, der sich darauf verstehe ...

Das verschlug ihnen die Sprache. Allen, wie sie da so saßen. Nur Christoph nicht. Noch ein Wort, dachte der, und ich haue die Faust auf den Tisch. Doch das Wort fiel nicht. Horst schwieg. Die Stille nahm wieder Überhand.

Doch nun richteten sich die Gedanken aller auch schon

gegen Horst. Der ist im Grunde verbittert, dachten sie, hat alles, tut alles, reißt sich förmlich entzwei, doch er kommt nicht darüber weg, daß er einer von denen ist, die ihr Arbeitszimmer mit anderen teilen müssen. Bleibt im Grunde ein kleiner Mann dort. Hat großspurig auf das Drogistendasein verzichtet, hat schwungvoll den Weg nach oben antreten wollen, doch der ging nicht weit. Der endete dort, wo einer Maikundgebungen organisiert, Telefonieren, Rumbrüllen: Euer Betrieb in Block C und eurer in Block F! – Und rennt sich die Hacken staubig und schiebt Menschen mit Spruchbändern und Transparenten vor sich her und ordnet sie sinnvoll in den Zug ein. Ansonsten über das Jahr hin Mappen zu Unterschriften vorlegen. Dort, so dachten sie, war Horsts schwungvoller Weg nach oben zu Ende. Seltsam, in ihrem Allerinnersten standen sie ihm seit je mit ein wenig Fremdheit gegenüber. Mal mehr, mal weniger. Darin schloß sich im Besonderen ein, daß er sich bald nach dem großspurigen Bruch mit Regine Bünzel wieder von dem raffinierten Weib ins heimatliche Nest hatte zurückholen lassen, mit bestem Entgegenkommen ihrerseits. Und wie er so zum Nutznießer des beträchtlich gestiegenen Drogistenkomforts wurde, maßgeblicher Nutznießer mit Polski-Fiat und Datsche an schönem Binnensee. Nein, bösartig wie sie jetzt waren, gönnten sie Horst seine frühe Glatze und das zerfurchte Gesicht. Und sie dachten: Der nie! Der wird nie seinen Namen ändern. In allen Büros dieser Stadt würden Chefs und Sekretärinnen und die vielen Sachbearbeiter schmunzelnd den Fakt zur Kenntnis nehmen und ihre Witzchen darüber machen. Der nie! Kein Wunder, wenn er hier große Töne spuckt...

Und Bärbel? Sie warfen ihr Arroganz vor. Überheblichkeit, Ignoranz. Und sie rechneten im stillen die Liebschaften durch, die sie in den letzten Jahren gehabt hatte. Doch, das paßte zu ihr, wie sie da so saß und Zigaretten rauchte! Und was die Urkunden betraf – doch, das konnten sie sich schon vorstellen, daß es sie beispielsweise reizte, einen Doppelnamen zu führen, nach Künstlerart. Jähnig-Hellerau zum Beispiel oder Jähnig-Jedamski, das klang sogar nach polnischem Exil-Adel.

Bei Dieter lohnte es nicht. der war zu bieder, zu brav, vielleicht auch zu naiv. Der würde ohnehin aus den Möglichkeiten, die die Urkunden dort verhießen, kein Kapital schlagen wollen, schon wegen der Scheu, solche Veränderungen seinen Vorgesetzten plausibel erklären zu müssen. Nein, der nicht, der blieb eben treu.

Und auch Christoph, so schien's ihnen, würde das nicht reizen. Der ging mit jedem Namen durch die Welt, und wenn es der scheußlichste wäre. Christoph, nein, wenn der der Sache nachginge, so allein aus intellektuellem Vergnügen, wie er Schritt für Schritt die Fäden möglicher Identifikationen aufdeckte und so vielleicht bis zum Ende kam. Das Ende würde ihn reizen. Nur, nein, da kannten sie ihn, er würde dann mit Abstand danebenstehen und für sich keinen Profit daraus schlagen, nicht den geringsten, er würde sich zufrieden umdrehen und weggehen.

Oh, das waren Gesichter! So hatte Luden Jähnig seine sieben noch nie gesehen. Er saß aufgerichtet auf seinem Hocker. Ein Glück nur, daß ihn keiner sah, ein Glück nur. Nein, niemand sah ihn. Die Stille schlug nach ihm. Sein ganzer Körper war aufs äußerste angespannt. Nelly kam herein und hielt ihm ein Glas Limonade hin. Er schob ihre Hand zur Seite. Jetzt war es genug. Er stand auf. Er ging an denen da vorbei, niemand wendete den Blick nach ihm. Ein alter Mann mit dünnem Kopfhaar verließ das Zimmer, er würde hier nicht sonderlich fehlen. Allein Ulrike schluchzte auf. Im Korridor griff er sich Mantel und Mütze und stürzte in den frostigen Winterabend hinaus. –

Die Nachbarin legte ihm frische Kompressen auf die Stirn, sagte ihm gute Worte. Er aber schwieg verbissen. Und in der Nacht stöhnte er, jeder dritte Atemzug war lautes Stöhnen.

Ulrike, blaue Taube. – Worte, damals, sie wollten zart sein wie Pusteblumen auf einer Wiese im August. Und waren zärtlich. Denn tief in seinem Innern war eine große Liebe zu dem stillen Mädchen. In Ulrikes Nähe hatte er sich immer wohl gefühlt. Das Mädchen ging durch die Räume; und ihn, während er am Küchentisch saß und Fische schuppte, streifte warm ihre Anwesenheit. Dann konnte er ein Liedchen summen.

Doch manchmal war Zärtlichkeit nicht zur Hand. Besonders wenn er von draußen kam. Wenn er rauhbeinig auf der Fähre herumgezankt hatte, oder auf Witze gelacht, oder wenn er betrunken nach Hause kam. Wie Spülicht kamen rüde Worte aus seinem Mund, und er spürte zu spät, wie schon die erste Derbheit Ulrike traf. Die war dann nicht mehr zurückzunehmen, und er winkte mit der Hand ab und sagte ernüchtert:

»Nun sei mal nicht so zimperlich!« Damit war's dann für den Abend erledigt. Er legte sich hin und schlief. Die Scharten seiner Hiebe aber blieben.

Zwei Jahre lang lebten sie damals wieder in der Stadt. Er und Ulrike. Sie hatten diese Wohnung bekommen, zwei Zimmer, eine Küche, Altbau, nichts Besonderes. Doch er war's zufrieden. Nicht ganz freilich. Einem Medizinalratssohn hatte er im Hausflur die Mopedreifen durchstochen, während der oben mit Ulrike artig Konversation übte, und einem Musikstudenten die Noten verbrannt. Aus Versehen, versteht sich. Hatte sie im Ofen verbrannt, nachdem der mit entrücktem Künstlerblick Ulrike seine wundersamen Kompositionen vorgefuchtelt hatte. Und manch anderem hatte er, ohne daß Ulrike es merkte, einfach die Tür vor der Nase zugeschlagen. So lebte Luden Jähnig in den Alltag hinein und war wieder fröhlich und guter Dinge.

Die Schuppen spritzten, und er summte ein Liedchen, und ab und zu schielte er zum Zimmer nebenan hinüber, wo auf dem Tisch ein großer Blumenstrauß stand. Den hatte Ulrike dort hingestellt – eigens für diesen Tag, für diesen Abend. Siebenundvierzig Nelken.

Ob sie wohl kommen?

»Ach, Vater«, sagte das Mädchen von nebenan, es stand hinter der offenen Tür und ließ verzagt die Arme hängen, »ich habe dich doch so oft gebeten: Bring nicht immer diese ollen Schuppenfische mit! Alles ist dann vollgespritzt! Und außerdem schmecken sie moorig. Seit Jahren bitte ich dich nun schon darum! Aber du hörst nicht darauf. Fisch – immer wieder Fisch! Wenn wir mal wirklich Fisch essen wollen, dann bringe ich welchen aus der Kaufhalle mit. Wir haben da feine Sorten, und ohne Schuppen. Ja?«

Luden Jähnig ließ den Plötz in der Hand sinken, als wäre er bei einer Unredlichkeit ertappt worden. »Was soll ich machen?« sagte er schließlich. »Die Angler schütten ihn mir in die Tasche! Stehen da, ältere Herren, haben keinen mehr zu Hause, stehen aber da und angeln. Ich gehe vorbei, sage: Wie geht's?, und sie freuen sich und schütten mir den Fisch in die Tasche. Da kann man doch nicht einfach um die nächste Ecke gehen und ihn in den Container kippen!« Er horchte auf die Antwort, aber die blieb aus. Und so summte er weiter und schuppte weiter und dachte indessen: Ob sie wohl kommen?

Im Schrank, hoihooo!, da hatte er eine große Flasche stehen; gelben Korn – billig, aber durchaus fein. Er kannte sich aus darin. Und ein paar Flaschen Bier unterm Tisch. Er hatte dabei an die Jungen gedacht.

»Bärbel und Christoph haben geschrieben«, sagte Ulrike von nebenan. »Hast du die Karten gelesen?«

»Ja, habe ich gelesen.«

Gut, Bärbel und Christoph und Horst, die waren weit weg. Die studierten in anderen Städten. Doch die anderen? – Er dachte an jeden einzelnen von ihnen und malte sich aus, wie sie hier ins Zimmer traten ...

»Die könnten aber wirklich bald hier sein!« sagte Ulrike

nach einiger Zeit. »Wenigstens auf einen Sprung könnten sie vorbeikommen!«

»Ach, was meinst du!« wehrte er ab. »Die haben zu tun! Philipp wird wieder länger machen müssen, das ist nun mal so bei 'ner Kneipe, und Dieter läuft den Mädchen nach. Wer geht da schon zum Geburtstag von so 'nem alten Kerl! Nein, nein, das verstehe ich schon.«

Später briet Ulrike die Fische. Als sie schließlich gegessen und danach noch gebührend gewartet hatten, stand er umständlich auf und stellte die Flasche still auf den Tisch.

»Mir bitte keinen Alkohol!« sagte das Mädchen.

»Du wirst doch wenigstens mit mir anstoßen wollen!« sagte er aber und hatte Wülste über den Augen.

So goß er die Gläser voll und erhob das seine auffordernd. Er nickte seinem Gegenüber feierlich zu. – Nie aber würde er Ulrikes Gesicht vergessen, als sie das Glas geleert hatte! Damals hatte er darüber gelacht. »Solche Gesichter«, hatte er gesagt, »du wirst es nicht für möglich halten, aber solche Gesichter machen alle Säufer in den Kneipen, wenn sie den ersten nehmen! Hahahaha!« Er goß dann die Gläser wieder voll und sagte: »Na, auf einem Bein kann man nicht stehen!« Und als sie die Gläser geleert hatten, da brachte er seinen alten Trick an. Er stand auf, als ob er lahm wäre, blickte verwundert an sich hinunter und sagte: »Hu, ist der mir doch in dasselbe Bein gerutscht!« Und wie immer lachte er köstlich über seinen Witz und goß sich einen besonders Großen ein, fürs andere Bein, wie er sagte. Den trank er genüßlich aus.

So saßen sie sich gegenüber. Ulrike häkelte an einem Topflappen, und er erzählte aus seinen Erinnerungen. Und ab und zu goß er sich sein Glas voll. So saß er gern. Er liebte es, sich langsam zu betrinken.

Nach dem sechsten Glas sagte er: »Schade eigentlich, daß der Medizinalratssohn ausgeblieben ist. War ein feiner Bengel . Mochte ihn ganz gern.« Ulrike sah nicht auf.

Nach dem elften Glas sagte er mit seinen Betrunkenenaugen voller Schelm: »Du, dein Medizinalratssohn«, er kicherte und klappte sein Taschenmesser auf, »dem habe ich ...«, er kicherte wieder und machte die Geste des schnellen spitzen Zustoßens, »der wird sich aber gewundert haben, dieser Laffe, haha!« Schnell blickte er zu Ulrike hinüber, aber die häkelte weiter, ohne aufzublicken, eine ganze Zeit. Dann hob sie brüsk den Kopf, sah aber nicht ihn an, sondern ihr Glas. Unnahbaren Gesichts goß sie es sich voll. Sie trank es in einem Zug aus.

»Gute Nacht, Vater!« sagte sie und erhob sich.

Am nächsten Morgen um halb vier fand sie ihn schlafend am Tisch sitzen. Sie strich ihm die Brote und machte ihm Kaffee.

Ja, so war das.

Und Ulrike war schon eine Frau von vierundzwanzig. Ältere Leute blieben auf der Straße stehen, wenn sie vorüberging, verblüfft von ihrer Schönheit. Es war die schwere Schönheit tropischer Blumen, und Ulrike hielt den Kopf geneigt, als schämte sie sich. Denn ihr Leiden war nicht besser geworden.

Da kam sie eines Tages aufgeregt nach Hause gelaufen und berichtete Luden Jähnig, der Verkaufsstellenleiter habe ihr das Angebot gemacht, eine Fachschule zu besuchen. In einem Städtchen irgendwo im Harz. Drei Jahre nur, und sie hätte die Qualifikation eines mittleren Ingenieurs. Ulrike glühte vor allem von dem Lob, das hinter alledem steckte. Ihr Blick, wie sie ihm so gegenüberstand, schwamm glücklich hin und her, und an ihrem weichen Hals pulste eine Ader.

Luden Jähnig aber brauchte drei Sekunden, um ein süßliches Gesicht machen zu können und Freude zu bekunden. »Soso«, sagte er, »soso«, Und nach einer Weile: »Da wirst du also ein mittlerer Ingenieur.« – »Ja«, hauchte Ulrike. – »Und wo, sagst du? In einem Städtchen im Harz?« – Ulrike nannte die Stadt. – Es dauerte noch zwei weitere Sekunden, wie er da so stand und überlegte, doch dann ging gleichsam ein

Ruck durch den kleinen Kerl. »Das ist ja fein!« rief er mit falscher Freude und bewegte sich mit plötzlichem Übereifer in der kleinen Wohnung umher, als müßte er nun sofort damit beginnen, Ulrikes sämtliche Sachen aus allen Schränken und Schubladen zusammenzutragen.

Unterwegs im Zug sprach er dann kaum mit ihr. Er unterhielt sich laut und leutselig mit den Leuten im Abteil, mit einem Schäfer von der Unstrut, der ihm von den Tieren seiner Herde erzählte, mit zwei fröhlichen Soldaten ihm gegenüber auf der Urlaubsfahrt. Die anderen Leute im Abteil hörten dem vergnüglich plaudernden kleinen Mann zu. Allein für Ulrike, die zurückgezogen in der Fensterecke saß, hatte er kein Wort. Als wäre sie eine Fremde.

In dem Städtchen angekommen, meldeten sie sich bei der Direktorin, einer freundlichen klugen Frau. Und sogleich stellte sich's heraus, daß alles seine Richtigkeit mit dem Unternehmen hatte, dem sich Ulrike für die kommenden drei Jahre anvertrauen wollte. Die gute Frau zerstreute alle anfängliche Furcht und stimmte die beiden optimistisch. Ulrike glühte vor Aufregung. Die Frau, sah Luden Jähnig, war ihr sehr zugetan.

Als sie dann aber vor dem riesigen Gebäude standen, in dem Ulrike leben sollte, als sie Hand in Hand die langen Korridore entlanggingen, wo aus den Türen Lärm drang und sich junge Menschen laut und respektlos über ihre Köpfe hinweg Dreistigkeiten zuriefen, als sie dann schließlich in dem Zimmer standen, in dem Ulrike mit noch drei anderen Mädchen wohnen sollte, und es sich erwies, daß sie in einem Doppelstockbett oben unter der Zimmerdecke schlafen sollte, da sagte er nur: »Ich weiß nicht, ob es dir hier gefallen wird . . .«

Wie eine Flucht war ihre Rückreise. Sie kamen erst in ihrer Wohnung wieder zu sich. Da begann Luden Jähnig Ulrike mit schönen und leise dahergesprochenen Worten zu trösten. Daß auch der Beruf der Verkäuferin etwas Schönes und sehr Achtenswertes sei, sagte er, und wie gut sie es hier in der stillen Wohnung habe... Ulrike aber weinte bitterlich. Sie saß auf dem Koffer, hielt das Gesicht in den Händen vergraben, und ihm schien, es war nicht allein Verzweiflung in ihrem Weinen. Denn sie schenkte seinen gutgemeinten Worten kein Gehör, sondern weinte mit vielen Tränen ihren Kummer aus, als wäre sie allein. Da stutzte Luden Jähnig. Er sah das Mädchen und den Koffer und erkannte, daß Ulrike den Koffer eines Tages aufnehmen und nicht mehr wiederkommen würde.

»Soll ich den Koffer auspacken?« fragte er da ganz vorsichtig.

Das Mädchen antwortete ihm nicht.

Drei Wochen lang ertrug er schon den Kummer, den tiefsten, der ihn je treffen konnte. Er war allein mit seinem Kummer. Und es gab nichts mehr, durch das er sich von ihm befreien konnte. Die vielen Augenblicke seines Glücks waren wie Sand durch die Stundenuhr seines Lebens gerieselt, nun war sie leer.

Er war durch die Wasserstraße gegangen, hatte vor Haustüren gestanden wie einst, als seine Finger über dem Mörtel die verwitterten Kreuzchen nachzogen. So war er also durch die Wasserstraße gegangen, ein alter Mann, und dachte an Abromeit, zum Beispiel, mit dem er hätte sprechen mögen wie einst. Ehrlichkeit gegen Ehrlichkeit. Doch Abromeit war nicht mehr. Bei seinem Begräbnis hatten die sieben ein Lied gesungen. Die Lehrerin hatte es mit ihnen eingeübt. Und der Friedhof war voller Eisenbahner gewesen. Fritz Abromeit war eine geachtete Persönlichkeit gewesen. Nun stand ein fremder Name an seiner Tür.

Unter den Fenstern dieser Straße fühlte Luden Jähnig sich mehr denn je verlassen. Denn fast hinter allen Fenstern wohnten Leute, die er nicht mehr kannte. Fremde Menschen mit ihrer Handvoll Freuden, Hoffnungen, Ärgernissen, an denen er nicht teilhatte. Das machte ihn einsam. Die einmal hier gewohnt hatten, waren auseinandergezogen, die damals Jüngeren in Neubaublocks oder auch in andere Städte, oder in ein Gartenhaus, wie Konrad Spriegel beispielsweise, der Mann, neben dessen Schulter er sich nachher so gut gefühlt hatte, und der, als er ihn einmal dort aufgesucht hatte, lächelte, ohne den Blick mehr als nur halb zu heben. Ein Mann in Hostenträgern hinterm gepflegten Staketenzaun, der nichts anderes mehr wollte als mit seiner dicken Frau allein sein.

Und manchem war er von hier aus auf den Friedhof gefolgt, dem Oberstudienrat Albrecht Seemann, der kleinen Gottliebe Golumbiewski und anderen noch, Richard Bünzel von der Eckdrogerie zum Beispiel. Und immer hatte er den Eindruck gehabt, wieder einen Freund verloren zu haben. Und neue Freunde gewann er nicht.

Sicher, einige wohnten noch in der Straße. Die Witwe Riemschneider hatte nach Abromeits Tod ein paar Häuser weiter eine Wohnung im Parterre bezogen, oder der alte Golumbiewski. Nun ja, auch Regine Bünzel. Aber das waren nicht die Menschen, die er suchte.

Da hielt plötzlich ein Wagen neben ihm.

»He, Luden! Alter!« Und erfreut kam Winfried Golumbiewski mit ausgebreiteten Armen auf ihn zu, hochgewachsen, fledermausgleich in dem großen Sakko. Sie umarmten sich. Winfried war stellvertretender Chefredakteur einer wichtigen Zeitung geworden. Wie immer bei ihren zufälligen Begegnungen, lud Winfried ihn für zehn Minuten ins Auto ein.

»Mehr Zeit habe ich nicht. Erzähl schnell! Was gibt's?«

Zunächst einmal gab es nichts, das er hätte erzählen mögen. Und worüber er hätte sprechen können, das lag in grauer Vergangenheit zurück, hier in dieser Straße; damals, als Winfried über die Dauer von ein paar Jahren sein fliegender Schatten war. Winfried mit dem kleinen Philipp auf den Schultern. Ja, dieser Philipp! Aber dann überlegte Luden

Jähnig es sich und dachte: Er ist vielleicht der einzige, mit dem sich wirklich darüber sprechen ließe.

»Die Papiere sind da.«

»Welche Papiere?« sagte Winfried.

Da erzählte er ihm die ganze Geschichte.

Winfried war ein Mann, den Mitteilungen solcher Art nicht mehr in naives Staunen versetzen konnten. Er sah nur zu dem Alten hinüber, spitz mit den Augen die Sache abtastend. Nachrichten, Besonderheiten, ja gelegentlich auch Sensationen waren nun mal Gegenstand seines Berufs, sein ständiger Umgang. Mit ihnen lebte er skeptisch von morgens bis abends und in die Nacht. Nichts Besonderes das hier also für ihn.

»Ich sag's dir ganz offen«, sagte er, »zehn Jahre früher, und ich hätte eine große Sache daraus gemacht. ›Rückführung ins eigene Ich – Verantwortungsbewußter Arbeiter führt sieben fremde Kinder ins Zeitalter des Sozialismus.‹ – Aber heute?« Er schob die Unterlippe vor. »Das ist zu spät, Luden. Der Zug ist weg. Heute geht das einfach nicht mehr. Liegt einfach zuviel Zeit dazwischen. Kann sein, man würde sogar darüber lächeln. Oder es überhaupt nicht lesen. Das wäre noch schlimmer. Außerdem hat es solche Sachen schon gegeben. Ich sag's dir, wie's ist, Alter. – Und wie geht's sonst? Immer obenauf bei der Fähre? Hab' neulich mal ein Foto von euch in der Illustrierten gesehen. Hat mich gefreut, ehrlich. – Nein, Alter, Kopf hoch! Die toben sich aus. Spielen ein bißchen verrückt, und dann ist alles wieder gut. Dem Philipp werde ich die Ohren langziehen. Nein, Alter, Kopf hoch! Die Welt rollt.«

Luden Jähnig kannte Winfried Golumbiewski sehr gut. Er wußte, daß da unter der geschäftigen Oberflächlichkeit ein ganzer Kerl steckte. Dennoch, er hätte anders reden müssen. Er hatte die Sache ein bißchen zu glatt gehandhabt. Doch was wäre da für ein Winfried Golumbiewski herausgekommen? fragte er sich. Immerhin waren viele Jahre seit damals vergangen. Und ein Mann, wußte er, bleibt nie so, wie er als Junge war...

Nach diesem Gespräch war Luden Jähnig noch bedrückter als zuvor. Er mied die Tür seiner Nachbarin, schloß sich in sein Zimmer ein und öffnete nicht, wenn sie klopfte. Er machte seine Arbeit auf der Fähre wie ein Fremder. Und die Werftarbeiter, wenn sie zur Schicht hinüberfuhren, sahen sich untereinander verdutzt an. Nur abends, wenn zum Feierabend Heiko kam, dann war's, als blitzte ein Sonnenstrahl auf.

Einmal stellte sich Freiligrath neben ihn. Sie schauten über die Reling, zwei Männer, zwei Rücken, so standen sie eine Weile.

»Will denn das nicht enden?« sagte Luden Jähnig da.

»Was?«

»Der Krieg. Es ist über dreißig Jahre her, und er reißt noch immer neue Wunden. Schau die Kreatur hier! Schau die Kinder am Ufer. Keiner hat ihn mehr erlebt, aber ich stehe da und sehe sie an mit Tränen in den Augen vom Krieg. Ist das nicht schlimm?«

Freiligrath hatte die Hände ineinandergelegt, er dachte nach und schwieg.

»Und jetzt werden sie aufbrechen wie die Goldsucher!« sagte Jähnig, »wie Abenteurer in ein fremdes Land. – Und was bleibt?«

»Du hast sieben Enkel«, sagte Freiligrath.

Drei Wochen waren also vergangen. Der Winter hatte sich mit ersten Nachtfrösten angemeldet, doch kaum war er da, zeigte er auch schon, was in ihm steckte. Er warf Schneewehen über das Land, legte dicken Reifen um Telegrafendrähte, er ließ Bäume knacken und machte die Erde hart. Eisenbahnzüge hatten Verspätungen, auf den Bahnsteigen trampelten sich Leute die Füße warm, auf Straßen und Autobahnen warfen Schneepflüge dick aufstiebenden Schnee zur Seite und machten schmale Fahrbahnen für langsam folgende Autokolonnen frei, die Flußschiffahrt kam stellenweise zum Erliegen, Häfen standen unter Eis, und der Wetterbericht nannte die Schneehöhen auf den Kammlagen der Mittelgebirge. Die mecklenburgischen Binnenseen aber waren mit einer dicken Eisdecke überzogen, die Leute hackten allmorgendlich das Eis um ihre Bootshäuser los.

Doch dann schlug das Wetter um. Die Luft wurde feucht, und von den Dachrinnen tropfte es, der matschige Schnee in den Straßen wurde von den Autos in sprühenden Fahnen zur Seite geworfen. Das Eis auf dem Fluß geriet in Bewegung. Es war ein Schmirgeln und Jaulen und Brechen wie von einer gigantischen Herde Rinder, die da keuchend, trampelnd und sich schiebend an der Stadt vorüberzog, stumm in der Dunkelheit die tausend schweren Körper und dieses gewaltige Geräusch mit sich führend.

Es war noch früh am Morgen, für winterliche Verhältnisse sogar sehr früh, gerade erst vier Uhr vorbei. Die Stadt schlief noch. Luden Jähnig ging zur Arbeit. Seine Schritte hallten durch spärlich erleuchtete leere Straßen. Als er sich dem Hafenviertel näherte, hörte er dieses Geräusch.

Sein erster Gedanke waren die Schwäne.

Dann kam er am Ende seines Weges in jenen Bereich, wo er keine Laternen mehr sah, wo der Fluß in seiner gesamten Breite und Länge in tiefer Dunkelheit lag, ein undurchdringliches Stück Nacht mit ein paar wenigen Lichtern drüben am anderen Ufer. Er sah das Weiß der Eisschollen, wenn sie sich aufeinanderschoben oder seitlich abglitten und ihre dicken Kanten für einen Moment schwach in der Dunkelheit erschienen. Und schließlich sah er die Fähre.

Sein erster Gedanke aber waren die Schwäne. Er fand sie am Ufer, noch bevor er die Fähre erreichte. Aus dem Dunklen tauchten die Schiffchen ihrer Körper auf, wie sie da auf dem Land saßen und schliefen, die Köpfe unter die Flügel gelegt, halb auf dem Weg, vor seinen Füßen.

Da seid ihr ja! dachte er.

Es tat ihm gut, daß er sie gefunden hatte, obgleich er natürlich wußte, daß sich Schwäne bei so einem Wetter nicht auf dem Fluß aufhielten. Nun war er ihnen begegnet, und er war's zufrieden. Er machte einen Bogen um sie herum, um sie nicht zu stören, aber auch um nicht in ihren Kot zu treten, der gewöhnlich um ihre nächtlichen Ruhestätten herum lag.

Auf der Fähre brannte ein Licht. Es war also schon jemand da. Als er ankam, sah er, daß es Uwe Jens war. Ihm tat die morgendliche Nähe des jungen Menschen wohl. Dann kam Harald Blohm, und bald darauf kam Freiligrath.

Sie wollten versuchen, trotz des Eisgangs über den Fluß zu fahren. Wenigstens die Arbeiter zum morgendlichen Schichtwechsel wollten sie hinüber- und herüberbefördern. Blohm hatte sich so entschieden. Wenn dann das Treibeis noch nicht nachgelassen hätte, wollten sie die Fähre wieder stillegen.

So fuhren sie also. Die Schollen knallten gegen die Schiffswand, als ob sie sie zerschneiden wollten, vorn unterm Bug. Die Fähre wurde durchgeschüttelt und stoppte fortwährend in ihrer Fahrt. Die Arbeiter standen an der Reling und schauten dem Eisgang zu.

Als es dann später hell wurde, sahen sie die Fläche von unzähligen Schollen im gleichmäßigen Zug zum Meer. Das dumpfe, tragende Geräusch des Schmirgelns und Stoßens war geblieben. Sie schoben sich mit der Fähre durch die Herde von seelenlosem Eis hindurch.

»Hat keinen Zweck«, sagte Blohm, »wir fahren das Schiff kaputt.«

Da täuten sie die Fähre fest und hängten das Schild auf, »Fähre vorübergehend außer Betrieb«. –

»Laß es! Jetzt ist es zu spät«, sagte Heinz Freiligrath. »Jetzt kannst du keinen mehr gewinnen, wenn du ihn nicht schon lange gewonnen hast.« Sie gingen ein Stück Wegs gemeinsam. »Jetzt schon gar nicht, wenn es so ist, wie du sagst.«

Ein paar Schritte lang schwiegen sie. Unter ihren schweren Filzstiefeln dröhnte die Erde.

»Gewinnen – nein«, sagte Luden Jähnig. »Wozu gewinnen? Wir waren eine Familie, Herz und Seele, wie man so sagt, Kummer und Freude. Das ist schon ein bißchen was. Doch, das ist schon was. Jetzt ist nichts mehr zu gewinnen, das weiß ich. Jetzt ist jeder er selbst, und möglicherweise ist jetzt jeder sich selbst der Nächste.«

»Du dachtest wohl, du hättest sieben Engel in der Welt herumlaufen?«

»Ja, das habe ich gedacht.«

»Vielleicht sind sie's auch. Man kann das nicht gleich sagen.«

»Nun ja, vielleicht.«

Schon um halb zehn war Ulrike zum erstenmal müde, wie alle Tage. Sie hatte die schweren Paletten mit Kisten voll Milchflaschen, Bier, Selters und Cola in die Halle geschoben, immer einen mannshohen Stapel auf niedrigem Karren, und sie hatte ihn beim Ziehen mit der Hand stützen müssen, daß er nicht kippte. Jeden Morgen war es ihr aufs neue unbegreiflich, was die Leute am Tage so wegtranken. Und was in den Blocks der Umgebung ihrer Kaufhalle getrunken wurde, das schaffte sie hinein; von hinten, vom Lager her bis vor in die Halle. »Zehntausend Schlünder müssen wir füllen«, hatte ihr Verkaufsstellenleiter einmal gesagt, »und denken Sie daran, Kollegin Jähnig, manch einer kommt mit einer Flasche pro Abend nicht aus.« – Gut, die leeren Kästen also wieder zurück an die Rampe, dann Brot in die Regale gestapelt, schnell, das Lieferauto hatte sich verspätet. Salz war ausgegangen, zwischendurch also schnell das Regal gefüllt; dann Waschpulver aus Kartons gerissen, der Staub stieg ihr beißend in die Nase. Und irgendwo wartete schon eine Kundin, die unbedingt Rasiercreme »dur« verlangte, ihr Mann hatte ihr aufgetragen: unbedingt »dur«. Und so war Ulrike schnell ins Lager gelaufen, hatte festgestellt, daß »dur« nicht vorrätig war, um dann die Beschwerde der Kundin über sich ergehen zu lassen. Sie konnte dabei geduldig bleiben – Gewohnheitssache. Dann hatte sie Kondensmilch hereingeschleppt, Erdbeerkonfitüre, Knäckebrot, Diabetikerorangeade, alles in großen Kartons, und war zwischendurch wohl noch neunmal ins Lager gelaufen auf spezielle Wünsche einzelner Kundinnen hin, freundlicher und weniger angenehmer. Um halb zehn, wie gesagt, war sie zum erstenmal gründlich müde. So ging es jeden Tag.

Beim Einsortieren von Tomatensaft ließ sie sich dann Zeit. Sie riß die Klebestreifen von den Kartons, stellte Flasche auf Flasche ins Regal, jede einzeln. Ein Augenblick Erholung, das Regal war in einer wenig besuchten Ecke der Halle. Auf ihrem Gesicht spürte Ulrike eine unangenehme Schicht von Schweiß und Staub und wischte sich mit dem Ärmel darüber. Eine Haarsträhne blies sie zur Seite. Das war heute ein Tag wie jeder andere, sogar einer von den ruhigeren, denn es war kein Freitag, sondern einfach ein Tag mitten in der Woche.

Da sah sie in einer Lücke zwischen zwei Regalen den kleinen Mann vorübergehen. Er schob einen Einkaufskorb vor sich her. Ulrike erschrak heftig, sie stand ganz still.

Luden Jähnig aber schob seinen Korb durch die Reihen, besah sich dies, besah sich das, stellte das meiste zurück, kramte bei den Gemüsetüten herum. Und schließlich, als er den Verkaufsstellenleiter sah, ging er auf ihn zu und sprach ihn an. »Guten Tag, Herr Abraham«, sagte er, und der Verkaufsstellenleiter antwortete überrascht: »Guten Tag, Herr Jähnig! Wollen Sie auch einmal bei uns einkaufen?« Denn Luden Jähnig wohnte an einem anderen Ende der Stadt.

»Nichts für ungut, Herr Abraham, aber könnten Sie mir vielleicht einen Zwanziger leihen? Ich komme hier herein und stelle doch fest, ich habe gar kein Geld bei mir.«

»Natürlich, Herr Jähnig, ja doch! Aber Ihre Tochter?« Er sah sich suchend nach Ulrike um.

»Es wäre mir schon recht, wenn Sie mir das Geld geben würden, Herr Abraham. Ich bring's diese Woche noch vorbei.«

Der Verkaufsstellenleiter nahm sein Portemonnaie und reichte ihm einen Zwanzigmarkschein. »Ihre Tochter ist wohl im Augenblick im Lager«, sagte er. »Soll ich sie holen lassen?«

»Nein, nein«, sagte Luden Jähnig schnell, »das ist nicht nötig.«

»Manchmal sitzt sie auch an der Kasse, aber im Augenblick ist sie wohl im Lager.«

»So. Sitzt also an der Kasse.«

»Ja. Aber meistens erst nachmittags. Um die Feierabendzeit, wissen Sie, da ist hier ein ziemlicher Andrang. Da muß ich schon alle Kassen besetzen.«

»Soso. Na ja. Also ich komme dann diese Woche noch mit dem Schein vorbei«, sagte Luden Jähnig und schaute zu Boden.

Ulrike beobachtete die beiden aus einiger Entfernung und sah, daß sie sich anscheinend gut verstanden, auch wenn sie nichts von dem hören konnte, was dort gesprochen wurde. Sie lief in den Waschraum, wusch ihr Gesicht und frottierte es trocken. Dann legte sie sich ein wenig Rot auf die Lippen. Sie zog sehr ordentlich den Stift, begutachtete sich im Spiegel und zupfte noch eine Winzigkeit an den Brauen. Sie ging in die Halle zurück, zu den Kartons mit dem Tomatensaft, und setzte ihre Arbeit fort, eine andere Ulrike als zuvor: frisch, gesund, mit glänzenden Augen und ruhigen Bewegungen.

Da kam er mit seinem Korb heran, aber nicht direkt auf sie zu, er sah sich noch dies an in dem langen Gang zwischen den Regalen und probierte das. Schließlich stand er neben ihr.

»Na?«

»Guten Tag, Vater!« Ulrike tat überrascht, sie stand schnell auf. »Das ist aber schön, daß du mal vorbeikommst.«

»Ja«, sagte er, »ich bin zufällig hier in der Gegend.« Er schaute dabei in den Regalen umher, als ob er etwas suchte.

»Neulich, Vater – ich habe hinterher so geweint!«

»Was neulich!« Er blickte sie böse an. »Sag mir lieber: Warum habt ihr keine Möhren? Warum nicht? Kohl, Kohl, Wruken. Wer soll das fressen? Den ganzen Winter über Kohl und Wruken. Was ist das für eine Schweinerei?« Er wurde laut, die Kunden blickten zu ihnen herüber.

»Oh, Vater!« Ulrike schluchzte bitter auf.

»Ja, wer soll denn das fressen?« Sein Zorn nahm immer unverhohlenere Formen an. »Sind wir denn zum Rindvieh geworden? Dem Verkaufsstellenleiter«, schrie er entschlossen, »jawohl, dem werd' ich's sagen! Dem und keinem anderen!« Und er wandte sich unternehmungslustig um.

Der Verkaufsstellenleiter kam auch schon gleaufen. Die Verkäuferinnen guckten einander an, die Kunden blickten herüber.

»Aber Herr Jähnig, was ist denn?«

»Was ist? Das wissen Sie nicht? Ein Skandal, wie Sie die Leute beliefern! Kommen Sie mal mit! Kommen Sie schon! Kommen Sie ruhig mal mit!«

Und er wanderte auch schon forsch zwischen den Regalen in Richtung auf den Gemüsestand zu. Der Verkaufsstellenleiter war nicht wenig überrascht, folgte ihm aber.

»Und das nennen Sie Gemüseversorgung?«

Sie waren vor dem Stand angelangt. Energisch wies der kleine Mann auf die Rüben, die dort in beträchtlicher Menge lagen, sämtlich geputzt und mit einem Preis versehen.

»Nennen Sie das Gemüseversorgung? Ist das Ihre ganze Kunst? Man verlangt ja schließlich keine Bananen, man ist ja nicht anspruchsvoll, aber was bieten Sie einem an? Sehen Sie Möhren? Oder Gurken? Oder Salat – Kohl! Kohl! Kohl!« sagte er und nahm einen Kohlkopf aus dem Regal und warf ihn heftig zurück. »Fressen Sie vielleicht jeden Tag dies Zeug?«

»Aber Herr Jähnig! Sie vergessen sich! Ich bitte Sie um Vernunft! Vergessen Sie nicht, daß wir Winter haben!« Der Verkaufsstellenleiter wurde nun doch energisch.

»Was, ich? Ich soll nicht vergessen, daß wir Winter haben? Wo ich mir da draußen jeden Tag auf der Fähre den Arsch abfriere? So was können Sie einem anderen sagen, Sie . . .!«

Noch an der Kasse schimpfte er Donner und Doria. Er bezahlte mit dem Zwanzigmarkschein des Verkaufsstellenleiters und verließ schimpfend die Halle.

Ulrike aber in der hintersten Ecke des Lagers weinte sich die Augen rot.

Er ging einsame Wege in diesen Tagen. Selbst seine Nachbarin war verzweifelt. Er war unzugänglich bis zur gewaltsamen Abwehr. »Nein! Aus! Ich will davon nichts wissen!« schrie er, sobald sie mit Kleinigkeiten zu ihm kam, und er fuchtelte mit den Armen herum, als wollte er Geister abwehren. Er war böse und unvernünftig. Was sie ihm zu essen brachte, warf er in den Mülleimer, was sie ihm an Wäsche hinlegte, schmiß er ihr über den Flur an die Tür zurück. Er schloß sich ein und betrank sich, polterte dann in seiner Wohnung herum, als zerschlüge er Tisch und Stühle. Die Hausbewohner unter ihm zitterten. Briefe warf er ungeöffnet durch das Fenster auf die Straße hinaus. Nein, so einen verrückten Alten hatten die Leute noch nicht in der Gegend gehabt.

Dazu machte die Kunde von seinem Auftritt in der Kaufhalle die Runde. Auch bei seinen sieben lief sie herum, man rief einander an und informierte sich kopfschüttelnd. Bei der Kreisverwaltung der Handelsorganisation war man nämlich auf seinen Namen gestoßen. – Jähnig? Jähnig? Gab es da nicht einen Horst Jähnig im städtischen Organisationskomitee? War das vielleicht der Vater von dem? Man hatte daraufhin bei Horst angerufen. – Wer? Mein Vater? – Nichts für ungut, Genosse Jähnig. Aber so geht es nicht. Er hetzt die Bevölkerung auf. Nehmen Sie mal ein bißchen Einfluß auf Ihren alten Herrn...

Breit zog sich die Straße aus der Stadt hinaus. Fahrzeuge fuhren unentwegt zweispurig in beiden Richtungen. Nicht übermäßig dicht heute die Autoschlangen, normaler Werktagnachmittagsverkehr. Zum Feierabend würde er dichter werden.

Es nieselte leicht, und der Alte zog im Mantel die Schultern hoch. Er stand an eine Hauswand gelehnt, die Hände in den Taschen, die Mütze in die Stirn gezogen, so stand er schon eine geraume Weile. Vor ihm der kleine Platz mit Kopfsteinpflaster und weiter dahinter die Baumstämme neben der Straße waren winterlich naß. Und schließlich der Verkehr. Rauschend, singend, zischend zogen die Pneus der PKWs Wasserfahnen hinter sich her; die Lastwagen lärmten vorbei, daß die Erde zitterte. Wenn das Ampellicht auf Rot umsprang, stoppte die Schlange einen Augenblick. Fußgänger mit Regenschirmen gingen vor den Kühlern über die Straße. Dann schaltete die Ampel um, und alles setzte sich wieder in Bewegung.

Unmittelbar neben der Ampel stand ein Volkspolizist in Sturzhelm und grünem Overall und blickte die Straße hinauf, dorthin, wo sich in etwa hundertfünfzig Meter Entfernung die nächste Ampel befand. Sein Motorrad hatte er unter einen Baum gestellt. Von jener Ampel zog sich eine weiße Linie zwischen den beiden Fahrbahnen hin, anfangs als gestrichelte Linie, dann aber als durchgehender Sperrstreifen. Dort schaute der Volkspolizist hin und winkte ab und zu energisch ein Fahrzeug von der Straße herunter und wies es auf den kleinen Platz, wo er von dem Fahrer ein Ordnungsgeld entgegennahm oder ihm auch einmal einen Stempel gab. Den Alten an der Hauswand hatte er bei dieser Beschäftigung erst spät entdeckt.

Er bemerkte zunächst nur, daß da jemand stand, ein alter Mann, und als er zum zweitenmal hinsah, erschrak er, denn er sah Luden Jähnig. Er registrierte auch gleich, daß der da schon eine ganze Weile gestanden haben mußte. – Was soll's, dachte er für sich. Ich tue hier meine Pflicht, was habe ich da zu erschrecken!

Er winkte hinüber, wie jemand einem guten Bekannten winkt: Was stehst du da rum? Komm doch mal rüber! Ich hab' hier zu tun!

Doch der Alte reagierte nicht, er stand unbeweglich weiter so da. So zuckte der Volkspolizist mit den Schultern und setzte seine Arbeit fort.

Er winkte Fahrer heraus, die bei Gelb noch auf den Fußgängerüberweg geraten waren, und leitete sie zur Seite auf den Platz; oder solche, die zu früh angefahren waren; oder andere, die die Sperrlinie zwischen den beiden Bahnen überfahren hatten. Sein Standpunkt hinter dem Baum schien günstig. Man sah ihn da nicht gleich, aber dann trat er vor, wies zur Seite und so weiter. Er stellte sich jedesmal korrekt vor, verlangte die Fahrzeugpapiere, verwarnte, schrieb kleine Zettelchen oder ging umständlich mit Stempelkissen und Stempel um, ein sehr beschäftigter Mann, und die Kreuzung hier gehörte zu seinen Schwerpunktbereichen.

Er hatte gerade einen Wartburg auf den Platz gewinkt und wandte sich an den Fahrer, da sah er mit halbem Blick den Alten um den Wagen herumgehen. Der blieb drei Schritte hinter ihm stehen.

»Hauptwachtmeister Jähnig«, sagte Dieter und salutierte, »darf ich mal Ihre Fahrzeugpapiere sehen! Ja, auch die Fahrerlaubnis!« Der Fahrer reichte ihm beides nacheinander aus dem Wagen heraus. Dieter Jähnig betrachtete die Papiere und spürte dabei den Alten hinter sich. Macht nichts, dachte er freundlich, ich erledige das hier, und dann habe ich ein bißchen Zeit für ihn. »Was haben Sie soeben falsch gemacht, Bürger?« wandte er sich an den Fahrer.

»Ich habe nichts falsch gemacht«, sagte der, »das weiß ich ganz genau.« Er hatte die Scheibe heruntergekurbelt und blickte zu dem Volkspolizisten hoch, ein nicht mehr ganz junger, selbstbewußter Mann.

»Sie sind über die Sperrlinie gefahren«, sagte der Volkspolizist.

»Nein«, sagte der Mann, »ich bin nicht über die Sperrlinie gefahren. Ich habe vor der Ampel dort neben einem LKW gehalten. Als der in Gang kam, hatte ich schon Raum genug und bin hinübergewechselt, bevor die Sperrlinie begann. Ich weiß das ganz genau.«

»Sie sind über die Sperrlinie gefahren!« sagte der Volkspolizist mit Nachdruck.

»Woher wollen Sie denn das wissen?«

»Ich habe es gesehen.«

»Wo?« Der Mann war erstaunt. »Wenn Sie da vorn gestanden haben, dann müssen Sie gesehen haben, daß ich nicht drübergefahren bin!«

»Ich habe hier gestanden und habe gesehen, daß Sie drübergefahren sind!«

Der Mann wurde zornig. Er stieg aus dem Wagen und schlug die Tür zu. Er ging zur Fahrbahnkante. Der Volkspolizist folgte ihm.

»Und von hier aus wollen Sie das gesehen haben? Das sind doch mehr als hundert Meter!«

»Ich habe gute Augen!« sagte der Volkspolizist.

»Das glaube ich Ihnen. Aber der Winkel ist doch viel zu klein! Das können Sie doch im Ernst von hier aus nicht richtig beurteilen!«

Statt einer Antwort blätterte der Volkspolizist langsam in der Fahrerlaubnis des Mannes herum. Fast gelangweilt ließ er die Blätter durch die Finger gleiten, las ein wenig, blätterte weiter.

»Sie haben noch keine Stempel gehabt?« fragte er dann.

»Noch nie«, sagte der Mann hastig und wurde blaß.

Der Volkspolizist blätterte weiter.

»Na ja«, sagte der Mann nach längerer Pause schließlich, »Sie sind immerhin fast einen Kopf größer als ich, da ist auch Ihr Einsichtswinkel größer...«

»Macht eine Ordnungsstrafe von fünf Mark«, sagte der Volkspolizist. Er ging zum Motorrad, um die Quittung auszustellen. Der Mann folgte ihm bereitwillig.

Während Dieter schrieb, spürte er über seine Schulter hinweg, wie der Alte neben dem Fahrdamm stand, sich auf die Zehen stellte und den Hals in die Höhe reckte. Er dachte sich weiter nichts dabei. Er hatte noch zu tun. Der Fahrer hielt indessen den Fünfmarkschein in der Hand und wartete, bis die Quittung ausgeschrieben war. Dann bezahlte er und stieg in den Wagen. Der Volkspolizist sah zu, daß sich der Wagen dann ungefährdet in den Straßenverkehr einordnete.

Als Dieter sich dem Alten zuwenden wollte, stand der schon wieder an der Wand. Er stand da wie ein Fremder und blickte nicht zu Dieter, sondern eher auf dessen Schuhe oder auf das Pflaster vor ihm.

»Na, der hat es heute mal wieder!« dachte Dieter, »der spinnt mal wieder rum«, dachte er und wandte sich wieder seiner Arbeit zu. Ein halbes Dutzend Fahrzeuge fertigte er noch ab, dann kam ein roter Skoda. Er winkte auch den heraus und trat zur Fahrertür. Die öffnete sich. Dieter beugte sich hinab, lachte, denn am Lenkrad saß Bärbel.

Das erkannte auch der Alte. Er sah ihren roten Wagen langsam auf den Platz herauffahren und sah ihr Profil hinter dem Scheibenglas. Neugierig hob er den Kopf. Das interessierte ihn. Nun wird er sie auch abkassieren, dachte er, muß er ja, Recht ist Recht.

Die beiden aber sprachen recht ausgelassen miteinander. Dieter gab sich sehr zivil. Dann machte er mit dem Kopf eine kleine Geste, als ob er Bärbel zeigen wollte, wer dort stünde. Bärbel war überrascht. Sie legte die Hand an den Mund und machte Anstalten auszusteigen. Dieter aber sprach beschwichtigend auf sie ein, und sie sah ihn längere Zeit an und blieb sitzen.

Luden Jähnig interessierte das ganze Getue nicht. Ihn interessierte allein, ob Dieter sie auch zahlen lassen würde wie die anderen. Und so blickte er aufmerksam hinüber, ohne auf die Verlegenheit dort Rücksicht zu nehmen.

Nein, der Volkspolizist ließ sie nicht zahlen, stellte er fest. Da ging nur eine kleine Plauderei vonstatten. Kein Amtsmienenblick in Fahrzeugpapiere, kein Geldschein, keine Quittung. Bärbel blieb im Wagen sitzen, eine hübsche junge Dame, ihr stand das zu. Luden Jähnig sah nur wenig von ihr, der bedeckte Himmel spiegelte sich in der Scheibe; er sah eigentlich nur ihre Bewegungen. – Albrecht Seemanns Bärbele also, dachte er. Das war sie, ja. Die beliebte Morgenstimme für jedermann und auch für ihn, wenn er frühmorgens seine Müdigkeit bezwang. Lange Zeit hatte er ein kleines Kofferradio mit sich herumgetragen, nur um diese Stimme zu hören. Hätte er es jetzt hier – in diesem Augenblick hätte er es aufs Pflaster schleudern können. Fröhlich, mit der Leichtigkeit des Schmetterlings, hatte sie Verrat geübt. – Er schaute hinüber, doch sie stieg nicht aus. Dieter schlug schließlich die Tür zu, der Wagen fuhr an, und während sich der Himmel im Spiegelbild der Frontscheibe bewegte, sah er noch mit Bitterkeit, wie sie für ihn die Hand zu einem kurzen Gruß hob. So so, dachte er. Dann hielt der Volkspolizist schon die anrollende Fahrzeugschlange auf, um Bärbels Wagen die Ausfahrt zu ermöglichen.

Scheiße! dachte Dieter und gab die Fahrbahn wieder frei, bei dieser miserablen Arbeit muß er mich nun also beobachten! Hier, wo es um Kleinkram geht. Fünf Meter mehr oder weniger, was macht das schon aus! Steht da und macht den Affen. Scheiße! – Wenn es aber heißt: Straße frei! Straße frei für den Sankra! Der Mann schwebt in Lebensgefahr! Die Frau nicht mehr, die ist schon tot. Zwei Kinder stehen aber neben dem Haufen Blech, das eben noch ein Auto war, und schreien. Und mitten auf der Straße zwischen Splittern von Glas, zwischen verstreutem Urlaubszeug, liegt einer, der könnte noch ihr Vater bleiben! Wenn alle bleich sind vor beschissener Übelkeit wegen der Scherben und des Bluts und der eingequetschten Frau im Wrack, wenn die anderen sagen: Machen Sie das, Genosse Jähnig! Sie haben die besten Nerven! – dann, ja dann ist sonst keiner da, kein Alter mit seinem blöden Beobachterblick und keiner von den anderen. Wenn er dann die Sache in die Hand nimmt, graugesichtige Kraftfahrer wieder in ihre Autos treibt: Weiter, weiter! Der Mann kann leben für die zwei da am Blech, wenn ihr die Straße frei gebt! Fahrt über den Acker, jawohl, hier über den Acker! Aber fahrt, fahrt! – Und erzählen, erzählen nachher von solchen Dingen, nein, das kann er nicht! Niemals! Selbst wenn sie zur Alltagsarbeit werden. Eine Sommersaison schlägt seine Nerven bis zur totalen Erschöpfung. Straßenleichen gehen durch seine Träume, junge Mädchen mit feinen Rinnsalen von Blut aus dem Ohr, Männer mit zerschnittenen Gesichern, und am schlimmsten die alten Leute, die nur mal mitgefahren sind. In endloser Folge gehen sie durch seine Nächte und immer wieder durch seinen Dienst: Machen Sie das, Genosse Jähnig, Sie haben die besten Nerven! – Hab' ich? Hab' ich die wirklich? Aber davon weiß der alte Gnom nichts. Keiner weiß es von denen. – Und kontrolliert mich, wenn ich so einem Laffen einen Fünfmarkschein abknöpfe!

Er zog sich die Handschuhe an und beruhigte sich ein wenig. Schließlich dachte er: Herrgott, was soll's! Ist im Augenblick ein bißchen durcheinander, der Alte, wie wir alle. – Stell dich also nicht so dämlich da hin! dachte er hinüber. Komm her, sag dein Wie geht's? – wie es sich gehört zwischen Vater und Sohn! Und alles ist in Ordnung. Na?

Er hatte in seinem Groll das Motorrad schon angetreten, hatte, den Alten im Rücken, die Handschuhe festgeknüpft und die Motorradbrille über die Augen gestülpt, saß schon abfahrbereit auf dem Sitz, brauchte nur noch den Fuß von der Erde zu lösen und Gas zu geben. Aber dann schaltete er die Maschine wieder aus.

Die Wand war leer, der Alte war nicht mehr da. Weg, war einfach weg. Als Dieter sich suchend umsah, sah er ihn fünfzig Meter weiter auf dem Bürgersteig davongehen.

Ist gut, dachte der Volkspolizist, wenn's eben anders nicht geht – ist auch gut.

Die kleine Konsum-Gaststätte war dieser Tage zu einem vielbesuchten Ort der Jähnig-Geschwister geworden. Der Wirt hinterm Tresen sah sie jedenfalls weit öfter hier als zu anderen Zeiten. Aber kamen sie sonst gewöhnlich alle zusammen zu gemeinsamen fröhlichen Festen hierher, tranken Bier und Wein und manchmal zu besonderen Anlässen auch Sekt und waren heiter und ungezwungen, in ihrer Mitte am lautesten Luden Jähnig, so erschienen sie jetzt einzeln und sahen sich von der Tür aus zunächst erst schnell einmal um, ob auch nicht vielleicht ein anderer von ihnen gerade zufällig dort saß. Oder gar er, der Alte. Sie kannten seine Gewohnheit, immer mal auf eine halbe Stunde hier einzukehren. Philipp wußte natürlich, was ihre schnellen Blicke an der Tür zu bedeuten hatten, er trat ihnen dann entgegen und sagte: »Kannst reinkommen, es ist keiner da.« So waren sie schon fast alle dieser Tage auf einen Sprung eingekehrt.

Horst war schon dagewesen, er hatte sich den Bierschaum von den Lippen gewischt und mit Philipp ein ernstes Wort geredet. Bärbel war auf ein Kännchen Kaffee gekommen. Sie war die einzige, bei der sich Philipp für Augenblicke mit an den Tisch setzte, auf den halben Stuhl nur, die Serviette überm Unterarm, immer bereit, sofort aufzustehen, sobald er zu einem der Tische gerufen wurde. Bei den anderen blieb er stehen, legte höchstens mal eine Hand auf die Lehne. – Ulrike, als sie kam, hatte sich nicht gesetzt, sie hatte nur schnell und heftig an der Tür ihren Bruder umarmt, und dabei ein bißchen geweint und ein paar Worte mit ihm gewechselt. – Dieter war öfter gekommen, nach Feierabend in Jeans und Rollkragenpullover, er stemmte die Ellenbogen auf den Tisch, trank zwei, drei große Bier und schimpfte auf den Alten. – Samuel kam nicht, das war klar. Samuel kam nie. Er war zu müde abends. – Christoph war eines Nachmittags auf einen Kognak erschienen, hatte die Beine ausgestreckt und Philipp auf seine präzise Art ein paar Fragen gestellt. Mit Meinungen hatte er sich zurückgehalten, wie es seine Art war, nur Fragen gestellt, und wenn Philipp darauf antwortete, gründlich nachgedacht, und schließlich war er gegangen.

So waren sie reihum in die kleine Eckgaststätte gekommen, hatten ihren Unwillen oder ihr Wohlwollen geäußert, je nachdem.

Zur üblichen Zeit kam dann der Alte. Der kam nach wie vor. Doch er sprach nicht mehr, er bestellte nicht, Philipp brachte ihm unaufgefordert das Gewohnte, und antwortete nicht, wenn Philipp »Guten Abend, Luden« sagte, sondern blickte zur Seite. Dann hielt er die Hand am Glas und sah mit leeren Glubschaugen vor sich hin. Manchmal hob er den Blick, wenn Philipp sich entfernte, und sah ihm nach. Später legte er das Kleingeld auf den Tisch, passend, immer auf den Pfennig genau, zog sich vergnatzt den Mantel an und ging. Seit jenem Abend hatte er mit Philipp kein Wort mehr gewechselt.

Heute nun, zu Philipps größter Überraschung, erschien Samuel. Der hängte Mantel und Mütze auf, hatte schmutzige Schuhe an und einen alten Pullover. Man sah, daß er direkt vom Bau kam.

»Hallo, Yves Montand!« Philipp hatte es nicht gern, wenn seine Geschwister schlechtgekleidet hier erschienen. »Heute keine Feierabendschicht?«

»Nein«, sagte Samuel, »heute mal nicht.« Er setzte sich umständlich an einen kleinen Tisch, Philipp bürstete die Asche vom Tischtuch.

»Was soll's sein? Ein Bier?«

»Ein Bier, ja, bring mir ein Bier.« Samuel nickte hinauf.

Die Gastwirtschaft war um diese Zeit fast gefüllt. Alte Trinker saßen da, Jugendliche mit ungekämmtem Langhaar stützten sich ellenbogenbreit auf die Tischplatten und lachten rücksichtslos laut. Hinterm chromglänzenden Tresen ließ der Gaststättenleiter Bier in Gläser laufen, füllte Korn in wassernasse Schnapsgläser und drehte ab und zu an einem alten Radio im Regal. Überall von den Tischen stieg Zigarettenrauch auf und biß in die Augen. Man sprach, man lachte, der Ventilator oben in der Wand summte. Es ging friedlich zu in dieser Kneipe. Samuel sah sich um.

»Wie geht's?« Philipp stellte das Bier auf den Tisch.

»Wie soll's gehen?« sagte Samuel. »Ich komme wegen dir.«

Philipp lachte.

»Jetzt kommen alle wegen mir; jeden Tag mindestens zwei.« Er stellte sich neben den Tisch. Er sagte es freundlich, auf eine sympathische Weise, und Samuel dachte: Schau, ein angenehmer Kellner ist Philipp, mein Bruder. – Der indessen setzte die Unterhaltung fort, und seine Augen, wie er so stand, blickten mehr und mehr in irgendeine Ferne. »Weißt du«, sagte er, »mir ist es im Grunde nicht recht, daß ich plötzlich so in den Mittelpunkt geraten bin. Am liebsten würde ich sagen: Aus! Schluß damit! Das war nur ein Spaß. – Das würde ich schon ganz gern. Doch wenn ich so überlege: Das ist doch mal was! Mit dreiunddreißig plötzlich so ein Angebot bekommen! Ein ganz Neuer werden! Ja, auch richtige Eltern haben. Hier alles aufgeben und zu ihnen ziehen. Alles neu, jedes Haus, jeder Mensch, alles. Dazu vielleicht Brüder und Schwestern. Du hast das neulich sehr schön gesagt. Und da soll ich ablehnen?«

Man rief von einem Tisch nach dem Ober. »Einen Moment«, sagte Philipp und ging zu den Gästen, kassierte, brachte Bier zu einem anderen Tisch, räumte ab, trug leeres

Geschirr zum Tresen, kassierte schnell anderswo; die Gäste trieben ihr Spiel mit ihm, und er ging darauf ein.

Samuel beobachtete ihn, und es begann ihm unheimlich zu werden. Das Spiel, die Gäste kannten es anscheinend schon, das bereitwillige Daraufeingehen Philipps, sein freundliches Dahersagen jeder beliebigen Summe, als pflückte ein Kind Blätter von einer Blume, als hätte sich im Gehirn dieses Mannes, wie er dort stand, nicht die geringste Rechenmühe vollzogen. – Das war Philipp? Sein Bruder Philipp? Samuel schauderte es ein wenig.

Doch dann stand Philipp wieder neben ihm, legte die Hand auf seine Stuhllehne und fuhr in seinen Gedanken fort.

»Man müßte in einem bestimmten Alter allen Menschen die Möglichkeit geben, ihren Namen zu wechseln«, sagte er, »du glaubst nicht, wie viele davon Gebrauch machen würden. So zur Lebensmitte, mit fünfunddreißig etwa. Das wäre ein großes Volksfest jedes Jahr für alle Fünfunddreißigjährigen. Der Höhepunkt des Lebens sozusagen. Viele Leute würden kommen und gratulieren. Man brächte ihnen Blumen und Geschenke. Und die Betreffenden hätten das Gefühl, ein neues Leben anfangen zu dürfen. Völlig neu. Das zweite Leben – wie in der Religion. Sie würden es mit neuen Vorsätzen beginnen. Vieles, was sie im ersten Leben falsch gemacht hätten, würden sie ändern. Eine schöne Sache, finde ich. Man müßte sie höheren Ortes vorschlagen, vielleicht fände sie Anklang.«

»Du hast vielleicht Ideen«, sagte Samuel verblüfft.

»Ideen – o ja, Ideen habe ich. Noch eine solche Idee! Hör sie dir gleich mal mit an! Original Philipp Jähnig sozusagen. Paß mal auf! Es sollte ein allgemeines Gesetz erlassen werden, daß sämtliche Ehepaare im Lande, gleich wie alt und gleich wie lange schon verheiratet, immer am ersten Januar wieder zum Standesamt gehen, um sich für das kommende Jahr als Ehepaar einschreiben zu lassen. Tun sie es nicht, sind sie automatisch geschieden. Ganz einfach. Sind nicht mehr als Ehepaar registriert, sind also auch keins mehr. Oh, das wäre auch etwas sehr Schönes. Überall Hochzeit, jedes Jahr. Stell dir das mal vor: In jeder Familie, im ganzen Land, überall an diesem einen Tag Hochzeitsfest! Das wäre ein Trubel. – Und das wäre gut! Durchaus gut! Man müßte ja seiner Frau versprechen, daß man neue Vorsätze gefaßt hat. Daß man zum Beispiel weniger saufen will, weniger fernsehen, daß man dagegen mehr im Haushalt tun wird, auch im Beruf, und sich überhaupt bessern. Und das kannst du mir glauben, als Kellner kennt man so seine Leute; so was hält wirklich eine Weile vor. Bedenke nur mal, was das jährlich für einen Aufschwung gäbe, in jeder Familie, in den Betrieben, in der Wirtschaft und so weiter. Aber beide müssen sich eintragen, wie gesagt. Und am besten getrennt; wegen Beeinflussungsgefahr, du verstehst. Ein Standesamt für Frauen und eins für Männer. Und dazwischen mindestens ein Kilometer Abstand. Geht ein Paar nicht hin, ist die Sache klar. Und geht beispielsweise eine Frau nur so rein, ohne zu unterschreiben, kann der Mann gar nichts machen. Sie will eben nicht mehr. Also sind sie geschieden. Den ganzen Ärger auf den Gerichten könnte man sich sparen. Du lachst jetzt vielleicht darüber. Aber ich stelle mir das sehr schön vor: Man zieht sich was Gutes an, geht noch ein Stück gemeinsam bis zur Ecke, wo man sich trennt, sie droht dir noch mal mit dem Finger und sagt: Also du versprichst mir, daß du dich besserst? Und du hebst zwei Finger und sagst: Ich schwöre! Nach einer halben Stunde trefft ihr euch an derselben Ecke, und du fragst: Na, hast du unterschrieben? Du weißt natürlich, daß sie unterschrieben hat, aber du machst dennoch dein Spielchen. Ich ja, sagt sie. Und du? – Ich habe einen Gedankenstrich hingemacht, sagst du, und dann küßt ihr euch. Ich stell' mir das sehr schön vor...«

»Sag mal, und das glaubst du alles im Ernst?« Samuel hatte sich ihm mit dem ganzen Oberkörper zugewendet.

»Im Ernst nicht, ich glaube es überhaupt nicht, ich denke

mir das nur so.« Philipp nahm die Serviette vom Arm, legte sie neu zusammen.

»Warum bist du denn eigentlich nicht verheiratet, Philipp?« sagte Samuel. »Willst du dir diese Gänge sparen?«

»Ich werde heiraten, dann«, sagte Philipp.

»Wann?«

»Wenn ich nicht mehr Jähnig heiße.«

Die Stimmung war umgekippt. Das war der neuralgische Punkt, nun hatten sie ihn erreicht. Samuel spürte es unmittelbar. Er schob seine Hände auf dem Tisch übereinander, legte eine Hand auf die andere, schob sie so mehrmals hin und her; Hände mit verhornten Paufen an den Fingergelenken und Rissen von feuchtem Beton.

»Du gibst also nicht nach?«

»Warum sollte ich!«

»Nun, da gibt es verschiedene Gründe.« Samuel schob das Glas Bier ein Stück zurück, setzte es hart auf. »Erst einmal der Alte, er tut mir leid. So einen Menschen kann man nicht einfach so enttäuschen. Das tut ihm nämlich verdammt weh. Aber du hast keine Kinder, vielleicht verstehst du das nicht. – Und dann, tja – was soll das? Was soll das Ganze überhaupt? Wir haben unseren Spaß gehabt – gut. Wir haben es uns vorgestellt, und es war vielleicht sogar schön. Aber wir sind doch erwachsene Menschen! Vielleicht wenn es früher passiert wäre, als wir noch ABC-Schützen waren. Aber jetzt? Man hat doch in all den Jahren etwas hinterlassen! Weißt du, wenn es leicht gewesen wäre, gut, dann könnte man darauf pfeifen. War es aber nicht, war sogar verdammt bitter. Aber da stehen sie doch, die Blocks, die Neubaugebiete! Da könnte ich tagelang herumgehen, wenn ich jemandem zeigen wollte, was ich da alles gemacht habe. Die stehen hundert Jahre und mehr! Das ist doch was! Da war ich doch wer! Da hat man doch nach mir gerufen: Kollege Jähnig! oder auch: Samuel! Oder die Kumpels, bitte schön: Yves Montand! Wie kann man so einen Namen aufgeben?

Wie kann man da plötzlich ganz anders heißen, als wäre man einer, der da noch nichts getan hat? Und wie soll ich es den Kindern erklären, daß ich jetzt ein ganz anderer bin? – Nein, Philipp, bei mir bleibt es, wie es ist, und ich wollte auch dich bitten, daß du davon Abstand nimmst. – Das war es, was ich wollte.«

Philipp stand einen Augenblick, dann ging er wieder, um zu bedienen. Es dauerte eine Zeit. Als er zurückkam, brachte er Samuel ein neues Bier mit.

»Weißt du, was mir aufgefallen ist?« sagte er. »Du paßt in keine Kneipe. Lach nicht! Es gibt solche. Die setzen sich hier her, bestellen, trinken, aber schon während sie sich setzen, sieht man, das ist kein Kneipengänger. Der sitzt sonst zu Hause beim Stubenbier. So einer besäuft sich nicht. Oder er besäuft sich ganz miserabel. Das gibt es auch. Das gute Maß dazwischen, wie die meisten hier, das hat er nicht. Und so einer bist du, Samuel. Nur, bei dir bin ich sicher, du besäufst dich nicht.«

»Du willst sagen, daß ich ein altmodischer Hund bin.«

»Genau das. Und nicht nur im Saufen.«

»Auch sonst?«

»In allem. Du bist ein Arbeiter, wie er in unseren Schullesebüchern gestanden hat. Kennen wir. Haben wir alle gelesen. Auch Bilder gesehen. Nur, die gibt es nicht mehr. Du bist antiquiert, bist sozusagen ein Relikt von damals. Ich habe mich neulich fast kaputtgelacht, als ich hörte, daß du harte Währung genommen hast. Da ist es mir eigentlich erst so recht aufgefallen. Du hast dich nämlich verteidigt. Das macht man heute nicht mehr. Wozu? Macht doch jeder! Laß die Leute doch reden, wenn sie wollen.«

»Aber hör mal!« Samuel wollte sich empören.

»Laß das jetzt, Yves Montand! Auch in meinen Papieren steht nämlich, fein säuberlich geschrieben, daß ich Arbeiter bin. Ob man Ziegelsteine schleppt oder Tabletts voll Bier, das kommt im Grunde auf eins raus. Wir sind also Angehörige ein und derselben Klasse. So weit klar.« Philipp setzte sich halb auf den Stuhl. »So, jetzt will ich dir mal erzählen, wie der moderne Arbeiter denkt. Hör gut zu! – Also, zunächst einmal zum Alten, der steht für mich ganz oben. Da gibt es keinen besseren. Das ist also geklärt.«

»Und fühlst du nichts, so zu ihm hin?«

»Habe ich doch schon gesagt! Unterbrich mich nicht! Ich habe nämlich nicht viel Zeit. – Wenn du deine Häuser aufzählst, gut, kannst du. Von mir steht da nicht so etwas, ich habe bloß immer Bier getragen. Das haben sich andere ins Maul gegossen und draußen ausgepißt. Keine ruhmreichen Zeugnisse also. Aber weißt du, das macht mir gar nichts!«

»Du kennst es nicht anders.«

»Nein, brauche ich auch nicht. Aber eins will ich, und das will ich wirklich! Und da unterscheiden wir uns: Ich will nicht bis an mein Lebensende Bier schleppen, Tischdecken abbürsten, bitte sehr, mein Herr, danke fürs Trinkgeld, und dazu die kleinen Zugaben mit meiner Rechnerei. Das jeden Tag bis zur Rente. Aber da gibt es so eine Angelegenheit in meiner Vergangenheit, von der alle wissen. Jähnig, ach ja ... Längst erledigt, total vorbei, nur eben, jeder weiß das. Mein Gewerbe ist nicht sehr groß, man müßte schon ziemlich weit weg verschwinden und, jawohl, das ist es: einen ganz neuen Namen haben. So ginge es. Denn stell dir das mal vor: Ich möchte mal Gaststättenleiter werden! Jawohl. Ich, wie ich es dir hier sage. Ich kann das, ich weiß das, ich kann das sogar sehr gut. So, und jetzt setze ich die Enttäuschung von unserem Alten gegen meine zweite Lebenshälfte. Eins geht nur, klar, das eine oder das andere. Einer muß passen, er oder ich. Aber da wartete ja noch was auf mich! Von einem guten Gaststättenleiter sagt man: Mit einem Handköfferchen ist er gekommen, nach drei Jahren fährt er mit vollem Möbelwagen und Wartburg wieder weg! Und du wirst lachen, aber so möchte ich das! Nur nicht wegfahren, sondern bleiben! Bleiben und Frau und Kinder haben und

Wagen, jawohl, und auch Wochenendgrundstück. Denn das mußt du mir erst erklären, daß das was Scheußliches ist, ich merke nämlich nur, daß es allen, die das haben, gut gefällt. Rechnen kann ich, und Ideen habe ich, warum also sollte ich mein Leben lang Bier schleppen, wenn mich eine Reise in ein polnisches Städtchen davon befreien kann? – Und der Alte, glaub mir, der wird das eines Tages verstehen. Ich bleibe ja derselbe, auch wenn ich anders heiße.«

»Du willst also fahren?«

»Ulrike kommt mit. Christoph wahrscheinlich auch. Bärbel würde auch, aber sie hat noch irgendwelche Bedenken wegen ihres Jungen.«

»Christoph auch?«

»Du kennst doch Christoph. Ob er dann aber mitmacht und, gesetzt den Fall, den neuen Namen annimmt, das glaube ich nicht.«

»Und wann soll's losgehen?«

»Nächste Woche. Du müßtest mir bloß die Mappe vom Alten besorgen. Kannst du das? Mit mir spricht er nicht.«

»Sie liegt bei mir zu Hause in der Kommode.«

»Gut, das macht es leichter.«

»Weiß der Alte von alledem etwas?«

»Nichts, er weiß überhaupt nichts. Seit dem Abend hat er mit keinem mehr gesprochen. Trinkt sein Bier hier, redet aber nicht.«

»Was macht's?«

»Was?«

»Das Bier. Ich habe zwei Bier getrunken.«

»Nichts, geschenkt.«

Samuel legte ein Zweimarkstück auf den Tisch. »Wenn du's nicht nimmst, dann ist es für den da.« Er wies mit dem Kinn auf den Schankwirt am Tresen. Dann erhob er sich langsam.

»Du«, sagte Philipp, »ich glaube, wir können uns nicht vergleichen.«

»Das glaube ich auch.«

Samuel ging, und Philipp blieb sitzen; das Gesicht auf den Händen, sah er zu, wie Samuel sich den Mantel anzog und ging. Dann räumte er den Tisch ab.

Im Funkhaus hatte es einen Zwischenfall gegeben. Man hatte einen Mann hinausgeworfen, der am frühen Morgen in den Regieraum gekommen war und sich, ohne ein Wort der Erklärung zu sagen, auf einen Stuhl niedergesetzt hatte. Fast unbemerkt. Der Toningenieur sah den Techniker an, der Techniker sah den Toningenieur an, beide zuckten mit den Schultern, beide sahen den Regisseur an, und der wiederum sah die beiden an, doch er hatte im Augenblick seine Aufmerksamkeit für die laufende Sendung nötig, er schob seine Hebel, und dann blickten alle durch die große Scheibe hindurch, wo diejenige saß, auf die es in den nächsten Sekunden gleich ankommen würde, die Sprecherin, die sich im Augenblick aber noch rekelte, die Arme reckte und unverschämt gähnte. Dann sagte sie mit vom Gähnen noch rauher Stimme ins Mikrofon hinein: »Wer den Quatsch von Morgenstunde und Gold im Munde erfunden hat, den könnte ich persönlich totschlagen.« Es klang laut über die Beschallung in den Regieraum hinein, und die Männer grinsten. Aber dann fügte sie auch schon mit völlig veränderter hoher, süßer Stimme bereitwillig hinzu: »Ich bin so fröhlich, fröhlich, fröh....«, und horchte auf, denn der Regisseur hatte durch seine Anlage hinübergesagt: »Achtung, Bärbel, du bist gleich dran!« Ein gelbes Licht leuchtete vor ihr auf, dann ein rotes, und als wäre sie plötzlich eine ganz andere, wandte sie sich freundlich dem Mikrofon zu und sprach angenehm sanft und mit jenem fröhlichen Unterton, den überall an allen Morgen die verschlafenen Hörer so wohltuend empfanden, wenn sie sich noch im Bett rekelten, wenn sie sich die Zähne putzten oder im Stehen schnell einen Bissen Frühstücksbrot in den Mund schoben. Die

Männer im Regieraum achteten unterdessen auf technische Perfektheit, denn alles, was Bärbel sprach, jede Nuance und jedes Krätzerchen in der Stimme, klang laut und in wunderbarer Reinheit in den Regieraum hinein. Auch der Mann auf dem Stuhl hörte zu. Schließlich beendete Bärbel ihre Ansage mit der Uhrzeitangabe, dabei blickte sie freundlich zur Wanduhr hinauf – es war vier Uhr siebenunddreißig. Im Regieraum handhabten die Männer wieder ihre Hebel, dann war erst mal alles vorbei; der Regisseur stand auf, trat an den Mann heran und sagte: »Was machen Sie hier? Wie kommen Sie hier herein?«

»Nichts. Ich höre nur zu.«

Da schmiß der Regisseur den dreisten Menschen kurzerhand hinaus. Und nicht allein das, er folgte ihm, er schob ihn am Arm die Treppe hinunter und die Korridore entlang, nahm das Schimpfen des Kerls gefaßt entgegen und bestand an der Portiersbarriere kategorisch auf Identifizierung desselben sowie auf einem Bericht des betreten wirkenden Pförtners an die Leitung des Hauses dahingehend, wie jener Mensch Funkhaus und sogar Senderaum betreten konnte, ohne daß ihn jemand daran gehindert hatte. Und während der Regisseur noch energisch auf seiner Forderung bestand, kam Bärbel den Korridor entlanggelaufen. Hochrot im Gesicht, so stürzte sie sich auf den dreisten kleinen Eindringling und schrie ihn an: »Wie kannst du nur hier so reinkommen! Bist du denn ganz und gar von Gott verlassen! Hast du denn gar keine Vernunft mehr?«

Voller Wut hielt sie ihm ihre zehn Finger hin, als erinnerte sie ihn an altbekannte Regeln, die er nun allesamt in Bausch und Bogen bösartig und hinterhältig umgestoßen hätte. Dann warf sie den Kopf in die Arme auf die Barriere und schluchzte bitterlich: »Ich halte das nicht mehr aus! Ich halte das nicht mehr aus! Der Mensch bringt mich zur Verzweiflung! Seit einer Woche verfolgt er uns schon! Nein, ich halte das nicht mehr aus!«

Der Regisseur warf den Kerl zur Tür hinaus auf die Straße.

Nein, zur Verzweiflung bringen wollte er sie nicht. Das hatte er nicht gewollt. Ihm war es nur früh morgens, als er aufstand wie alle Tage um diese Zeit, durch den Sinn gegangen, ganz plötzlich war ihm eingeschossen, noch bevor er zur Fähre ging, einen kleinen Abstecher zu machen, um sich Bärbel anzusehen; dort, von wo sie mit ihrer morgendlich fröhlichen Stimme zu allen Menschen freundlich war. Er wollte sie sehen. Weiter nichts. Wie er alle seine sieben in diesen Tagen sehen wollte. Ihn interessierte ihre Fröhlichkeit. Die zu beobachten war für ihn von Interesse geworden. – Vor Jahren war er einige wenige Male im Funkhaus gewesen. Damals hatte Bärbel ihn mitgenommen und ihm stolz die Anlagen erläutert. Sie war gerade vom Studium gekommen und war voller Leidenschaft für die neue Arbeit. In einer Sendepause, unbeholfen damals noch, aber voller Eifer, hatte sie sich sogar hinter jene Scheibe gesetzt, eigens für ihn. Natürlich war die Anlage nicht eingeschaltet; und sie hatten ihren Spaß daran gehabt, daß sie sich durch die Scheibe etwas zurufen konnten, ohne daß der andere es hörte. Als wären sie stumm. Danach hatte Luden Jähnig das Funkhaus nicht mehr betreten.

Nein, sie zur Verzweiflung bringen, das war nie und nimmer seine Absicht. Warum übrigens gleich zur Verzweiflung? Hätte sie nicht sagen können: Das geht nicht, Luden, oder Alter, daß du da hineingehst; komm ein andermal wieder, wenn ich in meinem Zimmer bin; oder besuch mich mal zu Hause?

Um acht Uhr klingelte bei Horst das Telefon. Arthur Knaak ihm gegenüber nannte ihm seine Schwester und schwenkte den Apparat hinüber.

»Was gibt's?« fragte Horst unhöflich in den Hörer, er

schrieb inzwischen weiter. »Ja«, erwiderte er ruhig auf den Wortschwall am anderen Ende hin, »ja, ich verstehe.« Auf seiner Stirn sammelte sich Mißmut vor allem darüber, daß er seit einer Woche zum telefonischen Zentrum seiner aufgescheuchten Geschwisterschar geworden war.

Da riefen sie ihn an, einer nach dem anderen. Arthur Knaak konnte sie schlecht abweisen, immerhin waren es Horsts Geschwister. Und so schallte es dann aus der Hörmuschel: Du, was hältst du davon, wenn... Sag mal, hältst du eine Identifizierung wirklich nicht für möglich? Ich habe mit Doktor Soundso gesprochen. Ja, ganz unter der Hand, versteht sich. Natürlich, kein Wort nach außen... Und nun, seit einigen Tagen: Du, der Alte war bei Dieter, hat ihn verfolgt wie so'n Geist. Kein Wort, nein, kein Wort... Samuel hat mit Philipp gesprochen, Samuel, ja, in der Kneipe. Philipp meinte, er wollte ihn umstimmen... Was? Ich? Nein, ich nicht... So ging es die ganzen Tage. Horst hatte wirklich anderes zu tun, als sich das Bauchweh seiner Geschwister anzuhören. Er wurde aus Beratungen herausgerufen, das war ihm peinlich. Arthur Knaak hatte ihn sogar von der Treppe zurückgerufen, als er unterwegs war zum Abteilungsleiter. – »Seid ihr denn alle verrückt?« Er schmiß den Hörer auf die Gabel. »Soll ich vielleicht...?« fragte Arthur Knaak. »Nein! Natürlich nicht!«

Und nun also das, der Alte war ins Funkhaus eingedrungen.

»Eingedrungen?«

»Ja. Er saß plötzlich im Regieraum. Der Regisseur mußte ihn mit Gewalt...«

»Also nicht eingedrungen.«

»Ich halte das nicht mehr aus, du! Ich halte das nicht mehr aus. Du mußt etwas unternehmen.«

»Warum gerade ich? Und was hältst du nicht mehr aus?«

»Da fragst du noch?«

»Ist gut. Ich unternehme was.« Er legte den Hörer auf und

steckte sich eine Zigarette an. Noch während er das Streichholz auswedelte, sagte er zu seinem Gegenüber: »Also klar, wenn meine Geschwister anrufen, du weißt dann Bescheid.«

Arthur Knaak grinste von seinen Tabellen hoch.

»Nicht jeden Anruf, klar. Sagen wir so, jeden dritten.«

»Ist gut, ich weiß Bescheid.«

»Aber nicht alle! Christoph nicht! Und Philipp, wenn der anruft, auch nicht. Aber der ruft nicht an. Auf jeden Fall nimmst du jetzt immer zuerst den Hörer ab.«

Etwas später am Vormittag klingelte in der Konsumgaststätte das Telefon. Der Wirt nahm ab und rief Philipp heran. Bärbel am anderen Ende der Leitung hörte das Geräusch der Kneipe und schließlich Philipps Stimme. Sie spürte förmlich, wie er sich das andere Ohr zuhielt.

»Ich komme mit, Philipp.«

»Was? Ich verstehe nicht.«

»Ich sage: Ich komme mit.«

Für einen Augenblick war Ruhe dort. Dann hörte sie Philipp sagen: »Das ist ganz ausgezeichnet, du. Das hätte ich von dir nicht erwartet. Ulrike ist auch klar. Christoph schwankt noch. Dieter nicht. Das geht nicht, wegen der Polizei, sagt er. Verstehe ich. Aber weißt du, was ich mir überlegt habe? Wir müßten Horst umstimmen. Ja, Horst. Wenn Horst mitmacht, dann kriegt die ganze Sache Schwung. Wir müßten nur überlegen, wie wir ihn umstimmen. Der springende Punkt, verstehst du . . .?«

Bärbel fühlte sich nach diesem Telefonat nicht ganz wohl. Nicht ihres Entschlusses wegen, nein. Etwas anderes war es. Sie kannte ihren Bruder Philipp kaum noch wieder. Das war es, nur das. Er schien ihr irgendwie versessen, war zum Hazardspieler geworden: Alles oder nichts. Und Bärbel wunderte sich mit stillem Erschrecken, wie der angenehme Junge mit einemmal aus seiner Sanftmut heraus so hatte werden können. Ein Anflug von Unbehagen überkam sie.

Gleich würde ihre Vormittagsschicht beginnen. Bärbel

hatte zwischendurch immer für eine halbe oder eine Stunde frei, wenn komplexe Sendungen die Zeit füllten. Wenn die Stunde der Außenpolitik dran war, zum Beispiel. Oder wenn eine Unterhaltungssendung vom vergangenen Abend wiederholt wurde. Dann saß sie in ihrem Arbeitszimmer, einem kleinen, mit Schränken und Schreibtischen vollgepferchten Büroraum, in dem noch zwei Kolleginnen saßen – einem Büroraum mit Waschbecken und Spiegel. Sie ordnete dann die Texte für die nächsten Ansagen und probierte deren Singsang. Oder sie machte ihr Make-up. Oder sie las ein wenig. Oder sie half einer Kollegin bei der Vorbereitung einer Sendung »Bei Freunden am Herd geschnuppert« und so etwas. Oder sie rief im Kindergarten an und erkundigte sich nach Arne, ihrem Jungen, denn der war oft krank. Oder sie nahm an einer Sitzung teil, weil sie in manche Gremien gewählt war. Oders gab es in Hülle und Fülle. Ihre Aufgabe aber war es, auf die Sekunde genau vor dem Mikrofon zu sitzen und freundlich nette Texte zu sagen, als gingen ihr Witz und Sinn derselben just in diesem Augenblick gerade erst durch den Sinn. Und diese Aufgabe nahm sie ernst. Alles andere war für sie Beiwerk. Sie schaute in den Spiegel und überprüfte ihr Aussehen. Sie war unzufrieden. Sie drehte ihr Gesicht einmal nach links und einmal nach rechts und verzog skeptisch den Mund. Sie zupfte ein wenig an den Augenbrauen, zog die Lippen nach und sah sich noch einmal an: Das kurze Stirnhaar stand hinter dem seitlichen Wirbel hoch, das war nicht zu ändern, sie mußte ihre Frisur danach richten. Die Stirn frisch und gewölbt, die geschwungenen Augenbrauen, nun gut, so weit war alles in Ordnung. Aber darunter die Augen! Sie konnte noch so frisch dreinzublicken versuchen, die Schatten gingen davon nicht weg. Sie legte eine Hand an die Wange, hielt das Gesicht schräg an den Spiegel heran und hatte zum erstenmal die Vorstellung, daß sie einmal verhärmt aussehen konnte. Und sie wußte, daß das nicht allein der skandalöse Auftritt vom Morgen dieses Tages machte.

Sie hatte eine Zweizimmerwohnung im Neubaugebiet am Rande der Stadt. Nichts Besonderes, zwei Zimmer für sich und ihren vierjährigen Sohn Arne. Mehr konnte sie nicht verlangen. Noch bis vor anderhalb Jahren hatte sie mit ihm in einem einzigen Dachzimmer gewohnt. Aber das war nun überstanden, sie mochte nicht daran zurückdenken.

Früh um vier begann ihre Arbeit. Das bedeutete: um drei Uhr aufstehen, waschen, schon beim Zähneputzen vor dem Spiegel die Stimme prüfen, anziehen, beim Hin- und Herlaufen schnell einen Bissen in den Mund, dann hörte sie unten schon das Auto. Sie hauchte dem schlafenden Jungen schnell einen Kuß hin, zupfte das Deckbett zurecht, und schon zog sie die Tür hinter sich zu und klapperte die Treppen hinunter. Im Wagen der verschlafene Fahrer des Betriebswagens. Manchmal war es auch ein Taxi mit einem übernächtigten, schweigsamen Fahrer.

Im Sommer, wenn es um die Zeit schon hell wurde, im Wagen das Make-up. Im Winter drückte sie sich in ihren Mantel und schlief noch schnell die zehn Minuten. Das Aussteigen war dann so schwer, als schleppte sie Blei in den Beinen. Dann im Funkraum vor dem Mikrofon die Arme gereckt, gegähnt, einen Morgenfluch und: »Ich bin so fröhlich, fröhlich, fröhlich!«

Seit einem knappen Jahr hatte sie nun ihren eigenen Wagen. Von da an wurde vieles leichter. Das allerbeste aber, sie konnte auf die Hilfe der dreisten Nachbarin verzichten. Bis dahin hatte sie deren Gefälligkeiten mit Geld und Artigkeiten erkauft; zäh hergegebenen Gefälligkeiten, auf die sie aber angewiesen war. »... Frau Spohnholz, wenn Sie den Jungen morgen in den Kindergarten bringen, achten Sie bitte darauf, daß er den Schal vor dem Hals zuhat? Er erkältet sich immer so schnell.« Das Geld tat ihr nicht leid, die Artigkeiten sehr. Der Wagen gab ihr ganz überraschend ein gutes Stück Freiheit, das sie bisher nicht gekannt hatte. Um sechs begannen die Nachrichten, darauf die Stunde der Politik. Das war

Minutenarbeit, die sie seit fast einem Jahr nun allmorgendlich für sich und ihre persönliche Disziplin leistete, leisten mußte. Denn um fünf nach sieben, da war sie schon wieder auf dem Sender. Da hatte sie sich zum zweitenmal an diesem Morgen ermahnt: Ich bin so fröhlich, fröhlich, fröhlich! Inzwischen aber hatte sie die Wärme des Sohnes spüren können, wenn sie ihn aus dem Bett hob und an sich drückte; hatte ihm Milch anwärmen und die Brottasche füllen können und kleine Gespräche mit ihm geführt, morgendlich aufgeräumte alberne oder auch ernstere Worte, was er tun sollte und was nicht. Und hatte ihn dann in den Kindergarten fahren können, ihn dort schnell noch einmal an sich drükken, abgeben... »Ach, guten Morgen, Frau Jähnig, wir haben Sie schon im Radio gehört.«

Wenn sie aber so in den Spiegel sah, schien ihr, daß sie trotzdem einmal verhärmt aussehen könnte. Ihre Hand tastete über die Wange.

Nach jenem Abend neulich in Samuels Wohnung war ihr ein neuer Gedanke gekommen. So plötzlich und so neu, daß sie vor dessen Ausmaßen erschrak. Sie lag im Bett, war aufgewühlt von den Ereignissen des Abends und zürnte der ganzen Geschwisterschaft, die ihr Dünkel vorgeworfen hatte, es war noch zu häßlichen Streitereien gekommen. Sie war wütend auf alle, einschließlich den Alten mit seinen idiotischen Urkunden. Sie hatte geweint, hatte sich, wie sie so lag, erbärmlich allein gefühlt und hatte daraufhin noch einmal geweint. Und in diesem Augenblick verspürte sie mit einemmal Sehnsucht nach einer Frau, einer Mutter, an deren Busen sie sich ausweinen könnte. Ganz plötzlich kam das; ein überraschend neuer Gedanke. Da wurde sie ganz wach und dachte über ihr Leben nach.

Sie hatte es zwischen Männern verbracht. Sie war des alten Albrecht Seemann »Bärbele« gewesen. Sie hatte ihm früh die Strümpfe gewaschen und die Dielen geschrubbt. Sie hatte unter ihren Brüdern Zank und Hofraufereien auszustehen, vor allem zu glätten, und auszustehen und zu glätten dann auch Luden Jähnigs kindisch unvernünftige Kapriolen. Ihr ganzes bisheriges Leben war sie sich vorgekommen wie bei einem Kinderspiel, einem Spiel von der Art, wo sie in einem Kreis von lachenden, rauhbeinigen Buben hin- und hergeschubst wurde bis zu Schmerz und Übelkeit. Sie immer in der Mitte. Von jenem einen nicht zu reden, der ihre Liebe mit leichter Hand fallenließ. Nur Männer, ihr ganzes Leben bisher.

Aber eine von den Frauen, deren Name sie an dem Abend spielerisch verlesen hatte, war ihre Mutter. Sie erinnerte sich jetzt einiger Namen und stellte sich Frauen vor, die dazu paßten. Und es war eine dabei, eine Frau knapp über fünfzig, zu der sie sagen konnte: Drück mich, Mutter, halte mich fest in deinen Armen und laß mich einmal richtig weinen! Und laß mich morgen früh schlafen! Ich weiß, du nimmst den Jungen und bringst ihn zum Kindergarten und achtest auf den Schal am Hals und darauf, daß er nicht in Pfützen tritt. Ich schlaf' einmal ohne Ende, denn ich weiß, du bist da, jetzt und immer, wenn ich dich brauche. Bist einfach da, Mutter.

So war Bärbel Jähnig eingeschlafen. Der nächste Morgen war bitter für sie, denn es war nichts mehr da von dem, was sie mit in den Schlaf genommen hatte. Nur die nüchterne Wirklichkeit mit Weckerklingeln, Zähneputzen und Krächzen, mit ein paar hastigen Bissen beim Hin- und Herlaufen und Autofahrt unterm fahlen Licht der Straßenlaternen. Da aber dachte sie wieder: Eine von ihnen ist wirklich meine Mutter!

Die Kunde von der bevorstehenden Fahrt der Jähnig-Geschwister in die polnische Stadt blieb nicht geheim. Philipp hatte seinen Gaststättenleiter wegen eines Kurzurlaubs angesprochen, dabei zog er ihn ins Vertrauen. Der Leiter hatte Schwierigkeiten mit der Vertretung und teilte seinen Kummer am Abend seiner Frau mit. Die wiederum, sie kannte Philipp und einige von seinen Geschwistern, teilte den interessanten Fakt anderen Bekannten mit, und so nahm die Nachricht ihren Lauf. Sie verzweigte sich in mehrere nebeneinander herlaufende Stränge, versickerte hier und da, wo Leute kein Interesse hatten, weil sie die Geschwister nicht kannten, und nahm an anderen Stellen wieder ihren guten Verlauf, verstärkte sich, trieb weitere Abzweigungen nach links und nach rechts, veränderte sich auch mal inhaltlich. – So also sickerte sie durch die Stadt wie jede Nachricht von ein bißchen Bedeutung, und es war nur eine Frage der Zeit, wann und durch wen sie Luden Jähnig erreichen würde.

Sie erreichte ihn durch Uwe Jens. Der erwartete ihn eines Morgens mit lächelnden Augen auf der Fähre: »Na, nun fahren sie also doch?«

»Wer fährt?« Luden Jähnig blickte auf.

»Na wer schon! Deine sieben Engelein. Wollen sich in Polen ihre Herkunft beglaubigen lassen. – Nun sag bloß, du hast davon nichts gewußt!«

Luden Jähnig guckte wie ein erschrockener Gnom.

»Na, nu tu mal nicht so!« Uwe Jens sah fragend Freiligrath an, der sah Uwe Jens an, und schließlich wandte der sich verlegen lächelnd ab und stieg in den Maschinenraum hinunter.

Luden Jähnig aber stand da, als führe er gleich wie ein Holznagel in die Planken des Decks.

Die Wandsektion schwebte heran, eine Mauer aus grauem Beton, wunderbar fertig anzusehen mit glitzerndem Splittputz außen und großem Rechteckfenster. Sie schwebte seitlich heran und senkte sich sacht, so wie Samuel mit dick behandschuhter Rechten hinaufwinkte. Sein Winken wurde schneller, energischer, die Männer konnten die Wand schon fast berühren, dann verhaltener, als sie sie schwebend einpaßten; und schließlich, als die Wand ihre sanfte Schwebebewegung mit einem Ruck beendete, stand Samuels Hand schräg wie ein Fanal in der Luft. Die Wand paßte, eine Wand oben im vierten Stock, wo der Wind pfiff und die Kälte grimmiger zubiß als irgendwo unten auf dem hartgefrorenen Baustellengelände. Hier oben schützten sich die Männer mit Wänden, die sie selbst aufstellten.

Los, ran, Männer!

Samuel ergriff eine der schweren eisernen Stützen, stemmte sie gegen die Wand, er warf seinen ganzen Körper in das Gewicht der Stütze und stemmte sie fest. Pitt und Jaunich neben ihm taten es ihm gleich. Da sprühte auch schon der Lichtbogen in der Ecke auf, Pilsutzki heftete Eisen an Eisen, die Wand, Wasserwaage darangelegt, stand. Abschlag des Krangeschirrs, neues Winken nach oben, die Trossen schwebten davon. Weiter! Die Feinarbeit konnte beginnen. Weiter, weiter! Die Männer warfen sich in die Arbeit. Alles war eingespielt bis in die kleinste Bewegung, Samuel konnte gar nicht mehr zurückdenken, seit wann das schon so war. Die Wände, die so herangeschwebt waren, waren für ihn schon nicht mehr zählbar.

Das Winken ging ohne sein Wissen vonstatten, denn nicht er, schien ihm, bewirkte es, sondern der kleiner werdende Spalt zwischen dem festen Sockel, auf dem sie standen, und der heranschwebenden Sektion, wenn sie alle da hinguckten. Auch der Körpereinsatz, den sie hier oben gegen die Kälte suchten, war immer derselbe. Nur wenn mal ein Mann ausschied und ein neuer kam, wurde es für einige Zeit ein bißchen anders, besonders am ersten Tag, dann hatte sich auch der an das Gleichmaß und den Ablauf gewöhnt und fiel nicht mehr auf.

»Samuel! He, Yves Montand!« Das war der Brigadier, der von unten heraufrief.

Jaunich beugte sich aus der Fensteröffnung und sah unten klein und behelmt den Brigadier stehen. »Du sollst mal runter kommen, Montand.«

Samuel ging zur Treppe. Er hob zwischendurch den Helm vom Kopf, schob sich das Haar zurecht und setzte den Helm wieder auf. Ein großer, ruhiger Mann, der da zur Treppe ging.

Sie hatte noch keine Geländer. Die Eingänge in die Etagen waren noch dunkle Löcher ohne Türen. In der zweiten Etage lagen die Kabel der Elektriker herum, in der ersten waren die Fußbodenleger bei der Arbeit. Samuel steckte sich eine Zigarette an, stieg herab ins Parterre.

»Hast Besuch«, sagte der Brigadier und ging gleich darauf.

Neben der Haustüröffnung stand Luden Jähnig auf dem gefrorenen Erdboden.

»Salut«, sagte der und legte zwei Finger an die Mütze.

»Hallo«, sagte Samuel und trat die Zigarette aus. »Ist was?«

Luden Jähnig antwortete nicht gleich. »Wie man's nimmt«, sagte er dann hinterhältig.

»Komm, Alter! Komm zur Sache! Da oben warten sie auf mich!«

»Zur Sache. Na ja, zur Sache ...«

»Du machst doch nicht gerade deinen Sonntagsspaziergang hier.«

»Nein. Also zur Sache«, und Luden Jähnig legte den Kopf zurück, als ob er nachdächte, »du kennst doch den alten Brandow«, sagte er dann.

»Wen? – Kenne ich nicht.«

»Den kennst du, der hat in der Wasserstraße die Post ausgetragen.«

»Ach den, ja, kenne ich.«

»Der schlägt jetzt jeden Tag ein Loch ins Eis und angelt.«

»Und das willst du mir erzählen?«

»Nein, das nicht.«

»Also was ist nun los?« Samuel wurde ungeduldig.

»Neulich«, begann Luden Jähnig, »neulich ruft er seine drei Söhne zusammen und sagt: Es ist nicht viel, was ich habe, es sind summa summarum zweitausend Mark. Ich möchte euch gewissermaßen euer Erbe auszahlen, jedem sechshundert Mark. – Ist ja recht von so einem Vater«, fügte Luden Jähnig von sich aus hinzu. »Dir, Fritz, sagt er, kommt es zupaß, ich weiß, du kommst mit deinem Häuschen nicht weiter. Du, Ulrich, sparst auf ein Boot, und du, Heinz, hast dich von deiner Frau getrennt und wirst es auch gebrauchen können.«

»Und?« Samuel interessierte die Geschichte nur wenig.

»Da denkt man, daß sie sagen werden: Aber Vater, wo denkst du hin! Wir haben ein gutes Einkommen, alle drei. Wir haben viel mehr auf dem Konto, als du denkst! Wir verdienen doch gut, bestens sogar! – Aber nein«, Luden Jähnig trat von einem Bein aufs andere, »sie sind eine Weile still, erzählt er, sind eine Weile still, und dann fragt ihn Heinz, der jüngste: Warum machst du das, Vater? – Weil ich noch sehen will, wie ihr euch darüber freut. – Wenn das so ist, nehmen wir es an, sagt darauf Ulrich, der älteste. Und sie bedanken sich, sagt er, und freuen sich allesamt.«

»Und warum erzählst du mir das?« Samuel ahnte einen Hinterhalt hinter der glatten Geschichte.

»Was hältst du davon«, sagte Luden Jähnig da, »wenn ich jedem von euch fünftausend Mark auszahle? Ich bin sozusagen euer Vater und zahle euch das Erbe aus. Und ihr verzichtet auf die Urkunden und die ganze Sache, weil ich mich dann gewissermaßen als echter Vater bewiesen habe.« Er sagte das mit völlig verändertem, ernstem Gesicht.

»Fünftausend Mark? Bist du verrückt? Das sind ja – fünfunddreißigtausend Mark! Hast du denn so viel Geld?«

»Na ja, es können auch viertausend sein, oder sagen wir mal – tausend.« »Und woher willst du das Geld nehmen? Willst du in eine Bank einbrechen?«

»Geld – was ist das schon!« winkte der Alte verächtlich ab. Und es klang, als wollte er sagen: wenn ich es brauche, kriege ich es auch. Sein Blick blieb aber weiter ernst.

»Du hast doch nichts.«

»Nein. Ich habe nichts.«

»Wie kommst du bloß auf die Idee?«

»Ja, wie wohl...«

»Das schlag dir mal aus dem Kopf«, sagte Samuel ruhig. »Das ganze Ding stimmt doch vorn und hinten nicht. Das ist doch wieder mal eine von deinen verrückten Ideen. Ach, Alter«, er nahm Luden Jähnig beim Arm und schüttelte ihn ein bißchen, »du bist einfach ein bißchen konfus jetzt, was? Mach dir nichts draus. Renkt sich alles wieder ein. Komm mal am Sonntag wieder zum Mittag zu uns. Ich sag' Nelly Bescheid.«

Der Alte sah plötzlich sehr traurig aus.

»Sie nehmen es nicht, meinst du? Ihr nehmt es nicht?«

»Erbe auszahlen! Alter, daß ich nicht lache!«

»Sag das nicht, Samuel. Ist doch Recht und Gesetz so. Kinder wollen das heutzutage. Und da sollt ihr den anderen nicht nachstehen. Nein, das sollt ihr nicht, nicht bei mir!«

»Sie würden es nicht nehmen, Alter. Horst würde es nicht nehmen und Christoph nicht und Ulrike nicht und Bärbel auch nicht.«

»Ich würde es wirklich gern geben.«

»Ja, das glaube ich. Aber erstens hast du's nicht, soviel ich weiß, und zweitens würden sie es nicht nehmen.«

»Und verzichten auch nicht?«

»Worauf?«

»Auf die Urkunden.«

»Das ist etwas ganz anderes, Alter. Da kann ich dir nichts sagen. Das ist Sache von jedem selbst. – Aber ich muß jetzt Schluß machen, du. Ich muß rauf. Die warten auf mich.« Samuel zeigte nach oben.

»Na gut«, sagte Luden Jähnig, und seine kleinen Augen waren unendlich traurig. »Ich wollte es nur einmal wissen...«

Dann wandte er sich langsam ab und ging, und Samuel sah ihm noch einen Moment nach und stieg dann wieder die Treppe hinauf. – Fünftausend Mark! dachte er. Der Alte muß doch verrückt sein! Fünftausend! Was kann man damit nicht alles anfangen! Und Samuel stieg langsam die Treppen hinauf und schlug das Erbe, nur zum Spaß, der Summe zu, über die er schon verfügte. Und so, lachend, wurde in Gedanken sein kleiner weißer Trabant, vor dessen baldigem Erwerb er stand, ein wenig länger, formschöner, Chrom blitzte hier und dort, und war am Ende ein gefälliger weißer Skoda. Samuel lachte amüsiert bei diesem Gedanken und strich das Erbe wieder weg. Er warf die Zigarette fort und zertrat sie. – Nein, so etwas!

Oben fragten ihn die Männer, wer da unten gewesen sei. Sie arbeiteten indessen heftig weiter.

»Mein Alter.«

»Was Besonderes?«

Er bückte sich schon wieder und warf Träger zur Seite. Als Antwort tippte er sich kurz mit dem Finger an den Kopf und machte eine wegwerfende Bewegung.

Erst etwas später fragte Samuel sich, warum der Alte mit seinem idiotischen Vorschlag gerade zu ihm gekommen war. Gerade zu ihm.

Da sah er auf und blickte ihm durch das Fensterrechteck nach. Aber der Alte war schon ein gutes Stück fort. Zwischen einer Baubude und Stapeln von Röhren sah er ihn über aufgeworfene Erde steigen und dann weitergehen, die Hände in den Taschen – schon klein auf die Entfernung. Da wollte er sich ärgern, doch dann schüttelte er den Kopf. Am Gang des Alten sah er, wie traurig der war. Er schaute ihm noch zwei Sekunden nach, dann warf er sich wieder an die Arbeit.

Als Christoph gegen Mittag von einer Sitzung außer Haus wieder in das Redaktionsgebäude kam, berichtete ihm die

Sekretärin, ein Mann habe nach ihm gefragt, derselbe wieder, der schon vor Tagen durch den Korridor gestrichen sei. Er habe lange Zeit im Sessel gesessen und auf ihn gewartet, nein, den Mantel habe er nicht ausgezogen, nur aufgeknöpft, und die Mütze hielt er in den Händen. Auch auszurichten habe er nichts gehabt, sie habe ihn danach gefragt, er habe auch seinen Namen nicht genannt, sondern nur geduldig gewartet und sei nach anderthalb Stunden unverrichteterdinge wieder gegangen.

»Ist gut«, sagte Christoph, »ich weiß dann Bescheid.«

Er ging in sein Zimmer, setzte sich in den Sessel und betrachtete die Wand gegenüber. Dort hing eine große weiße Magnettafel, nichts weiter darauf als ein paar rote und blaue runde Haftmarken. Die Tafel hatte einem Produktionsleiter gehört, als der in dem Zimmer saß. Dann war er ausgezogen und Christoph war eingezogen. Seitdem trat Christoph jedesmal vor die Tafel, wenn eine Entscheidung gefallen war, die ihn persönlich oder seinen Arbeitsbereich betraf. War sie gefallen, wie er sie durchsetzen wollte, dann heftete er hinterher eine rote Marke auf die linke Seite; war sie entgegen seinen Bemühungen ausgefallen, dann setzte er eine blaue Marke auf die rechte Seite der Tafel. Niemand wußte die rätselhaften Markenkolonnen an seiner Wand zu deuten, nur er selbst. Und zum Monatsende stand Christoph für eine Weile davor und zog still Fazit.

Er schaute hinüber und stellte fest, daß ungefähr doppelt so viel blaue wie rote Haftmarken an der Tafel klebten. Alle fein aufgereiht in Fünfergruppen. Er hob sich und setzte zwei blaue hinzu – Ergebnis seiner Vormittagssitzung. Und nach einigem Zögern eine rote.

Dann schaute die Sekretärin herein und reichte ihm eine Mappe. »Vom Chef zurück«, sagte sie. »Und ich soll Ihnen sagen: Ihr Vertraulichkeitsanspruch ist respektiert worden. Und noch eins: Sie sollen den Abgeordneten-Film betexten!«

»Hat man keinen anderen dafür gefunden?« fragte er.

»Der Chef wünscht ausdrücklich, daß Sie es machen.«

Die Sekretärin ging, und Christoph schlug die Mappe auf.

»Großer kleiner Ludwig Saturn«, las er auf der Titelseite und darunter: »Report über das Werden und Vergehen einer Familie, aufgezeichnet von Christoph Jähnig.« Er blätterte darin herum und hatte keine Lust, das Beischreiben des Direktors zu lesen, das an der Innenseite der Mappe befestigt war. Dann aber sagte er sich, daß er doch nicht umhin kam, es zu lesen, und schlug die Seite auf.

»Tut mir leid, Christoph«, las er die steile und sehr korrekte Handschrift des Direktors, »aber ich sehe in den Handlungen aller Personen nirgendwo gesellschaftliche Interessen. Kleinbürgerliches Eigendenken herrscht vor. Bei aller Präzision Deiner Arbeit scheint mir, Du hast eine abseitige Enklave unserer gesellschaftlichen Realität umrissen. Ich sehe darin nirgendwo das Typische, dem wir als propagandistische Instanz auf der Spur bleiben wollen. *Dafür gebe ich den Bildschirm nicht her!* – Und zu Deinem Ludwig Saturn: Was hat der Mann für eine Entwicklung genommen? Das geht aus dem Text nicht hervor.«

Christoph schlug die Mappe wieder zu und stützte das Gesicht in die Hände. Eine Weile saß er so, dann stand er auf und ging in dem kleinen Zimmer auf und ab. Schließlich ließ er sich in den Sessel fallen.

Es wurde bereits etwas schummerig im Raum. Die blauen und roten Marken an der Wand gegenüber verloren ihre Farbe und sahen ihn wie nichtssagende dunkle runde Plättchen an. Dennoch blieben es auf der einen Seite mehr als auf der anderen. Christoph vertiefte sich in ihren Anblick. Einmal stand er auf und fügte eine blaue Marke hinzu: für den Abgeordneten-Film, den er betexten sollte; und dann klebte er fünf weitere blaue Marken als handgroßen Punkt auf einen Haufen: für die Mappe auf dem Schreibtisch. Dann setzte er sich wieder. Die blaue Seite hatte beträchtlich an Übergewicht gewonnen, eine Kolumne, weitaus größer und schwerer als die auf der linken Seite. Aber da war es ihm plötzlich nicht genug, ein Gefühl von Bitterkeit überkam ihn, und er stand auf und zeichnete mit einem dicken Filzstift die Umrisse einer Waage in der Art auf die Hafttafel, daß die roten Marken auf der einen Schale lagen und die blauen auf der anderen. Er setzte sich wieder in den Sessel und schaute sein Werk lange an. Er lächelte fein und zynisch, bis ihm der kleine Mann einfiel.

Da sprang er auf und lief zur Sekretärin vor.

»Der Mann«, sagte er, »der heute hier war, wo hat er gesessen? Bei Ihnen oder bei mir im Zimmer?«

»In Ihrem Zimmer.«

»Und wie lange, sagten Sie?«

»So etwa anderthalb Stunden.«

Christoph ging in sein Redaktionszimmer zurück und ließ sich in den Sessel fallen. Die Markierungen an der Wand waren inzwischen fast vollends im Dämmerlicht untergegangen. Er aber saß lange erschrocken da, denn er dachte sich in den Blick des Besuchers hinein, und er merkte, wie sich ihm Geheimnisse enträtselten. So schaute er eine ganze Weile. Schließlich stand er langsam auf und schaltete das Licht ein.

Als er zum Feierabend das Redaktionsgebäude verließ, sah er sich immerfort um. Ihm war, als stünde im Schatten von Bäumen und Hauseingängen ein kleiner alter Mann, der ihn mit traurigem Blick befragte. Christoph wurde es unheimlich, er ging schneller und schneller zwischen den Leuten auf dem Gehweg entlang und sah sich immer wieder mal um, denn da war ihm, als folgte ihm der andere halbversteckt hinter den Leuten, ja als sähen sich auch die Leute nach ihm um, als lächelten sie spöttisch, und manche, so schien's ihm, folgten ihm ein paar langsame Schritte . . .

War das ein Morgen! Der Winter war nun ernstlich auf seinem Höhepunkt angekommen. War das ein Morgen.

Der Frost biß Luden Jähnig in die Ohren. An seinen

Handgelenken kroch die Kälte unter die Ärmel. Die Reling der Fähre war dick von Reif umgeben. Der Schlagbaum, als Luden Jähnig ihn hob, war wie mit Zucker bestreut. Seine Handschuhe tatzten große Flecken darauf.

»Werden wir fahren können?« fragte Freiligrath.

Und Harald Blohm sagte: »In der Flußmitte sind Schlepper die Nacht über auf und ab gefahren. Dort ist das Fahrwasser frei. Kann aber auch sein, daß wir steckenbleiben.«

Risse jaulten über den Fluß, und Luden Jähnig sagte: »Wird hart werden«, und tat, als spuckte er sich vor Unternehmungslust in die großen Handschuhe. Wenn es auch kläglich ausfiel, doch seltsam – dieser Frost machte ihn auf eine stille Weise von innen her fröhlich. Erste winzige Fröhlichkeit nach all den bedrückenden Wochen.

Die erste Fahrt hinüber war ungewöhnlich schwer. Der Fluß war gefroren. Der ganze Fluß eine einzige Fläche aus Schollen, die auf ihrer Fahrt zum Meer über die ganze Breite hinweg zum Stillstand gekommen waren; Schollen und dazwischen frisches dunkles Fugeneis. Die Männer ahnten sie in der Dunkelheit mehr, als daß sie sie sahen. Die Schrauben mahlten in Wasser und Brucheis, und der Schiffskörper stieß gegen das Eis, daß die Fähre bis in die Toppen erbebte. Auf dem Deck standen die Arbeiter vom Schichtwechsel. Sie hatten die Aktentaschen hoch unter die Achseln gezogen und schwiegen, nur manchmal trampelten sie mit den Füßen auf die Planken. Luden Jähnig stand mit Freiligrath und Uwe Jens an der Reling. Sie beobachteten während der Fahrt beunruhigt das Eis. Manchmal schlug sich einer die Arme unter die Schultern.

Auf den nachfolgenden Fahrten hinüber und herüber war es dann überstanden. Die Fähre hatte sich ihr Fahrwasser gebrochen und fuhr auf ihrer Bahn die Route hin und her. Später hellte es ein wenig auf, wenn sich auch noch rauchiger Nebel übers Eis wälzte. Und dann bei einer Überfahrt sahen sie die Schwäne.

Luden Jähnig verspürte eine innere Unruhe in sich, eine gespannte Erwartung an diesem Morgen, als müßte sie sich am Ende in einer Freude offenbaren. Schon fast wieder großspurig, schritt er da übers Deck, und er wippte sein Körpergewicht auf das bewegliche Rampentrittbrett und hob den Schlagbaum. Denn sechs Tage lang war Christoph nicht mit der Fähre über den Fluß gefahren. Gestern abend aber, das hatte er von Nelly, Samuels kleiner Frau, erfahren, hatten sie wieder tagen wollen; ohne ihn diesmal. Bitte sehr, vielleicht war das ein günstiges Zeichen. Und so hatte er das untrügliche Gefühl, heute morgen würde Christoph wieder mit der Fähre fahren. Er wußte nicht, was er ihn fragen konnte. Es war schlecht, jetzt zu reden. Daß sie noch nicht in diese polnische Stadt gefahren waren, hatte Luden Jähnig still zur Kenntnis genommen. Sicher war gestern wieder darüber beraten worden. Doch wie? Wie hatten sie sich entschieden? Es brannte in ihm, er wollte das wissen. Er konnte nicht fragen, nein. Aber allein die Tatsache, daß Christoph mit hinüberfahren würde, machte ihn fröhlich.

Und da kam er auch! Langbeinig, mit hochgezogenen Schultern, trat er als einer der letzten an Freiligrath heran und kaufte sich die Karte für die Überfahrt. Luden Jähnig wartete mit dem Schlagbaum auf ihn, und sein Gruß kam wie ein morgendlicher Peitschenknall aus ihm heraus. »Ich komme gleich«, fügte er noch schnell hinzu. Doch dann traten andere an ihn heran und hielten ihn auf, und dann stand er für Augenblicke bei Freiligrath und Uwe Jens an der Reling, und schließlich sahen sie die Schwäne auf dem Eis.

Sie schauten hinüber. Der Brodem des Nebels zog rauchig vorüber, verdeckte die Tiere und gab sie für Augenblicke wieder frei. Zwei weiße waren es und ein grauer Jungschwan.

»Arme Tiere«, sagte ein Mann, »die werden nicht loskommen.« Er stand in einer Gruppe von Männern, sie schauten alle hinüber.

Nein, die würden nicht loskommen, das war klar. Die würden dort sitzen bleiben und verhungern, festgefroren wie sie waren, die Kälte würde in ihre Körper dringen, und so würden sie langsam eingehen. Vielleicht wagte sich in der nächsten Nacht sogar ein Fuchs auf den Fluß und machte die Tiere nieder. Luden Jähnig hatte in früheren Jahren schon einige Male die Reste von angefrorenen Schwänen auf dem Eis gefunden.

Freiligrath schüttelte für sich den Kopf, und Uwe Jens schaute hinüber, als hätte er nichts unmittelbar damit zu tun. In Luden Jähnigs Kopf aber begann es zu arbeiten...

Als die Fähre dann angelegt hatte und die Passagiere, die die Fähre bereits verlassen hatten, in der eingetretenen Stille hörten, wie der Frost in schnellen Läufen über die Eisfläche jaulte, da stieg er über die Reling und ging auf das Eis hinaus. Die Steppjacke hing ihm von den Schultern, und an seiner Pelzmütze waren die Ohrenklappen runtergestülpt. In der Rechten trug er ein Seil.

Der Nebel hob sich. Er konnte die Schwäne deutlich sehen. Ganz allein ging er hier, nur das fern gegenüberliegende Ufer vor sich und das zurückbleibende Ufer hinter sich.

Luden Jähnig dachte indessen nur daran, sich möglichst nicht aufzuhalten, sondern in der Zeit bis zum Ablegen der Fähre wieder zurück zu sein. Der Kapitän hatte es nicht gern, wenn die Abfahrt durch persönliche Gründe des einen oder anderen verzögert wurde. Man konnte in der Zwischenzeit einiges erledigen, bitte schön; zum Beispiel ein angetriebenes schweres Kantholz aus dem Wasser ziehen. Aber bis zur Abfahrt mußte alles erledigt sein.

Ein feiner Geruch war hier auf dem Eis, ein ganz feiner Geruch. Er probierte ihn ein wenig. In den Nasenflügeln spürte er den Geruch von Eis – viel klarer als der von Wasser. Die Luft, merkte er, stand hier still, kaum ein Hauch ging. Und so spürte er in dieser Klarheit auch ganz fein den Duft des Wassers von der Fahrrinne her und eine Winzigkeit vom herben Geruch der Weiden am Ufer und auch einmal scharf den Geruch von Lichtbögen. Der kam von der Werft her. So ging Luden Jähnig weiter.

Da war ihm plötzlich, als ob jemand hinter ihm ginge. Christoph! ging es ihm durch den Sinn. Er wußte es, noch bevor er sich umgesehen hatte. Es konnte kein anderer sein.

Es war Christoph. Den Bootshaken quer vor sich, die Schultern hochgezogen, kam er hinter ihm her und prüfte vorsichtig das Eis vor sich. Luden Jähnig ging weiter. Es war ihm nicht recht, daß Christoph da hinter ihm her ging, und so vermied er es, sich noch einmal umzusehen, und ging weiter auf die Schwäne zu.

Bald darauf war er heran. Er blieb stehen und ordnete das Seil in der Hand. Mit einem Blick nahm er Maß. Dann warf er das Seil als Schlinge über den größten der Schwäne.

Da gab es ein fürchterliches Flügelschlagen. Weiße, graue Schwingen schlugen mit erstaunlicher Spannweite auf und nieder, eine Wolke aus peitschenden Federn, und Schwanenbrüsten reckten sich auf, weiße, graue – und erhoben sich. Zwei Riesenvögel flogen mit schwerem Flügelschlag über das Eis davon. Sie zogen flach dahin und stiegen in einiger Entfernung auf.

Der dritte Schwan aber war sitzen geblieben, eine Gans, das sah er. Sie hatte mit den Flügeln geschlagen wie die anderen, aber als sie sich erheben wollte, war ein Ruck durch ihren Körper gegangen, sie war nicht losgekommen. Nun saß sie erschrocken da und blickte abwechselnd den beiden nach und ihm entgegen. Er holte das Seil ein und warf es ein zweitesmal. Doch die Gans stieg nicht auf, sie blieb sitzen und drehte ängstlich den Kopf. Die Schlinge zog sich um ihr Gefieder.

»Hallo, du«, sagte Luden Jähnig leise und ging langsam an sie heran, »was ist denn los? Was ist dir denn passiert? Bist du so festgefroren?« Er kniete nieder, faßte dem großen Tier mit einer begütigenden Bewegung um das Gefieder und griff ihm mit der Rechten unter die Brust, dorthin, wo es angefroren war. »Hab' ich gleich, hab' ich gleich«, sagte er. Und die Schwanengans zog den Kopf zurück und wendete ihn scheu zur Seite. »Wird dir ein bißchen wehtun«, sagte er, »aber keine Angst! Nein, nein, keine Angst!« Er löste die Federn Stück für Stück vom Eis und sprach währenddessen weiter auf das Tier ein. »Kein Problem«, sagte er, »das haben wir gleich. Wirst den beiden gleich nachfliegen können. Kein Problem. Nur ruhig, ruhig!«

Doch dann sah er, daß die Schwanengans sich nicht erheben wollte. Wenn er sie anhob, sackte sie wieder zusammen. Da hob er sie sich unter den Arm. Er ruckte sie sich zurecht und wandte sich dem Ufer zu.

Christoph vor ihm, sah er, wandte sich ebenfalls um. Er trug den Bootshaken jetzt längs. So gingen sie wieder dem Ufer entgegen. Der Abstand blieb gleich.

Doch sie waren noch nicht weit gekommen, da begann es mit einemmal in der Luft zu pfeifen. Er schaute hinauf: Aus einer anderen Richtung als der, in die sie aufgestiegen waren, kamen die beiden Schwäne auf sie zu. Sie flogen etwa haushoch über dem grauen Eis und behielten diese Höhe bei, der weiße voran, und der graue schräg hinter ihm. Und jeder Schlag ihrer Schwingen gab einen pfeifenden Ton, der ihn hier auf dem Eis schaurig berührte. Sie flogen über ihn hinweg, die Gans unter seinem Arm ruckte und fiepte heisere Töne, doch sein Arm hielt sie fest. Er sah deutlich, wie die großen Tiere beim Fliegen die Füße nach hinten streckten. Dann entfernten sie sich, das Pfeifen wurde leiser, zwei kleiner werdende Vogelprofile zogen am grauen Himmel davon.

Hier sahen sich die beiden Männer zum erstenmal an. Doch es war nur ein Blick. So gingen sie weiter. Christoph mit dem Bootshaken voran. Niemand war sonst auf dem Eis, nur sie zwei, und so blieb Luden Jähnig nichts anderes zu denken übrig als an den da vorn, der ihm den Rücken zukehrte.

Was willst du hier? dachte er und blickte hinter ihm her. Ich habe dich nicht gebeten, mir zu folgen. Niemand habe ich gebeten! Wenn ich das hier tue, ist das meine Sache allein. Niemandes sonst! – Und er fühlte sich fast beleidigt, als er so hinter ihm herblickte. – Das hier geht euch nichts an! Gar nichts! Das hier ist meine Sache allein. Mischt euch da nicht ein! Hier nicht! Macht mir das nicht auch noch kaputt! – Da war er in sich richtig böse, als er das so dachte, und fühlte sich für eine Weile gut. Macht mit mir, was ihr wollt! dachte er. Aber das hier, das bleibt! – So ging er und fühlte sich gut in seinem Groll. Bis dann der Riß zwischen Christophs Füßen hindurchraste.

Es knallte gewaltig, und er sah, wie im gleichen Augenblick, als hätte ein schwerer Schlag ihn getroffen, Christoph mehr zur Seite geschleudert wurde, als daß er selbst sprang. Auf weichen Knien stand er dann dort und blickte sich um, und aus einem handbreiten Riß lief Wasser über die Kanten des Eises und fror sofort wieder. An Luden Jähnig vorbei zog sich der Riß und weiter hinaus auf den Fluß. So stand er überrascht und schaute.

Und während er noch schaute, durchzuckte ihn eine unbändige Angst um den Jungen dort vorn. Er hätte den Schwan und allen billigen Groll einfach fallen lassen und zu jenem dort hinlaufen mögen, um ihn endlich zu halten und an sich zu drücken und zu sagen: Vergib, Junge! Vergebt mir Altem! Aber die schweren Stiefel und die weichen Knie eines alten Mannes nach so einem Schrecken waren nicht dazu angetan, er konnte nicht leichtfüßig folgen, wo es ihn wie Blei ans Eis band. So stand er diesen Moment, dann ging er langsam weiter.

... Damals war es ebenso, erinnerte er sich. Damals lag er lang ausgestreckt auf dem dünnen Eis und warf immerfort seinen Mantel nach einem Loch, in dem drei Jungenköpfe auftauchten und verzweifelt um Hilfe schrien. Das Eis, sobald sie sich hinaufstemmten, brach, und sie rutschen ins

Wasser zurück, verschwanden unter den gebrochenen Eisscheiben und tauchten wieder auf, nasses Haar bis über die Augen und Münder. An den Himbeerlippen erkannte er Horst, die beiden anderen waren nicht von seiner Sippe. Er warf den Mantel und zog den einen heraus, auf dem Bauch liegend, zog er ihn an sich heran, schob ihn weiter und schlug ihm, als der verzweifelt schrie, aufs Maul. Dann warf er den Mantel wieder. An seinen Beinen aber hingen die anderen: Philipp lag hinter ihm. Vielleicht war er der mutigste, der leichteste war er sicher, der kleinste. Er hielt fest die Knöchel Luden Jähnigs umfaßt, und an seinem Knöchel wiederum hing Bärbel und dahinter Christoph. Eine Sippe, auf die war Verlaß. Als er sie dann alle aus dem Loch hatte, als er ans Ufer kroch und die anderen dort standen, verspürte er einen rasenden Groll in seiner Brust. Mordlust kam über ihn. Er hätte sie greifen und in Stücke reißen können, jeden einzelnen und alle zugleich, die Geretteten und die Helfer. Er stürzte sich aufs Ufer und auf die Gruppe zu, er schrie dabei wohl, und die Kinder flohen vor ihm. Da griff er sich Christoph, der nicht schrie, der nur dastand und aus engbeieinanderstehenden Augen guckte, er griff ihn sich und drückte ihn an seine Brust und weinte.

Ach Christoph, Junge . . .

Mit seinem Schwan ging er indessen dem Ufer zu. Und er dachte: Es bleibt nicht mehr viel Zeit, ihn zu fragen. – Auf der Fähre sah er ein paar Männer aufgeregt hin und her laufen, Freiligrath war dabei. Am Ufer standen Leute. Es blieb ihm nicht mehr viel Zeit für die Frage, die ihn bewegte, und die Antwort. Denn gestern war er durch die Stadt gegangen und an den Bratwurstkiosk herangetreten, wo er Nelly hinter dem Schalter wußte, Nelly, die sie alle liebten, vor allem er. Er legte sein Geldstück hin, nahm die Wurst und nahm vor allem Nellys Freude entgegen, ihn zu sehen. So biß er in die heiße Wurst, rollte Stück für Stück im Mund hin und her und führte nebenbei ein kleines Gespräch, wie's den Kindern ging und überhaupt, er fragte nach Heiko, seinem Liebling, und ließ die anderen grüßen, tschüß.

Da sagte Nelly: »Tschüß bis heute abend.«

Und er fragte: »Wieso bis heute abend?«

Und Nelly sagte: »Wieso? Weißt du das denn nicht?«

Und er: »Nein. Was?«

Und Nelly, verlegen, weil sie offensichtlich etwas verraten hatte, das nicht für ihn bestimmt war: »Nun ja, wir treffen uns mal wieder. Wollen ein bißchen zusammensein. Bei uns. Auch die Frauen.«

»Doch, doch, hab' nur im Moment nicht daran gedacht...«

Da bekam er seinen bösen Blick, wie er so vor dem Kioskfenster stand und auf das Brett mit den Senfflecken niedersah.

Er stand so eine Weile, und Nelly begann zu weinen. Dann ging er.

Die Nacht hatte er kaum geschlafen. Er lag im Bett und wußte, dort wurde inzwischen über ihn entschieden. Als er am Morgen zur Fähre ging, hatte er das sichere Gefühl, daß Christoph heute mit der Fähre hinüberfahren würde. In den letzten Tagen war er nicht dagewesen; es führte hinten ja noch eine Route per Bus über die Brücke zur Stadt. Und Luden Jähnig war vor dieser Begegnung sehr aufgeregt gewesen. Dann war die Sache mit den Schwänen dazwischengekommen.

Christoph stand schon auf dem Schiff. Freiligrath und ein paar andere hatten ihn über die Reling gezogen.

Da war auch er angekommen und wollte den letzten großen Schritt über das offene Wasser neben der Fähre tun. Er setzte den Fuß hinüber, um auf den Eiswulst an der Schiffswand zu treten. Aber da rutschte er aus. Er spürte, wie er mit der Schulter heftig aufschlug, er hatte die eine Hand nicht frei, um sich abstützen zu können, denn er hielt den Schwan unterm Arm. Da schlug auch schon das Wasser eiskalt über ihm zusammen. – Das war's! dachte er. Denn er spürte mit der Eiseskälte eine ungeheure Ruhe über sich kommen. Und er nahm sie einfach an, den Schwan unter dem Arm. Doch da fühlte er sich rauh an den Schultern ergriffen und hochgerissen. Freiligrath stand da und Harald Blohm, weißbärtig und breit, und noch ein paar Männer. Er fühlte das Gewicht der vollgeschöpften Filzstiefel an den Füßen. Und da nahm ihm Uwe Jens auch schon den Vogel unter dem Arm heraus und sagte: »Wo ist denn dieser Traumtänzer?« Luden Jähnig aber stellten sie aufs Deck, und sofort war ihm am ganzen Körper ungeheuer kalt.

Und so, für zwei Sekunden, standen sie sich gegenüber. Es war zuwenig Zeit, um unehrlich zu sein. Und so sprachen sie.

Nun sag schon! bat der Blick des Alten kläglich, wie haben sie sich entschieden?

Und Christophs Blick sagte zurück: Nichts, ich kann dir nichts weiter sagen, Alter, wir sind so auseinander ...

Da traten aber auch schon welche dazwischen, beugten sich über ihn, um sich seiner anzunehmen, und auf Christoph zu trat Uwe Jens und drückte ihm den Schwan in die Hände ...

Jeden Morgen wartete er nun. Doch es verging fast wieder eine Woche, bis Christoph mit der Fähre über den Fluß fuhr. Der kam gerade dazu, als Luden Jähnig den Schlagbaum hob. Leise sagte er sein »Moin, Alter«. Luden Jähnig aber legte nur zwei Finger an die Mütze.

Später, während der Überfahrt, als Christoph sich mit den Ellenbogen auf die Reling lehnte, kam er heran.

»Was macht denn unser Schwan?« fragte er leise. Etwas anderes fragte er nicht.

»Tja«, sagte Christoph und öffnete die leeren Hände. »Ich weiß nicht. Ich hatte ihn in die Garage gesperrt. Am ersten Tag saß er nur so da. Am zweiten zischte er mich an, und als ich am dritten Tag das Tor öffnete, da ging er mit ausgebreiteten Flügeln an mir vorbei, nahm Anlauf und ab über den Hof und hinten hoch. Sonst nichts weiter.«

»Dann hat es ja doch sein Gutes gehabt!« rief der kleine Mann, und seine Augen leuchteten wie Sternchen.

Nelly machte sich ernsthafte Sorgen. Es gehörte mittlerweile schon zu ihrem Tagesablauf, daß es irgendwann am Vormittag an der Wohnungstür klingelte und dann eins von Samuels Geschwistern dort stand. Und auf Umwegen oder auch geradezu bat jeder dann darum, doch noch einmal Einsicht in die Urkunden nehmen zu dürfen. Nelly hatte vormittags frei, ihre Schicht im Kiosk begann erst gegen Mittag. Bärbel brachte einen Strauß Alpenveilchen mit, und das im Winter! Dann saß Bärbel allein in der Stube. Den Kopf in die Hände gestützt, die Urkunden vor sich auf dem Wohnzimmertisch, so saß sie wohl eine halbe Stunde oder etwas mehr. Nelly hatte in der Küche zu tun, sie warf nur hin und wieder mal einen Blick durch die offene Tür ins Wohnzimmer. Am darauffolgenden Tag kam Christoph. Er tat spaßig-ironisch, küßte ihr sogar die Hand. Philipp und Ulrike kamen zusammen. Ulrike druckste ein wenig herum. Doch Nelly führte die beiden ins Wohnzimmer und legte ihnen die Mappe vor. Auch Dieter kam. Er stand in voller Montur in der Tür, trat von einem Bein aufs andere und brachte heraus, daß er für eine halbe Stunde frei habe und sich gern ein bißchen aufwärmen würde. Er legte Helm und Koppelzeug ab, zog seine Stiefel aus, und Nelly stellte ihm auf den Wohnzimmertisch eine Tasse Kaffee neben die Mappe.

Das wäre für Nelly alles nicht so beunruhigend gewesen, wenn sie nicht bei jedem von ihnen eine gewisse Nachdenklichkeit beobachtet hätte, wenn sie wieder gingen. Sie sagten nur das Notwendigste, lächelten geistesabwesend und zogen sich die Mäntel an und gingen wieder. Das machte ihr Sorgen. Sie sprach darüber mit Samuel. Samuel nickte verständnisvoll und sagte dann: »Paß gut auf die Sachen auf!«

Ja, auch Horst kam, generös, scherzend. Nelly aber ließ sich nicht beirren. Sie führte ihn ins Wohnzimmer: Tasse Kaffee, die Mappe, bitte schön. Als er wieder herauskam, sagte er, er nehme die Mappe mit, er wolle einiges genauer prüfen. Hier habe er nicht die Zeit dazu. »Nein«, sagte Nelly, »Samuel hat mir verboten, sie aus dem Haus zu geben. Tut mir leid, Horst.« Da zog sich Horst betreten zurück. Als sie es Samuel erzählte, machte der ein bedenkliches Gesicht. »Das hast du gut gemacht«, sagte er.

Doch auch Samuel nahm sich spät am Abend die Mappe aus der Anrichte und beugte sich über sie. Er war todmüde von einer Feierabendarbeit gekommen, hatte sich mit langsamen Bewegungen gewaschen, hatte etwas gegessen und sich dabei nach den Kindern erkundigt, denn sie schliefen schon. Als er lange nicht ins Schlafzimmer kommen wollte, fand sie ihn über die Urkunden gebeugt.

»Seltsam ist das«, sagte er und blickte auf. »Wenn der Krieg nicht gekommen wär, wäre ich einer von denen hier, lebte ganz woanders, hätte dich nicht kennengelernt und hätte vielleicht ganz andere Kinder.«

Da bekam Nelly einen gehörigen Schrecken. Denn auch Samuel hatte nun diesen abwesenden Blick, als sähe er diese andere Welt: ein Haus mit großen Bäumen ringsum, einen Mann, der auf dem Hof Pferde abschirrt und sein Vater ist, und eine Frau, die Federbetten aus dem Fenster klopft, seine Mutter. Und er, Samuel, ist ein Junge und geht über den Hof, heißt vielleicht Peter Bock oder Alfred Brinkmann, weiß überhaupt nichts vom Samueldasein und ist zufrieden mit seiner Kinderwelt. – Als Nelly bei Samuel diesen Blick gewahrte, erschrak sie. Sie beschloß bei sich, auf den Lauf der Dinge sehr achtzugeben. Zunächst einmal zog sie den Schlüssel von der Anrichte und tat ihn in ihre Tasche.

Und dann kam diese zweite Versammlung.

Merkwürdigerweise waren die Männer alle in guten Anzügen erschienen. Dieter und Horst brachten ihre Frauen mit,

Renate und Carola. Und auch die Frauen waren gekleidet wie für eine kleine Festlichkeit. Dennoch, die Stimmung war bedrückt.

Horst nahm die Versammlungsleitung in die Hand. Er bat zunächst einmal alle um Verständnis, wenn sie dieses Mal ohne den Alten zusammengekommen seien: emotionale Wendungen wären in der gegenwärtigen Phase der Sache sicher nicht dienlich. Überhaupt sollten sie die Angelegenheit heute ein für allemal zum Abschluß bringen, möglichst durch einheitlichen Beschluß, notfalls vielleicht auch durch Stimmenmehrheit. Er habe dazu einen Vorschlag zu unterbreiten, den er nach gründlichem Nachdenken für die günstigste Lösung halte. Sein Vorschlag sei wie folgt, man möge jetzt bitte herhören:

Die siebzehn Urkunden mitsamt einer noch zu verfassenden Entwicklungschronik der sieben Geschwister, in welcher vor allem die Leistung Luden Jähnigs als ihres Erziehers gewürdigt werden sollte, schickten sie – gleichsam als Ausdruck einer charakteristischen und menschlich bewegenden Nachkriegs-Familientragödie – an das Museum für Deutsche Geschichte. Dazu eine gemeinsame Erklärung dahingehend, daß die sieben Endesunterzeichneten in Anbetracht ihres fortgeschrittenen persönlichen Entwicklungsstandes und vor allem auch angesichts ihrer gesicherten gesellschaftlichen Existenz in ihrem Vaterlande auf eine Identifizierung verzichteten. Die Erklärung wolle er, Horst, verfassen, die Chronik solle Christoph schreiben. Soweit also sein Vorschlag. Und er bitte alle Geschwister, ihn mit Vernunft zu durchdenken und dann mit gebührender Verantwortung zu entscheiden. Er halte ein solches Verhalten aller der Sache für würdig – denn auch darauf komme es an – und einem wünschenswerten Abschluß der Angelegenheit für angemessen.

Für einen Moment trat Stille ein, und Horst schloß befriedigt den Mund und sah sich in der Runde um.

»Du vergißt, wir waren einmal siebzehn«, sagte Philipp bescheiden in die Stille hinein, »schon wegen der anderen zehn, meine ich, haben wir kein Recht, die Sache so unbesehen ins Museum zu geben.«

»Gerade wegen der zehn anderen!« sagte Horst.

Samuel ging, während das Gespräch lief, mit einer Flasche Schnaps herum und schenkte ein.

»Ich finde«, ließ Ulrike sich vernehmen, »Philipp hat ein wirkliches Interesse an seiner Identifizierung. Warum sollten wir ihn daran hindern? Er hat ein Recht darauf. Ich als seine Schwester verstehe das. Und ich sage euch gleich, wie es ist: Ich fahre mit.«

Philipp ärgerte sich, man sah das deutlich, und Ulrike fing still an zu weinen, wie sie es oft tat.

Die schöne Einheitlichkeit jedenfalls, die Horst angestrebt hatte, war von diesem Augenblick an hin. Jetzt wurde durcheinandergeredet. Carola, Horsts Frau, brachte sich effektvoll zur Geltung – ihr Haar war vom duftigsten Blond, was manche ihr übelnahmen, denn sie hatten sie von klein auf als kastanienbraun gekannt –, sie verwandte sich mit Nachdruck für Horsts Plan. Doch dafür war es nun schon zu spät.

»Haha!« lachte Christoph und wies auf Carola. »Da zeigt sich Regine Bünzels Blut, wenn's um verzwickte Familienangelegenheiten geht!«

Daraufhin wieder wurde Horst böse, er wies Christophs Einwurf als eine Kränkung zurück und bestand nach wie vor auf äußere Würde in der Sache. Das wiederum machte Dieter böse. Das Palaver wurde heftig. Samuel indessen ging ruhig reihum und schenkte Schnaps ein. »Laßt uns doch die Namen ändern!« rief Dieter stehend aus. »Bitte schön! Laßt sie uns doch ändern! Was macht das schon! Hauptsache, wir bleiben dieselben!«

»Da irrst du dich aber«, sagte Bärbel, »wir haben noch unsere alten Namen und sind längst schon nicht mehr dieselben.«

»Und mir will scheinen, so waren wir schon immer«, lachte Christoph daraufhin. Er war offensichtlich schon betrunken.

Nelly beobachtete den zunehmenden Aufruhr mit wachsender Besorgnis. In der Küche stellte sie Samuel zur Rede.

»Um Gottes willen, gib ihnen nicht soviel zu trinken!« sagte sie.

»Doch, doch«, sagte er und entkorkte eine weitere Flasche, »genau das!« Er sah sie von der Seite an. »Was meinst du, wie schlimm es für sie wäre, wenn sie morgen denken müßten, sie hätten nicht getrunken. Was sie da alles für Zeugs gequatscht haben! Nein, nein, genau das. So denken sie denn, sie wären nur mächtig besoffen gewesen, und rufen sich wieder an.«

Ulrike war inzwischen beleidigt weggegangen. Bald darauf ging auch Dieter mit Renate. Er hatte immer das Doppelte verlangt, weil seine Frau fahren müsse. »Scheißegal, wie ihr mich nennt«, rief er volltrunken und ruderte mit seinen mächtigen Armen, »Hauptsache, ihr seid meine Brü-üder!« Er schluckte gerührt. »Du aber bist nicht mein Bruder!« Sein Finger schoß auf Horst zu. »Du nicht! Du willst mich bei meinem Boß verpetzen! Telefon – dingeldingeldangel – du, hör mal her, und so weiter. Das kenn ich, du ...!«

Renate hatte alle Mühe, den schweren Mann hinauszubekommen. Wenn Dieter Zivil trug, betrank er sich manchmal ungeheuerlich. Bärbel ging ebenfalls. Für sie hatte das hier keinen Sinn mehr, und am Ende saßen nur noch Philipp, Horst und Carola in einer Ecke beisammen. Christoph lag im Sessel und schlief.

Samuel schaltete das Deckenlicht aus, so daß sie in der Sesselecke im gedämpften Licht einer Stehlampe saßen.

Am wenigstens betrunken war Philipp, so schien es Nelly. Der machte mit einemmal seine Träumeraugen und wandte sich zu Horst hinüber.

»Du willst doch Kommunalpolitiker werden«, sagte er.

»Ich bin's schon«, antwortete Horst und nickte schwerköpfig.

»Was bist du schon für ein Kommunalpolitiker«, sagte Philipp daraufhin, »solche wie dich gibt es zu Tausenden!«

Horst nickte weiter schwerköpfig.

»Ich meine, ein richtiger. Ratsmitglied oder vielleicht zuletzt sogar Bürgermeister. Selbst entscheiden! Anordnen! Von anderen gefragt werden! – Das ist es doch, was du mal möchtest! Weiß ich doch.«

Horst lachte betrunken, als wollte ihm da einer schmeicheln.

»Nur«, fuhr Philipp fort, »das ist heutzutage nicht mehr so einfach, du. Ich kenne die. Ich weiß da Bescheid. In meiner Interhotel-Zeit habe ich da so manches zu sehen und hören gekriegt.«

»Aber nicht im Interhotel!« protestierte Horst mit ablehnender Handbewegung.

»Red nicht! Das sind ganz clevere Jungs, du. Anders geht's heutzutage nicht mehr. Immer up to date, immer Bescheid wissen! Sonst ist nichts. Nichts!«

»Richtig«, nickte Horst.

»Nur, mit dem Vorwärtskommen, da ist aber auch nichts. Da hapert es. Sind einfach zu viele da. Da mußt du jahrelang immer auf demselben Posten bleiben. Und immer first class sein. Immer. Das ist klar.«

Carola blickte aufmerksam zu Philipp hinüber. Sie war völlig nüchtern.

»Und was schlägst du vor?« fragte sie.

»Also, so einfach ist es heutzutage nicht mehr mit dem Vorwärtskommen. Auch für ihn nicht.« Philipp wandte sich an Carola und wies auf Horst. »Jahrelang, sage ich. Oder aber – er muß auffallen.«

»Auffallen, natürlich, durch gute Arbeit...« Horst nickte.

»Das machen die anderen auch«, wehrte Philipp ab, »das sowieso.«

»Gute Arbeit, mein Lieber, die mache ich alle Tage! Von morgens bis in die Nacht!«

»Sei doch mal still!« fuhr Carola Horst an und sah weiter erwartungsvoll zu Philipp hinüber.

»Das sowieso«, wiederholte Philipp, »das setzte ich voraus. Aber außerdem muß du plötzlich einmal noch ganz anders auf dich aufmerksam machen. Mit etwas, was keiner sonst hat. Wo du acht Tage rundum im Gespräch bist. Oder besser vielleicht noch: Nehmen wir mal an, es ist 'ne Konferenz, und du sitzt da mittendrin. Und dann sprichst du zur Diskussion – nicht viel, aber wie immer: gut. Das kannst du! Das weiß ich. Wenn sie dann hören, daß mit dir noch etwas Besonderes los ist, dann kommt einer auf die Idee und sagt: Also der Genosse Jähnig, sagt der, da ist schon allerlei Wucht dahinter! Hat so einiges durchzustehen, wie man hört, aber immer tipptopp! Ich glaube, der ist reif für eine höhere Verantwortung! – Das sagt der, und paar andere nicken, weil sie es auch gerade denken, und zwei Tage später bekommst du Bescheid: Genosse Jähnig, beim Chef melden!«

»Ja, immer tipptopp«, bestätigte Horst, »und du meinst, Philipp, noch etwas Besonderes?«

»Ich glaube, ich verstehe dich«, sagte Carola. Nelly, die müde am Tisch saß, sah, wie Carola schon weitergedacht hatte. Carola war hellwach, sah sie.

»Zum Beispiel – ein neuer Name«, brachte Philipp hervor, »alle müssen darüber stolpern. Es geht gar nicht anders. Und alle werden sich deine Geschichte erzählen.«

»Was gibt es da schon zu erzählen«, winkte Horst ab.

»Wieso? Ist doch eine ergreifende Geschichte: Siebzehn waren es, nur sieben sind durchgekommen. Einer davon ist unser Genosse Jähnig... Und wenn du dann in der Arbeit weiter so bist, als ob nichts wäre, so richtig first class wie vorher, wie gesagt...«

»Und du meinst, das geht so einfach?« fragte Horst und wandte sich ihm zu.

»Alle müssen sie ja deinen Namen ändern! Alle Sekretärinnen und alle Chefs. Da denkt jeder einmal ausführlich an dich.«

»Ausführlich.«

»Ja, und das macht's.«

»Du, mein Lieber ...«, wehrte Horst da mit einemmal ab, er winkte betrunken seine Hand vor Philipp hin und her, »und du denkst, du kannst mich hier so einfach verkaufen, was? Mich hier so einfach verkaufen. So leicht geht das nicht, Brüderchen. So einfach nicht. Nicht mit mir jedenfalls. Mit mir nicht!«

Carola drängte auf eiligen Aufbruch. Philipp blieb unbewegt in der Ecke sitzen, während sie sich ihre Mäntel anzogen. Die Hand am Glas, so saß er noch eine Weile und hing seinen Gedanken nach. Christoph mußten sie erst wecken.

Der ging dann mit Philipp.

Am anderen Morgen fühlte sich Horst Jähnig federleicht und beschwingt. Die Arbeit ging ihm von der Hand wie nur selten. Er führte Telefonate, entwarf ein Dutzend Briefe, war frisch den ganzen Tag. Arthur Knaak ihm gegenüber bemerkte es mit Verwunderung. Später stellte Knaak dann seinen Stuhl gerade hin und ging zu einer Sitzung. Horst lehnte sich zurück und überlegte.

Sieh mal an, dachte er, man kann nicht aufmerksam genug sein! Sogar die eigene Frau fällt einem in den Rücken. Ein Glück nur, daß er ständig so wachsam war. – Nein, Brüderchen, so nicht!

Wieder waren mehrere Wochen vergangen. Der Winter war vorüber. Das Eis auf dem Fluß hatte sich im anhaltenden Regen aufgelöst oder war in brüchigen Restschollen stromab getrieben. Möwen standen am Ufer, trist und regennaß, und ein stetiger kalter Westwind trieb bleigraue Wellen über die Fläche hinüber. Manchmal aber war das Wasser schwarz, dann fuhren dunkle Wolken über den Fluß hin, und am Ufer bogen sich die Weiden.

In den Straßen der Stadt war der Schnee zu schwerem Matsch geschmolzen. Die Gullis röhrten unter der Fülle von einströmendem Wasser. Auf Schuppendächern und Gartenhäuschen trommelten Schauer vom letzten Winterregen feine Teppiche aus aufstiebenden Tröpfchen. Und die Bäume in den Gärten standen naß und kahl. Am Stadtrand, in den großen Wohngebieten, hatten die Blocks Wände von tiefem Grau. – Aber der Winter war vorüber.

Unter den Jähnig-Geschwistern stand die Sache nicht gut. Zerwürfnisse hatten sich eingestellt, auch vorübergehende Liierungen. Horst brüllte eines Tages Philipp am Telefon zusammen, der überwarf sich mit Ulrike. Christoph war seltsamerweise in einen heftigen Streit mit Bärbel geraten, und Bärbel fand Anklang bei Dieter. Der wiederum ließ Horst seinen Groll wissen, wo er nur konnte. Sie hatten sich noch nie so recht vertragen können, aber jetzt ging es gar nicht mehr. Und so waren die Geschwister bald weiter auseinandergeraten, als wenn sie Fremde wären.

Gleich nach jener zweiten Abendversammlung bei Samuel war eine Mannschaft zusammengekommen, die die Fahrt in das polnische Städtchen nun endgültig antreten wollte: Philipp, Ulrike, Bärbel, ein paar Tage darauf auch Christoph. Doch Ulrike litt unter der Belastung wohl am meisten. Sie wurde krank, legte sich hin, aus einer einfachen Bronchitis wurde im Handumdrehen eine Lungenentzündung. Die Fahrt kam wieder nicht zustande, denn man wollte auf keinen verzichten. Philipp war da sehr wachsam. Wenigstens wollten sie die Mehrheit auf ihrer Seite haben. Die Fahrt wurde verschoben.

Nelly nahm sich Ulrikes an. Sie hatte sie zu sich herübergeholt, dort lag Ulrike im Krankenbett und redete im Fieber irr. Nelly kühlte ihr Stirn und Hände und seufzte wegen der Lage der Geschwister. Als Außenstehende konnte sie die am nüchternsten sehen. Ein paar vergilbte Scheine dachte sie, während sie an Ulrikes Krankenlager saß, die waren dazwischengeflattert und hatten die fröhliche Schar auseinandergetrieben. Und der kleine alte Mann dort unten am Fluß, der tat ihr am meisten leid. Denn ihn, so schien es, hatten alle vergessen.

Manchmal schauten einige auf einen Sprung herein, Philipp, Dieter oder Bärbel. Sie brachten Kleinigkeiten für Ulrike mit. Doch das änderte an der Lage nichts. Schließlich wurde Ulrike wieder gesund, und schon faßten sie neue Pläne. Ulrike ging das, so schien es Nelly, über die Kraft, sie wurde teilnahmslos. Aber Philipp trieb alle voran. Zweimal, dreimal zerschlug sich ein Plan, weil Komplikationen eintraten – eine Viehseuche im polnischen Grenzgebiet, ein unvorhergesehener dienstlicher Auftrag für Christoph.

So war der Winter vergangen, und es hatte sich nichts zum Guten getan, eher zum Schlechten. Selbst Nelly hatte ihre Fröhlichkeit eingebüßt. Nun aber, in der nächsten Woche, sollte es endgültig losgehen. Alles war vorbereitet. Urlaubstage waren beantragt und genehmigt, Bärbels roter Skoda war schnell noch zur Durchsicht gewesen, Philipp hatte Antwort aus dem polnischen Städtchen erhalten – er hatte sie bei dem Standesamt dort avisiert, auch beim zuständigen Pfarrer, denn man wollte auch Einsichten in die Kirchenbücher nehmen. Kurz, der Sache stand nun endlich nichts mehr im Wege. Die vier atmeten auf, Philipps Geschäftigkeit trieb letzten Höhepunkten zu, und auch das Wetter war nun gefälliger geworden, so daß die Reise unter günstigen Bedingungen vonstatten gehen konnte.

Von alledem wußte Luden Jähning nichts. Er verkehrte mit keinem von ihnen mehr, er hatte sich verletzt zurückgezogen. Auch mit Christoph, der seltener als sonst mit der Fähre hinüberfuhr, sprach er kaum noch. Sein Herz war zu einem derben, drückenden Muskel zusammengeschrumpft, und wenn es zu arg drückte, sprach er mit ihm. »Sei ruhig«, sagte er dann, »bleib ruhig! Wir zwei wenigstens müssen jetzt miteinander zurande kommen.« Er machte seine Arbeit auf dem Schiff, blickte bedrückt und böse, Freiligrath wußte ihm kaum noch etwas zu sagen, und die Werftarbeiter auf der Überfahrt, die seine Wandlung nicht verstanden, kehrten sich von ihm ab und ließen ihn in Ruhe. Und so war es gut, daß er von der bevorstehenden Polenreise nichts wußte. Deren Vorbereitung aber lief auf vollen Touren.

Schon am Donnerstag stand Bärbel vor Nellys Tür und wollte die Urkunden abholen.

»Nein«, sagte Nelly, »Samuel hat mir davon nichts gesagt.«

Bärbel wurde daraufhin böse.

Am nächsten Tag kam Philipp.

»Nein«, sagte sie »ich gebe sie nicht raus. Samuel hat es mir ausdrücklich verboten. Wenn ihr am Montag fahrt, sollt ihr herkommen und sie abholen.«

Philipp schimpfte unflätig, als er hinunterging.

Am Sonnabendabend saß Samuel im Kreise seiner Familie am Tisch, er aß, sah sich unter den Jungen um, blickte auf Nellys Wangengrübchen, aß ruhig weiter, ein wenig über den Teller gebeugt, dann hob er den Kopf und sagte: »Morgen ist Sonntag. Wir machen einen kleinen Ausflug.«

Nelly war verdutzt. »Wolltest du nicht am Vormittag wieder los?« fragte sie.

»Ich habe abgesagt.« Samuel kaute weiter.

Die drei Jungen konnten ihre Freude kaum noch unterdrücken. Ihre Augen begannen zu glänzen. »Oh!« sagte Heiko, er hielt den Löffel senkrecht, und seine Augen strahlten. Nelly schob ihm den Löffel zurecht.

»Und wohin gehen wir?« fragte Ralph, der älteste.

Sonntagswanderungen gehörten für die Jungen zu den großen Erlebnissen. Ja, das kannten sie: Wenn Samuel mal einen Sonntag zu Hause war und morgens, wenn er aufstand, die Sonne schien, dann zog er die Gardine zurück, schaute ein wenig hinaus und sagte: »Ich glaube, wir machen heute einen Ausflug.« Dann sprangen die Jungen aus den Betten, halfen beim Frühstückmachen und Bettenbauen, nur damit sie schnell loskamen. So waren sie durch die umliegenden Wälder gezogen, Samuel hatte ihnen Wanderstöcke geschnitzt, sie hatten schon ausgiebige Fußmärsche den Strand entlang gemacht, immer auf dem festen feuchten Sand, wo die Wellen endeten, und so hatten sie schon einen guten Teil der Küste kennengelernt.

Heute hatte Samuel nicht den Sonntagmorgen abgewartet, er sagte es schon beim Abendbrot.

»Ich denke, wir wandern mal zum Flußunterlauf runter. Füttern da ein bißchen Bleßhühner und Möwen. Mal sehen, was da am Wasser so los ist.« Er beugte sich wieder über den Tisch und aß weiter.

Da stand Heiko ihm gegenüber auf, ging kraftstrotzend, der fünfjährige Knirps, um den Tisch herum, faßte mit der Linken Samuels Ellenbogen und haute voller Stolz mit der Faust einen mächtigen Hieb auf Samuels Oberarm.

Samuel aß weiter.

»Und wenn es morgen regnet?« fragte Nelly. Sie traute dem Unternehmen nicht so recht.

»Hm«, Samuel schüttelte den Kopf, »es wird schon nicht regnen.«

Am nächsten Morgen jedenfalls zogen sie durchs Gelände Richtung Fluß. Das Wetter war nicht wie gewünscht. Nelly immer voran, klein, rundlich, Grübchen auf den Wangen, dahinter Ralph, dann Jochen, der Nelly ähnlich sah, dann Heiko und am Ende Samuel. Ein kühler Wind wehte, der Himmel war bedeckt, manchmal aber sahen sie in einem Wolkenloch den Himmel in wunderschönem Blau. Über Bruchland stapften sie, scheuchten mal einen Reiher auf und mal einen Hasen. Am Fluß standen knorrige Weiden. Sie aber gingen weiter den Fluß hinab, umgingen Wasserlöcher und sprangen über Gräben, bis sie an eine Anlegebrücke kamen, die in den Fluß hineinragte. Von dort warfen sie den Wasservögeln Brötchenbrocken zu.

Es waren ein paar Enten dort, auch Bleßhühner, wie immer. Ein Schwanenpaar kam heran und von weiter her noch eine Schwanenfamilie. So sammelte sich langsam ein ansehnlicher Pulk am Brückenkopf. Die Kinder warfen Brot, und die Schwäne griffen es majestätisch auf.

Samuel aber griff in die Manteltasche und holte ein Stück Papier heraus. Er betrachtete es und knüllte es langsam in der Hand zusammen, dann warf er es den Tieren zu. Nelly sah sich erschrocken um. Sie wußte sofort, was das war.

»Samuel!« schrie sie und wollte ihm in den Arm fallen.

Samuel aber knüllte den nächsten Schein zusammen und warf ihn. Und den dritten drückte er zu einem Kügelchen zusammen und bot ihn ihr an. »Da«, sagte er nur, »da!« Und Nelly nahm das Kügelchen und warf es lange nicht. Sie stand da und weinte. Samuel indessen, ernsten Gesichts, machte weiter. »Ralph!« rief er kurz, und der Junge kam heran, und Samuel gab ihm ein Kügelchen in die Hand. Er machte die Geste des Werfens, knüllte indessen weiter, und der Junge warf. »Heiko! – Jochen!«

Siebzehnmal flogen Kügelchen übers Geländer ins Wasser. Die Tieren unten nahmen sie nicht an, nur die Schwäne sabberten hier und da mit ihren Schnäbeln darauf herum, ließen sie dann aber fallen.

Sie schauten auf das dunkle Wasser hinaus, Samuel, Nelly, die drei Jungen, die den Ernst des Augenblicks begriffen und für ihr Leben etwas von ihm mitnahmen, das sie zu Erwachsenen machte. Sie schauten aufs dunkle Wasser, wo kleine, etwas aufgeweichte Papierkügelchen mit der Strömung davonzogen, immer weiter davon. Siebzehn waren es, Samuel zählte sie im stillen. Nelly sah sie durch Tränen. Die Jungen schwiegen. Manche strandeten für Augenblicke am Uferschilf, trieben weiter, immer weiter. Sie wurden kleiner mit der Entfernung, manche sahen sie nicht mehr, als ob es weniger würden. Elf, zählte Samuel, dann sieben, dann drei, und schließlich sahen sie überhaupt keine mehr. Doch sie standen noch einen Augenblick und schauten.

»Mein Gott«, sagte Nelly endlich tonlos, »was soll ich ihnen morgen früh nur sagen, wenn sie kommen . . .«

»Sag ihnen, wie es gewesen ist«, sagte Samuel.

Die Jungen sahen ihn an, denn es ging eine Würde von ihm aus, die ihn für Augenblicke ein wenig wie einen Fremden aussehen ließ.

Auf dem Heimweg aber waren sie wieder fröhlich und guter Dinge. Und Samuel, als er Heiko das letzte Stück Wegs auf den Schultern trug, fragte ihn: »Gehst du noch ab und zu zu Großvaters Arbeit runter?«

Heiko nickte gründlich.

»Vielleicht schaust du mal wieder hin? Kann ja sein, er freut sich darüber.«

Am Nachmittag riß die Bewölkung auf, überm Fluß jagten letzte schwarzviolette Wolken davon und ließen einen strahlend blauen Himmel zurück. Hoch und klar wölbte er sich, daß die Fahrgäste auf der Überfahrt hinaufschauten, als hätte soeben der Frühling begonnen. Und das Wasser war mit einemmal tintenblau. Eine Zauberhand hatte darübergestrichen und dieses Blau hinterlassen, so weit der Fluß nur reichte. Die Schiffe an der Werft leuchteten plötzlich in frischen Farben oder noch rostig braun, die Dächer am anderen Ufer leuchteten auf, und auf den blauen Wellen die Schwäne erstrahlten in leuchtendem Weiß.

Der erste Fühlingstag, ein Sonntag. Die Passagiere auf dem Fährdeck öffneten ihre Mäntel. Viele waren unterwegs zum Kaffee zu Bekannten. Der erste Frühlingstag in diesem Jahr.

Luden Jähnig hob die Hand und winkte Freiligrath zu, und der zwinkerte zurück. Der erste Frühlingstag, das war was!

War also wieder einmal da. Er lächelte ihm zu. So hatte er ihn erlebt am Flusse Ropotamo, weit in der Bretagne und in den Steppen des fernen Kuban. An einem Tage im Jahr war er plötzlich da, breitete einen Wald voller Buschwindröschen aus und färbte Schwäne blendend weiß. Er war für alle da, wußte Luden Jähnig, für jeden und auch für ihn. Er ging übers Deck, ein wenig gebeugt, nun ja, das war unter der Hand so gekommen. Doch ganz winzig in den Augenfältchen lächelte es. Er blickte nicht auf, wie er so zwischen Gruppen von Fahrgästen das Deck überquerte, Sonntagspassagiere die meisten, er kannte sie nicht. Blickte zu ihnen nicht auf, lächelte nur für sich und schaute auch mal über die Reling.

Da haben sie es also geschafft, dachte er von den Schwänen. Haben den Winter überstanden, und nun werden bald Kinderchen ans Ufer kommen und staunen, daß es sie gibt. Schön. Schön so. Haben es also wieder überstanden ...

Er ging nach vorn, kleiner als die meisten Leute, stellte sich zu Freiligrath. Der zählte Geld in der Tasche vor seiner Hüfte; er nahm die einzelnen Groschen zu Rollen zusammen, zählte die und warf sie zurück in ein anderes Fach. Er sah nicht auf, als Luden Jähnig sich neben ihn stellte, ahnte es vielleicht, sagte jedenfalls: »Na, das ist ein Wetter für Fährleute, was?« Er lächelte und zählte weiter. Luden Jähnig stand an der Reling. Er merkte, wie ihm die Sonne den Rücken wärmte. Das tat ihm wohl. Von oben herab, von der Kommandobrücke, rief Harald Blohm. Wenn Harald Blohm rief, dann waren sie gemeint. Der wies mit dem Arm seitlich zum Wasser hinüber. Da schauten sie hin und wunderten sich, wie viele Schwäne hier auf dem Wasser waren. In der Nähe und weiter zurück bis ganz weit hinten – überall weiße Punkte auf dem tintenblauen Wasser, überall Schwäne. Sie waren nicht mehr in größeren Sippen beisammen, sahen sie, sondern schwammen vereinzelt, zu zweit. So breiteten sie eine majestätische Ruhe über den Fluß. Die Fähre indessen fuhr langsam dahin. Die Leute schauten.

Luden Jähnig aber fühlte eine Unruhe in sich. Die Schwäne, diese vielen Schwäne! Es mußten über Nacht fremde hinzugekommen sein. Er beobachtete ihre merkwürdige Ruhe auf dem Fluß. Er sah, wie sie die Körper unmerklich reckten, wie sie die Köpfe hoben. Ihre Schnäbel leuchteten. So stand er neben Freiligrath, zur Reling gewandt, und beide schauten sie und waren plötzlich voller Spannung. Gleich mußte es losgehen!

Und da geschah es. Hinten, ganz fern, schlug plötzlich ein Schwan mit den Flügeln aufs Wasser. Sie hörten es mehr, als daß sie es sahen. Dann sahen sie den weißen Strich dort mit schlagenden Schwingen dicht übers Wasser fliegen, kaum wahrzunehmen bei der Entfernung. Gleich darauf begann etwas näher ein anderer Schwan mit den Flügeln zu klatschen, schlug mehrmals auf und erhob sich, dann noch einer und an anderer Stelle wieder einer, und plötzlich einer ganz in der Nähe. Die Fahrgäste schauten hin. Und als Luden Jähnig dann übers Wasser blickte, wurden es mehr, immer mehr; überall, sah er, schlugen weiße Schwingen auf, peitschten wasserklatschend den Fluß und erhoben sich. Die großen Vögel stiegen auf. Alle Schwäne über dem Fluß erhoben sich in die Luft. War das ein Anblick! War das ein Geräusch! Das Pfeifen ihrer Schwingen wurde zu einem mächtigen Konzert und füllte den Himmel über dem Fluß.

Luden Jähnig riß die Arme in die Höhe. Ein Freudenrausch packte ihn. Und dann kreiste er auf dem Deck umher, warf seine Arme auf und nieder und zeigte den Leuten vor lauter Glück, wie die Schwäne aufstiegen. Er fühlte sich leicht in diesem Augenblick, als wäre er selbst einer von den Riesenvögeln und stiege mit ihnen auf! »Ha!« rief er, »sie haben es geschafft! Haben es überstanden!« Und Freiligrath, guter Freund und Kollege, lachte hinter ihm, hielt mit der einen Hand die Tasche fest und stieß den anderen Arm in die Luft. Tänzerisch machte er ein paar Schritte hinter Luden Jähnig her. Der aber kreiste mit seinen schweren Schuhen auf dem

Deck herum, schlug mit den Armen, lachend vor den Leuten, war selbst ein Riesenvogel. Über ihnen war die Luft voll vom Pfeifen der weißen Schwingen. Die Schwäne flogen über sie hinweg. Die Passagiere blickten hinauf und abwechselnd auf das Gaudi vor sich auf dem Deck und freuten sich an den ausgelassenen Fährleuten. Bis dann Harald Blohm seine Kollegen durch Glockengeläut ernsthaft zum Anlegen mahnte.

Und da stand Heiko, Samuels Jüngster.

»Komm! Opa komm!« rief er aufgeregt, als die Fähre festgemacht hatte. Es mußte etwas Schlimmes passiert sein. Er sprang sogleich davon, und Luden Jähnig lief hinter ihm her. Zum Ufer hinunter sprang Heiko und er ihm nach, ans Wasser, wo die schwarzen Steine lagen.

Da sah Luden Jähnig, was war: Ein Schwan war nicht aufgestiegen. Allein trieb er auf dem Wasser und drehte sich. Den Hals hatte er in übertriebener Haltung zurückgebogen, es sah merkwürdig aus; und als Luden Jähnig genauer hinschaute, sah er die Angelsehne. Der Schwan mußte sich irgendwo im Schilf darin verfangen haben. Sicher hatte er sich gedreht, um loszukommen, und dabei die dünne Sehne um Hals und Flügel gespannt. Er konnte nicht fliegen, er konnte den Hals nicht mehr vorbeugen und gründeln; in wenigen Tagen würde er verhungert sein.

»Hilf, Opa, hilf!« Der Kleine wies aufgeregt mit dem Arm zum Schwan.

Luden Jähnig sprang auf die schwarzen Steine.

»Hollub!« rief er, »hollub!« und legte die Hände vor den Mund. Denn meistens, wenn er so rief, kamen die Schwäne bis dicht an die Steine heran, sie fraßen ihm fast aus der Hand.

»Hollub! Hollub!«

Heiko hinter ihm weinte, er hörte es zwischendurch.

Luden Jähnig sprang hinaus bis auf die allerletzten Steine im Fluß. »Hollub! Hollub!«

Der Schwan hörte es. Der Schwan ruckte mit dem Kopf. Er kam ein bißchen heran.

»Hollub! Hollub!«

Da aber wandte der Schwan sich ab und schwamm davon.

Luden Jähnig sprang auf den Steinen im Wasser weiter das Ufer entlang. Manchmal rutschte er ab und trat ins Wasser. Seine Hosen waren naß bis zum Leib hinauf. »Hollub! Hollub! Hollub!« Der Junge hinter ihm schrie, und die Passagiere am Ufer sahen zu, wie der Mann dort auf den Steinen sein Äußerstes versuchte.

»Hollub! Hollub!«

Doch der Schwan schwamm weiter fort.

Da ging Luden Jähnig zum Ufer zurück und nahm die Hand des Jungen.

»Man kann nicht allen Schwänen helfen«, sagte er.

Roman

Als Band mit der Bestellnummer 10 328 erschien:

Jorg Hubeck

FLAMMEN ÜBER DEM DROSSELBERG

Es sind die Jahre zwischen 1933 und 1945 in einem kleinen Dorf am Rande der Johannisburger Heide. Seit dem Machtwechsel hat sich die Atmosphäre auch hier spürbar verändert. Die Uniformierten bestimmen das Geschehen. Begeisterung, Skepsis und heimliche Ablehnung halten sich im Dorf die Waage. Erst als der Krieg ausbricht und sich die Fronten nach anfänglichen Erfolgen der deutschen Armee der Heimat nähern, beginnt man zu ahnen, daß das Ganze mit einer Katastrophe enden wird . . .

Roman

Als Band mit der Bestellnummer 10 384 erschien:

Jorg Hubeck

FÜR EINE HANDVOLL KORN

Das ergreifende Dokument eines von Freude und Leid, Liebe und Schmerz erfüllten Dorflebens in einem verlorengegangenen Paradies.

Bewegend und voller Dramatik schildert der Autor in diesem Band das Ende des Zweiten Weltkrieges in Masuren, das für die Bewohner den Verlust der Heimat mit sich bringt. Gedemütigt und unter unsäglichen Leiden, bei Eis, Schnee und bitterer Kälte begeben sie sich auf eine Flucht, von der niemand weiß, ob er sie überleben wird.